新譯李白文集

郁賢皓 注譯

三民書局

刊印古籍今注新譯叢書緣起

劉振強

人類歷史發展，每至偏執一端，往而不返的關頭，總有一股新興的反本運動繼起，要求回顧過往的源頭，從中汲取新生的創造力量。孔子所謂的述而不作，溫故知新，以及西方文藝復興所強調的再生精神，都體現了創造源頭這股日新不竭的力量。古典之所以重要，古籍之所以不可不讀，正在這層尋本與啟示的意義上。處於現代世界而倡言讀古書，並不是迷信傳統，更不是故步自封；而是當我們愈懂得聆聽來自根源的聲音，我們就愈懂得如何向歷史追問，也就愈能夠清醒正對當世的苦厄。要擴大心量，冥契古今心靈，會通宇宙精神，不能不由學會讀古書這一層根本的工夫做起。

基於這樣的想法，本局自草創以來，即懷著注譯傳統重要典籍的理想，由第一部的四書做起，希望藉由文字障礙的掃除，幫助有心的讀者，打開禁錮於古老話語中的豐沛寶藏。我們工作的原則是「兼取諸家，直注明解」。一方面熔鑄眾說，擇善而從；一方面也力求明白可喻，達到學術普及化的要求。叢書自陸續出刊以來，頗受各界的喜愛，使我們得到很大的鼓勵，也有信心繼續推廣這項工作。隨著海峽兩岸的交流，我們注譯的成員，也由臺灣各大學的教授，擴及大陸各有專長的學

者。陣容的充實，使我們有更多的資源，整理更多樣化的古籍。兼採經、史、子、集四部的要典，重拾對通才器識的重視，將是我們進一步工作的目標。

古籍的注譯，固然是一件繁難的工作，但其實也只是整個工作的開端而已，最後的完成與意義的賦予，全賴讀者的閱讀與自得自證。我們期望這項工作能有助於為世界文化的未來匯流，注入一股源頭活水；也希望各界博雅君子不吝指正，讓我們的步伐能夠更堅穩地走下去。

序

郁賢皓

本書是應臺灣三民書局之約而編寫的。我與三民書局已有二十多年的交往。早在一九九六年十月，三民書局就委派徐志宏、邱垂邦兩先生來南京，降臨寒舍，約請我撰寫《新譯左傳讀本》。起初，我以為三民書局乃意在宣揚三民主義為宗旨而命名的，經兩位先生暢談，始知「三民」乃三個人發起創辦的意思。得知三民書局董事長劉振強先生白手起家，艱苦創業的情景，使我非常敬佩。《新譯左傳讀本》乃三民書局刊印的《古籍今注新譯叢書》的一種，於是我認真地拜讀了劉振強先生為這套叢書所寫的〈刊印古籍今注新譯叢書緣起〉一文，使我對劉先生更是肅然起敬。劉先生認為：「處於現代世界而倡言讀古書。」就是「要擴大心量，冥契古今心靈，會通宇宙精神，不能不由學會讀古書在一層根本的工夫做起」。由此我深感劉先生胸懷之寬廣和識見之高遠，對弘揚中國傳統文化深切熱誠，值得我們從事古典文學研究的學者尊敬。劉先生還規定了這套叢書的工作原則是「兼取諸家，直注明解」。「一方面熔鑄眾說，擇善而從；一方面也力求明白可喻，達到學術普及化的要求」。這不但反映出劉先生對古代文化普及的真誠態度，而且也向每位注譯者指明了方向。徐、邱兩先生還介紹劉先生對這套叢書的要求非常嚴格，對古書中的每個字都加注音。考慮到古書中有不少漢字多音多義，所以希望我在遇到有些必須異讀的漢字一定要加注音。從這些要求中，我深切體會到劉先生不是一個普通的書局領導，而是一個以普及傳統文化為己任而對學術研究事業極端認真和精細的學者。於是當時我就決定接受撰寫《新譯左傳讀本》的任務，當即簽訂了合同。

從此以後，每年四月和十月，三民書局都會派兩位先生來南京，並蒞臨寒舍。先是徐、邱二先生，後來是邱垂邦、張聰明先生，再後來是張加旺先生。他們一方面是來敦促我儘快完成書稿，另一方面也是來向我詢問大陸學術界適合撰寫《古籍今注新譯叢書》的人選。我向他們推薦和介紹了不少先生參與這項工作。我與三民書局逐步建立起長期的友好請誼。而使我感動的是，從我與三民書局簽訂第一份合同開始，每年元旦春節，我都會收到劉振強先生寄來的賀卡。賀卡上不但有精美華麗的圖畫，而且還有劉先生自撰的熱情祝賀的文字，讀後總有一種溫暖親切之感。說實話，幾十年來，我在海內外許多家出版社出過書，可是沒有一家出版社的董事長像劉先生那樣每年都給我寄來精美的賀卡，並寫有深切的祝福。這充分反映出劉先生對作者的尊重，也促使我必須儘快完成書稿的撰寫，才對得起劉先生對我的關懷。而當時我指導博士研究生的任務很繁重，手上還有幾個國家級的科研項目，於是徵得三民書局編輯部的同意，約請我的老同學周福昌先生和我的學生姚曼波女士三人合作，經過三年多時間的努力，終於在二〇〇一年全部完稿，二〇〇二年九月，三民書局分上中下三冊用精裝本正式出版這部《新譯左傳讀本》。

在此期間，三民書局編輯部得知我是研究唐代文史的學者，特別是研究李白的專家，當時我正擔任中國李白研究會會長，中國唐代文學學會副會長，一九九七年六月，臺灣商務印書館又出版了我的學術專著《天上謫仙人的秘密——李白考論集》，於是三民書局又專門委派張加旺先生蒞臨寒舍，約我撰寫一本《李杜詩選》。由於這是我長期從事研究的工作，加上杜甫的部分請我的弟子封野博士協助撰寫，所以很快就完成了這一任務，三民書局在二〇〇一年二月即出版此書。據說此書在臺灣有些大學採用作為教材，影響較大。三民書局編輯部的先生們也都感到很滿意。緊接著，三

民書局編輯部又約我編撰《新譯李白詩全集》。這是一項浩大的工程。李白詩今存一千餘首，我以臺灣學生書局影印日本靜嘉堂文庫藏宋本《李太白文集》為底本，參校各本，擇善而從，逐卷注譯，每次三民書局來人，即把已完成的數卷帶回去審讀，一直到二〇一〇年，我才將全書寫完。三民書局在二〇一一年四月就正式出版由我個人注譯完成的《新譯李白詩全集》（全三冊），全書約一百五十萬字。不但包括了宋本《李太白文集》中的全部詩歌，還對集外詩作了甄辨。真者收入注譯，偽者辨析刪除。

最使我永遠難忘的一件事，就是二〇〇二年三月十五日至二十日，我應臺灣唐代文學學會的邀請，赴臺灣參加在輔仁大學召開的「建構與反思・中國文學史的探索學術研討會」，並在會上作了「論胡小石《中國文學史講稿》的建構特點」學術講演。三月十八日，劉振強董事長派邱垂邦先生用專車來接我到三民書局，使我終於有機會當面拜見劉董事長。承蒙劉先生盛情款待，深為感激。得知劉先生與我同為上海人，於是交談更歡。看到劉先生身體非常健康，精神特別旺盛，甚為欣慰和歆羨，談話結束以後，劉先生還專門囑咐兩位工作人員陪我參觀三民書局的各個部門，包括造字、編輯、印刷、書店門市部，工作人員告訴我三民書局原來只是一個很小的書店，在劉董事長領導下不斷發展，現在已成為臺灣最大的出版社和書局。我也深深體會到，正由於劉董事長強烈的事業心和勤奮精神，待人誠懇和藹，才使三民書局從幼苗茁壯為參天大樹。我與劉先生雖然只見過一次面，但兩個小時無拘束的暢談，劉先生的音容笑貌已深深銘記在我的腦海中。二〇一二年五月二十八日，劉董事長親筆寫信給我，信中對拙著大加讚譽，我愧不敢當。信中還特別提到：「猶記得多年前，先生大駕敝局，我們相談甚歡，弟彼時方知早年在外灘的雕刻藝術為先令尊心血結晶，印

象十分深刻。」我極為佩服劉董事長的超人記憶力。二〇〇二年那次談話中的一些細節，劉董事長居然還記得那麼清楚。從此以後，我與三民書局的情誼就更加深厚。

不久，三民書局又約我撰寫《新譯李白文集》一書。當時我也認為：既然李白的詩已全部譯注出版，李白的文也應該全部譯注出版，這樣才能說完成了李白全集的譯注。於是我也就接受了這一任務。李白的文雖然比詩少得多，只有六十多篇，但有些大賦和碑頌文章的篇幅都非常大，其中還有不少文字比較費解，要正確譯成現代漢語，必須下很大功夫和花許多心血。但想到劉董事長對我的關懷，想到三民書局與我的深厚友情，我決心盡最大努力，將這本書寫好。經過多年的埋頭苦幹，終於寫成了現在這樣的一本書，在本書撰寫過程中，張聰明先生、張加旺先生曾多次蒞臨寒舍當面指教，謹在此一併致以由衷的謝忱。

今年二月初，我接到三民書局張加旺先生來電，告知劉振強先生不幸已於一月二十三日駕鶴仙去。這真是晴天霹靂！使我大為震驚，極為悲痛。我當即請張加旺先生代我向劉董事長治喪委員會表示我的哀悼，並請慰問其家屬。今天我又收到三民書局寄來的劉振強先生的紀念文集——《永遠的劉振強先生》。劉振強先生的逝世，是三民書局的重大損失，也是臺灣出版界的重大損失。但我相信，劉振強先生早就安排好後事，三民書局在他的繼承人領導之下，一定會在原來的基礎上更加發揚光大，出版更多更好的書籍，在出版界和讀者中產生更大的影響。

二〇一七年三月二十八日於金陵秦淮寓所

新譯李白文集 目次

卷第二 表、書

卷第三 序

卷第四　贊

卷第五 頌、銘、記

卷第六 碑、祭文

卷第七　宋本集外文

導讀

李白是最受中國人民喜愛的偉大詩人，也是中國文學史上偉大的文學家。他不但為我們留下了一千首詩歌，以獨特的成就，把中國的詩歌藝術推上了頂峰，作出了偉大的貢獻；而且還為我們留下了六十多篇文章，從各個方面全面地反映了他所處時代的盛唐氣象和社會風貌，以及封建社會從極盛到衰落的情況。現在，我們將他的全部文章進行注釋、翻譯，並作一些研析，供青年人閱讀，使人們認識那個時代的社會情景，欣賞李白文章的藝術魅力，顯然是很有意義的。

一、李白的生平事蹟

李白（西元七〇一－七六二年），字太白，號青蓮居士，排行十二。他自稱是西漢飛將軍李廣的後裔，〈贈張相鎬二首〉說：「家本隴西人，先為漢邊將。」又在〈上安州裴長史書〉中說，他的祖先曾「遭沮渠蒙遜難，奔流咸秦，因官寓家」，據《晉書・涼武昭王李玄盛傳》記載，涼武昭王李暠字玄盛，乃李廣十六代孫，東晉安帝隆安四年（西元四〇〇年），李暠在敦煌一帶被部眾推戴為涼公。死後由其子李歆繼位，被沮渠蒙遜打敗而死，諸弟奔逃。李白所說當即指此事。李陽冰〈草堂集序〉、范傳正〈唐左拾遺翰林學士李公新墓碑〉也都說李白是涼武昭王李暠九代孫。而唐朝皇帝也自稱是李暠後代，由此可說李白與唐皇室同宗。可是，《新唐書・宗室世系表》載涼武昭王李暠後代各支甚眾，卻沒有李白這一支

家族。他在詩文中稱李唐皇室的人為從祖、從叔、從弟、從姪，也往往不符合他作為李暠九世孫的輩分。李陽冰還說李白先世曾「謫居條支」，范傳正則說隋末「被竄於碎葉」，曾隱姓埋名，中宗神龍初（西元七〇五年）纔逃歸蜀中，李白出生時纔恢復李姓。這些說法也存在一些矛盾。據李白在至德二載（西元七五七年）寫的〈為宋中丞自薦表〉說當時年五十七，李陽冰在李白臨終受囑寫序時為寶應元年（西元七六二年），李華〈故翰林學士李君墓誌〉稱李白卒時年六十二，都可證知李白生於武后長安元年（西元七〇一年），至神龍初歸蜀時已五歲，說明李白並不是生在蜀中。二十世紀三十年代，陳寅恪先生發表〈李白氏族之疑問〉❶，認為李白先世「本為西域胡人」，「隴西李氏」說乃「詭托之辭」。最近，張書城又發表《李白家世之謎》❷，提出李白不是涼武昭王李暠後裔，而是李陵——北周李賢——楊隋李穆一系的後代。但都沒有確據。看來，李白的種族、籍貫、家世、出生地等問題，至今還不可能取得一致的看法。

關於李白的出生地，目前也有蜀中說、中亞碎葉說、條支說、焉耆碎葉說等，但多數學人認為李白出生於中亞碎葉（今吉爾吉斯坦共和國托克馬克附近），當時屬唐朝安西都護府（後屬北庭都護府）管轄。李白五歲時才從碎葉遷居蜀中，住在綿州昌隆縣❸。

李白父親的真正名字和生平事蹟均不詳。因從西域到蜀中，蜀人以「客」稱之。范傳正說他「高臥雲林，不求祿仕」，可是他能讓李白長期漫遊，輕財好施，因此不少研究者認為他可能是個大商人。李白家庭的其他成員，現存資料很少。李白晚年在潯陽獄中寫的〈萬憤詞投魏郎中〉詩中提到有一個弟弟在三峽：「兄九江兮弟三峽」。據《彰明逸事》記載，還有一個妹妹名月圓，嫁在本縣。其他情況均無考。

❶《清華學報》第十卷第一期，一九三五年一月。

❷ 蘭州大學出版社二〇〇〇年版第一頁至二〇〇頁。

❸ 後避玄宗諱，改名昌明縣；五代時又因避諱改名彰明縣，今屬四川江油。

（一）

李白從五歲到二十四歲（西元七〇五—七二四年），是在蜀中讀書和任俠時期。他讀書涉獵很廣：「五歲誦六甲，十歲觀百家。軒轅以來，頗得聞矣。常橫經籍書，制作不倦。」（〈上安州裴長史書〉）從書本中接受了各種思想的影響。很早從事詩賦創作：「十五觀奇書，作賦凌相如。」（〈贈張相鎬二首〉其二）開元九年（西元七二一年）春，他在路中拜見益州（治所在今四川成都）長史蘇頲時，蘇頲就讚賞他的作品「天才英麗」，「若廣之以學，可以相如比肩。」（〈上安州裴長史書〉）說明那時詩賦已寫得很好。據《彰明逸事》（《唐詩紀事》卷一八引）記載，在拜見蘇頲前，李白曾跟「任俠有氣、善為縱橫學」的趙蕤學習歲餘。趙蕤著有《長短經》（一名《長短要術》）十卷，論述王霸之道、統治之術。後來李白一生喜談王霸之道，以管（管仲）葛（諸葛亮）自許，當是受趙蕤的影響。李白青年時代就仗劍任俠：「十五好劍術，遍干諸侯」（〈與韓荊州書〉），「結髮未識事，所交盡豪雄。……託身白刃裏，殺人紅塵中」（〈贈從兄襄陽少府皓〉）。魏顥〈李翰林集序〉說他「少任俠，手刃數人」；劉全白〈唐故翰林學士李君碣記〉說他「少任俠，不事產業」；范傳正〈唐左拾遺翰林學士李公新墓碑〉說：「少以俠自任，而門多長者車」當是真實情況。此外，由於時代風尚的影響，在蜀中時已與道士交往，有〈訪戴天山道士不遇〉詩可證。二十歲後遊峨眉山，結識道友元林宗，求仙問道思想已很強烈，〈登峨眉山〉詩中已嚮往「儻遇騎羊子，攜手凌白日」了。

（二）

從二十四歲到四十二歲（西元七二四—七四二年），是李白迫切追求功業的時期。開元十二年（西元七二四年），他認為「大丈夫必有四方之志，乃仗劍去國，辭親遠遊；南窮蒼梧，東涉溟海」。然後到安

陸（今屬湖北省）被故相許圉師家招親，「妻以孫女」（〈上安州裴長史書〉）。從此「酒隱安陸，蹉跎十年」（〈秋於敬亭送從姪耑遊廬山序〉）。出蜀初期，雖還有任俠舉動，如丐貸營葬友人吳指南的「存交重義」，在揚州不到一年「散金三十餘萬」接濟落魄公子等事，但通過「黃金散盡交不成」（〈答王十二寒夜獨酌有懷〉）的教訓後，基本上結束了任俠生活。他在〈淮南臥病書懷寄蜀中趙徵君蕤〉詩中第一次提到「功業莫從就，歲光屢奔迫」。他所謂的「功業」，在安陸寫的〈代壽山答孟少府移文書〉中曾申述說：「申管、晏之談，謀帝王之術。奮其智能，願為輔弼。使寰區大定，海縣清一。事君之道成，榮親之義畢，然後與陶朱、留侯，浮五湖，戲滄洲，不足為難矣。」就是要以范蠡、張良為榜樣，輔佐君王，建功立業，然後功成身退。這實際上是儒家積極用世、兼濟天下的思想與道家「知足」、「知止」思想的結合，並帶有明顯的縱橫家色彩。從此他為實現這一理想目標而奮鬥了一生。要實現輔佐君王的理想，當時有兩條路可走。一是大部分士子走的通過科舉考試，慢慢地從小官升遷到卿相；但李白「不求小官，以當世之務自負」（劉全白〈唐故翰林學士李君碣記〉），於是選擇了另一條道路——隱逸以待明主徵召，以布衣一舉而為卿相。這條路在唐前期是可行的，唐代皇帝經常下令各地長官推舉隱逸之士，參與政治。武后時的盧藏用，屢試不第，後來隱居終南山，得到武后召見，出山做官，一直做到尚書左丞。當時著名道士司馬承禎說這是「仕宦之捷徑」（《新唐書・盧藏用傳》）。但李白在安陸隱居未能建立聲譽，從〈上安州裴長史書〉中可以看出他在安陸受到譭謗，大約在開元十八年（西元七三〇年），他懷著「西入秦海，一觀國風，……何王公大人之門，不可以彈長劍乎？」（〈上安州裴長史書〉）的目的初入長安，隱居終南山，結識了玄宗寵婿衛尉卿張垍，請求援引，可是張垍沒有幫助他。接著西遊邠州（今陝西彬縣）、坊州（今陝西黃陵）尋覓知己，可是位卑職小的朋友們更無法幫助他找到「一佐明主」的機會。李白終於悲憤地吟唱著「大道如青天，我獨不得出」（〈行路難〉其二），頹喪而歸。應道友元丹丘邀請，隱居嵩山。但當他聽到善於獎掖後進的韓朝宗出任荊州長史兼襄州刺史（治所在今湖北襄陽）時，又立即寫了

〈與韓荊州書〉，並前往揖拜，希望得到他的推薦。可是韓朝宗沒有賞識他。他只能借酒澆愁，與好友元演遊洛陽、太原，又到隨州去見道士胡紫陽。後移家山東兗州，與孔巢父等隱於徂徠山，人稱「竹溪六逸」。其間有過遊仙思想，但始終未能忘情功業，時常發出「功業若夢裏，撫琴發長嗟」（〈早秋贈裴十七仲堪〉）的感歎。這一時期寫了許多樂府詩，深信終有一天能施展自己的抱負。

(三)

從四十二歲到四十四歲（西元七四二—七四四年），是李白供奉翰林時期。天寶元年（西元七四二年），由於好友元丹丘通過玉真公主的推薦，唐玄宗下詔徵召李白進京。李白認為實現理想的機會來了，與高采烈地告別兒女奔赴長安。一開始玄宗確實給李白以殊遇：「降輦步迎，如見綺皓。以七寶牀賜食，御手調羹以飯之。……置於金鑾殿，出入翰林中。問以國政，潛草詔誥，人無知者。」（李陽冰〈草堂集序〉）李白也覺得很光榮，決心「盡節報明主」，酬謝「君王垂拂拭」的知遇之恩（〈駕去溫泉宮後贈楊山人〉），並切盼升遷。但實際上玄宗只把他作為侍從文人，主要讓他寫些〈宮中行樂詞〉、〈清平調詞〉等點綴歌舞昇平的作品，並沒有提拔他做朝廷大臣的打算。據魏顥（原名魏萬）〈李翰林集序〉記載，玄宗本來準備讓李白擔任中書舍人，可是，「以張垍讒逐」，其事未成。李白對此非常氣憤，後來他經常提到此事：「讒惑英主心，恩疏佞人計」（〈答高山人〉）。由於佞人進讒，玄宗就疏遠李白，李白就浪跡縱酒，並請求還山，玄宗就順水推舟，「乃賜金歸之」（李陽冰〈草堂集序〉）。天寶三載（西元七四四年）暮春，李白終於離開了朝廷。實際只有一年半的翰林供奉生活，使李白對唐王朝的腐敗政治有了深刻的認識，而追求功業的思想卻被消極頹放的思想所代替了。

天寶三載（西元七四四年）秋天，是中國詩歌史上值得紀念的日子。詩壇兩曜——李白和杜甫終於相遇了。杜甫自結束吳越、齊趙之行，回到洛陽已有兩年。這年五月繼祖母范陽太君（祖父杜審言的繼

室）卒於陳留之私第，八月歸葬偃師，杜甫作墓誌，奔走於陳留（今河南開封）、偃師（今屬河南）之間。李白這年暮春被賜金還山出京後，在商州盤桓一些時日，又到南陽與趙悅相處了一段日子，秋天也來到梁（開封）宋（今河南商丘）。「李白與杜甫相遇梁宋間，結交歡甚」（《唐詩紀事》卷一八引楊天惠《彰明逸事》）。當時李白一心求仙訪道，杜甫對李白非常仰慕，對自己在洛陽二年經歷的機巧生活感到厭惡，所以受李白思想的影響，也和他一起求仙訪道。杜甫在第一首〈贈李白〉詩中就談到「李侯金閨彥，脫身事幽討。亦有梁宋游，方期拾瑤草。」當時詩人高適也正在梁宋一帶漫遊，於是三人同登吹臺，慷慨懷古。又同遊「梁孝王都」的宋州，還到單父孟諸澤縱獵。當時詩人賈至正在單父縣尉任，當參與了共同活動。所以「梁宋游」時有不少詩壇明星圍繞在兩曜周圍。不久，高適離梁宋東行，李白赴齊州紫極宮從高如貴道士受道籙，杜甫赴兗州省父，暫時分手。次年春，李白到兗州家中與兒女團聚，再與杜甫同遊，泗水邊賞春，同訪范居士，同到東蒙山元丹丘處作客。杜甫〈與李十二同尋范十隱居〉詩說：「醉眠秋共被，攜手日同行。」可見友誼之深。這年夏天，他們還曾一起到齊州（今山東濟南），與李邕、高適、盧象等詩人相會。齊州之會也是詩壇兩曜和眾星相聚的盛事❹。這年秋天，杜甫告別李白，李白有〈魯郡東石門送杜二甫〉詩。從此兩人再也沒有見面，但他們都經常思念著對方。杜甫走後不久李白便有〈沙丘城下寄杜甫〉詩，杜甫則有更多憶念、夢見李白的詩。

(四)

從四十四歲離開長安後到五十五歲（西元七四四—七五五年），是漫遊時期，也是思想極為複雜的時期。遊梁、宋、齊、魯時，道教思想占上風，加入了道士行列。他說：「我本不棄世，世人自棄我」（〈贈

---

❹ 詳見《天上謫仙人的秘密——李白考論集‧李杜交遊新考》，臺灣商務印書館一九九七年版。

蔡山人〉〉，以此表示對現實的反抗。其實李白也明知神仙世界是虛幻的，他在告別東魯南下會稽時寫的〈夢遊天姥吟留別〉中寫道：「海客談瀛洲，煙濤微茫信難求。」所以當他在江南獲悉奸相李林甫在朝中製造冤獄，好友李邕、李適之等橫遭慘死、崔成甫受累被貶時，便立即從棄世思想中驚醒，深深為國事憂慮。特別是朝廷內外盛傳安祿山在北方招兵買馬、陰謀叛亂時，他更不顧安危，深入虎穴探看虛實。目睹安祿山囂張氣焰後，預感到唐王朝將出現災難，譴責「君王棄北海，掃地借長鯨」，奔到黃金臺上哭昭王。回到江南宣城後，他一直注視著事態的發展。當時楊國忠兩次發動對南詔的戰爭都遭全軍覆沒，使國家和人民遭受重大損失，李白寫了〈書懷贈南陵常贊府〉、〈古風〉其三十四「羽檄如流星」等詩篇，譴責將領的無能，表達了詩人對國事的關切以及對人民遭難的同情和沉痛心情。此時李白濟世思想甚切，只恨報國無門。

(五)

五十五歲到六十二歲（西元七五五—七六二年），是安史之亂時期，也是報國蒙冤時期。天寶十四載（西元七五五年）冬，安祿山叛亂時，李白正在梁園，匆匆攜夫人宗氏逃難，由梁園經洛陽到函谷關，西上蓮花山。次年春又南下宣城，經溧陽到杭州，後來在廬山屏風疊隱居。當時兩京陷落，玄宗逃往蜀中，永王李璘受命為江陵大都督，經略南方軍事。當永王水師東下到達潯陽（今江西九江）時，三次徵召李白，在國家危難時刻，李白認為「苟無濟代心，獨善亦無益」（〈贈韋祕書子春〉），抱著平叛志願，參加了永王幕府。他天真地認為這是報效祖國的好機會，正當他自比謝安，高唱著「為君談笑靜胡沙」（〈永王東巡歌〉）時，統治階級內部矛盾激化了。此時肅宗李亨在靈武（在今寧夏自治區）即位，尊玄宗為太上皇，並下令永王李璘回蜀中。李璘剛愎自用，不從命，肅宗即派兵討伐。永王部下頃刻之間成鳥獸散。李璘被殺，李白也被繫潯陽獄中。經御史中丞宋若思和宣慰大使崔煥等營救，才得以出獄，但

不久又被判流放夜郎。欲報效祖國卻反而獲罪，李白痛心疾首。幸而在乾元二年（西元七五九年）春因天旱而發布大赦令，李白才在流放途中的白帝城遇赦獲釋。回到江夏，又盼望朝廷能起用他。認為「今聖朝已捨季布，當徵賈生」（〈江夏送倩公歸漢東序〉），請江夏太守韋良宰回朝時不要忘了推薦自己，經歷大難的李白仍想為祖國出力。可是朝廷不需要他，他在江夏、瀟湘徘徊等了幾個月，毫無消息，便懊喪地回到豫章（今江西南昌），與夫人宗氏團聚。後又重遊宣城等地，但他報效祖國的熱情並未消退。上元二年（西元七六一年），當他聽說太尉李光弼出鎮臨淮時，六十一歲高齡的李白又毅然從軍，希望發揮鉛刀一割之用。不幸因病半途折回，次年冬天病逝於當塗（今屬安徽）。「大鵬飛兮振八裔，中天摧兮力不濟」（〈臨終歌〉），他為自己的理想未能實現而抱恨終生！

二、李白的思想抱負以及對他的評價

上面我們介紹了李白的生平事蹟，同時也談到了各個時期思想的演變和發展，可以看出，李白的思想是很複雜的。但前賢對李白的主導思想始終未能取得一致的意見。有的認為「李白的主導思想還是任俠」❺；有的認為「李白正是反映道教思想的傑出代表」❻；有的認為李白的主導思想是「法家思想」，是個「尊法非儒的人物」❼；有的認為李白「是一個道教徒，在接受各種思想的影響中，受道教思想的影響最多」，「求仙學道是他追求的一個生活目的」❽等等。其實，這些說法都是片面而不正確的。

❺ 張志岳〈略論李白〉，《李白研究論文集》，中華書局一九六四年版。
❻ 范文瀾《中國通史簡編》第四冊，人民出版社一九七八年第二版二七九頁。
❼ 吳汝煜〈論李白的法家思想〉，《學習與批判》一九七六年第二期；劉大杰《中國文學發展史》一九七六年版第二冊第五章。

所謂任俠思想，只是李白青少年時代一個階段的思想和行為，與當時的環境有很大關係，至二十七歲後就很少再有這種表現。所謂法家思想和尊法非儒，人們往往以〈嘲魯儒〉一詩為代表，其實，該詩只是嘲笑死守章句、不懂經世濟民、不通時變的腐儒而已，詩中以叔孫通自喻，而叔孫通正是懂得時變的儒家代表人物。此外，李白有些詩以「鳳歌笑孔丘」的楚狂接輿自喻，實際上只是失意後的牢騷，都不能說明是「尊法非儒」。恰恰相反，李白在許多詩中讚頌孔子為「大儒」，敬仰孔子的積極作為。至於道家思想和道教迷信，對李白的影響確實很深。在許多詩歌中，可以看到老、莊思想的表現，乃至嚮往道教神仙、幻想羽化昇天的遊仙詩，則非常多。特別是在天寶三載（西元七四四年）被賜金還山後，在漫遊梁、宋、齊、魯期間，曾請北海高天師授道籙，正式加入道士籍，真可以說成了一名道教徒。但是，這只是表面現象。試想：如果李白真的只是一個道教徒，一生受道家思想支配，那就應該像司馬承禎、李含光、吳筠等人一樣，安於隱居生活，不會熱衷於追求功名，也就不會有供奉翰林時嚮往「雲漢希騰遷」的思想，更不會有後來參加永王李璘幕府，歌頌永王東巡，落得個繫潯陽獄、又被流放夜郎的下場，所有這些政治悲劇就不會在他身上發生。更不會在遭此劫難後，六十一歲高齡時還暮年從軍，冀鉛刀一割之用。由此可見，李白絕不只是一個道教徒，他一生的主導思想絕不是道家思想。恰恰相反，從他出蜀後一生活動事蹟看，從他詩文中表現出來的思想看，他一生的最大理想就是「安社稷」、「濟蒼生」，希望自己能像歷史上的管仲、張良、諸葛亮、謝安那樣成為王者師，做出一番轟轟烈烈的事業，然後功成身退。可以說，正是這種積極入世追求功業的思想支配了他的一生，也可以說，李白追求功業的思想，比同時代任何人更為強烈。所謂任俠、隱居、干謁、求仙問道、遊說諸侯等等，都只是為了抬高自己的身價，達到他理想目標的一種手段而已。關於這個問題，筆者曾發表過〈論李白思想的形成與發展〉一

❽ 李長之《道教徒的詩人李白及其痛苦》，重慶商務印書館一九四一年鉛印本；喬象鍾〈李白的風格、思想特點及其社會根源〉，《文學評論》一九七九年第四期。

文❾，可參讀。

至於李白的理想和抱負為什麼不能實現？對此應該怎樣評價？我想起安徽馬鞍山市采石磯李白紀念館中有吳鼒寫的一副對聯。其上聯曰：「謝宣城，何許人，只憑江上五言詩，教先生低首。」其下聯曰：「韓荊州，差解事，肯讓階前盈尺地，使國士揚眉。」對得非常工整。尤其是上聯用範圍副詞「只」，下聯用反詰副詞「肯」，把作者揶揄調侃李白的神情巧妙地表達出來了。只，僅也；肯，豈也。意思是說：南朝齊代的宣城太守謝朓，是個什麼樣的人，僅靠「澄江淨如練」這樣的五言詩，讓李白低首欽敬；唐朝的荊州長史韓朝宗，頗為明白事理，豈能讓出官場地盤，使不善從政的李白揚眉做官！言外之意是：李白的詩歌藝術成就，早就大大地超過謝朓，所以李白實在不需要一生俯首謝宣城。而李白不善於政治權術，韓朝宗比較理解李白的性格，怎能讓出官位舉薦他，使詩人忘乎所以？關於這副對聯，早在西元一九八六年八月十五日我應《馬鞍山報副刊》特約，寫過〈吳鼒對聯乃揶揄李白之作〉一文，可惜當時只有上海古籍出版社老編審朱金城先生撰文贊同拙見，不少年輕的讀者卻不懂古漢語中「肯」字是反詰副詞作「豈」解（張相《詩詞曲語詞匯釋》已用大量的例證說明），他們用現代漢語解釋「肯」作能願動詞。而且還加「如果」二字進行解釋說：韓荊州如果比較懂事，肯讓出階前盈尺地，就能使李白揚眉吐氣。他們認為上聯是讚揚李白的謙虛，下聯是批評韓朝宗的不識人。這種看法至今尚有人在。他們認為：下聯稱李白為「國士」，說明是肯定和讚揚李白，其實，「國士」原是李白〈與韓荊州書〉中恭維韓朝宗的稱呼，這裡移用於李白，與上聯的「先生」相同，都帶有揶揄調侃之意。質言之，這副對聯用調侃的語氣，上聯是對李白文學成就的評價，下聯則是對李白政治識見的評價，雖是揶揄調侃語氣，實際上卻是比較公允的。

❾ 見《天上謫仙人的秘密——李白考論集》，臺灣商務印書館一九九七年版。

關於李白的政治識見，歷史上已有許多人發表過意見。雖然李白有很高的理想與抱負，以「安社稷」、「濟蒼生」為己任，經常以管仲、范蠡、張良、諸葛亮、謝安等歷史上的傑出政治家自比，但實際上他並沒有像上述人物那樣具備「運籌帷幄之內，決勝千里之外」的才能。恰恰相反，當國家政治、軍事發生重大變化的關鍵時刻，李白不能清醒地認識形勢，往往提出錯誤的主張和做出錯誤的舉動。安史之亂是李白一生經歷中最重大的政治事件。他對安祿山的叛亂給國家和人民造成的災難十分痛恨，在詩中大聲責問：「白骨成丘山，蒼生竟何罪」（〈贈江夏韋太守良宰〉），他表示要「誓欲斬鯨鯢，澄清洛陽水」，這種愛國愛民的精神是十分可貴的，但他並沒有找到正確的出路。就拿他參加永王李璘幕府一事來說，雖然李白主觀上是想報效祖國，建功立業，但他對李璘的「異志」缺乏認識。《舊唐書・玄宗諸子傳》：「永王璘，玄宗第十六子也。……（天寶）十五載六月，玄宗幸蜀，至漢中郡，下詔以璘為山南東路及嶺南黔中江南西路四道節度採訪等使、江陵大都督，餘如故。七月至襄陽，九月至江陵，召募士將數萬人，恣情補署，江淮租賦，山積於江陵，破用鉅億。以薛鏐、李台卿、蔡坰為謀主，因有異志。肅宗聞之，詔令歸覲於蜀，璘不從命。十二月，擅領舟師東下。」由此可知，當時肅宗已即位，並已下詔命永王李璘「歸覲於蜀，璘不從命」，「擅領舟師東下」，目的是「因有異志」。但李璘「雖有窺江左之心，而未露其事」，所以當時有些將士如季廣琛等跟隨李璘東下，還以為是去抗擊安祿山叛軍。等到李璘東至丹陽郡，肅宗下令討伐李璘時，季廣琛纔「謂諸將曰：『與公等從王，豈欲反邪？上皇播遷，道路不通，而諸子無賢於王者。如總江淮銳兵，長驅雍洛，大功可成。今乃不然，使吾等名絓叛逆，如後世何？』」於是諸將都叛離永王而去。其實在此之前，當時有識之士對於李璘東下多持躲避不合作態度。如《資治通鑑・唐肅宗至德元載》十二月記載，肅宗敕永王「歸覲於蜀，璘不從」時，「江陵長史李峴辭疾赴行在。」胡三省注：「璘將稱兵，峴不欲預其禍也。」邵說〈有唐相國贈太傅崔公（祐甫）墓誌銘〉曰：「屬祿山構禍，……尋江西連帥皇甫侁表為廬陵郡司馬，兼倅戎幕。時永王總統荊楚，搜訪俊傑，

厚禮邀公，公以王心匪臧，堅臥不起。人聞其事，為之惴栗，公臨大節，處之怡然。」李華〈揚州功曹蕭穎士文集序〉：「辭官避地江左，永王修書請君，君遁逃不與相見。」《舊唐書．孔巢父傳》：「永王璘起兵江淮，聞其賢，以從事辟之，巢父知其必敗，側身潛遁，由是知名。」李白自己寫的〈天長節使鄂州刺史韋公德政碑〉曰：「曩者永王以天人授鉞，東巡無名。利劍承喉以脅從，壯心堅守而不動。」為什麼崔祐甫、蕭穎士、孔巢父、鄂州刺史韋良宰等都知道永王之心「匪臧」，「東巡無名」，早就認識到永王必敗，所以無論怎樣威脅都不從，而李白卻就入其幕呢？這有兩個原因，一是李白的功名心太強，一是李白的政治識見不高。這從他後來參加宋若思幕府時寫的〈為宋中丞請都金陵表〉也可看出。他認為：「今自河以北，為胡所凌；自河之南，孤城四壘。大盜蠶食，割為洪溝；……臣伏見金陵舊都，地稱天險。龍盤虎踞，開局自然。六代皇居，五福斯在。雄圖霸跡，隱軫由存。咽喉控帶，縈錯如繡。天下衣冠士庶，避地東吳，永嘉南遷，未盛於此。……伏惟陛下因萬人之蕩析，乘六合之譸張，去扶風萬有一危之近邦，就金陵太山必安之成策。苟利於物，斷在宸衷。」李白完全不理解肅宗駐行在於扶風是為了收復兩京的重要意義，卻認為南北分裂的大局已定，又將出現南北朝局面，所以力主遷都金陵。可見他政治識見極低。李白始終認為永王是奉父皇之命行動，全然不懂何以成為叛逆。他缺乏皇室正統繼承的順逆觀念，認為肅宗和永王只是同室操戈。正因為如此，李白同時還寫下了樂府詩〈上留田行〉，詩中有「昔之弟死兄不葬，他人於此舉銘旌」、「參商胡乃尋天兵？孤竹延陵，讓國揚名」、「尺布之謠，塞耳不能聽」等句，〈樹中草〉有「如何同枝葉，各自有枯榮」等句，顯然都是用比興手法借古諭今，諷刺肅宗兄弟不能相容。李白始終不認為肅宗是以正討逆。羅大經《鶴林玉露》卷六引朱文公曰：「李白見永王反，便從臾之，詩人沒頭腦至於如此。」在這點上，說得是很對的。所以李白只能做個偉大的詩人和文學家，卻絕不可能成為傑出的政治家。

三、李白各體文章的特點與藝術成就

李白在政治上不得志，未能實現「安社稷」、「濟蒼生」的理想抱負，但在文學創作上他充分施展了才華，為後人留下了十分珍貴的文學遺產。李白的六十多篇文章，和千首詩歌一樣，全面而深刻地反映了那個時代的精神風貌和社會生活。

今存李白文章有十種文體，包括古賦八篇，表三篇，書六篇，序二十篇，贊十七篇，頌二篇，銘二篇，記一篇，碑五篇，祭文二篇，共六十六篇。

(一)古賦

所謂古賦，是指兩漢時代為鼎盛期的詠物大賦和抒情小賦，以鋪陳描寫都城、宮殿、園林、田獵生活的詠物大賦為主。這類賦在唐代已很少，而李白卻給我們留下了〈明堂賦〉、〈大獵賦〉和〈大鵬賦〉三篇詠物大賦。在〈明堂賦〉中鋪敘建築的宏偉，宣揚大唐「列聖之耿光」，最後點出「鎮八荒，通九垓。四門啟兮萬國來」的主題；〈大獵賦〉寫開元天子大獵於秦，「雖秦皇與漢武兮，復何足以爭雄！」詩人熱情歌頌前所未有的盛唐氣象，都充滿了時代的自豪感。開元時代是帶有浪漫情調、誘人追求的時代，李白一生以大鵬自喻，二十四歲出蜀時寫的〈大鵬遇希有鳥賦〉，後來改寫題為〈大鵬賦〉，即以「激三千以崛起，向九萬而迅征」的大鵬形象，表現自己不同凡俗的性格、氣概和抱負。其他五篇都是抒情小賦。〈劍閣賦〉描寫劍閣形勢之險要，抒發對友人的關懷及友人別後的相思之情。據《酉陽雜俎》記載，李白前後三擬《文選》，不如意輒焚之，惟留〈恨〉、〈別賦〉。今〈別賦〉已亡，惟存〈擬恨賦〉矣。從今存的李白〈擬恨賦〉與江淹的〈恨賦〉相比較，可以窺見李白「三擬《文選》」之一斑。〈惜餘春賦〉

全用騷體描寫暮春景色，以贈內與自代內贈的雙重角度，抒寫惜春、離別、相思、遲暮之情懷，情深意切，生動感人。〈愁陽春賦〉則與之情感相同，亦為感春懷人。而〈悲清秋賦〉乃晚年遊瀟湘之作，抒寫愛國蒙冤、歸來難遇佳期，只得困頓山林的悲哀。總之，李白的古賦，既熱情歌頌了開元盛世的偉大和輝煌，抒發了自己的抱負，也反映了傷春悲秋之情，以及自己遭遇的悲慘。

（二）表

表，在漢初規定的禮儀中，是用於臣下向皇帝陳述事情、有所請求和薦舉人才。在唐代還用作向皇帝謝恩和進呈書稿，如元結有〈謝上表〉，李善有〈進《文選》表〉等。李白的三篇表，都是代別人寫的：〈為吳王謝責赴行在遲滯表〉是代嗣吳王李祗向皇帝陳述赴行在遲後的原因；〈為宋中丞請都金陵表〉是代御史中丞宋若思請求肅宗皇帝遷都金陵；〈為宋中丞自薦表〉是代宋中丞推薦自己到朝廷去做官。表本屬公文性質，一般都無文學價值；但李白這三篇表不但有史料價值，而且寫得言辭懇切，情感動人，不失為好文章。

（三）書

書，是首尾有固定格式的應用文。在唐代，書和啟雖同為信函，但稍有不同。書一般是寫給平輩朋友的，內容和形式比較靈活隨便，多用散體文；啟往往是寫給前輩或上級的，內容比較嚴肅，多用駢體文，而李白的六篇書，卻打破了這些限制。其中有一篇是代宣城郡太守趙悅寫給宰相楊國忠的信，充滿阿諛奉承的語句而不可取，〈與賈少公書〉可能文字有缺失外，其他四篇都非常精彩。〈代壽山答孟少府移文書〉明確提出了李白一生為之奮鬥的理想抱負：「達則兼濟天下，窮則獨善一身。……申管、晏之談，謀帝王之術。奮其智能，願為輔弼。使寰區大定，海縣清一。事君之道成，榮親之義畢，然後與陶

朱、留侯，浮五湖，戲滄洲，不足為難矣。」說明李白的主導思想是儒家積極用世思想，在完成「事君之道」、「榮親之義」後再功成身退。〈上安州李長史書〉、〈上安州裴長史書〉都是寫給地方長官的信，前者是因為撞了李長史車馬而陪罪，後者是因為遭受譭謗而要求雪謗，都反映出李白在安州的不得意。在〈上安州裴長史書〉中詳細敘述了自己的家世和經歷，是研究李白生平非常重要的資料。〈與韓荊州書〉則寫得豪氣縱橫，充滿激情，極力讚譽韓朝宗獎掖後進的聲望，然後介紹自己的出身、經歷和才氣，要求韓朝宗推薦自己。並將自己的作品喻為青萍寶劍和結綠美玉，只有在善相劍的薛燭和善識玉的卞和面前才能得到賞識。生動地體現出作者豪邁、自信的個性，不愧為李白著名的代表作。

㈣序

序，在唐代可分為兩大類：一類是序跋的序，包括集序、詩序、雜序。這類序很早就有，它是評述一部著作或一篇詩文的作意、體例、寫作經過等方面內容的文章。在唐代還有另一類序，它往往是為宴會、餞別、送別而寫的，我們稱之為贈序。有人認為贈序是由詩序演變而來。古代文人在親朋師友離別之際，常設宴餞別，飲酒賦詩，詩成，由在場的某人為之作序。後來發展到無餞宴贈詩，乃至個人送別也寫一篇表示惜別、勸勉、祝頌的文章相贈，題亦稱序。於是贈序就從序跋中分了出來，成為獨立的文體。這種贈序在唐以前就有，但不多見。到了唐代，贈序得到大發展。李白的二十篇序，十九篇是贈序，即都是寫宴會、餞別、送別之作。如〈夏日奉陪司馬武公與群賢宴姑熟亭序〉、〈春夜宴從弟桃花園序〉、〈奉餞十七翁二十四翁尋桃花源序〉、〈秋於敬亭送從姪耑遊廬山序〉、〈冬夜於隨州紫陽先生飡霞樓送煙子元演隱仙城山序〉等等。李白的這些贈序都交待時間、地點、事由，描寫環境，暢敘友誼，感情深摯動人。李白序跋的序今只存一篇〈澤畔吟序〉，此〈序〉長期以來被人忽視，直到西元一九七九年筆者發表〈李白詩中崔侍御考辨〉，考明此〈序〉乃乾元年間李白流放途中在湘陰一帶為好友崔成甫的詩集《澤

畔吟》寫的序。其時成甫已卒。〈序〉中敘述了崔成甫的家世和經歷，從宦二十八載，沉淪下官，未登郎署。李白對權奸迫害忠良表示切齒痛恨，對成甫的不幸遭遇表示深切同情，對《澤畔吟》中的詩篇給予極高評價。

(五)贊

贊，又作「讚」，是對人物的評論，許多史書如《漢書》等每篇傳後都有「贊」。《舊唐書》每篇傳後除「史臣曰」外，又加四言韻文的「贊」。〈文選序〉說：「圖像則贊興。」說明贊常用於對圖像畫畫的讚美。今存李白的十七篇贊，只有〈朱虛侯贊〉一篇可以歸為史贊，因為它是對朱虛侯劉章平定呂氏之亂、安定漢室功績的讚美。其他都是畫贊。有人物畫像贊，有鳥獸畫像贊，有菩薩畫像贊，還有勇士斬蛟圖贊等。每篇都將畫中的圖像描繪得栩栩如生，使讀者如身臨其境，如見其人、物、及情景。

(六)頌

頌，是歌頌功業和德政的文章。〈文選序〉曰：「頌者，所以遊揚德業，褒贊成功。」李白的頌今存兩篇。〈趙公西侯新亭頌〉歌頌宣城郡太守趙悅興利除弊的事蹟，對發動群眾興建一座高亭作了具體生動的描寫，形容此亭的作用超過當年的謝公亭，可千載不朽。〈崇明寺佛頂尊勝陁羅尼幢頌〉歌頌魯郡都督李輔的政績，敘述遷移經幢的過程，讚美經幢的高大華麗，頌揚佛教的功德。兩篇頌都寫得自然流暢，既富有文采，又無雕琢堆砌，堪稱頌文佳作。

(七)銘

銘，是警戒之文，先秦時就盛行，多刻在器物上，即《文心雕龍‧銘箴》所說的「銘題於器」。如《禮

記・大學》記載的〈湯盤銘〉：「苟日新、日日新、又日新。」後又有刻於石碑記錄功業的銘，如班固〈封燕然山銘〉、唐玄宗〈紀泰山銘〉。亦有讚器物喻品德的如蘇頲〈太清觀鐘銘〉；讚人物的如李華〈四皓銘〉，讚關山的如獨孤及〈仙掌銘〉、呂溫〈成皋銘〉。也有戒亂臣的如呂溫〈古東周城銘〉；有激勵自己的如白居易〈續座右銘〉等。故《文心雕龍・銘箴》曰：「箴全禦過，故文資確切；銘兼褒讚，故體貴弘潤。」李白的銘今存兩篇：〈化城寺大鐘銘〉敘寫佛寺大鐘的作用，頌揚當塗縣令李有則主持鑄造化城寺大鐘的功德。〈天門山銘〉描敘天門山形勢的奇險，簡明扼要。兩篇屬於讚器物、讚關山的銘。

(八)記

記，這種文體在唐以前少見，《文選》未有此體。《文苑英華》數以百計的記都是唐人作品。李白今只存一篇〈任城縣廳壁記〉。所謂廳壁記，是指嵌於官府廳壁上的碑記。唐代非常盛行。始自臺省，後及郡縣。《唐語林》卷八：「朝廷百司諸廳皆有壁記，敘官秩創置及遷授始末，原其作意，蓋欲著前政履歷，而發將來健羨焉。故為記之體，貴其說事詳雅，不為苟飾。……韋氏《兩京記》云：郎官盛寫壁記，以記當廳前後遷除出入，寖以成俗。然壁記之起，當自國朝已來，始自臺省，遂流郡邑耳。」李白此記敘任城縣的歷史沿革、地勢風俗、城池交通、商業盛富，英才聚會，需賢人治理。誇讚縣令賀知止治理此縣能「再復魯道」的才能和政績。真所謂「說事詳雅，不為苟飾。」

(九)碑

碑，作為文體，很早就有。秦始皇巡遊四方，到處豎立石碑，刻上文字，宣揚功業，當時稱為刻石，漢以後稱這些刻石為碑。後來寫碑的人越來越多，內容也愈益豐富。不但歌頌功業可以立碑，而且山川、城池、宮室、樓臺、橋樑、戒壇、神廟、寺觀、家廟、祠堂都可以立碑。當然，最多的還是德政碑（去

思頌碑〉和神道碑（墓碑）。李白今存的五篇碑文就屬於這兩類。〈天長節使鄂州刺史韋公德政碑〉、〈武昌宰韓君去思頌碑〉、〈虞城縣令李公去思頌碑〉，是歌頌鄂州刺史兼天長節使韋良宰、武昌縣令韓仲卿、虞城縣令李錫的德政碑。〈溧陽瀨水貞義女碑銘〉、〈漢東紫陽先生碑銘〉則屬於墓碑。前人所寫碑文，敘述家世、行事容易板滯，而李白這些碑文都寫得層次井然，敘事具體而生動。

(十)祭文

祭文，是祭奠親友或山川神靈之作。李白寫的祭文今存兩篇，都是代別人寫的：〈為竇氏小師祭璿和尚文〉，是代後輩弟子祭前輩師父，寫得如泣如訴，悽楚感人。〈為宋中丞祭九江文〉是代御史中丞宋若思祭奠長江之神，以萬乘蒙塵、蒼生悉為白骨為由，請求神靈保佑天兵安全渡江，北上消滅妖孽。寫得正氣凜然，有千軍萬馬奔騰之勢。

總而言之，李白的六十多篇文章，大致與他的性格和詩風相似，都有飄逸英爽之氣。這些文章，或駢或散，或駢散結合，大都剪裁得當，既富文采，又無雕琢堆砌之病，都堪稱唐代文章的上乘之作。

四、李白文集版本及本書編寫體例

李白文集，最早是由北宋樂史搜集編刊的。其〈李翰林別集序〉曰：「李翰林歌詩，李陽冰纂為《草堂集》十卷，史又別收歌詩十卷，與《草堂集》互有得失，因校勘排為二十卷，號曰《李翰林集》。今於三館中得李白賦、序、表、贊、書、頌等，亦排為十卷，號曰《李翰林別集》。……咸平元年三月三日序。」後來宋敏求在此基礎上，又加輯錄編入交由蘇州晏知止刊行的《李太白文集》，今存北宋末蜀刻本《李太白文集》即其翻刻本。本書以臺灣學生書局影印的日本靜嘉堂文庫藏宋蜀刻本《李太白文集》第

二十五卷至三十卷的文章部分作為底本（簡稱宋本），參校《四部叢刊》影印明郭雲鵬重刊《分類補注李太白集》（簡稱郭本），清康熙繆曰芑翻刻《李太白文集》（簡稱繆本），清乾隆刊本王琦《李太白文集輯注》（一作《李太白全集》）（簡稱王本），清光緒劉世珩玉海堂《景宋咸淳本李翰林集》（簡稱咸本），並參校《文苑英華》、《唐文粹》等總集，擇善而從，並盡可能地在注釋中列出異文，供讀者參考。

全書的編排基本上按宋蜀刻本《李太白文集》的次序，即宋本第二十五卷作為本書的卷一，以此類推，宋本第三十卷為本書的卷六。本書的卷七即將宋本集外文〈漢東紫陽先生碑銘〉收入。而宋本第三十卷的〈比干碑〉現已考明乃李翰之文，非李白之作，所以本書予以刪除。必須說明的是：宋本和各本中都有很多異體字和古體字，為方便讀者閱讀，本書將常用的異體字逕改為正體字，（作法同《新譯李白詩全集》）不在注釋中一一出校。如「刱」逕改為「創」，「牕」逕改為「窗」，「詶」逕改為「酬」，「飜」逕改為「翻」，「惣」、「摠」逕改為「總」，「謌」逕改為「歌」，「踈」逕改為「疏」，「鷰」逕改為「燕」，「鴈」逕改為「雁」，「劒」逕改為「劍」，「巗」逕改為「巖」，「胷」逕改為「胸」，「䙅」逕改為「腰」，「䰟」逕改為「魂」，「軄」逕改為「職」，「蹔」逕改為「暫」，「慙」逕改為「慚」，「懃」逕改為「勤」，「勑」逕改為「敕」，「跑」逕改為「跎」，「効」逕改為「效」，「却」逕改為「卻」，「皃」逕改為「貌」等等。宋本中「揚州」的「揚」多誤作「楊」，本書亦一律逕改為「揚」。不在注釋中一一出校。有的異體字因牽涉到人名、地名、官名及避免誤解等原因，則保留原字，在注釋中說明：「某，『某』的異體字」。如「寓」不改為「宇」，「喆」不改為「哲」等等。

本書對李白的全部文章逐篇進行注釋、語譯和研析。在注釋方面，力求做到翔實、精確和清晰。主要是訓釋難懂的詞語和典故，疏通文字，凡運用典故或化用前人文章的語句，盡量注明出處，提供書證。對文章中出現的人名、官名、地名，都通過查稽典籍和地下出土資料進行考證，提供切實可靠的根據。凡各版本中出現的重要異文，也都在注釋中出校。

在語譯方面，本書力求做到符合作者創作的原意。但由於李白文章富有跳躍性，讀者往往見仁見智，理解不同。本書的語譯只是根據本人的理解，對文章進行直譯，不作言外的推測附會。

關於研析，首先是盡可能考知每篇文章的寫作年代，給予編年。但李白許多文章無法考知寫作年代，所以無法編年。許多文章篇幅很長，本書作了分段，並對每段作了大意分析，這也只是本人的看法。對有些文章則採用有話則長、無話則短的原則，根據本人的粗淺體會，作一些簡單的闡發，限於水準，未必能完全表達準確的意旨，僅供讀者參考。

卷第一

古賦

明堂賦❶并序

昔在天皇❷，告成岱宗，改元乾封❸，經始明堂，年紀總章❹。時締構之未輯，痛威靈之遐邁❺。天后繼作，中宗成之。因兆人之子來❻，崇萬祀之丕業❼。蓋天皇先天，中宗奉天❽。累聖纂就❾，鴻勳克宣❿。臣白美頌，恭惟述焉⓫。

【章　旨】以上為序。概述唐朝開始創建明堂的經過及詩人作賦贊頌之事。

【注　釋】❶明堂賦　明堂，古代帝王宣明政教的地方。凡朝會、祭祀、慶賞、選士、養老、教學等大典，都在此舉行。《孟子‧梁惠王下》：「夫明堂者，王者之堂也。」古樂府〈木蘭詩〉：「歸來見天子，天子坐明堂。」然歷代名稱制度有所不同。隋代無明堂之稱。此處特指武則天時所建東都洛陽之明堂。據兩《唐書》記載，唐太宗貞觀初，詔奉高祖配圜丘及明堂北郊之祀。高宗永徽二年（西元六五一年），詔建明堂，又奉太宗配祀於明堂。時太常博士柳宣依

鄭玄義，以為明堂之制為五室，內直丞孔志約據《大戴禮》及盧植、蔡邕等義，以為九室。諸儒紛爭不一。乾封二年（西元六六七年）二月，詔以製造明堂宜及時起作，於是大赦天下，改元為總章，分萬年縣置明堂縣（《舊唐書・高宗紀下》），示必欲立之，而議者益紛然。則天臨朝，以高宗遺意，乃與北門學士議其制，盡棄群言。垂拱四年（西元六八八年）二月，毀東都之乾元殿，就其地造明堂。是年明堂成，號萬象神宮。證聖元年（西元六九五年）一月，明堂為火所焚，又令重造。萬歲登封元年（西元六九六年）三月，重造明堂成，號為通天宮。四月，武則天親享明堂，大赦天下，改元萬歲通天（《舊唐書・則天皇后紀》）。玄宗開元五年（西元七一七年），幸東都，將行大享之禮，以武太后所造明堂有乖典制，遂拆，依舊改建為乾元殿。「十年冬癸丑，乾元殿依舊題為明堂。」（《舊唐書・玄宗紀上》）二十七年（西元七三九年），「冬十月，毀東都明堂之上層，改拆下層為乾元殿。」（《舊唐書・玄宗紀下》）。由此可知此賦當作於開元十年（西元七二二年）冬以後，二十七年（西元七三九年）以前。按：賦中有「帝躬乎天田，后親於郊桑」句，與《舊唐書・玄宗紀下》「（開元）二十三年春正月，親耕籍田」相符，疑此賦作於開元二十三年遊東都洛陽之時，賦自稱「臣白美頌」，或疑欲將此賦獻皇帝。❷天皇　指唐高宗。《舊唐書・高宗紀下》：咸亨五年秋八月，「皇帝稱天皇，皇后稱天后。」❸告成岱宗二句　謂完成至泰山封禪，改年號為乾封。《詩・大雅・江漢》：「經營四方，告成于王。」孔穎達疏：「告其成功于宣王也。」後因稱事已完成為「告成」。岱宗，指泰山。《書・舜典》：「歲二月，東巡守，至于岱宗。」孔傳：「岱宗，泰山，為四岳所宗。」按：《舊唐書・高宗紀上》：「（麟德二年）冬十月戊午，皇后請封禪，司禮太常伯劉祥道上疏請封禪。……丁卯，將封泰山，發自東都。……十二月丙午，御齊州大廳。乙卯，命有司祭泰山。丙辰，發靈巖頓。」又〈高宗紀下〉：「麟德三年春正月戊辰朔，車駕至泰山頂。是日親祀昊天上帝於封祀壇，以高祖、太宗配饗。己巳，帝升山行封神之禮。庚午，禪於社首，祭皇地祇，以太穆太皇太后、文德皇太后配饗；皇后為亞獻，越國太妃燕氏為終獻。辛未，御降禪壇。壬申，御朝覲壇受朝賀。改麟德三年為乾封元年。」二句即指此事。❹經始明堂二句　謂開始經略建築明堂之事，改年號為總章。按：《舊唐書・高宗紀下》：「（乾封三年二月）丙寅，以明堂制度歷代不同，漢魏以還，彌更訛舛，遂增損古今，新制其圖。下詔大赦，改元為總章元年。」二句即指此事。❺時締構之未輯二句　謂當時建築構造尚未聚輯，痛惜唐高宗就已登遐逝世。締構，開創建造。《文選》卷六左思〈魏都賦〉：「有魏開國之日，締構之初，萬邑譬焉。」李善注引《廣雅》曰：「締，結也。」威靈，指有神靈威力的唐高宗。遐邁，猶「遐登」、「登遐」，仙逝升天；帝王死亡的諱稱。輯，郭本、王本作

「集」。❻因兆人之子來　兆人，即兆民。避唐太宗李世民諱，改「民」為「人」。謂眾百姓。兆，極言其多。《書・五子之歌》：「予臨兆民，懍乎若朽索之馭六馬。」孔傳：「十萬曰億，十億曰兆。言多。」《禮記・內則》：「降德于眾兆民。」鄭玄注：「萬億曰兆。天子曰兆民，諸侯曰萬民。」子來，謂民心歸附，如子女趨事父母，不召自來。《詩・大雅・靈臺》：「經始勿亟，庶民子來。」❼崇萬祀之丕業　萬祀，猶萬年。《晉書・溫嶠傳》：「俾芳烈奮乎百世，休風流乎萬祀。」祀，咸本作「祖」。丕業，大業。《史記・司馬相如列傳》：「皇皇者斯事！天下之壯觀，王者之丕業，不可貶也！」❽蓋天皇先天二句　天皇，指唐高宗。先天，先於天時而行事。中宗，唐中宗，高宗與武后之第三子李顯。奉天，奉受天命。《易・乾卦》：「先天而天弗違，後天而奉天時。」孔穎達疏：「先天而天弗違者，若在天時之先行事，天乃在後不違，是天合大人也。後天而奉天時者，若在天時之後行事，能奉順上天，是大人合天也。」❾累聖纂就　指高宗、武后至中宗繼承修建成功。❿鴻勳克宣　謂能夠宣揚大唐的偉大的功勳、宏大的事業。蔡邕〈楊公碑〉：「於是門人學徒，相與刊石樹碑，表勒鴻勳贊懿德。」克，能。宣，宣揚。⓫恭惟述焉　謂恭敬地來敘述這件事。惟，助詞。

【語　譯】以往在天皇高宗皇帝的時候，完成至泰山封禪以後，改年號為乾封元年。開始經略建築明堂之事，又改年號為總章。當時建築構造尚未聚輯，痛惜神威的高宗皇帝卻就逝世了。天后繼續高宗皇帝的事業建造明堂，中宗皇帝完成使命。於是億兆人民如子女趨事父母不召而自來，尊崇這萬年的大業。大致是天皇高宗皇帝是先於天時而行事，中宗皇帝是奉行天命。幾代皇帝相繼而建造成功，能夠宣揚大唐的偉大功勳。小臣李白讚美頌揚此事，為此恭敬地述寫這篇賦。

其辭曰：

伊皇唐之革天創元❶也，我高祖乃仗大順❷，赫然雷發❸以首之。於是橫八荒，漂九陽，掃叛換，開混茫❹。景星耀而太階平❺，虹蜺滅而日月張❻。

欽若太宗，繼明重光❼。廓區宇以立極，綴蒼昊之頹綱❽。淳風沕穆，鴻恩滂洋❾。武義烜赫於有截，仁聲馺駱乎無疆❿。

若乃高宗紹興⓫，祐統錫羨。神休傍臻，瑞物咸薦⓬。元符剖兮地珍見，既應天以順人，遂登封而降禪⓭。將欲考有洛，崇明堂，惟厥功之未輯兮，乘白雲於帝鄉⓮。天后勤勞輔政兮，中宗以欽明克昌⓯。遵先軌⓰以繼作兮，揚列聖之耿光⓱。

【章　旨】以上為第一段，敘高祖、太宗創建唐朝的功業；高宗應天順人，欲建明堂，未就而先逝；武后勤勞輔政，建成明堂；中宗繼作而發揚光輝。

【注　釋】❶革天創元　王琦注：「革天，謂改革天命。創元，謂創造基業之始。」❷仗大順　謂依仗順乎天道。《文選》卷三七劉琨〈勸進表〉：「抗明威以攝不類，仗大順以肅宇內。」李善注引《禮》曰：「天子以德為車，以樂為御；諸侯以禮相與；大夫以法相序；天下之肥也。是謂大順。」❸赫然雷發　赫然，奮發貌。《後漢書・南匈奴傳論》：「逮孝武亟興邊略，有志匈奴，赫然命將，戎旗星屬，候列郊甸，火通甘泉。」雷發，比喻行動如雷電發作般聲勢威猛。《唐文粹》作「電發」。劉向〈九歎・遠遊〉：「雷動電發，馺高舉兮。」❹於是橫八荒四句　八荒，八方荒遠之地。賈誼〈過秦論〉：「囊括四海之意，併吞八荒之心。」九陽，天地的邊沿。《楚辭・遠遊》：「朝濯髮於湯谷兮，夕晞余身兮九陽。」王逸注：「九陽，謂天地之涯。」叛換，兇暴跋扈。蕭本作「畔換」。郭本、咸本、《唐文粹》、《全唐文》皆作「叛渙」。《文選》卷六左思〈魏都賦〉：「雲撤叛換，席卷虔劉。」劉淵林注：「叛換，猶恣睢也。」混茫，混沌蒙昧。此處比喻隋末天下大亂，如混沌蒙昧之世。❺景星耀而太階平　謂德星明亮照耀而天下太平。《史記・天官書》：「天精而見景星。景星者，德星也。其狀無常，常出於有道之國。」裴駰集解引孟康曰：「精，

明也。有赤方氣與青方氣相連，赤方中有兩黃星，青方中一黃星，凡三星合為景星。」《宋書・符瑞志下》：「景星，大星也。狀如半月，於晦朔助月為明。」耀，《唐文粹》作「曜」。太階，即泰階，古星名，即三台。《漢書・東方朔傳》：「願陳《泰階六符》，以觀天變，不可不省。」顏師古注：「孟康曰：『泰階，三台也。每台二星，凡六星。符，六星之符驗也。』應劭曰：『《黃帝泰階六符經》曰：「泰階者，天之三階也。上階為天子，中階為諸侯公卿大夫，下階為士庶人。……三階平則陰陽和，風雨時，社稷神祇咸獲其宜，天下大安，是為太平。」』」❻虹蜺滅而日月張　謂大亂消滅而日月光明。虹蜺，舊時以為二氣不正之交，象徵作亂、淫奔等。《晉書・天文志中》：「妖氣，一曰虹蜺，日旁氣也，斗之亂精。主惑心，主內淫，主臣謀君，天子詘，后妃顓，妻不一。」❼欽若太宗二句　謂欽敬太宗繼承高祖，使國事更加光明燦爛。欽若，敬順。《書・堯典》：「乃命羲和，欽若昊天。」孔傳：「敬順昊天。」繼明，持續不斷地光明。借指皇帝傳位。《易・離卦》：「大人以繼明照於四方。」重光，比喻累世盛德，輝光相承。《書・顧命》：「昔君文王、武王，宣重光。」孔傳：「言昔先君文武，布其重光累聖之德。」蔡沈注：「武猶文，謂之重光，猶舜如堯，謂之重華也。」❽廓區宇以立極二句　謂開拓疆域而樹立王朝統治的準則，收拾補好頹壞的綱紀。區宇，疆域。《三國志・魏書・崔琰傳》：「不如守境述職以寧區宇。」立極，指王朝樹立最高準則。語本《書・洪範》：「皇建其有極。」蒼昊，同蒼天。王本作「蒼顥」，《梁書・武帝紀上》：「上達蒼昊，下及川泉。」頹綱，敗壞的綱紀。《文選》卷二〇陸雲〈大將軍宴會被命作此詩〉：「頹綱既振，品物咸秩。」劉良注：「言頹落綱紀既整，品物皆有次序。」❾淳風沕穆二句　謂淳樸的風俗深厚，唐王朝的鴻恩廣大綿長。沕穆，《史記・屈原賈生列傳》：「沕穆無窮兮，胡可勝言？」司馬貞索隱：「沕穆，深微之貌。」滂洋，廣大繁多。《漢書・禮樂志》：「福滂洋，邁延長。」顏師古注：「滂洋，饒廣也。」❿武義烜赫於有截二句　謂太宗的武功威振海外，仁義之聲迅速傳播無窮無盡。武義，武事。烜赫，形容聲威氣勢之盛。烜，宋本原作「炟」，疑為宋人避諱改，今據各本改回。赫，《唐文粹》作「爀」。有截，用《詩・商頌・長發》「相士烈烈，海外有截」語，鄭玄箋：「截，整齊也，四海之外率服，截而齊整。」揚雄〈羽獵賦〉：「仁聲惠於北狄，武義動於南鄰。」駁騁，比喻迅速傳播。蕭本、郭本、王本、咸本、《全唐文》皆作「駁沓」。無疆，無窮盡。⓫若乃高宗紹興　若乃，至於。用在句子開頭，表示另起一事。高宗，指唐高宗李治。紹興，繼承而振興。《鹽鐵論・誅秦》：「賴先帝大惠，紹興其後。」⓬祐統錫羨三句　謂高宗受到神靈的保祐與賜福，吉祥之物都進獻而至。祐，《唐文粹》、《全唐文》皆作「拓」。《文選》卷七揚雄〈甘泉賦〉：「卹胤錫

羡，拓迹開統。」李善注引應劭曰：「卹，憂也；胤，續也；錫，與也；羡，饒也；拓，廣也。……言神明饒與福祥，廣迹而開統也。」又：「擁神休，尊明號。」李善注引晉灼曰：「擁，祐也；休，美也。言見祐護以休美之祥也。」傍臻，廣泛地到來。瑞物，象徵吉祥之物。咸薦，皆進獻而來。⓭元符剖兮地珍見三句　謂大瑞降臨，地珍湧現，高宗應天順人，就登泰山而封禪。元符，《文選》卷九揚雄〈長楊賦〉：「方將俟元符。」李善注引晉灼曰：「元符，大瑞也。」應天以順人，《易・革卦》：「湯、武革命，順乎天而應乎人，革之時大矣哉！」後王朝或帝王更迭，常自稱應天命、順人心而慣用此語。以，郭本、《全唐文》作「而」。登封而降禪，《文選》卷三張衡〈東京賦〉：「登封降禪，則齊德乎黃軒。」薛綜注：「登，謂上泰山封土；降，謂下禪梁父也。言光武登上泰山，下禪梁父，則與黃帝軒轅齊其功德。」⓮將欲考有洛四句　謂高宗將要考察洛陽地勢，建造明堂，只是其功尚未結集，高宗就駕崩逝世。有洛，指洛陽。有，語助，無義。乘白雲於帝鄉，諱言高宗逝世。《莊子・天地》：「千歲厭世，去而上仙，乘彼白雲，至於帝鄉。」⓯欽明克昌　敬肅明察而能夠昌盛。《書・堯典》：「欽明文思。」孔傳：「欽，敬也。」孔穎達疏引鄭玄云：「敬事節用謂之欽，照臨四方謂之明。」《詩・周頌・雝》：「克昌厥後。」鄭玄箋：「能昌大其子孫。」⓰先軌　先王的法度。《南齊書・武帝紀》：「朕嗣奉鴻基，思隆先軌。」⓱耿光　光輝；光榮。《書・立政》：「以覲文王之耿光。」孔穎達疏：「以顯見文王之光明。」

【語　譯】賦說：

大唐王朝改革天命創造基業開始的時候，我高祖皇帝依仗順於天道，如雷電般首先奮發而起。在此之時，橫掃八方荒遠之地，搖動天地的邊際，掃除兇暴跋扈之輩，撥開混沌蒙昧狀態。德星明而天下太平，妖氣消滅而日月光耀。

欽敬太宗皇帝，繼位而光輝相承，開拓疆域而樹立王朝統治的準則，補整頹壞的綱紀。使唐王朝淳樸的風俗深厚，鴻恩廣大綿長。太宗皇帝的武功威震海外，仁義之聲無窮無盡地迅速傳播。

至於高宗皇帝繼位振興，受到神靈的保祐與賜福，美好之事廣泛地到來，吉祥之物都進獻而至。大瑞降臨，地珍湧現，高宗皇帝應天順人，於是登泰山而封禪。將要考察洛陽的地勢，建造明堂，只是其

功尚未結集，高宗皇帝就駕崩先去。天后勤勞輔政，中宗皇帝敬明而能昌盛。遵照先王的法度而繼續建造，發揚前代幾位聖帝的光輝。

則使軒轅草圖❶，羲和練日❷。經之營之，不綵不質。因子來於四方，豈殫稅於萬室❸。乃準水臬❹，攢雲樑❺，罄玉石於隴坂❻，空瓌材於瀟湘❼。巧奪神鬼，高窮昊蒼❽。聽天語之察察❾，擬帝居之鏘鏘❿。雖暫勞而永固兮，始聖謨⓫於我皇。

【章旨】以上為第二段，描寫從設計製圖、擇日施工、採集木石建材、建造明堂的過程。

【注釋】❶軒轅草圖　黃帝時的明堂圖。《漢書‧郊祀志下》：「初，天子封泰山，泰山東北阯古時有明堂處，處險不敞。上欲治明堂奉高旁，未曉其制度。濟南人公玉帶上黃帝時明堂圖。」❷羲和練日　使掌天地四時之官挑選日子。《書‧堯典》：「乃命羲和，欽若昊天。厤象日月星辰，敬授人時。」孔傳：「重黎之後，羲氏和氏，世掌天地四時之官。故堯命之使敬順昊天，……敬記天時以授人也。」練日，選日。《漢書‧禮樂志》：「〈郊祀歌〉十九章，其詩曰：『練時日，侯有望。』」顏師古注：「練，選也。」❸經之營之四句　《詩‧大雅‧靈臺》：「經始靈臺，經之營之。庶民攻之，不日成之。經始勿亟，庶民子來。」孔穎達疏：「言文王有德，民心附之。既徙於豐，乃經理而量度。初，始為靈臺之基趾也，既度其處，乃經理之，營表之。其位既定，於是天下眾庶之民則競攻而築作之。不設期日而已成之。民悅其德，自勸其事，是民心附之也。」綵，《全唐文》作「彩」。異體字。子來，謂民心歸附，如子女趨事父母，不召自來。方，咸本校：「一作人。」殫稅，竭盡賦稅。《文選》卷三張衡〈東京賦〉：「秦政……乃構阿房，起甘泉，結雲閣，冠南山，征稅盡，人力殫。」薛綜注：「言征稅之賦盡於奢泰之用，天下之力盡於長城與宮室也。殫，盡也。」❹準水臬　以水平儀測量標準。準，宋本作「准」，「準」的異體字。據郭本、《唐文粹》、《全唐文》改。

水臬，古代測定水平面的器具。《周禮・考工記下》：「匠人建國，水地以縣，置槷以縣（懸），眡以景（影），為規識日出之景與日入之景。」鄭玄注：「於四角立植，而縣（懸）以水，望其高下。高下既定，乃為位而平地。……槷，古文臬，假借字。於所平之地中央，樹八尺之臬，以縣正之，眡之以其景（影），將以正四方也。」《文選》卷一一何晏〈景福殿賦〉：「制無細而不協於規景（影），作無微而不違於水臬。」張銑注：「水臬，水平也。」❺攢雲樑　聚集的樑柱都高入雲霄。攢，聚集。樑，「梁」的異體字。《唐文粹》、《全唐文》作「梁」。《文選》卷一一何晏〈景福殿賦〉：「煥若雲梁承天。」張銑注：「言梁高如雲虹之狀，以承於天。」❻罄玉石於隴坂　用盡隴山的玉石。罄，盡。隴坂，即隴山，在今陝西隴縣西南，延伸於陝、甘邊境。《漢書・地理志下》「隴西郡」顏師古注：「隴坻謂隴阪，即今之隴山也。此郡在隴之西，故曰隴西。」❼空瓌材於瀟湘　謂用空瀟湘一帶美好的木材。《文選》卷一班固〈西都賦〉：「因瓌材而究奇。」呂延濟注：「瓌，美。」瀟湘，二水名，在今湖南永州合流。❽昊蒼　蒼天。《文選》卷四五班固〈答賓戲〉：「超忽荒而躆昊蒼也。」李善注引項岱曰：「昊、蒼，皆天名也。」❾察察　清楚明晰貌。《老子》：「俗人察察，我獨悶悶。」❿擬帝居之鏘鏘　帝居，天帝所居。揚雄〈甘泉賦〉：「配帝居之縣圃兮。」《文選》卷二張衡〈西京賦〉：「仰福帝居。」薛綜注：「帝居，謂太微宮，五帝所居。」鏘鏘，象聲詞。蕭本、郭本、王本、《全唐文》作「將將」，同。《詩・大雅・緜》：「應門將將。」毛傳：「將將，嚴正也。」⓫始聖謨　語出《書・伊訓》：「聖謨洋洋，嘉言孔彰」，本謂聖人治天下的宏圖大略。此處用為稱頌帝王謀略之詞。始，《唐文粹》作「貽」。謨，《唐文粹》、《全唐文》作「謀」。

【語　譯】建造明堂首先是按照軒轅黃帝時的明堂圖作為榜樣，還使掌天地四時之官挑選吉日開工。開始經營操作，既不奢華而又不粗拙。四方民眾如子女趨事父母那樣不召自來，豈能像前朝那樣為建宮室而向萬家竭盡徵稅。於是用水平儀測量標準，聚集的樑柱高聳入雲，用盡了隴山的玉石，瀟湘一帶美好的木材也都伐空了。人工的精巧技術遠勝過神鬼所使，建築之高窮盡蒼天。可以清晰地聽到天上的聲音，可以比擬天帝嚴正的居處。雖只是短時間的勞動但卻是永遠堅固的建築，這是始於我唐朝皇帝的英明宏圖。

觀夫明堂之宏壯也，則突兀曈曨❶，乍明乍蒙，大古元氣之結空❷。巃嵸頹沓，若嵬若嶪❸，似天闔❹地門之開闔。爾乃劃峉嶺以嶽立，郁穹崇而鴻紛❺。冠百王而垂動，燭萬象而騰文❻。窙惚恍以洞啟，呼嵌嵒而傍分❼。又比乎崑山之天柱，矗九霄而垂雲❽。

【章　旨】以上為第三段，形容明堂的宏偉壯麗，幽深而高峻。

【注　釋】❶突兀曈曨　突兀，高聳特出貌。唐人習慣用語。杜甫〈茅屋為秋風所破歌〉：「何時眼前突兀見此屋。」曈曨，日初出漸明貌。《說文・日部》：「曈曨，日欲明也。」又指由暗而漸明貌。陸機〈文賦〉：「情曈曨而彌鮮。」❷大古元氣之結空　大，通「太」。郭本、《唐文粹》、《全唐文》作「像太」，王本作「若太」。元氣，古代哲學名詞。指產生天地萬物的原始物質，或指陰陽二氣混沌未分的實體。《論衡・談天》：「元氣未分，渾沌為一。」結空，結集於空間。❸巃嵸頹沓二句　巃嵸，高聳貌。《文選》卷八司馬相如〈上林賦〉：「巃嵸崔巍。」李善注引郭璞曰：「巃嵸、崔巍，皆高峻貌也。」頹沓，堆疊。頹，通「堆」。嵬、嶪，嵬峩岌嶪，高大雄偉貌。《文選》卷二張衡〈西京賦〉：「狀嵬峩以岌嶪。」張銑注：「嵬峩、岌嶪，高壯貌。」❹天闔　天門之門檻。《漢書・揚雄傳》：「天闔決兮地垠開。」顏師古注：「天門之闔。」❺爾乃劃峉嶺以嶽立二句　王琦注：「《增韻》：『劃，剖也。』」峉嶺，《唐文粹》作「峉客」。《文選》卷一二木華〈海賦〉：「啟龍門之峉嶺。」李善注：「峉嶺，高貌。」嶽立，聳立；屹立。潘岳〈籍田賦〉：「青壇蔚其嶽立兮。」郁、穹崇，狀大而高。《文選》卷一六司馬相如〈長門賦〉：「鬱並起而穹崇。」李善注引郭璞《方言注》曰：「鬱，壯大也；穹崇，高貌。」鴻紛，狀大而多。《文選》卷一一王延壽〈魯靈光殿賦〉：「羌瓌譎而鴻紛。」劉良注：「鴻，大也；紛，多也。言奇異之狀大而多也。」❻冠百王而垂動二句　而，蕭本、王本作「以」。象，宋本原作「像」，據郭本、王本、《唐文粹》、《全唐文》改。萬象，宇宙間的一切事物或景象。謝靈運〈從遊京口北固應詔〉詩：「皇心美陽澤，萬象咸光昭。」❼窙惚恍以洞啟二句　形容明堂之幽深險峻。

寥，氣上蒸貌。惚恍，隱約迷糊。《文選》卷一〇潘岳〈西征賦〉：「寥廓惚恍，化一氣而甄三才。」李善注：「寥廓惚恍，未分之貌也。」洞啟，敞開。潘岳〈藉田賦〉：「閶闔洞啟。」啟，《唐文粹》、《全唐文》作「豁」。嵓，「巖」的異體字。郭本、王本作「巖」。嵌巖，山崖險峻貌。傍，《唐文粹》作「旁」。❽又比乎崑山之天柱二句　形容明堂之高峻雄偉。乎，《全唐文》作「夫」。崑山，指崑崙山。《神異經．中荒經》：「崑崙之山，有銅柱焉，其高入天，所謂天柱也。圍三千里，周圓如削。」矗九霄，高聳直上九天。矗，高聳；向上直立。九霄，天的極高處；道教謂仙人居處。《文選》卷二二沈約〈遊沈道士館〉詩：「銳意三山上，託慕九霄中。」張銑注：「九霄，九天仙人所居處也。」垂雲，低垂的雲彩。何晏〈景福殿賦〉：「迫而察之，若仰崇山而戴垂雲。」

【語譯】觀看這明堂的宏偉壯麗，高聳特出如太陽初出而漸明，忽明忽暗，如太古的元氣結集於天空。高聳堆疊，高大雄偉，如天地之門的開合。於是剖高而屹立，高峻而眾多。成為古代百王以來建築之冠而勳業垂世，燭照宇宙間一切景象而呈現出文彩，隱約如霧氣上蒸而豁然洞開，如險峻山崖依傍分立。又可與崑崙山的天柱相比，高聳直上九天而雲彩低垂。

於是結構乎黃道，岧嶤乎紫微❶。絡勾陳以繚垣❷，闢閶闔而啟扉❸。崢嶸嶒嶷，粲宇宙兮光輝；崔嵬赫弈，張天地之神威❹。

夫其背泓❺黃河，垠瀨清洛❻。太行卻立，通谷前廓❼。遠則標熊耳以作揭❽，豁龍門❾以開關。點翠綵於洪荒❿，洞清陰乎群山。及乎煙雲卷舒，忽出乍沒⓫。岌嵩噴伊⓬，倚日薄月。雷霆之所鼓蕩，星斗之所伾扢⓭。挐金龍之蟠蜿⓮，挂天珠之硉矹⓯。

【章　旨】以上為第四段，描敘明堂之建築上依天象，下符地理形勢，顯示出雄偉壯闊。

【注　釋】❶於是結構乎黃道二句　結構，連接構架，以成屋舍。《文選》卷二六謝朓〈郡內高齋閑坐答呂法曹〉詩：「結構何迢遰，曠望極高深。」李善注：「結構，謂結連構架，以成屋宇也。」黃道，從地球上看太陽於一年內在恆星之間所走的視路徑。即地球的公轉軌道平面與天球相交的大圓。《晉書・天文志上》：「黃道，日之所行也，半在赤道外，半在赤道內。」岧嶤，高峻；高聳。曹植〈九愁賦〉：「登岧嶤之高岑。」紫微，星官名，三垣之一。《晉書・天文志上》：「紫宮垣十五星，其西蕃七，東蕃八，在北斗北。一曰紫微，大帝之座也。天子之常居也，主命主度也。」後多指帝王宮殿。王延壽〈魯靈光殿賦〉：「乃立靈光之祕殿，配紫微而為輔。」《文選》卷一班固〈西都賦〉：「據坤靈之正位，倣太紫之圓方。」李善注：「《七略》曰：王者師天體地而行，是以明堂之制，內有太室，象紫微宮，南出明堂，象太微。」❷絡勾陳以繚垣　絡，網絡。勾陳，即鉤陳。《文選》卷一班固〈西都賦〉：「周以鉤陳之位。」李善注引《樂叶圖》曰：「鉤陳，後宮也。」李周翰注：「鉤陳，星名，衛紫微宮。今離宮別衛以取象焉。」繚垣，圍牆。《文選》卷二張衡〈西京賦〉：「繚垣綿聯，四百餘里。」❸闢閶闔而啟扉　閶闔，天門。《文選》卷一一王延壽〈魯靈光殿賦〉：「高門擬于閶闔。」張載注：「閶闔，天門也，王者因以為門墉牆也。」啟扉，開門。《文選》卷一班固〈西都賦〉：「臨峻路而啟扉。」張銑注：「啟，開也；扉，門扉。」❹崢嶸嶒嶷四句　王琦注：「岧嶤、崢嶸、嶒嶷、崔嵬，並言山之高峻，借以喻室之高峻也。」赫弈，光輝炫耀貌。《文選》卷一一何晏〈景福殿賦〉：「赫奕章灼，若日月之麗天也。」李善注：「赫奕章灼，皆光顯昭明也。」❺泓　水深廣貌。郭璞〈江賦〉：「極泓量而海運，狀滔天以淼茫。」❻垠瀨清洛　垠，界限；邊際。《楚辭・遠遊》：「其大無垠。」瀨，急流。《文選》卷五左思〈吳都賦〉：「控清引濁，混濤並瀨。」劉逵注：「瀨，急流也。」《唐文粹》、《全唐文》作「瀬」。清洛，指洛水。《元和郡縣志》卷五河南府洛陽縣：「洛水，在縣西南三里。」《文選》卷三張衡〈東京賦〉：「泝洛背河。」薛綜注：「泝，向也。洛，洛水；河，黃河。」❼太行卻立二句　太行，山名。在山西高原與河北平原之間。北起拒馬河谷，南至晉、豫邊境黃河沿岸，綿延四百餘公里。《元和郡縣志》卷一六河北道懷州河內縣：「太行山，在縣北二十五里。」按：唐懷州河內縣今為河南沁陽。卻立，後退站立。《史記・廉頗藺相如列傳》：「相如因持璧卻立，倚柱。」此處謂太行山退在後面站立著。通谷，谷名。在洛陽城南五十里。《文選》卷一九曹植〈洛神賦〉：「經

通谷，陵景山。」李善注引華延〈洛陽記〉曰：「城南五十里有大谷，舊名通谷。」按：張衡〈東京賦〉：「盟津達其後，太谷通其前。」太谷，即大谷，亦即通谷。通其前，即此處謂「前廓」。廓，開通；開拓。❽遠則標熊耳以作揭　謂遠處有熊耳山作為高峰的標幟。揭，通「楬」。標幟。郭璞〈江賦〉：「峨嵋為泉陽之揭。」《文選》卷三張衡〈東京賦〉：「太室作鎮，揭以熊耳。」薛綜注：「揭，猶表也。言以嵩高之岳，為國之鎮也。復表以熊耳之山。」李善注：「熊耳，山名也。《尚書傳》曰：熊耳山在宜陽之西也。」按：熊耳山在今河南省西北部，秦嶺東段支脈。❾豁龍門　豁，開。龍門，山名。即伊闕。在今河南洛陽南。《漢書・溝洫志》：「昔大禹治水，山陵當路者毀之，故鑿龍門，辟伊闕。」《水經注・伊水》：「伊水又北入伊闕，昔大禹疏以通水。兩山相對，望之若闕，伊水歷其間北流，故謂之伊闕矣。《春秋》之闕塞也。……傅毅〈反都賦〉曰：『因龍門以暢化，開伊闕以達聰也。』」❿點翠綵於洪荒　翠綵，青綠色。綵，「彩」的異體字。《全唐文》作「彩」。洪荒，大荒。指曠遠之地。郭本、王本作「鴻荒」。鴻，通「洪」。⓫乍沒　突然隱沒。《孟子・公孫丑上》：「今人乍見孺子將入於井，皆有怵惕惻隱之心。」朱熹集注：「乍，猶忽也。」⓬岌嵩噴伊　高高的嵩山和噴濺的伊水。岌，山聳起貌。嵩，嵩山。在今河南登封境內，洛陽東南。伊，即伊水。⓭伾扢　摩拭。扢，蕭本、郭本、《全唐文》作「仡」。⓮挐金龍之蟠蜿　《隋唐嘉話》卷一：「今明堂始微於西南傾，工人以木於中薦之。武后不欲人見，因加為九龍盤糾之狀。其圓蓋上本施一金鳳，至是改鳳為珠，群龍捧之。」挐，宋本原作「挐」，蕭本、郭本、《全唐文》作「拏」，今據王本、《唐文粹》改作「挐」，通「拏」。牽引。蟠蜿，龍蛇活動貌。⓯硉矹　突兀轉動貌。《文選》卷一二郭璞〈江賦〉：「巨石硉矹以前卻。」李善注：「硉矹，沙石隨水之貌。」呂向注：「硉矹，石轉動貌。」

【語譯】於是在地球公轉軌道平面上連接構架以成屋宇，高聳直達紫微垣。網絡各宮殿像鉤陳星圍繞紫微宮，闢設天門而敞開。高峻雄偉，使宇宙增添燦爛光輝；高大炫耀，使天地擴大神威。

這明堂背靠深廣的黃河之水，界際清澈的洛水急流。太行山退在後面站立，通谷則在前方拓展。遠處有熊耳山作為高峰的標幟，近處有龍門山豁開缺口而讓伊水暢流。在曠遠之地呈現點點青綠色草木，在群山之間可洞察清新陰涼之氣息。至於雲煙舒卷，忽現忽隱，高聳的嵩山和噴濺的伊水，倚仰太陽和迫近月亮。這大概是雷霆鼓蕩、星斗摩拭而成。就像牽引著蜿蜒的金龍，懸掛著轉動的鳳珠。

勢拔五嶽，形張四維❶。軋地軸以盤根❷，摩天倪❸而創規。樓臺崛岉以奔附❹，城闕崟岑而蔽虧❺。珍樹翠草，含華揚蕤❻。目瑤井之熒熒❼，拖玉繩之離離❽。㨖華蓋以儻漭❾，仰太微之參差❿。擁以禁扃，橫以武庫⓫。獻房心⓬以開鑿，瞻少陽⓭而舉措。採殷制，酌夏步。雜以代室重屋之名，括以辰次火木之數⓮。壯不及奢，麗不及素。層簷屹其霞矯，廣廈鬱以雲布⓯。掩日道⓰，遏風路。陽烏轉影而翻飛，大鵬橫霄而側度⓱。

【章　旨】以上為第五段，進一步描寫明堂高峻廣大的形勢，上參天象之位，下酌夏殷周制度。

【注　釋】❶四維　指東南、東北、西南、西北四隅。《淮南子．天文訓》：「東北為報德之維也，西南為背陽之維，東南為常羊之維，西北為蹏通之維。」《初學記》卷一引《纂要》：「東西南北曰四方，四方之隅曰四維。」高誘注：「四角為維也。」❷軋地軸以盤根　謂明堂地基穩固。軋，滾壓。《說文．車部》：「軋，輾也。」地軸，古代傳說中大地的軸。張華《博物志》卷一：「地有三千六百軸，犬牙相舉。」《文選》卷一二木華〈海賦〉：「狀如天輪，膠戾而激轉；又似地軸，挺拔而爭迴。」李善注引《河圖括地象》曰：「地下有四柱，廣十萬里，有三千六百軸。」❸天倪　天的邊際。❹樓臺崛岉以奔附　崛岉，高聳貌。《文選》卷一一王延壽〈魯靈光殿賦〉：「隆崛岉乎青雲。」劉良注：「隆崛岉，極高貌。」附，《唐文粹》、《全唐文》作「赴」。❺城闕崟岑而蔽虧　崟岑，蕭本、郭本、《唐文粹》、《全唐文》作「嶔崟」。咸本作「嶔岑」。「嶔」下校曰：「一作崟」。《文選》卷一五張衡〈思玄賦〉：「慕歷阪之嶔崟。」張銑注：「嶔崟，高貌。」蔽虧，遮蔽日月。《文選》卷七司馬相如〈子虛賦〉：「岑崟參差，日月蔽虧。」李善注引張揖曰：「高山擁蔽日月，虧缺半見也。」❻含華揚蕤　含華，開花。華，同「花」。《文選》卷四張衡〈南都

賦〉：「芙蓉含華。」呂向注：「言芙蓉順風開花。」揚蕤，播揚芳香。楊炯〈唐右將軍魏哲神道碑〉：「三從按禮，無虧內則之風；四德揚蕤，載闡中閨之訓。」❼目瑤井之熒熒　瑤井，星座名。即玉井。由四星組成，在參宿西左足下。《晉書・天文志上》：「玉井四星，在參左足下，主水漿以給廚。」鮑照〈陽岐守風〉詩：「差池玉繩高，掩藹瑤井沒。」熒熒，星光或燭光閃爍貌。秦嘉〈贈婦詩〉：「熒熒華燭。」❽拖玉繩之離離　玉繩，星名。《文選》卷二張衡〈西京賦〉：「上飛闥而仰眺，正覩瑤光與玉繩。」李善注引《春秋元命苞》曰：「玉衡北兩星為玉繩。」按：玉衡即北斗七星的第五星。離離，明亮貌。衛恆《字勢》：「星離離以舒光。」❾掇華蓋以儻漭　掇，至；到。華蓋，星官名。屬紫微垣，共十六星，在五帝座上。《晉書・天文志上》：「大帝上九星曰華蓋，所以覆蔽大帝之坐也。蓋下九星曰杠，蓋之柄也。華蓋下五星曰五帝內坐，設敘順帝所居也。」儻漭，廣大貌。又作儻莽。《文選》卷一七王褒〈洞簫賦〉：「彌望儻莽，聯延曠盪。」李善注：「儻莽、曠盪，寬廣之貌。」❿仰太微之參差　太微，郭本作「大微」。古代星官名，三垣之一。位於北斗之南，軫、翼之北，大角之西，軒轅之東。諸星以五帝座為中心，作屏藩狀。《晉書・天文志上》：「太微，天子庭也，五帝之座也，十二諸侯府也。」⓫擁以禁扃二句　禁扃，禁門；宮廷的門戶。橫，充溢。武庫，朝廷藏兵器之宮。《文選》卷二張衡〈西京賦〉：「武庫禁兵。」薛綜注：「武庫，天子主兵器之宮也。」⓬房心　兩星宿名。《史記・天官書》：「東宮蒼龍，房、心。心為明堂，大星天王，前後星子屬。……房為府，曰天駟。」司馬貞索隱引《春秋說題辭》：「房、心為明堂，天王布政之宮。」又引宋均曰：「房既近心，為明堂，又別為天府及天駟也。」《晉書・天文志上》：「房四星，為明堂，天子布政之宮也。……心三星，天王正位也。」⓭少陽　東方。《文選》卷一一王延壽〈魯靈光殿賦〉：「承明堂於少陽。」李善注：「言承漢明堂，而在少陽之位。……《漢書》曰：『……少陽，東方也。』……言靈光承天之明堂，在少陽之地。」此處謂唐建明堂在東都洛陽，位於京城長安之東。⓮採殷制四句　謂採酌夏、殷、周三代的制度，雜用「世室」、「重屋」之名，包括規模範圍的廣闊之數。《周禮・考工記・匠人》：「夏后氏世室，堂脩二七，廣四脩一，五室三四步，四三尺，九階。四旁兩夾窗，白盛。門堂三之二，室三之一。殷人重屋，堂脩七尋，堂崇三尺，四阿重屋。周人明堂，度九尺之筵，東西九筵，南北七筵，堂崇一筵。五室，凡室二筵。」鄭玄注：「世室者，宗廟也。……夏度以步，令堂脩十四步，其廣益以四分脩之一，則堂廣十七步半。……重屋者，王宮正堂，若大寢也。……明堂者，明政教之堂。周度以筵，亦王者相改。」此處「代室」即世室，唐人避太宗諱改。世室即明堂。《禮記・明堂位》孔穎達疏引蔡邕《明堂月令章句》：

「明堂者，天子大廟，所以祭祀。夏后氏（曰）世室，殷人（曰）重屋，周人（曰）明堂。」辰次火木之數，謂符合三里之外、七里之內的明堂制度。《太平御覽》卷五三三引《春秋合誠圖》：「明堂在辰巳者，言在木火之際。辰，木也。巳，火也。木生數三，火成數七，故在三里之外，七里之內。」⓯層簷屹其霞矯二句　形容樓層屋簷之峻昂。大屋林立如雲布。屹，蕭本、郭本作「屼」。高聳直立貌。矯，通「撟」，昂起。陶潛〈歸去來辭〉：「時矯首而遐觀。」鬱，盛多貌。《詩・秦風・晨風》：「鬱彼北林」。⓰日道　古謂太陽出沒所運行之路。《論衡・說日》：「夏時日在東井，冬時日在牽牛。牽牛去極遠，故日道短；東井近極，故日道長。」《漢書・天文志》：「日有中道，月有九行。中道者，黃道，一曰光道。光道北至東井，去北極近；南至牽牛，去北極遠；東至角，西至婁，去極中。」⓱陽烏轉影而翻飛二句　陽烏，神話傳說太陽中的三足烏。《文選》卷三五張協〈七命〉：「陽烏為之頓羽，夸父為之投策。」李善注引《春秋元命苞》曰：「陽成於三，故日中有三足烏。烏者，陽精。」張銑注：「陽烏，日中烏也。」又，古人想像中鵬鳥之類的大鳥亦稱「陽烏」。阮籍〈大人先生傳〉：「陽烏遊於塵外，而鷦鷯戲於蓬艾，小大固不相及。」按左思〈蜀都賦〉：「羲和假道於峻岐，陽烏迴轉於高標。」劉逵注：「言山木之高也。」此二句用其意，形容宮殿之高。轉影，《唐文粹》作「轉景」。景，通「影」。而，《唐文粹》作「以」。

【語　譯】明堂的形勢超越五嶽，向東南、東北、西南、西北四個角落張開。滾壓大地之軸而盤根穩固，迫近天際而創建規則。樓臺極高而氣勢奔逸，宮門兩邊的樓觀高聳蔽日月而使之虧缺。珍貴的樹木和碧綠的青草，開花而播揚芳香。看玉井星熒熒閃光，牽引玉繩星非常明亮。到達覆蓋大帝之座的華蓋星多麼寬廣，仰望太微星參差不齊。

明堂正面擁有宮廷禁門，橫端是藏兵器的武庫。獻祭房、心兩星宿為明堂之位而開鑿，觀瞻東方少陽之位而採取措施。採酌夏殷周三代的制度。雜用「世室」、「重屋」之名，包容三里之外、七里之內的明堂體制。壯偉而不奢侈，美麗而不簡陋。樓層屋簷高昂如彩霞天矯，大廈鬱鬱林立而如雲層密布。掩蔽了太陽運行之道，阻遏了大風吹颳之路。太陽中的三足烏因此翻飛而轉影，大鵬鳥橫飛雲霄只能側身而度。

近則萬木森下，千宮對出。熠乎光碧之堂，炅乎瓊華之室❶。錦爛霞駮，星錯波沏❷。颯蕭寥以颼飀❸，窅陰鬱以櫛密❹。含佳氣之青蔥❺，吐祥煙之鬱律❻。

【章　旨】以上為第六段，描寫明堂建築外部的總體形勢。

【注　釋】❶熠乎光碧之堂二句　形容宮殿明亮。《海內十洲記》：「承淵山有墉城，金臺玉樓相映，如流精之闕，光碧之堂，瓊華之室。」此處用其意。熠，光彩明耀。炅，光亮。❷錦爛霞駮二句　形容宮殿鮮麗如錦彩之燦爛、雲霞之班駁，羅列如天星之錯落、水波之激疊。《文選》卷一一王延壽〈魯靈光殿賦〉：「霞駮雲蔚。」呂延濟注：「言有光明如霞之斑駮、深邃則如雲之繁蔚。」又卷一二木華〈海賦〉：「激勢相沏。」劉良注：「沏，浪相拂也。言大波之飛相磨，激勢相拂。」駮，「駁」的異體字。沏，《唐文粹》、《全唐文》作「泐」。❸颯蕭寥以颼飀　颯，象聲詞，象風聲。宋玉〈風賦〉：「有風颯然而至。」蕭寥，寂靜冷落。《藝文類聚》卷三六庾闡〈孫登贊〉：「玄谷蕭寥，鳴琴獨奏。」颼飀，風聲。《文選》卷五左思〈吳都賦〉：「與風飄颺，颮瀏颼飀。」張銑注：「颼飀，風聲也。」此句承上「萬木森下」，謂風聲在寂靜中迴響。❹窅陰鬱以櫛密　窅，深遠。謝朓〈敬亭山〉詩：「歸徑窅如迷。」陰鬱，猶陰暗。不明貌。櫛密，稠密如櫛。《文選》卷一八馬融〈長笛賦〉：「繁手累發，密櫛疊重。」李善注：「密櫛，密如櫛也。」此句承上「千宮對出」，謂宮殿鱗次櫛比，深遠幽暗。❺含佳氣之青蔥　用《論衡・吉驗》故事：「王莽時，謁者蘇伯阿能望氣。使過舂陵，城廓鬱鬱蔥蔥。及光武到河北，與伯阿相見，問曰：『卿前過舂陵，何用知其佳氣也？』伯阿對曰：『見其鬱鬱蔥蔥耳。』」佳氣，古人以為吉祥美好的雲氣。青蔥，青綠色。《論衡・自然》：「草木之生，華葉青蔥。」❻吐祥煙之鬱律　祥煙，祥瑞的煙氣。梁簡文帝〈玄圃園講頌序〉：「停瑞氣於三辰，汎祥煙於五節。」鬱律，蕭本、郭本、王本作「鬱嵂」。煙霧蒸騰貌。《文選》卷一二郭璞〈江賦〉：「氣滃渤以霧杳，時鬱律其如煙。」李善注：「鬱律，煙上貌。」

【語　譯】明堂近處則萬種樹木繁密下垂，數千宮室相對而出。光彩閃耀於明亮之堂屋，照亮美好的內室。宮殿色彩鮮麗如錦緞般燦爛、雲霞般斑斕，參差錯落如天上群星羅列、水中波浪激疊。颼飀的風聲

寒冷蕭瑟，深遠幽暗的宮室稠密櫛比。飽含吉祥美好的雲氣鬱鬱蔥蔥，噴吐祥瑞的煙氣蒸騰上衝。

九室窈窕，五闈聯綿❶。飛楹磊砢，走栱夤緣❷。雲楣立岌以橫綺，綵桷攢巒而仰天❸。皓壁晝朗，朱甍晴鮮❹。赬欄各落，偃蹇霄漢❺。翠楹迴合，蟬聯汗漫❻。沓蒼穹之絕垠，跨皇居之太半❼。遠而望之，赫煌煌以輝輝，忽天旋而雲昏；迫而察之，粲炳煥以照爛，倏山訛而晷換❽。蔑蓬壺之海樓，吞岱宗之日觀❾。

猛虎失道，潛虯蟠梯❿。經通天而直上，俯長河而下低⓫。玉女攀星於網戶，金娥納月於璇題⓬。藻井綵錯以舒蓬⓭，天窗赩翼而銜霓⓮。扶標川而罔足，擬跟絓而罷躋⓯。要離欻矐而外喪，精視冰背而中迷⓰。

亘以複道，接乎宮掖⓱。坌入西樓，寔為崑崙⓲。前疑後丞，正儀躅以出入⓳；九夷五狄⓴，順方面而來奔。

其左右也，則丹陛崿崿，彤庭煌煌㉑。列寶鼎，敞金光㉒。流辟雍之滔滔，象環海之湯湯㉓。闢青陽，啟總章，廓明臺而布玄堂，儼以太廟，處乎中央㉔。發號施令，采時順方㉕。

【章　旨】以上為第七段，詳細描寫明堂建築的結構，包括其前後左右建築群體的布局，以及明堂的位置所發揮的作用等。

【注　釋】❶九室窈窕二句　《大戴禮記·明堂》：「明堂者，古有之也，凡九室，一室而有四戶八牖。」窈窕，深遠貌。《文選》卷一一王延壽〈魯靈光殿賦〉：「旋室㛹娟以窈窕。」張銑注：「窈窕，深也。」五闈，蕭士贇注：「五闈，即五室也。」按：闈，古代指宮中小門。聯綿，同「連綿」。接連不斷。江總〈大莊嚴寺碑〉：「木密聯綿。」❷飛楹磊砢二句　《文選》卷一一王延壽〈魯靈光殿賦〉：「萬楹叢倚，磊砢相扶。」張載注：「楹，柱也。」李善注：「磊砢，壯大之貌。」李周翰注：「磊砢，參差不齊貌。」栱，即枓栱。中國傳統木結構建築中的一種支承構件。處於柱與屋頂之間，主要由斗形木塊和弓形肘木縱橫交錯層疊構成，逐層向外挑出形成上大下小的托座。夤緣，攀附他物上升。《文選》卷五左思〈吳都賦〉：「夤緣山嶽之岊。」李周翰注：「夤緣，言眾草滋長，皆緣上山嶽而生。」夤，郭本作「寅」。二句中的「飛」、「走」皆形容楹柱、枓栱之靈活。❸雲楣立岌以橫綺二句　雲楣，畫有雲彩的樑木。《文選》卷二張衡〈西京賦〉：「繡栭雲楣。」薛綜注：「楣，梁也。」呂延濟注：「雲，畫雲飾之。」立岌，高聳貌。綵桷，彩色的方形椽子。攢欒，聚集柱上承枓栱的曲木。《文選》卷二張衡〈西京賦〉：「結重欒以相承。」薛綜注：「欒，柱上曲木，兩端受櫨者。」按：櫨，即枓栱。欒，蕭本、郭本作「巒」。❹皓壁晝朗二句　皓壁，宋本原作「皜壁」，「皜」為皓的異體字。「壁」當為「璧」之誤，據蕭本、郭本、繆本、王本、咸本改。朱甍，紅色的屋脊。《釋名·釋宮室》：「屋脊曰甍。甍，蒙也，在上覆蒙屋也。」張衡〈西京賦〉：「甍宇齊平。」❺赬欄各落二句　謂赤色欄干高聳雲霄。赬，郭本、《唐文粹》作「頳」，同。赤色。各落，高而不安穩。《文選》卷一一何晏〈景福殿賦〉：「欃櫨各落以相承，欒栱夭蟜而交結。」李周翰注：「各落，危岨貌。」按：欃，飛簷。櫨，柱頭枓栱。偃蹇，高聳貌。《楚辭·離騷》：「望瑤臺之偃蹇兮。」王逸注：「偃蹇，高貌。」❻蟬聯汗漫　蟬聯，綿延不斷。《文選》卷五左思〈吳都賦〉：「布濩皋澤，蟬聯陵丘。」劉逵注：「蟬聯，不絕貌。」汗漫，漫無邊際。《淮南子·俶真訓》：「徙倚于汗漫之宇。」高誘注：「汗漫，無生形，形生元氣之本神也。故盧敖見若士者言曰：『吾與汗漫期于九垓之上。』是也。」❼沓蒼穹之絕垠二句　謂會合於蒼天的邊際，跨越皇宮的大半。絕垠，極邊遠之地。《文選》卷一三張華〈鷦鷯賦〉：「或託絕垠之外。」李善注：「絕垠，天邊之地也。」皇居，皇宮。《文選》卷一一

何晏〈景福殿賦〉：「備皇居之制度。」❽遠而望之六句　描繪視覺形象。結構仿效何晏〈景福殿賦〉：「遠而望之，若擒朱霞而耀天文；迫而察之，若仰崇山而戴垂雲。」赫，明亮。《荀子・天論》：「故日月不高，則光暉不赫。」煌煌，形容光耀明亮貌。《詩・陳風・東門之楊》：「昏以為期，明星煌煌。」輝輝，光耀貌。庾信〈燈賦〉：「輝輝朱燼，焰焰紅榮。」粲，鮮豔燦爛。《詩・唐風・葛生》：「角枕粲兮，錦衾爛兮。」炳煥，鮮明華麗。《文選》卷三張衡〈東京賦〉：「龍雀蟠蜿，天馬半漢，瑰異譎詭，粲爛炳煥。」薛綜注：「粲爛炳煥，絜白鮮明之貌。」倏，忽然。《楚辭・九歌・少司命》：「倏而來兮忽而逝。」山訛而晷換，山動日移。《詩・小雅・無羊》：「或寢或訛。」毛傳：「訛，動也。」晷，日影。張華〈遊獵篇〉：「曜靈俄移晷。」曜靈，太陽。❾蔑蓬壺之海樓二句　誇張形容明堂高大，蔑視海中神山之樓，氣呑泰山之日觀峰。蔑，宋本原作「篾」，據王本改。蕭本、郭本作「誇」，咸本、《全唐文》作「跨」。蓬壺，指神話傳說中的仙山蓬萊、方壺。岱宗，指泰山。古以為諸山所宗，故稱。《書・舜典》：「東巡守，至于岱宗。」孔傳：「岱宗，泰山。為四岳所宗。」日觀，泰山峰名。為著名的觀日出之處。《水經注・汶水》引應劭《漢官儀》：「泰山東南山頂，名日日觀。日觀者，雞一鳴時，見日始欲出，長三丈許，故以名焉。」❿猛虎失道二句　王琦注：「『失』字當是『夾』字之訛。猛虎夾道，謂刻為猛虎以夾立道上。潛虯蟠梯，謂鏤作虯龍以蟠繞梯側也。」《文選》卷二二謝靈運〈登池上樓〉：「潛虯媚幽姿。」李善注：「虯以深潛而保真。……《說文》曰：『虯，龍有角者。』」虯，「虬」的異體字。郭本、王本作「虬」。蟠，蕭本、郭本、咸本作「登」。⓫經通天而直上二句　經，《唐文粹》、《全唐文》作「徑」，是。蔡邕〈明堂論〉：「通天屋徑九丈，陰陽九六之變也。……高八十一尺，黃鐘九九之實也。二十八柱列於四方，亦七宿之象也。」下低，蕭本、郭本、咸本作「復低」。⓬玉女攀星於網戶二句　謂明堂的窗戶、椽頭與天上的玉女星、嫦娥月可以攀附。玉女，仙女。《文選》卷一五張衡〈思玄賦〉：「載太華之玉女。」劉良注：「玉女，太華神女。」《後漢書・張衡傳》李賢注引〈詩含神霧〉曰：「太華之山，上有明星玉女，主持玉漿，服之成仙。」網戶，雕刻網狀花紋的門窗。《楚辭・招魂》：「網戶朱綴，刻方連些。」王逸注：「網戶，綺文鏤也。」金娥，指神話月中女神嫦娥。借指月亮。許敬宗〈奉和喜雪應制〉：「騰華承玉宇，凝照混金娥。」璇題，玉飾的椽頭。《文選》卷七揚雄〈甘泉賦〉：「珍臺閑館，琁題玉英。」李善注：「應劭曰：題，頭也。榱椽之頭，皆以玉飾。」又卷三一鮑照〈代君子有所思〉：「琁題納行月。」呂向注：「琁，玉也；題，椽頭也。言月過簷頭，琁題納引其光也。」按：琁，同「璇」。美玉。⓭藻井綵錯以舒蓬　王琦注：「杜佑曰：漢宮殿率號屋仰為井，皆

畫水藻蓮芡之屬以厭火。何晏〈景福殿賦〉：『繚以藻井，編以綷疏。』又王文考〈靈光殿賦〉：『圓淵方井，反植荷蕖。』蓋為方井而畫荷蕖其上也。」《文選》卷二張衡〈西京賦〉：「蒂倒茄於藻井。」薛綜注：「藻井，當棟中，交木，方為之，如井幹也。」《海錄碎事》卷四下：「藻井，屋棟之間為井形，加水藻之飾，所以厭火災也。」舒蓬，《唐文粹》、《全唐文》作「舒蓮」，是。⓮天窗絶翼而銜霓　《文選》卷一一王延壽〈魯靈光殿賦〉：「天窗綺疏。」張載注：「天窗，高窗也。」絶翼，赤翼。銜霓，形容其高如銜虹霓。《文選》卷一一何晏〈景福殿賦〉：「飛宇承霓。」呂向注：「言其高承於雲霓。」⓯擬跟絓而罷躋　絓，宋本原作「桂」，據蕭本、郭本、繆本、王本、咸本改。《唐文粹》作「挂」。《文選》卷二張衡〈西京賦〉：「突倒投而跟絓，譬隕絶而復聯。」薛綜注：「突然倒投，身如將墜，足跟反絓橦上，若已絶而復連也。」李善注：「《說文》曰：『跟，足踵也。』」躋，登。《詩・豳風・七月》：「躋彼公堂。」鄭玄箋：「躋，升也。」⓰要離欻矐而外喪二句　謂要離那樣至勇之人忽望失明而外喪，至明之人視之也會背冷而昏迷。要離，春秋時吳國勇士。吳王闔閭派其刺殺逃亡在衛的王子慶忌後，自己伏劍自殺。事見《呂氏春秋・忠廉》、《吳越春秋・闔閭內傳》、《史記・魯仲連鄒陽列傳》。欻矐，忽然望之。矐，宋本作「瞻」，據蕭本、郭本、繆本、王本、咸本、《唐文粹》、《全唐文》改。按：兩字相通。使目失明。《史記・刺客列傳》：「秦皇帝惜其（高漸離）善擊筑，重赦之，乃矐其目。」司馬貞索隱：「說者云以馬屎燻令失明。」瞿蛻園、朱金城《李白集校注》：「按：班固〈西都賦〉：『雖輕迅與僄狡，猶愕眙而不能階。攀井幹而未半，目眴轉而意迷。』王延壽〈魯靈光殿賦〉：『魂悚悚其驚斯，心猥猥而發悸。』何晏〈景福殿賦〉：『雖離朱之至精，猶眩矐而不能昭晰也。』皆極言高峻足以駭人。要離言人之至勇者，精視言目之至明者，疑皆辭賦家習用之語。離婁、離朱皆狀明朗，即以為明目人之名，非謂真有人名要離、名精視也。」⓱亘以複道二句　蕭本、郭本「複道」下多一「而」字。接乎宮掖，《唐文粹》作「通乎掖垣」，《全唐文》作「通乎宮垣」。亘，貫串；從此端至彼端。複道，高樓間架空的通道。《史記・留侯世家》：「上在雒陽南宮，從複道望見諸將。」裴駰集解：「如淳曰：上下有道，故謂之複道。」宮掖，指皇宮。掖，掖庭，宮中的旁舍，嬪妃居住之地。《後漢書・竇憲傳》：「憲恃宮掖聲勢，遂以賤直請奪沁水公主園田。」⓲坌入西樓二句　坌，並；一起。《漢書・司馬相如傳下》：「坌入曾宮之嵯峨。」顏師古注引張揖曰：「坌，並也。」寔，「實」的異體字。蕭本、郭本、王本作「是」。崑崙，《漢書・郊祀志下》：「濟南人公玉帶上黃帝時明堂圖。明堂中有一殿，四面無壁，以茅蓋，通水，水圜宮垣，為復道，上有樓，從西南入，名曰昆侖，天子從之入，以拜祀上帝

焉。」二句用其意。⑲前疑後丞二句　前疑後丞，宋本原作「前承後疑」，據蕭本、郭本、王本、咸本改。《唐文粹》、《全唐文》作「三事庶尹」。《尚書大傳》卷一：「古者天子必有四鄰，前曰疑，後曰丞，左曰輔，右曰弼。天子有問無以對，責之疑。可志而不志，責之丞。可正而不正，責之輔。可揚而不揚，責之弼。」儀躅，法度；軌跡。《禮記・明堂位》：「昔者周公朝諸侯于明堂之位，天子負斧依，南鄉而立。三公，中階之前，北面東上。諸侯之位，阼階之東，西面北上。諸伯之國，西階之西，東面北上。諸子之國，門東，北面東上。諸男之國，門西，北面東上。九夷之國，東門之外，西面北上。八蠻之國，南門之外，北面東上。六戎之國，西門之外，東面南上。五狄之國，北門之外，南面東上。九采之國，應門之外，北面東上。四塞，世告至。此周公明堂之位也。明堂也者，明諸侯之尊卑也。」正儀躅，即正此法度。⑳九夷五狄　《後漢書・東夷傳》：「夷有九種，曰畎夷、于夷、方夷、黃夷、白夷、赤夷、玄夷、風夷、陽夷。」《爾雅・釋地》：「九夷八狄。」邢昺疏：「狄者，《風俗通》云：『父子嫂叔同穴無別。狄者，辟也，其行邪辟。』其類有五，李巡云：『一曰月支，二曰穢貊，三曰匈奴，四曰單于，五曰白屋。』」上引《禮記・明堂位》又曰「五狄之國」，沈約〈均聖論〉：「總括要荒，而八蠻五狄，莫不愚鄙。」㉑則丹陛崿崿二句　丹陛，宮殿中塗丹漆之臺階。《隋書・薛道衡傳》：「趨事紫宸，驅馳丹陛。」崿崿，高貌。彤庭，赤色的庭院。謂宮庭以丹漆塗飾。《文選》卷一班固〈西都賦〉：「玉階彤庭。」張銑注：「玉階，以玉飾階；彤，赤色也，以彤漆飾庭。」煌煌，明亮貌。《詩・陳風・東門之楊》：「明星煌煌。」㉒列寶鼎二句　《舊唐書・禮儀志二》：「改元為萬歲通天。……其年，鑄銅為九州鼎，既成，置於明堂之庭，各依方位列焉。神都鼎高一丈八尺，受一千八百石。冀州鼎名武興，雍州鼎名長安，兗州名日觀，青州名少陽，徐州名東原，揚州名江都，荊州名江陵，梁州名成都。其八州鼎高一丈四尺，各受一千二百石。司農卿宗晉卿為九鼎使，都用銅五十六萬七百一十二斤。鼎上圖寫本州山川物產之像，仍令工書人著作郎賈膺福、殿中丞薛昌容、鳳閣主事李元振、司農錄事鍾紹京等分題之，左尚方署令曹元廓圖畫之。鼎成，自玄武門外曳入，令宰相、諸王率南北衙宿衛兵十餘萬人，并仗內大牛、白象共曳之。則天自為〈曳鼎歌〉，令相唱和。……九鼎初成，欲以黃金千兩塗之。納言姚璹曰：『鼎者神器，貴於質朴，無假別為浮飾。臣觀其狀，光有五彩輝煥錯雜其間，豈待金色為之炫耀？』乃止。」二句寫此事。敵金光，敵，相等；匹敵。按：《唐文粹》、《全唐文》作「歊」，《文選》卷一班固〈東都賦〉附〈寶鼎詩〉：「吐金景兮歊浮雲。」李善注引《說文》曰：「歊，氣上出貌。」㉓流辟雍之滔滔二句　《大戴禮記・明堂》：「明堂者，所以明諸侯尊卑。外水曰辟雍。」桓譚《新論》：「王

者作圓池，如璧形，實水其中，以圜壅之。名曰辟雍。言其上承天地，以班教令，流轉王道，周而復始。」《白虎通・辟雍》：「天子立辟雍，……雍之以水，象教化流行也。」《文選》卷一班固〈東都賦〉：「太液昆明，鳥獸之囿，曷若辟雍海流。」李善注引《三輔黃圖》曰：「辟雍，水四周於外，象四海也。」滔滔、湯湯，皆形容流水。《詩・齊風・載驅》：「汶水湯湯，行人彭彭。……汶水滔滔，行人儦儦。」毛傳：「湯湯，大貌。……滔滔，流貌。」《文選》卷一班固〈東都賦〉附〈辟雍詩〉：「乃流辟雍，辟雍湯湯。」李周翰注：「辟雍，擁水環之，故言湯湯。」㉔闢青陽五句　青陽、總章、明臺、玄堂、太廟，皆指明堂或其中之室。蔡邕〈明堂月令論〉：「明堂者，天子太廟，所以宗祀其祖，以配上帝者也。……東曰青陽，南曰明堂，西曰總章，北曰玄堂，中央曰太室。……聖人南面而聽天下，鄉明而治。……故雖有五名，而主以明堂也。其正中皆曰大廟。……取其宗祀之貌，則曰清廟；取其正室之貌，則曰太廟；取其尊崇，則曰太室；取其鄉明，則曰明堂；取其四門之學，則曰太學；取其四面之周水圓如璧，則曰辟雍；異名而同事，其實一也。」㉕發號施令二句　蔡邕〈明堂月令論〉：「天子發號施令，祀神受職，每月異禮，故謂之月令。所以順陰陽，奉四時，效氣物，行王政也。成法具備，各從時月，藏之明堂，所以示承祖考神明，明不敢褻瀆之義。」二句用其意。

【語　譯】九個宮室幽深渺遠，各有五個室門連接不斷。宮中的楹柱非常壯大，科栱縱橫交錯。畫有雲彩的欂木高聳而綺麗，彩色的方形椽子聚集柱上承科栱的曲木而仰天。光潔的牆壁在白天非常明亮，紅色的屋脊在晴日顯得格外鮮豔。赤色欄干高危險阻，高聳直上雲霄。翠色楹柱迴旋抱合，綿延而漫無邊際。會合於蒼天的邊際，跨越皇宮的大半。遠而望之，赫然光耀明亮，忽然天轉而雲昏；近而看之，粲然鮮明華麗照耀燦爛，忽然山動而日移。蔑視海中神山蓬萊之樓，氣吞岱宗泰山之日觀峰。

雕刻猛虎夾立在道旁，鏤作虯龍蟠繞於梯側。宮殿逕直通天而上聳，俯視長河則極低下。雕有網狀花紋的門窗攀附天上的玉女星，玉飾的椽頭被月光照亮，似乎嫦娥進入了明堂。井形的屋棟之間飾有參差彩色的水藻而似舒展的蓮蓬，聳天的窗戶如赤翼銜接雲霓。扶著柱子而無足可登，打算足跟懸掛不成而只得攀升作罷。像要離那樣至勇之人忽望失明而外喪，至明之人視之也會背冷而昏迷。

高樓之間橫貫著架空的複道，連接著宮室。併入西樓，此為黃帝時明堂圖所謂「崑崙」。前曰疑，後曰丞，端正法度而出入，九夷五狄，都可順著規定的方位來進殿。

明堂左右，有高高的塗著丹漆的臺階，紅色庭院明亮輝煌。庭中陳列著寶鼎，向上閃耀著金光之氣。滔滔流水圍繞著辟雍，就像湯湯大水環流至大海。開啟青陽、總章之室，廓開明臺而布置玄堂，儼然以太廟處於中央。天子發號施令，順應四時以行王政。

其閫閾❶也，三十六戶，七十二牖❷，度筵列位，南七西九❸。白虎列序而躨跜❹，青龍承隅而蚴蟉❺。

其深沉奧密❻也，則赤熛掌火，招拒司金，靈威制陽，汁光摧陰，坤斗主土，據乎其心❼。

若乃熠燿❽五色，張皇萬殊❾，人物禽獸，奇形異模。勢若飛動，瞪眄睢盱❿。明君暗主，忠臣烈夫。威政興滅，表賢示愚⓫。

【章旨】以上為第八段，描寫明堂室內的情景：戶牖、面積、裝飾、神位，以及堂壁上的圖畫形象等。

【注釋】❶閫閾　門檻之內；室內。閾，郭本、王本作「域」。《文選》卷五五劉峻〈廣絕交論〉：「蹈其閫閾，若升闕里之堂。」呂延濟注：「閫閾，門限也。」❷三十六戶二句　《大戴禮記·明堂》：「明堂者，古有之也。凡九室，一室而有四戶八牖，三十六戶，七十二牖。」❸度筵列位二句　筵，宋本原作「延」，據郭本、繆本、王本、咸本改，竹席。按：每筵長九尺，東西九筵，即八十一尺，南北七筵，即六十三尺。明堂高九尺，故謂之太室。南七西九，

宋本原作「西八東九」，據蕭本、郭本、王本、《全唐文》改。《周禮・考工記・匠人》：「周人明堂，度九尺之筵，東西九筵，南北七筵，堂崇一筵。五室，凡室二筵。」鄭玄注：「周度以筵，亦王者相改。」❹白虎列序而躨跜　謂白虎列於東西牆而若奔動。序，《爾雅・釋宮》：「東西牆謂之序。」邢昺疏：「此謂室前、堂上、東廂、西廂之牆也。所以次序分別內外親疏，故謂之序也。」躨跜，動貌。《文選》卷一一王延壽〈魯靈光殿賦〉：「虬龍騰驤以蜿蟺，頷若動而躨跜。」李善注：「躨跜，動貌。」呂延濟注：「言虬龍飛舉盤屈頷然若動也。」跜，宋本原作「跪」，據蕭本、郭本、繆本、王本、咸本改。❺青龍承隅而蚴蟉　《禮記・曲禮上》：「前朱鳥而後玄武，左青龍而右白虎。」孔穎達疏：「前南後北，左東右西。朱鳥、玄武、青龍、白虎，四方宿名也。」承隅，承接屋角。蚴蟉，龍行貌。蟉，宋本原作「蹘」，據蕭本、郭本、繆本、王本、咸本改。《文選》卷八司馬相如〈上林賦〉：「青龍蚴蟉於東廂。」李善注引郭璞曰：「蚴蟉，龍行貌。」❻奧祕　亦作「奧祕」。幽深隱密。王延壽〈魯靈光殿賦〉：「東序重深而奧祕。」❼則赤熛掌火六句　赤熛，「赤熛怒」的省稱。古代讖緯家所謂五帝之一，南方之神，司夏天，亦稱「赤帝」。招拒，「白招拒」的省稱。亦作「白招矩」。讖緯家所謂五帝之一。西方之神，司秋天，亦稱「白帝」。《禮記・月令》：「天子乃以元日祈穀於上帝。」孔穎達疏：「《春秋》緯文。紫微宮為大帝，大微為天庭，中有五帝座，是即靈威仰、赤熛怒、白招拒、汁光紀、含樞紐。祈穀郊天之時，各祭所感之帝。」靈威，「靈威仰」的省稱。讖緯家所謂五帝之一。東方之神，司春天，亦稱「青帝」。《隋書・禮儀志二》：「春迎靈威仰者，三春之始，萬物稟之而生，莫不仰其靈德，服而畏之也。」汁光，宋本原作「叶光」，據蕭本、郭本、《全唐文》改。「汁光紀」的省稱。讖緯家所謂五帝之一。北方之神，司冬天，亦稱「黑帝」。《周禮・天官・大宰》「祀五帝」賈公彥疏：「五帝者，東方青帝靈威仰，南方赤帝赤熛怒，中央黃帝含樞紐，西方白帝白招拒，北方黑帝汁光紀。」摧，《唐文粹》、《全唐文》作「權」。坤斗，當是「神斗」之訛。《太平御覽》卷五三三引《尚書・帝命驗》：「帝者，承天立五府以尊天重像。赤曰文祖，黃曰神斗，白曰顯紀，黑曰玄矩，蒼曰靈府。」鄭玄注：「黃帝含樞紐之府而名曰神斗。斗，主也。土精澄靜，四行之主，故謂之神斗，周曰太室。」主土，《唐文粹》作「王土」。❽熠燿　光彩貌。《詩・豳風・東山》：「倉庚于飛，熠燿其羽。」鄭玄箋：「熠燿其羽，羽鮮明也。」燿，同「耀」。❾張皇萬殊　張皇，壯大。《書・康王之誥》：「張皇六師，無壞我高祖寡命。」孔傳：「言當張大六師之眾。」萬殊，各不相同的現象和事物。《淮南子・本經訓》：「包裹風俗，斟酌萬殊。」❿瞪眄睢盱　瞪，直視貌。眄，邪視貌。睢盱，仰視貌。《文選》卷一一王延壽〈魯靈光殿賦〉：

「齊首目以瞪眄。」張載注：「瞪眄，駢頭而相觀視。」又「厥狀睢盱」。李善注引《字林》曰：「睢，仰目也；盱，張目也。」按：眄，宋本、繆本作「眄」，據蕭本、郭本、王本、咸本改。⓫明君暗主四句　謂明堂壁畫的形象及意義。〈魯靈光殿賦〉：「圖畫天地，品類群生。雜物奇怪，山神海靈。寫載其狀，託之丹青。千變萬化，事各繆形。隨色象類，曲得其情。上紀開闢，遂古之初：五龍比翼，人皇九頭；伏羲鱗身，女媧蛇軀。鴻荒樸略，厥狀睢盱。煥炳可觀，黃帝唐虞。軒冕以庸，衣裳有殊。下及三后，淫妃亂主。忠臣孝子，烈士貞女。賢愚成敗，靡不載敘。惡以誡世，善以示後。」張載注：「三后，夏、殷、周也。……忠臣，屈原、子胥等。孝子，申生、伯奇之等。烈士，豫讓、聶政之等。貞女，梁寡、昭姜之等。」李善注引《列子》曰：「但伏羲以來，賢愚好醜，成敗是非，無不消滅也。」又引《家語》曰：「孔子觀於明堂，覩四墉有堯、舜、桀、紂之象，而各有善惡之狀、興廢之誡焉。」又引《孔叢子》：「子思曰：古者則有國史書之，以示後世。善以為示，惡以為誡也。」表賢示愚，蕭本、郭本、王本作「表示賢愚」。

【語　譯】明堂之室凡九，共有三十六個門，七十二扇窗，度量竹席長度而排列位置，南北七筵六十三尺，東西九筵八十一尺。雕刻白虎列於東西牆而似在奔動，刻鏤青龍承接屋角而像在行走。

明堂幽深隱密，就像南方赤帝赤熛怒掌著火，西方白帝白招拒管著金，東方青帝靈威仰控制著陽氣，北方黑帝汁光紀執掌著陰冷，中央黃帝神斗主管著土地，占據著它的心臟。

至於鮮明的五色光彩，千萬種各不相同的物象都非常壯大。人物和禽獸的圖案，都顯示出奇異的形狀和模樣。氣勢都像在飛動，有的瞪目直視，有的斜眼旁視，有的仰目張視。還有明君或昏主以及忠臣和烈士的圖像。顯示威武的政績，興起或滅亡，表示賢能或愚昧。

於是王正孟月❶，朝陽登曦❷。天子乃施蒼玉，轡蒼螭，臨乎青陽左个，方御瑤瑟而彈鳴絲❸。展乎國容，輝乎皇儀❹。傍瞻神臺，順觀雲之軌❺；俯對清

廟，崇配天之規❻，欽若肸蠁，惟清緝熙❼。崇牙樹羽❽，熒煌葳蕤❾。納六服❿之貢，受萬邦之籍。張龍旗與虹旌，攢金戟與玉戚⓫。延五更，進百辟，奉珪瓚，獻琛帛⓬。顒昂俯僂，儼容疊跡⓭。乃潔苴醢，修粢盛，奠三犧，薦五牲，享于神靈⓮。太祝正辭，庶官精誠⓯。鼓〈大武〉之隱轔，張鈞天之鏗訇⓰。孤竹合奏，空桑和鳴⓱。盡六變，齊九成⓲，群神來兮降明庭⓳，蓋聖主之所以孝治天下而享祀窅冥也⓴。

【章旨】以上為第九段，描寫天子至明堂祭祀的莊重禮儀及各種情景。

【注釋】❶王正孟月　王，宋本、咸本原作「天」，據蕭本、郭本、繆本、王本改。《春秋・隱公元年》：「春，王正月。」杜預注：「隱公之始年，周王之正月也。凡人君即位，欲其體元以居正，故不言一月一日也。」孔穎達疏：「正，是時王所建，故以王字冠之，言是今王之正月也。」孟月，四季中每季的第一個月，即夏曆的正月、四月、七月、十月。此處即指正月。❷登曦　陽光升起。登，升。曦，陽光。❸天子乃施蒼玉四句　施，《唐文粹》、《全唐文》作「拖」。个，咸本作「箇」，異體字。《淮南子・時則訓》：「孟春之月，……天子衣青衣，乘蒼龍，服蒼玉，建青旗，……東宮御女青色，衣青采，鼓琴瑟，……朝于青陽左个，以出春令。」高誘注：「《周禮》：馬八尺已上曰龍也。……春王東方，故處東宮也。琴瑟，木也，春木王，故鼓之也。……是月之朔，天子朝日于春陽左个，東向堂，故曰青陽；北頭室，故曰左个；个，猶隔也。春令，寬和之令也。」王琦注此四句曰：「明堂中方外圜，通達四出，各有左右房，謂之个，猶隔也。東出謂之青陽，南出謂之明堂，西出謂之總章，北出謂之玄堂。是月天子朝日，告朔行令於左个之房，東向堂北頭室也。」螭，無角的龍。《文選》卷七揚雄〈甘泉賦〉：「駟蒼螭兮六素虯。」呂向注：「蒼螭，蒼龍也。凡稱龍者，皆馬也，言龍，美之也。」❹展乎國容二句　謂展示國家之容和皇家之儀。《文選》卷一

班固〈東都賦〉：「究皇儀而展帝容。」呂延濟注：「言盡帝王之容儀也。」❺傍瞻神臺二句　神臺，相傳殷代帝王所築之臺名。《太平御覽》卷五三四引《禮統》曰：「殷為神臺，周為靈臺何？質者具天而王，天者稱神；文者具地而王，地者稱靈，是其異也。」觀雲，即觀望雲物。《後漢書・明帝紀贊》：「登臺觀雲，臨雍拜老。」又〈章帝紀〉：「（建初）三年春正月己酉，宗祀明堂。禮畢，登靈臺，望雲物，大赦天下。」❻俯對清廟二句　清廟，古代帝王的宗廟。《左傳・桓公二年》：「清廟茅屋。」杜預注：「清廟，肅然清靜之稱也。」孔穎達疏：「清廟者，宗廟之大稱。」配天，古代帝王祭天時以先祖配祭。《孝經・聖治》：「昔者，周公郊祀后稷以配天，宗祀文王於明堂以配上帝。」❼欽若肹蠁二句　欽若，敬順。《書・堯典》：「乃命羲和，欽若昊天。」肹蠁，比喻神靈感應。左思〈蜀都賦〉：「天帝運期而會昌，景福肹蠁而興作。」肹，亦作「肸」，宋本誤作「盻」，據郭本、繆本、王本、咸本改。惟清緝熙，用《詩・周頌・維清》成句：「維清緝熙，文王之典。」鄭玄箋：「緝熙，光明也。」惟，蕭本、郭本、王本、《唐文粹》、《全唐文》皆作「維」。❽崇牙樹羽　用《詩・周頌・有瞽》成句：「設業設虡，崇牙樹羽。」崇牙，懸掛編鐘編磬之類樂器的木架上端所刻的鋸齒。亦代指鐘磬架。樹羽，置五采之羽飾於崇牙之上。❾熒煌葳蕤　熒煌，輝煌光明。葳蕤，華麗貌。《文選》卷一一何晏〈景福殿賦〉：「流羽毛之葳蕤。」張銑注：「葳蕤，毛羽美貌。」❿六服　周王畿之外的諸侯邦國曰服，其等次有六。《書・周官》：「六服群辟，罔不承德。」《文選》卷一四顏延之〈赭白馬賦〉：「總六服以收賢。」李善注：「《周禮》曰：王畿外，侯服、甸服、男服、采服、衛服、蠻服，斯為六服。」⓫張龍旗與虹旌二句　龍旗、虹旌、金戟、玉戚，皆為儀仗隊所舉之物。龍旗，畫有交龍之旗。虹旌，畫有虹霓之旌旗。金戟，金飾的戈矛一體的兵器。玉戚，即斧，用作舞具的玉飾兵器。⓬延五更四句　五更，古代用以安置年老致仕的官員名。《禮記・文王世子》：「遂置三老五更群老之席位焉。」鄭玄注：「三老五更各一人也，皆年老更事致仕者也。」《通典》卷六七：「大唐制，仲秋吉辰，皇帝親養三老五更於大學，所司先奏定三公三師致仕者，用其德行及年高者一人為三老，次一人為五更。」百辟，泛指百官，此處指諸侯。《詩・大雅・假樂》：「百辟卿士，媚于天子。」鄭玄箋：「百辟，畿內諸侯也。」珪瓚，玉柄的盛酒之器。《禮記・明堂位》：「灌用玉瓚大圭。」鄭玄注：「瓚形如槃，容五升，以大圭為柄，是謂圭瓚。」圭，通「珪」。《史記・晉世家》：「太子使王子虎命晉侯為伯，賜……秬鬯一卣，珪瓚。」裴駰集解引賈逵曰：「諸侯賜珪瓚，然後為鬯。」賝帛，玉帛。賝，通「琛」。珍寶。《詩・魯頌・泮水》：「來獻其琛。」毛傳：「琛，寶也。」⓭顒昂俯僂二句　顒昂，即《詩・大雅・卷阿》所謂「顒顒卬

印」。毛傳：「顒顒，溫貌。卬卬，盛貌。」鄭玄箋：「體貌則顒顒然敬順；志氣則卬卬然高昂。」俯僂，背脊俯彎，低頭曲背。《史記・孔子世家》：「及正考父佐戴、武、宣公，三命茲益恭，故鼎銘云：『一命而僂，再命而傴，三命而俯。……』」裴駰集解引服虔曰：「僂、傴、俯，皆恭敬之貌也。」疊跡，形容眾多。《文選》卷五五劉孝標〈廣絕交論〉：「彯組雲臺者摩肩，趨走丹墀者疊跡。」劉良注：「摩肩、疊跡，言其多也。」王琦謂：「此言俯僂者，狀其鞠躬將事；疊跡者，狀其駿奔在廟。」⑭乃潔菹醢五句　潔，宋本原作「絜」，「潔」的異體字，據郭本、王本、咸本、《全唐文》改。菹，宋本原作「俎」，據郭本、繆本、王本、咸本、《全唐文》改。菹醢，切碎的菜肉。《禮記・祭統》：「水草之菹，陸產之醢。」鄭玄注：「水草之菹，芹茆之屬；陸產之醢，蚳蝝之蟲也。」粢盛，盛在祭器內以供祭祀的穀物。《穀梁傳・桓公十四年》：「天子親耕，以共粢盛。」范甯注：「黍稷曰粢，在器曰盛。」三犧，指祭天、地、宗廟。《左傳・昭公二十五年》：「為六畜五牲三犧以奉五味。」杜預注：「五牲：麋、鹿、麏、狼、兔。三犧：祭天、地、宗廟三者謂之犧。」薦，獻。享于神靈，使神靈享用。⑮太祝正辭二句　太祝，官名。亦作「大祝」、「泰祝」。《周禮》中為春官宗伯之屬官，掌祝辭祈禱之事。漢有太祝令丞為太常屬官，歷代因之。正辭，端正、正直的言辭。《左傳・桓公六年》：「祝史正辭，信也。」杜預注：「正辭，不虛稱君美。」孔穎達疏：「祝官、史官正其言辭，不欺誑鬼神，是其信也。」庶官，百官。《書・皋陶謨》：「無曠庶官。」精誠，真誠。《莊子・漁父》：「真者，精誠之至也，不精不誠，不能動人。」⑯鼓大武之隱轔二句　大武，周代樂舞之一。《周禮・春官・大司樂》：「以樂舞教國子，舞〈雲門〉、……〈大武〉。」鄭玄注：「〈大武〉，武王樂也。武王伐紂以除其害，言其德能成武功。」隱轔，象聲詞。此處形容音樂聲。鈞天，「鈞天廣樂」的簡稱。神話中天上的音樂。《列子・周穆王》：「王實以為清都紫微，鈞天廣樂，帝之所居。」《史記・趙世家》：「我之帝所甚樂，與百神遊於鈞天，廣樂九奏萬舞，不類三代之樂，其聲動人心。」鏗訇，同「鏗鍧」。形容聲音響亮。班固〈東都賦〉：「鐘鼓鏗鍧。」⑰孤竹合奏二句　孤竹，以孤生的竹製成的一種管樂器。空桑，傳說中產琴瑟之材的山名。《周禮・春官・大司樂》：「孤竹之管。……空桑之琴瑟。」鄭玄注：「孤竹，竹特生者。……空桑、龍門皆山名。」《述異記》卷上：「東海畔有孤竹焉，斬而復生，中有管。周武王時，孤竹之國獻瑞筍一株。空桑生於大野山中，為琴瑟之最者，空桑也。」⑱盡六變二句　六變調樂章變六次而祭典成。九成謂樂曲奏九闋，每曲一終。樂備調成，備而更新調變。《周禮・春官・大司樂》：「凡六樂者，一變而致羽物及川澤之示，再變而致蠃物及山林之示，三變而致鱗物及丘陵之示，四變而致毛物及墳衍之示，

五變而致介物及土示，六變而致象物及天神。凡樂，圜鍾為宮，黃鍾為角，大蔟為徵，姑洗為羽。雷鼓雷鼗，孤竹之管，雲和之琴瑟，雲門之舞，冬日至，於地上之圜丘奏之，若樂六變，則天神皆降，可得而禮矣。」鄭玄注：「變，猶更也，樂成則更奏也。」《書・益稷》：「《簫韶》九成，鳳皇來儀。」孔穎達疏：「成，謂樂曲成也。鄭云：成，猶終也，每曲一終，必變更奏。故經言九成，傳言九奏，《周禮》謂之九變，其實一也。」⑲群神來兮降明庭 《孝經・聖治》：「宗祀文王於明堂，以配上帝。」邢昺疏：「案《史記》云：『黃帝接萬靈於明庭。』明庭，即明堂也。」揚雄〈甘泉賦〉：「開天庭兮延群神。」此句用其意。⑳蓋聖主句 《孝經・孝治》：「昔者，明王之以孝治天下也。」此句用其意。窅冥，幽遠貌。劉峻〈辨命論〉：「未達窅冥之情，未測神明之數。」

【語譯】於是在今年正月初一，早晨太陽升起之時，天子就佩青玉，乘青龍之馬，蒞臨於東向左邊之房，親自彈奏飾玉的琴瑟。展示國家之容，光耀皇家之儀。傍看神臺，順著觀望雲物之軌跡；俯對皇家清靜的宗廟，崇敬先祖配天之規則。敬順神靈感應，乃是清平光明。置五采之羽飾於鐘磬樂器架上，輝煌而華麗。收納王畿之外各地的貢賦，接受境外各邦國的戶籍捐稅。儀仗隊舉起畫有交龍與虹霓的旌旗，聚集飾有金玉的戟斧之類的兵器。邀請年老致仕之官員，朝廷百官，手捧玉柄的盛酒之器，進獻珍寶玉帛。溫順恭敬低頭曲背，以莊重的儀容奔走於宗廟。於是洗潔切碎的菜肉，裝滿祭器中的穀物，獻上五種獸畜，祭奠天、地、宗廟，使神靈享用。掌管祝禱之事的官員太祝致正直的言辭，百官都很真誠。鼓起隱轔響聲的周代樂舞〈大武〉，張揚神話中天上嘹亮的〈鈞天廣樂〉。用孤生之竹製成的管樂器合奏，以空桑山木材製成的琴瑟和鳴。奏盡樂章六次變化，齊備九闋樂曲而九終。群神來降於明堂，這大概就是聖明天子以孝治天下而使幽遠的神靈享受祭祀的情景。

然後臨辟雍❶，宴群后❷。陰陽為庖，造化為宰❸。飡元氣，灑太和❹，千里鼓舞，百僚賡歌❺。于斯之時，雲油雨霈❻，恩鴻溶兮澤汪濊❼，四海歸兮八荒

會❽。哤聒乎區寓❾，駢闐乎闕外❿。群臣醉德⓫，揖讓而退。

【章　旨】以上為第十段，描寫天子大宴公卿歌舞昇平的盛況以及群臣戴德而退。

【注　釋】❶辟雍　本為西周天子所設的大學。校址圓形，圍以水池，前門外有便橋。東漢後歷代皆有辟雍，然除北宋末年為太學之預備學校外，皆為行鄉飲、大射或祭祀之禮的地方。班固《白虎通・辟雍》：「天子立辟雍何？所以行禮樂宣德化也。辟者，璧也，象璧圓，又以法天，於雍水側，象教化流行也。」❷群后　四方諸侯及九州牧伯。後泛指公卿。《文選》卷三張衡〈東京賦〉：「於是孟春元日，群后旁戾。」薛綜注：「群后，公卿之徒也。」后，《全唐文》作「臣」。❸陰陽為庖二句　賈誼〈鵩鳥賦〉：「且夫天地為爐兮，造化為工。陰陽為炭兮，萬物為銅。」後因以天地萬物為陰陽造化。庖、宰，皆指司廚之人。《史記・老莊申韓列傳》：「伊尹為庖。」《淮南子・說林訓》：「治祭者，庖。」高誘注：「庖，宰也。」❹湌元氣二句　湌，同「餐」。郭本、王本、《全唐文》作「餐」。《唐文粹》作「飱」，誤。元氣，指天地未分前的混沌之氣。灑，《唐文粹》、《全唐文》作「酌」。太和，本作「大和」，指陰陽會合的沖和之氣。語出《易・乾》：「保合大和，乃利貞。首出庶物，萬國咸寧。」❺賡歌　連續歌唱。《書・益稷》：「皋陶拜手稽首，……乃賡載歌曰：元首明哉！股肱良哉！庶事康哉！」孔傳：「賡，續；載，成也。」❻雲油雨霈　《孟子・梁惠王上》：「天油然作雲，沛然下雨。」趙岐注：「油然，興雲之貌。」朱熹注：「油然，雲盛貌；沛然，雨盛貌。」霈，通「沛」。❼恩鴻溶兮澤汪濊　謂恩澤廣大而深遠。鴻溶，廣大。《楚辭・九歎》：「波淫淫而周流兮，鴻溶溢而滔蕩。」王逸注：「鴻溶，廣大。鴻，一作澒。」《文選》卷四四司馬相如〈難蜀父老〉：「威武紛紜，湛恩汪濊。」李善注引張揖曰：「汪濊，深貌也。」張銑注：「汪，廣。濊，深也。」❽四海歸兮八荒會　謂天下歸心。《文選》卷七揚雄〈甘泉賦〉：「天閫決兮地垠開，八荒協兮萬國諧。」呂向注：「言天地之門開通以出德澤，故八荒萬國無不諧和也。」❾哤聒乎區寓　哤聒，猶喧聒，聲音雜作。《文選》卷一八馬融〈長笛賦〉：「哤聒其前後者，無晝夜而息焉。」李善注：「哤聒，雜聲也。」區寓，區域。寓，「宇」的古體字。《三國志・魏書・崔琰傳》：「不如守境述職以寧區宇。」❿駢闐乎闕外　駢闐，亦作「駢田」、「駢填」。聚集；連續。《晉書・夏統傳》：「士女駢填，車服燭路。」闕外，宮門之外。⓫醉德　王琦注：「醉德，即《詩》所謂飽德之義。」按：《詩・大雅・既醉》：「既

醉以酒，既飽以德；君子萬年，介爾景福。」《毛詩・小序》：「既醉，太平也。醉酒飽德，人有士君子之行焉。」

【語　譯】然後蒞臨行禮樂宣德化的辟雍，宴請公卿及地方長官。天地萬物為陰陽造化，餐吸元氣，酌飲大和。千里民眾鼓舞昇平，文武百官連續歌唱。就在此時，天空雲盛而霈然大雨。恩澤廣大而深遠，天下歸心而八方極遠之國都來會合。喧雜之聲出於區域，民眾聚集於宮門之外。群臣醉酒飽德之後，感恩揖讓而退。

而聖主猶夕惕若厲❶，懼人未安，乃目極于天，耳下于泉❷。飛聰馳明，無遠不察，考鬼神之奧，推陰陽之荒❸。下明詔，班舊章❹，振窮乏，散敖倉❺。毀玉沉珠，卑宮頹牆。使山澤無間，往來相望❻。帝躬乎天田，后親於郊桑。棄末反本，人和時康❼。建翠華兮萋萋，鳴玉鑾之鉠鉠❽。遊乎昇平之圃，憩乎穆清❾之堂。天欣欣兮瑞穰穰❿，巡陵於鶉首之野，講武於驪山之旁⓫。封岱宗兮祀后土⓬，掩栗陸而苞陶唐⓭。遂邀崆峒之禮，汾水之陽⓮。吸沆瀣⓯之精，黜滋味而貴理國⓰，其若夢華胥之故鄉⓱。於是元元澹然⓲，不知所在，若群雲從龍⓳，眾水奔海，此真所謂我大君登明堂之政化也⓴！

【章　旨】以上為第十一段，歌頌開元天子憂慮民眾之未安，日夜勤勉治政；散倉救貧，毀玉沉珠；棄末反本，人和時康；巡陵講武，封禪問道；使民眾晏安，群臣擁戴，此正是登明堂宣政化的結果。

【注　釋】❶夕惕若厲　謂至夜晚仍懷憂懼，如臨危境，不敢稍懈。《易・乾》：「君子終日乾乾，夕惕若厲，無咎。」孔穎達疏：「夕惕者，謂終竟此日，後至向夕之時，猶懷憂惕。若厲者，若，如也；厲，危也。言尋常憂懼，恆如傾危，乃得無咎。」❷乃目極于天二句　《太玄經》卷三：「目上于天，耳下于淵。」二句用其意。❸考鬼神之奧二句　謂推究鬼神的奧祕，陰陽的大道。推，宋本、咸本作「摧」，據蕭本、繆本、王本改。荒，大。《左傳・昭公七年》：「周文王之法曰：『有亡，荒閱。』所以得天下也。」杜預注：「荒，大也；閱，蒐也。有亡人當大蒐其眾。」❹下明詔二句　班固〈東都賦〉：「乃申舊章，下明詔。」此處用其意。班，通「頒」。頒布；布告周知。舊章，昔日的典章。《書・蔡仲之命》：「無作聰明亂舊章。」孔傳：「無敢為小聰明，作異辯以變亂舊典文章。」❺振窮乏二句　謂散發敖倉之粟，救濟貧窮困乏之人。《禮記・月令》：「天子布德行惠，命有司發倉廩，賜貧窮，振乏絕。」鄭玄注：「振，猶救也。」敖倉，地名。亦稱「敖庾」。秦代所建倉名。在河南鄭州西北邙山上。山上有城，秦於其中置穀倉，因曰「敖倉」。《史記・項羽本紀》：「漢軍滎陽，築甬道屬之河，以取敖倉粟。」裴駰集解引臣瓚曰：「敖，地名，在滎陽西北山，臨河有大倉。」❻毀玉沉珠四句　謂毀玉沉珠，宮卑牆崩，使山澤通利無間隔，往來可相望。《文選》卷一班固〈東都賦〉：「捐金於山，沈珠於淵。」李善注引《莊子》曰：「捐金於山，藏珠於淵，不利貨財，不尚富貴也。」呂延濟注：「捐，棄也。捐金於山，沈珠於淵，言各歸本也。」按：《舊唐書・玄宗紀上》：開元二年六月，「內出珠玉錦繡等服玩，又令於正殿前焚之。」《文選》卷八司馬相如〈上林賦〉：「穨牆填壍（同『塹』），使山澤之人得至焉。」劉良注：「穨，崩也。言崩去苑牆，以通山澤之利。」❼帝躬乎天田四句　謂皇帝親耕籍田，皇后親自蠶桑，棄工商重農桑，民安和而時康樂。古代天子、諸侯每逢春耕前親執耒耜在籍田上三推或一撥，稱為「籍禮」，表示對農業的重視。古代后妃親自採桑以勸蠶事。張衡〈東京賦〉：「躬三推於天田，修帝籍之千畝。」《禮記・月令》：「(季春之月）后妃齋戒，親東鄉躬桑。……以勸蠶事。」鄭玄注：「后妃親採桑，示帥先天下也。」班固〈東都賦〉：「抑工商之淫業，興農桑之盛務，遂令海內棄末而反本，背偽而歸真。」棄末反本人和時康，《唐文粹》作「棄末兮反本，人和兮時康」。❽建翠華兮萋萋二句　王琦注：「言旗上之翠羽，萋萋然如草色之鮮縟也。……玉鑾，即玉鸞，字異而義同也。」翠華，天子儀仗中以翠羽為飾的旗幟或車蓋。《文選》卷八司馬相如〈上林賦〉：「建翠華之旗。」李善注：「翠華，以翠羽為葆也。」萋萋，茂盛貌。〈上林賦〉：「建華旗，鳴玉鑾。」李善注引郭璞曰：「鑾，鈴也。《楚辭》曰：鳴玉鑾之啾啾。」又卷三張衡〈東京賦〉：「鑾聲噦噦，和鈴鉠鉠。」薛綜

注：「鑾在衡，和在軾，皆以金為鈴也。噦噦，和鳴聲。鉠鉠，小聲。」❾穆清　指清和之氣。《史記・太史公自序》：「漢興以來，至明天子，獲符瑞，封禪，改正朔，易服色，受命於穆清，澤流罔極。」裴駰集解引如淳曰：「受天命清和之氣。」張守節正義：「穆，美也。言天子有美德而教化清也。」❿天欣欣兮瑞穰穰　欣欣，喜樂貌。《楚辭・九歌・東皇太一》：「五音紛兮繁會，君欣欣兮樂康。」王逸注：「欣欣，喜貌。」瑞穰穰，謂祥瑞眾多。《漢書・揚雄傳》：「瑞穰穰兮委如山。」顏師古注：「穰穰，多也。」⓫巡陵於鶉首之野二句　謂天子參拜祖陵於秦地，講習武事於驪山。《新唐書・禮樂志四》：「(開元) 十七年，玄宗謁橋陵，至壖垣西闕下馬，望陵涕泗，行及神午門，號慟再拜。且以三府兵馬供衛，遂謁定陵、獻陵、昭陵、乾陵乃還。二十三年，詔獻、昭、乾、定、橋五陵，朔、望上食，歲冬至、寒食各日設一祭。」鶉首，星次名。十二星次之一。古代天文學將一周天分成十二個部分，用以量度日、月、行星的位置和運動。每個星次都有一個名稱。古代又將十二星次與地上的區域聯繫起來，稱為分野。鶉首星次的分野即為古代的秦地。講武，講習武事。《禮記・月令》：「(孟冬之月) 天子乃命將帥講武，習射御，角力。」《新唐書・玄宗紀》：開元元年十月，「己亥，幸溫湯。癸卯，講武於驪山。……甲辰，獵于渭川。」驪山，在陝西臨潼東南，因古驪戎居此得名。唐代於此建溫泉宮，玄宗時改名華清池。⓬封岱宗兮祀后土　《唐文粹》作「封岱宗而祀后土兮」。岱宗，即泰山。古以為諸山所宗，故稱「岱宗」。據《舊唐書・玄宗紀上》開元十三年冬十月辛酉，「東封泰山，發自東部。」十一月，「庚寅，祀昊天上帝於上壇，有司祀五帝百神於下壇。……封泰山神為天齊王，禮秩加三公一等。」⓭掩栗陸而苞陶唐　蕭士贇注：「栗陸氏、陶唐氏，皆古帝王之號，即《史（記）・封禪書》所謂古者封泰山禪梁父七十二家之二也。陶唐，帝堯也。」《易・繫辭下》：「包犧氏沒，神農氏作。」孔穎達疏：「包犧氏沒，女媧氏代立為女皇，亦風姓也。女媧氏沒，次有大庭氏、柏黃氏、中央氏、栗陸氏、驪連氏、赫胥氏、尊盧氏、混沌氏、皞英氏、有巢氏、朱襄氏、葛天氏、陰康氏、無懷氏，凡十五世皆習包犧氏之號也。」陶唐，古帝名，即唐堯。帝嚳之子，姓伊祁，名放勳。初封於陶，後徙於唐。⓮遂邀崆峒之禮二句　崆峒，山名。亦作「空同」、「空桐」，在今甘肅平涼西，相傳是黃帝問道於廣成子之所。汾水之陽，唐堯之都。《莊子・在宥》：「黃帝立為天子，十九年，令行天下，聞廣成子在於空同之上，故往見之。」又〈逍遙遊〉：「堯治天下之民，平海內之政，往見四子藐姑射之山，汾水之陽，窅然喪其天下焉。」成玄英疏：「汾水出自太原西，入於河。水北為陽，則今之晉州平陽縣在汾水北，昔堯都也。」⓯沆瀣　夜間的水氣；露水。古時謂仙人所飲。《文選》卷一五張衡〈思玄賦〉：「餐沆瀣以為粻。」注：

「沆瀣，夕霞也。」呂向注：「沆瀣，露氣也。」⑯黜滋味而貴理國　謂貴以無為治國。黜滋味即用《老子》「為無為，事無事，味無味」之意。理國，即治國，唐人避高宗李治諱而改。⑰其若夢華胥之故鄉　《列子・黃帝》：「晝寢而夢，遊於華胥氏之國。華胥氏之國在弇州之西，台州之北，不知斯齊國幾千萬里，蓋非舟車足力之所及，神游而已。其國無帥長，自然而已。其民無嗜欲，自然而已。不知樂生，不知惡死，故無夭殤。不知親己，不知疏物，故無愛憎。不知背逆，不知向順，故無利害。都無所愛惜，都無所畏忌。入水不溺，入火不熱，斫撻無傷痛，指擿無痟癢。乘空如履實，寢虛若處牀。雲霧不硋其視，雷霆不亂其聽，美惡不滑其心，山谷不躓其步，神行而已。黃帝既寤，悟然自得。召天老、力牧、太山稽，告之曰：『朕閒居三月，齋心服形，思有以養身治物之道，弗獲其術，疲而睡，所夢若此，今知至道不可以情求矣，朕知之矣，朕得之矣，而不能以告若矣。』又二十有八年，天下大治，幾若華胥氏之國。」此句用其意。按：「遂邀崆峒之禮……其若夢華胥之故鄉。」五句，蕭本、郭本、王本、咸本皆作「遨遊乎崆峒之上，汾水之陽。吸沆瀣之精英，黜滋味之馨香。貴理國其若夢，幾華胥之故鄉」。《唐文粹》「禮」上有「道」字，「吸」作「渴飲」，「精」上有「元」字，「夢」下有「遊」字。⑱元元澹然　民眾安定。《後漢書・光武帝紀》：「上當天地之心，下為元元所歸。」李賢注：「元元，謂黎庶也。」《文選》卷九揚雄〈長楊賦〉：「使海內澹然，永亡邊城之災。」李善注引《廣雅》曰：「澹，安也。」李周翰注：「謂晏然無事。」⑲群雲從龍　語出《易・乾》：「雲從龍，風從虎。」孔穎達疏：「龍是水畜，雲是水氣，故龍吟則景雲出，是雲從龍也。虎是威猛之獸，風是震動之氣，此亦是同類相感，故虎嘯則谷風生，是風從虎也。」後因以比喻君臣風雲際會。⑳此真所謂句　這真是我天子登明堂宣教化的結果。

【語　譯】 而英明的皇帝還是日夜憂懼如臨危境，擔心人民未得安寧。於是眼睛仰望於天，耳朵下聽於泉。使之耳聽目明地飛馳，沒有什麼遙遠地方不能察覺到的。考察鬼神的奧祕，推究陰陽的大道。下明詔，頒布昔日的典章。散發敖倉的糧食，救濟貧窮之人。銷毀寶玉和沉淹明珠，宮室卑小而苑牆頹崩，使山澤通利而無間隔，民眾往來相望於道路。皇帝親自耕作籍田，皇后親自採桑養蠶。拋棄工商末業而回歸農業務本，人民親和而時代安康。建樹旌旗上的翠羽萋萋如青草之鮮豔，車上的玉鈴響起鉠鉠的聲音。遊賞於昇平的園圃，休息於清和的殿堂。上天欣喜而祥瑞眾多，天子謁拜祖陵於鶉首分野的秦地，

打獵習武於驪山周圍。於泰山封禪而祭祀五帝百神，囊括上古栗陸氏至陶唐氏。就赴崆峒山效黃帝問道於廣成子，唐堯於汾水之陽往見四子藐姑射之山。吸夜間露水的精氣，廢除滋味而重無為以治國，那就像夢遊華胥氏的古國。從此黎民百姓安定，不知在何處，就像浮雲隨龍，眾水奔海，這真正是我皇帝登明堂宣教化的結果啊！

豈比夫秦、趙、吳、楚，爭高競奢，結阿房與叢臺❶，建姑蘇及章華❷。非享祀與嚴配❸，徒掩月而凌霞。由此觀之，不足稱也。況瑤臺❹之巨麗，復安可以語哉！

【章旨】以上為第十二段，以秦的阿房宮、趙的叢臺、吳的姑蘇臺、楚的章華臺與唐的明堂相比，皆不足稱，而夏桀殷紂殫百姓之財所建的瑤臺瓊室又怎麼可以相比！

【注釋】❶結阿房與叢臺　指秦始皇建阿房宮與趙靈王建叢臺。《史記・秦始皇本紀》：「三十五年，……於是始皇以為咸陽人多，先王之宮廷小，……乃營作朝宮渭南上林苑中。先作前殿阿房，東西五百步，南北五十丈，上可以坐萬人，下可以建五丈旗。周馳為閣道，自殿下直抵南山。表南山之顛以為闕。為復道，自阿房渡渭，屬之咸陽，以象天極閣道絕漢抵營室也。阿房宮未成；成，欲更擇令名名之。作宮阿房，故天下謂之阿房宮。」《漢書・高后紀》：「夏五月丙申，趙王宮叢臺災。」顏師古注：「連聚非一，故名叢臺。蓋本六國時趙王故臺也，在邯鄲城中。」叢，蕭本、郭本作「崇」。❷建姑蘇及章華　指春秋時吳王闔閭築姑蘇臺和楚靈王築章華臺。《吳越春秋・闔閭內傳》：「闔閭出入游臥，秋冬治於城中，春夏治於城外。治姑蘇之臺。」《史記・吳太伯世家》：「(吳王闔閭) 十九年夏，吳伐越，越王句踐迎擊之檇李。……越因伐吳，敗之姑蘇。」裴駰集解引《越絕書》曰：「闔廬起姑蘇臺，三年聚材，五年乃成，高見三百里。」司馬貞索隱：「姑蘇，臺名，在吳縣西三十里。」《左傳・昭公七年》：「楚子成章華之

臺。」杜預注：「臺今在華容城內。」按：姑蘇臺遺址在今江蘇蘇州西南姑蘇山上。章華臺遺址在今湖北監利西北。❸嚴配　以父配天。《孝經‧聖治》：「孝莫大於嚴父，嚴父莫大於配天，則周公其人也。」注：「萬物資始於乾，人倫資父為天，故孝行之大莫過尊嚴其父也。謂父為天，雖無貴賤，然以父配天之禮，始自周公，故曰其人也。」後即謂祭天時以先父配享為嚴配。王中〈頭陀寺碑文〉：「祖武宗文之德，昭升嚴配。」劉良注：「言祖襲武王，尊嚴其父文王，以之配天，而昭明升舉此道，而復行之。」❹瑤臺　雕飾華麗、結構精巧的樓臺，特指夏桀、殷紂所建之瑤臺、瓊室。《新序‧刺奢》：「桀作瑤臺，罷民力，殫民財。」《文選》卷三張衡〈東京賦〉：「固不如夏癸之瑤臺，殷辛之瓊室也。」李善注引《汲冢古文》曰：「夏桀作傾宮瑤臺，殫百姓之財；殷紂作瓊室，立玉門。」

【語　譯】這豈能與秦、趙、吳、楚爭高競奢相比：秦始皇建阿房宮與趙靈王建叢臺，吳王闔閭建姑蘇臺與楚靈王建章華臺，並非祭天時以先父配享，徒然掩蔽月亮而高聳雲霞。由此看來，它們都不足稱道。何況雕飾華麗如夏桀、殷紂殫百姓之財所築的瑤臺瓊室，又何可道哉！

敢揚國美，遂作辭曰：

穹崇明堂倚天開兮❶，巃嵸鴻濛構瓌材兮❷，偃蹇坱莽邈崔嵬兮❸，周流辟雍岌靈臺兮❹。赫奕日❺，噴風雷。宗祀肸蠁❻，王化弘恢❼。鎮八荒❽，通九垓❾。四門啟兮萬國來，考休徵❿兮進賢才。儼若皇居而作固⓫，窮千祀⓬兮悠哉！

【章　旨】以上為最後一段，用騷體詩概括明堂建築的高大雄偉以及它的重要作用。

【注　釋】❶穹崇明堂倚天開兮　穹崇，高貌。司馬相如〈長門賦〉：「正殿塊以造天兮，鬱並起而穹崇。」天開，《唐文粹》作「天關」。❷巃嵸鴻濛構瓌材兮　巃嵸，高峻貌。《洛陽伽藍記‧聞義里》：「高山巃嵸，危岫入雲。」

鴻濛，《漢書・揚雄傳》：「鴻濛沆茫，揭以崇山。」顏師古注：「鴻濛沆茫，廣大貌。」瓌材，珍奇的棟樑木材。班固〈西都賦〉：「因瓌材而究奇，抗應龍之虹梁。」《封氏聞見記・第宅》：「安祿山初承寵遇，敕營甲第。瓌材之美，為京城第一。」❸偃蹇坱莽邈崔嵬兮　偃蹇，高聳貌。《楚辭・離騷》：「望瑤臺之偃蹇兮。」王逸注：「偃蹇，高貌。」坱莽，王琦注：「泱莽，廣遠寥廓之意。〈上林賦〉：『過乎泱漭之野。』杜甫〈八哀詩〉：『胡塵昏坱漭。』泱漭、坱莽，其義同也。」按：莽，蕭本、郭本、咸本、《全唐文》作「㟐」，《唐文粹》作「漭」。崔嵬，高大貌。《楚辭・九章・涉江》：「冠切雲之崔嵬。」王逸注：「崔嵬，高貌。」❹周流辟雍岌靈臺兮　岌靈臺，高過靈臺。《爾雅・釋山》：「小山岌大山，峘。」靈臺，古時帝王觀察天文星象的建築。《文選》卷三張衡〈東京賦〉：「左制辟雍，右立靈臺。」薛綜注：「謂於其上班教令曰明堂，大合樂射鄉者曰辟雍，司歷紀候節氣者曰靈臺也。」❺赫奕日　《唐文粹》、《全唐文》作「赫奕日星」。赫奕，顯耀貌。《文選》卷一一何晏〈景福殿賦〉：「赫奕章灼，若日月之麗天也。」李善注：「赫奕、章灼，皆謂光顯昭明也。」❻肸蠁　比喻神靈感應。肸，宋本原作「肹」，據郭本、繆本、王本、咸本、《全唐文》改。❼王化弘恢　《唐文粹》、《全唐文》作「王化恢」。❽鎮八荒　《唐文粹》作「鎮八極兮」。❾九垓　九重天。《淮南子・道應訓》：「吾與汗漫期於九垓之上。」高誘注：「九垓，九天也。」❿休徵　吉祥的徵兆。《文選》卷一班固〈東都賦〉：「登靈臺，考休徵。」劉良注：「休，美也；徵，應也。休徵，猶言吉兆也。」⓫作固　製作堅固。張載〈劍閣銘〉：「惟蜀之門，作固作鎮。」⓬千祀　千年。《文選》卷六左思〈魏都賦〉：「雖踰千祀，而懷舊蘊於遐年。」

【語　譯】我冒昧地宣揚我大唐之美，就寫了這篇賦：

雄偉的明堂倚天崛起，高峻廣大乃珍奇材料所構成，寥廓廣遠而高大，周圍流水環繞的辟雍高過靈臺。顯耀光明如太陽，氣勢壯盛噴薄如風雷。宗廟祭祀神靈感應，天子的教化博大寬宏。威鎮八方極遠之地，道通九重之天。四門開而萬國來朝，考核吉兆而引進賢良的人才。恭敬皇帝所居而製作堅固，盡千年而悠長！

【研　析】此賦中說明，明堂乃高宗皇帝創議、則天皇后建築、中宗皇帝守成。序中首先熱情歌頌高祖、

太宗皇帝創建大唐王朝的豐功偉業，高宗應天順人，欲建明堂，未就而先逝，武后勤勞而建成明堂，中宗守成而發揚光輝。接著描寫建明堂必須先設計製圖，然後擇日施工，採集木石建材，人民自願從四面八方踴躍前來勞作，豈需如前代那樣殫人力盡徵稅！然後從多方面形容明堂的宏偉壯麗，高峻而幽深。其結構既上依天象，其位置背黃河，垠清洛，太行卻立，通谷前廓，岌嵩噴伊，倚日薄月，地理環境又十分美好。其形勢超越五嶽，向四方張開，根基穩固，高大而符合創建規則。樓臺城闕高大蔽日，草木開花播香。宮室的設置既上參天象之位，又下酌夏殷周三代的制度。接著又描繪明堂的外觀形象：繁密下垂的樹葉中千宮對出，光耀堂室。宮殿色彩如燦爛錦緞，斑爛雲霞。錯落如群星羅列波浪層疊。風聲蕭瑟，深幽宮室稠密櫛比，吉祥雲氣青蔥蒸騰。然後用較多筆墨，詳細描寫明堂的內部結構，包括其前後左右建築群體的布局以及明堂的位置及其發揮的作用。極力形容楹柱之大，樑木、椽子、屋脊等色彩的鮮豔，牆壁的光潔明亮，道旁梯側的雕刻之逼真以及窗戶的高聳，都使人眼花繚亂。高樓之間有架空的複道連接，九夷五狄都按規則順著各個方面進出。明堂左右有臺階，庭院中有寶鼎，流水環繞辟雍，天子於明堂中央發號施令。接著又深入描寫明堂內室的情景：包括戶牖、面積、裝飾、幽深隱祕的神位、牆壁上的各種畫像，都有制度的規定和深刻的寓意。

從賦的第九段開始，具體描寫天子至明堂祭祀的莊重禮儀，禮儀結束後在辟雍宴請公卿及地方長官，君臣歌舞昇平。而開元天子此時還憂慮民眾之未安，日夜勤勉治政；散倉救貧，毀玉沉珠；棄末反本，人和時康；巡陵講武，封禪問道；使民眾晏安，群臣擁戴。這正是天子登明堂宣政化的結果。以秦建阿房宮、趙築叢臺、吳建姑蘇臺、楚築章華臺相比，皆不足稱，而夏桀、殷紂殫百姓之財所建的瑤臺、瓊室，又怎可相比！他們都只是為了統治者的淫慾享樂，而大唐建造明堂卻是為了宣揚政治教化。最後用騷體詩概括了明堂建築的高大雄偉以及它的重要作用。

此賦結構嚴密，氣勢宏大，賦中鋪敘明堂的雄偉壯麗，歌頌了開元盛世的盛唐氣象。

大獵賦并序

白以為：賦者，古詩之流❶。辭欲壯麗，義歸博遠❷。不然，何以光贊盛美，感天動神❸？而相如子雲競誇辭賦，歷代以為文雄，莫敢詆訐❹。臣謂語其略，竊或褊其用心❺。〈子虛〉所言，楚國不過千里，夢澤居其太半，而齊徒吞若八九，三農及禽獸無息肩之地，非諸侯禁淫述職之義也❻。

【章旨】此節論述賦的性質和作用，指出司馬相如的《子虛賦》虛誇其辭，不可取。

【注釋】❶白以為三句　白，《唐文粹》作「臣」。賦者，古詩之流。語見《文選》卷一班固〈兩都賦序〉：「或曰：『賦者，古詩之流也。』」李善注：「〈毛詩序〉曰：詩有六義焉，二曰賦，故賦為古詩之流也。」❷辭欲壯麗二句　謂賦的辭藻要壯美華麗，取義要博雅深遠。劉勰《文心雕龍・詮賦》：「麗詞雅義，符采相勝。」遠，蕭本、郭本、《全唐文》作「達」。❸何以光贊盛美二句　〈毛詩序〉：「故正得失，動天地，感鬼神，莫近於詩。」古人認為詩賦有動天地感鬼神之功。❹而相如子雲競誇辭賦三句　意謂司馬相如和揚雄競相以辭賦相誇，歷代論者亦奉之為作賦能手，無人敢有非議。相如，司馬相如。子雲，揚雄的字。兩人均為西漢著名辭賦家。辭，郭本、《全唐文》作「詞」。詆訐，非議；譭謗。❺臣謂語其略二句　其略，《唐文粹》作「其大略」。褊，宋本原作「編」，據蕭本、郭本、繆本、王本改。本指衣服狹小，引申為狹隘、偏失。略，大要，即所作賦的主旨。二句謂論其賦的主旨，我私下以為其用心有所偏失。❻子虛所言六句　子虛，〈子虛賦〉，司馬相如的代表作。其詞云：「臣聞楚有七澤，……臣之所見，蓋特其小小者耳，名曰雲夢。雲夢者，方九百里。……烏有先生曰：『……且齊東渚巨海，南有琅邪，觀乎成山，射乎之罘，浮渤澥，遊孟諸。邪與肅慎為鄰，右以湯谷為界。秋田乎青丘，彷徨乎海外。吞若雲夢者八九，於其

胸中曾不蔕芥。』」〈上林賦〉：「亡是公听然而笑曰：『……夫使諸侯納貢者，非為財幣，所以述職也；封疆畫界者，非為守禦，所以禁淫也。……從此觀之，齊楚之事，豈不哀哉！地方不過千里，而囿居九百，是草木不得墾闢，而民無所食也。』」六句所言即本此。三農，指平地、山、澤所居之農民。息肩之地，休息歇腳之處。禁淫，禁止越出一定的範圍。述職，諸侯向天子陳述履行職務的情況。太，蕭本、郭本、王本、《全唐文》作「大」。通「大」。

【語　譯】我李白認為：賦是古詩的演變。賦的辭藻要壯美華麗，意義要廣博深遠。如果不是這樣，怎麼能讚揚盛大光輝，感動天地鬼神？而漢朝的司馬相如、揚雄都以辭賦競相誇耀，歷代論者亦奉之為作賦的雄傑，沒有人敢有非議。但我私下以為他們作賦的用心有所偏失。〈子虛賦〉所說的楚國，不超過一千里，雲夢澤居其大半，而齊國徒然能吞八九個雲夢澤，卻使山、澤、平地的農民和禽獸沒有休息棲宿之地，這並不是諸侯國禁止過分和向天子陳述履職的義務。

〈上林〉云：左蒼梧，右西極❶，考其實，地周袤纔經數百❷。〈長楊〉誇胡，設網為周阹，放麋鹿其中，以搏攫充樂❸。〈羽獵〉於靈臺之囿❹，圍經百里而開殿門❺。當時以為窮壯極麗，迨今觀之，何齷齪之甚也❻！

【章　旨】此節指出《上林賦》、《長楊賦》、《羽獵賦》誇大其辭，其實狹小之極。

【注　釋】❶上林云三句　上林，〈上林賦〉。按〈子虛〉、〈上林〉在《史記》、《漢書》中均未分篇，自蕭統《文選》始析一為二，前人多辯其非。其詞云：「亡是公听然而笑曰：『……獨不聞天子之上林乎？左蒼梧，右西極，丹水更其南，紫淵徑其北。』」上林，苑名。本秦時舊苑，漢武帝擴建。周圍三百里，有離宮七十所，苑中養禽獸，供天子春秋時打獵。其地在今陝西長安、盩厔、鄠縣界。蒼梧，在長安東南，故言左。西極，在長安西，故言右。❷考其實二句　考，宋本原作「者」，據蕭本、郭本、繆本、王本、咸本、《唐文粹》改。周袤，周長。揚雄〈羽獵賦〉：「武帝

廣開上林，……周袤數百里。」袤，宋本原作袤，據郭本、繆本、王本、咸本、《唐文粹》改。❸長楊誇胡四句　楊，宋本原作「揚」，據蕭本、郭本、王本、咸本改。揚雄有〈長楊賦〉，其〈序〉云：「上將大誇胡人以多禽獸。秋命右扶風發民入南山，西自褒斜，東至弘農，南驅漢中，張羅網罝罘，捕熊羆豪豬，虎豹狖玃，狐兔麋鹿，載以檻車，輸長楊射熊館，以網為周阹，縱禽獸其中，令胡人手搏之，自取其獲，上親臨觀焉。是時農民不得收斂。雄從至射熊館，還，上〈長楊賦〉。」周阹，獵者利用天然地形圍獵禽獸。此指未有野獸先設圍陣。搏攫，搏擊；爭奪。搏，咸本作「摶」。❹羽獵於靈臺之囿　羽獵，指揚雄〈羽獵賦〉。靈臺，周朝所建臺名，用以遊觀，一說用以觀天象。囿，畜養禽獸的園林。按揚雄〈羽獵賦〉稱：「帝將惟田於靈之囿。」此句即用其意。❺圍經百里而開殿門　用揚雄〈羽獵賦〉成句：「圍經百里，而為殿門。」❻當時以為窮壯極麗三句　謂當時以為場面壯觀，而今看來，何其狹小之極。迨，同「逮」。《唐文粹》作「逮」。齷齪，局面狹窄。

【語　譯】〈上林賦〉說：左邊為蒼梧山，右邊為西極，但我考核實際，其地周長只有幾百里。〈長楊賦〉向胡人誇耀，先設置網絡為圍陣，讓麋鹿置放於其中，以搏擊爭奪作為快樂。〈羽獵賦〉敘在靈臺的園林中畋獵，圍捕百里而開殿門。當時以為這些都是場面窮極壯觀，至今看來，畋獵場面是多麼狹小啊！

但王者以四海為家，萬姓為子，則天下之山林禽獸，豈與眾庶異之❶？而臣以為不能以大道匡君，示物周博，平文論苑之小，竊為微臣之不取也❷。今聖朝園池遐荒，殫窮六合❸，以孟冬十月大獵於秦，亦將曜威講武，掃天蕩野❹。豈淫荒侈靡，非三驅之意耶❺？臣白作頌，折中❻厥美。

其辭曰：

【章　旨】以上三節為賦序。首先述說賦的性質和作用，然後評論司馬相如和揚雄的代表作只是誇大其辭，與事實不符，他們不能以大道匡君，故李白以為不足取。而當今皇帝的畋獵講武，猶為三驅之意，

故李白要取正面頌美，特作此賦。

【注　釋】❶但王者以四海為家四句　謂但帝王若以四海為家，以百姓為子，那麼天下山林禽獸，怎能不與庶民同享？眾庶，庶民；百姓。❷而臣以為四句　謂我以為為人臣不能以治國之道匡輔君王，使物產豐富，卻著文論說園苑之大小，我私下以為不足取。匡，咸本校：「一作淫。」苑，《全唐文》作「苑囿」。❸今聖朝園池遐荒二句　遐荒，荒遠之地。殫窮，竭盡。六合，指天地四方。二句言天下之大，無不為天子園地。❹以孟冬十月大獵於秦三句　孟冬，冬季第一月，指夏曆十月。秦，指長安一帶，今陝西地區。曜威講武，誇耀武力，練習戰法。古代皇朝於冬季例有畋獵的禮儀風習。《周禮・夏官・大司馬》：「中冬，教大閱，……修戰法，……遂以狩田。」曜，郭本、咸本、《唐文粹》、《全唐文》作「耀」。掃天蕩野，形容畋獵時人多勢猛，彷彿能橫掃天空，蕩滌曠野。❺豈淫荒侈靡二句　淫荒，蕭本、郭本、王本作「荒淫」。三驅，古代帝王畋獵的制度。《易・比》：「王用三驅，失前禽。」前賢多謂畋獵時三面驅獸，讓開一面，以示好生之德。《漢書・五行志上》：「田狩有三驅之制。」顏師古注：「三驅之禮，一為乾豆，二為賓客，三為充君之庖也。」此謂畋獵以三驅為度。耶，郭本、《唐文粹》、《全唐文》作「邪」。❻折中　猶言取正。折其兩端而取其中，使之適當。王琦注：「賦意謂分之而求其中，惟茲所頌美，較勝古人也。」《史記・孔子世家論》：「自天子王侯，中國言〈六藝〉者折中於夫子，可謂至聖矣！」司馬貞索隱：「〈離騷〉云：『明五帝以折中。』王師叔云：『折中，正也。』宋均云：『折，斷也。中，當也。』按：言欲折斷其物而用之，與度相中當，故以言其折中也。」

【語　譯】只是帝王若以四海為家，以百姓為子，那麼天下的山林禽獸，怎麼能不與庶民同享有它？而我以為作為人臣不能以治國大道匡輔君王，使物產豐富，卻以文章論說苑囿之大小，我私下以為不足取。而今我大唐王朝擁有的園池，窮盡天地四方荒遠之地，於冬季第一個月即十月在秦地進行大規模畋獵，也將顯揚威武而講習戰法，橫掃天空而蕩滌曠野。難道這樣的耽樂縱逸，不是古代帝王畋獵有三驅制度的意思嗎？我李白為此寫賦，折其兩端而取其中以盡其美。其辭說：

粵若皇唐之契天地而襲氣母兮，粲五葉之葳蕤❶。惟開元廓海寓而運斗極兮，總六聖之光熙❷。誕金德之淳精兮，漱玉露之華滋❸。文章森乎七曜兮，制作參乎兩儀❹。括眾妙而為師❺。明無幽而不燭兮，澤無遠而不施❻。慕往昔之三驅兮，順生殺於四時❼。

【章旨】以上是賦的第一段，讚美開元天子繼承五世六帝的光輝基業，創建開元盛世。文章著作極盛而精妙，陽光普照，恩澤廣遠，仰慕前聖的三驅，順應四時的畋獵制度。

【注釋】❶粵若皇唐二句　謂大唐得天地元氣之本而有天下，五世基業，光輝燦爛，非常興旺，如草木的繁茂爭榮。粵若，同「曰若」。語助詞。皇唐，大唐。契，通「挈」。郭本、咸本、《全唐文》作「挈」。《莊子・大宗師》：「狶韋氏得之以挈天地，伏戲氏得之以襲氣母。」陸德明《音義》：「挈，司馬云：要也，得天地之要也。崔云：成也。司馬云：襲，入也。氣母，元氣之母也。崔云：取元氣之本。」成玄英疏：「狶韋氏，文字已前遠古帝王號也。得靈通之道，故能驅馭群品，提挈二儀。又作『契』字者，契，合也。言能混同萬物，符合二儀者也。……襲，合也。氣母者，元氣之母。應道也。為得至道，故能畫八卦，演六爻，調陰陽，合元氣也。」粲，燦爛。五葉，五世。唐自高祖至玄宗凡五世。葳蕤，草木茂盛貌。❷惟開元廓海寓二句　開元，唐玄宗年號，西元七一三至七四一年。海寓，海內；宇內，即國境以內。運，運轉。斗極，北斗星與北極星。此喻指政權。總，聚。六聖，指唐開國以來的六個皇帝：高祖、太宗、高宗、武后、中宗、睿宗。光熙，光輝。❸誕金德之淳精兮二句　誕，誕生。玄宗誕生於八月，八月為秋，於五行為金，秋天多露，故以「金德」、「玉露」頌之。淳精，純正精華。淳，郭本、咸本、《全唐文》作「純」。華滋，潤澤。❹文章森乎七曜兮二句　謂文章繁盛於日月星辰，著作精妙參列天地。森，繁茂貌。七曜，指日、月及金、木、水、火、土五星。兩儀，指天地或陰陽。《易・繫辭上》：「是故易有太極，是生兩儀。」❺括眾妙而為師　謂集中眾多絕妙之物作為師法。括，宋本作「栝」，據郭本、繆本、王本、咸本、《唐文粹》、《全唐文》改。而，宋本作「以」，

據繆本、王本、咸本、《全唐文》改。瞿蛻園、朱金城校注：此句單行叶韻，文氣不屬，疑上脫一句。眾妙，萬物的玄理。《老子》：「玄之又玄，眾妙之門。」❻明無幽而不燭兮二句　謂光明照到任何幽暗處，恩澤施至任何遙遠之處。無，《唐文粹》作「胡」。❼慕往昔之三驅兮二句　謂仰慕過去的畋獵制度，必須應四時而殺生。古代朝廷四時皆有畋獵之事。春曰田，獵取農田中的野獸，為耕種作準備；夏曰苗，為禾苗除害；秋曰蒐，擇大獸獵而取之；冬曰狩，獵無擇，故曰「順生殺於四時」。《公羊傳・桓公四年》：「秋曰蒐，冬曰狩。」一說，春獵曰蒐，秋獵曰獮。蕭士贇注：「順生殺於四時者，謂春蒐、夏苗、秋獮、冬狩，各有制也。」

【語　譯】我大唐王朝得天地元氣之本而有天下，五世基業燦爛輝煌，非常興旺。開元天子開拓海內國境而運轉政權，總聚發展了開國以來六個皇帝的光輝事業。誕生於秋季八月而得金德的純正精華，漱飲玉露而體魄潤澤。文章比日月星辰更為茂盛光輝，著作之精妙參列天地陰陽。總括眾多絕妙之法為師。其光明沒有幽暗之處不能照到，恩澤沒有遙遠之地不能施至。仰慕以往帝王三驅的畋獵制度，必須遵循應四時而殺生。

若乃嚴冬慘切，寒氣凜冽❶，不周來風，玄冥掌雪❷。木脫葉，草解節❸，土囊煙陰，火井冰閉❹。是月也，天子處乎玄堂❺之中，滄八水兮休百工，考〈王制〉兮遵〈國風〉❻。樂農人之閑隙兮，因校獵而講戎❼。

【章　旨】以上是賦的第二段，描寫嚴冬季節的景象，開元天子遵王制而在農閒之時校獵講武。

【注　釋】❶若乃嚴冬慘切二句　慘切，淒厲迫切。凜冽，寒冷刺骨。❷不周來風二句　不周，指不周風。《史記・律書》：「不周風居西北，主殺生。」玄冥，神名。《禮記・月令》：「孟冬之月，……其神玄冥。」❸木脫葉二句　謂樹木凋零，枯草衰敗。❹土囊煙陰二句　土囊，《文選》卷一三宋玉〈風賦〉：「夫風生於地，起於青蘋之末。侵淫谿

谷，盛怒於土囊之口。」李善注：「土囊，大穴也。盛弘之〈荊州記〉曰：『宜都佷山縣有山，山有穴，口大數尺，為風井，土囊當此之類也。』」火井，產可燃天然氣之井。古代多用以煮鹽。《文選》卷四左思〈蜀都賦〉：「火井沉熒於幽泉。」劉逵注：「蜀郡有火井，在臨邛縣西南。火井，鹽井也。欲出其火，先以家火投之，須臾許，隆隆如雷聲，爓出通天，光輝十里，以筩盛之，接其光而無炭也。」《華陽國志・蜀志》：「臨邛縣……有火井，夜時光映上照，民欲其火光，以家火投之，頃許如雷聲，火焰出，通耀數十里。以竹筒盛其光藏之，可拽行，終日不滅。」冰閉，因結冰而使井口封閉。❺玄堂　北向的堂，古代天子冬月所居。《禮記・月令》：「孟冬之月，……天子居玄堂左个。」鄭玄注：「玄堂左个，北堂西偏也。」❻滄八水兮休百工二句　滄，寒冷。宋本作「滄」，《全唐文》作「餐」，據蕭本、郭本、王本、咸本改。八水，指關中八川。《初學記》卷六引晉戴祚《西征記》：「關內八水，一涇，二渭，三灞，四滻，五澇，六潏，七灃，八滈。」都在關中，皆出入上林苑。百工，各種工匠的總稱。《呂氏春秋・季秋紀》：「是月也，霜始降則百工休。」高誘注：「霜降天寒，朱漆不堅，故百工休不復作器。」王制，指《禮記・王制》。國風，指《詩》十五〈國風〉。《文選》卷一班固〈東都賦〉：「若乃順時節而蒐狩，簡車徒以講武，則必臨之以〈王制〉，考之以〈風〉〈雅〉。」李善注：「《禮記・王制》曰：『天子諸侯無事則歲三田，田不以禮，曰暴天物。』風，〈國風〉、〈騶虞〉、〈駟鐵〉是也。雅，〈小雅〉、〈車攻〉、〈吉日〉是也。」❼樂農人之閑隙兮二句　謂使百姓於農閒之時得以愉樂，因而出去狩獵，講習武事。閑隙，指農閒。因，宋本作「困」，據蕭本、郭本、繆本、王本、咸本、《全唐文》改。校獵，用木欄遮阻，獵取禽獸。《漢書・司馬相如傳》：「背秋涉冬，天子校獵。」顏師古注：「校獵者，以木相貫穿，總為闌校，遮止禽獸，而獵取之。」講戎，講武事。《左傳・隱公五年》：「故春蒐、夏苗、秋獮、冬狩，皆於農隙以講武事也。」

【語　譯】至於冬天嚴風淒厲，寒冷刺骨，西北風猛吹，冬神玄冥又掌管下雪。樹木都已脫葉而凋零，百草也已枯萎衰敗，大穴吞吐陰暗的煙霧，火井被結冰封閉。這孟冬十月天子居住在玄堂之中，因關中八水極為寒冷而讓各種工匠都休息，遵從《禮記・王制》和《詩・國風》，使農民在冬閒之時得以愉樂，因而出去狩獵而講習武事之事。

乃使神兵出於九闕，天仗羅於四野❶。徵水衡與林虞，辨土物之眾寡❷。千騎飆掃，萬乘雷奔❸。梢扶桑而拂火雲兮，刮月窟而搜寒門❹。赫壯觀於今古，嶪搖蕩於乾坤❺。此其大略也。而內以中華為天心，外以窮髮為海口❻。豁咽喉以洞開，吞荒裔以盡取❼。大章按步以來往，夸父振策而奔走❽。足跡乎日月之所通，囊括乎陰陽之未有❾。

【章旨】此節描寫狩獵部隊聲勢浩大地出發至曠野，總寫狩獵範圍極大。

【注釋】❶乃使神兵出於九闕二句　神兵，天兵，指唐朝軍隊。九闕，九門，指皇宮。古代宮室制度，天子設九門。《禮記‧月令》：「(季春之月)田獵、罝罘、羅罔、畢翳、餧獸之藥，毋出九門。」鄭玄注：「天子九門者，路門也、應門也、雉門也、庫門也、皋門也、城門也、近郊門也、遠郊門也、關門也。」後用以稱宮門。天仗，手執兵器的儀仗。羅，分布；陳列。二句謂狩獵隊伍從皇宮出發，軍士手執兵器，環列四野。❷徵水衡與林虞二句　徵，徵召。水衡，古官名。水衡都尉的簡稱。漢武帝元鼎二年置，至隋廢。掌皇家上林苑。《漢書‧百官公卿表上》「水衡都尉」顏師古注引應劭曰：「古山林之官曰衡。掌諸池苑，故稱水衡。」又引張晏曰：「主都水及上林苑，故曰水衡。主諸官，故曰都。有卒徒武事，故曰尉。」後泛指管理水利之官。林虞，古代掌管山林之官。王琦注：「《周禮》有山虞、澤虞，皆掌山澤之官，今稱林虞者，變文言之也。」土物，土產之物。❸千騎飆掃二句　形容畋獵盛況，千騎萬乘如狂飆飛掃，如雷電橫奔。❹梢扶桑而拂火雲兮二句　形容畋獵範圍之廣。梢，拂，意同。扶桑，神話中東方日出之地。火雲，其色如火之雲。刮，搜，意同。搜刮；席捲。月窟，神話中月亮所生之地。寒門，指北極之門。《淮南子‧墬形訓》：「北方曰北極之山，曰寒門。」高誘注：「積寒所在，故曰寒門。」梢，郭本作「捎」。刮，王本作「括」。寒，宋本、蕭本、咸本作「塞」，據繆本、王本改。❺赫壯觀於今古二句　謂此次畋獵為古今赫赫壯觀，其氣勢似能搖蕩乾坤。嶪，高聳貌。蕭本、咸本作「業」。杜審言〈南海亂石山中作〉詩：「群山高嶪地。」❻而內以中華為天心二句

中華，指華夏民族地區。天心，天的中心。窮髮，《莊子・逍遙遊》：「窮髮之北。」司馬彪注：「北極之下，無毛之地也。」❼豁咽喉以洞開二句　豁，開通。咽喉，喻險要之地。《戰國策・秦策四》：「韓，天下之咽喉；魏，天下之胸腹。」荒裔，邊遠地區。以，蕭本、郭本、王本作「而」。❽大章按步以來往二句　大章，即太章，古代傳說中的善行者。《淮南子・墬形訓》：「禹乃使太章步自東極，至于西極。二億三萬三千五百里七十五步。」高誘注：「太章、豎亥，善行人，皆禹臣也。」按，宋本作「桉」，據郭本、繆本、王本、咸本、《唐文粹》、《全唐文》改。夸父，古代神話中人物。《山海經・海外北經》：「夸父與日逐走，入日；渴欲得飲，飲於河渭。河渭不足，北飲大澤。未至，道渴而死。棄其杖，化為鄧林。」振策，揮動手杖。二句即用此二事。❾足跡乎日月之所通二句　謂縱獵範圍之廣，凡日月所經之地都留下足跡，獵取土物之多，凡天地間的一切莫不包含在內。未，《唐文粹》作「所」。

【語　譯】於是使狩獵部隊從宮門出發，手執兵器的儀仗陳列在野外四周。徵召掌管山林水澤的官員，辨別當地土產獵物之多少。然後千騎萬乘如狂飆飛掃，如雷電橫奔。拂掃東方日出火雲般的扶桑樹，席捲月亮所出的北極寒門，此次畋獵的範圍確是自古至今的赫然壯觀，其氣勢之高漲似能搖盪天地。這是大概的情況。而內以華夏地區為中心，外以不毛之地為海口。豁開險要之地而洞通，吞沒邊遠地區而盡取。就像神話傳說中善行的人物太章和夸父那樣，按步揮杖奔跑，凡日月所經之地都留下足跡，天地之間的一切土物都被獵取而囊括。

君王於是撞鴻鐘，發鑾音❶，出鳳闕，開宸襟❷。駕玉輅之飛龍，歷神州之層岑❸。遊五柞兮瞰三危，挾細柳兮過上林❹。攢高牙以總總兮，駐華蓋之森森❺。於是擢倚天之劍，彎落月之弓❻。崑崙叱兮可倒，宇宙噫兮增雄❼。河漢為之卻流，川嶽為之生風❽。羽旄揚兮九天絳，獵火燃兮千山紅❾。

【章 旨】此節描寫君王親自乘車出獵的情景，揮劍彎弓，氣勢使崑崙可倒，宇宙增雄。旌旗揚九天，獵光紅千山。

【注 釋】❶君王於是撞鴻鐘二句 鴻鐘，大鐘。古代帝王出入都有擊鐘的儀節。《文選》卷八揚雄〈羽獵賦〉：「撞鴻鐘，建九旒。」李善注引《尚書大傳》曰：「天子將出，則撞黃鐘之鐘。」鑾音，帝王車馬繫鈴發出的聲音。鈴由青銅製成，形似鸞鳥銜鈴，故謂之鸞鈴，亦稱鑾鈴。❷出鳳闕二句 鳳闕，漢代宮闕名。《史記·孝武本紀》：「其東則鳳闕，高二十餘丈。」司馬貞索隱引《三輔故事》：「北有圜闕，高二十丈，上有銅鳳皇，故曰鳳闕也。」《藝文類聚》卷六二引潘岳《關中記》：「建章宮圓闕臨北道，鳳在上，故曰鳳闕也。」後用為皇宮通稱。宸襟，帝王的襟懷。何遜〈九日侍宴樂游苑詩為西封侯作〉：「宸襟動時豫，歲序屬涼氛。」❸駕玉輅之飛龍二句 《舊唐書·輿服志》：「唐制，天子車輿有玉輅、金輅……。玉輅，青質，以玉飾諸末。」玉輅，指帝王所乘之車。以玉為飾。飛龍，指駕車之馬。《禮記·月令》「駕蒼龍」鄭玄注：「馬八尺以上為龍。」神州，指中原地區。戰國時齊人鄒衍稱華夏之地為「赤縣神州」，見《史記·孟子荀卿列傳》。層岑，高峰。亦作「曾岑」。《文選》卷三一江淹〈雜體詩·謝光祿莊郊遊〉：「四睇亂曾岑。」呂延濟注：「曾，高也；岑，峰也。」❹遊五柞兮瞰三危二句 五柞，漢代宮名。故址在今陝西周至東南。《漢書·武帝紀》：後元二年，「二月，行幸盩厔五柞宮。」顏師古注引張晏曰：「有五柞樹，因以名宮也。」瞰，俯視。三危，古代西部邊疆山名。《書·禹貢》：「三危既宅。」孔傳：「三危為西裔之山也。」在今甘肅敦煌東南三十里，三峰聳峙，其勢欲墜，故名。俗亦名卑羽山。細柳，觀名。在今陝西西安西南昆明池南。漢時在上林苑中築有細柳觀，司馬相如〈上林賦〉「登龍臺，掩細柳」，即此處。挾，襟帶。❺攢高牙以總總兮二句 攢，聚集。牙，指牙旗，旗竿上以象牙為飾，故稱。古帝王出幸，建大牙旗。高牙，高舉之牙旗。總總，眾多貌。《楚辭·大司命》：「紛總總兮九州。」華蓋，帝王的車蓋。崔豹《古今注·輿服》：「華蓋，黃帝所作也，與蚩尤戰於涿鹿之野，常有五色雲氣，金枝玉葉，止於帝上，有花葩之象，故因而作華蓋也。」森森，氣象嚴肅貌。❻於是擢倚天之劍二句 擢，抽；拔。倚天之劍，形容極長的劍。語本宋玉〈大言賦〉：「方地為車，圓天為蓋，長劍耿耿倚天外。」阮籍〈詠懷詩〉其三十八：「彎弓挂扶桑，長劍倚天外。」二句用其意。落月，蓋狀彎弓之形。❼崑崙叱兮可倒二句 意謂軍士們一聲叱咤，可使崑崙山崩倒；一聲噫吁，又可使宇宙增添雄姿。❽河漢為之卻流二句 謂天河之水為之倒

流，山川為之生風。河漢，天河。卻流，回流；倒湧。❾羽旄揚兮九天絳二句　旄，郭本、王本、《全唐文》作「毛」。班固〈東都賦〉：「羽旄掃霓，旌旗拂天。」羽旄，此指旌旗。九天，指中央和八方。古代把天分為九天：中央稱鈞天，東方稱蒼天，東北方稱變天，北方稱玄天，西北方稱幽天，西方稱顥天，西南方稱朱天，南方稱炎天，東南方稱陽天。絳，大紅色。獵火，為驅趕野獸而燃起的火焰。燃，《唐文粹》作「爇」。

【語譯】君王於是撞擊大鐘，馬車上的鸞形銅鈴發出鈴聲，出了宮門，君王舒開襟懷。飛馳的龍馬駕著飾玉之車，經華夏的高峰。瞰三危山而遊五柞宮，過上林苑而帶細柳觀。聚立著眾多高舉之牙旗，停駐著森嚴肅穆的帝王之車。於是抽拔出極長的寶劍，拉彎月形的硬弓。一聲呼叱，可使崑崙山倒塌；一聲感歎，可使宇宙增添雄姿。銀河之水為之倒流，山川為之生風。旌旗飛揚使九天都成絳色，獵火燃燒使千山都映紅光。

乃召蚩尤之徒，聚長戟，羅廣澤❶。呵雨師，走風伯❷。稜威曜乎雷霆，烜爀震於蠻貊❸。陋梁都之體制，鄙靈囿之規格❹。而南以衡霍作襟，北以岱恆作祛❺。夾東海而為塹兮，拖西溟而流渠❻。麾九州之珍禽兮，迴千群以坌入❼；聯八荒之奇獸兮，屯萬族而來居❽。

【章旨】此節描寫天子召集猛士分工投入戰鬥，驅逐廣大地區的禽獸進入所設的羅網。以上三節，是賦的第三段，描繪天子畋獵規模之大，聲勢之盛，為古代所未有。

【注釋】❶乃召蚩尤之徒三句　蚩尤，神話中東方九黎族首領。相傳有弟兄八十一人，以金作兵器，並能喚雲呼雨。後與黃帝戰於涿鹿，失敗被殺。此處蚩尤之徒指隨從帝王畋獵的猛士。《文選》卷八揚雄〈羽獵賦〉：「蚩尤並轂，蒙

公先驅。」李善注：「韓子曰：黃帝駕象車，異方並轂，蚩尤居前。」張衡〈西京賦〉：「於是蚩尤秉鉞，奮鬣被般。」《史記・五帝本紀》：「於是軒轅乃慣用干戈，以征不享，諸侯咸來賓從。而蚩尤最為暴，莫能伐。」張守節正義引《龍魚河圖》曰：「黃帝攝政，有蚩尤兄弟八十一人，並獸身人語，銅頭鐵額，食沙石子。造立兵仗刀戟大弩，威震天下，誅殺無道，不慈仁。萬民欲令黃帝行天子事，黃帝以仁義不能禁止蚩尤，乃仰天而歎。天遣玄女下授黃帝兵信神符，制伏蚩尤，帝因使之主兵，以制八方。蚩尤沒後，天下復擾亂，黃帝遂畫蚩尤形像以威天下，天下咸謂蚩尤不死，八方萬邦皆為弭服。」聚長戟，執持兵器。聚，《唐文粹》作「叢」。羅廣澤，羅列在廣大的沼澤地區。❷呵雨師二句　雨師，司雨之神。風伯，風神。班固〈東都賦〉：「雨師汎灑，風伯清塵。」此即用其意。《韓非子・十過》：「昔者黃帝合鬼神於泰山之上，駕象車而六蛟龍。畢方並鎋，蚩尤居前，風伯進掃，雨師灑道。」則蚩尤、雨師、風伯皆黃帝之臣，此處借喻指隨從帝王畋獵之臣。❸稜威曜乎雷霆二句　稜威，威嚴之勢。《三國志・魏書・武帝紀》：「稜威南邁，(袁)術以隕潰。」曜，郭本、王本、咸本、《唐文粹》、《全唐文》作「耀」。烜，宋本避諱缺右邊上一橫，據各本改。爀，郭本、王本作「赫」。烜爀，同「烜赫」。聲勢盛大貌。《爾雅・釋訓》：「赫兮烜兮，威嚴也。」顏真卿〈贈裴將軍〉詩：「將軍臨八荒，烜赫耀英材。」蠻貊，泛指邊遠地區少數民族。《書・武成》：「華夏蠻貊，罔不率俾。」《論語・衛靈公》：「言忠信，行篤敬，雖蠻貊之邦行矣。」二句意謂威勢如雷霆閃耀，聲勢威震於蠻夷地區。❹陋梁都之體制二句　陋，作動詞，以之為陋。梁都，王琦謂當為「梁鄒」之訛。其說可從。都，《唐文粹》作「鄒」。《後漢書・班固傳》引〈東都賦〉：「制同乎梁騶，義合乎靈囿。」李賢注：「《魯詩傳》曰：『古有梁鄒者，天子之田也。』」靈囿，周文王苑囿，在今陝西長安西。二句謂與此次狩獵規模相比，古代梁鄒、靈囿的體制規格都顯得鄙陋。❺而南以衡霍作襟二句　衡霍，指衡山、霍山。衡山即南嶽，又名岣嶁山，在今湖南衡山等縣境。霍山又名天柱山，在今安徽西部。主峰白馬尖，在霍山縣南。岱恆，宋本作「岱常」，指岱宗、恆山。岱宗即泰山，為東嶽，在今山東中部，主峰玉皇頂在泰安縣城北。恆山即北嶽，漢時避文帝諱改常山。在今山西東北部，主峰玄武峰在渾源縣東。襟，襟帶。袪，蕭本、郭本、王本作「阹」，袖口。二句謂南以衡山霍山為襟，北以泰山恆山為袖。❻夾東海而為塹兮二句　謂挾東海為繞城之河，拖西海為流水之渠。塹，護城河。蕭本作「漸」。西溟，西海。溟，郭本、王本、《全唐文》作「冥」。流渠，水渠。❼麾九州之珍禽兮二句　謂驅趕九州珍禽，成群進入所設之圈。麾，指揮；驅逐。九州，中國。坌入，併入。❽聯八荒之奇獸兮二句　聯，彙聚。八荒，八方極遠之地。屯，屯積。萬族，萬類，

極言奇獸之多。

【語譯】於是召集隨從畋獵的猛士，執持兵器，排列在廣大的沼澤地區。呼司雨者灑水，司風者掃塵。威嚴如雷電閃耀，聲勢震動於蠻夷地區。以古代天子梁翳之畋獵體制為陋，以周文王靈囿畋獵之規格為鄙。南以衡山、霍山為襟，北以泰山、恆山為袖。挾東海為護城河，拖西海為流水之渠。揮驅九州的珍鳥，千群萬眾地進入所設的羅網；彙聚八方極遠之地的奇獸，屯積萬類皆來圈中。

雲羅高張，天網密布❶。罝罘緜原，峭格掩路❷。蠛蠓過而猶礙，蟭螟飛而不度❸。彼層霄與殊榛，罕翔鳥與伏兔❹。從營合技，彌巒被崗❺。金戈森行，洗晴野之寒霜❻。虹旗電掣，卷長空之飛雪❼。吳驂走練，宛馬蹀血❽。縈眾山之聯緜，隔遠水之明滅❾。

【章旨】以上是賦的第四段，描寫圍獵時布網極密，小鳥小獸亦難逃，獵人之眾覆蓋山崗，揮旗如閃電，走馬如飛練。

【注釋】❶雲羅高張二句　雲羅，猶天網。高張，高高地撒開。宋本缺張字，據蕭本、郭本、繆本、王本、咸本、《唐文粹》、《全唐文》補。❷罝罘緜原二句　罝罘，捕獸網。緜原，綿延在高原上。峭，高貌。格，用於張網之木棍。掩路，掩遮道路。《禮記・月令》：「田獵罝罘羅網。」鄭玄注：「獸罟曰罝罘，鳥罟曰羅網。」《文選》卷五左思〈吳都賦〉：「峭格周施。」呂向注：「峭，高也。格，張網之木也。」❸蠛蠓過而猶礙二句　蠛蠓，小蟲名。《爾雅・釋蟲》：「蠓，蠛蠓。」郭璞注：「小蟲似蚋，喜亂飛。」蟭螟，古代傳說中一種極小的蟲。《列子・湯問》：「江浦之間生麼蟲，其名曰焦螟。群飛而集於蚊睫，弗相觸也。棲宿去來，蚊弗覺也。」不度，不能飛越。二句極力形容羅網

之密，連蛾蠓、蟭螟最細小之蟲都不能過。❹彼層霄與殊榛二句　謂九重霄和雜樹叢中很少再留下飛鳥與伏兔。層霄，重霄。殊榛，異樹叢生。殊，《唐文粹》、《全唐文》作「翳」。罕，《全唐文》作「空」。❺從營合技二句　謂不慌不忙地匯合各種技能，布滿崗巒。從營，通「從容」。彌、被，皆覆蓋之意。❻金戈森行二句　謂手提長戟的人群密集而行，洗盡晴空田野的寒霜。金戈，指前文的長戟。❼虹旗電掣二句　虹旗，形容旌旗色彩如虹。電掣，形容旗幟揮動如閃電。❽吳驂走練二句　吳驂，吳地的馬。走練，形容吳馬之白，行如走練。《論衡・言虛》：「顏淵與孔子俱上魯太山，孔子東南望吳閶門，外有繫白馬，引顏淵指以示之曰：『若見吳閶門乎？』顏淵曰：『見之。』孔子曰：『門外何有？』曰：『有如繫練之狀。』」上句即用其意。宛馬蹀血，《漢書・武帝紀》：太初四年，「貳師將軍廣利斬大宛王首，獲汗血馬來。」顏師古注引應劭曰：「大宛舊有天馬種，蹋石汗血，汗從前肩膊出，如血。號一日千里。」蹀，即蹋，履。❾縈眾山之聯緜二句　謂狩獵人群縈繞著聯綿的群山，隔水遠望，忽明忽暗。

【語　譯】天網高高地撒開，密密地布設。捕獸之網綿延在高原，高張網絡的木棍掩遮到道路。蛾蠓小蟲想過尚且受阻，蟭螟那樣極小細蟲也不能飛越過去。那九重霄上和雜樹之中，很少再有飛鳥與伏兔。猛士們從容地匯合各種狩獵技能，布滿在山崗。手持長戟群集而密行，洗盡晴空曠野的寒霜。彩虹般的旌旗如閃電飛動，捲起長空的飛雪。吳地白馬如奔走的白絹，大宛馬蹋石汗血。狩獵人群圍繞著聯綿的群山，隔山遠望，忽明忽暗。

使五丁摧峰，一夫拔木❶。下整高頹，深平險谷❷。擺椿栝，開林叢❸。喤喤呷呷，盡奔突於場中❹。而田疆、古冶之儔，烏獲、中黃之黨❺，越崢嶸，獵莽蒼❻。喑呼哮闞，風旋電往❼。脫文豹之皮，抵玄熊之掌❽。批狻手猱，挾三挈兩❾。既徒搏以角力，又揮鋒而爭先❿。行虤號以鶚睨兮，氣赫火而歊烟⓫。拳封

貙，肘巨狿⓬。梟羊應叱以斃踣，猰貐亡精而墜巔⓭。或碎腦以折脊，或歕髓以飛涎⓮。窮遐荒，蕩林藪⓯，扼土狛，殪天狗⓰。脫角犀頂，探牙象口⓱。掃封狐於千里，捩雄虺之九首⓲。咋騰蛇而仰吞，拖奔兕以卻走⓳。

【章　旨】以上是賦的第五段，描寫眾多猛士與各種野獸搏擊的情景。

【注　釋】❶使五丁摧峰二句　五丁，《華陽國志・蜀志》：「時蜀有五丁力士，能移山舉萬鈞。」摧峰，摧頹山峰。峰，《唐文粹》作「鋒」。拔木，《楚辭・招魂》：「一夫九首，拔木九千些。」王逸注：「言有丈夫一身九頭，強梁多力，從朝至暮，拔大木九千枚也。」❷下整高頹二句　謂整平高低的山坡，深險的川谷。整，《唐文粹》、《全唐文》作「塹」。❸擺椿栝二句　謂撥開樹木叢林，開出道路。擺，宋本原作「攞」，據郭本、繆本、王本、咸本、《唐文粹》改。撥開。椿，王本、咸本作「椿」，郭本作「括」。椿、栝，樹木名，即椿樹、檜樹。❹喤喤呷呷二句　喤喤呷呷，象聲詞，指禽獸飛奔時的叫聲。奔突，奔竄。❺而田疆二句　疆，宋本作「強」，據郭本、王本、咸本、《全唐文》改。田疆古治，指田開疆、古治子。古齊國之力士。《晏子春秋・內篇諫下》：「公孫接、田開疆、古治子事景公，以勇力搏虎聞。」儔，宋本作「疇」，據郭本、咸本改。儔、黨，輩；類。烏獲，古代力士。《孟子・告子下》：「然則舉烏獲之任，是亦為烏獲而已矣。」趙岐注：「烏獲，古之有力人也，能移舉千鈞。」《史記・秦本紀》記載，戰國時秦國力士名烏獲，與任鄙、孟說皆以勇力仕秦武王至大官。中黃，指中黃伯，亦古代力士。《文選》卷二張衡〈西京賦〉：「乃使中黃之士。」李周翰注：「中黃，國名，其俗多勇力。」李善注引《尸子》：「中黃伯曰：余左執太行之猱，而右搏雕虎。」❻越崢嶸二句　越，《唐文粹》作「超」，《全唐文》作「超」。崢嶸，山勢高峻貌。莽蒼，草野之色。蒼，宋本作「倉」，據郭本、繆本、王本、咸本改。二句謂跨越群山，逐鹿曠野。❼喑呼哮嘯二句　喑呼，悲叫聲。呼，郭本、王本、咸本、《全唐文》作「嗚」。哮嘯，虎咆哮聲。風旋電往，形容奔跑疾速。❽脫文豹之皮二句　文豹，豹皮色彩斑斕，故稱文豹。《莊子・山木》：「夫豐狐文豹，棲於山林，伏於巖穴，靜也。」玄熊，黑熊。熊在冬蟄時，自舐其掌，所以其掌極美。抵，擊。❾批狻手猱二句　批、手，意同，以手搏擊。狻，通「㕙」。狡兔名，又泛指

兔。猱，猿類動物。挾、挈，意同，挾帶手持。❿既徒搏以角力二句　寫狩獵時與野獸搏擊的情景，謂既有赤手空拳與野獸角鬥的，又有爭先恐後揮刀砍殺野獸的。⓫行甝虪以鶚睨兮二句　甝，白虎。鶚，鳥名，亦名魚鷹，性兇猛，食魚，羽毛可用。睨，斜視。歊，宋本、郭本、王本、咸本皆作「敵」，據《唐文粹》、《全唐文》改。氣上衝貌。二句謂獵手勇健，其聲如虎之號，其視如鶚之睨，氣勢威赫如煙火上衝。⓬拳封豨二句　封豨，大野豬。猰，獸名。《文選》卷二張衡〈西京賦〉：「鼻赤象，圈巨猰。」薛綜注：「巨猰，麞也，怒走者為猰。」拳、肘，皆用作動詞，以拳、肘打擊。肘，宋本作「引」，據郭本、王本、咸本、《全唐文》改。⓭梟羊應叱以斃踣二句　謂梟羊隨著叱吒聲仆地斃命，猰貐亦失神而落下山峰。梟羊，獸名，即狒狒，見《爾雅‧釋獸》郭璞注。狒狒四肢粗壯，面部肉色，光滑無毛，手腳黑色。雜食各種野生植物、昆蟲等。斃踣，斃命仆地。猰貐，古代傳說中食人的兇獸。《爾雅‧釋獸》：「猰貐，類貙，虎爪，食人，迅走。」⓮或碎腦以折脊二句　形容野獸斃命時的慘狀，謂有的被擊碎腦顱折斷脊骨，有的噴出骨髓涎水濺飛。歕髓，噴出骨髓。歕，同「噴」。⓯窮遐荒二句　謂窮盡荒遠之地，掃蕩林藪淵澤。林，《唐文粹》作「淵」。⓰扼土狛二句　扼，掐死。土狛，《說文》：「狛，如狼，善驅羊。」土，指地上動物，與下文「天狗」相對。狛，《唐文粹》作「伯」。殪，殺死。天狗，獸名。《山海經‧西山經》：「陰山……有獸焉，其狀如狸而白首，名曰天狗。其音如榴榴，可以禦凶。」⓱脫角犀頂二句　謂在犀牛頂上取角，在大象口中拔牙。探，《唐文粹》作「拔」。牙，蕭本作「采」。⓲掃封狐於千里二句　封狐，大狐。捩，扭。雄虺，毒蛇。屈原〈天問〉「雄虺九首」。⓳咋騰蛇而仰吞二句　謂咬著騰蛇仰脖而吞，拖住奔跑的犀牛使之倒行。咋，咬住。騰蛇，傳說中能飛的蛇。郭璞《爾雅注》：「騰蛇，龍類也，能興雲霧而遊其中。」奔兕，奔跑的犀牛。兕，犀牛類獸名。

【語　譯】派遣五個力士摧頹山峰，一位大力士拔除大樹。平整高低的山坡，深險的川谷。撥開各種雜樹，闢出叢林中的道路。禽獸喤喤呷呷地鳴叫著，在獵場中飛奔逃竄。獵手中像古代田開疆、古冶子那樣的勇士，烏獲、中黃伯那樣的大力士，奔越高峻的群山，在蒼莽的曠野中逐獸。呼叫咆哮，如風電般飛奔。破猛豹之彩皮，擊黑熊之美足。搏擒狡兔和猿猱，挾帶三個又手持兩隻。既有與野獸徒手搏鬥的力戰，又有爭先恐後地揮刀砍殺。行如白虎吼叫魚鷹斜視，氣勢威赫如煙火上衝。以拳打大野豬，以肘擊大獀猰。梟羊隨著叱吒聲而斃命倒地，猰貐也失神而跌下山峰。有的被擊碎腦顱折斷脊骨，有的噴出

骨髓飛流涎水。窮盡荒遠之地，掃蕩林藪澤淵，掐死地狼，殺死天狗。在犀牛頂上折角，在大象口中拔牙。掃除大狐於千里之外，扭斷毒蛇的九頭。咬住飛蛇仰脖而吞，拖住奔跑的犀牛使之倒走。

君王於是峨通天，靡星旃❶，奔雷車，揮電鞭❷，觀壯士之效獲，顧三軍而欣然❸。曰：夫何神抶鬼摽之駭人也❹！又命建夔鼓❺，勵武卒。雖躪轢之已多，猶拗怒而未歇❻。集赤羽兮照日，張烏號兮滿月❼。戎車轞轞以陸離，彀騎煌煌而奮發❽。鷹犬之所騰捷，飛走之所蹉蹶❾。攫麏麚之咆哮，蹂豻貉以挂格❿。膏鋒染鍔，填巖掩窟⓫。觀殊材舉逸群，尚揮霍以出沒⓬。

【章　旨】此節描寫天子親臨獵場，命令建鼓勵士，士卒獵騎更加奮勇爭光，射飛禽，擊猛獸。

【注　釋】❶君王於是峨通天二句　峨，高貌。此作動詞，高高地戴上。通天，冠名，天子所戴。靡，倒下。旃，赤色曲柄旗。星旃，形容旗之高拂於星空。王琦曰：「靡，偃也。方獵而偃其旗者，即〈王制〉『天下殺則大綏』之義。」❷奔雷車二句　謂車奔如迅雷，鞭揮如閃電。❸觀壯士之效獲二句　效獲，獻出所獲之物。欣然，喜悅貌。❹夫何神抶鬼摽之駭人也　抶，鞭打。摽，捶擊。此句謂是什麼神鬼打擊得如此駭人。揚雄〈羽獵賦〉：「神抶電擊，……軍驚師駭。」神抶鬼摽，宋本作「神狹鬼慓」，據蕭本、繆本、王本、咸本改。《唐文粹》、《全唐文》作「神讋鬼慓」。❺夔鼓　用夔皮所製之鼓。《山海經．大荒東經》：「東海中有流波山，入海七千里，其上有獸，狀如牛，蒼身而無角，一足。出入水則必風雨，其光如日月，其聲如雷，其名曰夔。黃帝得之，以其皮為鼓，撅以雷獸之骨，聲聞五百里，以威天下。」❻雖躪轢之已多二句　謂雖然狩獵時踐踏已多，但獵興還未抑止而歇息。躪轢，郭本、《唐文粹》、《全唐文》作「轥轢」，王本作「躪轢」。踐踏。拗怒，抑怒。《後漢書．班固傳》引〈西都賦〉：「蹂躪其十二三，乃

拗怒而少息。」李賢注：「拗，猶抑也。言且抑六師之怒而少停也。」此處言「拗怒而未歇」，則士氣極盛，雖抑怒猶未歇。❼集赤羽兮照日二句　赤羽，指飾有紅色羽毛的箭。其鮮紅明亮如日。《孔子家語・致思》：「由（子路）願得白羽若月，赤羽若日。」烏號，弓名。傳說黃帝乘龍上天，小臣不得上，挽持龍髯，髯拔，墮黃帝弓，群臣抱弓而號，故名。一說楚地有桑柘，質堅勁，烏棲息其上，將飛，枝勁健又起，烏號呼其上。砍伐其材作弓，因稱烏號。滿月，指弓張如滿月之圓。❽戎車轞轞以陸離二句　戎車，兵車。轞轞，車行聲。通「檻檻」。《詩・王風・大車》：「大車檻檻。」鄭玄箋：「檻檻，車行聲也。」陸離，參差不齊貌。彀騎，張滿弓弩的騎兵。《史記・張釋之馮唐列傳》：「遺選車三百乘，彀騎萬三千。」司馬貞索隱引如淳曰：「彀騎，張弓之騎也。」煌煌，明亮貌。奮發，振作奮起。❾鷹犬之所騰捷二句　鷹犬，指獵鷹獵犬。騰捷，騰飛迅捷。飛走，飛禽走獸。蹉蹶，跌落於地。二句謂鷹犬騰躍之地，即飛禽走獸跌落倒地之處。❿攫麞麖之咆哮二句　攫，抓。麞，獸名，即麇獐，似小鹿，無角，行動敏捷，善跳躍。麖，雄鹿。豻貉，兩種獸名。豻似狗，體較狼小，性兇猛，又稱豻狗。貉似狐狸，但體較胖，尾較短。喜睡，作窟以避風雨日曬，亦用以防患。二句謂抓住咆哮的獐鹿，蹂躪格鬥的豻貉。⓫膏鋒染鍔二句　膏鋒染鍔，謂刀劍鋒刃染有禽獸的脂膏。填巖掩窟，指所砍殺的禽獸極多，可填平巖谷、遮掩洞窟。⓬觀殊材舉逸群二句　舉，王本據《唐文粹》、《全唐文》改作「與」。殊材、逸群，皆指強健出眾的禽獸。揮霍，亂奔亂跳貌。二句謂那些強健的禽獸還在亂奔亂跳，出沒於洞窟。

【語　譯】君王在此情景下戴上高高的通天冠，讓高拂於星空的旌旗倒下，如迅雷般車奔，如閃電般揮鞭，觀看壯士們獻出所獲之獵物，回顧三軍而露喜悅之色。說：「那是什麼神打鬼擊得如此駭人啊！」又下令建立夔鼓，激勵兵卒。雖然狩獵踐踏已很多，但興致還極高不能抑止而歇息。聚集赤色羽毛之箭鮮紅明亮如日照，張開烏號之弓如滿月之圓。兵車參差不齊地響著轞轞之聲，張弓的騎兵煌煌地奮發前進。鷹犬迅捷騰躍，飛禽走獸紛紛跌落倒地。抓住咆哮的獐鹿，蹂躪格鬥的豻貉。禽獸的脂膏染滿刀劍的鋒刃，砍殺的獵物可填滿巖谷，遮掩洞窟。看那些強健出眾的野獸，還能亂奔亂跳地在洞窟口出沒。

別有白猸飛駿，窮奇貙貓❶。牙若錯劍，鬣如叢竿❷。口吞殳鋋，目極槍櫓❸。碎琅弧，攫玉弩❹，射猛㲋，透奔虎❺。金鏃一發，旁疊四五❻。雖鑿齒磨牙而致伉，誰謂南山白額之足覩❼？

【章　旨】此節描繪各種奇異的野獸，即使抵抗，也都被猛士射殺。

【注　釋】❶別有白猸飛駿二句　白猸、飛駿，獸名。具體形狀不詳。駿，《唐文粹》、《全唐文》作「駮」。窮奇，獸名。《山海經・西山經》：「邽山，其上有獸焉，其狀如牛，蝟毛，名曰窮奇，音如嗥狗。」貙貓，獸名，即貙獌，似狸。貓，蕭本、郭本作「貓」。❷牙若錯劍二句　若，蕭本、郭本作「如」。謂牙齒像參差的利劍，鬣毛如叢生的竹竿。❸口吞殳鋋二句　形容猛獸被獲前的情景。殳鋋，兵器。殳，古代撞擊用的兵器。鋋，小矛。槍，長矛。櫓，盾牌。❹碎琅弧二句　寫射獸者取弩丟弧的情景。琅弧、玉弩，指用玉石裝飾的弧與弩。攫，《唐文粹》作「玃」。❺射猛㲋二句　謂射倒兇悍的野豬，箭透奔走的大虎。㲋，野豬。奔虎，奔走之虎。❻金鏃一發二句　謂箭頭金光一閃，旁邊射倒的禽獸已疊成一堆。猶一箭穿數獸。曹丕〈飲馬長城窟行〉：「長戟十萬隊，幽冀百石弩。發機若雷電，一發連四五。」金鏃，金色箭頭。❼雖鑿齒磨牙而致伉二句　謂即使鑿齒磨牙也能致力抵抗，誰說見到南山白額虎足以懼怕。鑿齒，古代傳說中的野人。《漢書・揚雄傳》：「鑿齒之徒，相與磨牙而爭之。」顏師古注引服虔曰：「鑿齒，齒長五寸似鑿，亦食人。」致伉，拚命抵抗。伉，通「抗」。白額，白額虎，極兇猛。

【語　譯】另外還有白猸、飛駿、窮奇、貙貓等野獸，牙齒像參差的利劍，鬣毛如叢生的竹竿。口中吞著小兵器，眼睛極力看著長矛與盾牌。砸碎竹木的弧弓，張開飾玉的機括弩弓，射殺兇悍的野豬，穿透奔跑的猛虎。箭頭金光一閃，旁邊倒斃的禽獸已堆疊四五隻。即使鑿齒磨牙而抵抗，誰說南山的白額虎足以觀看？

總八校，搜四隅❶，馳專諸，走都盧❷。趫喬林，撇絕壁❸，抄獑猢，攬貊㺢❹。囚鼬鼯於峻崖，頓豰玃於穹石❺。養由發箭，奇肱飛車❻，巧聒更羸，妙兼蒲且❼。墜鸀鳿於青雲，落鴻雁於紫虛❽。捎鶬鴰，漂鸕鶋❾，殫地廬，空神居❿。斬飛鵬於日域，摧大鳳於天墟⓫。龍伯釣其靈鼇，任公獲其巨魚⓬。窮造化之譎詭，何神怪之有餘⓭？

【章　旨】此節描寫勇士們發揮各自的特長，繼續捕捉各種禽獸，無論天空的，地上的，大陸的，水中的禽獸，都被掃盡。

【注　釋】❶總八校二句　總，集合。八校，八校尉的省稱。按漢代八校尉指中壘、屯騎、步兵、越騎、長水、胡騎、射聲、虎賁，皆武帝初置，領禁衛諸軍，均為顯要之官。四隅，四方。❷馳專諸二句　專諸，人名。《史記・吳太伯世家》：「公子光詳（佯）為足疾，入于窟室，使專諸置匕首於炙魚之中以進食。手匕首刺王僚，鈹交於匈（胸），遂弒王僚。公子光竟代立為王，是為吳王闔廬。闔廬乃以專諸子為卿。」《吳越春秋・王僚使公子光傳》：「乃得勇士專諸。專諸者，堂邑人也。……確顙而深目，虎膺而熊背。」都盧，古國名。國中之人善爬竿之技。此借指力士。《文選》卷二張衡〈西京賦〉：「非都盧之輕趫，孰能超而究升。」李善注：「《漢書》曰：自合浦南有都盧國。《太康地志》曰：都盧國，其人善緣高。」傅玄〈正都賦〉：「都盧迅足，緣脩竿而上下。」❸趫喬林二句　趫，行步矯健。此指緣木而上。喬林，喬木之林。撇，掠過。❹抄獑猢二句　抄，鈔之俗字。《說文》：「鈔，叉取也。」獑猢，猿類動物，似獼猴，頭有毛，腰後黑，常棲於樹。攬，撮持。貊，獸名，大如驢，狀頗似熊，多力，食鐵。㺢，音義均無考。或謂貊㺢一物，即指貊獸。無據。《文選》卷四左思〈蜀都賦〉：「戟食鐵之獸，射噬毒之鹿。」劉淵林注：「貊獸毛黑，白臆，似熊而小，以舌舐鐵，須臾便數十斤。出建寧郡也。」❺囚鼬鼯於峻崖二句　鼬鼯，《唐文粹》作「鼯鼬」。兩種鼠名。鼬鼠善於捕鼠，俗稱鼠狼。鼯鼠亦稱大飛鼠，生活在森林中，夜行。郭璞《爾雅注》謂「鼯鼠狀如小

狐，似蝙蝠，肉翅，翅尾項脅毛紫赤色，背上蒼艾色，腹下黃，喙頷雜白。腳短爪長，尾三尺許，飛且乳，亦謂之飛生。聲如人呼，食煙火，能從高赴下，不能從下上高。」峻崖，險峻的山崖。頓，頓仆；跌倒。鷇，獸名。蕭本、郭本、咸本作「毅」。似鼬而大，腰後黃色，一名黃腰。食獮猴。玃，大猿猴。穹石，大石。❻養由發箭二句　養由，人名，即養由基。《史記・周本紀》：「楚有養由基者，善射者也。去柳葉百步而射之，百發而百中之。」奇肱，神話中國名。《山海經・海外西經》：「奇肱之國在其北，其人一臂三目，有陰有陽，乘文馬。」郭璞注：「其人善為機巧，以取百禽。能作飛車，從風遠行。」❼巧聒更贏二句　巧聒，在恰當時發聲。聒，《唐文粹》、《全唐文》作「括」。更贏，當作「更羸」，人名。《戰國策・楚策四》：「更羸與魏王處京臺之廡下，仰見飛鳥，更羸謂魏王曰：『臣能為王引弓虛發而下鳥。』魏王曰：『然則射可至此乎？』更羸曰：『可。』有間，雁從東方來，更羸以虛弓發以下之。魏王曰：『然則射之精乃至於此乎？』更羸曰：『此孽也。』王曰：『先生何以知之？』對曰：『其飛徐，其鳴悲；飛徐者，故瘡痛也；鳴悲者，久失群也；故瘡未息而驚心未去，聞弦音引而高飛，故瘡裂而隕也。』」捕且，指蒲且子，楚人，善弋射。《列子・湯問》：「蒲且子之弋也，弱弓纖繳，乘風振之，連雙鶬於青雲之際，用心專，動手均也。」❽墜鸀鳿於青雲二句　墜、落，意同，均指射落。鸀鳿，水鳥名，即鵁鶄，似鴨而大，長頸赤目，紫紺色。青雲、紫虛，並指天空。《史記・司馬相如列傳》：「鵁鶄鸀鳿。」張守節正義：「鸀鳿，燭玉二音。郭云：『似鴨而大，長頸赤目，紫紺色。……江東呼為燭玉。』」按：《漢書》、《文選・上林賦》作「鵁鶄屬玉」。❾捎鶬鴰二句　捎，掠取。宋本作「梢」，據郭本、繆本、王本、咸本、《全唐文》改。鶬鴰，水鳥名。似鶴，蒼青色。《史記・司馬相如列傳》：「雙鶬下，玄鶴加。」張守節正義引司馬彪曰：「鶬似雁而黑，亦呼為鶬鴰。」《漢書・司馬相如傳》顏師古注：「鶬鴰，今關西呼為鴰鹿，山東通謂之鶬。鄙俗名為錯落。錯者，亦言鶬聲之急耳。」又謂鴰捋。鴰鹿、鴰捋，皆象其鳴聲也。」鴰，郭本、王本作「鵠」。漂，王琦注：「漂，當作『摽』，擊也。」鸕鷀，兩種水鳥名，鸕即鸕鶿，又稱水老鴨，魚鷹。鷀即鸕鷀，似鳧，灰色，雞足。俗稱水雞。《文選》卷八司馬相如〈上林賦〉：「煩鶩庸渠。」李善注引司馬彪曰：「煩鶩，鴨屬也。庸渠，似鳧，灰色而雞腳。一名帝渠。」庸渠，即指鸕鷀。❿彈地廬二句　宋本、繆本、王本、咸本原作「彈地廬與神居」，據《唐文粹》改。殫，盡。地廬，指大地。神居，神仙居所，此借指天空。左思〈魏都賦〉：「天宇駭，地廬驚。」二句謂搜尋禽獸無處不盡。⓫斬飛鵬於日域二句　飛鵬，飛翔的大鵬鳥。日域，日出之處。《文選》卷九揚雄〈長楊賦〉：「東震日域。」劉良注：「日域，日出處，在東。」摧，摧頹。大鳳，王琦

謂當作「大風」，傳說中的兇怪之獸。疑即風神飛廉。天墟，指天空。北方虛宿。《爾雅・釋天》：「玄枵，虛也。……北陸，虛也。」郭璞注：「虛在正北，北方色黑。」「虛星之名凡四。虛，墟。」⓬龍伯釣其靈鼇二句　龍伯，古代神話中巨人國。《列子・湯問》：「龍伯之國有大人，舉足不盈數步，而暨五山之所，一釣而連六鼇。」靈鼇，神鼇。任公，《莊子・外物》：「任公子為大鉤巨緇，五十犗以為餌，蹲乎會稽，投竿東海，旦旦而釣，期年不得魚。已而大魚食之，牽巨鉤錎沒而下，騖揚而奮鬐，白波若山，海水震蕩，聲侔鬼神，憚赫千里。任公子得若魚，離而腊之，自制河以東，蒼梧以北，莫不厭若魚者。」⓭窮造化之譎詭二句　謂窮盡自然界的各種怪異，沒有任何例外。譎詭，怪異；變化多端。

【語　譯】集合八校尉，率領隊伍到四方搜尋。於是像專諸那樣的勇士們馳驅，像都盧國善爬竿的力士們奔走，矯健地爬上喬木，掠過懸崖絕壁，又取猿類動物，撮取食鐵大獸。在險峻的山崖上囚取大飛鼠，在大石邊使大猿猴跌倒。像古代養由基那樣善射的人發箭，像古代奇肱國人那樣作飛車取禽，能巧妙辨聽鳴聲的更贏，又兼有蒲且子善弋射的本領。使鸞鷟從青雲中墜下，使大雁從天空中跌落。掠取鶬鴰，擊拿魚鷹和水雞。殫盡大地，掃遍天空。在太陽升處斬獲飛翔的大鵬鳥，在天空北方摧頹大風神飛廉。讓龍伯國大人釣起那神鼇，使任公獲得那大魚。窮盡自然界的各種怪異之物，還有什麼神怪能夠剩餘下來？

所以噴血流川，飛毛灑雪❶，狀若乎高天雨獸，上墜於大荒；又似乎積禽為山，下崩於林穴❷。陽烏沮色於朝日，陰兔喪精於明月❸。思騰裝上獵於太清，所恨穹昊於路絕❹。而忽也莫不海晏天空，萬方來同❺。雖秦皇與漢武兮，復何足以爭雄❻！

【章　旨】以上四節，是賦的第六段，層層深入地描寫天子親臨獵場後，士卒奮勇爭先，射禽擊獸，如高天雨獸，積禽成山，致使日中之烏與月中之兔都驚怕得沮色喪精。倏忽之間天下清平，萬邦來朝。即使當年的秦皇漢武，亦無法爭雄！

【注　釋】❶所以噴血流川二句　謂狩獵時禽獸噴血如流水，羽毛紛飛如飄雪。❷狀若乎高天雨獸四句　狀，《唐文粹》、《全唐文》作「乍」。謂禽獸彷彿如雨從高空墜落於廣邈的曠野，又似堆疊的山巒崩散於林穴。《文選》卷七司馬相如〈子虛賦〉：「獲若雨獸，揜草蔽地。」劉良注：「言所殺既多，如天之雨獸，以蔽掩其地焉。」❸陽烏沮色於朝日二句　謂陽烏在日中也感到神色沮喪，陰兔在月裡亦失魂落魄。陽烏，太陽。古代傳說日中有三足烏，故名。朝，《唐文粹》、《全唐文》作「旭」。陰兔，指月。古代傳說月中有兔，月為陰精，故稱陰兔。左思〈吳都賦〉：「思假道於豐隆，披重霄而高狩，籠烏兔於日月，窮飛走之棲宿。」按左思僅寫欲上天圍獵的豪情壯語，此處則更進一步寫陽烏月兔亦懼怕獵人上天為所弋獲。❹思騰裝上獵於太清二句　謂想輕裝騰身上獵於太空，但根無路可以上天。太清，指高空。道教所稱三清天之一。《抱朴子・雜應》：「上升四十里，名為太清，太清之中，其氣甚剛。」穹昊，蒼天。《周書・宣帝紀》：「穹昊在上，聰明自下。」於，《全唐文》作「之」。❺而忽也莫不海晏天空二句　謂倏忽之間，四海晏安，天地清平，招致萬邦歸順來朝。王琦注：「海晏天空，見天地清平之意。」《詩・魯頌・閟宮》：「至於海邦，淮夷來同，莫不率從，魯侯之功。」鄭玄箋：「海邦，近海之國也。來同，為同盟也。率從，相率從於中國也。」❻雖秦皇與漢武兮二句　謂即使秦皇漢武，又怎能與如今的皇上爭雄。爭雄，爭強；爭勝。

【語　譯】在此情況下，禽獸噴血如流水，羽毛紛飛如灑雪。其狀如高空落獸雨，從上天墜落於廣邈的曠野；又如禽獸堆積為山，往下崩塌於林中洞穴。陽烏在太陽中神色沮喪，陰兔在明月中也失魂落魄。力士們想輕裝騰身上太空打獵，所恨的是無路可以上天，然而倏忽之時莫不四海清靜，天下太平，萬方邦國歸順來朝。即使是秦始皇與漢武帝的強盛時代，又怎能與如今的皇上爭勝稱雄！

俄而君王茫然改容，愀然有失❶，於居安思危，防險戒逸，斯馳騁以狂發，非至理之弘術❷。且夫人君以端拱為尊，玄妙為寶❸。暴殄天物，是謂不道❹。乃命去三面之網，示六合之仁❺。已殺者皆其犯命，未傷者全其天真❻。雖剪毛而不獻，豈割鮮以焠輪❼。解鳳皇與鸑鷟兮，旋騶虞與麒麟❽。獲天寶於陳倉，載非熊於渭濱❾。

【章　旨】以上是賦的第七段，描寫君王思無為而治，結束圍獵。撤三面之網，釋放禽獸，以示六合之仁。

【注　釋】❶俄而君王茫然改容二句　謂旋即君王茫然改變容色，若有所失。《文選》卷八司馬相如〈上林賦〉：「於是二子愀然改容，超若有失。」李善注引郭璞曰：「愀然，變色貌也。」然，《唐文粹》作「若」。❷於居安思危四句　謂和平時要考慮可能出現的禍患，預防危險必須警戒放縱；如此馳騁畋獵而發狂捕獸，並非治國大術。《老子》上篇：「馳騁畋獵，令人心發狂。」於居安思危，宋本原作「於安思危」，據郭本、王本改。《唐文粹》、《全唐文》作「居安思危」。❸且夫人君以端拱為尊二句　謂應無為而治，把玄妙之道作為至寶。人君，《唐文粹》作「君」。《魏書・辛雄傳》：「端拱而四方安，刑措而兆民治。」端拱，端坐拱手，指帝王無為而治。玄妙，道家謂「道」深奧難測，為萬物所自出。語本《老子》「玄之又玄，眾妙之門」。❹暴殄天物二句　謂殘害滅絕天生之物，此謂之無道。《書・武成》：「暴殄天物，害虐烝民。」殄，滅絕。不道，無道。❺乃命去三面之網二句　謂於是命令撤去三面圍網，以示對天地四方的仁愛之心。《史記・殷本紀》：「湯出，見野張網四面，祝曰：『自天下四方皆入吾網。』湯曰：『嘻，盡之矣！』乃去其三面，祝曰：『欲左，左。欲右，右。不用命，乃入吾網。』諸侯聞之，曰：『湯德至矣，及禽獸。』」此處即用其意。❻已殺者皆其犯命二句　謂已被殺的都算牠犯了天命；尚未傷害的讓牠返歸自然。皆，《唐文粹》作「待」。犯，宋本原作「杞」，據蕭本、郭本、繆本、王本、咸本改。❼雖剪毛而不獻二句　王琦注引毛萇《詩

傳》：「面傷不獻，剪毛不獻。」又引孔穎達正義：「面傷不獻者，謂當面射之。剪毛不獻者，謂在旁而逆射之。二者皆為逆射。不獻者，嫌誅降之意。」《文選》卷七司馬相如〈子虛賦〉：「割鮮染輪。」李善注引李奇曰：「鮮，生也。染，擩也。切生肉擩車輪，鹽而食之也。」呂向注：「鮮，牲也，謂割牲之血，染於車輪也。」又〈子虛賦〉：「脟割輪粹。」李善注引韋昭曰：「焠，謂割鮮焠輪也。」郭璞曰：「焠，染也。」謂古代有剪毛不獻之禮，如今豈能殺生來沾染車輪。割鮮，殺生。焠，宋本原作「悴」，繆本改作「淬」，今據郭本、王本、咸本改作「焠」。染。❽解鳳皇與鸑鷟兮二句　皇，郭本、王本、《全唐文》作「凰」。鸑鷟，鳳凰別稱。《說文》：「鸑鷟，鳳屬，神鳥也。」騶虞，古代傳說中的獸名。尾長於身，白虎黑文，不踐生草，不食生物，古人稱之為義獸。《詩·召南·騶虞》：「于嗟乎騶虞。」毛傳：「騶虞，義獸也。白虎黑文，不食生物，有至信之德則應之。」麒麟，古代傳說中的動物名。雄曰麒，雌曰麟。麇身、牛尾、狼蹄、一角。解、旋，放還的意思。按：此處謂鳳凰、鸑鷟、騶虞、麒麟，皆是祥瑞禽獸，被獵獲而旋即放還。❾獲天寶於陳倉二句　天寶，傳說中的神雞。即陳寶。《文選》卷八揚雄〈羽獵賦〉：「追天寶，出一方。」李善注：「應劭曰：天寶，陳寶也。晉灼曰：天寶，雞頭而人身。」《史記·封禪書》：「文公獵若石云，于陳倉北阪城祠之。其神或歲不至，或歲數來，來也常以夜，光輝若流星，從東南來集于祠城，則若雄雞，其聲殷云，野雞夜雊。以一牢祠，命曰陳寶。」司馬貞《索隱》引〈列異傳〉：「陳倉人得異物以獻之，道遇二童子，云：『此名為媦，在地下食死人腦。』媦乃言曰：『彼二童子名陳寶，得雄者王，得雌者伯。』乃逐童子，化為雉。秦穆公大獵，果獲其雌，為立祠。……雄止南陽，有赤光長十餘丈，來入陳倉祠中。」陳倉，今陝西寶雞。非熊，不可名之獸。《史記·齊太公世家》：「呂尚蓋嘗窮困，年老矣，以漁釣奸周西伯。西伯將出獵，卜之，曰『所獲非龍非彲，非虎非羆；所獲霸王之輔』。於是周西伯獵，果遇太公於渭之陽，與語大說，曰：『自吾先君太公曰「當有聖人適周，周以興」。子真是邪？吾太公望子久矣。』故號之曰『太公望』，載與俱歸，立為師。」後以非熊指呂尚，即本此。渭濱，渭水之濱。

【語　譯】不久，君王容貌惘然改色，憂戚地若有所失。在和平安定時要考慮可能出現的禍患，預防危險必須警戒放縱；這樣的畋獵馳騁而發狂捕獸，並非治國之大術。況且作為人民的君王應以端拱無為為崇高，以奧妙之道為至寶。殘暴滅絕天生之物，這叫做無道。於是命令撤去三面的圍網，表示對天地四方

的仁愛。已經被殺的都看作是牠們犯了天命，尚未受傷的全部讓牠們返歸自然。古代即有剪毛受傷不獻之禮，如今豈能殺生而血染車輪。解放鳳凰與鸑鷟等神鳥，放還騶虞與麒麟等仁獸。猶如當年秦穆公在陳倉獵到天寶，周文王在渭水之濱載非熊而歸。

　　於是享獵徒，封勞苦❶。軒行庖，騎酌酤❷。韜兵戈，火網罟❸。然後登九霄之臺，宴八紘之圃❹。開日月之扃，闢生靈之戶❺。聖人作而萬物覩❻，覽蒐岐與狩敖，何宣成之足數❼？哂穆王之荒誕，歌白雲之西母❽。

【章　旨】以上是賦的第八段，描寫宴饗獵徒，然後藏兵戈，燒獵網，表示不再圍獵。然有此次大獵，則當年周成王、周宣王的岐山、敖地的蒐狩就不足道，而覺得周穆王觴西王母的故事更是荒誕可笑。

【注　釋】❶於是享獵徒二句　享，通「饗」。宴饗，用酒食款待。封，封賞。❷軒行庖二句　庖，郭本、王本、《全唐文》作「炰」，廚，製作菜肴。謂車、騎之士卒進餐飲酒。軒，車。酤，美酒。❸韜兵戈二句　謂收藏兵器，火化網罟，以示不再使用。韜，本指弓袋，此用作動詞，藏納。火，用作動詞，焚燒。罟，網的總名。❹然後登九霄之臺二句　九霄，九天，天的極高處。八紘，大地的極限，猶言八極。《淮南子・墬形訓》：「九州之外，乃有八殥，亦方千里……八殥之外，而有八紘，亦方千里。」高誘注：「紘，維也。維落天地而為之表，故曰紘也。」圃，園圃。八紘之圃，極言其大。❺開日月之扃二句　謂打開民眾門戶，享受日月之光明。扃，門窗。闢，開。生靈，人民百姓。《後漢書・郎顗傳》：「誠欲陛下修乾坤之德，開日月之明。」《晉書・慕容盛載記》：「生靈仰其德，四海歸其仁。」❻聖人作而萬物覩　此句用《易・乾・文言》成句。意謂聖人出現，萬物可見。❼覽蒐岐與狩敖二句　覽蒐岐與狩敖，宋本原作「覽蒐敖與狩岐」。據蕭本、郭本、王本、《全唐文》改。成，宋本原作「城」，據郭本、繆本、王本、咸本改。蒐岐，史載周成王自奄歸，大蒐於岐山（在今陝西岐山縣北）之陽。此即用其意。蒐，秋獵。狩敖，相傳周宣王

曾狩獵於敖（今河南滎陽西北）。二句謂觀今日之獵，當年周成王、周宣王的岐山、敖地之蒐狩又何足道？❽哂穆王之荒誕二句　哂，嘲笑。穆王，周穆王。荒誕，荒唐；虛妄不可信。《穆天子傳》：「吉日甲子，天子賓於西王母。乃執白圭元璧，以見西王母。好獻錦組百純，組三百純，西王母再拜受之。乙丑，天子觴西王母於瑤池之上。西王母為天子謠曰：『白雲在天，山陵自出。道里悠遠，山川間之。將子無死，尚能復來！』天子答之曰：『予歸東土，和治諸夏。萬民平均，吾顧見汝。比及三年，將復而野。』」二句即用此事。之西母，之，《唐文粹》、《全唐文》作「於」。

【語　譯】在此情況下，設酒食讓畋獵之人享用，封賞勞苦之人。車卒和騎兵都吃到美味菜肴和酌飲美酒。收藏兵器，焚燒網絡。然後登上高聳雲霄之臺，宴請八方園圃的民眾。打開百姓的門窗，享受日月之光明，聖人興起而萬物可見。觀覽今日之畋獵，當年周成王岐山之獵和周宣王敖地之狩又何足道哉？可笑周穆王事之荒誕，西王母唱〈白雲〉之歌的虛妄。

曷若飽人以淡泊之味，醉時以淳和之觴❶，鼓之以雷霆，舞之以陰陽❷。虞乎神明，狃於道德❸。張無外以為罝，琢大朴以為杙❹。頓天網以掩之，獵賢俊以御極❺。若此之狩，罔有不克❻。使天人宴安，草木蕃植❼。六宮斥其珠玉，百姓樂於耕織❽。寢鄭衛之聲，卻靡曼之色❾。天老掌圖，風后侍側❿。是三階砥平，而皇猷允塞⓫。豈比夫〈子虛〉、〈上林〉、〈長楊〉、〈羽獵〉，計麋鹿之多少，誇苑囿之大小哉⓬！

【章　旨】以上是賦的第九段，以狩獵比喻治理天下，謂帝王應網羅賢士俊傑，使人民和平安樂，草木繁

盛滋長。三階平而帝謀誠，豈能如司馬相如、揚雄那樣討禽獸、誇苑囿相比？

【注釋】❶曷若飽人以淡泊之味二句　謂何如以清淡之味使人吃飽，以醇和之酒使人酣醉。曷若，何如。以反問語氣表示不如。淡泊，清淡寡味。淡，《全唐文》作「澹」。淳和，醇正中和。觴，酒杯，此代指酒。❷鼓之以雷霆二句　謂以雷霆作鼓，以陰陽為舞，喻有威有惠。《禮記・樂記》：「陰陽相摩，天地相蕩，鼓之以雷霆，奮之以風雨。」❸虞乎神明二句　謂娛樂神明，熟諳道德。虞，通「娛」。娛樂。狃，熟習。❹張無外以為罝二句　無外，沒有內外之分。《公羊傳・隱公元年》：「王者無外。」何休注：「明王者以天下為家。」蓋謂普天之下，莫非王土。罝，捕獸之網。宋本原作「宜」，據蕭本、郭本、王本、咸本、《全唐文》改。琢，雕琢。朴，大木材。《楚辭・九章・懷沙》：「材朴委積兮，莫知余之所有。」王逸注：「條直為材，壯大為朴。」杙，宋本原作「栈」，據郭本、繆本、王本、咸本、《唐文粹》、《全唐文》改。木樁，用以拴牲口。《尚書大傳》卷二：「夔、竈者有容，椓杙者有數。」鄭玄注：「杙者，繫牲者也。」❺頓天網以掩之二句　頓，整頓。掩，收羅；囊括。獵，比喻搜求。賢俊，賢士俊傑。御極，指帝王登位。曹植〈與楊德祖書〉：「吾王於是設天網以該之，頓八紘以掩之。」此即用其意。❻若此之狩二句　謂如果這樣狩獵，無有不成。此以狩獵比喻治理天下。罔，無。克，完成；戰勝。❼使天人宴安二句　謂使天下人民和平安樂，草木繁殖滋長。宴，郭本、王本作「晏」。蕃，王本作「繁」。植，郭本、王本、咸本、《唐文粹》作「殖」。❽六宮斥其珠玉二句　謂六宮妃嬪罷去珠玉裝飾，天下百姓樂於耕耘紡織。此乃賦中常用的勸勉君王之辭。揚雄〈長楊賦〉：「於是後宮賤瑇瑁而疏珠璣。」班固〈東都賦〉：「去後宮之麗飾……興農桑之盛務。」六宮，古代皇后寢宮，正寢一，燕寢五。後泛稱皇后妃嬪所居之地。❾寢鄭衛之聲二句　寢，停止。鄭衛，指鄭國、衛國。古人認為鄭衛之聲淫，是亂世之音。卻，丟棄。靡曼，柔豔。揚雄〈長楊賦〉：「抑止絲竹晏衍之樂，憎聞鄭衛幼眇之聲。」❿天老掌圖二句　天老，傳說中黃帝之臣。《太平御覽》卷七九引《河圖挺佐輔》曰：「黃帝修德立義，天下大治，乃召天老而問焉：余夢見兩龍挺日圖，即帝以授余於河之都，覺昧素喜，不知其理，敢問於子。……天老以授黃帝，黃帝舒視之，名曰錄圖。」前句本此。風后，《史記・五帝本紀》：「舉風后、力牧、常先、大鴻以治民。」裴駰集解引鄭玄曰：「風后，黃帝三公也。」張守節正義引《帝王世紀》曰：「黃帝夢大風吹天下之塵垢皆去。……寤而歎曰：『風為號令，執政者也；垢去土，后在也。天下豈有姓風名后者哉？……』於是依二占而求之，得風后於海隅，登以為

相。」⑪是三階砥平二句　謂如此則三階如砥之平，皇道也真正充實於天下。三階，即三台星。謂上台、中台、下台。古代以星象徵人事，以三階、三台稱三公。《漢書・東方朔傳》：「願陳《泰階六符》，以觀天變。」顏師古注：「孟康曰：『泰階，三台也。每台二星，凡六星。符，六星之符驗也。』應劭曰：『《黃帝泰階六符經》曰：泰階者，天之三階也。上階為天子，中階為諸侯公卿大夫，下階為士庶人。……三階平則陰陽和，風雨時，社稷神祇咸獲其宜，天下大安，是為太平。』」砥平，平如砥（磨刀石）之意。皇猷，帝王之謀。《詩・大雅・常武》：「王猶（通『猷』）允塞，徐方既來。」毛傳：「猶，謀也。」鄭玄箋：「允，信也。」塞，充實。⑫大小哉　《唐文粹》、《全唐文》作「大小者哉」。

【語　譯】不如用清淡之味使人吃飽，以淳和之酒使人酣醉，以雷霆為鼓，以陰陽為舞。娛樂神明，熟習道德。張開覆蓋天下而無外之網，雕琢大木材為木椿。整頓天網而收羅之，搜求賢士俊傑而統治天下。像這樣的狩獵，沒有不勝的，使天下人民和平安樂，草木繁殖滋長。六宮妃嬪罷去珠玉首飾，天下百姓樂於耕耘紡織。停止鄭、衛亂世之聲，丟棄柔靡淫豔之色。讓古時天老那樣的大臣掌管錄圖，風后那樣的賢臣在身邊侍從。如此則三台如砥之平，而王道真正充實。怎麼能與〈子虛賦〉、〈上林賦〉、〈長楊賦〉、〈羽獵賦〉那樣，計較麋鹿之多少、誇耀苑囿之大小相提並論的呢！

方將延榮光於後昆，軼玄風於邃古❶，擁嘉瑞，臻元符❷，登封於太山，篆德於社首❸。豈不與乎七十二帝同條而共貫哉❹？君王於是迴蜺旌，反鑾輿❺。訪廣成於至道，問大隗之幽居❻。使罔象掇玄珠於赤水，天下不知其所如也❼。

【章　旨】以上是賦的第十段，謂當今天子的教化超越遠古，正當將榮譽光華施及後代，登泰山，封社首，與七十二帝共條貫。於是天子鑾駕返回，訪道廣成，問政大隗，赤水掇珠。天下人不知其所往。

【注　釋】❶方將延榮光於後昆二句　謂正當將榮譽光華施及於後代，帝王的教化超越遠古時代。延，施及。榮光，榮譽光輝。後昆，後代。《書·仲虺之誥》：「垂裕後昆。」軼，超越。玄風，帝王的教化。庾亮〈讓中書令表〉：「弱冠濯纓，沐浴玄風。」邃古，遠古。❷擁嘉瑞二句　擁，擁有。嘉瑞，吉祥的預兆。臻，至；達到。元符，大瑞。《文選》卷九揚雄〈長楊賦〉：「方將俟元符，以禪梁父之基，增泰山之高，延光于將來，比榮乎往號。」李善注引晉灼曰：「元符，大瑞也。」《後漢書·班固傳》：「以望元符之臻。」李賢注：「元，大也；符，瑞也。」❸登封於太山二句　登封，指登泰山封禪。太山，即泰山。太，郭本作「大」，《唐文粹》作「泰」。纂德，指登封後纂刻功德於石。社首，山名。在今山東泰安西南。《史記·封禪書》記周成王封泰山，禪社首即此處。❹豈不與乎句　豈不與，宋本、王本無「不」字，據《文苑英華》、《唐文粹》、《全唐文》補。謂唐皇此舉實與七十二帝之作為相條貫。七十二帝，《史記·封禪書》引管仲曰：「古者封泰山禪梁父者七十二家。」此即取其說。條、貫，條理；系統。《漢書·董仲舒傳》：「夫帝王之道，豈不同條共貫與？」❺君王於是迴蜺旌二句　謂君王車駕返回。蜺旌，飾有霓虹的旌旗。蜺，同「霓」。旌，《唐文粹》作「旄」。鑾輿，帝王所乘之車。❻訪廣成於至道二句　廣成，即廣成子，傳說黃帝時人，居崆峒山中。《莊子·在宥》：「黃帝立為天子十九年，令行天下，聞廣成子在於空同之上，故往見之，曰：『我聞吾子達於至道，敢問至道之精。吾欲取天地之精，以佐五穀，以養民人。吾又欲官陰陽以遂群生。』」至道，極高之道。大隗，神名。隗，宋本作「塊」，據郭本、繆本、王本、《全唐文》改。《唐文粹》作「傀」。《莊子·徐无鬼》：「黃帝將見大隗乎具茨之山，……適遇牧馬童子，問塗焉，曰：『若知具茨之山乎？』曰：『然。』『若知大隗之所存乎？』曰：『然。』黃帝曰：『異哉，小童！非徒知具茨之山，又知大隗之所存。』」❼使罔象掇玄珠於赤水二句　罔象，人名。《莊子·天地》：「黃帝遊乎赤水之北，登乎崑崙之丘而南望，還歸，遺其玄珠。使知索之而不得，使離朱索之而不得，使喫詬索之而不得也，乃使象罔。象罔得之。黃帝曰：『異哉，象罔乃可以得之乎！』」《文選》卷五五劉孝標〈廣絕交論〉「得玄珠於赤水」李善注引司馬彪云：「赤水，水假名；玄珠，喻道也。」又引宣云：「赤者，南方明色，其北則玄境也。南乃明察之方。已遊玄境，不能久守而復望明處，則玄亡也。」掇，拾。玄珠，黑珠。赤水，神話中水名，在崑崙山下。所如，所往之地。

【語　譯】正當將榮譽光華施及於後代，帝王的教化超越遠古時代，擁有吉祥的徵兆，得到最大的符瑞。

於是登泰山封禪，在社首山石上篆刻功德。這難道不是與古時七十二帝同一條理系統而貫串的麼？君王於是使旌旗回飄，車駕返回。像上古黃帝那樣向廣成子訪問極高之道，又訪問大隗的幽居之地。使罔象在赤水拾得玄珠，天下的人都不知其所往之處。

【研　析】此賦描寫開元年間天子在秦地畋獵的情景。據《舊唐書‧玄宗紀上》，玄宗在先天二年十一月甲辰「畋獵於渭川」（十二月庚寅改元開元元年）；開元八年十月壬午「畋於下邽」；十七年十二月乙丑「校獵渭川濱」；餘皆未見記載。按：李白〈上安州裴長史書〉稱：開元九年春蘇頲赴任益州大都督府長史時，李白路中投刺，蘇頲曾讚賞其作將來可與司馬相如比肩。竊疑當年投蘇頲之作或即此賦，則此賦初作當在開元八年（西元七二〇年）。又按：今此賦自稱「臣白作頌」，乃向皇帝獻賦口吻。李白〈東武吟〉曰：「因學揚子雲，獻賦甘泉宮。天書美片善，清芬播無窮。」〈答杜秀才五松山見贈〉詩曰：「昔獻〈長楊賦〉，天開雲雨歡。當時待詔承明裏，皆道揚雄才可觀。」〈憶舊遊寄譙郡元參軍〉詩曰：「此時行樂難再遇，西遊因獻〈長楊賦〉。北闕青雲不可期，東山白首還歸去。」又據獨孤及〈送李白之曹南序〉：「曩子之入秦也，上方覽〈子虛〉之賦，喜相如同時，由是朝詣公車，夕揮宸翰。」由此證知，此賦當是天寶元年在原來基礎上修改定稿而向玄宗進獻之作。

序中首先闡明賦這一文體的性質和作用，指出司馬相如、揚雄之賦徒誇壯麗，不以大道匡君，今聖朝以孟冬大獵，乃三驅之意，故作者寫成此賦。賦的開端即頌揚唐王朝五代六帝的統治達到開元盛世的功業，天子於冬季農閒時遵王制校獵而講武。接著用較多篇幅，描寫開元天子率兵畋獵規模巨大，聲勢威赫，網羅廣密，獵人眾多而勇猛。極力形容士卒鬥猛獸，射飛禽，噴血流川，飛毛灑雪，獵物堆積如山，連日中之烏和月中之兔也為之沮色喪精。終於天下太平，萬國來結好。即使是秦始皇與漢武帝時代，也不足以與當今開元時代爭勝。於是收藏兵器，焚化網罟。打開門窗，享受光明。聖人出現而萬物可見。回顧當年周成王、周宣王的狩獵又何足道，周穆王與西王母的相會更是荒誕可笑。不如使人民有清淡酒

飯吃飽，娛樂神明，熟習道德，收羅賢俊之士輔佐皇帝，如果以此治天下，無攻不克。使人民安樂，草木繁盛，嬪妃棄珠玉，百姓樂紡織，賢人掌權，三階平而皇道揚。這絕不是〈子虛〉、〈上林〉、〈長楊〉、〈羽獵〉之類可以相比的。最後指出當今皇上正將榮譽光輝傳至後代，教化超越遠古，登泰山，禪社首，與古代七十二帝同條共貫。於是迴鑾車，像黃帝那樣訪道廣成和大隗，使罔象於赤水拾玄珠。天下人則不知其往何處了。這就是詩人所謂賦畋獵而實寓勸誡的深意。

大鵬賦 并序

余昔于江陵見天台司馬子微❶，謂余有仙風道骨，可與神遊八極之表❷。因著〈大鵬遇希有鳥賦〉以自廣❸。此〈賦〉已傳於世❹，往往人間見之。悔其少作，未窮宏達之旨，中年棄之❺。及讀《晉書》，睹阮宣子〈大鵬讚〉，鄙心陋之❻。遂更記憶，多將舊本不同❼。今腹存手集，豈敢傳諸作者，庶可示之子弟而已❽。其辭❾曰：

【章旨】以上為序。說明作此賦的原因，即悔年青時所作〈大鵬遇希有鳥賦〉「未窮宏達之旨」，又陋阮修〈大鵬贊〉，故作此賦。

【注釋】❶余昔于江陵句　余，《文苑英華》、《全唐文》作「予」。江陵，《唐文粹》作「江陵口」。即今湖北江陵。司馬子微，即司馬承禎，字子微，唐代著名道士。初隱天台山（在今浙江天台）。開元中，被召至京師，玄宗詔於王屋山置壇以居。開元二十二年卒，年八十九。詳見兩《唐書・隱逸傳》。❷謂余有仙風道骨二句　余，《全唐文》作「予」。仙風道骨，神仙的風彩和有道者的骨相。八極之表，指人世之外。《淮南子・原道訓》：「廓四方，坼八極。」高誘注：「八極，八方之極也，言其遠。」❸因著句　希有鳥，神話中的鳥名。東方朔《神異經・中荒經》：「崑崙之山……上有大鳥，名曰希有。南向，張左翼覆東王公，右翼覆西王母。」此以「希有鳥」喻司馬承禎，而以大鵬鳥自況。希，稀，少；少見。自廣，自我寬慰。❹此賦已傳於世　謂少作已流傳人間。❺悔其少作三句　少作，《文苑英華》無此二字。《文選》卷四〇楊修〈答臨淄侯箋〉：「修家子雲，老不曉事，強著一書，悔其少作。」李善注：「《法言》曰：或問：『吾子少好賦？』曰：『然，童子雕蟲篆刻。』俄而曰：『壯夫不為。』是悔其少作也。子雲，（揚）雄字也。與修同姓，故云『修家』。『著一書』，即《法言》也。」宏達，才識宏大廣博。❻及讀晉書三句　讚，王本、

《文苑英華》作「贊」。陋之，《文苑英華》作「頗陋其作」。以之（指阮修〈大鵬讚〉）為粗陋。《晉書・阮修傳》：「修字宣子。……嘗作〈大鵬贊〉曰：『蒼蒼大鵬，誕自北溟。假精靈鱗，神化以生。如雲之翼，如山之形。海運水擊，扶搖上征。翕然層舉，背負太清。志存天地，不屑唐庭。鸒鳩仰笑，尺鷃所輕。超世高逝，莫知其情。』」鄙心，李白對自己的謙稱。❼遂更記憶二句　於是將記憶中之事重新改寫，很多處與原作不同。將，與。舊本，指初作〈大鵬遇希有鳥賦〉。❽今腹存手集三句　腹存手集，《文苑英華》作「復存於手集」。腹，郭本、王本、《文苑英華》、《唐文粹》作「復」。手，《唐文粹》作「於」。如今將存於腹中之事手寫出來，怎敢傳之於方家，也許可以給子弟看看罷了。腹存，存於腹中。諸，之於。作者，猶言方家。庶可，也許可以。❾辭　《文苑英華》作「詞」。

【語　譯】我以往在江陵遇見天台山道士司馬承禎，他說我有神仙的風彩和道人的骨相，可以與他一起神遊人世之外極遠之地。於是我寫了一篇〈大鵬遇希有鳥賦〉來自我寬慰。此〈賦〉已在世間流傳，人們往往能見到它。後來我懊悔那是青少年時代的作品，未能窮盡宏大深廣的意旨，中年時代就把它拋棄了。後來我讀《晉書》，看到阮修的〈大鵬讚〉，我私心以為它很淺陋，於是我想再將記憶中的那篇〈賦〉重新改寫，很多地方與原來的舊作不同。現在我將存於腹中的內容手寫出來，哪敢傳之於方家，只是希望可以給子弟們看看而已。其辭說：

南華老仙，發天機於漆園❶，吐崢嶸之高論，開浩蕩之奇言❷，徵至怪於《齊諧》❸，談北溟之有魚，吾不知其幾千里，其名曰鯤❹。化成大鵬，質凝胚渾❺。脫鬐鬣於海島，張羽毛於天門❻。劇渤澥之春流，晞扶桑之朝暾❼。燀赫乎宇宙，憑陵乎崑崙❽。一鼓一舞，煙朦沙昏❾。五嶽為之震蕩，百川為之崩奔❿。

【章　旨】以上為賦的第一段，謂大鵬形象源出《莊子・逍遙遊》由鯤變鵬的寓言，並描繪大鵬出世的巨大聲勢。

【注　釋】❶南華老仙二句　南華老仙，指莊子。《舊唐書・玄宗紀》：天寶元年，詔封「莊子號為南華真人」。老仙，宋本、王本校：「一作仙老」。天機，天賦的悟性。漆園，古地名。戰國時莊周曾為蒙漆園吏。一說在今河南商丘市北；一說在今山東菏澤北；一說在今安徽定縣東。又或以為漆園非地名，莊周乃在蒙邑中為吏主督漆事。蒙在今商丘市北。❷吐崢嶸之高論二句　崢嶸，瑰奇超拔貌。浩蕩，廣闊壯大貌。❸徵至怪於齊諧　徵，徵引。至，宋本、王本校：「一作志。」至怪，當以「一作志怪」為是，記載奇異之事。齊諧，《莊子・逍遙遊》：「《齊諧》者，志怪者也。」成玄英疏：「姓齊名諧，人姓名也。亦言書名也，齊國有此俳諧之書也。」❹談北溟之有魚三句　溟，郭本作「冥」。有，《唐文粹》、《全唐文》作「巨」。吾不知其幾千里，宋本無「其」字，據郭本、王本、咸本、《文苑英華》、《全唐文》補。鯤，《文苑英華》作「鵾」。《莊子・逍遙遊》：「北冥（通『溟』）有魚，其名為鯤，鯤之大不知其幾千里也。化而為鳥，其名為鵬。鵬之背不知其幾千里也。怒而飛，其翼若垂天之雲。是鳥也，海運則將徙於南冥。南冥者天池也。《齊諧》者，志怪者也。《諧》之言曰：『鵬之徙於南冥也，水擊三千里，摶扶搖而上者九萬里，去以六月息者也。』」❺質凝胚渾　凝，《唐文粹》作「疑」。胚，宋本、咸本作「肧」，據王本、《全唐文》改。《文選》卷一二郭璞〈江賦〉：「類胚渾之未凝。」李善注：「似胚胎渾混尚未凝結。」此似指鯤化為鵬的蛻化過程。❻脫鬐鬣於海島二句　鬐鬣，《文苑英華》作「脩鱗」，本指馬頸上的長毛。此指鯤的脊鬐。《唐文粹》作「脩鬣」。《文選》卷一二木華〈海賦〉：「巨鱗插雲，鬐鬣刺天。」李善注引郭璞曰：「鰭，魚脊上鬐也。」羽毛，《文苑英華》、《唐文粹》作「廣翅」。天門，天宮之門。《淮南子・原道訓》：「排閶闔，淪天門。」高誘注：「天門，上帝所居，紫微宮門也。」天，《文苑英華》作「塞」。❼劇渤澥之春流二句　渤澥，即渤海。澥，郭本作「海」。《初學記》卷六：「東海之別有渤澥，故東海共稱渤海，又通謂之滄海。」《史記・司馬相如列傳》：「浮勃澥。」裴駰集解引《漢書音義》曰：「海別枝名也。」司馬貞索隱：「案〈齊都賦〉云：『海傍曰勃，斷水曰澥。』」扶桑，神話中樹木名。朝暾，初升的太陽。暾，《文苑英華》作「瞰」。《楚辭・東君》：「暾將出兮東方，照吾檻兮扶桑。」王逸注：「謂日始出東方，其容暾暾而盛大也。」「言東方有扶桑之木，其高萬仞，日出，下浴於湯谷，上拂其扶桑，爰始而登，照耀四方，日以扶桑

為舍檻。」晞，乾燥。此用作動詞，猶曬。二句謂在渤海的春水裡洗刷羽翼，又在扶桑樹上曬著朝陽。❽爗赫乎宇宙二句　爗赫，聲勢盛大。爗赫乎，宋本作「炟爀于」，咸本作「烜爀乎」，據蕭本、郭本、王本改。王維〈送鄭五赴任新都序〉：「雷霆之威，爗赫百里。」憑陵，侵擾。陵，宋本原作「淩」，據蕭本、郭本、王本、《全唐文》改。《左傳・襄公二十五年》：「今陳忘周之大德，蔑我大惠，棄我姻親，介恃楚眾，以憑陵敝邑。」❾一鼓一舞二句　謂大鵬之翅一旦鼓蕩，就能使煙波混茫，沙石昏暗。朦，咸本、《文苑英華》、《全唐文》作「蒙」，《唐文粹》作「矇」。❿五嶽為之震蕩二句　謂大鵬的鼓撲，使五嶽為之震蕩，百川為之奔騰。蕩，宋本原作「落」，據蕭本、郭本、王本、咸本、《文苑英華》、《唐文粹》、《全唐文》改。崩奔，《文苑英華》作「沸騰」。大水激岸，洶湧澎湃。《文選》卷二六謝靈運〈入彭蠡湖口〉詩：「圻岸屢崩奔。」呂向注：「水激其岸，崩頹而奔波也。」

【語　譯】如今被封為南華真人的莊周，當年曾在漆園發揮天賦的靈悟，談吐瑰奇超拔的高論，開說廣闊壯大的言語，徵引志怪小說《齊諧》說：北海有魚，吾不知牠有幾千里大，牠的名字叫鯤。蛻化而成大鵬鳥，似胚胎渾混尚未凝結。鯤在海島上脫去了牠的脊鬐，在天門邊張開了羽毛。在渤海的春流中戲水，在扶桑樹的朝陽下曬乾。聲勢盛大於宇宙，侵擾於崑崙山。大鵬鳥的翅膀一旦鼓動，就能使煙霧迷茫，沙塵昏暗。高山都被震動搖蕩，江河都波濤洶湧澎湃。

乃蹶厚地，揭太清❶，亙層霄，突重溟❷。激三千以崛起，向九萬而迅征❸。背業太山之崔嵬，翼舉長雲之縱橫❹。左回右旋，倏陰忽明❺。歷汗漫以夭矯，羾閶闔之崢嶸❻。簸鴻濛❼，扇雷霆。斗轉而天動，山搖而海傾❽。怒無所搏，雄無所爭❾，固可想像其勢，髣髴❿其形。

【章　旨】以上為賦的第二段，寫大鵬起飛時水激三千，遠征九萬，歷汗漫，至天門，斗轉天動、山搖海傾的雄偉景象。

【注　釋】❶乃蹶厚地二句　乃蹶厚地，蕭本、郭本、王本、咸本、《唐文粹》、《全唐文》「乃」字上皆有「爾」字。咸本「爾」下校：「一本無此字。」《文苑英華》作「爾乃蹶巨鼇」。蹶，踏。《莊子·秋水》：「蹶泥則沒足滅跗。」揭，《文苑英華》作「陵」，《唐文粹》、《全唐文》作「摩」。高舉。《詩·小雅·大東》：「維北有斗，西柄之揭。」太清，天空，亦指天道，自然。《莊子·天運》：「行之以禮義，建之以太清。」成玄英疏：「太清，天道也。」❷亙層霄二句　謂大鵬橫貫九天，衝擊大海。亙層霄突重溟，《文苑英華》作「左迴右旋，倏陰忽明」。亙，橫貫。層霄，重霄。古人認為天有九重，故云層霄。霄，近天雲氣。重溟，大海。《文選》卷一一孫綽〈遊天台山賦〉：「或倒景於重溟。」李善注：「重溟，謂海也。」❸激三千以崛起二句　崛起，勃起。二句謂大鵬展翅水擊三千里，勃然沖天而起，向九萬里高空迅疾奮飛。向，《文苑英華》、《唐文粹》、《全唐文》作「摶」。❹背嶪太山之崔嵬二句　謂背負高聳崔嵬的泰山，翼拍縱橫蒼穹的浮雲。背嶪太山，太，宋本作「大」，據郭本、王本、咸本、《唐文粹》、《全唐文》改。宋本「山」下校：「一作虛。」《文苑英華》此四字作「背岌泰山」。嶪，岌嶪，山高貌。太山，泰山。崔嵬，《楚辭·九章·涉江》：「冠切雲之崔嵬。」王逸注：「崔嵬，高貌。」長雲，《文苑英華》作「垂天」，《唐文粹》作「垂雲」。按：《文苑英華》無「左回」至「崢嶸」四句二十字，校：「自左迴至縱橫三十四字，《集》、《粹》作『亙層霄，突重溟，激三千以崛起，摶九萬而迅征。背嶪太山之崔嵬，翼舉垂雲之縱橫。左迴右旋，倏陰忽明，歷汗漫以夭嶠，排閶闔之崢嶸。』」❺左回右旋二句　形容大鵬翱翔於長空，左右盤旋，穿雲破霧時忽明忽暗的情景。❻歷汗漫以夭矯二句　謂漫無邊際地自由飛騰，一直飛到高峻的天門。汗漫，漫無邊際。夭矯，屈曲飛騰貌。《文選》卷一二郭璞〈江賦〉：「吸翠霞而夭矯。」李善注：「夭矯，自得之貌。」呂向注：「夭矯，飛騰貌。」羾，蕭本作「塌」，郭本、《唐文粹》、《全唐文》作「排」，飛至。《文選》卷七揚雄〈甘泉賦〉：「登椽欒而羾天門兮，馳閶闔而入淩兢。」張銑注：「羾，至也。」李善注引王逸曰：「閶闔，天門也。」崢嶸，高峻貌。❼簸鴻濛　簸，搖動。鴻濛，指自然界的元氣。一說為海上之氣。濛，郭本、王本、咸本作「蒙」，《淮南子·道應訓》：「西窮窅冥之黨，東開鴻濛之光。」❽斗轉而天動二句　形容大鵬奮飛，其氣勢使斗轉星移，蒼天震動，高山搖動，大海傾波。❾怒無所搏二句　謂其奮

飛時無物可與之相搏，其雄力無物可與之爭衡。搏，宋本作「搏」，據蕭本、郭本、咸本、王本改。按：《文苑英華》無「怒無」至「若乃」二十字。❿髣髴　依稀想見。

【語　譯】於是踏厚地，然後高舉飛向天空，橫貫九重霄，突衝大海，水激三千里而勃然崛起，向九萬里高空迅速奮飛。背負高聳的泰山，翼舉縱橫的浮雲。左右盤旋，使天空忽明忽暗。經歷漫無邊際地屈曲飛騰，一直飛至高峻的天門。搖動自然界的元氣，扇起雷鳴電閃。使斗轉星移，蒼天震動，高山搖蕩，大海傾波。其奮飛時無物可與之相搏，其雄力無物可與之爭鬥。這固然可以想像其氣勢，彷彿依稀可見其形態。

若乃足縈虹霓，目耀日月❶，連軒沓拖，揮霍翕忽❷。噴氣則六合生雲，灑毛則千里飛雪❸。邈彼北荒，將窮南圖❹。運逸翰以傍擊，鼓奔飆而長驅❺。燭龍銜光以照物，列缺施鞭而啟途❻。塊視三山，杯觀五湖❼。其動也神應，其行也道俱❽。任公見之而罷釣，有窮不敢以彎弧❾。莫不投竿失鏃，仰之長吁❿。

【章　旨】以上為賦的第三段，極誇張地描繪大鵬在高空疾飛，噴氣生雲，灑毛飛雪，視三山為土塊，看五湖為酒杯，於是善釣的任公罷釣，善射的有窮棄弓。

【注　釋】❶若乃足縈虹霓二句　二句謂大鵬雙足縈繞虹霓，其目使日月生輝。縈，《文苑英華》作「策」。虹霓，舊謂虹雙出時色彩鮮盛者為雄，稱虹；色彩暗淡者為雌，稱霓。耀，《文苑英華》作「輝」。❷連軒沓拖二句　形容飛走迅速。《文選》卷一二木華〈海賦〉：「翔霧連軒。」張銑注：「連軒，飛貌。」又「長波涾沲（同『沓拖』）。」李善注：「涾沲，相重之貌。」李周翰注：「涾沲，延長貌。」《文選》卷三五張協〈七命〉：「翕忽揮霍。」劉良注：

「並飛走亂急也。」❸噴氣則六合生雲二句　謂大鵬噴氣，使天地四方雲生霧起；灑毛則使千里之地大雪紛飛。灑，《文苑英華》作「落」。❹邈彼北荒二句　南圖，《文苑英華》、《唐文粹》作「南隅」。二句謂大鵬飛及邈遠的北方，又將窮盡南方的邊遠之地。❺運逸翰以傍擊二句　《唐文粹》作「遞逸翮以傍鼓，擊奔飆而長驅」。按：「運逸翰」至「啟途」二十六字，《文苑英華》作「塊視三山，柸觀五湖。燭龍啣光以照影，列缺施鞭而啟途」。逸翰，疾飛的鳥羽。一作「逸翮」。翰或翮，並指鳥羽。奔飆，疾風。長驅，長途驅馳；遠飛。二句謂大鵬用疾飛的羽翼兩旁拍打，鼓蕩疾風，凌空遠翔。❻燭龍銜光以照物二句　燭龍，古代神話中的神獸。在西北無日之處，人面蛇身，銜燭以照幽暗。見《山海經・大荒北經》、《淮南子・墬形訓》等。列缺，指天際雷電。二句謂燭龍口銜燭光，為大鵬照明萬物；雷電執鞭，為大鵬啟程開道。❼塊視三山二句　三山，指傳說中的三神山：蓬萊、方丈、瀛洲。杯，《文苑英華》作「柸」。觀，蕭本、郭本、咸本、《全唐文》作「看」。五湖，有多種說法，在先秦古籍中，都指太湖附近的五個湖泊。二句謂大鵬視三神山猶如土塊，看五湖猶如酒杯。❽其動也神應二句　謂大鵬的舉措有神靈相應，其行為與天道俱成。《文選》卷一三賈誼〈鵩鳥賦〉：「至人遺物兮，獨與道俱。」李善注引《鶡冠子》：「至人不遺，動與道俱。」❾任公見之而罷釣二句　按：《文苑英華》無「任公」至「河漢」三十四字。《莊子・外物》記載任公子為大鉤巨緇得大魚，見上篇〈大獵賦〉注。罷釣，停止垂釣。有窮，夏朝時國名。相傳有窮國君后羿善射。此即以有窮指后羿。此謂善釣的任公子不敢再垂釣，善射的后羿也不敢再彎弓。❿莫不投竿失鏃二句　投竿，指任公子。失鏃，指有窮。鏃，箭。二句謂任公子和有窮國后羿見大鵬如此，也只能罷釣拋竿，收弓丟矢，仰望著牠長歎。

【語　譯】至於雙足縈繞虹霓，雙目如日月生輝，飛翔長久，翻騰迅速。噴氣則使天地四方雲生霧起，灑毛則使千里之內大雪飄飛。飛遍遙遠的北方，又將窮盡南方極遠之處。運用疾飛的翅膀兩傍拍打。鼓蕩疾風而長途飛翔。燭龍口銜燭光，為大鵬照亮萬物；雷電施展鞭子，為大鵬啟程開道。大鵬鳥視神話中的三山如土塊，看吳地的太湖如酒杯。牠的舉動有神靈相應，牠的行為與天道俱成。善於釣魚的任公子看到牠就停止了垂釣，善於射箭的有窮國后羿也不敢再彎弓。他們無不丟掉釣竿，拋棄箭矢，仰望牠而長歎。

爾其雄姿壯觀，坱軋河漢❶，上摩蒼蒼，下覆漫漫❷。盤古開天而直視，羲和倚日而傍歎❸。繽紛乎八荒之間，掩映乎四海之半❹。當胸臆之掩晝，若混茫之未判❺。忽騰覆以回轉，則霞廓而霧散❻。

【章　旨】以上為賦的第四段，寫大鵬上摩蒼天，下覆大地的巨大雄姿。盤古、羲和也只能直視和傍歎，其胸可掩日而為混茫未分，其回轉則為霧散霞開。

【注　釋】❶爾其雄姿壯觀二句　謂大鵬雄姿矯健，非常壯觀，在空中與河漢相映。坱軋，漫無邊際貌。蕭本、郭本、咸本、《唐文粹》、《全唐文》作「映背」。《文選》卷一三賈誼〈鵩鳥賦〉：「大鈞播物兮，坱圠無垠。」劉良注：「坱圠，無涯際也。」《漢書・揚雄傳》：「忽軮軋而無垠。」顏師古注：「軮軋，遠相映也。」坱軋、坱圠、軮軋，音義皆同。❷上摩蒼蒼二句　摩，接。蒼蒼，指青天。漫漫，闊遠無有窮極之意。指大地。王琦曰：此用其字，對上天體蒼蒼而言，蓋謂大地之形。《莊子・逍遙遊》：「天之蒼蒼，其正色邪？」《楚辭・離騷》：「路漫漫其修遠兮。」❸盤古開天而直視二句　盤古，神話中開天闢地的人。據《太平御覽》卷二引徐整《三五曆紀》記載：盤古生於天地混沌中。後天地開闢，天日高一丈，地日厚一丈，盤古日長一丈，如此一萬八千歲，天就極高，地就極深。所有日、月、星辰、風、雲、山、川、田、地、草、木，均為其死後身體各部所變。羲和，古代神話中駕日車之神。而，蕭本、郭本、王本、咸本、《唐文粹》、《全唐文》作「以」。傍歎，《文苑英華》作「旁歎」。二句謂盤古開天來觀看大鵬的飛翔，羲和倚在日旁為此壯觀而感歎。❹繽紛乎八荒之間二句　謂大鵬翱翔於極遠之地，使人眼花繚亂；鵬翼展翅，掩映了半個世界。繽紛，繚亂貌。紛，《文苑英華》作「翻」。八荒，八方極遠之地。掩，《文苑英華》、《唐文粹》作「隱」。四海，四方極遠之地。《書・大禹謨》：「文教敷於四海。」孔穎達疏：「四海，舉其遠地。」❺當胸臆之掩晝二句　謂當大鵬用胸脯掩遮白晝時，天地就彷彿處於上古未開化時的那種混茫狀態。當胸臆之掩晝，《文苑英華》、《唐文粹》、《全唐文》作「橫大明而掩晝」。混茫，混沌蒙昧，指上古人類未開化狀態。茫，郭本作「芒」，《文苑英華》作「沌」。《莊子・繕性》：「古之人在混芒之中。」判，分開。❻忽騰覆以回轉二句　謂大鵬突然騰飛覆轉，使得雲霞廓清，

霧靄飄散。覆，《文苑英華》作「陵」。轉，《唐文粹》、《全唐文》作「旋」。廓，廓清；清除。

【語　譯】至於大鵬雄偉的姿態極為壯觀，在高空與銀河相映。上接蒼蒼的青天，下覆廣遠的大地。盤古開天闢地而來直接觀看，義和倚在日邊為此壯觀而感歎。大鵬繚亂地翱翔於八方極遠之處，掩映了半個天下。當大鵬的胸脯掩遮白晝時，天地就像處於上古未開化時的混茫狀態。當大鵬忽然翻騰回轉時，就會雲霞開放而霧靄飄散。

然後六月一息，至於海湄❶。欻翳景以橫翥，逆高天而下垂❷。憩乎泱漭之野，入乎汪湟之池❸。猛勢所射，餘風所吹，溟漲沸渭，巖巒紛披❹。天吳為之怵慄，海若為之躨跜❺。巨鼇冠山而卻走，長鯨騰海而下馳❻。縮殼挫鬣，莫之敢窺❼。吾亦不測其神怪之若此，蓋乃造化之所為❽。

【章　旨】以上為賦的第五段，寫大鵬六月一息，入水使水伯恐懼，海神不安，巨鼇卻走，長鯨下匿。神怪如此，乃大自然造成的。

【注　釋】❶海湄　海邊。湄，宋本作「濁」，據蕭本、郭本、繆本、王本、咸本、《唐文粹》、《全唐文》改。《文苑英華》作「天池」，校曰：「《集》作海濱。」《文選》卷一八嵇康〈琴賦〉：「俯闞海湄。」呂向注：「海湄，海邊也。」❷欻翳景以橫翥二句　欻，忽然。翳景，蔽遮日月之光影。翥，飛舉。蕭本、郭本、《唐文粹》作「楮」。逆，背；向下。二句謂大鵬忽然橫飛掩蔽日月，背向高天而下垂。❸憩乎泱漭之野二句　謂休憩在廣袤無邊的荒野上，又沐浴在浩瀚的海水中。泱漭，廣大無涯貌。《文選》卷八司馬相如〈上林賦〉：「過乎泱漭之野。」李善注：「泱漭之野，《山海經》所謂『大荒之野』。如淳曰：『大貌也。』」汪湟，猶汪洸。水深廣貌。《文選》卷一二郭璞〈江賦〉：

「澄澹汪洸。」池，此指海。《唐文粹》作「地」。❹猛勢所射四句　溟漲，大海。《文選》卷二二謝靈運〈遊赤石進帆海〉詩：「溟漲無端倪。」李周翰注：「溟、漲，皆海也。」沸渭，同「怫悁」。水勢踴躍不定貌。《文選》卷一七王褒〈洞簫賦〉：「佚豫以沸渭。」李善注引《埤蒼》曰：「怫悁，不安貌。」劉良注：「沸渭，聲踴躍不定貌。」巒，《唐文粹》作「嶽」。紛披，紛亂貌。庾信〈枯樹賦〉：「紛披草樹，散亂煙霞。」四句謂大鵬俯衝而下，其勢猛烈，氣浪所及，海亦沸動，山亦紛亂。❺天吳為之怵慄二句　天吳，水神名。《山海經・海外東經》：「朝陽之谷，神曰天吳，是為水伯。……其為獸也，八首人面，八足八尾，皆青黃。」怵慄，恐懼；戰慄。怵，宋本原作「佚」，繆本改作「袄」，《唐文粹》作「怢」，今據蕭本、郭本、王本、咸本改。海若，傳說中的海神名。躨跜，動盪貌。二句謂大鵬兇猛之勢，使水伯都感恐懼，海神也為之戰慄不安。❻巨鼇冠山而卻走二句　巨鼇，大龜。冠，戴。謂負山的大龜見了連忙避走，長鯨見了立即騰躍潛逃。《文選》卷五左思〈吳都賦〉：「巨鼇贔屭，首冠靈山；大鵬繽翻，翼若垂天。」呂向注：「巨鼇，大龜也。靈山，海中蓬萊山，而大鼇以首戴之。冠猶戴也。」長鯨，海中的大鯨魚。左思〈吳都賦〉：「長鯨吞航，修鯢吐浪。」❼縮殼挫鬣二句　縮殼，指海鼇縮頭殼中。挫鬣，指鯨折斷長鬐，不敢窺視大鵬。二句形容海中動物見大鵬後的畏葸情景。❽吾亦不測其神怪之若此二句　謂己亦難以預想大鵬竟如此神異，這大概是大自然所造就的。之若此，之，蕭本、郭本、咸本、《唐文粹》作「而」。造化，指大自然。

【語　譯】然後六個月休息一次，來到海邊。忽然橫飛而遮蔽日月之光影，背向高天而下垂。憩息在廣袤的荒野上，又沐浴在浩瀚的大海中。大鵬俯衝姿勢的猛烈，氣浪餘風的勁吹，使海水沸騰，山巔紛亂。水神天吳為之恐懼，海神海若為之不安。負山的大龜退走，長鯨騰海潛逃，海龜縮頭於殼中，鯨魚折斷了長鬐，都不敢窺視大鵬。我也不能測知大鵬竟會如此神異，這大概是大自然所造就的。

豈比夫蓬萊之黃鵠，誇金衣與菊裳❶？恥蒼梧之玄鳳，耀綵質與錦章❷。既服御於靈仙，久馴擾於池隍❸。精衛勤苦於銜木，鶢鶋悲愁乎薦觴❹。天雞警曙

于蟠桃，踆烏晣耀於太陽❺。不曠蕩而縱適，何拘攣而守常❻？未若茲鵬之逍遙，無厥類乎比方❼，不矜大而暴猛，每順時而行藏❽。參玄根以比壽，飲元氣以充腸❾。戲暘谷而徘徊，馮炎洲而抑揚❿。

【章旨】以上為賦的第六段，以大鵬與黃鵠、玄鳳、精衛、鶢鶋、天雞、踆烏作比較，這些神物都不曠蕩縱適，拘攣守常，都不如大鵬的逍遙自在。大鵬不矜大、不暴猛，能順時行藏，參玄根，飲元氣，戲暘谷，遊炎洲。無所不可。

【注釋】❶豈比夫蓬萊之黃鵠二句　《西京雜記》卷一記載：漢昭帝始元元年（西元前八六年），曾有黃鵠下太液池，昭帝為之歌曰：「黃鵠飛兮下建章，羽肅肅兮行蹌蹌，金為衣兮菊為裳。」當時太液池中亦造三山，以象瀛洲、蓬萊、方丈，故此稱「蓬萊黃鵠」。此謂誇耀自己金衣菊裳的黃鵠，怎能與大鵬相比。❷恥蒼梧之玄鳳二句　蒼梧，山名，即九疑山。在今湖南寧遠南。相傳為虞舜帝葬處。玄鳳，玄鳥鳳凰。陳子昂〈感遇〉其二五：「崑崙見玄鳳，豈復虞雲羅。」二句謂使只會炫耀自己錦彩羽毛的蒼梧玄鳳也感羞恥。❸既服御於靈仙二句　謂黃鵠、玄鳳既為靈物神仙所駕御，又長期被馴伏於城池之中。服御，駕馭。蕭本、郭本作「御服」。靈仙，靈物神仙。久，《唐文粹》作「亦」。馴擾，馴伏。池湟，城池。有水為池，無水為湟。❹精衛勤苦於銜木二句　精衛，神話中的鳥名。銜木，《山海經・北山經》：「發鳩之山，……有鳥焉。其狀如烏，文首，白喙，赤足，名曰精衛。其鳴自詨。是炎帝之少女，名曰女娃。女娃游于東海，溺而不返，故為精衛。常銜西山之木石，以堙於東海。」勤苦，蕭本、郭本、王本、《唐文粹》、《全唐文》作「殷勤」。鶢鶋，海鳥名，又稱爰居。悲愁乎薦觴，《國語・魯語上》：「海鳥曰爰居，止於魯東門之外三日，臧文仲使國人祭之。」《莊子・至樂》載：「魯侯御而觴之（海鳥）於廟，奏〈九韶〉以為樂，具太牢以為膳。鳥乃眩視憂悲，不敢食一臠，不敢飲一杯，三日而死。」薦觴，祭獻之酒。按：從「欻翳景以橫翥」至「鶢鶋悲愁乎薦觴」一百四十四字，《文苑英華》作「溟漲沸渭，丘陵遷移，長鯨扶栗以辟易，巨鼇攝竄而躨跜。窮洪荒之壯

觀，浮萬里之清漪。借如羽蟲三百，鳳為之王，或歎不至，時無望遑。猶迫脅於雲羅，乃賢哲之所傷。彼眾禽之瑣屑，同蝣蜓之渺茫。」❺天雞警曙于蟠桃二句　天雞，《述異記》卷下：「東南有桃都山，上有大樹名曰桃都，枝相去三千里，上有天雞，日初照此木，天雞則鳴，天下之雞皆隨之鳴。」警曙，報曉。曙，郭本、王本、咸本、《全唐文》作「曉」。踆烏，《淮南子・精神訓》：「日中有踆烏。」高誘注：「踆，猶蹲也。謂三足烏。」晰耀，發光。二句謂天雞在蟠桃樹上報曉，三足烏在太陽中閃光。踆烏晰耀於太陽，《文苑英華》作「駿馬炳耀于太陽」。晰，《唐文粹》作「炳」。於，郭本、咸本作「于」。❻不曠蕩而縱適二句　謂何不曠達坦蕩而恣情自適，卻要拘束蜷曲而墨守常規。按：郭本無此二句。❼未若茲鵬之逍遙二句　謂精衛、鶢鶋、天雞、踆烏等都不如大鵬自由自在，無與倫比。厥，其；他。類乎，《文苑英華》、《唐文粹》作「類而」。❽不矜大而暴猛二句　謂大鵬不驕矜碩大，不表露兇猛，卻經常順應時運，決定出處行止。行藏，《論語・述而》：「用之則行，舍之則藏。」❾參玄根以比壽二句　參，參驗。玄根，道之根本。玄，宋本作「方」，據蕭本、郭本、繆本、王本、咸本、《唐文粹》改。《文選》卷二五盧諶〈贈劉琨〉詩：「處其玄根，廓焉靡結。」李善注引《廣雅》曰：「玄，道也。」元氣，古代哲學名詞，指陰陽二氣渾沌未分時的實體。充腸，充飢。咸本、《唐文粹》作「為觴」，《全唐文》作「為漿」。❿戲暘谷而徘徊二句　暘谷，亦作「湯谷」。古代傳說中日出處。《書・堯典》：「分命羲仲，宅嵎夷，曰暘谷。」孔傳：「暘，明也。日出於谷而天下明，故稱暘谷。」炎洲，傳說南海中洲名。《十洲記》載：「炎洲在南海中，地方二千里，去北岸九萬里。」二句謂大鵬在日出處遊戲徘徊，又在南海的炎洲俯仰上下。按：從「不矜」至「抑揚」，《文苑英華》無此三十六字。校曰：「《集》、《粹》有『不矜大而暴猛，每順時而行藏。參玄根以比壽，飲元氣以為漿（二字一作充觴）。戲陽谷而徘徊，憑炎洲而抑揚』三十六字。」

【語　譯】蓬萊的黃鵠只會誇耀自己的金衣菊裳，豈能與大鵬相比？蒼梧的玄鳳僅能炫耀錦彩羽毛，在大鵬面前感到羞恥。黃鵠、玄鳳既為靈物神仙所駕御，又長期被馴服於城池之中。精衛鳥辛勤地銜木填海，鶢鶋為祭獻之酒食悲愁；天雞在蟠桃樹上報曉，三足烏在太陽中閃光。牠們都不曠達坦蕩而縱情自適，多麼拘束蜷曲而墨守常規！牠們都不如這大鵬鳥的逍遙自在，沒有哪一類動物能與牠相比。大鵬不驕矜自大而表露兇相，卻經常順應時勢而決定出處行藏。參驗道的根本而比壽，飲元氣以充飢。在日出處遊

戲而徘徊，在南海炎洲憑靠而俯仰。

俄而希有鳥見謂之曰❶：「偉哉鵬乎，此之樂也❷。吾右翼掩乎西極，左翼蔽乎東荒❸，跨躡地絡，周旋天綱❹。以恍惚為巢，以虛無為場❺。我呼爾遊，爾同我翔❻。」于是乎❼大鵬許之，欣然相隨。此二禽已登於寥廓，而尺鷃之輩空見笑於藩籬❽。

【章旨】以上為賦的第七段，寫希有鳥稱讚大鵬，請與之同遊，大鵬欣然相隨，登於天上寬廣之處。那些小雀只能在藩籬之下徒然被見笑。

【注釋】❶俄而希有鳥見謂之曰　俄而，不久。見謂之，《文苑英華》、《唐文粹》、《全唐文》作「見而謂之」。❷此之樂也　《文苑英華》、《全唐文》作「若此之樂也」。❸吾右翼掩乎西極二句　右翼掩乎西極左翼蔽乎東荒，《文苑英華》、《唐文粹》作「左翼掩乎東極，右翼蔽乎西荒」。西極，西方極遠之地。東荒，東方極遠之地。二句形容希有鳥形體之大，其翼可掩蔽東西極遠之地。❹跨躡地絡二句　謂希有鳥踏遍大地，馳逐周天。跨躡，跨踏。地絡，大地的脈絡，指山川等。天綱，天之綱維。《文選》卷一張衡〈西京賦〉：「爾乃振天維，衍地絡。」李善注：「維，綱也；絡，網也；謂其大如天地矣。」《文苑英華》無此八字。❺以恍惚為巢二句　謂希有鳥以混茫為棲息之地，以虛無為遊戲場所。恍惚，隱約不可捉摸。《老子》：「道之為物，惟恍惟惚。」虛無，道家的思想主旨。《史記・太史公自序》：「道家無為……其術以虛無為本。」❻爾同我翔　同，蕭本、郭本、咸本、《唐文粹》、《全唐文》作「呼」。❼于是乎　乎，《文苑英華》、《唐文粹》無此字。❽此二禽已登於寥廓二句　謂大鵬、希有鳥已騰躍於太空，而尺鷃之類的小鳥只能空蹲在藩籬邊，被人嘲笑。二禽，指大鵬和希有鳥。寥廓，廣闊的天空。尺鷃，鳥名，即鵪鶉。尺，郭本、王本、咸本、《全唐文》作「斥」。《莊子・逍遙遊》：「斥鷃笑之曰：『彼且奚適也？我騰躍而上，不過數

仞而下，翱翔蓬蒿之間，此亦飛之至也。而彼且奚適也？』」陸德明《莊子音義》：「司馬云：斥，小澤也，本亦作尺。……鴳，鴳雀也。今野澤中鵪鶉是也。」

【語譯】不久，希有鳥相見而對牠說：「偉大啊，大鵬鳥，這樣的行樂吧。我右翅膀掩蔽西方極遠之地，左翅膀遮掩東方極遠之地，踏遍大地，馳驅周天，以混茫為棲息之地，以虛無為遊樂場所。我叫你遊樂，你同我飛翔。」於是大鵬答應了牠，高興地跟隨著，大鵬與希有鳥這二禽已登上了寥廓的太空，而那些尺鴳之類小鳥只能徒然處在籬笆邊被嘲笑。

【研析】據此篇序中首四句所言，可知此賦初作於開元十二年（西元七二四年）剛出蜀至江陵之時。《莊子・逍遙遊》：「北冥有魚，其名為鯤，鯤之大不知其幾千里也。化而為鳥，其名為鵬。鵬之背不知其幾千里也。怒而飛，其翼若垂天之雲。是鳥也，海運則將徙於南冥。南冥者，天池也。《齊諧》者，志怪者也。《諧》之言曰：『鵬之徙於南冥也，水擊三千里，摶扶搖而上者九萬里，去以六月息者也。』」其意即此賦所本。按《全唐文》卷九二四司馬承禎〈陶弘景碑陰記〉云：「子微將遊衡嶽，暫憩茅山。……時大唐開元十二年甲子九月十三日己巳書。」又按《唐大詔令集》卷七四〈令盧從愿等祭嶽瀆詔〉：「令太常少卿張九齡祭南嶽。」下注「開元十四年正月」。張九齡有〈登南嶽事畢謁司馬道士〉詩，此「司馬道士」當即承禎。由此知司馬承禎遊衡嶽在開元十四年。按《舊唐書・司馬承禎傳》：「開元九年，玄宗又遣使迎入京，親受法籙，前後賞賜甚厚。十年，駕還西都。承禎又請還天台山，玄宗賦詩以遣之。十五年，又召至都。玄宗令承禎於王屋山自選形勝，置壇室以居焉。……卒於王屋山，時年八十九。」由此知開元十五年後承禎一直居王屋山，未能再至南方。據衛憑〈唐王屋山中巖臺正一先生廟碣〉，知承禎於乙亥歲（開元二十三年）夏六月十八日卒。又按李白自開元十二年秋出蜀至江陵，至十三年夏遊洞庭後下金陵。則李白遇見司馬承禎寫〈大鵬遇希有鳥賦〉，當即在開元十二、三年間。此賦序云：「悔其少作，未窮宏達之旨，中年棄之。……遂更記憶，多將舊本不同。」知今存此賦為改寫本。賦開頭即稱

「南華老仙」，據《舊唐書・玄宗紀》，天寶元年，詔封莊子為南華真人。則此賦改寫的時間，當在此之後，或即在天寶二年供奉翰林時歟？

此賦用序說明作賦緣起，其後七段正文都是從《莊子・逍遙遊》中鯤化為鵬的寓言生發開去，可見李白受莊子思想影響之深。賦中以大鵬自喻，以希有鳥喻司馬承禎。賦中的大鵬形象，實際上都是比喻自己的遠大志向和抱負，絕不是一般之人可比。最後用希有鳥的讚揚並隨之遊，登於太空，表示實現願望。全賦運用鋪陳排比、極度誇張的手法，從各個視角和方位描繪大鵬不同凡響的形象。首先是鯤化成大鵬的過程及其巨大聲勢，其次是大鵬起飛時斗轉天動、山搖海傾的雄偉景象，然後描繪大鵬在天空疾飛時噴氣生雲、灑毛飛雪、視三山為土塊、看五湖為酒杯，極力形容其飛升之高；既上摩蒼天，又下覆大地，其胸可掩日而如混沌未分，其回轉則如霧散霞開，極寫其身姿之大；其入水則使海神不安，長鯨下匿，極寫其兇猛威懾力。又以之與黃鵠、玄鳳等神鳥作比較，強調那些神物只能拘攣守常，不如大鵬自由自在，無所不可。最後由希有鳥出來稱讚大鵬，並一起升天暢遊，還以小雀只能在藩籬下被人嘲笑作反襯而結束。大開大合，層次井然。賦中顯然以大鵬自比，而以希有鳥喻司馬承禎。表現出詩人自視之高和志趣之大，風格飄逸豪放，文筆縱橫恣肆，充分反映出宏大壯美的盛唐氣象。

劍閣賦 送友人王炎入蜀❶

咸陽之南，直望五千里，見雲峰之崔嵬❷。前有劍閣橫斷，倚青天而中開❸。上則松風蕭颯瑟䬕，有巴猿兮相哀❹。旁則飛湍走壑，灑石噴閣，洶湧而驚雷❺。

【章　旨】此段寫劍閣的地理位置及其周圍環境的險要。

【注　釋】❶劍閣賦送友人王炎入蜀　劍閣，即指劍門關。三國時蜀置劍閣縣，在今四川劍閣東北大劍山小劍山之間，相傳為諸葛亮修築，是川陝間主要通道，軍事戍守要地。《水經注》卷二〇〈漾水〉云：「又東南逕小劍戍北，西去大劍三十里，連山絕險，飛閣通衢，故謂之劍閣也。」武則天聖曆中分普安、永歸、陰平三縣置劍門縣，並置劍門關。縣、關皆因大劍山、小劍山峰巒連綿，下有隘路如門，故名。地勢險要，有「一夫當關，萬夫莫開」之稱。按：各本題下有李白原注：「送友人王炎入蜀。」（入，宋本原作「乂」，據蕭本、繆本、王本、咸本、《全唐文》改。）王炎乃李白好友，其死時李白寫有〈自溧水道哭王炎三首〉詩。❷咸陽之南三句　咸陽，在今陝西咸陽東北二十里，因位於九嵕山之南，渭水之北，在山水之陽，故名。為秦都城。後人詩文中常以咸陽代指長安。崔嵬，高聳貌。按《元和郡縣志》卷三三劍南道劍州：「東北至上都一千四百三十里。」此處稱「五千里」，當是誇張之辭。或謂「五千里」非指咸陽至劍閣的路程，而是指蜀地南北之長度，左思〈蜀都賦〉「經途所亘，五千餘里」可證。可備一說。〈蜀道難〉：「劍閣崢嶸而崔嵬。」❸倚青天而中開　謂前面眾山連綿，突兀入雲，唯有劍閣倚空，中開一線，可通蜀地。❹上則松風蕭颯瑟䬕二句　蕭颯，秋風吹拂所發之聲。瑟䬕，即飀䬕，風迅急貌。張鷟〈遊仙窟〉：「婀娜蓊茸，清泠飀䬕。」巴猿，巴山中的猿猴。❺旁則飛湍走壑三句　寫道旁景色，謂高處飛流湍急，擊石噴閣，奔流入山谷，其勢洶湧，其聲如雷。

【語　譯】在咸陽的南方，直接距離五千里，可見高峻入雲的山峰。前面有劍閣橫截攔斷，倚著青天而中

開一線，可以通行。上有松林中發出蕭瑟的風聲，還有巴山猿猴的哀鳴。道旁則有飛流湍急奔入山谷，擊石噴閣，洶湧澎湃，聲如驚雷。

送佳人❶兮此去，復何時兮歸來？望夫君兮安極，我沉吟兮歎息❷。視滄波之東注，悲白日之西匿❸。鴻別燕兮秋聲，雲愁秦而暝色❹。若明月出於劍閣兮，與君兩鄉對酒而相憶❺。

【章　旨】此段描寫送別友人依戀不捨以及設想別後兩地相思之情。

【注　釋】❶佳人　可指美女，亦可指君王、俊士或良友。此處指友人王炎。❷望夫君兮安極二句　夫君，指友人。猶言那人。此處指王炎。孟浩然〈遊精思觀回王白雲在後〉詩：「衡門猶未掩，佇立望夫君。」安極，蕭士贇注：「無所極止也。」沉吟，低回悒鬱貌。❸視滄波之東注二句　西匿，向西山隱藏。曹植〈贈白馬王彪〉其四：「白日忽西匿。」鮑照〈觀漏賦〉：「波沉沉而東注，日滔滔而西屬。」此即用其意。❹鴻別燕兮秋聲二句　謂鴻雁在秋聲中離別北方而返歸南方，秦地浮雲亦因愁苦而變成暮色。燕，幽燕，此泛指北方。秦，關中秦地，指長安。❺若明月出於劍閣兮二句　謂如明月出於劍閣上空，兩人當在兩地同時舉杯對月而相思。按王炎由秦地去蜀，故有此語。

【語　譯】此次送好友南去，又什麼時候能回來？望友人啊依依不捨，我悒鬱而歎息。看江波東流，悲白日西沉。鴻雁在秋聲中離別北方，秦地的浮雲因愁苦而變成暮色。如果明月出於劍閣之上，我與您在兩地同時舉杯對飲而相思。

【研　析】此賦開頭即稱「咸陽之南，直望五千里」，可知立足點在長安，則此賦當是與〈蜀道難〉、〈送友人入蜀〉詩同為開元年間初入長安時之作。這是一首小賦。前十句寫劍閣周圍景色，後十句寫送別友人的深情。賦中描寫劍閣形勢之險要，並抒發對友人入蜀的關懷以及友人別後的悲愁和相思之情。

擬恨賦❶

晨登太山❷，一望蒿里❸。松楸骨寒，草宿墳毀❹。浮生可嗟，大運同此❺。於是僕本壯夫，慷慨不歇，仰思前賢，飲恨而歿❻。

【章　旨】此段擬江淹〈恨賦〉的前言：「試望平原，蔓草縈骨，拱木斂魂。人生到此，天道寧論。於是僕本恨人，心驚不已。直念古者，伏恨而死。」

【注　釋】❶恨賦　王琦注：「古〈恨賦〉，齊、梁間江淹所作，為古人志願未遂抱恨而死者致慨。太白此篇，段落句法，蓋全擬之，無少差異。《酉陽雜俎》：李白前後三擬《文選》，不如意輒焚之，惟留〈恨賦〉、〈別賦〉。今〈別賦〉已亡，惟存〈恨賦〉矣。」❷太山　太，宋本作「大」，據蕭本、郭本、繆本、王本、咸本改，即泰山。在今山東省中部。主峰玉皇頂，在泰安縣城北。古稱「東嶽」，一稱「岱山」、「岱宗」。❸蒿里　原為山名，即高里，在泰山之南。《漢書・武帝紀》：「太初元年冬十月，行幸泰山，……十二月，禪高里。」顏師古注：「此高字自作高下之高，而死人之里謂之蒿里，或呼為下里者也。字則為蓬蒿之蒿。」後稱墓地為蒿里。古樂府〈蒿里〉：「蒿里誰家地，聚斂魂魄無賢愚。鬼伯一何相催促，人命不得少踟躕！」《樂府詩集》卷二七〈薤露〉題解引崔豹《古今注》曰：「〈薤露〉、〈蒿里〉，並喪歌也。」❹松楸骨寒二句　松楸，兩種樹木名。墓地多植此兩種樹木，因以代稱墳墓。謝朓〈齊敬皇后哀冊文〉：「陳象設於園寢兮，映輿鍐於松楸。」草宿，郭本、王本、《全唐文》作「宿草」。隔年之草。《禮記・檀弓上》：「朋友之墓，有宿草而不哭焉。」孔穎達疏：「宿草，陳根也，草經一年則根陳也，朋友相為哭一期，草根陳乃不哭也。」後多用為悼亡之辭。陶潛〈悲從弟仲德〉詩：「流塵集虛坐，宿草旅前庭。」❺浮生可嗟二句　《莊子・刻意》：「其生若浮。」謂人生在世，虛浮無定，後因稱人生為「浮生」。大運，天運；天命。《後漢書・明帝紀》：「朕承大運，繼體守文。」《文選》卷一一何晏〈景福殿賦〉：「乃大運之攸戾。」李周翰注：「大運，天運

也。」❻歿 王本作「沒」。

【語 譯】早晨登上泰山，一望墓葬之地。只見松樹楸樹下掩埋著寒冷的屍骨，草已陳而墳已毀。虛浮的人生可歎，天運同樣如此。在此我本是一個壯夫，意氣激昂而不歇，仰慕思念前代聖賢，抱恨含冤而死。

昔如漢祖龍躍，群雄競奔，提劍叱咤，指麾中原❶。東馳渤澥❷，西漂崑崙。斷蛇奮旅，掃清國步❸，握瑤圖而倏升，登紫壇而雄顧❹。一朝長辭，天下縞素❺。

【章 旨】此段寫漢高祖事，擬江淹〈恨賦〉所寫秦帝事：「至如秦帝按劍，諸侯西馳。削平天下，同文共規。華山為城，紫淵為池。雄圖既溢，武力未畢。方架黿鼉以為梁，巡海右以送日。一旦魂斷，宮車晚出。」

【注 釋】❶昔如漢祖龍躍四句 漢祖，指漢高祖劉邦。龍躍，喻王者興起。語本《易・乾》「見龍在田……或躍在淵」。劉孝標〈辯命論〉：「覩湯武之龍躍。」提劍，《史記・高祖本紀》：「吾以布衣提三尺劍取天下，此非天命乎？」叱咤，呼喝怒斥，後形容威力之大。駱賓王〈代徐敬業討武氏檄〉：「喑嗚則山嶽崩頹，叱咤則風雲變色。」麾，蕭本、郭本、王本、《全唐文》作「揮」。❷東馳渤澥 參見71頁注❼。❸斷蛇奮旅二句 《史記・高祖本紀》：「高祖被酒，夜徑澤中，令一人行前。行前者還報曰：『前有大蛇當徑，願還。』高祖醉，曰：『壯士行，何畏！』乃前，拔劍擊斬蛇。蛇遂分為兩，徑開。行數里，醉，因臥。後人來至蛇所，有一老嫗夜哭。人問何哭，嫗曰：『人殺吾子，故哭之。』人曰：『嫗子何為見殺？』嫗曰：『吾子，白帝子也，化為蛇，當道，今為赤帝子斬之，故哭。』人乃以嫗為不誠，欲笞之，嫗因忽不見。後人至，高祖覺。後人告高祖，高祖乃心獨喜，自負。」《漢書・敘傳下》即以此贊：「皇矣漢祖，纂堯之緒，實天生德，聰明神武。秦人不綱，罔漏于楚，爰茲發跡，斷蛇奮旅。神母告符，朱

旗乃舉。」奮旅，起兵。旅，宋本、咸本作「怒」，據蕭本、郭本、王本改。國步，國運。《詩・大雅・桑柔》：「於乎有哀，國步斯頻。」毛傳：「步，行；頻，急也。」謝莊〈宋孝武帝哀策文〉：「王室多故，國步方蹇。」❹握瑤圖而倏升二句　瑤圖，符籙圖命。《文選》卷三張衡〈東京賦〉：「高祖膺籙受圖，順天行誅。」薛綜注：「膺籙，謂當五勝之籙。受圖，卯金刀之語。順天，謂順天命而起。」倏升，急速上升。紫壇，帝王祭祀大典所用的紫色祭壇。《漢舊儀》：「皇帝祭天，紫壇帷幄。」《漢書・禮樂志》：「爰熙紫壇。」顏師古注：「紫壇，壇紫色也。」❺縞素　白色的衣服，指喪服。《史記・高祖本紀》：「今項羽放殺義帝於江南，大逆無道。寡人親為發喪，諸侯皆縞素。」

【語　譯】以往如漢高祖劉邦興起之時，群雄競爭奔波，他提三尺劍呼喚天下，指揮中原。東攻馳騁到渤海，西擊漂流到崑崙山。斬蛇起兵，掃清國土。掌握了符籙圖文而急速上升，登上帝王祭天的紫壇而雄視天下。可是他一旦逝世，天下人都為之身穿白色喪服。

若乃項王虎鬬，白日爭輝❶。拔山力盡，蓋世心微。聞楚歌之四合，知漢卒之重圍。帳中劍舞，泣挫雄威。騅兮不逝，喑嗚何歸❷？

【章　旨】此段寫項羽事，擬江淹〈恨賦〉所寫趙王事：「若乃趙王既虜，遷於房陵。薄暮心動，昧旦神興。別豔姬與美女，喪金輿及玉乘。置酒欲飲，悲來填膺。千秋萬歲，為怨難勝。」

【注　釋】❶若乃項王虎鬬二句　寫楚霸王項羽與漢王劉邦的楚漢戰爭。虎鬬，比喻群雄爭鬥。❷拔山力盡八句　《史記・項羽本紀》：「項王軍壁垓下，兵少食盡，漢軍及諸侯兵圍之數重。夜聞漢軍四面皆楚歌，項王乃大驚曰：『漢皆已得楚乎？是何楚人之多也？』項王則夜起，飲帳中。有美人名虞，常幸從；駿馬名騅，常騎之。於是項王乃悲歌忼慨。自為詩曰：『力拔山兮氣蓋世，時不利兮騅不逝。騅不逝兮可奈何，虞兮虞兮奈若何！』歌數闋，美人和之。

項王泣數行下，左右皆泣，莫能仰視。於是項王乃上馬騎，麾下壯士騎從者八百餘人，直夜潰圍南出，馳走。平明，漢軍乃覺之，令騎將灌嬰以五千騎追之。……於是項王乃欲東渡烏江。烏江亭長檥船待，謂項王曰：『江東雖小，地方千里，眾數十萬人，亦足王也。願大王急渡。今獨臣有船，漢軍至，無以渡。』項王笑曰：『天之亡我，我何渡為！且籍與江東子弟八千人渡江而西，今無一人還，縱江東父兄憐而王我，我何面目見之？縱彼不言，籍獨不愧於心乎？』……乃自刎而死。」八句即詠此事。微，蕭本、郭本、王本、《全唐文》作「違」。嗚，郭本、王本作「噁」。喑嗚，同「喑噁」。發怒聲。《史記・淮陰侯列傳》：「項王喑噁叱咤，千人皆廢。」司馬貞索隱：「喑噁，懷怒氣。」

【語　譯】至於項羽在秦末參與群雄鬥爭，白日爭耀光輝。最後被劉邦打敗，慷慨悲歌：「力拔山兮氣蓋世，時不利兮騅不逝。」是時已力盡心微。聞聽四面楚歌，知道自己已陷入漢軍的重圍之中。美人虞姬在帳中拔劍起舞，泣涕挫折了雄威。駿馬已不堪奔跑，怒氣聲聲歸向何處？

至如荊卿入秦，直度易水。長虹貫日，寒風颯起。遠讎始皇，擬報太子。奇謀不成，憤惋而死❶。

【章　旨】此段寫荊軻事，寫法擬江淹〈恨賦〉寫李陵事：「至如李君降北，名辱身冤。拔劍擊柱，弔影慚魂。情往上郡，心留雁門。裂帛繫書，誓還漢恩。朝露溘至，握手何言。」

【注　釋】❶至如荊卿入秦八句　《史記・刺客列傳》：「荊軻者，衛人也。其先乃齊人，徙於衛，衛人謂之慶卿。而之燕，燕人謂之荊卿。」燕太子請荊軻入秦刺秦王，「於是太子豫求天下之利匕首，得趙人徐夫人匕首，取之百金，使工以藥焠之，以試人，血濡縷，人無不立死者。乃裝為遣荊卿。燕國有勇士秦舞陽，年十三，殺人，人不敢忤視。乃令秦舞陽為副。……太子及賓客知其事者，皆白衣冠以送之。至易水之上，既祖，取道，高漸離擊筑，荊軻和而歌，為變徵之聲，士皆垂淚涕泣。又前而為歌曰：『風蕭蕭兮易水寒，壯士一去兮不復還！』復為羽聲忼慨，士皆瞋目，

髮盡上指冠。於是荊軻就車而去，終已不顧。遂至秦，持千金之資幣物，厚遺秦王寵臣中庶子蒙嘉。……秦王聞之，大喜，乃朝服，設九賓，見燕使者咸陽宮。荊軻奉樊於期頭函，而秦舞陽奉地圖柙，以次進。……秦王謂軻曰：『取舞陽所持地圖。』軻既取圖奏之，秦王發圖，圖窮而匕首見。因左手把秦王之袖，而右手持匕首揕之。未至身，秦王驚，自引而起，袖絕。拔劍，劍長，操其室。時惶急，劍堅，故不可立拔。荊軻逐秦王，秦王環柱而走。……左右乃曰：『王負劍！』負劍，遂拔以擊荊軻，斷其左股。荊軻廢，乃引其匕首以擿秦王，不中，中銅柱，秦王復擊軻，軻被八創。軻自知事不就，倚柱而笑，箕踞以罵曰：『事所以不成者，以欲生劫之，必得約契以報太子也。』於是左右既前殺軻。」八句即詠此事。長虹貫日，白色長虹穿日而過。一種罕見的日暈現象。古人認為人間有非常之事發生，就會出現此種天象。《史記・魯仲連鄒陽列傳》：「昔者荊軻慕燕丹之義，白虹貫日，太子畏之。」裴駰集解引應劭曰：「精誠感天，白虹為之貫日也。」

【語　譯】至於荊軻入秦國，逕渡易水。精誠感天而白虹貫日，寒風蕭蕭颳起。因燕國遠仇而去刺殺秦始皇，準備報答燕太子丹的恩情。可是奇特的謀略卻沒有成功，只能憤恨惋惜而死。

若夫陳后失寵，長門掩扉❶。日冷金殿，霜淒錦衣。春草罷綠，秋螢亂飛。
恨桃李之委絕，思君王之有違。

【章　旨】此段寫陳皇后事，寫法擬江淹〈恨賦〉寫昭君出塞：「若夫明妃去時，仰天太息。紫臺稍遠，關山無極。搖風忽起，白日西匿。隴雁少飛，岱雲寡色。望居王兮何期，終蕪絕兮異域。」

【注　釋】❶若夫陳后失寵二句　寫漢武帝陳皇后失寵，退居長門宮。《漢書・外戚傳》：「孝武陳皇后，……擅寵驕貴，十餘年而無子，聞衛子夫得幸，幾死者數焉。上愈怒。后又挾婦人媚道，頗覺。元光五年，上遂窮治之，女子楚服等坐為皇后巫蠱祠祭祝詛，大逆無道，相連及誅者三百餘人。楚服梟首於市。使有司賜皇后策曰：『皇后失序，惑

於巫祝，不可以承天命。其上璽綬，罷退居長門宮。』」

【語　譯】至於陳皇后失寵後，被漢武帝關掩在長門宮。白日雖照宮殿卻仍寒冷，錦衣似被霜打淒涼。春草失去了綠色，秋天的螢火蟲在宮外亂飛。恨鮮豔桃李的衰敗，思念君王違背諾言。

昔者屈原既放，遷於湘流❶。心死舊楚，魂飛長楸❷。聽江楓之嫋嫋，聞嶺狖之啾啾❸。永埋骨於淥水，怨懷王之不收❹。

【章　旨】此段八句，寫屈原被放而死，其寫法擬江淹〈恨賦〉寫馮衍罷歸：「至乃敬通見抵，罷歸田里。閉門卻掃，塞門不仕。左對孺人，右對稚子。脫略公卿，跌宕文史。齎志沒地，長懷無已。」

【注　釋】❶昔者屈原既放二句　王琦注：「《楚辭・漁父》云：『屈原既放，游于江潭。』蓋原所遷之地，在江之南，湘水經流之處也。」❷長楸　大梓樹。落葉喬木。《楚辭・九章・哀郢》：「望長楸而太息兮，涕淫淫其若霰。」王逸注：「長楸，大梓。……言己顧望楚都，見其大道長樹，悲而太息，涕下淫淫，如雨霰也。」❸聽江楓之嫋嫋二句　楓，蕭本、郭本、王本、《全唐文》作「風」。《楚辭・九章・湘夫人》：「嫋嫋兮秋風，洞庭波兮木葉下。」王逸注：「嫋嫋，秋風搖木貌。」《文選》卷三三屈平〈九歌・山鬼〉：「猿啾啾兮狖夜鳴。」呂延濟注：「啾啾，猿聲。」狖，長尾猿。《淮南子・覽冥訓》：「猿狖顛蹶而失本枝。」高誘注：「狖，猿屬，長尾而卬鼻。」❹永埋骨於淥水二句　謂屈原投汨羅江而死。《史記・屈原賈生列傳》：「屈原者，名平，楚之同姓也。為楚懷王左徒。……王甚任之。上官大夫與之同列，爭寵而心害其能。……王怒而疏屈平。……屈平既嫉之，雖放流，睠顧楚國，繫心懷王，不忘欲反，冀幸君之一悟，俗之一改也。……令尹子蘭聞之大怒，卒使上官大夫短屈原於頃襄王，頃襄王怒而遷之。屈原至於江濱，被髮行吟澤畔。……於是懷石遂自沉汨羅以死。」淥水，清澈之水。

【語　譯】以往屈原被流放，遷逐於湘水流域。內心對舊時的楚國已死，靈魂已飛到大梓樹之下。聽江邊

楓樹的嫋嫋秋風，聞山中長尾猿的啾啾嗚啼。最後投水自盡埋骨於汨羅江的淥水之中，怨恨楚懷王的不能收容。

及夫李斯受戮，神氣黯然。左右垂泣，精魂動天。執愛子以長別，歎黃犬之無緣❶。

【章　旨】此段六句寫李斯受戮，寫法擬江淹〈恨賦〉寫嵇康下獄事：「及夫中散下獄，神氣激揚，濁醪夕引，素琴晨張。秋日蕭索，浮雲無光。鬱青霞之奇意，入脩夜之不暘。」

【注　釋】❶及夫李斯受戮六句　寫秦朝宰相李斯被殺事。《史記・李斯列傳》：「(秦)二世二年七月，具斯五刑。論腰斬咸陽市。斯出獄，與其中子俱執，顧謂其中子曰：『吾欲與若復牽黃犬俱出上蔡東門逐狡兔，豈可得乎？』遂父子相哭，而夷三族。」

【語　譯】至於李斯被殺，精氣神態沮喪。左右的人都垂淚涕泣，精魂感動上天。執愛子之手而永別，歎息再無緣共同牽黃犬出上蔡東門逐狡兔。

或有從軍永決❶，去國長違❷，天涯遷客，海外思歸。此人忽見愁雲蔽日，目斷心飛，莫不攢眉❸痛骨，抆血❹霑衣。

【章　旨】此段八句寫從軍永決，遷客思歸，寫法擬江淹〈恨賦〉寫孤臣遷客：「或有孤臣危涕，孽子墜心。遷客海上，流戍隴陰。此人但聞風悲汩起，血下霑衿。亦復含酸茹歎，銷落湮沉。」

【注　釋】❶永決　指遠行而不易再見面的別離。決，通「訣」。王本作「訣」，分別。江淹〈別賦〉：「詎能摹暫離之狀，寫永訣之情者乎？」❷長違　永別。死的婉辭。❸攢眉　緊蹙雙眉。周續之〈廬山記〉：「遠師勉令陶潛入蓮社，淵明攢眉而去。」❹抆血　抆，宋本原作「杖」，據郭本、王本、咸本、《全唐文》改。血，咸本作「淚」。指拭血淚。表示極為哀痛。舊時訃文中，列名的親屬有抆血、拭淚之別，以示親疏。抆血比拭淚為重。《文選》卷一六江淹〈別賦〉：「割慈忍愛，離邦去里，瀝泣共訣，抆血相視。」李善注引《廣雅》：「抆，拭也。」

【語　譯】有的人因從軍而永遠分別，離開家國而去世。被遷逐到遙遠天涯之客，在海外一直思念歸來。此人忽然見到愁雲遮蔽太陽，望斷心飛，莫不緊蹙雙眉而痛徹骨髓，指拭血淚而沾濕衣裳。

若乃錯繡轂❶，填金門❷，煙塵曉沓❸，歌鐘晝諠❹。亦復星沉電滅❺，閉影潛魂。

【章　旨】此段六句寫榮華迅速消滅。寫法擬江淹〈恨賦〉寫富貴遭黃塵而死：「若迺騎疊跡，車屯軌。黃塵匝地，歌吹四起。無不煙斷火絕，閉骨泉裏。」

【注　釋】❶錯繡轂　交錯錦繡裝飾之車。《楚辭・九歌・國殤》：「車錯轂兮短兵接。」王逸注：「錯，交也。」轂，車輪的中心部位，周圍與車輻的一端相接，中有圓孔，用以插軸。此處以「繡轂」代指美車。王勃〈臨高臺〉詩：「銀鞍繡轂盛繁華。」❷填金門　填，塞；滿。金門，金馬門。《文選》卷四五揚雄〈解嘲〉：「歷金門，上玉堂有日矣。」李善注引應劭曰：「待詔金馬門。」❸沓　會合。《楚辭・天問》：「天何所沓？」王逸注：「沓，合也，言天與地合會何所。」❹歌鐘晝諠　歌鐘，伴唱的編鐘。《左傳・襄公十一年》：「鄭人賂晉侯……歌鐘二肆。」孔穎達疏：「言歌鐘者，歌必先金奏，故鐘以歌名之。〈晉語〉孔晁注云：『歌鐘，鐘以節歌也。』」晝諠，白日喧鬧。❺星沉電滅　形容迅速消失。

【語　譯】至於錦繡裝飾的車交錯往來，填滿金馬門，早晨就煙霧塵埃聚合，歌鐘在白天就喧鬧不停。但不久又如星沉雹滅般地迅速消失，連影子都不見，靈魂都隱沒。

已矣哉！桂華滿兮明月輝❶，扶桑❷曉兮白日飛。玉顏滅❸兮螻蟻聚，碧臺空兮歌舞稀。與天道❹兮共盡，莫不委骨❺而同歸。

【章　旨】此段七句，擬江淹〈恨賦〉末段：「已矣哉！春草暮兮秋風驚，秋風罷兮春草生。綺羅畢兮池館盡，琴瑟滅兮丘壟平。自古皆有死，莫不飲恨而吞聲。」

【注　釋】❶桂華滿兮明月輝　神話傳說月中有桂樹。梁元帝〈刻漏銘〉：「宮槐晚合，月桂宵暉。」❷扶桑　神話中的樹木名。傳說日出於扶桑之下，拂其樹杪而升，因稱其為日出之處。❸玉顏滅　指人之死。滅，宋本作「減」，據繆本、王本、咸本、《全唐文》改。❹天道　指自然規律。《莊子・天道》：「天道運而無所積，故萬物成。」❺委骨　《文選》卷一一鮑照〈蕪城賦〉：「莫不埋魂幽石，委骨窮塵。」李善注：「委，猶積也。」

【語　譯】罷了！桂花滿月啊明月光輝，扶桑樹拂曉啊白日飛升。美玉般的容顏消滅啊被螻蛄螞蟻會聚啃噬，華麗的樓臺空啊歌舞稀少。自然規律相同啊與萬物共滅，莫不積骨而同歸。

【研　析】李白此賦，除首段為前言，末段為結尾外，中間八段，寫漢高長辭，項羽別姬，荊軻刺秦不成，陳后失寵長門，屈原被放，李斯受戮，征夫遷客，富貴雹滅八事，雖與〈恨賦〉所寫具體事件不同，但其意旨和文章段落、句法完全相同，蕭士贇謂「終篇擬之」，甚是。此賦當是青年時代擬《文選》而作，或謂首句「晨登太山」，疑與天寶元年〈遊泰山六首〉同時之作，非。此只是仿江淹〈恨賦〉開頭「試望平原」而已。

惜餘春賦

天之何為令北斗而知春兮，迴指於東方❶。水蕩漾兮碧色，蘭葳蕤❷兮紅芳。試登高而望遠❸，極雲海之微茫。魂一去兮欲斷❹，淚流頰❺兮成行。吟清楓而詠滄浪❻，懷洞庭兮悲瀟湘❼。何余心之縹緲兮❽，與春風而飄揚。

【章　旨】此段描寫北斗星柄東指而知春天已經到來，水波碧綠，蘭花紅芳，登高望遠，雲海茫茫。心情隨春風飄揚。可謂迎春。

【注　釋】❶天之何為二句　北斗星七顆，第一至第四星象斗，第五至第七星象柄。隨著季節變化北斗星在天空中斗柄所指的方向也在變化。《鶡冠子・環流》：「斗柄東指，天下皆春；斗柄南指，天下皆夏；斗柄西指，天下皆秋；斗柄北指，天下皆冬。」二句謂老天為何讓北斗柄迴轉指向東方而使人知春天已至。❷葳蕤　草木茂盛枝葉下垂貌。東方朔〈七諫・初放〉：「便娟之修竹兮，寄生乎江潭。上葳蕤而防露兮，下泠泠而來風。」❸登高而望遠　而，《文苑英華》、《全唐文》作「兮」。望遠，《文苑英華》作「遠望」。❹欲斷　欲，《文苑英華》作「目」。❺淚流頰　頰，《文苑英華》作「顏」。❻吟清楓而詠滄浪　清，《唐文粹》作「青」。楓，蕭本、郭本、王本、咸本、《全唐文》作「風」。而，《文苑英華》作「兮」。《楚辭・招魂》：「湛湛江水兮上有楓，目極千里兮傷春心。」王逸注：「楓，木名也。」洪興祖補注：「《說文》云：『楓木，厚葉弱枝，善搖。』漢宮殿中多植之。至霜後，葉丹可愛，故騷人多稱之。」滄浪，《孟子・離婁上》：「有孺子歌曰：『滄浪之水清兮，可以濯我纓；滄浪之水濁兮，可以濯我足。』」後遂以「滄浪」指此歌。❼懷洞庭兮悲瀟湘　洞庭，湖名。在今湖南省北部，長江南岸。為中國第二大淡水湖。瀟湘，湘水與瀟水的並稱，多借指今湖南地區。亦可單指湘水。《文選》卷二〇謝朓〈新亭渚別范零陵詩〉：「洞庭張樂地，瀟湘帝子

遊。」李善注引王逸曰：「娥皇、女英隨舜不反，死於湘水。」❽何余心之縹緲兮　余，《全唐文》作「予」。縹緲，飄揚不定貌。

【語譯】蒼天為什麼使北斗星告知春天已經到來，斗柄已經迴轉指向東方。淥水微波啊色澤碧青，蘭草茂盛啊紅花芬芳。嘗試登高而望遠，盡覽茫茫的雲海。魂魄隨著而去啊欲斷腸，淚流面頰啊成行。吟江上清楓而詠濯纓滄浪之詩歌，懷念洞庭啊悲歎帝子瀟湘。我的心情多麼空虛不定啊，與春風一起在飄揚。

飄揚兮思無垠❶，念佳期❷兮莫展。平原萋兮綺色❸，愛芳草兮如剪。惜餘春之將闌❹，每為恨兮❺不淺。

【章旨】此段描寫思念美好的約會未能實現，眼前花草展現華麗色彩，愛護芳草如剪刀修飾。可惜春天將盡，深為痛恨。可謂戀春。

【注釋】❶飄揚兮思無垠　謂心飄蕩而思念沒有窮盡。《文苑英華》、《唐文粹》缺「思」字。揚，《文苑英華》作「楊」。垠，蕭本、郭本、繆本、王本、咸本皆作「限」。❷佳期　《楚辭・九歌・湘夫人》：「與佳期兮夕張。」王逸注：「佳，謂湘夫人也。」後以「佳期」指男女約會，本此。❸平原萋兮綺色　平原，廣闊平坦的原野。王粲〈七哀詩〉：「白骨蔽平原。」萋，草木茂盛貌。《漢書・外戚傳下・孝成班倢伃》：「中庭萋兮綠草生。」綺色，華麗的色彩。❹惜餘春之將闌　之，《文苑英華》作「而」。闌，盡；晚。《文選》卷二六謝靈運〈永初三年七月十六日之郡初發都〉詩：「述職期闌暑，理棹變金素。」李善注：「闌，猶盡也。」又卷五七謝莊〈宋孝武宣貴妃誄〉：「白露凝兮歲將闌。」李善注：「闌，猶晚也。」❺恨兮　兮，《文苑英華》、《唐文粹》作「而」。

【語譯】心情飄揚啊思念沒有窮盡，想念美好的約會啊沒有展現。原野草木茂盛啊呈現華麗的色彩，愛護芳草啊如剪刀修飾。可惜餘下的春天將盡，每為此而痛恨啊很深。

漢之曲兮江之潭❶，把瑤草❷兮思何堪。想遊女於峴北❸，愁帝子❹於湘南。恨無極兮心氳氳❺，目眇眇❻兮憂紛紛。披衛情於淇水❼，結楚夢於陽雲❽。

【章　旨】此段以思念漢皋遊女，湘水帝子，衛女思歸，陽臺神女等古代離別的故事。表達思念愛人之情。

【注　釋】❶漢之曲兮江之潭　張衡〈南都賦〉：「游女弄珠於漢皋之曲。」漢曲即漢皋之曲，漢水彎曲之處。在今湖北襄陽。江潭，王琦云：「謂湘江深匯處。」《楚辭・漁父》：「屈原既放，遊於江潭。」王逸注：「戲水側也。」❷瑤草　王琦注：「瑤草，草之珍美者，故以美玉喻之，猶琪花玉樹之謂。」《文選》卷一六江淹〈別賦〉：「惜瑤草之徒芳。」呂向注：「瑤草，香草，以自喻也。」❸想遊女於峴北　《詩・周南・漢廣》：「漢有遊女，不可求思。」朱熹集傳：「江漢之俗，其女好遊，漢魏以後猶然，如〈大堤〉之曲可見也。」峴北，峴山之北，即指漢水。《元和郡縣志》卷二一山南道襄州襄陽縣：「峴山，在縣東南九里。山東臨漢水，古今大路。」峴北遊女，亦即〈南都賦〉「弄珠於漢皋之曲」之「游女」。李善注引《韓詩外傳》曰：「鄭交甫將南適楚，遵彼漢皋臺下，乃遇二女，佩兩珠，大如荊雞之卵。」❹帝子　《楚辭・九歌・湘夫人》：「帝子降兮北渚。」王逸注：「帝子，謂堯女也。……言堯二女娥皇、女英，隨舜不反，沒於湘水之渚，因為湘夫人。」❺恨無極兮心氳氳　恨無極，《文苑英華》作「悵無晤」。氳氳，氣聚合不散而沉鬱貌。❻眇眇　遠視貌。《楚辭・九歌・湘夫人》：「目眇眇兮愁予。」王逸注：「眇眇，好貌。……言堯二女儀德美好，眇然絕異。」洪興祖補注：「眇眇，微貌。言神之降，望而不見，使我愁也。」❼披衛情於淇水　《詩・衛風・竹竿》：「淇水在右，泉源在左，巧笑之瑳，佩玉之儺。」毛傳：「〈竹竿〉，衛女思歸也。」鮑照〈送別王宣城〉詩：「發郢流楚思，涉淇興衛情。」此用其意。淇水，古為黃河支流，屬衛國，在今河南北部，南流至今衛輝市東北淇門鎮入河。❽結楚夢於陽雲　用巫山神女故事。宋玉〈高唐賦〉：「昔者先王嘗遊高唐。怠而晝寢，夢見一婦人，曰：『妾巫山之女也。為高唐之客。聞君遊高唐，願薦枕席。』王因幸之。去而辭曰：『妾在巫山之陽，高丘之阻，旦為朝雲，暮為行雨。朝朝暮暮，陽臺之下。』旦朝視之，如言。故為立廟，號曰朝雲。」後遂以「陽雲」指男女幽會之所。謝朓〈七夕賦〉：「哂陽雲於荊夢，賦洛篇於陳想。」江淹〈雜體詩・休上人怨別〉：「相思巫山

渚，悵望陽雲臺。」陽雲臺，即陽臺。

【語　譯】漢水彎曲處啊湘江交匯，我手把香草啊思念不堪。想念峴山之北的漢皋遊女，愁思湘水之南的帝子娥皇、女英。恨不盡啊心中沉鬱，眼睛遠看啊憂慮紛紛。披衛女思歸之情於淇水，結楚王神女之夢於陽臺之雲。

春每歸兮花開，花已闌兮春改。歎長河之流春❶，送馳波於東海。春不留兮時已失，老衰颯兮逾疾❷。恨不得挂長繩於青天，繫此西飛之白日❸。

【章　旨】此段寫時光像流水般迅逝。人的衰老更為快速，痴想在天上掛繩繫住西飛的太陽。可謂惜春。

【注　釋】❶流春　春，蕭本、郭本、王本、咸本、《全唐文》皆作「速」。❷老衰颯兮逾疾　《文苑英華》、《全唐文》作「老衰颯兮情逾疾」，並校云：「一作老衰颯而徒疾在」。《唐文粹》作「老衰颯兮情逾在」。❸恨不得挂長繩於青天二句　傅玄〈九曲歌〉：「歲暮景邁群光絕，安得長繩繫白日。」

【語　譯】春天每次歸來啊百花盛開，百花已盡啊春就改成了夏。感歎像長河的流水那樣流走了春天，將馳走的水波送到東海。春天不停留啊時間已經失去，老而衰弱蕭索啊更加迅速。恨不能在青天之上掛一條長繩，拴住這個向西飛走的太陽。

若有人兮情相親，去南國兮往西秦❶。見遊絲之橫路，網春輝以留人。沉吟兮哀歌，躑躅❷兮傷別。送行子❸之將遠，看征鴻之稍滅。醉愁心於垂楊，隨柔

條以糾結。望夫君兮咨嗟❹，橫涕淚兮怨春華❺。遙寄影於明月，送夫君於天涯❻。

【章　旨】此段描寫送親人離別的場面。親人從南方往長安去，沉吟哀歌，依戀徘徊。相送者愁心似醉，怨恨流淚，將心影寄明月而相送到天涯。

【注　釋】❶若有人兮情相親二句　屈原〈九歌・山鬼〉：「若有人兮山之阿。」國，《文苑英華》、《全唐文》作「越」。西秦，指長安。❷躑躅　徘徊不進貌。古樂府〈孔雀東南飛〉：「躑躅青驄馬。」❸行子　出行的人。鮑照〈代東門行〉：「居人掩閨臥，行子夜中飯。」❹望夫君兮咨嗟　夫君，舊時妻子稱丈夫。亦可稱友人。咨嗟，歎息。《唐文粹》、《全唐文》作「興咨嗟」。❺橫涕淚兮怨春華　涕淚，《文苑英華》作「危涕」。春華，春天之花，喻青春年華。《文選》卷二九蘇武〈詩四首〉其三：「努力愛春華，莫忘歡樂時。」李善注：「春華，喻少年時也。」❻遙寄影於明月二句　遙寄，蕭本、郭本作「寄遙」。送夫君，《文苑英華》作「送君」。天涯，猶天邊。形容極遠之處。〈古詩十九首〉：「相去萬餘里，各在天一涯。」江淹〈古離別〉詩：「君行在天涯，妾身長別離。」

【語　譯】有個人啊感情與我親愛，離開南方啊前往西部的秦地。只見飄蕩的遊絲橫在路邊，網住春天的光輝而留人。他沉吟啊低聲哀歌，徘徊不進啊傷心離別。我送出行的人將要走遠，就像看飛雁的逐漸消失。在垂楊下我愁心如醉，隨著柔軟的柳條而糾結不解。遠望夫君啊歎息不已，橫流熱淚啊怨恨青春年華。我只得將心影寄託給明月，送夫君到遙遠的天涯。

【研　析】此賦乃暮春季節送別親人之作。賦的最後一段：「若有人兮情相親，去南國兮往西秦。……遙寄影於明月，送夫君於天涯。」今人楊栩生認為此乃從妻子方面著筆，謂此賦作於開元十九年（西元七三一年）春天離家首次入京之時。可備一說。而詹鍈《李白詩文繫年》則將此賦繫於上元元年（西元七六〇年），因賦中有「春不留兮時已失，老衰颯兮逾疾」句，故「當亦晚年潦倒江夏一帶時作」。通觀全

賦，此說似欠妥。全賦用騷體，描寫暮春景色，念佳期之莫展，寫離別相思的悲哀，抒惜春的情懷。情深意切，生動感人。

愁陽春賦

東風歸來，見碧草而知春❶。蕩漾惚恍，何垂楊旖旎之愁人❷。天光青而妍和❸，海氣綠而芳新。野綵翠兮芊緜❹，雲飄颻而相鮮。演漾兮夤緣❺，窺青苔之生泉。縹緲兮翩緜❻，見遊絲之縈煙。魂與此兮俱斷，醉風光❼兮淒然。

若乃隴水秦聲❽，江猿巴吟❾。明妃玉塞❿，楚客楓林⓫。試登高而望遠，痛切骨而傷心⓬。春心蕩兮如波⓭，春愁亂兮如雪⓮。兼萬情之悲歡，茲一感於芳節⓯。

若有一人⓰兮湘水濱，隔雲霓而見無因。灑別淚於尺波⓱，寄東流於情親⓲。若使春光可攬而不滅兮⓳，吾欲贈天涯之佳人⓴。

【注釋】❶東風歸來二句　江淹〈別賦〉：「春草碧色，春水淥波。」此處用其意。❷蕩漾惚恍二句　謂下垂的柳枝隨風飄揚起伏，迷糊隱約，多麼婀娜柔美。漾，宋本作「瀁」，「漾」的古體字，據郭本、王本、《全唐文》改。恍，宋本作「怳」，「恍」的異體字，據郭本、王本、咸本、《才調集》改。惚恍，《全唐文》作「恍惚」。楊，宋本作「揚」，據郭本、繆本、王本改。旖旎，猶婀娜，輕盈柔美貌。《史記・司馬相如列傳》引〈上林賦〉：「旖旎從風。」司馬貞索隱引張揖曰：「旖旎，阿那也。」❸天光青而妍和　青，蕭本、郭本、咸本、《才調集》、《全唐文》作「清」。妍和，天氣晴朗和煦。鮑照〈代白紵曲二首〉其二：「春風澹蕩俠思多，天色淨淥氣妍和。」❹野綵翠兮芊緜　野，蕭本、

咸本、《全唐文》闕。兮，《才調集》作「而」。芊緜，蕭本、郭本、王本作「阡眠」，咸本、《全唐文》作「芊眠」。聯綿詞，同音通假，草木繁盛貌。梁元帝〈郢州晉安寺碑銘〉：「鳳皇之嶺，芊綿映色。」❺雲飄颻而相鮮二句　飄颻，蕭本、郭本、咸本作「飄飄」。演漾，水波蕩漾。阮籍〈詠懷詩〉其七五：「汎汎乘輕舟，演漾靡所望。」夤緣，攀附他物上升。《文選》卷五左思〈吳都賦〉：「夤緣山岳之岊，冪歷江海之流。」劉逵注：「夤緣，布藤上貌。」❻窺青苔之生泉二句　青，宋本、王本校：「一作新。」縹緲，隨風飄揚貌。翩緜，飄忽連綿貌。宋玉〈小言賦〉：「飄妙翩緜，乍見乍泯。」❼醉風光　醉，宋本、王本校：「一作對。」《全唐文》作「對」。❽隴水秦聲　謂隴水之嗚咽，有如秦聲。辛氏《三秦記》引〈隴頭歌〉：「隴頭流水，鳴聲幽咽。遙望秦川，肝腸斷絕。」秦聲，秦地的音樂。《史記・廉頗藺相如列傳》：「藺相如前曰：『趙王竊聞秦王善為秦聲，請奏盆缻秦王，以相娛樂。』」❾江猿巴吟　謂江上猿啼，如巴人之歌吟。《水經注・江水二》：「每至晴初霜旦，林寒澗肅，常有高猿長嘯，屬引淒異，空谷傳響，哀轉久絕，故漁者歌曰：『巴東三峽巫峽長，猿鳴三聲淚沾裳。』」❿明妃玉塞　明妃，即王昭君。晉人避文帝司馬昭諱，改稱明君。後人又改稱明妃。《後漢書・南匈奴傳》：「昭君，字嬙，南郡人也。初，元帝時，以良家子選入掖庭。時呼韓邪來朝，帝敕以宮女五人賜之。昭君入宮數歲，不得見御，積悲怨，乃請掖庭令求行。呼韓邪臨辭大會，帝召五女以示之。昭君豐容靚飾，光明漢宮，顧景裴回，竦動左右。帝見大驚，意欲留之，而難於失信，遂與匈奴。」玉塞，王琦注：「謝莊〈舞馬賦〉：『乘玉塞而歸寶。』玉塞謂玉門關，乃入西域之路。昭君入胡之路。未必由此，蓋借作邊塞字用耳。」⓫楚客楓林　楚客，指屈原。《楚辭・招魂》：「湛湛江水兮上有楓，目極千里兮傷春心。」⓬試登高而望遠二句　宋玉〈高唐賦〉：「愁思無已，歎息垂淚。登高遠望，使人心瘁。」痛切骨，宋本校：「一作咸痛骨。」⓭春心蕩兮如波　《文選》卷三四枚乘〈七發〉：「陶陽氣，蕩春心。」李善注：「《楚辭》曰：『目極千里傷春心。』王逸曰：『蕩春心。蕩，滌也。』」⓮春愁亂兮如雪　劉繪〈有所思〉：「中心亂如雪，寧知有所思。」如，宋本作「始」，據蕭本、郭本、繆本、王本、咸本、《才調集》、《全唐文》改。⓯兼萬情之悲歡二句　萬情，萬種情感。《易・咸》：「聖人感人心而天下和平。觀其所感，而天地萬物之情可見矣。」茲，《才調集》校：「一作紛。」芳節，陽春時節。劉鑠〈代收淚就長路詩〉：「徘徊去芳節，依遲從遠軍。」梁元帝《纂要》：「春節曰芳節。」又曰：「春日青陽，亦曰發生，芳春，青春，陽春，三春，九春。」⓰若有一人　宋本、王本校：「一作我所思。」《才調集》作「我若思」。⓱尺波　尺水；微波。《文選》卷二八陸機〈長歌行〉：「寸陰無停晷，尺波豈徒旋。」李善注：

「言日無停景，川不旋波，以喻年命流行，曾無止息也。」⑱情親　親人。鮑照〈學古詩〉：「實是愁苦節，惆悵憶情親。」⑲若使春光可攬而不滅兮　《淮南子・覽冥訓》：「天地之間，巧曆不能舉其數。手徵忽怳，不能覽（攬）其光。」高誘注：「言手雖覽得微物，不能得其光。一說，天道廣大，手雖能徵其忽怳無形者，不能覽得日月之光也。」不滅，宋本原作「花成」，據蕭本、郭本、繆本、王本、咸本、《才調集》、《全唐文》改。⑳佳人　古代詩文中，既可指美女，又可指君王、才士、丈夫、好友。此處似指美人。

【語　譯】東風回來了，看到野草碧綠而知道春天已到。下垂的柳枝飄蕩起伏隱約迷茫，多麼婀娜柔美而使人憂愁。天空光亮清潔而晴朗和煦，海上水氣碧綠而芬芳新豔。四野彩綠啊茂盛，雲霞飄蕩而鮮明。飄搖啊攀附他物上升，從隱僻處看到青苔中生出泉水來。隨風飄揚啊輕盈飛動，看那遊絲在煙霧中纏繞。心靈與此環境啊都銷魂斷腸，陶醉於風光啊內心悲傷。

至於隴水嗚咽如秦地樂聲，江邊猿猴在巴地嗚啼。王昭君出塞和蕃，屈原吟詠湛湛江楓。嘗試登高而望遠，痛切入骨而傷心。春心蕩漾如波瀾，春愁撩亂啊如飛雪。兼有萬種感情的悲歡，一切都在此陽春時節感動。

有個人啊在湘水之濱，隔著雲霓而無法相見。揮灑離別之淚於微波之中，託東流之水寄於親人。如果能使春光可以攬住而不消失啊，吾想贈送給遠在天涯的美人。

【研　析】此賦與〈惜餘春賦〉情感相同，皆為感春懷人，所用詞句亦多相近，當是開元年間同一時期稍前之作。祝堯《古賦辨體》卷七評此賦曰：「賦也。上句先用連綿字以起下句之意，正是學〈九辯〉第一首語意。及至『若乃』以下，則又是梁、陳體。」

悲清秋賦

登九疑❶兮望清川，見三湘之潺湲❷。水流寒以歸海，雲橫秋❸而蔽天。余以鳥道❹計於故鄉兮，不知去荊吳之幾千。

于時西陽半規❺，映島欲沒。澄湖練明❻，遙海上月。念佳期之浩蕩❼，渺懷燕而望越❽。

荷花落兮江色❾秋，風嫋嫋兮夜悠悠❿。臨窮溟以有羨⓫，思釣鼇於滄洲⓬。無修竿⓭以一舉，撫洪波而增憂。歸去來兮⓮，人間不可以託些⓯，吾將採藥於蓬丘⓰。

【注釋】❶九疑　山名。在今湖南寧遠南。疑，《文苑英華》作「微」，校曰：「一作嶷。」《史記・五帝本紀》：「（舜）南巡狩，崩於蒼梧之野。葬於江南九疑，是為零陵。」裴駰集解引《皇覽》曰：「舜冢在零陵營浦縣。其山九谿皆相似，故曰九疑。」❷見三湘之潺湲　三湘，或謂指瀟湘、蒸湘、沅湘，或謂指瀟湘、資湘、沅湘，此處只是指瀟湘，瀟水與湘水正在九疑山下匯合。潺湲，水徐流貌。屈原〈九歌・湘夫人〉：「觀流水兮潺湲。」❸秋　《文苑英華》作「愁」。❹鳥道　《文選》卷二六謝朓〈暫使下都夜發新林至京邑贈西府同僚〉詩：「風雲有鳥路，江漢限無梁。」李善注引《南中八志》曰：「交阯郡治龍編縣，自興古鳥道四百里。」王琦曰：「以其險絕，獸猶無蹊，惟上有飛鳥之道耳。後人稱高峻之徑曰鳥道，本此。」庾信〈麥積崖佛龕銘〉：「鳥道乍窮，羊腸忽斷。」❺于時西陽半規　王琦注：「西陽，謂西落之日。其半為峰所蔽，僅見其半，如半規然。」謝靈運〈游南亭〉詩：「遠峰隱半規。」

規，《全唐文》作「池」。❻澄湖練明　清澈的湖水如白絹般明亮。謝惠連〈西陵遇風獻康樂〉詩：「分袂澄湖陰。」謝脁〈晚登三山還望京邑〉詩：「澄江淨如練。」澄湖，宋本缺「湖」字，據蕭本、郭本、繆本、王本、咸本、《文苑英華》、《全唐文》補。練，白絹。❼念佳期之浩蕩　謂思念與君王遇合遙遠無期。佳期，美好的約會，可指男女約會，亦可指君臣遇合。浩蕩，遙遠貌。❽渺懷燕而望越　渺，《文苑英華》作「眇」。蕭士贇注：「意太白時在荊湘，故懷燕而望越也。」王琦按：「太白故鄉在西蜀，而荊、吳則其東也。燕地居北，越地居南，蓋登高而遍覽四方之意，翻作兩層抒寫，便覺變幻不可測。」❾江色　江，《文苑英華》作「紅」。❿風嫋嫋兮夜悠悠　《楚辭・九歌・湘夫人》：「嫋嫋兮秋風，洞庭波兮木葉下。」王逸注：「嫋嫋，秋風搖木貌。」《文選》卷三三宋玉〈九辯〉：「去白日之昭昭兮，襲長夜之悠悠。」張銑注：「悠悠，無窮也。」⓫臨窮溟以有羨　王琦注：「窮溟，即《莊子》所云窮髮之北溟海也。」木華〈海賦〉：「翔天沼，戲窮溟。」有羨，即羨魚。《漢書・董仲舒傳》：「古人有言曰：臨淵羨魚，不如退而結網。」孟浩然〈望洞庭湖贈張丞相〉詩：「坐觀垂釣者，徒有羨魚情。」⓬思釣鼇於滄洲　《列子・湯問》：「龍伯之國有大人，舉足不盈數步，而暨五山之所，一釣而連六鼇。」滄洲，濱水之地。古時常指隱士居處。阮籍〈為鄭沖勸晉王箋〉：「臨滄洲而謝支伯，登箕山以揖許由。」按：李白常以釣鼇客自喻。其〈贈薛校書〉詩：「未誇觀濤作，空鬱釣鼇心。」宋代趙德麟《侯鯖錄》卷六：「李白開元中謁宰相，封一板，上題曰：『海上釣鼇客李白。』相問曰：『先生臨滄海釣巨鼇，以何物為釣線？』白曰：『以風浪逸其情，乾坤縱其志；以虹霓為絲，明月為鉤。』又曰：『何物為餌？』曰：『以天下無義氣丈夫為餌。』時相悚然。」⓭脩竿　釣鼇的長竿。⓮歸去來兮　用陶淵明〈歸去來辭〉成句。⓯人間不可以託些　《楚辭・招魂》：「歸來歸來，不可以託些。」王逸注：「言魂宜急來歸，此誠不可託附而居。」洪興祖補注引沈存中曰：「今夔峽湖湘及南北江獠人，凡禁咒句尾，皆稱些。乃楚人舊俗。」些，宋本作「此」，據蕭本、郭本、繆本、王本、咸本、《文苑英華》、《全唐文》改。⓰蓬丘　《海內十洲記・聚窟洲》：「蓬丘，蓬萊山是也。」即指神話中的仙山。

【語　譯】 登上九疑山啊遠望清澈的江河，可以看到三湘之水徐徐流淌。水流寒冷而歸向大海，浮雲充滿秋空而掩蔽青天。我用險絕的高山上鳥道計算往故鄉的距離啊，不知去楚吳有幾千里路。

在此之時夕陽西下呈半圓形，映照著島嶼而將要沉沒。清澈的湖水如白絹般明亮，遙望海上正在升

起明月。思念美好的約會遙遠無期，渺茫地懷燕望越遍覽四方。

荷花凋落啊江邊已是秋色，秋風嫋嫋啊夜悠長。臨窮髮北海啊羨魚，想在濱海之地釣鼇。可惜沒有長竿來一舉，只能撫弄大波而增加憂愁。歸去吧，人間沒有可以依託附靠之處啊，我將往仙山蓬萊去採藥。

【研　析】此賦首二句曰：「登九疑兮望清川，見三湘之潺湲。」可知作於遊瀟湘零陵之時。考李白一生行蹤，遊瀟湘僅兩次。一次是開元十二年出蜀時曾「南窮蒼梧」，另一次是晚年流放遇赦歸來，乾元二年秋從江夏、岳陽再遊永州零陵。此賦寫登高望遠，由荊吳而思故鄉；懷燕望越，遍覽四方，報國無門，只能棄世歸隱。則絕非青年時代初出蜀時之思想。當是乾元二年流放遇赦歸來遊瀟湘登九疑山時所作。抒寫愛國蒙冤，歸來難遇佳期，人間不可託，只得採藥山林。祝堯《古賦辨體》卷七評此賦曰：「賦也。『澄湖練明，遙海上月』，與〈赤壁賦〉『人影在地，仰見明月』語意同，謂之倒句。若云『遙海上月，澄湖練明』、『仰見明月，人影在地』，語意雖順，意味便減。」

卷第二

表、書

為吳王謝責赴行在遲滯表❶

臣某言：伏蒙聖恩，追赴行在，臣誠惶誠恐，頓首頓首❷。臣聞胡馬嬌首，嘶北風以踴顧；越禽歸飛，戀南枝而刷羽❸。所以流波思其舊浦❹，落葉墜於本根❺。在物尚然，矧❻於臣子。

【章旨】此段敘述對皇上要求嗣吳王「赴行在」的「聖恩」表示感謝。

【注釋】❶為吳王謝責赴行在句　吳王，指嗣吳王李祇。《舊唐書》本傳：「神龍中封為嗣吳王。景雲元年，加銀青光祿大夫。天寶十四載，為東平太守。安祿山反，率眾渡河，凶威甚盛，河南陳留、滎陽、靈昌等郡皆陷於賊，祇起兵勤王，玄宗壯之。十五載二月，授祇靈昌太守，又左金吾大將軍、河南都知兵馬使。其月，又加兼御史中丞、陳留太守，持節充河南道節度採訪使，本官如故。五月，詔以為太僕卿，遣御史大夫虢王巨代之。」謝……表，古代臣下

感謝君王的奏章。責赴行在，即表中所謂「伏蒙聖恩，追赴行在」。行在，指皇帝行幸所至的地方。此處當指玄宗奔蜀途中下詔命李祇赴蜀中行在。遲滯，延遲。❷臣某言五句　乃臣子向皇帝上表的格式。唯「伏蒙」二句乃敘事。《後漢書・胡廣傳》：「諸生試章句，文吏試箋奏。」李賢注引《漢雜事》曰：「凡群臣之書，通於天子者四品：一曰章，二曰奏，三曰表，四曰駁議。……表者，不需頭，上言『臣某言』，下言『誠惶誠恐，頓首頓首，死罪死罪』，左方下附曰『某官臣甲乙上』。」頓首頓首，宋本原作「頓首」，據郭本、繆本、王本、《全唐文》改。❸臣聞胡馬矯首四句　《文選》卷二九〈古詩十九首〉其一：「胡馬依北風，越鳥巢南枝。」李善注引《韓詩外傳》曰：「詩云，代馬依北風，飛鳥棲故巢，皆不忘本之謂也。」李周翰注：「胡馬出於北，越鳥來於南，依望北風，巢宿南枝，皆思舊國。」矯首，昂首。張衡〈思玄賦〉：「仰矯首以遙望兮。」嘶，馬鳴聲。跼顧，觀望不前。潘岳〈寡婦賦〉：「馬悲鳴而跼顧。」刷羽，鳥類以喙整刷清潔羽毛，以便奮飛。梁簡文帝〈詠單鳧〉詩：「銜苔入淺水，刷羽向沙洲。」❹所以流波思其舊浦　《文選》卷二九張協〈雜詩十首〉其八：「流波戀舊浦，行雲思故山。」此句用其意。❺落葉墜於本根　即落葉歸根之意。張駿〈東門行〉：「休否有終極，落葉思本莖。」❻矧　況且；何況。《書・大誥》：「厥子乃弗肯播，矧肯獲？」

【語譯】臣李祇奏言：敬蒙皇上施恩，徵召我前往皇上行幸之地，臣惶懼不安，磕頭磕頭。臣聽說胡地之馬在北風中昂首嘶鳴而畏顧不前，越地的鳥留戀南方樹枝而刷羽歸飛；所以流水思念舊河，落葉墜於本根。在物尚且如此，何況是作為臣子。

臣位叨盤石，幸負明時❶；才闕總戎，謬當強寇❷。駑拙有素❸，天實知之。

伏惟陛下重紐乾綱，再清國步❹，愍臣不逮，賜臣生全❺。歸見白日❻，死無遺恨。

【章　旨】此段自謙位高而才闕，謬當總率重兵抵禦強敵的重任。感激皇上憐憫，召回自己，當太僕卿，賜臣安全。

【注　釋】❶臣位叨盤石二句　叨，謙辭。承受。盤石，同「磐石」，巨石。比喻牢固。《史記・孝文本紀》：「高帝封王子弟，地犬牙相制，此所謂盤石之宗也。」司馬貞索隱：「言其固如盤石。」辜負，同「孤負」。虧待；對不住。《三國志・魏書・司馬朗傳》「州人追思之」裴松之注引王沈《魏書》：「督司萬里，微功未效，而遭此疫癘，既不能自救，辜負國恩。」❷才闕總戎二句　謂自己缺乏統帥的才能，誤當河南節度使的重任。總戎，統率軍隊；總管軍事。《周書・武帝紀下》：「帝總戎北伐。」❸駑拙有素　謂自己本來愚鈍笨拙。自謙之辭。盧思道〈孤鴻賦序〉：「才本駑拙，性實疏懶。」❹伏惟陛下重紐乾綱二句　伏惟，俯伏思惟。古代對上陳述時表示謙敬之辭。李善〈上文選注表〉：「伏惟陛下經緯成德，文思垂風。」重紐乾綱，重視統一君權。范甯〈穀梁傳序〉：「昔周道衰陵，乾綱絕紐。」楊士勳疏：「乾綱者，乾為陽，喻天子。坤為陰，喻諸侯。天子總統萬物，若綱之紀眾紐，故曰乾綱。云絕紐者，紐是連繫之辭。……諸侯背叛，四海分崩，若紐之絕，故曰絕紐。」國步，猶言國運。《詩・大雅・桑柔》：「於乎（嗚呼）有哀，國步斯頻。」朱熹集傳：「步，猶運也。」❺慜臣不逮二句　慜，王本校：「當作『愍』。」謂玄宗憐憫其才能不及，故召回為太僕卿以全其生。慜，哀憐。《宋書・郭原平傳》：「府君嘉君淳行，慜君貧老，故加此贍，豈宜必辭。」王琦曰：「《廣韻》：愍，憐也。慜，聰也。二字異義，世多以『愍』作『慜』，非是。」按，慜，通「愍」。漢代以後已約定俗成，多見於典籍。不逮，不及。《書・周官》：「今予小子，祇勤于德，夙夜不逮。」孔傳：「雖夙夜匪懈，不能及古人。」❻白日　指天子玄宗。

【語　譯】臣的官位忝為磐石之宗，辜負英明的時代；自知缺乏統率將卒的才能，錯誤地擔當起抵抗強寇的河南節度使重任。臣本來愚鈍笨拙，天下人都知道。我俯伏思惟皇上重視統一天下，再次清理國運，憐憫臣之才能不及，故召回為太僕卿以賜我生全。我能回來見到天子，即使死去也無遺恨了。

然臣年過耳順❶，風瘵日加❷。鋒鏑殘骸，劣有餘喘❸。雖決力上道❹，而心

與願違。貴貪尺寸之程，轉增犬馬之戀❺。非有他故，以疾淹留。

【章　旨】此段敘赴任滯遲的原因是患疾病而淹留。

【注　釋】❶耳順　《論語・為政》：「六十而耳順。」何晏集解引鄭玄曰：「耳聞其言，而知其微旨。」後以「耳順」為六十歲的代稱。❷風瘵日加　由風引起的疾病。日加，日益加重。❸鋒鏑殘骸二句　謂由刀箭所傷的殘疾身體，僅有剩餘的喘息。劣有，僅有。❹雖決力上道　決力，竭力；盡力。《陳書・高祖紀上》：「正當共出百死，決力取之。」上道，趕路。❺犬馬之戀　猶犬馬戀主。比喻臣下眷懷君王。曹植〈上責躬應詔詩表〉：「踴躍之懷，瞻望反側，不勝犬馬戀主之情。」

【語　譯】然而臣的年齡已超過六十，由外感風寒引起的疾病日益加重。被刀箭所傷的殘疾身體，僅有剩餘的喘息。雖然我竭盡全力趕路，但心情與願望卻相違背。想要貪尺寸的路程，反而增加犬馬戀主之情。不是有其他緣故，只是因為患疾而淹留。

今大舉天兵❶，掃除戎羯❷。所在郵驛❸，徵發交馳。臣逐便❹水行，難於陸進，瞻望丹闕，心魂若飛。慚墜履❺之還收，喜遺簪❻之再御。不勝涕戀屏營之至。謹奉表以聞❼。

【章　旨】此段敘驛馬已被徵發而難走陸路，只能水行，故行走緩慢，但心情若飛。感謝君王不棄故舊。

【注　釋】❶天兵　指唐王朝的軍隊。❷戎羯　泛指西北少數民族，此處指安史之亂叛軍。《禮記・王制》：「西方曰戎。」羯，原為地名。《魏書・石勒傳》：「其先匈奴別部，分散居於上黨武鄉羯室，因號羯胡。」沈約〈齊故安陸昭

王碑文〉：「戎羯窺窬，伺我邊隙。」❸郵驛　驛站；傳舍。古代傳送公文，步遞曰郵，馬遞曰驛。《後漢書・袁安傳》：「公事自有郵驛，私請則非功曹所持。」❹逐便　乘便；順便。高適〈謝上劍南節度使表〉：「臣今逐便指撝，乘間式遏，救蒼生之疲敝，寬陛下之憂勤。」❺墜屨　賈誼《新書・諭誠》：「昔楚昭王與吳人戰，楚軍敗，昭王走，屨決，背而行，失之。行三十步，復旋取屨。及至于隋，左右問曰：『王何曾惜一踦屨乎？』昭王曰：『楚國雖貧，豈愛一踦屨哉！思與偕反也。』自是之後，楚國之俗無相棄者。」踦屨，單只鞋子。後因以「墜屨」為不輕易遺棄舊物或不忘故舊之典故。❻遺簪　《韓詩外傳》卷九：「孔子出遊少源之野，有婦人中澤而哭，其音甚哀。孔子使弟子問焉，曰：『夫人何哭之哀？』婦人曰：『鄉（向）者刈蓍薪，亡我蓍簪，吾是以哀也。』弟子曰：『刈蓍薪而亡蓍簪，有何悲焉？』婦人曰：『非傷亡簪也，蓋不忘故也。』」蓍簪，蓍草做的簪子。此句與上句意同，皆是頌揚玄宗皇帝不忘故舊。❼不勝涕戀屏營之至二句　不勝，非常。屏營，惶恐貌。任昉〈到大司馬記室箋〉：「不勝荷戴屏營之情。」謹奉表以聞，宋本無此五字，據郭本、王本、咸本、《全唐文》補。

【語　譯】現在朝廷大舉天兵，討伐胡人安祿山的叛軍。所在地方的郵亭驛站的馬匹，都被徵發馳走。臣只能順便走水路，難以走陸路前進，仰望朝廷，心靈如飛。慚愧的是丟掉的舊鞋還蒙收拾，高興的是遺失的蓍簪還能再用。我非常感戀皇上不忘故舊而涕泣惶恐之極。謹以此表奉告上聞。

【研　析】此表是李白為嗣吳王李祇寫的奏章。首先對皇上「追赴行在」的「聖恩」表示感謝。用胡馬嘶北風、越禽戀南枝、流波思舊浦、落葉墜本根作比喻，說明臣下能回到朝廷皇上身邊的感恩之情。接著以謙虛的口吻檢討自己位高而才拙，擔當不起總率重兵抵擋敵寇的重任，辜負聖明時代，當即指任河南節度使事。感謝皇上「愍臣不逮，賜臣生全」，當即指召為太僕卿事。然後說明延遲日程的原因是老病復發，「以疾淹留」。雖然盡力趕路，卻「心與願違」。最後點明「遲滯」還有一個原因是驛馬已被徵發，「難於陸進」，只能「水行」，雖行走緩慢，但自己的心情如飛，感謝君王不棄故舊。此文完全遵守臣下給皇上奏章的禮節和格式。時李白正「東奔吳國避胡塵」，從華山東下至宣城、溧陽、杭州，然後又北上金陵，轉輾至九江廬山。在金陵至九江一帶遇見吳王李祇，於是代他寫了此表。計其時當在天寶十五載

(西元七五六年)六、七月間。時肅宗尚未即位,或已經即位而吳王李祇和李白尚未知曉。故此表當仍是上玄宗。

為宋中丞請都金陵表❶

臣某言：臣誠惶誠恐，頓首頓首。臣聞社稷無常奉，明者守之；君臣無定位，暗者失之❷。所以父作子述，重光疊輝❸。天未絕晉❹，人惟戴唐❺。以功德有厚薄，運數有修短❻。功高而福祚長永，德薄而政教陵遲❼。三后之姓，於今為庶❽，非一朝也。

【章　旨】此段以「社稷無常奉」、「君臣無定位」的古訓，如今天下之人都擁戴唐朝的事實，鼓勵肅宗皇帝繼承父業，重疊光輝。

【注　釋】❶為宋中丞請都金陵表　宋中丞，御史中丞宋若思。李白友人宋之悌之子。《元和姓纂》卷八宋氏：「之悌，太原尹，益州長史、劍南節度；生若水、若恩（思）。（若思）御史中丞。若水，丹徒令。」李白開元年間有〈江夏別宋之悌〉詩。肅宗至德二載二月，李白因參加永王幕府，被繫潯陽獄，經宣慰大使崔渙、御史中丞宋若思推覆清雪而出獄，並參加宋若思幕府，有〈中丞宋公以吳兵三千赴河南軍次尋陽脫余之囚參謀幕府因贈之〉詩紀其事。此表當即李白在宋若思幕中所作。其時當在至德二載七、八月間。按：其時宋若思既帶御史中丞之憲銜，而其職事官則為江南西道採訪使兼宣城郡太守。❷臣聞社稷無常奉四句　《左傳・昭公三十二年》：「社稷無常奉，君臣無常位，自古以然。」杜預注：「奉之無常人，言惟德也。」四句用其意。明者，指英明之君。暗者，指昏庸之主。❸重光疊輝　《書・顧命》：「昔君文王、武王，宣重光，奠麗陳教則肄。」孔傳：「言昔先君文武，布其重光，累聖之德，定天命施陳教則勤勞。」陸德明音義：「重光，馬云：日月星也。……日月如疊璧，五星如連珠，故曰重光。」❹天未絕晉　用《左傳・僖公二十四年》介子推語：「獻公之子九人，唯君在矣。惠、懷無親，外內棄之。天未絕晉，必將有

主。主晉祠者，非君而誰？」❺人惟戴唐　謂當今天下人民則擁戴唐朝。❻以功德有厚薄二句　《漢書・谷永傳》：「功德有厚薄，期質有修短；時世有中季，天道有盛衰。」二句用其意。運數，命運氣數。❼陵遲　衰頹。《後漢書・袁紹傳》：「淳于瓊曰：『漢室陵遲，為日久矣。今欲興之，不亦難乎？』」❽三后之姓二句　《左傳・昭公三十二年》：「三后之姓，於今為庶，主所知也。」杜預注：「三后，虞、夏、商。」此處用其成句。庶，古代指平民百姓，眾民。

【語　譯】臣宋若思奏言：臣惶恐不安，磕頭磕頭。臣聽說過：國家沒有固定的奉祀人，只有英明之君能守住它；君臣沒有固定的名位，昏庸之君就會失去君位。所以父親開始興起而兒子繼承，累世盛德光輝重疊。當年介子推說老天沒有使晉朝滅絕，如今天下之人只擁戴唐朝。因為功業德行有厚薄，命運氣數有長短。功業高的就福分長久，德行薄的就政治教化衰頹。虞、夏、商三個王朝君主的姓，在今天都是普通平民，不是一天造成的。

伏惟陛下欽六聖之光訓❶，擁千載之鴻休❷。有國之本，群生屬望❸。粵自明兩，光岐之陽❹。昔有周太王之興，發跡於此❺，天啟有類，豈人事歟❻？皇朝百五十年，金革不作❼。逆胡窮號，剝亂中原。雖平嵩丘、填伊洛，不足以掩宮城之骸骨❽；決洪河、灑秦雍，不足以蕩犬羊之羶臊❾。毒浸區宇，憤盈穹旻❿。此乃猛士奮劍之秋，謀臣運籌之日。夫不拯橫流，何以彰聖德？不斬巨猾，無以與神功⓫。十亂⓬佐周而克昌，四兇⓭及虞而乃去。去元兇⓮者，非陛下而誰？且道有興廢，代有中季⓯。漢當三七⓰，莽亦為災；〈赤伏〉再起，丕業終光⓱。非陛

下至神至聖，安能勃然中興乎？

【章　旨】此段首先讚揚肅宗以太子即位為皇帝，駐蹕岐州，這是周朝祖先古公亶父發迹之地，說明這是上天啟示。其次敘大唐長期沒有戰爭，此次安史之亂使人民遭難，只有平定叛亂才能顯示皇上的功業。再次以周武王依靠十位大臣才昌盛，漢朝被王莽篡奪後有光武帝的復興，如今只有肅宗的英明才能使唐朝振興。

【注　釋】❶欽六聖之光訓　尊敬六位祖先的大教。六聖，指唐代高祖、太宗、高宗、中宗、睿宗、玄宗六位皇帝。光訓，大教。《書・顧命》：「燮和天下，用答揚文武之光訓。」❷鴻休　大統；大業。《北齊書・文宣帝紀》：「朕入纂鴻休，將承世祀。」❸有國之本二句　古代特指確定皇位繼承人，立太子為國本。《唐大詔令集》卷二八〈冊忠王為皇太子文〉：「維開元二十六年歲次戊寅朔二月己卯，皇帝若曰：『於戲，受天命者，皇王之業大，為國本者，儲副之位崇。』」忠王，即後來即位的唐肅宗李亨。二句謂太子乃立國之本，民眾百姓都期望於他。❹粵自明兩二句　粵，句首助詞。表示審慎語氣。明兩，指太子。《文選》卷三〇謝靈運〈擬魏太子鄴中集詩・王粲〉：「不謂息肩願，一旦值明兩。」呂延濟注：「武帝既明，而太子又明，故謂太子為明兩也。」按：唐肅宗於天寶十五載七月十二日在靈武即位，次年駐蹕於扶風郡，即岐州，改名為鳳翔郡。其年十月，收復兩京，始還長安。此處「光岐之陽」即謂肅宗駐蹕岐州鳳翔郡，使之發光。❺昔有周太王之興二句　周太王，即周文王祖父古公亶父。傳說是周祖先后稷之十二代孫。太，宋本、咸本作「大」，據郭本、繆本、王本、《全唐文》改。《史記・周本紀》：「古公亶父復脩后稷、公劉之業，積德行義，國人皆戴之。薰育戎狄攻之，……乃與私屬遂去豳，度漆、沮，踰梁山，止於岐下。豳人舉國扶老攜弱，盡復歸古公於岐下。及他旁國聞古公仁，亦多歸之。於是古公乃貶戎狄之俗，而營築城郭室屋，而邑別居之。作五官有司。民皆歌樂之，頌其德。」二句即指古公亶父發跡於岐山之陽。❻天啟有類二句　天啟，上天的啟示。《文選》卷三〇謝朓〈始出尚書省〉詩：「英衮暢人謀，文明固天啟。」呂向注：「明帝文明之德，天啟之也。」二句謂此乃上天啟示人類，難道人事所能辦到？❼皇朝百五十年二句　從唐高祖武德元年（西元六一八年）至唐玄宗天寶十

四載（西元七五五年）共一百三十八年，此處稱百五十年，當舉其約略之數。金革，兵器鎧甲，借指戰爭。二句謂唐朝開國以來約一百五十年沒有發生戰爭。❽逆胡窮號四句　謂安祿山叛亂，在洛陽僭號稱帝，竊據中原，即使削平嵩山之土，填滿伊水洛河，也不足以掩埋洛陽宮城中的骸骨。❾決洪河灑秦雍二句　謂即使決開黃河之水，洗灑古秦雍州之地，也不足以蕩盡胡兵犬羊般的腥臊。洪河，大河。秦雍，指長安一帶，古為秦地，唐為雍州。羶臊，羊臊氣。引申為羊臊氣般的惡臭。❿毒浸區宇二句　浸，《全唐文》作「侵」。區宇，疆域。《三國志・魏書・崔琰傳》：「不如守境述職以寧區宇。」穹旻，蒼天。《隋書・音樂志上》：「朱光啟耀，兆發穹旻。」《爾雅・釋天》：「穹，蒼蒼，天也。春為蒼天，夏為昊天，秋為旻天，冬為上天。」邢昺疏引李巡曰：「此云：春，萬物始生，其色蒼蒼，故曰蒼天。夏，萬物盛壯，其氣昊大，故曰昊天。秋，萬物成孰，皆有文章，故曰旻天。冬，陰氣在上，萬物伏藏，故曰上天。」按：王琦曰：「今日穹旻，蓋變文稱之。」⓫夫不拯橫流四句　橫流，江河泛濫成災，比喻動亂的局勢。傳亮《修張良廟教》：「夷項定漢，大拯橫流。」巨猾，大奸，極狡猾之人。張衡〈東京賦〉：「巨猾間舋，竊弄神器。」

⓬十亂　輔佐周武王治理的十位大臣。《書・泰誓中》：「予有亂臣十人，同心同德。」孔穎達疏：「〈釋詁〉云：亂，治也。故謂我治理之臣有十人也。……《論語》引此云：『予有亂臣十人』而孔子論之，有一婦人焉。則十人之內，其一是婦人。故先儒鄭玄等皆以十人為文母、周公、太公、召公、畢公、榮公、太顛、閎夭、散宜生、南宮适也。」

⓭四兇　傳說中被虞舜所流放的四個兇惡之人或四族首領。《書・舜典》：「流共工於幽洲（州），放驩兜於崇山，竄三苗於三危，殛鯀於羽山，四罪而天下咸服。」孔傳謂三苗即饕餮。《左傳・文公十八年》：「舜臣堯，賓于四門，流四凶族，渾敦、窮奇、檮杌、饕餮，投諸四裔，以禦螭魅。」杜預注謂渾敦即驩兜，窮奇即共工，檮杌即鯀。但據《史記・五帝本紀》，舜流放四罪和四凶，乃前後兩件事。⓮元兇　此處指叛軍首領安祿山和史思明。⓯中季　猶盛衰。中，仲，指盛世。季，指末世。《漢書・谷永傳》：「時世有中季，天道有盛衰。」顏師古注：「中，讀曰仲。」⓰三七　二百一十年。宋本原作「三十七」，據郭本、繆本、王本、《全唐文》改。《漢書・路溫舒傳》：「溫舒從祖父受曆數天文，以為漢厄三七之間。」顏師古注引張晏曰：「三七，二百一十歲也。自漢初至哀帝元年，二百一年也。至平帝崩二百十一年。」《宋書・符瑞志上》：「漢元、成世，道士言：讖者云：『赤厄三七』。三七，二百一十年，有外戚之篡。祚極三六，當有龍飛之秀，興復祖宗。及莽篡漢，漢二百一十年矣。莽十八年而敗，光武興焉。」⓱赤伏再起二句　謂漢光武帝劉秀起兵光復漢朝大業。赤伏，〈赤伏符〉的簡稱，指王莽末年讖緯家所造符籙，謂劉秀上應天

命，當繼漢統為帝。《後漢書・光武帝紀上》：「光武先在長安時，同舍生彊華自關中奉〈赤伏符〉，曰：『劉秀發兵捕不道，四夷雲集龍鬬野，四七之際火為主。』」於是群臣擁戴劉秀為帝。丕業，大業。《史記・司馬相如列傳》：「皇皇者斯事，天下之壯觀，王者之丕業，不可貶也！」

【語譯】我俯伏思惟皇帝陛下尊敬六位先帝的光輝大教，擁有千年的大統。太子為立國之本，是民眾百姓的期望。自從太子即位，在岐州之陽駐蹕發揚光輝。以往周朝太王古公亶父的興起，就是在此發跡的。這是上天啟示人類，難道是人事所能料到的？我大唐皇朝至今已有一百五十年，沒有發生戰爭。如今胡虜安祿山窮兇極惡發動叛亂，竊據中原。即使削平嵩山之泥土，填滿伊水洛河，也不足以掩埋洛陽宮城中的屍骨；即使決大河之水，灑洗秦地雍州，也不足以蕩盡胡兵犬羊般的膻臊氣。毒流滲入各個區域，憤恨充滿蒼天。這正是猛士揮劍殺敵之時，謀臣出謀劃策之日。如果不去救援泛濫江河之中的人民，怎麼能夠彰顯皇上高尚的道德？不斷殺發動叛亂的大奸惡賊，就無法興起神聖的功業。以往有十位治世大臣輔佐周武王而能夠昌盛，四個兇惡之人終於被虞舜驅逐而除掉。如今能除掉叛亂元兇安祿山、史思明的人，不是您皇帝陛下還能是誰呢？況且天道有興廢，時代有盛衰。漢朝經歷二百一十年之時，有王莽篡奪政權之災。光武帝劉秀應〈赤伏符〉而起兵，終於光復大業。如今皇帝陛下若非極為英明神聖，怎能突然中途振興轉衰為盛呢？

以臣料人事得失，敢獻疑❶于陛下。臣猶望悉夫千慮，或冀一得❷。向者賊臣楊國忠蔽塞天聰❸，屠割黎庶；女弟席寵，傾國弄權❹。九土泉貨❺，盡歸其室。怨氣上激，水旱薦臻❻；重催暴亂，百姓力屈。即欲平殄蟊賊❼，恐難應期。且圖萬全之計，以成一舉之策。

【章　旨】此段敘宋若思想向皇上進獻一個平定叛亂的萬全之計策。

【注　釋】❶獻疑　提出疑問。《列子・湯問》：「其妻獻疑曰：『以君之力，曾不能損魁父之丘，如太行、王屋何？』」張湛注：「獻疑，猶致難也。」❷臣猶望愚夫千慮二句　《漢書・韓信傳》：「廣武君曰：『臣聞智者千慮，必有一失；愚者千慮，必有一得。』」二句用其意。❸向者句　向，宋本、繆本、王本作「何」，王本校：「當作向。」據改。楊國忠，唐玄宗貴妃楊玉環之從祖兄，位至宰相，權傾天下。天聽，對天子聽聞的美稱。曹植〈求通親親表〉：「冀陛下儻發天聰而垂神聽也。」❹女弟席寵二句　女弟，指楊國忠從祖妹楊貴妃玉環。《舊唐書・楊國忠傳》：「太真妃即國忠從祖妹也。」席寵，居寵。《書・畢命》：「茲殷庶士，席寵惟舊。」孔傳：「居寵日久。」孔穎達疏：「席者，人之所處，故為居之義。」傾國，美人。又指傾覆國家。語意雙關。《楊太真外傳》：「楊氏權傾天下，每有囑請，臺、省、府、縣，若奉詔敕。四方奇貨，童僕、駝馬，日輸其門。」❺九土泉貨　九土，九州之土，泛指全國各地。泉貨，錢幣和貨物。泉，古代錢幣的名稱。《周禮・地官・司徒》：「泉府上士四人。」賈公彥疏：「泉與錢，今古異名。」《漢書・食貨志下》：「故貨寶於金，利於刀，流於泉。」顏師古注引如淳曰：「流行如泉也。」❻水旱薦臻　謂水災旱災相繼而至。按《舊唐書・玄宗紀》天寶十二載記載：「八月，京城霖雨，米貴」，十三載記載：「是秋，霖雨積六十餘日，京城垣屋頹壞殆盡，物價暴貴，人多乏食」。《資治通鑑・玄宗天寶十三載》：「自去歲水旱相繼，關中大饑。」此處當即指此事。《詩・大雅・雲漢》：「天降喪亂，饑饉薦臻。」毛傳：「薦，重；臻，至也。」鄭玄箋：「旱災亡亂之道，饑饉之苦，復重至也。」❼即欲平殄蝥賊　平殄，平定滅絕。徐陵〈移齊文〉：「獲去月二十日移，承猲寇平殄，同懷慶悅。」蝥賊，同「蟊賊」。本指食禾苗的兩種害蟲，後常用以比喻危害人民或國家的壞人或災異。《左傳・成公十三年》：「帥我蝥賊以來蕩搖我邊疆，我是以有令狐之役。」杜預注：「蝥賊，食禾稼蟲名。」謂秦納公子雍。」此處指安史叛軍。

【語　譯】以臣料想國家人事的得失，冒昧地向陛下獻上疑問。臣也希望我這個愚夫千慮之中，或者有一得之見。以往賊臣楊國忠掩塞天子的聽聞，屠殺黎民百姓，依仗其妹居寵，美人弄權。全國各地的錢幣貨物，全都歸入楊家私室。人民的怨氣激蕩上升，水災、旱災相繼而至。如今又遭受安祿山的叛逆暴亂，百姓的力量已經衰竭。即使想要平定滅絕叛賊，恐怕難以如期順應。應當謀劃萬無一失絕對安全的良計，

以實現一舉而完成大業的策略。

今自河以北，為胡所凌❶；自河之南，孤城四壘❷。大盜蠶食❸，割為洪溝❹；宇宙峴屼❺，昭然可覩。臣伏見金陵舊都，地稱天險。龍盤虎踞❻，開扃❼自然。六代皇居，五福斯在❽。雄圖霸跡，隱軫由存❾。咽喉控帶，縈錯如繡❿。天下衣冠士庶，避地東吳，永嘉南遷⓫，未盛於此。

【章　旨】此段敘當前天下形勢：河北被叛軍占領，河南多軍壘孤城。唯金陵乃六朝古都，地勢險要，繁華富庶。如今天下百姓避禍至此。

【注　釋】❶凌　通「陵」。侵犯；踐踏。屈原〈九歌・國殤〉：「凌余陣兮躐余行。」❷四壘　《禮記・曲禮上》：「四郊多壘，此卿大夫之辱也。」鄭玄注：「壘，軍壘。」❸大盜蠶食　大盜，指安祿山。蠶食，似蠶食桑葉般逐漸食盡。《詩・魏風・碩鼠序》：「國人刺其君重斂，蠶食於民。」孔穎達疏：「蠶食者，蠶之食桑，漸漸以食，使桑盡也。」❹洪溝　即鴻溝。洪，咸本作「鴻」。古運河名。在今河南省。楚漢相爭時曾劃鴻溝為界。《史記・項羽本紀》：「項王乃與漢約，中分天下，割鴻溝以西者為漢，鴻溝而東者為楚。」後稱界限分明為鴻溝，此指安祿山亂軍侵佔大片中原土地。❺峴屼　不安貌。宋本、繆本、《全唐文》作「嶢杌」，據郭本、王本改。❻龍盤虎踞　《太平御覽》卷一五六引張勃《吳錄》：「劉備曾使諸葛亮至京，因睹秣陵山阜，歎曰：『鍾山龍盤，石頭虎踞，此帝王之宅。』」❼開扃　開關。扃，門窗上的插關。❽六代皇居二句　六代，指三國吳、東晉、宋、齊、梁、陳六朝，皆建都金陵。五福，《書・洪範》：「五福，一曰壽，二曰富，三曰康寧，四曰攸好德，五曰考終命。」按：攸好德，謂所好者德。考終命，謂善終不橫夭。❾隱軫由存　隱軫，同「隱賑」、「殷賑」。繁盛富饒。左思〈蜀都賦〉：「邑居隱賑，夾江傍山，棟宇相望，桑梓接連。」謝靈運〈入東道路〉詩：「隱軫邑里密，緬邈江海遼。」《文選》卷二張衡〈西京賦〉：

「郊甸之內，鄉邑殷賑。」薛綜注：「殷賑，謂富饒也。」《淮南子・兵略訓》：「畜積給足，士卒殷軫。」由存，尚存。由，《全唐文》作「猶」。是。❿咽喉控帶二句　形容金陵地勢險要如咽喉，控制江南一帶，交錯縈繞如繡畫。《史記・范雎蔡澤列傳》：「秦韓之地形，相錯如繡。」⓫永嘉南遷　永嘉，晉懷帝年號。永嘉五年（西元三一一年），劉曜陷洛陽，百官士庶死者三萬餘人。中原衣冠之族，相率南奔，避亂江左。唐天寶十五載，兩京蹂於胡騎，官吏百姓紛紛南奔，重演永嘉一幕。

【語　譯】如今自黃河以北，被胡人所侵占；從黃河以南，都是孤城和軍壘。叛賊如蠶食桑葉般吞食，將國家分割成像當年楚漢相爭時的鴻溝。天下人民不安，分明可見。臣俯伏想見金陵乃六朝舊都，地勢堪稱天險。前人稱之為龍盤虎踞，開闢自然。六個朝代的皇帝居處，五種福氣都集中在此。當年的雄偉圖謀和霸業事蹟，繁盛富饒的情景如今尚存。地勢險要如咽喉控制著江南一帶，道路縈繞交錯如錦繡。天下的搢紳士子百姓，都避禍到東吳之地，自從永嘉年間衣冠士族南遷以來，沒有像今天這樣如此之眾多。

臣又聞湯及盤庚，五遷其邑❶，典謨訓誥❷，不以為非；衛文徙居楚丘❸，風人流詠。伏惟陛下因萬人之蕩析❹，乘六合之譸張❺，去扶風萬有一危之近邦，就金陵太山必安之成策。苟利於物，斷在宸衷❻。

【章　旨】此段以殷朝五遷都城，古代典籍不以為非；春秋時衛文公遷都，還有詩歌流傳。希望皇上離開有危險的扶風，遷都到安全的金陵。

【注　釋】❶臣又聞湯及盤庚二句　《書・盤庚序》：「盤庚五遷，將治亳。殷民咨胥怨，作〈盤庚〉三篇。」孔傳：「自湯至盤庚，凡五遷都。」《史記・殷本紀》：「帝盤庚之時，殷已都河北，盤庚渡河南，復居成湯之故居，迺五遷，無定處。殷民咨胥皆怨，不欲徙。盤庚乃告諭諸侯大臣曰：『昔高后成湯與爾之先祖俱定天下，法則可修。舍而

弗勉，何以成德！』乃遂涉河南，治亳，行湯之政，然後百姓由寧，殷道復興。」張守節正義：「湯自南亳遷西亳，仲丁遷隞，河亶甲居相，祖乙居耿，盤庚渡河，南居西亳，是五遷也。」裴駰集解引孔安國曰：「胥，相也。民不欲徙，皆咨嗟憂愁，相與怨其上也。」又引鄭玄曰：「治於亳之殷地，商家自此徙，而改號曰殷亳。」又引皇甫謐曰：「今偃師是也。」❷典謨訓誥　此處指上古五經之一的《書》，即《尚書》，或稱《書經》。因此書中有〈堯典〉、〈大禹謨〉、〈湯誥〉、〈伊訓〉等篇，故概稱「典謨訓誥」。❸衛文徙居楚丘　《詩・鄘風・定之方中》毛序：「〈定之方中〉，美衛文公也。衛為狄所滅，東徙渡河，野處漕邑，齊桓公攘戎狄而封之。文公徙居楚丘，始建城市而營宮室，得其時制，百姓說之，國家殷富焉。」❹蕩析　動盪離散。《書・盤庚下》：「今我民用蕩析離居，罔有定極。」孔穎達疏：「今我在此之民用播蕩分析，離其居宅，無有安定之極，我今徙而使之得其中也。說其遷都之意亦欲多大前人之功，定民極也。」❺乘六合之譸張　六合，天地四方。譸張，同「輈張」。驚懼貌。《文選》卷二五劉琨〈答盧諶書〉：「自頃輈張，困於逆亂。」李善注：「輈張，驚懼之貌也。」❻苟利於物二句　謂如果利於萬物，請皇上決斷。宸衷，帝王的心意。沈約〈瑞石像銘〉：「有符皇德，乃眷宸衷。」

【語譯】臣還聽說殷朝從湯到盤庚，曾五次遷移都城。古代典籍中的典、謨、訓、誥，都不認為不對。春秋時衛文公遷居楚丘建都，詩人詠詩流傳讚美。臣俯伏思念陛下順應萬民的動盪離散，治理天地四方人民的驚懼，離開扶風萬一有危的近都，趨就金陵如泰山那樣必安的都城成功之策。如果有利於一切事物，請按皇上的心意決斷。

況齒革羽毛之所生，楩楠豫章之所出❶。元龜大貝，充牣其中❷；銀坑鐵冶，連綿相屬❸。剗銅陵為金穴，煮海水為鹽山❹。以征則兵強，以守則國富。橫制八極，克復兩京，俗畜來蘇之歡，人多徯后之望❺。陛下西以峨嵋為壁壘，東以

滄海為溝池，守海陵之倉，獵長洲之苑❻。雖上林、五柞❼，復何加焉？上皇居天帝運昌之都❽，儲精真一之境❾。有虞則北閉劍閣，南扃瞿塘❿。蚩尤、共工，五兵莫向⓫，二聖⓬高枕，人何憂哉？飛章問安，往復巴峽，朝發白帝，暮宿江陵⓭，首尾相應，卒然之舉⓮。不勝屏營瞻雲望日之至⓯，謹先奉表陳情以聞⓰。

【章旨】此段列舉金陵周圍物產豐富，可使兵強國富，收復兩京，安定民眾。上皇居成都，金陵交通方便。往復巴峽，首尾相應。仰望皇上考慮。

【注釋】❶況齒革羽毛之所生二句　《書・禹貢》：「淮海惟揚州，……厥貢……齒、革、羽、毛、惟木。」孔傳：「齒，象牙；革，犀皮；羽，鳥羽；毛，旄牛尾；木，楩、梓、豫章。」孔穎達疏：「楩、梓、豫章，此三者是揚州美木，故傳舉以言之。所貢之木，不止於此。」❷元龜大貝二句　《書・大禹謨》：「昆命于元龜。」孔穎達疏：「元龜，謂大龜也。」大貝，貝的一種，上古以為寶器。《白虎通・封禪》：「河出龍圖，洛出龜書，江出大貝，海出明珠。」《文選》卷一二郭璞〈江賦〉：「紫蚢如渠。」李善注引《爾雅》：「大貝曰蚢。」又引《尚書大傳》曰：「文王囚於羑里，散宜生之江淮之浦，而得大貝如車渠，以獻紂。」充牣，充滿。司馬相如〈子虛賦〉：「充牣其中，不可勝記。」李善注引《廣雅》：「充、牣，滿也。」❸銀坑鐵冶二句　謂金陵一帶有無數金銀銅鐵可以冶煉。《新唐書・地理志五》淮南道揚州：「土貢：金、銀、銅器、青銅鏡。……有丹楊監、廣陵監錢官二。……江都，……有銅。六合，……有銅，有鐵。……天長，……有銅。」又江南道昇州：「上元，……有銅，有鐵。……句容，有銅，有礬。……溧水，……有銅。……溧陽，……有銅，有鐵。」❹剗銅陵為金穴二句　王琦注：「剗，削也。銅陵，出銅之山。金穴，藏金之窟。」二句謂鏟平出銅出金之山，煮海水為鹽堆成鹽山。《漢書・劉濞傳》：「吳有豫章郡銅山，即招致天下亡命者盜鑄錢，東煮海水為鹽。」❺俗畜來蘇之歡二句　世俗都懷著能獲得蘇息的歡念，人民多等待明君到來的希望。語本《書・仲虺之誥》：「攸徂之民，室家相慶，曰：『徯予后，后來其蘇。』」孔傳：「湯所往之民皆喜曰：

『待我君來，其可蘇息。』」徯，宋本原作「傒」，據郭本、繆本、王本、咸本改。待。后，君。蘇，蘇息復生。❻守海陵之倉二句　《漢書・枚乘傳》：「轉粟西鄉，陸行不絕，水行滿河，不如海陵之倉。修治上林，雜以離宮，積聚玩好，圈守禽獸，不如長洲之苑。」顏師古注引臣瓚曰…「海陵，縣名也。有吳太倉。」長洲之苑，顏師古注引服虔曰：「吳苑。」又引孟康曰：「以江水洲為苑也。」又引韋昭曰：「長洲在吳東。」按：海陵倉，即漢吳王劉濞之倉。在今江蘇泰州。駱賓王〈代徐敬業傳檄天下文〉：「海陵紅粟，倉儲之積靡窮。」長洲，唐縣名。在今江蘇蘇州。❼上林五柞　即漢代上林苑、五柞宮。參見47頁注❹。❽上皇居天帝運昌之都　上皇，指唐玄宗，時肅宗已稱帝，尊玄宗為太上皇。天帝運昌之都，指蜀郡成都。《文選》卷四左思〈蜀都賦〉：「遠則岷山之精，上為井絡，天帝運期而會昌。」劉淵林注：「《河圖括地象》曰：『岷山之地，上為井絡，帝以會昌，神以建福。……』昌，慶也。言天帝於此會慶建福也。」❾儲精真一之境　《文選》卷七揚雄〈甘泉賦〉：「儲精垂恩。」李善注：「言儲蓄精誠，冀神垂恩也。」真一，道教名詞。本指保持本性，自然無為。後多指養生的方法。《抱朴子・地真》：「昔黃帝……到峨眉山，見天真皇人於玉堂，請問真一之道。皇人曰：子既君四海，欲復求長生，不亦貪乎？……夫長生仙方，則唯有金丹。守形卻還，則獨有真一，故古人尤重也。」❿有虞則北閉劍閣二句　謂如有憂患之事則北邊關閉劍門閣，南邊封鎖瞿塘峽。虞，憂患。劍閣，今四川劍閣東北大劍山、小劍山之間的棧道，為三國時諸葛亮率眾所開，後成為秦蜀間的一條主要通道，為歷代戍守要地。唐代於此設劍門關。扃，關閉；封鎖。瞿塘，為長江三峽之一，指今重慶奉節以下一段較窄的長江。⓫蚩尤共工二句　《史記・五帝本紀》：「軒轅之時，……諸侯相侵伐，……而蚩尤最為暴，莫能伐。」「蚩尤作亂，不用帝命，於是黃帝乃徵師諸侯，與蚩尤戰於涿鹿之野，遂禽殺蚩尤。」司馬貞索隱引《管子》曰：「蚩尤受盧山之金而作五兵。」《淮南子・天文訓》：「昔者共工與顓頊爭為帝，怒而觸不周之山。」此處以古代叛亂頭目蚩尤、共工代指安祿山、史思明。五兵，五種兵器。《周禮・夏官・司兵》：「掌五兵五盾。」鄭玄注引鄭司農曰：「五兵者，戈、殳、戟、酋矛、夷矛。」⓬二聖　指玄宗和肅宗。⓭朝發二句　白帝，指白帝城，在今重慶奉節城東白帝山上，長江瞿塘峽邊。東漢初公孫述築城，述自號白帝，故以為名。江陵，今屬湖北。⓮首尾相應二句　《孫子・九地》：「故善用兵者，譬如率然；率然者，常山之蛇也。擊其首則尾至，擊其尾則首至，擊其中則首尾俱至。」後以「首尾相應」指互相照應。⓯不勝屏營瞻雲望日之至　屏營，惶恐貌。參見109頁注❼。瞻雲望日，猶瞻雲就日。《史記・五帝本紀》：「帝堯者，放勳。……就之如日，望之如雲。」司馬貞索隱：「如日之照臨，人咸依就

之，若葵藿傾心以向日也。如雲之覆渥，言德化廣大而浸潤生人，人咸仰望之。故曰如百穀之仰膏雨也。」後以「瞻雲望日」形容臣下對君王的忠誠崇仰。《晉書・張重華傳》：「瞻雲望日，孤憤義傷。」⑯謹先奉表陳情以聞　宋本無此句，據郭本、王本、咸本、《全唐文》補。

【語譯】況且金陵一帶生產象牙、犀皮、鳥羽、旄牛尾，出產楩木、楠木、豫章木等美木。大龜大貝等寶物，充滿其地；銀坑鐵礦的治煉，連綿不斷地相接，鏟平出銅藏金之山，煮海水為鹽堆成鹽山。用於征伐則兵力強盛，用於防守則國家富裕。縱橫控制八方極遠之地，克敵收復兩京，世俗都懷有獲得蘇息的歡念，人民多等待著明君到來的希望。陛下可在西以峨嵋山為壁壘，在東以大海為護城河，聚守海陵的糧倉，狩獵長洲的苑囿。即使是漢代的上林苑、五柞宮，又怎麼能超過於此呢？太上皇居住在會慶建福之蜀郡成都，儲蓄精誠保持本性的境界。如有憂患就北邊關閉劍門關，南邊封鎖瞿塘峽。像蚩尤、共工那樣的叛亂頭目，掌握五種兵器也不能接近，二位皇上高枕無憂，人民又憂什麼呢？皇上若要向太上皇請安或速上奏章，則往來巴峽之間，早上從白帝城出發，晚上就可宿於江陵，首尾互相照應，如常山之蛇的輕快舉動。非常惶恐地瞻雲望日般崇仰陛下之極，謹先奉上此表陳述情意以告陛下。

【研析】此表中先述「社稷無常奉」、「君臣無定位」之理，以周太王岐陽發跡為例，鼓勵唐肅宗平定安史之亂，中興大唐。回顧楊國忠兄妹傾國弄權，導致安祿山叛亂，恐難應期破敵，當圖萬全之計。然後分析河南河北為敵所占，而金陵龍盤虎踞的地理形勢，乃六朝舊都，建議遷都金陵。並列舉商朝五遷其都，衛文徙居楚丘，後人不以為非，反被風人流詠。最後詳述江南物產之豐富，交通之便利，說明遷都金陵有百利而無一害。其實，這正反映出李白政治識見淺陋。他以為當時形勢就像當年永嘉之亂，又將出現南北分裂的局面。他完全不理解肅宗駐鳳翔對收復兩京的重大意義。歷史已證明李白當時主張請都金陵是完全錯誤的。

為宋中丞自薦表❶

臣某聞，天地閉而賢人隱，雲雷屯而君子用❷。

臣伏見前翰林供奉李白，年五十有七。天寶初，五府交辟，不求聞達❸，亦由子真谷口，名動京師❹。上皇聞而悅之，召入禁掖❺。既潤色於鴻業❻，或間草於王言❼。雍容揄揚，特見褒賞❽。為賤臣詐詭，遂放歸山❾。閑居製作，言盈數萬。屬逆胡暴亂，避地廬山，遇永王東巡脅行，中道奔走，卻至彭澤❿。具已陳首⓫。前後經宣慰大使崔渙及臣推覆清雪，尋經奏聞⓬。

【章旨】以上為第一段，敘李白之年齡經歷及參加永王李璘幕、案情已清雪之近況。

【注釋】❶為宋中丞自薦表　宋中丞，御史中丞宋若思。據《元和姓纂》卷八宋氏記載，宋若思為宋之悌子。李白早年有〈江夏別宋之悌〉詩；至德間又蒙宋若思營救出潯陽獄，有〈中丞宋公以吳兵三千赴河南軍次尋陽脫余之囚參謀幕府因贈之〉詩記其事。此表題〈為宋中丞自薦表〉，可知是由李白替宋若思撰寫。推薦自己，由自己替宋若思撰寫，可見兩人關係之親密。❷天地閉而賢人隱二句　《易・坤・文言》：「天地閉，賢人隱。」孔穎達疏：「謂二氣不相交通，天地否閉，賢人潛隱。」《易・屯》：「雲雷屯，君子以經綸。」王弼注：「君子經綸之時。」二句謂世道昏暗，則賢士多隱居山林，政治清明，則賢人出仕而樂於為用。❸五府交辟二句　謂雖為官府交相聘請，但自己不追求顯達和名望。五府，《後漢書・張楷傳》：「五府連辟，舉賢良方正，不就。」李賢注：「五府，太傅、太尉、司徒、司空、大將軍也。」❹亦由子真谷口二句　《華陽國志・先賢士女總贊》：「鄭子真，褒中人也，玄靜守道，履

至德之行，乃其人也。……成帝元舅大將軍王鳳備禮聘之，不應。家谷口，號谷口子真。」《漢書・鄭子真傳論》：「谷口鄭子真不詘其志，耕於巖石之下，名震於京師。」此謂由於自己像當年鄭子真一樣學道有術，故名動京師。❺上皇聞而悅之二句　上皇，指玄宗。天寶十五載，肅宗即位，尊玄宗為太上皇。禁掖，宮中旁殿。此泛指帝王所居，猶言禁中、禁垣。掖，掖門，宮中旁門。《漢書・高后紀》：「入未央宮掖門。」顏師古注：「非正門而在兩旁，若人之臂掖也。」❻既潤色於鴻業　潤色，此指修飾文字，使有文采。鴻業，大業；王業。《文選》卷一班固〈兩都賦序〉：「以興廢繼絕，潤色鴻業。」李善注：「言能發起遺文，以光讚大業也。」❼或間草於王言　謂有時根據皇帝之言起草詔書。間，咸本作「閱」。草，郭本作「進」。❽雍容揄揚二句　雍容，形容態度大方，從容不迫。揄揚，諷諭宣揚。班固〈兩都賦序〉：「雍容揄揚，著於後嗣。」呂向注：「雍，和；容，緩；揄，引；揚，舉。……言諷諭之事，著於後代。」特，獨。見，被。❾為賤臣詐詭二句　魏顥〈李翰林集序〉：「與丹丘因持盈法師達，白亦因之入翰林。……上皇豫遊召白，白時為貴門邀飲，比之半醉，令製〈出師詔〉，不草而成，許中書舍人。以張垍讒逐，遊海、岱間，年五十餘尚無祿位。」此「賤臣」當指張垍而言。詐詭，欺騙；讒毀。❿遇永王東巡脅行三句　敘參加永王李璘幕府事。中道奔走，指永王兵敗後逃跑。彭澤，縣名。唐屬江南西道江州，今屬江西省。⓫陳首　自己陳述所歷事由。⓬前後二句　崔渙，宋本缺「渙」字，據郭本、王本、咸本補。據《新唐書・宰相表》：至德元載八月庚子，「蜀郡太守崔渙為門下侍郎，同中書門下平章事。」十一月戊午，「渙為江南宣慰使」。推覆清雪，審訊覆案，洗清冤情。

【語譯】臣李白聽說，天下世道昏暗，則賢能之士隱居不出，政治清明，則賢人出仕而樂於為用。

臣竊見前翰林供奉李白，今年五十七歲。天寶初年，許多官府交相聘請，但他不追求名望和顯達。又因為他像當年谷口鄭子真那樣不詘其志，所以聲名震動京師。太上皇聽說而喜歡他，徵召他進入皇宮。既從事對光贊大業的文章進行修飾，有時還根據皇帝之言起草詔書。從容不迫地諷諭宣揚，特別被皇帝褒讚賞識。但後來被張垍等小人讒毀，於是就被放歸還山。從此悠閒居住從事寫作，字數已滿數萬。適值胡人安祿山發動叛亂，他因避亂而居地廬山，又遇永王東巡被脅而從行，中途奔逃，回到彭澤。這些事蹟已完全由自己陳述。前後經宣慰大使崔渙與臣重覆審勘洗雪清楚，隨即已經上奏報告皇上。

臣聞古之諸侯進賢受上賞，蔽賢受明戮❶。若三適稱美，必九錫光榮❷，垂之典謨❸，永以為訓。臣所薦李白，實審無辜❹。懷經濟之才，抗巢、由之節❺。文可以變風俗，學可以究天人❻，一命不霑，四海稱屈❼。

【章　旨】以上為第二段，說明為國薦賢是古訓，而李白的才能節操和學問，理應得到推薦。

【注　釋】❶臣聞二句　用《漢書・武帝紀》元朔元年詔：「進賢受上賞，蔽賢蒙顯戮，古之道也」成句。明戮，即「顯戮」，避中宗諱改。明，郭本作「顯」。❷若三適稱美二句　三適，三次舉賢得人。適，郭本、咸本作「道」。《漢書・武帝紀》：「有司奏議曰：古者諸侯貢士，壹適謂之好德，再適謂之賢賢，三適謂之有功。乃加九錫。」顏師古注引服虔曰：「適，得其人。」九錫，顏師古注引應劭曰：「一曰車馬，二曰衣服，三曰樂器，四曰朱戶，五曰納陛，六曰虎賁百人，七曰鈇鉞，八曰弓矢，九曰秬鬯。此皆天子制度，尊之，故事事錫與，但數少耳。」又引張晏曰：「九錫，經本無文，《周禮》以為九命，《春秋說》有之。」又引臣瓚曰：「九錫備物，伯者之盛禮。齊桓、晉文猶不能備，今三進賢便受之，似不然也。當受進賢之一錫。《尚書大傳》云：三適謂之有功，賜以車服弓矢，是也。」顏師古認為九錫內容，應劭之說是。即古代帝王賜給有大功或有權勢者九種物品。但進賢只得一錫，臣瓚之說是。光，宋本作「先」，據郭本、王本、咸本、《全唐文》改。❸垂之典謨　垂，流傳。典謨，原指《尚書》中的〈堯典〉、〈大禹謨〉，後泛指典籍，典範，常法。謨，宋本原作「謀」，據郭本、王本、咸本、《全唐文》改。❹臣所薦李白二句　薦，郭本、繆本、王本、咸本、《全唐文》作「管」。實，語助詞，用以加強語氣。審，詳究細察。無辜，無罪。❺懷經濟之才二句　經濟之才，經世濟民之才。巢由之節，巢父與許由的節操。巢父、許由，均為堯時高士。杜甫〈上水遣懷〉詩：「古來經濟才，何事獨罕有？」《文選》卷三七劉琨〈勸進表〉：「願陛下存舜禹至公之情，狹巢由抗矯之節。」張銑注：「巢父、許由皆舉高節不仕。」❻文可以變風俗二句　謂李白詩文可以像《詩經》那樣移風俗，其學問可以如《史記》那樣究天人之際。《詩・大序》：「故正得失，動天地，感鬼神，莫近於詩。先王以是經夫婦，成孝敬，厚人倫，美教化，移風俗。」司馬遷〈報任少卿書〉：「凡百三十篇，亦欲以究天人之際，通古今之變，成一家之言。」究，

窮究；極盡。天人，天人之際的略詞。❼一命不霑二句　一命，受初次品官。《周禮・春官・大宗伯》：「壹命受職，再命受服，三命受位，四命受器，五命賜則，六命賜官，七命賜國，八命作牧，九命作伯。」後世以受初品官為一命，本此。霑，霑潤。二句謂朝廷一次拜命都未使之得到，天下人都為其叫屈。

【語　譯】臣聽說古代諸侯向朝廷推薦賢人就會受到重賞，埋沒賢能的人就要明正典刑。如果三次舉賢得到君王讚美，一定會有九錫的光榮，留傳於經典之文，永遠作為準則。臣所推薦的李白，詳究細察確實無罪。他懷有經世濟民、治理國家的才能，也有巢父、許由的高尚氣節。他的文學作品可以移風變俗，他的學問可以窮究天人之際，通古今之變。卻一次命官都未得到，天下之人都為其鳴屈。

伏惟陛下大明廣運，至道無偏，收其希世之英，以為清朝之寶。昔四皓遭高皇而不起，翼惠帝而方來❶。君臣離合，亦各有數。豈使此人名揚宇宙，而枯槁當年❷！傳曰：舉逸人而天下歸心❸。伏惟陛下，迴太陽之高暉，流覆盆之下照❹。特請拜一京官，獻可替否，以光朝列❺，則四海豪俊，引領❻知歸。不勝慺慺❼之至，敢陳薦以聞。

【章　旨】以上為第三段，說明給李白做官可以使天下人歸心，所以請求朝廷授官。

【注　釋】❶昔四皓遭高皇而不起二句　四皓，商山四皓，秦末隱士，漢高祖屢請不出。後呂后用張良計，使皇太子卑辭束帛致禮迎至。高祖初欲易太子，見四皓輔佐而罷。見《史記・留侯世家》。二句引此事以漢高祖喻玄宗，惠帝喻肅宗，以四皓自比。❷枯槁當年　枯槁，憔悴；枯萎。《楚辭・漁父》：「顏色憔悴，形容枯槁。」當年，當今之年。❸舉逸人而天下歸心　逸人，即逸民，唐人避太宗諱而改。《論語・堯曰》：「興滅國，繼絕世，舉逸民，天下之民歸

心焉。」此句用其意。❹迴太陽之高暉二句　謂如今帝王能使太陽的光輝照到覆盆之下，使蒙冤者見到光明。覆盆，覆置之盆不見光亮，以此喻沉冤莫白。❺特請拜一京官三句　謂特意請求授予李白一個朝廷官職，使其能為朝廷做些勸善規過、議興議革之事，從而使朝廷列官增添光彩。獻可替否，進獻可行者，廢除不可行者。《左傳·昭公二十年》：「君所謂可，而有否焉，臣獻其否，以成其可；君所謂否，而有可焉，臣獻其可，以去其否。」《文選》卷四七袁宏〈三國名臣序贊〉：「入能獻替。」呂向注：「獻，進也；替，廢也；謂事有可者進之，否者替之。」❻引領　伸長脖子，形容盼望殷切。❼僂僂　勤懇；黽勉。《後漢書·楊賜傳》：「豈敢愛惜垂沒之年，而不盡其僂僂之心哉！」李賢注：「僂僂，猶勤勤也。」

【語　譯】我俯伏思考陛下大明廣遠，最高道德正直不偏，收羅世所罕有的英傑，作為清明朝廷的寶貝。以往商山四皓逢漢高祖時代不出山，輔佐漢惠帝卻就出來。君與臣的分離和投合，也各有氣數命運。難道使李白此人名揚天下而憔悴枯萎於當前之年！古書記載說：推舉隱逸之人而能使天下之人歸心。我俯伏思想陛下能使太陽高高的光輝回轉，流照到覆盆之下，特請授予李白一個朝廷官職，使他為朝廷做些進獻可者廢除否者之事，以增添官列的光彩。那就會使天下的豪傑賢俊，伸長脖子仰望而知歸附朝廷。我非常勤懇之極，謹冒昧地陳述推薦以報告皇上。

【研　析】按表云：「前翰林供奉李白，年五十有七。」李白生於武后長安元年（西元七〇一年），則此表當作於肅宗至德二載（西元七五七年）。表謂「前後經宣慰大使崔渙及臣推覆清雪」，可知時已出潯陽獄，正在御史中丞宋若思幕中，故代其撰寫此表。首段敘被薦人之年齡經歷，這是薦表應有之義。尤其是天寶初奉詔入京，供奉翰林，是李白一生中最光彩之事，故寫得特別酣暢淋漓。至於入永王幕屬叛逆之事，但又不能迴避，只能用「脅行」表示被迫，雖違背事實，但不得不如此。最重要的是要說明已經兩位大臣推覆清雪。次段議論為國薦賢的古訓，強調李白的才能、節操和學問之高，是薦文最重要的內容，因為這樣的賢人如果不做官，會使天下人叫屈，所以不能不推薦。第三段用商山四皓典故，以太上皇玄宗比漢高祖，以肅宗皇帝比漢惠帝，顯然以四皓自比。意謂玄宗時李白雖曾受寵但未做官，希望肅

宗能給李白「拜一京官」，這樣可使天下豪俊歸心，點明文章主旨。全文不卑不亢，非常得體，可惜因此表涉及永王之黨而使李白招來長流夜郎之災難，極為可悲。

代壽山答孟少府移文書❶

淮南小壽山謹使東峰金衣雙鶴銜飛雲錦書於維揚孟公足下❷，曰：僕包大塊❸之氣，生洪荒❹之間，連翼、軫之分野❺，控荊、衡❻之遠勢。盤薄❼萬古，邈然星河。憑天霓以結峰，倚斗極而橫嶂❽。頗能攢吸霞雨，隱居靈仙。產隋侯之明珠❾，蓄卞氏之光寶❿。罄宇宙之美，殫造化之奇。方與崑崙抗行，閬風接境⓫。何人間巫、廬、台、霍之足陳耶⓬！

【章　旨】以上為第一段，用擬人化手法，以壽山名義寫回信給姓孟的縣尉。信中誇耀壽山的地理形勢和山中所蘊藏的珍奇寶貝，說明壽山是能使神仙出入和賢士隱居的好地方，為下文敘述李白隱居此山張本。

【注　釋】❶代壽山答孟少府移文書　壽山在今湖北安陸境內。《方輿勝覽》卷三一德安府山川：「壽山，在安陸縣西北六十里，昔山民有壽百歲者。」故名，又因山在縣城北，故稱北壽山。孟少府，孟姓縣尉，事蹟不詳。少府，對縣尉的敬稱。移文，古代文體的一種，常帶有責備對方之意。《文心雕龍・檄移》：「及劉歆移太常，辭剛而義辭，文移之首也。」從文中稱「近者逸人李白自峨眉而來」可知，其時李白初到安陸，隱於北壽山。則本文約作於開元十五年（西元七二七年）。❷淮南句　淮南，唐時安州安陸郡隸淮南道。金衣雙鶴，一對黃鶴。後人謂此指北壽山的支脈大小鶴山。《安陸縣志》稱：大鶴山在縣東北四十五里，高四十餘仞，如鶴展翅；其南有小鶴山，高不十仞。維揚，指今江蘇揚州。揚，宋本作「陽」，據郭本、王本、咸本、《全唐文》改。《書・禹貢》：「淮海惟揚州。」後人因稱揚州為維揚。足下，稱對方的敬辭。❸大塊　此指大自然。《淮南子・俶真訓》：「夫大塊載我以形。」高誘注：「大塊，天地

之間也。」按李白集中多處言及「大塊」，〈日出入行〉：「吾將囊括大塊，浩然與溟涬同科。」〈春夜宴從弟桃花園序〉：「陽春召我以煙景，大塊假我以文章。」❹洪荒　同「鴻荒」，指混沌蒙昧狀態的太古之世。謝靈運〈三月三日侍宴西池〉詩：「詳觀記諜，鴻荒莫傳。」❺連翼軫之分野　古代天文學家把黃道的恆星分成二十八個星座，稱為二十八宿，翼與軫為二十八宿中的二宿。古代又把天上的二十八宿與地上的州、國聯繫起來，稱為分野。翼軫兩宿的分野為荊楚地區。王勃〈滕王閣序〉稱南昌為「星分翼軫」，即因南昌古屬楚地。此稱翼軫分野，即指安陸古屬楚國。❻控荊衡　控，控制。荊衡，荊州、衡州之地。荊州、衡州古亦屬楚國。❼盤薄　通「盤礴」。盤屈牢固貌；雄偉貌。江淹〈閩中草木頌・豫章〉：「下貫金壤，上籠赤霄，盤薄廣結，捎瑟曾喬。」楊炯〈西陵峽〉詩：「盤薄荊之門，滔滔南國紀。」❽憑天霓以結峰二句　天霓，天際虹霓之氣。《文選》卷三張衡〈東京賦〉：「雲旗拂霓。」薛綜注：「霓，天邊氣也。」斗極，《爾雅・釋地》：「北戴斗極為空桐。」邢昺疏：「斗，北斗也。極者，中宮天極星。……以其居天之中，故謂之極。極，中也。北斗拱極，故云斗極。值此斗極之下，其處名空桐。」二句謂峰之高可達虹霓，山之連綿倚傍著北斗。❾產隋侯之明珠　《淮南子・覽冥訓》：「隋侯之珠，和氏之璧。」高誘注：「隋侯見大蛇傷斷，以藥傅之，後蛇於江中銜大珠以報之，因曰隋侯之珠，蓋明月珠也。」❿蓄卞氏之光寶　事見《韓非子・和氏》，楚人卞和在山中得玉璞，先後兩次獻給厲王、武王，都以為是石，刖去卞和雙足。文王即位，卞和抱玉璞哭於楚山下，文王使玉人治理璞而得寶，命為和氏之璧。以上二句謂北壽山所產皆珍寶。⓫方與崑崙抗行二句　《水經注・河水》：「崑崙之山三級：下曰樊桐，一名板桐。二曰玄圃，一名閬風。上曰增城，一名天庭，是謂太帝之居。」此謂壽山正可與崑崙抗衡，與閬風相鄰。⓬何人間巫廬台霍之足陳耶　巫，巫山，在今重慶、湖北接壤處。廬，廬山，在今江西九江市南。台，天台山，在今浙江天台東北。霍，霍山，在今安徽西部，主峰在霍山縣南。此句謂人間之巫山、廬山、天台山、霍山等怎可相與並論！

【語　譯】我這個淮南小小的壽山，鄭重地派遣東峰的一對黃鶴，給您揚州的孟公送上一封信，說：我包藏著大自然的靈氣，出生於混沌蒙昧狀態的鴻荒太古之世。地點屬於連接翼宿和軫宿的分野，其勢遠遠地控制著荊州和衡州。牢固據恃到千年萬載，遙遠與星星和銀河一樣。山峰之高可達天邊虹霓，山之連綿倚傍著北斗。很能積聚和吸取雲霞和雨水，使神靈和賢人在此隱居。此處能產大蛇獻給隋侯的明珠，

蓄積著當年卞和所得的寶玉。宇宙間的寶貝全有，自然界的珍奇皆備。正可與崑崙抗衡，與閬風相鄰。人間之巫山、廬山、天台山、霍山等何足道哉！

一昨於山人李白處奉見吾子移文❶，責僕以多奇，叱❷僕以特秀，而盛談三山五嶽❸之美，謂僕小山，無名無德而稱焉❹。觀乎斯言，何太謬之甚也！吾子豈不聞乎：無名為天地之始，有名為萬物之母❺。假令登封禋祀，曷足以大道譏耶❻？然能損人費物，庖殺致祭❼，暴殄❽草木，鐫刻金石❾，使載圖典❿，亦未足為貴乎⓫？且達人莊生⓬，常有餘論⓭，以為尺鷃不羨於鵬鳥⓮，秋毫可並於太山⓯，由斯而談，何小大之殊也⓰？

【章　旨】以上為第二段，用老子關於有名和無名的關係、莊周關於小和大的關係的論述，來說明壽山雖然小而無名，卻可以與三山五嶽並美。以此來回擊孟少府移文中的指責。

【注　釋】❶一昨於山人句　一昨，郭本、王本、《全唐文》皆無「一」字。奉見，郭本、王本、《全唐文》皆無「奉」字。文，《全唐文》作「白」。❷叱　大聲呵斥。郭本、王本、咸本皆作「鄙」。❸三山五嶽　謂海中的蓬萊、方丈、瀛洲三座神山和泰山、衡山、華山、恆山、嵩山五座名山。❹稱焉　在此自稱。焉，兼詞，「於之」二字的合義。❺無名為天地之始二句　用《老子》成語。《老子》第一章：「無名天地之始，有名萬物之母。」河上公注：「無名者，謂道。道無形，故不可名也。始者，道之本也。吐氣布化，出於虛無，為天地本始也。有名，謂天地。天地有形位，陰陽有柔剛，是其有名也。萬物母者，天地含氣生萬物，長大成熟，如母之養子。」❻假令登封禋祀二句　登封禋祀，指登泰山封禪潔清齋戒以祭祀。戰國時齊魯有些儒士認為五嶽中泰山最高，帝王功成治定應到泰山封禪。築壇祭天曰

「封」，在泰山南梁父山上祭地曰「禪」。秦始皇、漢武帝、唐玄宗都曾登泰山封禪，向上天報告自己的功業。禋祀，潔清齋戒以祭祀，古代祭天的典禮。曷足，何足。二句謂壽山雖小，如果有帝王登封祭祀，可與三山五嶽一樣為用，何足以大道來譏笑我呢。❼然能損人費物二句　能，郭本、咸本、《全唐文》作「皆」。庖殺，廚師宰殺牲口。❽暴殄　殘暴地滅絕。❾鐫刻金石　在銅器或石頭上雕鑿文字。❿圖典　圖書典籍。⓫亦未足為貴乎　也不足為尊貴吧？⓬且達人莊生　通達事理之人莊子。莊生，即指戰國時的道家思想家莊周。⓭餘論　美論，對別人言論的敬辭。《文選》卷七司馬相如〈子虛賦〉：「問楚地之有無者，願聞大國之風烈，先生之餘論也。」李善注引張晏曰：「願聞先賢之遺談美論也。」⓮以為尺鷃不羨於鵬鳥　尺鷃，小鳥。尺，《全唐文》作「斥」。鵬鳥，傳說中極大的鳥。《莊子・逍遙遊》：「北冥有魚，其名為鯤。鯤之大不知其幾千里也。化而為鳥，其名為鵬。鵬之背不知其幾千里也。怒而飛，其翼若垂天之雲。是鳥也，海運則將徙于南冥。南冥者，天池也。《齊諧》者，志怪者也。《諧》之言曰：『鵬之徙于南冥也，水擊三千里，摶扶搖而上者九萬里，去以六月息者也。』」又曰：「斥（尺）鷃笑之曰：『彼且奚適也？我騰躍而上，不過數仞而下，翱翔蓬蒿之間，此亦飛之至也。而彼且奚適也？』」⓯秋毫可並於太山　《莊子・齊物論》：「天下莫大於秋毫之末，而太山為小。」秋毫本指鳥獸在秋天新長出的細毛，極小而難見。太山則是高大的山。莊周故意說秋毫為最大，而太山為小。此借莊子語說明尺鷃之小不羨慕大鵬之大，秋毫之小亦可與太山並列。⓰何小大之殊也　有什麼小與大的不同呢。

【語　譯】昨天在山人李白那裡看到您的移文，以多奇責備我，以特秀呵斥我，而大談三山五嶽的美好。認為我是小山，既無名又無德而在這裡稱舉。看了這些言論，豈非荒謬之極嗎！您難道沒有聽說過嗎：無名是天地之開始，有名是萬物之祖先。假使有帝王在我壽山上登封祭祀，那我壽山也可與三山五嶽一樣為用，又何足以大道來譏笑我呢？然而登封祭祀會損耗人的精力，浪費財物，廚師宰殺牲口來祭祀，還要殘暴地滅絕草木，雖然在金石上雕鑿功德文字，使之載入圖書典籍，也不足為貴吧？而且通達之人莊子曾經有過美論，認為尺鷃小鳥並不羨慕大鵬之大，秋毫之小亦可與太山並列。由此說來，有什麼小和大的不同呢？

又怪於諸山藏國寶、隱國賢，使吾君榜道燒山❶，披訪不獲，非通談也。夫皇王登極，瑞物❷昭至，蒲萄翡翠以納貢❸，河圖洛書以應符❹。設天網而掩賢❺，窮月窟以率職❻。天不祕寶，地不藏珍❼，風威百蠻❽，春養萬物。王道無外❾，何英賢珍玉而能伏匿於巖穴耶？所謂榜道燒山，此則王者之德未廣矣。昔太公❿大賢，傅說⓫明德，棲渭川之水⓬，藏虞、虢之巖⓭，卒能形諸兆眹⓮，感乎夢想。此則天道暗合，豈勞乎搜訪哉！果投竿詣麾⓯，捨築作相⓰，佐周文，讚⓱武丁。總而論之，山亦何罪？乃知巖穴為養賢之域，林泉非祕寶之區。則僕之諸山，亦何負於國家矣？

【章　旨】以上為第三段，以聖明天子在位，四方都來進貢，英賢都來奉職，並以姜太公輔佐周文王、傅說輔佐商武丁為例，說明天地不會隱匿珍寶。如果要榜道燒山，求賢不獲，那是因為「王者之德未廣」，巖穴和山林是無罪的。以此來回擊孟少府對壽山藏寶隱賢的指責。

【注　釋】❶榜道燒山　榜道，張貼告示於路旁。燒山，用阮瑀事。據《三國志・魏書・阮瑀傳》裴松之注引《文士傳》曰：「太祖雅聞瑀名，辟之，不應。連見迫促，乃逃入山中。太祖使人焚山，得瑀，送至。」梁邵陵王蕭綸〈貞白先生陶君碑〉：「榜道求賢，焚林招士。」❷瑞物　預兆吉祥之物。❸蒲萄翡翠以納貢　王琦注：「蒲萄西域所產，翡翠南越所產，略舉二物，以見遠方納貢之意。」❹河圖洛書以應符　《易・繫辭上》：「河出圖，洛出書，聖人則之。」此謂河圖洛書乃應吉祥而出的符瑞。❺設天網而掩賢　撒開天網，搜羅賢者。曹植〈與楊德祖書〉：「吾王於是設天網以該之，頓八紘以掩之。」❻窮月窟以率職　窮盡四方極遠之人都奉行職事。《文選》卷二七顏延年〈宋郊祀

歌〉：「月窟來賓。」呂延濟注：「窟，窟也。月窟，西極。」率職，奉行職責。顏延年〈赭白馬賦序〉：「五方率職，四隩入貢。」❼天不祕寶二句　互文見義，意謂天地並不祕藏珍寶。❽百蠻　夷狄總稱。指與華夏對稱的諸少數民族。班固〈東都賦〉：「內撫諸夏，外綏百蠻。」❾王道無外　《公羊傳・隱公元年》：「王者無外。」何休注：「明王者以天下為家。」❿太公　指姜太公，垂釣於渭濱，周文王夢見太公，後出獵而遇，拜為師。⓫傅說　人名。原為虞虢之界傅巖築牆的奴隸，殷王武丁夢得聖人，以其形象求之，因得傅說，任為大臣，治理國政。詳見《史記・殷本紀》。⓬棲渭川之水　指姜太公未遇文王前，垂釣於渭濱事。⓭藏虞虢之巖　指傅說未遇武丁前，在虞虢之界傅巖築牆事。⓮兆眹　同「兆朕」。眹，王本作「朕」。事物發生前的徵候或跡象。即指以上六句所敘之二事。《淮南子・俶真訓》：「天氣始下，地氣始上，……繽紛蘢蓯，欲與物接，而未成兆朕。」此處指太公雖隱於渭川，傅說雖藏於虞、虢之巖，但兩人的形跡終能在文王占卜中出現徵兆，在武丁的夢中出現感應。⓯投竿詣麾　指姜太公棄釣竿而為周文王師。詣，前往。麾，指揮軍隊。⓰捨築作相　指傅說捨築而佐武丁為相。⓱讚　助。

【語　譯】又責怪我在諸山藏匿國寶，隱逸賢者，使我們的君王在路旁張貼告示，燒山焚林來尋求賢士，到處尋訪而不能得到。這不是通達的言論。凡君王即位，吉祥之物昭然而至，西域的葡萄和南越的翡翠都用來進貢給天子，黃河出圖和洛水出書以順應符命。撒開天網而搜羅賢者，窮盡四方極遠之人都來奉行職事。天不隱祕寶物，地不藏匿珍產。風雲威震諸族，春雨滋養萬物。君王之道以天下為家而無外，怎會使英賢珍玉隱匿在山穴之中呢？所謂要在路旁張貼告示，燒山焚林來尋求賢士，這就是君王的德行沒有推廣了。過去姜太公呂尚是大賢人，傅說有美德，但太公曾棲於渭水釣魚，傅說隱匿在虞虢的巖穴之中。最後終於能顯形於徵兆，感發於夢中。這就是天道與人事暗合，哪要費勞去搜訪呢！結果姜太公丟掉釣竿而去指麾軍隊，傅說丟掉築牆工具而去做宰相，一個輔佐周文王，一個幫助商武丁。總而論之，山亦有什麼罪？由此可知巖穴是養賢的地方，林泉並非藏匿珍寶的區域。那麼我的各座山峰，又有什麼辜負國家的地方呢？

近者逸人李白自峨眉而來❶，爾其天為容，道為貌❷，不屈己，不干人，巢、由❸以來，一人而已。乃虯蟠龜息❹，遁乎此山。僕嘗弄之以綠綺❺，臥之以碧雲，漱之以瓊液，餌之以金砂❻。既而童顏益春，真氣愈茂。將欲倚劍天外，挂弓扶桑❼。浮四海，橫八荒，出宇宙之寥廓，登雲天之眇茫❽。俄而李公仰天長吁，謂其友人曰：吾未可去也。吾與爾達則兼濟天下，窮則獨善一身❾。安能飡君紫霞，蔭君青松，乘君鸞鶴，駕君虯龍，一朝飛騰，為方丈、蓬萊之人耳，此則未可也❿。乃相與卷其丹書，匣其瑤瑟⓫。申管、晏之談，謀帝王之術⓬。奮其智能，願為輔弼。使寰區大定，海縣清一。事君之道成，榮親之義畢⓭，然後與陶朱、留侯，浮五湖，戲滄洲⓮，不足為難矣。即僕林下之所隱容⓯，豈不大哉！必能資其聰明，輔以正氣，借之以物色，發之以文章，雖煙花中貧，沒齒無恨⓰。其有山精木魅，雄虺猛獸，以驅之四荒，磔裂原野，使影跡絕滅，不干戶庭⓱。亦遣清風掃門，明月侍坐。此乃養賢之心，實亦勤矣。

【章 旨】以上為第四段，是本文的核心。有三個層次：首先以壽山的口氣，敘李白在壽山隱居的情況。正當李白想雲遊四海八極之時，突然一轉，進入第二個層次，由李白說出自己的志向：「達則兼濟天下，窮則獨善一身。」這是儒家孟子說的話，見《孟子・盡心上》。於是捲起道書，藏好玉瑟，說明告別道

教。在此李白的思想表達得非常清楚，那就是要像當年管、晏那樣做輔弼大臣，為帝王出謀劃策，等到完成事君之道、榮親之義，然後功成身退。說明李白的主導思想是儒家的出仕，在功成之後再身退，也就是在完成儒家事業後再實踐道家理想。第三個層次又是以壽山口氣敘其幫助李白的情景，說明壽山乃養賢之地，其功甚大。回擊孟少府所謂「無名無德而稱」的責難。

【注釋】❶自峨眉而來　指從蜀地來。峨，宋本作「蛾」，據郭本、王本、咸本改。峨眉，山名。在今四川峨眉山市西南。❷爾其天為容二句　爾其，語助詞，猶言至於。此二句即仙風道骨之意。《莊子·德充符》：「莊子曰：『道與之貌，天與之形，惡得不謂之人。』」❸巢由　指巢父、許由，堯時隱士。❹虯蟠龜息　道家語。謂蟠曲如虯（無角龍），呼吸調息如龜（不飲食而長生）。左思〈吳都賦〉：「輪囷虯蟠。」《抱朴子·對俗》：「《史記·龜策傳》云：江淮間居人為兒時，以龜支牀，至後死，家人移牀而龜故生，此亦不減五六十歲也。不飲不食，如此之久而不死，其與凡物不同亦遠矣。……仙經象龜之息，豈不有以乎！」❺綠綺　琴名。傅玄〈琴賦序〉：「齊桓有鳴琴曰號鍾，楚莊王有琴曰繞梁，司馬相如有綠綺，蔡邕有焦尾，皆名器也。」此代指琴。❻嗽之以瓊液二句　瓊液，玉漿。餌，使之食。金砂，即丹砂、仙藥。以上四句謂：我壽山送綠綺琴使其撫弄，讓碧雲使其臥息，用瓊液使其漱口，用仙藥使其服食。❼將欲倚劍天外二句　宋玉〈大言賦〉：「長劍耿耿倚天外。」扶桑，神話中日出處的樹木。阮籍〈詠懷詩〉其三八：「彎弓掛扶桑，長劍倚天外。」此即用其意。❽眇茫　眇，王本作「渺」。❾吾與爾達則兼濟天下二句　《孟子·盡心上》：「古之人，得志澤加於民，不得志脩身見於世。窮則獨善其身，達則兼濟天下。」❿安能飡君紫霞七句　意謂原本託壽山之福的，飲壽山的紫霞，依靠壽山青松的蔭庇，乘壽山的鸞鶴，駕壽山的虯龍，怎麼能一旦飛騰往方丈、蓬萊的仙山而去呢，這是不可以的。方丈蓬萊，傳說中的海中仙山名。則，宋本作「方」，據郭本、王本、《全唐文》改。⓫乃相與卷其丹書二句　於是與友人互相捲起煉丹的書籍，把琴瑟裝進匣中。指離開隱居之地。瑟，《全唐文》作「琴」。⓬中管晏之談二句　管晏，指春秋時齊國名相管仲、晏嬰。《史記·管晏列傳》：「管仲夷吾者，潁上人也。……管仲既用，任政於齊，齊桓公以霸，九合諸侯，一匡天下，管仲之謀也。……管仲卒，齊國遵其政，常強於諸侯。後百餘年而有晏子焉。晏平仲嬰者，萊之夷維人也。事齊靈公、莊公、景公，以節儉力行重於齊。……以此三世顯名於諸侯。」帝王之術，統治之術，亦即王霸之道。⓭使寰區大定四句　寰區，猶寰宇，宇內，天下。《後

漢書・逸民傳序》：「彼雖硜硜有類沽名者，然而蟬蛻囂埃之中，自致寰區之外，異夫飾智巧以逐浮利乎？」海縣，猶神州。指中國。〈隋燕射歌辭・宴群臣登歌〉：「皇明馭歷，仁深海縣。」清一，清平統一。榮親，使父母光榮。《文選》卷三七曹植〈求自試表〉：「事父尚於榮親。」呂向注：「榮親，謂爵祿名譽。」⓮然後與陶朱留侯三句　陶朱，指范蠡，春秋末越國大夫，越為吳敗時，曾赴吳為質二年。回越後助越王句踐奮發圖強，滅亡吳國。後浮遊五湖，赴齊國，號鴟夷子皮。到陶（今山東定陶西北），自稱陶朱公，以經商致富。見《史記・越王句踐世家》。留侯，指張良，幫助劉邦建立漢朝，封留侯。自以為「此布衣之極，於良足矣。願棄人間事，欲從赤松子遊耳」，乃學辟穀，道引輕身。見《史記・留侯世家》。滄洲，濱水之地，古代常用以稱隱士的居處。以上乃李白的志向，概括地說，即「功成身退」。⓯即僕林下之所隱容　謂就是我壽山所隱藏容納於林下。隱容，隱藏容納。容，宋本作「客」，據郭本、王本、《全唐文》改。⓰必能資其聰明六句　意謂壽山靈氣必能資李白以聰明，助李白之正氣，借李白以物色，使李白文章俊發。即使春景為此衰落，終身無恨。輔以，以，《全唐文》作「其」。煙花中貧，指春景衰落。沒齒，終年；終身。⓱其有山精木魅六句　謂壽山將精魅虺獸驅之四方極遠之地，分裂其肢體於曠野，使之影滅跡絕，不來干擾。山精木魅，山林中的精怪鬼魅。鮑照〈蕪城賦〉：「木魅山鬼，野鼠城狐，風嗥雨嘯，昏見晨趨。」虺，毒蛇。猛獸，猛虎。唐人諱虎，故改稱獸。磔裂，分裂牲體。干，咸本作「千」，誤。

【語　譯】近來超逸之人李白從蜀中峨眉山來，至於天賜仙容，道予面貌，不委屈自己，不干求別人，自堯時巢父、許由以來，就只有他一人罷了。於是他像虯那樣蟠曲，像龜那樣呼吸，隱居在此山。我曾經送綠綺琴讓他撫弄，讓碧雲使他臥息，用玉液給他漱口，用仙藥使他服食。不久他的青春容顏更加紅潤，元氣更加旺盛。將要倚長劍於天外，掛彎弓於扶桑，浮遊四海，遠行八方，到廣闊的宇宙之中，登渺茫的雲天之上。一會兒李公仰天長歎，對他的友人說：我不能離開人世。我與你如果顯達就要同時救濟天下之人，如果困厄就要自身獨善，怎能服食你的紫色雲霞，託蔭於你的青松，騎乘你的鸞鶴，駕乘你的無角龍，一旦飛升，成為方丈、蓬萊仙山上的人了，這將是不可以的。於是共同捲起他們的道書，將他們的玉瑟放進匣中，申述當年管仲、晏嬰的談論，研究王霸的謀略，發揚他們的智慧和才能，希望能做

輔佐帝王的大臣，使天下太平安定，海內清靜統一。侍奉君王的事業完成，使親族榮耀的道義結束，然後就與當年的范蠡、張良那樣，遊五湖，戲滄洲，不足為難事了。這是我山林之下所隱居容納之人，難道不是很大嗎！我一定能資助他的聰明，輔助他正義之氣，借給他風物景色，啟發他以文采，即使春景衰落，永遠沒有遺憾。其中有山林中的精怪鬼魅，毒蛇猛虎，把它們驅逐到四方極遠之地，分裂牲體於原野之中，使它們滅絕影跡，不再干擾門庭。還要派遣清風打掃門戶，讓明月為他侍坐。此乃是我的養賢之心，也可算是很勤了。

孟子❶孟子，無見深責耶❷！明年青春❸，求我於此巖也。

【章　旨】以上為第五段，是最後的結語，告誡孟少府不必深責我壽山，明年春天你來求我，李白這位賢人就會出山做一番事業了。

【注　釋】❶孟子　對孟少府的敬稱。❷無見深責耶　不要深責我吧。無，通「毋」。不要。❸青春　指春天。因春天草木青蔥，故稱。《楚辭・大招》：「青春受謝，白日昭只。」

【語　譯】孟君孟君，不要深責我吧！明年春天，您到此山巖中來求我吧。

【研　析】從文中還可知當時淮南某縣姓孟的一位縣尉寫了一篇移文，指責壽山是一座無德無名的小山，讓李白那樣的人隱居，是藏寶埋賢。此乃李白收到孟少府的移文後，用壽山的名義作答的信。信中首先用道家的觀點，論述無名與有名、小與大的關係，說明無名小山與三山五嶽並沒有區別，駁斥了孟少府的基本論點。其次以聖明天子在位，英賢都來奉職，天地不會隱匿珍寶。如果要榜道燒山，求賢不獲，那是因為「王者之德未廣」，巖穴和山林是無罪的。以此來回擊孟少府對壽山藏寶隱賢的指責。再次敘李白在壽山隱居想雲遊四海八極之時，想到了自己的志向：「達則兼濟天下，窮則獨善一身。」要在完成

儒家的做一番事業後再實踐道家功成身退的理想。說明壽山乃養賢之地，其功甚大。回擊孟少府所謂「無名無德而稱」的責難。最後告誡孟少府不必深責壽山，因為壽山所養之賢人明年就可能出山。

全文結構完整，層次清晰。特別值得注意的是本文中李白表達的理想是「達則兼濟天下，窮則獨善一身」，要像當年管、晏那樣做輔弼大臣，為帝王出謀劃策，等到完成事君之道、榮親之義，然後功成身退。說明李白的主導思想是儒家的出仕思想，在功成之後再身退，也就是在完成儒家事業後再實踐道家理想。這是李白一生為之奮鬥的目標。遺憾的是終其一生未能功成，所以也談不上身退。

上安州李長史書❶

白，嶔崎歷落可笑人也❷。雖然❸，頗嘗覽千載，觀百家❹。至於聖賢，相似厥眾❺。則有若似於仲尼❻，紀信似於高祖❼，牢之似於無忌❽，宋玉似於屈原❾。而遙觀君侯❿，竊疑魏洽⓫，便欲趨就。臨然舉鞭，遲疑之間，未及迴避。且理有疑誤而成過⓬，事有形似而類真，惟大雅含弘⓭，方能恕之也。

【章旨】以上為第一段，先介紹自己雖可笑但卻是個讀書人。然後以賢人面貌相似者很多為證，說明自己誤撞李長史車馬的原因是因為李長史面貌與魏洽相似，是疑誤而造成過錯。最後指出寬宏大量的人是能原諒這類事的。

【注釋】❶上安州李長史書　安州，唐州名。州治在今湖北安陸。長史，官名。唐代州郡設長史，其職位甚重，僅次於州刺史。唐代安州設都督府，都督府長史職位僅次於都督。李長史，名京之，見後〈上安州裴長史書〉。從文中所寫潦倒的情況看，本文亦當作於開元十五年（西元七二七年）到安陸不久。當時李白尚未被許相家招親。有一次撞了李長史的車馬，所以寫此信表示向他謝罪。❷嶔崎歷落可笑人也　嶔崎歷落，兩個雙聲聯綿詞。形容品格特異，與眾不同。《晉書・桓彝傳》：「桓彝字茂倫……，少與庾亮深交，雅為周顗所重。顗嘗歎曰：『茂倫嶔崎歷落，固可笑人也。』」❸雖然　即使如此。❹百家　指學術上的各種派別。《漢書・武帝紀贊》：「孝武初立，卓然罷黜百家。」顏師古注：「百家，謂諸子雜說，違背《六經》。」《漢書・藝文志》載諸子有一百八十九家，以成數言，稱為「百家」。❺厥眾　乃多。❻則有若似於仲尼　有若，孔子的弟子之名。其相貌像孔子。《史記・仲尼弟子列傳》：「孔子既沒，弟子思慕，有若狀似孔子，弟子相與共立為師，師之如夫子時也。」於，宋本原作「其」，據郭本、王本、咸本、《全

唐文》改。❼紀信似於高祖　王琦注：「《史記》、《漢書》載紀信誑楚事，不言其貌似高祖。惟《白帖》云紀信貌似漢王，乘黃屋車，左纛，詐稱漢王出降項羽。不詳出於何書，要必有所本。」❽牢之似於無忌　《晉書・何無忌傳》：「何無忌，劉牢之之甥，酷似其舅。」❾宋玉似於屈原　王琦注引《襄陽耆舊傳》：「宋玉識音而善文，襄王好樂而愛賦，既美其才，而憎其似屈原也。曰：『子盍從俗，使楚人貴子之德乎？』」❿君侯　秦漢時對列侯而為丞相者的尊稱，後也用作對達官貴人的尊稱。《漢書・劉屈氂傳》：「(李）廣利曰：『願君侯早請昌邑王為太子。』」顏師古注：「如淳曰：『《漢儀注》列侯為丞相，稱君侯。』師古曰：『〈楊惲傳〉丘常謂惲為君侯，是則通呼列侯之尊稱耳，非必在於丞相也。如氏之說，不為通矣。』」此處即尊稱李長史。⓫魏洽　人名，李白友人。事蹟無考。⓬成過　過，郭本、咸本校：「一本無此一字」。⓭大雅含弘　品德高雅之人對人寬宏大量。《文選》卷二五盧諶〈贈劉琨并書〉：「大雅含弘，量苞山藪。」李善注引班固《漢書・景十三王傳贊》曰：「大雅卓爾不群，河間獻王近之矣。《周易》曰：『含弘光大，品物咸亨。』」

【語譯】我李白，是個特異磊落的可笑之人。雖然這樣，我也曾略微閱覽千年以來的書，觀看諸子百家的學說。至於聖賢之人，面貌相似的很多。如有若與孔子相似，紀信與漢高祖相似，劉牢之與何無忌相似，宋玉與屈原相似。而我遠看您長官，私下疑心以為是魏洽，就想上前靠近，在猶豫之間，未能及時迴避長官的車馬。況且按理有因疑誤而造成過錯的，事情有因形貌相似而像真的，只有雅量寬弘的人，才能饒恕他吧。

白少頗周慎❶，忝聞義方❷，入暗室而無欺❸，屬昏行而不變❹。今小人履疑誤形似之跡，君侯流愷悌矜恤之恩❺。戢秋霜之威，布冬日之愛❻。睟容有穆，怒顏不彰❼。雖將軍息恨於長孺之前，此無慚德❽；司空受揖於元淑之際❾，彼未

為賢。一言見冤，九死非謝⑩。

【章　旨】以上為第二段，先敘自己從小就懂得不欺暗室、昏行不變的道理。接著說如今自己犯了過失，李長史能原諒的話，那末，就像當年大將軍衛青不怨恨汲黯的無禮、司徒袁逢甘心接受趙壹長揖一樣，李長史也不愧為賢德之人。最後表示，如果李長史免除自己失禮的罪責，自己就會永遠感恩戴德。言外有自比汲黯、趙壹之意，亦希望李長史能像當年衛青、袁逢那樣不以常禮對待自己。

【注　釋】❶周慎　辦事謹慎嚴密。《文選》卷二三嵇康〈幽憤詩〉：「萬石周慎，安親保榮。」李周翰注：「石奮父子五人，各二千石，天子號為萬石君，皆周慎謹密，安親守榮也。」❷忝聞義方　忝，辱；有愧於，自謙之辭。義方，指行事應該遵守的規矩法度。《左傳・隱公三年》：「石碏諫曰：『臣聞愛子教之以義方，弗納於邪。』」後因多指教子的正道。即家教。❸入暗室而無欺　用駱賓王〈螢火賦〉成句：「類君子之有道，入暗室而不欺。」又常稱心地光明、暗中不做壞事為「不欺暗室」。《南史・梁簡文帝紀》：「弗欺暗室，豈況三光？」又〈阮長之傳〉：「為中書郎直省，夜往鄰省，誤著屐出閤，依事自列。門下以闇夜人不知，不受列。長之固遣送曰：『一生不侮暗室。』」❹屬昏行而不變　適值昏暗中行走而不改變禮節。《列女傳・衛靈夫人傳》：「衛靈公……與夫人夜坐，聞車聲轔轔，至闕而至，過闕復有聲。公問夫人曰：『知此為誰？』夫人曰：『此必蘧伯玉也。』公曰：『何以知之？』夫人曰：『妾聞禮下公門，式路馬，所以廣敬也。夫忠臣與孝子不為昭昭變節，不為冥冥墮行。蘧伯玉，衛之賢大夫也。仁而有智，敬於事上，此其人必不以闇昧廢禮，是以知之。』」❺今小人履疑誤形似之跡二句　謂如今小人面臨疑誤形似的痕跡，請君侯流施和樂憐憫體恤之大恩。履，踩踏；面臨；處於。跡，足跡；痕跡。流恩，流布恩澤。蔡邕〈和熹鄧后諡議〉：「流恩布澤，大赦天下。」愷悌，同「豈弟」。和樂平易。《詩・大雅・旱麓》：「豈弟君子。」鄭玄箋：「豈，本亦作愷……弟，亦作悌。……豈，樂也；弟，易也。」孔穎達疏：「樂易謂求則得之，其心喜樂簡易也。」矜恤，體恤。恤，宋本原作「捨」，據郭本、王本、《全唐文》改。《後漢書・周澤傳》：「奉公克己，矜恤孤羸，吏人歸愛之。」蕭統〈請停吳興丁役疏〉：「吳興一境，無復水災，誠矜恤之至仁，經略之遠旨。」❻戢秋霜之威二句　收斂

秋霜一般的嚴威，施予冬天太陽般的愛暖。戢，收斂。布，施予。《左傳・文公七年》：「趙衰，冬日之日也；趙盾，夏日之日也。」杜預注：「冬日可愛，夏日可畏也。」《文選》卷五八王儉〈褚淵碑文〉：「君垂冬日之溫，臣盡秋霜之戒。」李善注：「言君垂恩有如冬日，而臣戒懼常若秋霜。」《晉書・苻生載記》：「去秋霜之威，垂三春之澤。」後以「冬日之愛」比喻仁愛慈惠。梁元帝《金樓子》卷五〈忠臣傳死節序〉：「孫寶行嚴霜之誅，袁宏留冬日之愛。」❼睟容有穆二句　謂潤澤的面容和悅，惱怒的臉色不顯露。睟，潤澤貌。宋本原作「晬」，據郭本、繆本、王本、咸本、《全唐文》改。穆，淳和；和悅。《孟子・盡心上》：「睟然見於面。」《文選》卷四六王融〈三月三日曲水詩序〉：「睟容有穆，賓儀式序。」張銑注：「睟，潤澤之貌也。穆，和也。」彰，明顯；顯著。❽雖將軍息恨於長孺之前二句　雖，即使。長孺，宋本作「長孫」，據王本改。《漢書・汲黯傳》：「汲黯，字長孺……為人性倨少禮，……大將軍青既益尊，姊為皇后，然黯與亢禮。或說黯曰：『自天子欲令群臣下大將軍，大將軍尊貴誠重，君不可以不拜。』黯曰：『夫以大將軍有揖客，反不重耶？』大將軍聞，愈賢黯，數請問以朝廷所疑，遇黯加於平日。」息恨，消除怨恨。此，宋本原作「比」，據郭本、繆本、王本、咸本、《全唐文》改。❾司空受揖於元淑之際　《後漢書・趙壹傳》：「趙壹，字元叔，漢陽西縣人。……光和元年，舉郡上計到京師。是時司徒袁逢受計，計吏數百人皆拜伏庭中，莫敢仰視。壹獨長揖而已。逢望而異之，令左右往讓之曰：『下郡計吏而揖三公，何也？』對曰：『昔酈食其長揖漢王，今揖三公，何遽怪哉？』逢則斂衽下堂，執其手，延置上坐，因問西方事，大悅，顧謂坐中曰：『此人漢陽趙元叔也，朝臣莫有過之者，吾請為諸君分坐。』坐者皆屬觀。」王琦注曰：「或用其事。司空受揖事未詳。司空當是司徒、元淑當是元叔之誤，未可知也。」❿一言見冤二句　冤，王琦注曰：「當作免。」按文意，作「免」是。九死非謝，猶言萬死不足以謝。屈原〈離騷〉：「亦余心之所善兮，雖九死其猶未悔。」二句謂如果君侯一言見諒免除我的罪責，我則九死而不辭。

【語　譯】我年輕時辦事很謹慎周密，很慚愧我也聽說過行事應該遵守規矩法度，進入暗室而不做壞事，在昏暗中行走而不改變禮節。現在我踩踏了因形似而疑誤的痕跡，您長官施行和樂憐憫的恩德，收斂秋霜一般的嚴威，施予冬天太陽般的愛暖。潤澤的面容和悅，沒有表現出惱怒的顏色。即使與大將軍衛青在汲黯面前消除怨恨相比，您此舉沒有可慚的品德；與司徒袁逢接受趙壹長揖相比，他未見得比您為賢。

您一句話免去我的過失，我萬死不足以謝。

白孤劍❶誰託，悲歌自憐。迫於恓惶❷，席不暇暖❸。寄絕國❹而何仰？若浮雲而無依。南徙莫從，北遊失路。遠客汝海❺，近還郢城❻。昨遇故人，飲以狂藥❼。一酌一笑，陶然樂酣❽。困河朔之清觴❾，飫中山之醇酎❿。屬早日初眩，晨霾⓫未收。乏離朱⓬之明，昧王戎之視⓭。青白其眼⓮，瞢⓯而前行，亦何異抗莊公之輪，怒螗螂之臂⓰？御者趨召，明其是非。入門鞠躬，精魄飛散。昔徐邈緣醉而賞，魏王卻以為賢⓱；無鹽因醜而獲，齊君待之逾厚⓲。白，妄人也，安能比之？上挂《國風》相鼠之譏⓳，下懷《周易》履虎之懼⓴。愍㉑以固陋，禮而遣之。幸容甯越之辜，深荷王公之德㉒。銘刻心骨，退思狂僭㉓，五情冰炭㉔，罔㉕知所措。晝愧於影，夜慚於魄。啟處不遑㉖，戰跼㉗無地。

【章旨】以上為第三段，自敘近期的困頓，由於友人勸酒，至於大醉。在此情況下誤撞李長史車駕，自己既慚愧又非常害怕。希望李長史能像前賢那樣原諒自己，不但不加罪，反而能給予禮遇。

【注釋】❶孤劍 比喻孤獨的人。陳子昂〈東征答朝臣相送〉詩：「孤劍將何託，長謠塞上風。」❷恓惶 同「棲遑」。忙碌奔波貌。恓，《全唐文》作「悽」。《文選》卷四五班固〈答賓戲〉：「聖哲之治，棲棲遑遑。」李善注：「棲遑，不安居之意也。」❸席不暇暖 席，坐席。《文選》卷四五班固〈答賓戲〉：「孔席不暖，墨突不黔。」謂孔子、

極墨子忙碌奔走，所居席未暖、煙囪未熏黑即已他去。韓愈〈爭臣論〉：「孔席不暇暖，而墨突不得黔。」❹絕國　極遠之地。江淹〈別賦〉：「況秦吳兮絕國，復燕宋兮千里。」❺遠客汝海　遠，宋本原作「言」，據蕭本、郭本、王本、《全唐文》改。汝海，古水名。上游即今河南北汝河，自郾城以下，故道南流至西平東會今洪河，又南經上蔡西至遂平東會今沙河；此下即今南汝河及新蔡以下的洪河。元至正間於郾城截斷南流，上游遂改道東出今沙河入潁河，稱北汝；下游改以今洪河為源，名南汝。《文選》卷三四枚乘〈七發〉：「南望荊山，北望汝海。」李善注：「汝稱海，大言之也。」❻郧城　郧，同「鄖」。古國名。即鄖城，指安陸。今湖北安陸。蕭本、郭本作「邙」，誤。《通典》卷一八三：「安州，今理安陸縣。春秋郧子之國。雲夢之澤在焉。後楚滅郧，封鬬辛為鄖公，即其地也。」《左傳・桓公十一年》：「鄖人軍於蒲騷。」❼狂藥　指酒。《晉書・裴楷傳》：「長水校尉孫季舒嘗與（石）崇酣燕，慢傲過度，崇欲表免之。楷聞之，謂崇曰：『足下飲人狂藥，責人正禮，不亦乖乎？』」❽陶然樂酣　快樂地盡飲。陶然，快樂貌。❾困河朔之清觴　曹丕《典論・酒誨》：「大駕都許，使光祿大夫劉松北鎮袁紹軍，與紹子弟日共宴飲。松嘗以盛夏三伏之際，晝夜酣飲，極醉，至於無知。云『以避一時之暑』。……故……河朔有避暑之飲。」此處用其意，謂飲至極醉。江總〈瑪瑙盌賦〉：「獲阿宗之美寶，命河朔之名觴。」❿飫中山之醇酎　《文選》卷六左思〈魏都賦〉：「醇酎中山，流湎千日。」劉淵林注：「中山出好酎酒，其俗傳云：昔有人曰玄石者，從中山酒家沽酒，酒家與之千日之酒，語其節度，比歸百里，可至於醉。如其言飲之，至家而醉。其家不知其醉，以為死也，棺斂而葬之。中山酒家計向千日，憶曰：『玄石前來酤酒，其醉向解也。』遂往問。其鄰人曰：『玄石死來三年，服已闋矣。』於是與其家至玄石冢上，掘而開其棺，玄石於是醉始解，起於棺中。其俗語曰：『玄石飲酒，一醉千日。』」此處用其意，謂極醉。飫，飲足；飽足。醇，酒質濃厚。酎，經過兩次以上重釀的酒。⓫晨霾　早晨的昏霧之氣。⓬離朱　古代傳說中的人名，古之明目者。《慎子》：「離朱之明，察秋毫之末於百步之外。」⓭王戎之視　《晉書・王戎傳》：「戎幼而穎悟，神彩秀徹，視日不眩。裴楷見而目之曰：『戎眼爛爛如巖下電。』」⓮青白其眼　《晉書・阮籍傳》：「籍又能為青白眼，見禮俗之士，以白眼對之。及嵇喜來弔，籍作白眼，喜不懌而退。喜弟康聞之，乃齎酒挾琴造焉，籍大悅，乃見青眼。」⓯瞢　目不明貌。⓰亦何異抗莊公之輪二句　謂此何異於螳螂之臂擋齊莊公之車。螗，王本作「螳」。螗螂，同「螳螂」。昆蟲名。《韓詩外傳》卷八：「齊莊公出獵，有螳螂舉足將搏其輪。問其御曰：『此何蟲也？』御曰：『此是螳螂也。其為蟲，知進而不知退，不量力而輕就敵。』」《莊子・人間世》：「汝不知夫螳螂乎，怒其臂以當車

轍，不知其不勝任也。」此處用其意。⓱昔徐邈緣醉而賞二句　《三國志・魏書・徐邈傳》：「魏國初建，為尚書郎。時科禁酒，而邈私飲，至於沉醉。校事趙達問以曹事，邈曰：『中聖人。』達白之太祖，太祖甚怒。度遼將軍鮮于輔進曰：『平日醉客謂酒清者為聖人，濁者為賢人。邈性修慎，偶醉言耳。』竟坐得免刑。」此處用其意。⓲無鹽因醜而獲二句　據《新序》及《列女傳》記載，齊有婦人，姓鍾離，名春，號曰無鹽女，因是齊國無鹽邑人而得名。狀貌醜陋，但關心政事。曾自謁齊宣王，面責其奢淫腐敗，宣王感動，立即改正，並立她為王后。後齊國大安，乃無鹽女之力。《新序》卷二形容其狀貌曰：「其為人也，臼頭深目，長壯大節，昂鼻結喉，肥項少髮，折腰出胸，皮膚若漆。」此處用以比喻醜女也能治理國家。⓳相鼠之譏　《詩・鄘風・相鼠》：「相鼠有皮，人而無儀。人而無儀，不死何為？」此處用以說明人應有廉恥之心。⓴履虎之懼　《易・履》：「履虎尾，咥人，凶。」王弼注：「履虎尾者，言其危也。」此處用以說明處於危險境地。㉑慜　咸本作「慙」，王本校：當作「湣」。通「憫」。憐恤。㉒幸容甯越二句　《世說新語・政事》：「王安期作東海郡，吏錄一犯夜人來。王問：『何處來？』云：『從師家受書還，不覺日晚。』王曰：『鞭撻甯越以立威名，恐非致理之本。』使吏送令歸家。」劉孝標注：「《呂氏春秋》曰：『甯越者，中牟鄙人也。苦耕稼之勞，謂其友曰：「何為可以免此苦也？」其友曰：「莫如學也。學三十歲，則可以達矣。」甯越曰：「請以十五歲。人將休，吾不敢休；人將臥，吾不敢臥。」學十五歲而為周威王之師也。』」此處以甯越喻指讀書人以自比。容，寬容。辜，罪。王公，指王安期。此處暗喻李長史。㉓狂愆　極大過失。愆，同「諐」。過失。蕭本、郭本作「僭」，誤。㉔五情冰炭　心情如冰炭在交戰。五情，指喜、怒、哀、樂、怨。《文選》卷二〇曹植〈上責躬應詔詩表〉：「五情愧赧。」劉良注：「五情，喜、怒、哀、樂、怨也。」《韓非子・顯學》：「夫冰炭不同器而久，寒暑不兼時而至。」㉕罔　不。㉖啟處不遑　《詩・小雅・四牡》：「王事靡盬，不遑啟處。」毛傳：「遑，暇；啟，跪也；處，猶居也。」又〈采薇〉孔穎達疏：「不得閒暇而跪處。」㉗戰跼　戰戰兢兢，局促不安。跼，局的異體字。

【語　譯】我李白像一把孤劍有誰能託付，只能唱著悲歌自我憐惜。迫於忙碌，坐席都沒有坐暖的時間。我寄住在離家極遠之地而仰仗何人？就像浮雲那樣無依無靠。遷到南方沒有可從之人，到北方則又迷失道路。先前我遠赴汝水邊作客，最近回到安陸。昨天遇到老朋友，他請我飲酒，邊喝邊笑，快樂地盡飲，既像當年劉松為河朔之飲所困，又像飽飲中山的千年醇酒。正當今天早上日光眩目，晨霧未散，我缺乏

離朱那樣的明目，沒有王戎那樣的視力。只有青白的眼珠，迷迷糊糊地前行。撞了長官的車，這又與螳螂奮臂擋齊莊公的車有什麼不同？駕車人前來召喚我，要明辨此事的是非。我一進府門就鞠躬行禮，嚇得魂飛魄散。以往徐邈因為醉酒而得到讚賞，魏文帝卻以為是賢者；無鹽女因為狀貌醜陋而獲得信任，齊宣王待她更加厚恩。我李白，是個無知妄為的人，怎能與他們相比？我心上掛著害怕像〈國風〉相鼠被諷刺廉恥的想法，私下又懷著《周易》履虎尾危險的恐懼。希望憐憫我的閉塞鄙陋，以禮派發。如果有幸長官能容忍像甯越那樣的讀書人的罪，則深感像當年王公那樣的大德。此事銘刻心骨，退而思考這重大過失，心中的情緒像冰炭在交戰，不知所措。白天見影而愧，晚上魂魄驚慚。坐立不安，戰戰兢兢無地自容。

伏惟❶君侯，明奪秋月，和均韶風❷。掃塵詞場，振發文雅。陸機作太康之傑士，未可比肩❸；曹植為建安之雄才，惟堪捧駕❹。天下豪俊，翕然趨風❺。白之不敏❻，竊慕餘論❼。

【章　旨】以上為第四段，對李長史的聰明和文學才華極盡恭維之能事，稱陸機、曹植都不及李長史之文才，顯然是諂媚之辭，反映出李白也有庸俗的一面。

【注　釋】❶伏惟　俯伏思惟。舊時對上陳述時表示謙敬之辭。❷和均韶風　和均，諧和；協調。韶風，和風；美好的風。❸陸機作太康之傑士二句　謂陸機是太康時代傑出之士，無人可以與之並立。陸機（西元二六一——三〇三年），字士衡，西晉文學家。太康末，與弟雲同至洛陽，文才傾動一時，時稱「二陸」。曾官平原內史，世稱陸平原。後為成都王司馬穎所殺。其詩以華美深密見稱，多擬古之作；善駢文，所作〈文賦〉為古代重要的文學論文。鍾嶸〈詩品序〉：「陸機為太康之英，安仁、景陽為輔。」太康，西晉武帝司馬炎年號。傑士，傑出之士。比肩，比喻地位相

等。❹曹植為建安之雄才二句　謂曹植是建安時代最有雄才之文人，他人只能為之捧場擁篲。曹植（西元一九二——二三二年），字子建，三國時魏國詩人。封陳王，諡號思，世稱陳思王。其詩善用比興手法，語言精煉而詞采華茂，對五言詩的發展頗有影響，亦善辭賦、散文。建安，宋本原作「建武」，據郭本、王本、咸本、《全唐文》改。東漢獻帝年號。鍾嶸《詩品序》：「陳思為建安之傑，公幹、仲宣為輔。」❺翕然趨風　一致疾行至下風，表示向對方致敬。翕然，一致貌。❻不敏　愚笨，自謙之辭。《論語・顏淵》：「回也不敏，請事斯語矣。」❼餘論　美論，對別人言論的敬辭。

【語　譯】我俯伏著思量長官，您的英明超過秋天的月亮，您的和善與美好的和風一樣。您掃清了詞場的灰塵，振興發展文藝禮樂。當年陸機作為太康的傑出之士，現在看來不能與您並肩比美；曹植是建安的豪雄之才，現在看來只能為您捧場。如今天下的豪士俊傑，都一致地疾行至您的下風向您致敬。我李白很愚笨，但私下很羨慕美論。

何圖叔夜潦倒，不切於事情❶；正平猖狂，自貽於恥辱❷。一忤容色，終身厚顏❸。敢沐芳負荊❹，請罪門下，儻免以訓責，恤其愚蒙，如能伏劍結纓❺，謝君侯之德。敢一夜力撰〈春遊救苦寺〉❻詩一首十韻、〈石巖寺〉❼詩一首八韻、〈上楊都尉❽〉詩一首三十韻。辭旨狂野，貴露下情，輕干視聽，幸乞詳覽。

【章　旨】以上為第五段，自敘行為如嵇康、禰衡那樣不檢束，做了莽撞之事，只能負荊請罪。如蒙憐憫而免責，當殺身以報。最後送給李長史三首詩。

【注　釋】❶何圖叔夜潦倒二句　叔夜，嵇康（西元二二三——二六四年），字叔夜，三國時魏國文學家、思想家、音

樂家。為「竹林七賢」之一，與阮籍齊名。因不滿司馬氏掌權，遭鍾會構陷被殺。提出「越名教而任自然」說，主張回到自然。其詩長於四言，風格清峻。善鼓琴，以彈〈廣陵散〉著名。其〈與山巨源絕交書〉曰：「足下舊知吾潦倒粗疏，不切事情。」潦倒，舉止不檢束。❷正平猖狂二句　《後漢書・禰衡傳》：「禰衡，字正平。……（孔）融既愛衡才，數稱述於曹操。操欲見之，而衡素相輕疾，自稱狂病，不肯往，而數有恣言。操懷忿，而以其才名，不欲殺之。聞衡善擊鼓，乃召為鼓史，因大會賓客，閱試音節。諸史過者，皆令脫其故衣，更著岑牟、單絞之服。次至衡，衡方為〈漁陽〉參撾，蹀躞而前，容態有異，聲節悲壯，聽者莫不慷慨。衡進至操前而止，吏呵之曰：『鼓史何不改裝，而輕敢進乎？』衡曰：『諾。』於是先解衵衣，次釋餘服，裸身而立，徐取岑牟、單絞而著之，畢，復參撾而去，顏色不怍。操笑曰：『本欲辱衡，衡反辱孤。』」猖狂，倔強不馴，恣意妄行。❸厚顏　不知羞恥。❹沐芳負荊　即請罪之意。沐芳，郭本、王本、咸本、《全唐文》作「昧」。負荊，《史記・廉頗藺相如列傳》：「廉頗聞之，肉袒負荊，因賓客至藺相如門謝罪。」司馬貞索隱：「負荊者，荊，楚也，可以為鞭也。」❺如能伏劍結纓　如，應當。伏劍結纓，猶言殺身報德。《左傳・襄公三年》：「魏絳至，授僕人書，將伏劍，士魴、張老止之。」孔穎達疏：「謂仰劍刃，身伏其上而取死也。」《左傳・哀公十五年》：「太子聞之懼，下石乞、孟黶敵子路。以戈擊之，斷纓。子路曰：『君子死，冠不免。』結纓而死。」江淹〈詣建平王上書〉：「常欲結纓伏劍，少謝萬一，剖心摩踵，以報所天。」❻敢一夜力撰春遊救苦寺　一夜力撰，郭本、王本、咸本、《全唐文》作「以近所為」。救苦寺，《宋本方輿勝覽》卷三一湖北路德安府安陸「佛寺」：「救苦寺，在府西四里，今名勝業院。李白有〈春遊救苦寺〉詩。」❼石巖寺　《宋本方輿勝覽》卷三一湖北路德安府安陸「山川」：「石巖山，在府南十里。」石巖寺當即在此山上。❽楊都尉　名不詳。按：以上三詩今皆不存。

【語　譯】哪會想到我像嵇康那樣辦事不檢束，不識時務；像禰衡那樣恣意妄行，自取恥辱。一旦違逆容顏，會終身不知羞恥。我冒昧地背著荊棘，到您的門下請罪。倘能免去訓斥責備，憐憫我的愚蠢蒙昧，我應當像魏絳伏劍、子路結纓那樣，殺身以報您長官之德。我冒昧地將最近所寫的〈春遊救苦寺〉詩一首十韻、〈石巖寺〉詩一首八韻、〈上楊都尉〉詩一首三十韻，辭旨很放蕩粗野，好在能暴露下層的情況，輕率地干擾您的視覺和聽覺，希望有幸得到您的詳細閱覽。

【研 析】從文中所寫潦倒的情況看，本文亦當作於開元十五年（西元七二七年）到安陸不久。當時李白尚未被許相家招親。有一次撞了李長史的車馬，所以寫此信表示向他謝罪。文章首先說明撞車的原因是因為李長史的相貌很像友人魏洽，自己看錯了人而擋駕撞車，所以寬宏大量的人是應該原諒這個錯誤的。接著說自己從小懂得不欺暗室、昏行不變的道理，如今犯了過失，如果李長史能原諒的話，就像當年大將軍衛青不怨恨汲黯、司徒袁逢接受趙壹長揖一樣，李長史也不愧為賢德之人。言外有自比汲黯、趙壹之意。然後敘說自己近期困頓失意，友人勸酒而大醉，因此而撞了李長史的車，自己既慚愧又害怕，希望李長史能不加罪，而且能給予禮遇。再接下來就吹捧李長史的聰明和文學才華，說陸機、曹植都不及他的文才。最後自敘行為不檢束，做了莽撞之事，只能負荊請罪。如蒙憐憫而免責，當殺身以報。最後附送給李長史三首詩。

文章層次清楚。但文中充分暴露出李白的可憐相，並反映出李白的庸俗思想。僅僅因為撞了李長史的車馬，就嚇得魂飛魄散，誠惶誠恐，而且說了許多諂媚的話。說明當時李白初到安陸，無依無靠，真如洪邁在《容齋四筆・李太白怖州佐》中說：「大賢不偶，神龍困於螻蟻，可勝歎哉！」

與賈少公書❶

宿昔惟清勝❷。白綿疾疲苶❸，去期恬退❹，才微識淺，無足濟時。雖中原橫潰❺，將何以救之？王命崇重，大總元戎❻，辟書三至❼，人輕禮重。嚴期迫切，難以固辭❽。扶力❾一行，前觀進退。

【章　旨】以上為第一段，敘自己身心疲憊而淡於名利，在中原淪陷時也無力挽救。但因永王三次徵召，難以推辭而只得入幕。

【注　釋】❶與賈少公書　賈少公，名未詳。少公，即少府，唐人對縣尉的敬稱。從本文中稱「徒塵忝幕府，終無能為。唯當報國薦賢，持以自免」來看，此文當作於肅宗至德二載（西元七五七年）在永王李璘幕中。❷宿昔惟清勝　謂過去只想清靜克制。宿昔，王本校：「上似有缺文」，其說是。清勝，勝境。❸白綿疾疲苶　綿疾，久病。苶，郭本、王本、《全唐文》作「薾」，同。疲薾，倦怠貌。《文選》卷二六謝靈運〈過始寧墅〉詩：「疲薾慚貞堅。」呂向注：「疲薾，困極之貌。」《舊唐書・裴玢傳》：「及綿疾辭位，請歸長安。」❹去期恬退　謂過去時期一直淡於名利，安於退讓。《宋書・孝武帝紀》：「其有懷真抱素，志行清白，恬退自守，不交當世……具以名奏。」恬退，指淡於名利。❺橫潰　水旁決貌。此指安史之亂使中原兵連禍結。《文選》卷三〇謝靈運〈擬魏太子鄴中集詩〉：「天地中橫潰。」李善注：「橫潰，以水喻亂也。」❻王命崇重二句　謂永王之命非常莊重，他是統領眾兵的主帥。王，郭本作「生」。《全唐文》作「主」。《漢書・董賢傳》：「統辟元戎，折衝綏遠。」顏師古注：「統，領也。辟，君也。元戎，大眾也。言為元戎之主而統之也。」總元戎，統領大兵。❼辟書三至　辟書，徵召的文書。至德二載正月，永王李璘軍次潯陽，時李白正隱於廬山，永王三次徵召，李白感到情深意重，下山入幕。《文選》卷四〇阮籍〈奏記詣蔣

公〉：「辟書始下，下走為首。」李善注：「辟，猶召也。」❽嚴期迫切二句　謂規定的期限很嚴格迫切，難以堅決推辭。嚴期，急期。❾扶力　王琦注：「扶力，猶勉力也。」

【語　譯】過去只想清靜克制。我長期生病而身心疲憊，以往日子一直淡於名利，我才識微淺，不足以濟時之用。雖然中原淪陷，我將用什麼來救它？親王受命至高而重大，統帥大兵，徵召我的文書三次送達，我人雖輕微而所受禮品卻很貴重。時間緊急迫切，很難堅決推辭。只得勉力一行，前往觀看情況再決定進退。

且殷深源廬嶽十載，時人觀其起與不起，以卜江左興亡❶。謝安高臥東山，蒼生屬望❷。白不樹矯抗之跡，恥振玄邈之風❸，混游漁商，隱不絕俗。豈徒販賣雲壑，要射虛名❹？方之二子，實有慚德❺。徒塵忝幕府，終無能為。唯當報國薦賢，持以自免❻，斯言若謬，天實殛之❼。以足下深知，具申中款❽。惠子知我，夫何間然❾？勾當小事，但增悚惕❿。

【章　旨】以上為第二段，以晉代名士殷浩和謝安的出處重大作對比，自謙德行不及而無所作為。表示自己願薦賢報國，此唯好友深知。

【注　釋】❶且殷深源廬嶽十載三句　殷深源，宋本原作「殷源」，據郭本、王本、咸本、《全唐文》改。《世說新語・賞譽》：「殷淵源在墓所幾十年，於時朝野以擬管、葛，起不起以卜江左興亡。」此即用其事。深源即淵源，晉殷浩字，為避唐高祖李淵諱改。且，句首語氣助詞。❷謝安高臥東山二句　《世說新語・排調》：「謝公在東山，朝命屢降而不動。後出為桓宣武司馬，將發新亭，朝士咸出瞻送。高靈時為中丞，亦往相祖。先時多少飲酒，因倚如醉，戲

曰：『卿屢違朝旨，高臥東山，諸人每相與言，安石不肯出，將如蒼生何！今亦蒼生將如卿何！』謝笑而不答。」❸白不樹矯抗之跡二句　矯抗，同「矯亢」。故為高尚異俗之行，也指故意立異以抬高自己。嵇康《卜疑集》：「尊嚴其容，高自矯抗。」《文選》卷三七劉琨〈勸進表〉：「顧陛下存舜、禹至公之情，狹巢由抗矯之節，以社稷為務，不以小行為先。」張銑注：「舜、禹皆受禪以濟時，故願存之；巢父、許由皆舉高節不仕，顧狹小之行推讓也。」玄邈，清高遠奧。《文選》卷三八桓溫〈薦譙遠彥表〉：「臣聞大朴既虧，則高尚之標顯；道喪時昏，則忠貞之義彰。故有洗耳投淵，以振玄邈之風。」李周翰注：「邈，遠也。言此可以振玄遠之風。」❹豈徒販賣雲壑二句　謂難道只是以隱居來作買賣、邀求虛名。雲壑，雲氣遮覆的山谷。孔稚珪〈北山移文〉：「誘我松桂，欺我雲壑。」要射，追逐；逐取。《魏書・高宗紀》：和平二年詔曰：「大商富賈，要射時利，旬日之間，增贏十倍。」❺方之二子二句　謂與殷深源和謝安相比深感慚愧。方，比；相比。慚德，德行不及，深感慚愧。《書・仲虺之誥》：「成湯放桀于南巢，惟有慚德。」孔傳：「有慚德，慚德不及古。」❻徒塵忝幕府四句　謂自己徒然像塵粒一般，愧占幕府之位，始終無所作為。只當報國薦賢，以此免去自己。塵忝，自謙之辭。《文選》卷四〇任昉〈到大司馬記室箋〉：「顧己循涯，寔知塵忝，千載一逢，再造難答。」呂向注：「塵，污；忝，辱也。」《晉書・石苞傳》：「吳人輕脆，終無能為。」又〈羊祜傳〉：「夫舉賢報國，台輔之遠任也。」❼斯言若謬二句　斯言，此言，指上「唯當報國薦賢，持以自免」二句。若謬，如果是胡亂之言。天實殛之，上天誅殺。實，句中助辭。殛，誅殺。❽中款　猶「衷曲」，內心的真情。陸雲〈為顧彥先贈婦〉詩：「何用結中款，仰指北辰星。」❾惠子知我二句　《莊子・徐无鬼》：「莊子送葬，過惠子之墓，顧謂從者曰：『……自夫子之死也，吾無以為質矣，吾無與言之矣。』」《文選》卷四二曹植〈與楊德祖書〉：「其言之不慚，恃惠子之知我也。」李周翰注：「我有此言而不慚者，恃子之恩惠之知我也。一云惠子，惠施也。」按惠施，莊子之友。此即用其意。夫何間然，有何嫌隙呢。夫，語首助詞。間然，隔閡貌。❿勾當小事二句　勾當，料理；處理。唐宋時俗語。《北史・敘傳》：「事無大小，士彥一委仲舉，推尋勾當，絲髮無遺，於軍用甚有助焉。」悚惕，恐懼。惕，郭本、王本、咸本校：「一作佩」。《水經注・河水四》：「城南依山原，北臨黃河，懸水百餘仞，臨之者感悚惕焉。」

【語　譯】以往殷浩在墓地隱居十年，當時人看他出與不出，來預測江南的興亡。謝安高臥在東山，人民

都注目寄希望於他。我李白不故為高尚異俗之行，恥振清高遠奧的作風，混跡遊於漁民商人之間，隱居而不與世隔絕。難道只是以隱居山水來作買賣，邀求虛名？與殷深源和謝安二子相比，我實在是德行不及而深感慚愧。徒然像塵粒一般愧占幕府之位，始終沒有能有所作為。只當薦賢以報國，以此來免去自己的職責。此言如果乖違，上天可以誅殺我。因為您對我深知，所以向您陳述內心的思想。靠您的恩惠知我，有何嫌隙呢？處理這些小事，徒然增加我的恐懼。

【研　析】首段說明永王三次徵召，無法推辭而扶病入幕。次段自謙德行不及前賢而無所作為，願薦賢報國。似乎李白入永王幕並非自願，而是萬不得已而為之；內有隱情只有賈少府知道。但此乃李白託辭，因為從〈別內赴徵三首〉、〈在水軍宴贈幕府諸侍御〉及〈永王東巡歌〉等詩中可看出，當時李白對參加永王幕是非常積極的，切盼隨永王平定叛亂，建功立業。可能是李白在寫了〈永王東巡歌〉後不久，自己感覺到永王並不重用他，在幕府中已經無所作為等於灰塵，所以想薦賢報國，自己隱退了。後來他在〈南奔書懷〉詩中也談到「不因秋風起，自有思歸歎」，與此所說的心情相同。可能此時李白感到永王已處於危險境地。文中表現出的情緒比較消沉，與李白的其他文章風格完全不同。

為趙宣城與楊右相書❶

某啟❷。辭違積年，伏戀軒屏❸。首冬初寒，伏惟相公尊體起居萬福❹。某蒙恩才朽齒邁❺，徒延聖日❻。少忝末吏，本乏遠圖；中年廢缺，分歸園壑❼。昔相公秉國憲之日❽，一拔九霄，拂刷前恥，昇騰晚官。恩貸稠疊❾，實戴丘山。落羽再振，枯鱗旋躍，運以大風之舉，假以磨天❿之翔。衣繡霜臺⓫，含香華省⓬。宰劇慚強項之名⓭，酌貪礪清心之節⓮。三典列郡⓯，寂無成功⓰，但宣布王澤，式酬天獎⓱。

【章　旨】以上為第一段，先向宰相問候，再敘個人經歷。接著便表示感激宰相對自己的提拔，使自己能在御史臺、尚書省任職，又去治理事務繁雜的劇縣，三為太守，沒有什麼功勞，只是做了一些傳播王澤的事情，以報答君恩。這段都是客套話。

【注　釋】❶為趙宣城與楊右相書　宋本原題作「為趙城與楊右相」，據郭本、繆本、王本、咸本、《全唐文》改。趙宣城，宣城郡太守趙悅。唐代自天寶元年改州為郡，改刺史為太守。趙悅，李白另有〈贈趙太守悅〉詩和〈趙公西候新亭頌〉。〈趙公西候新亭頌〉云：「惟十有四載……伊四月孟夏，自淮陰遷我天水趙公作藩於宛陵。」證知趙悅自天寶十四載始為宣城郡太守。楊右相，指楊國忠。《舊唐書．楊國忠傳》：「(天寶)十一載……會(李)林甫卒，遂代為右相。」從題目可知，本文是李白代宣城郡太守趙悅寫給當時的宰相楊國忠的一封信。❷某啟　我趙悅陳述。某，自稱之辭，指代我。啟，陳說。❸辭違積年二句　《周書．蕭撝傳》：「方辭違闕庭，屏迹閭里，低佪係慕，戀悚兼

深。」積年，積累多年。《後漢書・盧植傳》：「植侍講積年，未嘗轉眄。」軒屏，廊室和屏風。泛指辭別之地。《文選》卷一三潘岳〈秋興賦〉：「熠燿粲於階闥兮，蟋蟀鳴乎軒屏。」劉良注：「秋蟲至秋寒，故就軒屏，言鳴軒階壁也。」❹伏惟相公尊體起居萬福　相公，對宰相的尊稱。《文選》卷二七王粲〈從軍詩〉其一：「相公征關右。」李善注：「曹操為丞相，故曰相公也。」尊體，對他人身體的敬稱。萬福，多福，祝頌之辭。❺才朽齒邁　自謙之辭，謂才能腐朽年齡老邁。班固〈典引〉：「臣固才朽不及前人。」陸雲〈與陸典書〉：「年長而志新，齒邁而曾勤。」齒，猶齡。人壽之數。❻聖日　聖明之時。《魏書・韓顯宗傳》：「意有所懷，不敢盡言於聖日。」❼少忝末吏四句　謂年輕時辱列於末等官吏，本來缺乏遠大的抱負；中年被棄，自應回歸田園。缺，《全唐文》作「闕」。據《金石萃編》卷八七〈趙思廉墓誌〉，趙悅曾為監察御史，江陵、安邑二縣令。約在天寶二年被廢歸南陽家園。分，應當；該應。❽昔相公秉國憲之日　當您相公掌管御史臺之日。按《新唐書・楊國忠傳》：「天寶七載，擢給事中、兼御史中丞。」據《舊唐書・楊國忠傳》，後又為御史大夫。此處即指此。❾恩貸稠疊　謂恩澤厚重。恩貸，施恩寬宥。《漢書・王訢傳》：「今復斬一訢，不足以增威，不如時有所寬，以明恩貸，令盡死力。」稠疊，厚重；稠密重疊。謝靈運〈過始寧墅〉詩：「巖峭嶺稠疊。」❿磨天　磨，王本校：「當作摩。」《全唐文》作「摩」。摩天，形容飛得高也。阮籍〈詠懷詩〉其四九：「高鳥摩天飛，淩雲共遊嬉。」前〈大鵬賦〉：「上摩蒼蒼。」⓫衣繡霜臺　身穿繡衣在御史臺任職。衣繡，古代御史臺官員之服。霜臺，御史臺。⓬含香華省　在尚書省為郎官。華省，指尚書省。古時尚書省郎官口含雞舌香，奏事對答時其氣芬芳。《漢官儀》：「尚書郎含雞舌香奏事。」⓭宰劇慚強項之名二句　謂治理政務繁雜之縣慚有強項之名。宰，縣令，亦用作治理。劇，劇縣，難以治理之縣。強項，剛強不肯低頭。東漢時董宣為洛陽令，殺湖陽公主惡奴，光武帝命令董宣向公主謝罪，董宣不肯低頭，光武帝稱之為「強項令」，見《後漢書・董宣傳》。趙悅為人亦剛直不屈，李白在〈贈宣城趙太守悅〉詩中說：「赤縣揚雷聲，強項聞至尊。」在〈趙公西候新亭頌〉中說：「剖赤縣之劇，強項不屈。」與此意同。⓮酌貪礪清心之節　飲貪泉之水更加砥礪清操的氣節。《晉書・吳隱之傳》記載，隱之字處默，操守清廉；為廣州刺史，「未至州二十里，地名石門，有水曰貪泉，飲者懷無厭之欲。」相傳飲此水者，即廉士亦貪。隱之至泉所，酌而飲之，因賦詩曰：「古人云此水，一歃懷千金。試使夷齊飲，終當不易心。」及在州，清操愈厲。此處用其意。⓯三典列郡　歷任三郡太守。李白〈贈宣城趙太守悅〉詩：「出牧歷三郡」，與此同意。據〈趙公西候新亭頌〉，趙悅任淮陰郡太守和宣城郡太守，另一郡不詳。⓰寂無成功　寂靜而無功績。按此乃自謙

之辭，據李白〈贈宣城趙太守悅〉詩：「出牧歷三郡，所居猛獸奔」，可知趙悅在三郡是有所作為的。⓱但宣布王澤二句　只是宣揚傳播天子的恩澤，用以報答君王對我的恩獎。班固〈兩都賦序〉：「王澤竭而詩不作。」《文選》卷三九任昉〈奉答敕示七夕詩啟〉：「式酬天獎。」劉良注：「式，用也；酬，答也；獎，猶恩也。」

【語　譯】我趙悅向您陳述。拜辭離別相公多年，依戀著您的廊室和屏風，初冬天寒，恭祝相公身體健康一切如意。我承蒙恩惠，才能腐朽年齡老邁，徒然拖延神聖的日子。我年輕時辱列末等的官吏，本來缺乏遠大的圖謀；中年被廢棄，自應回歸家鄉田園。前此相公掌管御史臺的日子，一下把我提拔如上九天，使我洗刷了以前的恥辱，晚年得到升官。恩德厚重，猶如高山。就像凋落的羽毛又能振翅，枯水中的魚不久又跳躍，運用大風的飄舉，藉而上達摩擦天邊飛翔。使我在御史臺任職，在尚書省做官。當難治之縣的縣令而很慚愧獲得強項之名，飲貪泉之水來砥礪我清操的氣節。三次任州郡長官，清靜而沒有成績，只是傳播君王的恩澤，用以報答朝廷對我的恩德。

伏惟相公，開張徽猷❶，夤亮❷天地。入夔龍❸之室，持造化之權。安石高枕，蒼生是仰❹。

【章　旨】以上為第二段，歌頌宰相有美德，掌大權，得到人民的仰望。完全是恭維的話。

【注　釋】❶徽猷　美德。《詩・小雅・角弓》：「君子有徽猷，小人與屬。」鄭玄箋：「君子有美道以得聲譽，則小人亦樂與之而自連屬焉。」❷夤亮　忠敬。夤，郭本、王本、《全唐文》作「寅」。《書・周官》：「寅亮天地，弼予一人。」孔傳：「敬信天地之教，以輔我一人之治。」❸夔龍　堯舜時人名。《書・舜典》：「伯拜稽首，讓於夔龍。」孔傳：「夔龍，二臣名。」傳說夔是樂官，龍是諫官。❹安石高枕二句　用東晉謝安石典故。《世說新語・排調》：「謝公在東山，朝命屢降而不動。後出為桓宣武司馬，將發新亭，朝士咸出瞻送。高靈……戲曰：『卿屢違朝旨，高

臥東山。諸人每相與言，安石不肯出，將如蒼生何！今亦蒼生將如卿何！』謝笑而不答。」

【語　譯】我俯伏著思惟您相公開放美德，敬信天地。進入了傳說中夔、龍那樣賢臣的地位，掌握著創造化育的權力。就像當年謝安石高臥東山，人民都仰望著他。

某鳴躍❶無已，剪拂❷因人。銀章朱紱，坐榮宦達❸。身荷宸眷❹，目識龍顏。既齊飛於鵷鷺❺，復寄跡於門館。皆相公大造❻之力也。而鐘鳴漏盡，夜行不息❼，止足之分，實愧古人❽。犬馬戀主❾，迫於西汜❿。所冀枯松晚歲，無改節於風霜；老驥餘年⓫，期盡力於蹄足。上答明主，下報相公，慺慺⓬之誠，屏息⓭於此。

【章　旨】以上為第三段，首先描寫自己宦達榮華的歡樂之情，歸結到這完全出於相公的大力相助。接著說按照古訓，人到暮年應有止足之分，但自己因犬馬戀主，所以仍夜行不休，像枯松老馬那樣要竭盡全力，以此來報答明主和相公。

【注　釋】❶鳴躍　鳴唱騰躍。形容喜悅。如李白〈遊敬亭寄崔侍御〉詩：「俯視鴛鷺群，飲啄自鳴躍。」❷剪拂　修剪擦拭。比喻推崇提攜。表示謙卑之辭。❸銀章朱紱二句　佩帶銀印紅絲帶，因為做官顯達而榮耀。紱，繫印章的絲帶。按漢代制度，凡吏秩比二千石以上皆銀印。唐代官員不佩印，只有金銀魚袋，謂之章服。唐人稱銀章朱紱多指五品散官或刺史（太守）等職事官。宦，咸本作「官」。❹身荷宸眷　自己蒙受君王的關懷眷顧。宸，北辰所居，因以指帝王的宮殿，又引申為帝王的代稱。《北史・劉炫傳》：「以此庸虛，屢動宸眷。」❺既齊飛於鵷鷺　以鵷鷺齊飛比喻朝官班列有序。鵷，郭本、咸本作「鴛」。《隋書・音樂志中》：「懷黃綰白，鵷鷺成行。」❻大造　大幫助；大恩

德。陳琳〈為袁紹檄豫州〉：「則幕府無德於兗土之民，而有大造於操也。」❼而鐘鳴漏盡二句　用田豫典故。謂晚上。比喻衰殘暮年。《三國志．魏書．田豫傳》：「屢乞遜位，太傅司馬宣王以為豫克壯，書喻未聽。豫書答曰：『年過七十而以居位，譬猶鐘鳴漏盡，而夜行不休，是罪人也。』」❽止足之分二句　用陶侃典故。《晉書．陶侃傳》：「季年懷止足之分，不與朝權。未亡一年，欲遜位歸國。……朝野以為美談。」❾犬馬戀主　比喻臣下對君主的懷戀。曹植〈上責躬應詔詩表〉：「僻處西館，未奉闕庭，踴躍之懷，瞻望反側，不勝犬馬戀主之情。」❿西汜　太陽落山處。《文選》卷二〇謝瞻〈九日從宋公戲馬臺集送孔令〉詩：「扶光迫西汜，歡餘宴有窮。」呂延濟注：「扶光，日也。西汜，日入處也。」此處用以比喻晚年。⓫餘年　年，咸本作「生」。⓬慺慺　勤懇；黽勉。參見126頁注❼。王本作「縷縷」。⓭屏息　抑制呼吸，形容謹慎畏懼。《列子．黃帝》：「屏息良久，不敢復言。」

【語　譯】我鳴唱歡躍不已，由人提攜。穿戴刺史的章服，坐享榮華發達，自己蒙受君王的關懷眷顧，親眼目睹君王的容顏。我既像鵷鷺齊飛那樣參與秩序井然的百官朝見，又能涉足於相公的官署，這都是您相公助之使成的大力。而我已到鐘鳴漏盡的暮年，仍夜行不休，實在有愧於古人「止足之分」的訓教。臣僕就像犬馬戀主那樣懷戀君主，迫於已到晚年，所希望的是像枯松晚年，不在風霜中改變氣節；像老馬暮年，仍希望在蹄足上盡力。上報答英明的君王，下報答您相公，黽勉的誠意，我在此抑制呼吸，敬畏之至。

伏惟相公，收遺簪於少昊❶，念亡弓於楚澤❷。衰當益壯，結草❸知歸。瞻望恩光，無忘景刻❹。

【章　旨】以上為第四段，希望楊右相能記得作為他下屬的自己，而自己則生生死死都時刻不忘報答相公的大恩。

【注　釋】❶收遺簪於少昊　《韓詩外傳》卷九：「孔子出遊少源之野，有婦人中澤而哭，其音甚哀。孔子使弟子問焉，曰：『夫人何哭之哀？』婦人曰：『鄉（向）者刈蓍薪，亡我蓍簪，吾是以哀也。』弟子曰：『刈蓍薪而亡蓍簪，有何悲焉？』婦人曰：『非傷亡簪也，蓋不忘故也。』」按《獨異志》亦載此條，略有不同。稱「孔子過少陵原，聞婦人哭甚哀」。詹鍈主編《李白全集校注彙釋集評》謂孔子西行不過秦，而少陵原在今陝西長安南，可見《獨異志》中「少陵原」當是「少昊陵原」之誤。少昊陵原在曲阜，是孔子家鄉，故「孔子過少昊陵原」較為合理。此說可通。則此處「收遺簪於少昊」中的「少昊」乃「少昊陵原」之略語。昊，王本校當作「原」。少昊，傳說中古代東夷集團首領，名摯，姓己，以金德王天下，號金天氏，都曲阜。❷念亡弓於楚澤　《孔子家語・好生》：「楚恭王出遊，亡烏皞之弓，左右請求之。王曰：『止，楚王失弓，楚人得之，又何求之？』」❸結草　《左傳・宣公十五年》：「魏武子有嬖妾，無子。武子疾，命顆（武子之子）曰：『必嫁是。』疾病，則曰：『必以為殉。』及卒，顆嫁之，曰：『疾病則亂，吾從其治也。』及輔氏之役，顆見老人結草以亢杜回，杜回躓而顛，故獲之。夜夢之曰：『余，而所嫁婦人之父也。爾用先人之治命，余是以報。』」後因以「結草」為受恩深重，雖死也要報答之意。❹景刻　時刻。《文選》卷三〇謝靈運〈擬魏太子鄴中集詩・陳琳〉：「愛客不告疲，飲讌遺景刻。」李善注：「刻，漏刻也。」

【語　譯】我俯伏著思惟相公，希望相公像收遺簪一樣不忘故舊，記著楚王曾亡弓於楚澤。我雖衰老而應更壯，死後也要結草報答相公的知遇之恩。仰望相公的恩德之光，我時刻不忘。

【研　析】據李白〈趙公西候新亭頌〉，趙悅是在天寶十四載四月由淮陰郡太守調任宣城郡太守的，可知本文即作於是年。首段提到「首冬初寒」，更可證知作於是年初冬。文章先向宰相問好請安，感謝宰相對自己的提拔，使自己歷任要職，雖無功勞，卻也做了一些報答君王的事情。接著便歌頌宰相具有美德，得到人民的信仰。然後說到自己官達的歡樂，完全仰仗宰相的恩助；雖然自己年老應該知足，但因眷戀主人，還想像枯松老馬那樣要竭盡全力，以此來報答明主和相公。最後表示希望宰相能記得故舊下屬，自己則生死都不忘報答宰相的大恩。從這篇文章可以看出，趙悅完全是楊國忠一手提拔起來的人，此信實際上是趙悅向楊國忠的效忠書。李白願意代趙悅寫這樣阿諛的信，至少說明李白對楊國忠這個敗國宰

相沒有惡感。而就在李白寫此信後不到兩個月，范陽（即幽州）、太原、盧龍三鎮節度使安祿山就以誅宰相楊國忠為名，舉兵叛亂了。由此可見李白對楊國忠其人的危害至少是認識不清的。本文的內容格調也很低下。

與韓荊州書❶

白聞天下談士❷相聚而言曰：「生不用萬戶侯❸，但願一識韓荊州❹。」何令人之景慕，一至於此耶❺！豈不以有周公之風，躬吐握之事❻，使海內豪俊，奔走而歸之，一登龍門，則聲譽十倍❼。所以龍盤鳳逸之士，皆欲收名定價於君侯❽。願君侯不以富貴而驕之，寒賤而忽之❾，則三千賓中有毛遂❿，使白得穎脫⓫而出，即其人焉。

【章旨】以上為第一段，首先將韓朝宗善於獎掖後進的聲譽極力讚揚，接著希望他不要因富貴寒賤而區別對待，最後提出自己有與眾不同的才華，為下文正式要求韓朝宗薦舉作鋪墊。

【注釋】❶與韓荊州書　宋本目錄和咸本目錄及《唐文粹》「荊州」下有「朝宗」二字。韓荊州，即韓朝宗。《新唐書．韓朝宗傳》：「朝宗初歷左拾遺……，累遷荊州長史。開元二十二年，初置十道採訪使，朝宗以襄州刺史兼山南東道。」按唐代荊州置大都督府，時韓朝宗以荊州大都督府長史兼襄州刺史。李白另有〈憶襄陽舊遊贈馬少府巨〉詩云：「昔為大堤客，曾上山公樓，高冠佩雄劍，長揖韓荊州。」知詩人拜謁韓朝宗在襄陽。據史書記載，韓朝宗於開元二十二年（西元七三四年）為荊州大都督府長史兼襄州刺史，則此文當為是年李白過襄陽拜謁荊州長史韓朝宗時所作。❷談士　辯士；遊說談論之士。《文選》卷四一孔融〈論盛孝章書〉：「天下談士，依以揚聲。」呂向注：「孝章好士，故天下談文史之士，皆依倚孝章以發揚美聲。」❸生不用萬戶侯　《全唐文》作「生不用封萬戶侯」。多一「封」字。萬戶侯，食邑萬戶的諸侯。《史記．李將軍列傳》：「如令子當高帝時，萬戶侯豈足道哉！」按漢代制度，

諸侯食邑大者萬戶，小者五、六百戶。此取至貴之意。❹但願一識韓荊州　按《新唐書・韓朝宗傳》：「朝宗喜識拔後進，嘗薦崔宗之、嚴武於朝，當時士咸歸重之。」可見韓朝宗以獎掖識拔後進知名於時。故後以「識荊」為初次識面的敬辭，本此。❺何令人之景慕二句　何令人，《唐文粹》作「何人」。無「令」字。景慕，仰慕。《後漢書・劉愷傳》：「今愷景仰前修。」李賢注：「景，猶慕也。」後人多取李賢之釋，《北史・楊敷傳》：「敷少有志操，重然諾，人景慕之。」即其例。於此耶，《唐文粹》無「耶」字。❻豈不以有周公之風二句　有周公，《唐文粹》無「有」字。周公，指周文王子姬旦。曾輔助武王滅紂，建立周王朝，被封於魯。武王死，成王年幼，周公攝政。吐握，指禮賢下士。《韓詩外傳》卷三：「周公曰：『吾文王之子，武王之弟，成王之叔父也，又相天下，吾於天下亦不輕矣。然一沐三握髮，一飯三吐哺，猶恐失天下之士。』」《文選》卷四七王褒〈聖主得賢臣頌〉：「昔周公躬吐握之勞，故有圄空之隆。」❼一登龍門二句　典出《後漢書・李膺傳》：「膺獨持風裁，以聲名自高，士有被其容接者，名為登龍門。」此即用其意。譽，《全唐文》作「價」。十倍，《唐文粹》作「千倍」。❽所以龍盤鳳逸之士二句　喻豪傑之士隱伏待時。龍盤鳳逸之士，喻指懷才而隱居的豪傑。盤，《唐文粹》、《全唐文》作「蟠」。收名定價，取得聲名，確定身價。君侯，古代對諸侯的尊稱。《戰國策・秦策五》：「少庶子甘羅曰：『君侯何不快甚也？』」唐人常以「君侯」尊稱地方州郡長官。《三國志・魏書・杜襲傳》：「襲避亂荊州，劉表待以賓禮。同郡繁欽數見奇於表，襲喻之曰：『吾所以與子俱來者，徒欲龍蟠幽藪，待時鳳翔。』」《文選》卷四七袁宏〈三國名臣序贊〉：「初九龍盤，雅志彌確。」李善注：「《周易》曰：『初九，潛龍勿用。』……《方言》曰：『未升天之龍，謂之蟠龍。』」❾願君侯不以富貴而驕之二句　謂希望您不因其富貴而重視他，使之驕傲，不因其貧寒卑賤而忽視他，不給他好評。❿則三千賓中有毛遂　千，《唐文粹》作「之」。毛遂，戰國時趙國平原君趙勝的食客。《史記・平原君列傳》載，毛遂依平原君已三年，自薦於平原君。平原君曰：「夫賢士之處世也，譬若錐之處囊中，其末立見。……」。毛遂曰：「臣乃今日請處囊中耳。使遂蚤得處囊中，乃穎脫而出，非特其末見而已。」穎，錐尖。詩人於此以毛遂自比。⓫穎脫　錐尖戳出。《全唐文》作「脫穎」。比喻有才能的人得到機會，就能建功立業，表顯自己。

【語　譯】我李白聽到天下善談之士聚集在一起說：「此生不願做大官封萬戶侯，只希望能認識一下韓荊州。」為什麼使人們的仰慕竟達到這樣的地步啊！難道不是因為您力行周公的作風，親自做一沐三握髮，

一飯三吐哺地接待賢士的事，才使四海之內的英雄豪傑，都奔跑而來歸到您的門下，一登您的龍門，聲望名譽就增加十倍。所以那些懷才隱居的能人，都想得到您的品題和評價。希望您不因為自己地位的尊貴而傲視他們，也不因為他們出身寒賤而輕視他們，那在您的三千賓客中就必然有毛遂那樣的人，如果能使我李白有表現才華的機會，我就會像錐尖那樣戳出來，我就是毛遂那樣的人呢。

白隴西布衣❶，流落楚漢❷。十五好劍術，遍干諸侯❸；三十成文章，歷抵卿相❹。雖長不滿七尺，而心雄萬夫。王公大臣❺，許與氣義。此疇曩心跡，安敢不盡於君侯哉❻！君侯制作侔神明❼，德行動天地，筆參於造化，學究於天人❽。幸願開張心顏，不以長揖見拒❾。必若接之以高宴，縱之以清談，請日試萬言，倚馬可待❿。今天下以君侯為文章之司命⓫，人物之權衡⓬，一經品題⓭，便作佳士⓮。而君侯何惜階前盈尺之地，不使白揚眉吐氣、激昂青雲耶⓯？

【章　旨】以上為第二段，前十二句向韓朝宗介紹自己的身分和經歷，表明不是平庸之人。接著歌頌韓朝宗的文學和德行，希望他能心胸開闊地禮賢下士。然後又介紹自己文思敏捷，才華出眾，希望掌握文章命運和品評人物優劣的韓朝宗能推薦自己，使自己有施展才華的一席之地。

【注　釋】❶隴西布衣　隴西，古郡名，秦置，至隋廢。治所在狄道（今甘肅臨洮南）。按李白自稱隴西人，乃就郡望而言。布衣，古代做官之人穿絲綢衣服，平民百姓只能穿麻布衣服，故稱無官職的平民為布衣。《戰國策・趙策二》：「天下之卿相人臣，乃至布衣之士，莫不高賢大王之行義。」李白〈贈張相鎬二首〉其二：「本家隴西人，先為漢邊

將。」❷楚漢　指古楚國漢水一帶。當時李白正流浪於安陸、襄陽、江夏等漢水流域，故云。❸十五好劍術二句　十五，未必實指，泛言少年時代。干，干謁；求見，此指交往。諸侯，古代對中央政權所分封的各國國君的統稱。諸侯國轄地如後世州郡，故後人常比稱州郡長官為諸侯。❹三十成文章二句　三十，未必實指三十歲，泛言三十歲左右。抵，咸本作「詆」。當指開元十八、九年第一次去長安干謁公卿宰相之事。❺王公大臣　公，《唐文粹》作「侯」。臣，王本、《唐文粹》作「人」。❻此疇曩心跡二句　疇曩，過去；往時。疇，語氣助詞。哉，宋本原作「為」，據郭本、王本、咸本、《唐文粹》、《全唐文》改。❼君侯制作侔神明　您的著作文章與神明齊等。《唐文粹》「君」上有「而今」二字。制作，指詩文著作。《孔子家語・本姓解》：「（孔子）祖述堯、舜，憲章文、武，刪《詩》述《書》，定《禮》理《樂》，制作《春秋》。」侔，齊等。《莊子・外物》：「海水震蕩，聲侔鬼神。」神明，形容其明智高超如神。《淮南子・兵略訓》：「神明者，先勝者也。」❽筆參於造化二句　王本、《唐文粹》、《全唐文》皆作「筆參造化，學究天人」。無兩「於」字。造化，天地自然的創造化育。何承天〈達性論〉：「妙思窮幽賾，制作侔造化。」學究於天人，謂學問窮究天道人事之間的關係。《梁書・鍾嶸傳》：「文麗日月，學究天人。」❾幸願開張心顏二句　謂希望韓朝宗開張心胸，和顏悅色，不要因為我的長揖不拜而拒絕接見。長揖，拱手高舉，自上而下的相見禮。《漢書・高帝紀》：「酈生不拜，長揖。」按古代平民見長官或下級見上級都要行跪拜禮，長揖是平輩相見的禮節，李白是個平民，見長官長揖不拜是失禮的行為。❿倚馬可待　靠在馬身上。形容才思敏捷，為文頃刻而成。《世說新語・文學》：「桓宣武北征，袁虎時從，被責免官，會須露布文，喚袁倚馬前令作，手不輟筆，俄得七紙，殊可觀。」後即以「倚馬」喻文思敏捷。⓫文章之司命　掌握文章命運的人。此指文章優劣的評判者。司命，掌握命運者。《孫子・作戰》：「知兵之將，民之司命。」⓬權衡　評量；衡量。權，秤錘。衡，秤桿。喻指權力。《朝野僉載》卷四：「子位處權衡，職當水鏡，居進退之首，握褒貶之柄。」⓭品題　《唐文粹》作「題品」。評定人品高下，給以評語。《後漢書・許劭傳》：「劭與（許）靖俱有高名，好共覈論鄉黨人物，每月輒更其品題，故汝南俗有『月旦評』焉。」⓮佳士　品行或才學優良之人。《三國志・魏書・楊俊傳》：「同郡審固、陳留衛恂，本皆出自兵伍，俊資拔獎致，咸作佳士。」⓯而君侯二句　喻韓朝宗不推薦自己進入仕途。謂您又何必吝惜屋階前一尺之地，不使我揚眉吐氣、激昂奮發而直上青雲呢？青雲，喻進入仕途。而君侯何惜，《唐文粹》作「而今君侯惜」。耶，《唐文粹》作「邪」。

【語　譯】我李白是隴西郡望的一個布衣平民，如今流浪落魄在楚漢一帶。我十五歲左右就歡喜劍術，到處拜謁地方長官。三十歲左右就以文章成名，多次到達卿相之門投卷。雖然身材不算太高，但雄心壯志卻超過萬人。王公大臣，都讚許我的節操和義氣。這是我往時的抱負和行事，怎敢不盡情向您陳述呢！您的文章著作與神明齊等，道德行為感動天地，文筆精參天地自然的創造化育，學問窮究天道人事之間的關係。希望您能開張心胸，和顏悅色，不要因為我的長揖不拜而拒絕接見我。如果能在您的盛宴上，放任我縱論清談，那就請您每天考試我一萬字，我可以靠在馬前立等而就。現在天下人都把您看作掌握文章命運的人，衡量人品高下的權威，一旦經過您的評定，就能成為優秀人士。而您又何必吝惜門階前一尺的地方，不讓我李白揚眉吐氣地施展才華，進身朝廷做一番事業呢？

昔王子師為豫州❶，未下車即辟荀慈明，既下車又辟孔文舉❷。山濤作冀州，甄拔三十餘人❸，或為侍中❹、尚書❺，先代所美。而君侯亦薦一嚴協律❻，入為祕書郎❼。中間崔宗之❽、房習祖❾、黎昕❿、許瑩⓫之徒，或以才名見知⓬，或以清白見賞⓭。白每觀其銜恩撫躬⓮，忠義奮發，白以此感激，知君侯推赤心於諸賢腹中⓯，所以不歸他人，而願委身國士⓰。儻⓱急難有用，敢效微軀⓲。

【章　旨】以上為第三段，首先歷舉前代名人推薦提拔賢士之事，被前代稱美；接著稱讚韓朝宗也善於薦拔人才，使被薦之人感恩戴德，最後表示自己願意投靠韓朝宗，為他效勞。

【注　釋】❶昔王子師為豫州　子師，東漢名臣王允的字。《後漢書・王允傳》：「王允字子師，……拜豫州刺史，辟荀爽、孔融等為從事。」豫州，州名。漢武帝所置十三刺史部之一。東漢時治所在譙（今安徽亳州）。宋本原作「豫

章」，據王本、《唐文粹》改。❷未下車即辟荀慈明二句　《晉書・江統傳》：「昔王子師為豫州，未下車辟荀慈明，下車辟孔文舉。」下車，上任。辟，徵召。荀慈明，名爽，《後漢書》、《三國志》有傳。孔文舉，名融，建安七子之一，曾為北海相，世稱孔北海。《後漢書》、《三國志》有傳。❸山濤作冀州二句　山濤，字巨源，西晉名士。冀州，州名。晉時治所在房子（今河北高邑西南）。甄拔三十餘人，甄別薦拔三十多人。《晉書・山濤傳》：「出為冀州刺史，……濤甄拔隱屈，搜訪賢才，旌命三十餘人，皆顯名當時，人懷慕尚，風俗頗革。」甄拔，指甄別人才，薦舉識拔。❹侍中　官名，初僅伺應雜事，但因接近皇帝，地位日漸貴重。南朝時侍中掌管機要，實際上即為宰相。❺尚書　官名。漢成帝時設尚書五人，始分曹辦事。魏晉以後，尚書事務更繁。隋、唐時代中央機關分三省，尚書省為政務執行機關，分六部，六部首長都稱尚書。❻薦一嚴協律　薦一，《唐文粹》、《全唐文》作「一薦」。嚴協律，姓嚴的協律郎，名不詳。協律郎為掌管校正樂律的官員。❼祕書郎　祕書省掌管圖書收藏及抄寫事務的官員。❽崔宗之　李白重要交遊之一，曾為起居郎、禮部員外郎、禮部郎中、右司郎中等職。❾房習祖　事蹟不詳。❿黎昕　王維有〈黎拾遺昕見過〉詩。其他事蹟不詳。⓫許瑩　事蹟不詳。⓬見知　被知曉。⓭見賞　被賞識。⓮銜恩撫躬　從心底感恩戴德。⓯白以此感激二句　白以此，王本無「白」字。推赤心於諸賢腹中，對諸賢推心置腹，傾心相待。諸賢腹中，《全唐文》作「諸賢之腹中」。《後漢書・光武帝紀上》：「降者更相語曰：『蕭王推赤心置人腹中，安得不投死乎？』」⓰委身國士　《全唐文》作「委身於國士」。國士，國中傑出優秀的人物。此指韓朝宗。《戰國策・趙策一》：「知伯以國士遇臣，臣故國士報之。」⓱儻　倘若。⓲軀　宋本原作「驅」，據郭本、王本、咸本、《唐文粹》、《全唐文》改。

【語　譯】以往王允當豫州刺史，還未上任就聘請荀爽，一上任又聘請孔融。西晉名士山濤為冀州刺史，選擇薦拔三十多人，有的做到侍中或尚書，被前代所稱讚。而您也推薦過一位姓嚴的協律郎，進升為祕書郎。中間還推薦崔宗之、房習祖、黎昕、許瑩等人，有的以才名被人知曉，有的因清白被人賞識。我李白經常看到他們從自己心底裡對您感恩戴德，忠義奮發，我李白為此很感動，知道您能對諸賢推赤誠之心置之腹中，所以我不去投靠他人，而願意託身給您這位舉國仰望的傑出人士。倘若您遇到急難而欲使用我時，我甘願不惜微軀為您效勞。

且人非堯、舜，誰能盡善❶？白謨猷❷籌畫，安敢自矜❸？至於制作，積成卷軸❹，則欲塵穢❺視聽，恐雕蟲小技❻，不合大人。若賜觀蒭蕘❼，請給以紙墨，兼人書之❽。然後退歸閑軒❾，繕寫呈上。庶青萍、結綠，長價於薛、卞之門❿。幸惟下流⓫，大開獎飾⓬，惟君侯圖之。

【章　旨】以上為第四段，首先說明自己不是聖人，不可能無過。接著說自己寫的詩賦很多，想請韓朝宗過目，又怕不適合；故請賜紙筆和書人，在靜室中繕寫呈上，希望得到韓朝宗的賞識。

【注　釋】❶且人非堯舜二句　堯舜，古代傳說中的兩位聖明之君。盡善，完美無缺。《晉書・周顗傳》：「人主自非堯舜，何能無失。」❷謨猷　謀略。《周書・寇洛李弼于謹傳論》：「帷幄盡其謀猷，方面宣其庸績，擬巨川之舟檝，為大廈之棟樑。」❸安敢自矜　宋本原作「安能盡矜」，據《全唐文》改。王本、《唐文粹》作「安能自矜」。自矜，自誇；自負。《史記・太史公自序》：「文侯慕義，子夏師之。惠王自矜，齊、秦攻之。」❹卷軸　裝裱的卷子，指書籍。古時文章，皆裱成長卷，有軸可以舒卷。任昉〈齊竟陵文宣王行狀〉：「所造箴銘，積成卷軸。」❺塵穢　玷汙。此處為自謙之辭。《三國志・魏書・衛臻傳》裴松之注：臻子烈，烈二弟京、楷，楷子權。「權作〈左思吳都賦敘〉及注，敘粗有文辭，至於為注，了無所發明，直為塵穢紙墨，不合傳寫也。」❻雕蟲小技　指詩賦。技，宋本原作「伎」，據郭本、王本、咸本、《全唐文》改。揚雄《法言・吾子》：「或問：『吾子少而好賦？』曰：『然。童子雕蟲篆刻。』俄而曰：『壯夫不為也。』」《隋書・李德林傳》：「至如經國大體，是賈生、晁錯之儔；雕蟲小技，殆相如、子雲之輩。」❼蒭蕘　割草，打柴。後常借指草野之人。蒭，王本、《全唐文》作「芻」。此指不登大雅的草野文字。為詩人自謙之辭。蕭統〈中呂四月〉：「今因去雁，聊寄芻蕘。」芻，同「蒭」。❽請給以紙墨二句　給以紙墨，王本無「以」字。墨，《全唐文》作「筆」。兼人書之，王本、《唐文粹》、《全唐文》作「兼之書人」，意謂加上抄寫之人。❾退歸閑軒　意謂回到安靜的書室。退歸，王本、《唐文粹》、《全唐文》作「退掃」。❿庶青萍結綠二句　青萍，

古代寶劍名。結綠，美玉名，喻有才能者。薛，指薛燭，古代善相劍者，事載《越絕書》卷一一。卞，指卞和，善於發現寶玉者，見《韓非子・和氏》。謂希望青萍寶劍和結綠美玉，能在薛燭和卞和門下增添價值。此喻自己能被韓朝宗賞識而發揮才志。⓫幸惟下流　謂希冀韓朝宗能為卑下之人著想。⓬大開獎飾　大開，宋本原作「之閑」，據郭本、繆本、王本、《唐文粹》、《全唐文》改。咸本作「大閑」。獎飾，謙辭。有讚許過當之意。

【語　譯】況且人並非都是像堯、舜那樣的聖人，誰能盡善盡美？我李白在謀劃籌策方面，怎敢自以為賢能？至於所寫詩文，則已積累成卷籍，就很想打擾您，請您過目。又怕這些屬雕蟲小技，不適合呈送給您大人。如果蒙您恩賜欲觀我草野之人的文字，請賞賜給我紙筆，加上抄寫的人。然後我回到安靜的書室，繕寫清楚呈上。希望能像青萍寶劍和結綠美玉，在薛燭和卞和門下增添價值一樣，得到您的賞識。慶幸我這個卑下之人，能得到大人的獎飾，請大人考慮。

【研　析】文章開頭用劈空而來的氣勢，極力讚譽韓朝宗獎掖後進的聲望，奠定了豪邁激昂的基調。同時把自己比作毛遂，希望脫穎而出。點明了要求韓朝宗推薦的目的。接著自我介紹出身、經歷和才氣，雖略有誇張，但寫得豪氣縱橫。同時頌揚韓朝宗的道德文章超群絕倫，已是掌握文章司命大權的人，希望他開闊心胸，不要因自己的長揖不恭而拒絕接見，如能設宴縱談，可以證明自己是個「日試萬言，倚馬可待」的人。因此希望韓朝宗推薦自己，使自己在官場和文壇上占有一席之地，得以揚眉吐氣，激昂青雲。這一段氣勢盛大，咄咄逼人，把一個瀟灑倜儻、才華橫溢的自我形象勾勒了出來。然後筆鋒一轉，歷述前代王允、山濤推薦人才的佳話，接著又說韓朝宗也如古人，多次甄拔賢才，自己因親見所薦之人都感恩戴德，忠義奮發，所以自己也願意投靠韓朝宗。這一段說得不卑不亢，極有分寸。最後說明自己不是聖人，不可能無過。接著說自己寫的詩賦很多，想請韓朝宗過目，又怕不適合；故請賜紙筆和書人，在靜室中繕寫新作呈上，希望得到韓朝宗的賞識。這一段表面上說「塵穢視聽」、「恐雕蟲小技，不合大人」等等，似乎說得很謙虛，其實內心卻非常自負，把自己的作品比作「青萍」、「結綠」那樣的寶劍和

美玉，只有在「薛、卞之門」才能得到賞識。末句以「惟君侯圖之」戛然結束，意味深長，言外有「看你能否識寶」之意。本文自始至終充滿作者的激情，故文中具有巨大的氣勢和力量，這正是作者的自信心和豪邁個性的生動體現。本文不愧為李白著名的代表作。

上安州裴長史書❶

白聞天不言而四時行，地不語而百物生❷。白人焉，非天地也❸，安得不言而知乎？敢剖心析肝❹，論舉身之事❺，便當談笑，以明其心❻，而粗陳其大綱❼，一快憤懣❽，惟君侯察焉❾！

【章　旨】以上為第一段，以自然界可以不說話而四季運行，百物生長，而人不說話是無法使別人知道的，來說明自己上書的理由。也就是要向裴長史談生平之事來表明心跡，以洩心中憤懣為快。

【注　釋】❶上安州裴長史書　安州，唐州名，治所在今湖北安陸。長史，唐代安州設都督府，長史是府中協助都督管理行政事務的長官。裴長史，其名及事蹟均不詳。從本文中自敘生平說「迄於今三十春矣」看，學術界多認為此書作於三十歲時，即開元十八年。由於書中詳細敘述了自己的出身和經歷，所以本文是研究李白生平的重要資料。❷白聞天不言而四時行二句　聞，《唐文粹》作「言」。天不言而四時行地不語而百物生，語本《論語・陽貨》：「天何言哉，四時行焉，百物生焉。」語，《唐文粹》作「言」。《北史・長孫紹遠傳》：「夫天不言，四時行焉；地不言，萬物生焉。」❸非天地也　郭本、王本、咸本、《唐文粹》、《全唐文》無「也」字。❹敢剖心析肝　冒昧地剖陳心跡。敢，謙辭，有冒昧、斗膽之意。剖，郭本、咸本作「刻」。剖心析肝，剖陳心跡。《史記・魯仲連鄒陽列傳》：「兩主二臣，剖心坼肝相信，豈移於浮辭哉！」❺論舉身之事　申述一身之事，生平經歷之事。謂談論自己全部事蹟。❻便當談笑二句　權當言笑，以表明我的心跡。❼大綱　《唐文粹》作「萬一」。❽一快憤懣　謂以一洩心中的煩悶為快。憤懣，抑鬱煩悶。司馬遷〈報任少卿書〉：「恐卒然不可為諱，是僕終已不得舒憤懣以曉左右。」❾惟君侯察焉　希望長史明察。

【語　譯】我李白聽說天不說話而四季運行，地不說話而百物生長。我李白，是人，不是天和地，怎能不說話而使人知道呢？所以我冒昧地剖陳心跡，申述生平經歷之事，權當言笑，以表明我的心跡。而粗略地陳述其中大概，以一洩心中的煩悶為快，希望長史明察！

白本家金陵❶，世為右姓❷。遭沮渠蒙遜難❸，奔流咸秦❹，因官寓家。少長江漢❺，五歲誦六甲❻，十歲觀百家❼。軒轅以來❽，頗得聞矣。常橫經籍書，制作不倦❾，迄於今三十春矣❿。

【章　旨】以上為第二段，敘自己家世和出身，以及幼年以來努力攻讀和寫作的情況。

【注　釋】❶本家金陵　本家，《唐文粹》作「家本」。王琦注按：「自『本家金陵』至『少長江漢』二十餘字，必有缺文訛字，否則『金陵』或是『金城』之謬，亦未可知。」按：金城，漢郡名，治所在今甘肅永靖西北。十六國前涼以金城（今甘肅蘭州）為治所。李白自稱隴西人，則「金陵」當為「金城」之訛。或謂李暠在西涼亦設建康郡，故亦得別稱金陵，恐鑿。❷右姓　古代以右為上，漢魏以後稱世家大族為右姓。❸遭沮渠蒙遜難　難，《唐文粹》、《全唐文》作「之難」。沮渠蒙遜，十六國時北涼的建立者。按《晉書・李玄盛傳》記載，涼武昭王諱暠，字玄盛，隴西成紀人，姓李氏，漢前將軍廣之十六世孫。世為西州右姓。當呂氏之末，為群雄所奉，遂啟霸圖，兵無血刃，坐定千里。進號大都督、大將軍、涼公、領秦涼二州牧。據河右，遷都酒泉，薨。子歆嗣位，為沮渠蒙遜所滅。諸弟酒泉太守翻、新城太守預、領羽林右監密、左將軍眺、右將軍亮等西奔敦煌，蒙遜遂入於酒泉。翻及弟敦煌太守恂與諸子等棄敦煌，奔於北山。郡人宋承、張弘以恂在郡有惠政，推為冠軍將軍、涼州刺史。蒙遜屠其城。歆子重耳，脫身奔於江左，仕於宋。後歸魏，為恆農太守。蒙遜徙翻子寶等於姑臧，歲餘，北奔伊吾，後歸於魏。「遭沮渠蒙遜難」當即指此。❹咸秦　指秦故地，即長安咸陽一帶。鮑令暉〈代葛沙門妻郭小玉作詩二首〉其一：「君非青雲逝，飄跡事咸秦。」❺江

漢　指長江與漢水流域。此處指古巴蜀之地，今四川省。杜甫〈枯棕〉詩：「嗟我江漢人，生成復何有！」仇兆鰲注：「江漢，指巴蜀。」❻六甲　用天干地支相配計算時日，其中有甲子、甲戌、甲申、甲午、甲辰、甲寅，稱六甲。猶言學數干支也。《漢書・食貨志上》：「八歲入小學，學六甲五方書計之事。」❼百家　指先秦諸子百家之書。❽軒轅以來　即謂有史以來。軒轅，即黃帝。《史記・五帝本紀》謂黃帝姓公孫，名軒轅。司馬貞索隱引皇甫謐曰：「居軒轅之丘，因以為名，又以為號。」《史記》第一篇〈五帝本紀〉即從黃帝軒轅氏開始。❾常橫經籍書二句　謂經常橫放著書籍，晝夜攻讀，寫詩作賦更是不知疲倦。經籍書，《唐文粹》、《全唐文》作「經籍詩書」。《文選》卷四五班固〈答賓戲并序〉：「徒樂枕經籍書，紆體衡門。」呂向注：「枕經典而臥，鋪詩書而居也。」又卷四六任昉〈王文憲集序〉：「公自幼及長，述作不倦。」李周翰注：「述作，文史詩賦也。」❿迄於今三十春矣　至今已有三十年。此「三十春」，指從「本家金陵……少長江漢」算起。故學術界據此謂此書寫於三十歲時。又有因以為從「五歲誦六甲」算起，則此書作於三十五歲時。

【語　譯】我李白祖籍金城，世代為右姓望族。先世遭遇沮渠蒙遜的劫難，奔亡流落到長安咸陽一帶。就官安家居住，少年時在江漢一帶長大。我五歲時就學六甲五方書，十歲時就閱讀諸子百家之書，從黃帝有史以來的所有文字，都略微有所涉獵。經常放著書籍，晝夜攻讀，寫詩作賦更是不知疲倦，至今已有三十年了。

以為士生則桑弧蓬矢，射乎四方❶，故知大丈夫必有四方之志❷。乃杖劍去國❸，辭親遠遊。南窮蒼梧❹，東涉溟海❺。見鄉人相如大誇雲夢之事，云楚有七澤❻，遂來觀焉。而許相公家見招，妻以孫女❼，便憩跡于此❽，至移三霜❾焉。

【章　旨】以上為第三段，敘述自己辭親遠遊的志向，歷敘離開故鄉後的經歷，來到安陸被故相家招親；

總之在安州已住了三年。

【注　釋】❶以為士生則桑弧蓬矢二句　乎，《唐文粹》作「于」。桑弧蓬矢射乎四方，《禮記・射義》：「故男子生，桑弧蓬矢六，以射天地四方。天地四方者，男子之所有事也。故必先有志於其所有事，然後敢用穀也，飯食之謂也。」孔穎達疏：「明男子重射之義，以男子生三日射人以桑弧蓬矢者，則有為射之志，故長大重之桑弧蓬矢者，取其質也。所以用六者，射天地四方也。」李白此即取其意。桑弧蓬矢，桑木做的弓，蓬梗做的箭。❷四方之志　指輔佐帝王治理天下之志。《魏書・夏侯道遷傳》：「少有志操。年十七，父母為結婚韋氏，道遷云：『欲懷四方之志，不願取婦。』」❸杖劍去國　持劍離別故鄉。杖，通「仗」。王本、《唐文粹》、《全唐文》作「仗」。去國，離開故鄉。❹窮蒼梧　窮，歷盡。蒼梧，古地區名。其地當在今湖南九嶷山以南。又作山名，即九疑山，相傳舜葬於蒼梧之野。地在今湖南寧遠南。❺涉溟海　涉，到達。溟海，大海。❻見鄉人二句　鄉人，同鄉人。漢代辭賦家司馬相如，是蜀人；李白亦少長蜀地，故稱司馬相如為鄉人。大誇雲夢之事云楚有七澤，司馬相如有〈子虛賦〉，言及楚有七澤和雲夢之事，參見38頁注❻。❼而許相公家見招二句　許相公，指高宗時宰相許圉師。據《舊唐書・許圉師傳》，圉師有器幹，博涉藝文，舉進士。顯慶二年，累遷黃門侍郎、同中書下三品，龍朔中為左相。上元中，再遷戶部尚書。儀鳳四年卒。見招，被招為婿。妻以孫女，以許相國孫女嫁給李白為妻。❽憩跡于此　宋本原無「跡」字，據郭本、王本、咸本、《唐文粹》、《全唐文》補。憩跡，猶棲息。❾三霜　猶三年。按李白三十歲寫此文，上推三年，可知其二十七歲來安陸定居。

【語　譯】前人以為男子出生就要佩帶桑弧蓬矢，向天地四方發射，所以我知道大丈夫一定要有輔佐帝王治理天下的志向。於是我就持劍離別故鄉，拜別父母而去遠遊。向南歷盡蒼梧之野，向東到達大海之邊。受鄉人司馬相如大誇雲夢之事的影響，說楚國有七大沼澤，就來到這裡參觀。而故宰相許圉師家招我為婿，將孫女嫁給我為妻，就棲息在這裡，至今已有三年了。

曩昔東遊維揚❶，不逾一年，散金三十餘萬❷，有落魄❸公子，悉皆濟之。此

則是白之輕財好施❹也。又昔與蜀中友人吳指南同遊於楚，指南❺死於洞庭之上，白禫服慟哭，若喪天倫❻。炎月❼伏屍，泣盡而繼之以血❽。行路聞者❾，悉皆傷心。猛虎前臨，堅守不動。遂權殯❿於湖側，便之金陵。數年來觀，筋骨⓫尚在。白雪泣⓬持刃，躬申洗削。裹骨，徒步，負之而趨。寢興⓭攜持，無輟身手，遂丐貸營葬於鄂城之東⓮。故鄉路遙⓯，魂魄無主，禮以遷窆，式昭朋情⓰。此則是白存交重義也。

【章旨】以上為第四段，主要敘述兩件任俠仗義的事：一是在揚州「散金三十餘萬」，救濟窮困士子；一是以禮喪葬友人吳指南，把朋友當作兄弟一樣；這是李白出蜀後實施任俠仗義主要的兩件事。

【注釋】❶曩昔東遊維揚　曩昔，往昔；往日；以前。向秀〈思舊賦〉：「追思曩昔遊宴之好，感音而歎，故作賦云。」維揚，揚州的別稱。參見127頁注❷。揚，宋本原作「陽」，郭本、咸本作「楊」，今據王本改。❷散金三十餘萬　三十餘萬，泛言很多金銀，未必實指。❸落魄　同「落拓」。窮困失意。《史記・酈生陸賈列傳》：「（酈食其）家貧落魄，無以為衣食業。」❹好施　喜歡施捨他人。應劭《風俗通・聲音・羽》：「聞其羽聲，使人善養而好施。」❺同遊於楚指南　咸本漏此六字。❻白禫服慟哭二句　禫服，猶服喪。禫，除喪服的祭禮。天倫，舊指父子、兄弟等天然的親屬關係。此處指兄弟。《穀梁傳・隱公元年》：「兄弟，天倫也。」范甯注：「兄先弟後，天之倫次。」❼炎月　夏天暑月。唐太宗〈停封禪詔〉：「朕蚤（早）歲躬勤拯溺，至於炎月，沿北不安。」❽泣盡而繼之以血　郭本、咸本無「而」字。用《韓非子・和氏》成句：「泣盡而繼之以血。」❾行路聞者　行路，路人。《後漢書・黨錮傳・范滂》：「行路聞之，莫不流涕。」聞，宋本原作「間」，據王本、咸本、《唐文粹》、《全唐文》改。❿權殯　暫且停柩；暫且埋葬。⓫筋骨　骨，王本、《唐文粹》作「肉」。⓬雪泣　揩拭眼淚。《呂氏春秋・觀表》：「吳起雪泣而應之。」

高誘注：「雪，拭也。」⑬寢興　臥與起。泛指日夜。潘岳〈悼亡詩〉其二：「寢興目存形，遺音猶在耳。」《詩・小雅・斯干》：「乃寢乃興。」⑭遂丐貸營葬於鄂城之東　丐貸，借債。營葬，料理喪葬。鄂城，指鄂州城，今湖北武昌。⑮路遙　遙，《唐文粹》作「遠」。⑯式昭朋情　用以顯示朋友間的深情。式，以；用。昭，顯揚。朋，宋本原作「明」，據郭本、繆本、王本、咸本、《唐文粹》、《全唐文》改。

【語　譯】以往我東遊揚州，不滿一年，散發三十多萬兩黃金，凡有窮困的公子，全都救濟他們。這就是我李白輕視財產而樂於救助他人的行為吧。還有過去和蜀中的一位友人吳指南一同在楚地遊玩，指南突然死在洞庭湖邊，我穿著喪服大哭，像死了親兄弟一樣。炎熱夏天我伏在他的屍體上，眼淚落盡繼之以流血。過路的人聽到的，全都感到傷心。猛虎來到我的面前，我仍堅持守衛而不動，於是暫且埋葬在洞庭湖邊，就往金陵去，幾年後再來觀察，屍體的骨架還存在。我拭淚持刀，懷著誠敬之情，親自洗削屍骨，然後把它包裹起來，背著它徒步快走，白天趕路，晚上睡覺，都拿著不離身。於是借債料理喪事埋葬於鄂州城之東。故鄉路遠，魂魄沒有主位，應該以禮遷葬，以此表明朋友的情誼。這就是我李白重視朋友的交情和義氣的行為吧。

又昔與逸人東嚴子隱於岷山之陽❶，白巢居❷數年，不跡❸城市。養奇禽千計，呼皆就掌取食，了無驚猜❹。廣漢太守❺聞而異之，詣廬❻親睹，因舉二人以有道，並不起❼。此則白養高忘機❽，不屈之跡也。

【章　旨】以上為第五段，主要敘述與友人隱居大匡山，逍遙自在，養鳥取樂，當地長官請他們出山，推薦去考功名，都被拒絕，說明他們淡泊名利，氣節高尚。

【注釋】❶又昔句　逸人，隱居不仕之人。東嚴子，楊慎〈李太白詩題辭〉謂即梓州鹽亭人趙蕤。嚴，《唐文粹》、《全唐文》作「巖」。楊天惠《彰明逸事》謂李白隱大匡山，依趙徵君蕤，從學歲餘。故楊說可從。岷山，在今四川北部，綿延四川、甘肅兩省邊境，為長江、黃河分水嶺，岷江、嘉陵江發源地。陽，山之南，水之北。此即指大匡山。❷巢居　原始社會人棲宿於樹，稱巢居。《莊子・盜跖》：「且吾聞之，古者禽獸多而人民少，於是民皆巢居以避之。」此處指築巢而居。❸不跡　蹤跡不到。❹了無驚猜　全不驚懼嫌隙。❺廣漢太守　廣漢，漢郡名，治所在乘鄉（今四川金堂東），東漢移治雒縣（今四川廣漢北）。大匡山在唐綿州境內，在漢為廣漢郡所轄，故此以廣漢指代綿州。廣漢太守即指綿州刺史。❻詣廬　到茅舍。❼因舉二人以有道二句　唐科舉取士制科的科名。由地方官推舉到京師後，由皇帝命試。二句謂綿州刺史推舉他們應試有道科，但他們都不去。❽養高忘機　養高，保養高尚志節。忘機，忘卻計較得失，指淡於名利，與世無爭。機，機巧之心。《三國志・魏書・高柔傳》：「遂各偃息養高，鮮有進納。」李白〈下終南山過斛斯山人宿置酒〉詩：「我醉君復樂，陶然共忘機。」

【語譯】還有以往與隱逸之人東嚴子隱居在岷山之南的大匡山，我築巢而居多年。足跡不到城市。養有奇珍的禽鳥數千隻，一呼就都飛到我手掌上啄食，全不驚懼嫌隙。綿州刺史聽說而為之驚異，到茅舍來親眼目睹，於是推舉我們二人上京參加有道科考試，我們都不去。這是我李白保養高節淡忘名利而倔強不屈的事蹟。

又前禮部尚書蘇公出為益州長史❶，白於路中投刺❷，待以布衣之禮❸。因謂群寮❹曰：「此子天才英麗，下筆不休❺，雖風力❻未成，且見專車之骨❼。若廣之以學，可以相如比肩❽也。」四海明識，具知此談❾。前此郡督馬公❿，朝野豪彥；一見盡禮⓫，許為奇才。因謂長史李京之⓬曰：「諸人之文，猶山無煙霞，

春無草樹。李白之文，清雄奔放，名章俊語，絡繹⑬間起，光明洞澈⑭，句句動人。」此則故交元丹，親接斯議。若蘇、馬二公愚人也⑮，復何足盡陳⑯！儻賢賢也，白有可尚⑰。

【章旨】以上為第六段，例舉兩位前輩著名大臣對自己的以禮相待，以及對自己文學才華的賞識和稱讚，還有傍人作證，說明自己不是平庸之人，而是一個少有的人才。

【注釋】❶又前句　蘇公，指蘇頲。據《舊唐書·蘇頲傳》，蘇頲開元八年除禮部尚書，罷政事，俄知益州大都督府長史事。益州，唐州名，治所在今四川成都。按唐時益州大都督常由親王遙領，不赴任，故大都督府長史為州的實際行政長官。❷投刺　投名帖請謁。刺，名帖。《北齊書·楊愔傳》：「遂投刺轅門，便蒙引見。」❸布衣之禮　猶布衣之交。意謂蘇頲不以名位之尊，而以平等身分接待李白。《三國志·吳書·孫登傳》：「登待接寮屬，略用布衣之禮，與恪、休、譚等或同輿而載，或共帳而寐。」布衣，平民，指未仕的讀書人。❹群寮　群，《唐文粹》作「郡」。❺下筆不休　形容才思泉湧。《文選》卷五二曹丕〈典論·論文〉：「（班固）〈與弟超書〉曰：『武仲以能屬文，為蘭臺令史，下筆不能自休。』」張銑注：「超，班超也。武仲，傅毅字也。休，息也，言其文美不能自息也。」❻風力　猶風骨。指文辭的風采筆力。劉勰《文心雕龍·風骨》：「相如賦仙，氣號凌雲，蔚為辭宗，迺其風力遒也。」❼專車之骨　滿車之骨。此指文章氣象宏大。《國語·魯語下》：「吳伐越，墮（隳）會稽，獲骨焉，節專車。」韋昭注：「骨一節，其長專車。專，擅。」❽比肩　並肩；地位相等。按此事亦見《新唐書·李白傳》：「蘇頲為益州長史，見白異之，曰：是子天才英特，少益以學，可比相如。」❾四海明識二句　天下卓識之士都知道這一評價。❿郡督馬公　郡督，《全唐文》作「郡都督」。指安州都督府都督馬正會，乃代宗時名將馬璘之祖父。《全唐文》卷六二三熊執易〈武陵郡王馬公神道碑〉：「在皇朝，松、安、嶲、鄯四府都督，隴右節度，加、鄜、鄘三州刺史，右武、左武二衛大將軍，扶風公，食邑千戶，贈光祿卿府君諱正會，公之曾祖也。……四鎮北庭、涇原、鄭潁等節度使，開府儀同三司，尚書左僕射、知省事兼御史大夫，扶風郡王，贈司徒、太尉府君諱璘，公之烈考也。」詳見郁賢皓《唐刺史考全編》

卷一三五安州「馬正會」條。（合肥，安徽大學出版社二〇〇〇年版1829頁）⓫一見盡禮　宋本原作「一見禮」，無「盡」字，據郭本、王本、咸本、《唐文粹》、《全唐文》補。⓬李京之　此前李白有〈上安州李長史書〉，李長史即李京之，為裴長史之前任。其他事蹟不詳。⓭絡繹　《唐文粹》作「駱驛」。亦作「絡驛」，往來不絕；前後相接；接連不斷。⓮洞澈　透明清澈。澈，郭本、王本、《唐文粹》、《全唐文》作「徹」。⓯句句動人四句　咸本正文無此二十二字，校：「一本云……」，校文即此二十二字。元丹，即元丹丘，李白好友，有〈元丹丘歌〉、〈以詩代書答元丹丘〉等許多詩。若蘇馬二公愚人也，謂如果蘇頲、馬正會二公之言是愚弄人的話。愚人，愚弄人；說謊捉弄人。⓰何足盡陳　那又有什麼可以陳述的。郭本、王本、咸本、《全唐文》無「盡」字。《唐文粹》作「何以盡陳」。⓱儻賢賢也二句　謂如果二公是真心推敬誇獎賢人，那我李白還是有可以崇尚之處。儻賢賢也，《唐文粹》作「儻其賢賢也」。《全唐文》作「倘賢者也」。儻，通「倘」。倘若。賢賢，上「賢」字為動詞，推敬賢人；下「賢」字為名詞，賢人。有可尚，有可以崇尚之處。

【語譯】還有以前的禮部尚書蘇頲公出任益州大都督府長史，我李白在半路上投名片請謁，蘇公不以名位之尊，而以平等身分用布衣之禮接待我，於是對他的部下群僚說：「這位士子天生才華而文章英麗，下筆不能自休，雖然風采筆力未成，尚見宏大氣象的骨架。如果以學力增廣他，可以與漢代著名大賦文學家司馬相如並肩比美。」當時天下卓識之士，都知道這些談論。前些時候這個郡的都督馬正會公，是朝廷和地方的英豪，一見面就盡禮相待，讚許我是個奇才。於是對長史李京之說：「其他人的文章，就像山上沒有煙霞，不夠蘊藉；春天沒有草樹，文無藻飾。李白的文章，清新雄奇而熱烈奔放，著名章節和俊逸語句，前後相接不斷出現，明朗清澈，句句激動人心。」這有故友元丹丘，因親自參加被接見而知道這些議論。如果蘇公和馬公說這些話是愚弄人，又有什麼可以盡情陳說！如果二公是真心推敬賢人，那我李白還是有可以崇尚之處。

夫唐虞之際，於斯為盛，有婦人焉，九人而已❶。是知才難不可多得。白，

野人❷也，頗工於文，惟君侯顧之，無按劍也❸。伏惟❹君侯，貴而且賢，鷹揚虎視❺，齒若編貝❻，膚如凝脂❼，昭昭乎若玉山上行，朗然映人也❽。而高義重諾，名飛天京❾，四方諸侯，聞風暗許❿。倚劍慷慨，氣干虹蜺。月費千金，日宴群客，出躍駿馬，入羅紅顏⓫，所在之處，賓朋成市⓬。故時人歌曰：「賓朋何喧喧⓭！日夜裴公門。願得裴公之一言，不須驅馬將華軒⓮。」白不知君侯何以得此聲於天壤之間，豈不由重諾好賢，謙以得也⓯？而晚節改操，棲情翰林⓰，天才超然，度越作者⓱。屈佐邳國⓲，時惟清哉。稜威雄雄，下慴群物⓳。

【章　旨】以上為第七段，首先引用孔子的話說明人才難得，表示自己在文學方面有才華，請裴長史考慮。接著就從各個方面寫裴長史的為人：從儀表、牙齒、皮膚到風彩，從品格、氣概、豪奢、駿馬、美女到賓客成市，說這一切都是他重諾好賢而所得。然後又轉而頌揚他晚年傾情文學，其天才的作品超越一般作者。最後說他屈居長史之位而治理清明，並能使下屬畏服。

【注　釋】❶夫唐虞之際四句　《論語・泰伯》：「武王曰：『予有亂臣十人。』孔子曰：『才難，不其然乎？唐虞之際，於斯為盛，有婦人焉，九人而已。』」何晏注：「馬曰：亂，治也。治官者十人，謂周公旦、召公奭、太公望、畢公、榮公、太顛、閎夭、散宜生、南宮适。其一人謂文母。」又曰：「周最盛，多賢才，然尚有一婦人，其餘九人而已。大才難得，豈不然乎？」此用其成句。謂號稱賢才最盛的周武王時期，其中尚有一位婦人，此外只有九個賢人而已，由此可知大才難得。❷野人　庶人；平民。《論語・先進》：「先進於禮樂，野人也；後進於禮樂，君子也。」劉寶楠正義：「野人者，凡民未有爵祿之稱也。」❸無按劍也　不要按劍發怒。《史記・平原君列傳》：「毛遂按劍，

歷階而上。」此「按劍」表示呵叱之意。按咸本無「顧之無按劍也伏惟君侯」十字。❹伏惟　猶俯思，下對上有所陳述時表敬之辭。❺鷹揚虎視　鷹揚，威武貌。虎視，如虎之雄視。應璩〈與侍郎曹長思書〉：「王肅以宿德顯授，何曾以後進見拔，皆鷹揚虎視，有萬里之望。」李周翰注：「鷹揚虎視，言其雄勇之士力。有萬里之望，謂望富貴。」❻編貝　形容牙齒潔白整齊如編排的貝殼。《漢書．東方朔傳》：「長九尺三寸，目若懸珠，齒若編貝。」❼凝脂　喻皮膚柔滑潔白如凝凍的脂肪。《詩．衛風．碩人》：「手如柔荑，膚如凝脂。」❽昭昭乎若玉山上行二句　昭昭，光明貌。《楚辭．九歌．雲中君》：「靈連蜷兮既留，爛昭昭兮未央。」玉山上行，《世說新語．容止》：「見裴叔則如玉山上行，光映照人。」此即用其意。上行，《唐文粹》作「之行」。映人也，《唐文粹》無「也」字。朗然，明亮貌。以上五句形容裴長史的儀表風采。❾天京　此處指京都長安。❿四方諸侯二句　四方諸侯，指各地方長官。暗許，私下讚許。⓫出躍駿馬二句　出外騎駿馬，歸家美女環列。羅，排列。紅顏，指侍女。⓬賓朋成市　形容賓客眾多，喧鬧如市。朋，《唐文粹》作「客」。⓭故時人歌曰二句　時人，宋本原作「時節」，據郭本、王本、咸本、《唐文粹》改。《全唐文》作「詩人」。朋，《唐文粹》作「客」。⓮將華軒　乘美車。將，與；乘。郭本、王本、《唐文粹》、《全唐文》作「埒」。華軒，雕飾華美的車乘。⓯謙以得也　《唐文粹》、《全唐文》作「謙以下士得也」。⓰而晚節改操二句　晚節，暮年。李白〈留別廣陵諸公〉詩：「晚節覺此疏，獵精草太玄。」改操，改變操行。《後漢書．孔奮傳》：「及拜太守，舉郡莫不改操。」翰林，文翰之林；文苑。《文選》卷九揚雄〈長楊賦〉：「故藉翰林以為主人，子墨為客卿以風。」李善注：「翰林，文翰之多若林也。」⓱天才超然二句　天才，天性的才能。王本作「天材」。蕭統〈答晉安王書〉：「汝本有天才，加以受好。」度越，超過。《漢書．揚雄傳贊》：「若使遭遇時君，更閱賢知，為所稱善，則必度越諸子矣。」顏師古注：「度，過也。」⓲䢵國　即鄖國，古國名。䢵，郭本、王本、《唐文粹》、《全唐文》作「鄖」。在今湖北安陸。春秋時為楚所滅。《左傳．桓公十一年》：「鄖人軍於蒲騷。」⓳稜威雄雄二句　謂裴長史為人所畏服。稜威雄雄，威勢盛貌。慴，同「懾」。畏懼。繆本誤作「熠」。《三國志．魏書．武帝紀》：「稜威南邁，術以隕潰。」《楚辭．大招》：「雄雄赫赫，天德明只。」朱熹集注：「雄雄，威勢盛也。」

【語　譯】唐堯虞舜之際，在此時人才為盛。在周武王時，治理之人十人，其中有一個婦人，男子僅九人罷了。由此知人才之難不可多得。我李白，是個在野的平民，對於文學很擅長，希望得到長史眷顧，不

要按劍發怒。俯思您長官，富貴而且賢能，威風英武如虎之雄視，牙齒潔白整齊如編排的貝殼，皮膚柔滑潔白如凝凍的脂肪，明亮地如在玉山上行，光彩照人。而您又以義氣為高重視許諾，名揚京師，各州郡地方長官，都聞風而私下讚許。您身佩雄劍意氣激昂，氣宇軒昂可上干虹蜺。您每月費用千金，每日宴請賓客，外出躍騎駿馬，歸家美女環列，所到之處，眾多賓客喧鬧成市。所以時人歌唱道：「賓客多麼熱鬧！日夜都在裴公之門。希望得到裴公的一句話，不需要乘坐華美的馬車。」我不知道您怎麼能在天地之間得到這樣的好名聲，難道不是由於重視許諾和喜愛賢士，以謙遜下士而獲得的嗎？而您暮年改變操行，傾心於文翰之林，天才高遠，超越一般作者。現在屈任安州都督府輔佐，時政治理清明。威風凜然，使部下群僚畏服。

白竊慕高義❶，已經十年。雲山間之，造謁❷無路。今也運會，得趨末塵❸，承顏接辭，八九度矣❹。常欲一雪心跡，崎嶇未便❺。何圖謗言忽生，眾口攢毀❻，將恐投杼下客❼，震於嚴威。然自明無辜，何憂悔吝❽。孔子曰：「畏天命，畏大人，畏聖人之言❾。」過此三者，鬼神不害❿。若使事得其實，罪當其身，則將浴蘭沐芳，自屏於烹鮮之地⓫，惟君侯死生⓬。不然，投山竄海，轉死溝壑。豈能明目張膽，託書自陳耶！昔王東海問犯夜者⓭曰：「何所從來⓮？」答曰：「從師受學，不覺日晚。」王曰：「吾豈可鞭撻甯越以立威名⓯！」想君侯通人⓰，必不爾⓱也。

【章　旨】以上為第八段，首先說仰慕裴長史已十年，卻沒有機會見面；接著說現在有了機會認識已八九年，但尚未能一吐心事；然後提到正題，沒有想到眾多的人譭謗自己，而自己完全是無辜的。為了表示自己的無辜，說了兩層意思：一是請裴長史查清事實，如果事情屬實，自己甘願接受烹刑。一是如果確有其事，自己早就逃走，豈敢明目張膽地上書？最後用王安期不願鞭打好學的犯夜人以立威名的典故，來刺激裴長史的態度。

【注　釋】❶竊慕高義　私下羨慕你崇高的節義。《史記・魏公子列傳》：「以公子之高義，為能急人之困。」❷造謁　登門拜謁。袁宏《後漢紀・獻帝紀二》：「同郡陳仲舉名重當時，鄉里後進莫不造謁。」❸今也運會二句　如今幸得良機，得以跟隨趨走。運會，時運際會。末塵，猶後塵，比喻別人之後。拜會的謙辭。羊祜〈讓開府表〉：「今臣身託外戚，事遭運會。」❹承顏接辭二句　承顏，承接顏色，謂見面。《漢書・雋不疑傳》：「今乃承顏接辭。」度，次。❺常欲一雪心跡二句　雪，洗清；表白。心跡，心志；心中所想之事。崎嶇，道路高低不平貌。漢王符《潛夫論・浮侈》：「傾倚險阻，崎嶇不便。」此指曲折不便。❻何圖謗言二句　何圖，豈料。謗言，誹謗之言。言，宋本原作「詈」，據郭本、王本、咸本、《唐文粹》改。眾口，謂眾人交口譭謗。攢，聚集。❼將恐投杼下客　恐，宋本原作「欲」，據郭本、王本、咸本改。投杼，喻謠言可以傷人。典出《戰國策・秦策二》：「昔者曾子處費，費人有與曾子同名族者而殺人，人告曾子之母曰：『曾參殺人。』曾子之母曰：『吾子不殺人！』織自若；有頃，人又曰：『曾參殺人！』其母尚織自若也；頃之，一人又告之，曰：『曾參殺人！』其母懼，投杼逾牆而走。」❽何憂悔吝　何必憂慮災禍。吝，宋本原作「恪」，咸本作「悋」，據郭本、繆本、王本、《唐文粹》、《全唐文》改。《易・繫辭上》：「悔吝者，憂虞之象也。」悔吝，災禍。❾畏天命三句　《論語・季氏》：「孔子曰：『君子有三畏，畏天命，畏大人，畏聖人之言。』」何晏注：「順吉逆凶，天之命也。大人即聖人，與天地合其德。」又云：「深遠不可易知測，聖人之言也。」❿過此三者二句　除此三者，鬼神亦何所懼。⓫則將浴蘭沐芳二句　用芳草蘭湯沐浴，自甘願退居受刑之地。浴蘭沐芳，表示自己品德高潔。屏，退居。烹鮮，用《老子》「治大國若烹小鮮」之典。河上公注：「鮮，魚。烹小魚，不去腸，不去鱗，不敢撓，恐其糜也。治國煩則下亂。」後以烹鮮喻治國之道。此「烹鮮之地」猶言鼎鑊。⓬惟君侯死生　只由您處置死生。⓭昔王東海問犯夜者　《世說新語・政事》：「王安期作東海郡，吏錄一犯夜人來，王

問：『何處來？』云：『從師家受書還，不覺日晚。』王曰：『鞭撻甯越以立威名，恐非至理之本。』使吏送令歸家。」此即用其事。王東海，指東海郡太守王承，字安期，古人常以所官名稱人。⑭何所從來　即「來從何所」。⑮吾豈句　吾豈可，《全唐文》無「吾」字。甯越，據《世說新語》劉孝標注引《呂氏春秋》：「甯越，中牟之鄙人也……其友曰：『莫如學。學三十歲則可以達矣。』甯越曰：『請以十歲，人將休吾將不敢休，人將臥吾將不敢臥。』十五歲而周威公師之。」此以王承喻裴長史，以甯越自比。⑯通人　指學識淵博、貫通古今之人。王充《論衡‧超奇》：「通書千篇以上，萬卷以下，弘暢雅閑，審定文讀，而以教授為人師者，通人也。」又曰：「故夫能說一經者為儒生，博覽古今者為通人。」⑰不爾　不如此。

【語譯】我李白私下羨慕您崇高的義行，已經有十年。因為山水阻隔，無路造府拜謁。如今幸運有了機會，得以趨從於末塵，順承尊長的顏色接談，八九次了。常想表白心跡，總覺曲折不便。哪裡料到忽然發生誹謗之言，眾人交口聚集譭謗我，想到曾參之母相信誣諂不實之辭而投杼逃走，我怕您也相信誹謗之言而感到震怒而嚴威逐客。然而我自己明白無辜，為何憂慮悔恨和災禍。孔子說：「畏懼天命，畏懼大人，畏懼聖人之言。」除此三者，鬼神亦何所懼。假使誹謗之事屬實，自己應當有罪，那麼我將用芳草蘭湯沐浴，自己甘願退居烹刑之地，只由您處置死生。若非如此，就逃竄山林海邊，轉輾死於溝壑。難道能明目張膽，上書自己陳述意見嗎！以往東海郡太守王承問犯夜規的人說：「從何處來？」回答說：「跟從老師受學，不覺得日晚。」王承說：「吾豈能鞭打甯越那樣好學的人，來樹立威名嗎！」我想您長官是個博覽古今的通人，一定不會那樣的。

願君侯惠以大遇❶，洞開心顏，終乎前恩，再辱英眄❷。白必能使精誠動天，長虹貫日❸，直度易水，不以為寒❹。若赫然作威❺，加以大怒，不許門下，逐❻之長途，白即膝行於前，再拜而去，西入秦海，一觀國風❼，永辭君侯，黃鵠舉

矣❽。何王公大人之門，不可以彈長劍❾乎？

【章　旨】以上為第九段，希望裴長史再次像過去那樣以禮遇接待自己，就會感動上天。否則，如果作威而驅逐自己，自己就永遠拜別裴長史，西入長安去觀光，到王公大人之門去求助。

【注　釋】❶大遇　猶殊遇。極大的禮遇。遇，《唐文粹》作「愚」。孔融〈論盛孝章書〉：「昭王築臺以尊郭隗，隗雖小才而逢大遇。」❷終乎前恩二句　前恩，指前文所言「承顏接辭，八九度矣。」再辱，再次賜予。辱，謙辭。英眄，猶「青睞」，愛顧。眄，王本、《全唐文》作「盼」。❸白必能使精誠動天二句　己真誠之心能使蒼天感動。精誠，真誠。《莊子・漁父》：「真者，精誠之至也，不精不誠，不能動人。」長虹貫日，謂長虹穿日而過。古人認為人間有不平凡的行動，就會引起這種天象變化。《戰國策・魏策四》：「聶政之刺韓傀也，白虹貫日。」❹直度易水二句　用荊軻事，參見88頁注❶。此處反用荊軻離燕往秦時所歌「風蕭蕭兮易水寒」之意。按《史記・魯仲連鄒陽列傳》：「昔者荊軻慕燕丹之義，白虹貫日，太子畏之。」則此處用荊軻事亦有「長虹貫日」意。❺若赫然作威　赫然，盛怒貌。作威，施展威風。作，《唐文粹》作「振」。❻逐　郭本作「遂」。❼西入秦海二句　秦海，指今陝西一帶。因其古為秦地，地域廣袤，故稱秦海。唐都長安，此以秦海為長安之代稱。國風，此指朝廷的景象。❽黃鵠舉矣　鵠，《唐文粹》作「鶴」。黃鵠，大鳥名。一名天鵝。形似鶴，色蒼黃，亦有白者，其翔極高，一飛千里。舉，高飛。古代隱逸之士常自比黃鵠。《韓詩外傳》卷二：「田饒事魯哀公而不見察，田饒謂哀公曰：『臣將去君，黃鵠舉矣。』」《文選》卷三三屈原〈卜居〉：「寧與黃鵠比翼乎？」劉良注：「黃鵠，喻逸士也。」❾彈長劍　用馮驩典故。《史記・孟嘗君列傳》記載，戰國時齊國孟嘗君的門客馮驩曾多次彈鋏（劍把）而歌，慨歎生活不如意：「長鋏歸來乎，食無魚！」「長鋏歸來乎，出無車！」「長鋏歸來乎，無以為家！」後因以「彈鋏」或「彈劍」喻生活困窘，求助於人。

【語　譯】希望您長官施惠給以最大的禮遇，敞開心胸和臉色，終於像以前的承顏接辭尊恩，再次賜予青睞眷顧。我一定能使至誠感動上天，出現長虹貫日，像當年荊軻那樣直度易水，就不會出現「風蕭蕭兮易水寒」那樣的情況了。如果您盛氣而施展威風，加上大怒，不許我到您門下，驅逐我到遙遠之地，我

就膝行到您面前，向您再拜而離去，西到長安，觀覽京都的風光，永遠與您告別，黃鵠高飛了。為什麼王公大人的門不可以彈長劍呢？

【研　析】文章首先說明自己是西涼武昭王李暠的後代，因為李暠之子被沮渠蒙遜所滅，其子孫流落各地。自己在江漢一帶成長，從小博覽群書，至今已三十年。接著說自己按古訓大丈夫當有四方之志，於是辭親遠遊，「南窮蒼梧，東涉溟海」，遍歷長江中下游地區。然後因觀雲夢而來到安陸，被許相國家招親而居住在安陸已有三年。這些家世和經歷都說明自己不是一般的人。文章從第四段開始倒敘以往之事，「散金三十餘萬」和以禮喪葬友人吳指南兩件任俠仗義的事，表明自己的行為和性格。這是出蜀以後的事。第五段敘述與友人隱居大匡山養鳥取樂，拒絕當地長官推薦去考功名，說明他們淡泊名利，氣節高尚。這是出蜀以前在蜀中之事。第六段例舉蘇頲和馬都督兩位前輩著名大臣對自己的以禮相待，以及對自己文學才華的賞識和稱讚，證明自己是一個少有的人才。蘇頲的賞識是開元九年在蜀中的事，而馬都督的稱讚則是到安陸以後之事。第七段是轉捩點，先說明自己在文學方面有才華，請裴長史考慮人才難得，接著就轉而從各個方面頌揚裴長史重諾好賢而又有文學天才，屈居長史之位而治理威嚴清明。為下文的有所請求作鋪墊。第八段在說正題前還說了仰慕十年之類的客套話，然後提到正題，即在安陸有眾多的人在謗誹自己，而自己完全是無辜的。為了表示自己的無辜，說了兩層意思：一是請裴長史查清事實，如果事情屬實，自己甘願接受烹刑。一是假定確有其事，自己早就逃走，豈敢明目張膽地上書？然後用王安期不願鞭打好學的犯夜人以立威名的典故，來刺激裴長史為自己雪謗。最後一段是表明自己的態度，希望裴長史再次像過去那樣以禮遇接待自己，為自己雪謗，就會感動上天。否則，如果作威而驅逐自己，自己就永遠拜別裴長史，西入長安去觀光，到王公大人之門去求助。本文的主旨實際上就是在最後兩段：即安州有眾人謗誹李白，所以寫此信希望裴長史能為自己雪謗。但李白的態度很強硬，說明自己是無辜的，如果裴長史不肯接見為自己雪謗，自己就要離開安州，到長安去投靠王公大人了。從後

來的種種跡象看，裴長史沒有接見李白為他雪謗，所以不久李白就第一次赴長安。從此信可以看出，李白在安陸的遭遇確實很糟糕，文中充分暴露出李白的可憐相，說了許多諂媚的話。真如洪邁《容齋四筆》卷三〈李太白怖州佐〉引本文中許多諂媚的話後歎息說：「裴君不知何如人，至譽其貴且賢……予謂白以白衣入翰林，其蓋世英姿，能使高力士脫靴於殿上，豈拘拘然怖一州佐者邪？蓋時有屈伸，正自不得不爾，大賢不偶，神龍困於螻蟻，可勝歎哉！白此書自敘其平生云：『昔與蜀中友人吳指南，同遊於楚，指南死於洞庭之上，白禫服慟哭，炎月伏屍，猛虎前臨，堅守不動，遂權殯於湖側。數年來觀，筋骨尚在。雪泣持刃，躬申洗削，裹骨徒步，負之而趨，寢興攜持，無輟身手，遂丐貸營葬於鄂城。』其存交重義如此。『又與逸人東嚴子隱於岷山，巢居數年，不跡城市，養奇禽千計，呼皆就掌取食，了無驚猜。』其養高忘機如此。而史傳不為書之，亦為未盡。」

卷第三

序

暮春江夏送張祖監丞之東都序❶

吁咄❷哉！僕書室坐愁，亦已久矣。每思欲遐登蓬萊，極目四海，手弄白日，頂摩青穹❸，揮斥幽憤❹，不可得也。而金骨未變，玉顏已緇❺，何常❻不捫松傷心，撫鶴歎息？誤學書劍，薄遊人間❼。紫微九重❽，碧山萬里。有才無命，甘於後時。劉表不用於禰衡，暫來江夏❾；賀循喜逢於張翰，且樂船中❿。

【章　旨】以上為第一段，歎息自己求仙未成，無路從政。暫來江夏，喜逢張丞。

【注　釋】❶暮春江夏句　張祖，《唐文粹》作「張承祖」。疑是。監丞，據《舊唐書．職官志三》，唐代諸監（少府監、將作監、都水監）皆設丞，此序中稱「統泛舟之役」，即押漕運之事，則當為都水監丞，從七品上。李白有〈江夏

送張丞〉詩，當為同一人。詩與序似皆為開元二十二年（西元七三四年）暮春在江夏（今湖北武漢武昌）作。❷吁咄　歎詞。表示憂傷。❸青穹　青天；碧空。《宋書・樂志二》：「旋駕聳，泛青穹。延八虛，闢四空。」❹揮斥幽憤　揮斥，縱放。幽憤，鬱結於胸中的怨憤。《莊子・田子方》：「揮斥八極，神氣不變。」郭象注：「揮斥，猶放縱也。」《漢書・崔寔傳》：「斯賈生之所以排於絳、灌，屈子之所以攄其幽憤者也。」❺而金骨未變二句　金骨未變，謂求仙未成。金骨，道教謂服藥煉骨。玉顏已緇，謂紅顏已逝。玉，《唐文粹》作「王」。已，《唐文粹》作「以」。緇，黑色。❻何常　常，通「嘗」。《唐文粹》作「嘗」。何嘗，何曾。用反問語氣表示未曾。❼誤學書劍二句　書劍，古代士子學文習武隨身攜帶書和劍。孟浩然〈自洛之越〉詩：「皇皇三十載，書劍兩無成。」薄遊，亦作「薄游」。漫遊；或用作為薄祿而宦遊。夏侯湛〈東方朔畫贊并序〉：「以為濁世不可以富貴也，故薄游以取位。」《文選》卷二七謝朓〈休沐重還道中〉詩：「薄游第從告，思閑願罷歸。」李周翰注：「薄游，薄宦也。」❽紫微九重　微，《唐文粹》、《全唐文》作「禁」。紫微，本為星官名，在北斗以北。古代常以紫微星垣比喻皇帝的居處，因稱皇宮為紫微宮。《文選》卷一一王延壽〈魯靈光殿賦〉：「乃立靈光之祕殿，配紫微而為輔。」張載注：「紫微，至尊宮，斥京師也。」九重，指宮門。古制，天子之居有門九重，故稱。《楚辭・九辯》：「君之門以九重。」趙壹〈刺世疾邪賦〉：「雖欲竭誠而盡忠，路絕險而靡緣。九重既不可啟，又群吠之狺狺。」❾劉表不用於禰衡二句　《後漢書・禰衡傳》：「劉表及荊州士夫先服其才名，甚賓禮之。……後復侮慢於表，表恥不能容，以江夏太守黃祖性急，故送衡與之。」後禰衡為黃祖所殺。按：此處以東漢時荊州刺史劉表暗喻唐代荊州大都督府長史韓朝宗，以禰衡自喻。說明開元二十二年李白赴襄州謁見韓朝宗求薦，朝宗未予推薦，故李白暫且來到江夏。❿賀循喜逢於張翰二句　《晉書・張翰傳》：「會稽賀循，赴命入洛，經吳閶門，於船中彈琴。翰初不相識，乃就循言譚，便大相欽悅。問循，知其入洛，翰曰：『吾亦有事北京。』便同載即去，而不告家人。」此處以張翰喻同姓人張丞，以賀循自喻。謂自己與張丞初次相識，即喜樂於舟中。

【語　譯】唉啊！我在書房中閒坐憂愁，也已很久了。時常想要遠去登上蓬萊山，盡目力所及遙望四海，手撫太陽，頭頂摩擦青天，放縱發洩鬱積在我胸中的怨憤，卻不可能做到。服藥煉骨未成，青春紅顏已變。何嘗不摸著松樹而傷心，撫著黃鶴而歎息？白白地學文習武，在人間漫遊。天子皇宮有九重之門，

就像遠隔萬里青山。我有才而無命，只能甘心於失去時機。我猶如當年禰衡不被劉表所錄用，暫且來到江夏；也像當年賀循喜遇張翰，就在船中歡樂。

達人❶張侯，大雅❷君子。統泛舟之役❸，在清川之湄❹。談玄賦詩，連興數月，醉盡花柳，賞窮江山。王命有程，告以行邁❺，煙景晚色❻，慘為愁容。繫飛帆於半天，泛淥水❼於遙海。欲去不忍，更開芳樽❽。樂雖寰中，趣逸天半。平生酣暢，未若此筵❾。至於清談浩歌，雄筆麗藻❿，笑飲醁酒⓫，醉揮素琴⓬，余實不愧於古人也。

【章旨】以上為第二段，敘張丞因押解漕運即將啟程，群友祖餞的歡快情景。

【注釋】❶達人　通達事理之人。《唐文粹》、《全唐文》作「遇達人」。《左傳・昭公七年》：「聖人有明德者，若不當世，其後必有達人。」孔穎達疏：「達人，謂知能通達之人。」❷大雅　指德高而有大才之人。《文選》卷一班固《西都賦》：「大雅宏達，於茲為群。」李善注：「大雅，謂有大雅之才者。《詩》有〈大雅〉，故以立稱焉。」❸泛舟之役　此處指漕運。即古代將所徵糧食經水路運往京師或所指定地方的運輸。《左傳・僖公十三年》：「秦於是乎輸粟于晉，自雍及絳相繼，命之曰『泛舟之役』。」杜預注：「從渭水運入河汾。」孔穎達疏：「秦都雍，雍臨渭。晉都絳，絳臨汾。渭水從雍而東，至弘農華陰縣入河，從河逆流而北上，至河東汾陰縣，乃東入汾，逆流東行而通絳。故杜云『從渭水運入河汾』也。」❹湄　岸邊，水與草交接之處。《詩・秦風・蒹葭》：「所謂伊人，在水之湄。」❺王命有程二句　王命，宋本原作「國祖」，據郭本、王本、咸本、《唐文粹》、《全唐文》改。有程，指漕運有限定的日程，即規定送達的日期。行邁，行路。行，《唐文粹》、《全唐文》作「於」。《詩・王風・黍離》：「行邁靡靡，中心搖

搖。」毛傳：「邁，行也。」鄭玄箋：「行，道也。道行，猶行道也。」❻晚色　晚，《唐文粹》作「之」。❼淥水　淥，咸本作「綠」。❽欲去不忍二句　忍，《唐文粹》、《全唐文》作「去」。芳樽，精美的酒器，借指美酒。《晉書・阮籍傳論》：「嵇、阮竹林之會，劉、畢芳樽之友。」❾樂雖寰中四句　寰中，宇內；天下。李百藥〈謁漢高廟〉詩：「干戈革宇內，聲教盡寰中。」半，咸本校：「一作外。」《唐文粹》、《全唐文》作「外」。筵，《唐文粹》、《全唐文》作「時」。❿至於清談浩歌二句　清談，清雅的談論。劉楨〈贈五官中郎將詩〉其二：「清談同日夕，情盼敘憂勤。」浩歌，大聲歌唱。浩，宋本作「皓」，據郭本、王本、咸本、《唐文粹》、《全唐文》改。《楚辭・九歌・少司命》：「望美人兮未來，臨風怳兮浩歌。」雄筆，猶雄文。內容精深、氣勢雄偉的詩文。王勃〈秋晚入洛於畢公宅別道王宴序〉：「雄筆壯詞，煙霞照灼。」麗藻，華麗的詞藻。陸機〈文賦〉：「遊文章之林府，嘉麗藻之彬彬。」⓫醁酒　美酒。王僧孺〈在王晉安酒席數韻〉：「何因送款款，伴飲杯中醁。」⓬素琴　不加裝飾的琴。《晉書・陶潛傳》：「性不能音，而蓄素琴一張，絃徽不具。」

【語　譯】 通達事理的張先生，是位德高而有大才的君子。他統領漕運糧食的差事，停留在清清的江水岸邊。談論玄學，吟詠詩歌，連續了幾個月的興緻，盡醉於繁華風流場所，賞盡了江山美景。只是王命對漕運時間有限定的日程，告知必須立即行舟。此時已是傍晚的煙景暮色，慘然化為憂愁的面容。將飛帆高繫於半空，泛舟於遙遠的江海淥水之中。欲行而又捨不得，於是重新開張美好的酒席。歡樂雖然在周圍千里之內，逸趣高飛於半天之外。平生酣飲暢快之情，都不如此次的筵宴。至於清雅的談論和大聲歌唱，氣勢雄偉詞藻華麗的詩文，笑飲美酒，醉彈不加裝飾的素琴，這樣的情誼，我們真正是無愧於古人的。

揚袂❶遠別，何時歸來？想洛陽之秋風，將膾魚以相待❷。詩可贈遠，無乃❸闕乎？

【章　旨】以上為第三段，敘送別之情及盼望張丞早日歸來。

【注　釋】❶揚袂　揮袖，表示告別之意。❷想洛陽之秋風二句　《晉書・張翰傳》記載，張翰在洛陽，「見秋風起，乃思吳中菰菜、蓴羹、鱸魚膾，曰：『人生貴得適志，何能羈宦數千里以要名爵乎！』遂命駕而歸。」此處又以張翰比擬張丞。將膾魚，《唐文粹》作「鱠伊魚」。膾，郭本、《全唐文》作「鱠」。❸無乃　表示委婉揣測的語氣，相當於「莫非」、「恐怕是」。

【語　譯】終於到了揮袖告別之時，請問您何時能歸來？想您一定會像當年張翰那樣見到洛陽吹起秋風就會思念吳中故鄉，屆時我們一定會膾魚而等待著您。吟詩可以贈您遠別，難道可以闕如麼？

【研　析】此序首先歎息自己閒愁已久，因為求仙無成，紅顏已變身；所學書劍卻無路從政；強烈抒發了自己有才無命、報國無門的苦悶心情。接著描寫遇見張君的歡樂景況，點明張君是統領漕運差事往東都而經過江夏，停留數月，賞盡江山勝景，醉盡花柳風流。只因王命對漕運時間有期限，張君不得不啟行告別。但又捨不得分離，於是友人都來為張君餞行，序中細緻地描繪了筵席上歡暢情景：清談浩歌，雄筆麗藻，笑飲美酒，醉彈素琴。最後敘寫揮手告別的情景及等待張君歸來以作結。意味悠長。

奉餞十七翁二十四翁尋桃花源序❶

昔祖龍滅古道，嚴威刑❷，煎熬生人，若墜大火❸。三墳五典，散為寒灰❹。築長城，建阿房❺，并諸侯，殺豪俊❻。自謂功高羲皇，國可萬世❼。思欲凌雲氣，求仙人，登封太山，風雨暴作。雖五松受職，草木有知；而萬象乖度，禮刑將弛❽。則綺皓不得不遁於南山❾，魯連不得不蹈於東海❿。則桃源之避世者，可謂超升先覺⓫。夫指鹿之儔，連頸而同死，非吾黨之謂乎⓬？

【章　旨】以上為第一段，敘秦始皇滅古道，行暴政，士人只得逃難避世，引出桃花源事，為尋桃花源主題鋪墊。

【注　釋】❶奉餞十七翁句　此文當為餞送李十七、李二十四兩位老人往桃花源去而作。十七翁，當即李白〈秋夜宿龍門香山寺奉寄王方城十七丈奉國瑩上人從弟幼成令問〉詩中的十七丈。題中稱兩人為「翁」，當為李白前輩李姓老人。桃花源，《唐文粹》作「桃源」，即指東晉陶淵明所作〈桃花源記〉中虛構的與世隔絕、怡然自樂的境界。因〈桃花源記〉開頭說「武陵人」，故傳說桃花源在今湖南桃源，此處晉時屬武陵郡，唐時屬朗州武陵縣。王琦曰：「桃花源自陶淵明作記之後，無人復至其地，後人多云是仙境，或云乃託言耳，非實境也。好奇之士，慕想不可得，而指近地之山以當之，遂有桃源山，其實非昔之桃花源矣。」按：此序當作於開元二十三年（西元七三五年）前後。❷昔祖龍滅古道二句　祖龍，指秦始皇。《史記・秦始皇本紀》：「三十六年……秋，使者從關東過華陽平舒道，有人持璧遮使者曰：『為吾遺滈池君。』因言曰：『今年祖龍死。』使者問其故，因忽不見，置其璧去。」裴駰集解引蘇林曰：

「祖，始也。龍，人君象，謂始皇也。」滅古道，指秦始皇廢除古代傳統的制度和學術思想。嚴威刑，《全唐文》作「威嚴刑」。指採用嚴厲的刑法制度。❸煎熬生人二句　煎熬，比喻受折磨。王逸〈九思・怨上〉：「我心兮煎熬，惟是兮用憂。」生人，即生民。唐人避太宗李世民諱，改民為人。若墜大火，如落火中。二句謂使民眾深受折磨，猶如墜落在一場大火之中。一說如天上的心宿墜落。心宿屬十二次中的「大火」。❹三墳五典二句　三墳五典，傳說中的古書名。此處泛指古代典籍。孔安國〈尚書序〉：「伏犧、神農、黃帝之書，謂之三墳，言大道也。少昊、顓頊、高辛、唐虞之書，謂之五典，言常道也。」《左傳・昭公十二年》：「是能讀三墳、五典、八索、九丘。」杜預注：「皆古書名。」散為寒灰，指秦始皇焚書事。《史記・秦始皇本紀》：三十四年，丞相李斯奏：「臣請史官非秦記皆燒之。非博士官所職，天下敢有藏《詩》、《書》、百家語者，悉詣守、尉雜燒之。有敢偶語《詩》、《書》者棄市。以古非今者族。吏見知不舉者與同罪。令下三十日不燒，黥為城旦。所不去者，醫藥卜筮種樹之書。若欲有學法令，以吏為師。制曰：『可。』」❺築長城二句　賈誼〈過秦論〉：「乃使蒙恬北築長城而守藩籬，卻匈奴七百餘里。」建，《唐文粹》、《全唐文》作「起」。《史記・秦始皇本紀》：三十五年，「乃營作朝宮渭南上林苑中。先作前殿阿房，東西五百步，南北五十丈，上可以坐萬人，下可以建五丈旗。周馳為閣道，自殿下直抵南山。表南山之巔以為闕。為復道，自阿房渡渭，屬之咸陽，以象天極，閣道絕漢，抵營室也。阿房宮未成；成，欲更擇令名名之。作宮阿房，故天下謂之阿房宮。」張守節正義：「《括地志》云：『秦阿房宮亦曰阿城，在雍州長安縣西北一十四里。』按：宮在上林苑中，雍州郭城西南面，即阿房宮城東面也。顏師古云：『阿，近也。以其去咸陽近，且號阿房。』」❻并諸侯二句　指秦始皇三十六年消滅六國諸侯，吞併天下，又殺關東六國豪傑俊士。賈誼〈過秦論〉：「及至秦王，……吞二周而亡諸侯，履至尊而制六合。……於是廢先王之道，焚百家之言，以愚黔首。墮名城，殺豪俊。……秦王之心，自以為關中之固，金城千里，子孫帝王萬世之業也。」❼自謂功高羲皇二句　自以為功高於上古伏羲氏，國可以傳至萬代。羲皇，傳說中的上古帝王伏羲氏。《文選》卷四八揚雄〈劇秦美新〉：「厥有云者，上罔顯於羲皇。」李善注：「伏羲為三皇，故曰羲皇。」《史記・秦始皇本紀》：二十六年，制曰：「朕聞太古有號毋謚，中古有號，死而以行為謚。如此，則子議父，臣議君也，甚無謂，朕弗取焉。自今已來，除謚法，朕為始皇帝，後世以計數，二世、三世至于萬世，傳之無窮。」❽登封太山六句　太山，《唐文粹》、《全唐文》作「泰山」。《史記・秦始皇本紀》：二十八年，始皇「乃遂上泰山，立石，封，祠祀。下，風雨暴至，休於樹下，因封其樹為五大夫。」《獨異志》卷中：「始皇二十八年，登封太山，至

半，忽大風雨雷電。路旁有五松樹，蔭翳數畝，乃封為五大夫。忽聞松上有人言曰：『無道德，無仁無禮，而王天下，妄命受命，何以封！』左右咸聞，始皇不樂，乃歸，崩於沙丘。」六句用其意。❾則綺皓不得不遁於南山　綺皓，指綺里季、東園公、夏黃公、用里先生等商山四皓。秦朝末年隱於商山。南山，即指商山，在今陝西商洛東南。❿魯連不得不蹈於東海　魯連，指魯仲連。魯仲連義不帝秦，《戰國策‧趙策三》：「彼秦者，棄禮義而上首功之國也，權使其士，虜使其民，彼則肆然而為帝，……則連有赴東海而死矣，吾不忍為之民也。」⓫則桃源之避世者二句　謂陶淵明〈桃花源記〉中的避秦亂的人，可以說是超升的先知先覺者。則桃源，《唐文粹》無「則」字。超升，郭本、《全唐文》作「超昇」。⓬夫指鹿之儔三句　指鹿之儔，謂不附權勢而說真話的正直之士。《史記‧秦始皇本紀》：「秦二世三年，「趙高欲為亂，恐群臣不聽，乃先設驗，持鹿獻於二世，曰：『馬也。』二世笑曰：『丞相誤邪？謂鹿為馬。』問左右，左右或默，或言馬以阿順趙高。或言鹿（者），高因陰中諸言鹿者以法。」三句謂當年那些指鹿為鹿說真話之輩，連續被趙高殺害，豈非說的就是吾輩之人麼？

【語　譯】從前，秦始皇想要消滅傳統思想觀念，採用嚴厲的刑法制度，折磨平民，使百姓就像落在大火之中。上古時代的典籍，都被焚燒殆盡。他還勞民傷財地修築長城，建造阿房宮，消滅六國諸侯而併吞天下，又殺害關東的豪傑俊才。自以為他的功業高於傳說中的上古帝王伏羲氏，他建立的秦國可以傳至萬世。於是他想上登雲天，追求神仙。在登泰山封禪時，暴風雨突然大作。雖然避雨的樹被封為五大夫，但草木有知而仍然責罵他是無道之君。當時一切事情都失當而反常，禮制和刑法都將毀壞。所以綺里季、東園公、夏黃公、用里先生等商山四皓不得不逃避而隱居商山，魯仲連不得不要赴東海而死。因此，桃花源中的逃避秦亂的人，可以說是高超的先知先覺者。至於不附權勢指鹿為鹿說真話之輩，連續被趙高殺害，難道說的不就是吾輩之人嗎？

二翁耽老氏之言，繼少卿之作❶，文以述大雅，道以通至精❷。卷舒天地之

心，脫落神仙之境❸。武陵遺跡❹，可得而窺焉。問津❺利往，水引漁者，苑藏❻仙溪。春風不知從來，落英何許❼流出！石洞來入，晨光盡開。有良田名池，竹果森列❽，三十六洞，別為一天耶❾？今扁舟而行，然笑謝❿人世，阡陌未改，古人依然⓫。白雲何時而歸來，青山一去而誰往⓬？諸公賦〈桃花源〉以美之。

【章　旨】以上為第二段，先讚二翁的文章道德的高雅至精，定能窺見桃源，然後化用〈桃花源記〉文意，描繪桃源之美景，為二翁作序餞行。

【注　釋】❶二翁耽老氏之言二句　耽，酷嗜；非常喜好。老氏之言，指老子《道德經》。少卿，指西漢的李陵，字少卿。《文選》卷二九有李陵〈與蘇武〉詩三首，或以為偽託。王琦曰：「老氏之言，少卿之作，俱切李氏事用。」❷文以述大雅二句　謂二翁的詩文寫作高尚雅正，道德通達最高境界。至精，古代哲學家指極其精微神妙而不見形跡存在。❸卷舒天地之心二句　謂屈伸隨天地之心，脫落塵俗而入神仙之境。❹武陵遺跡　即指桃花源。陶淵明〈桃花源記〉：「晉太元中，武陵人，捕魚為業。緣溪行，……忽逢桃花林。」故後人都認為桃花源在武陵。❺問津　尋訪。陶淵明〈桃花源記〉：「南陽劉子驥，高尚士也；聞之，欣然規往。未果，尋病終。後遂無問津者。」❻苑藏　苑，咸本、《唐文粹》作「花」。❼何許　何處。❽石洞來入四句　化用〈桃花源記〉中語：「山有小口，髣髴若有光。便捨船，從口入。初極狹，纔通人；復行數十步，豁然開朗。……有良田美池桑竹之屬。」❾三十六洞二句　道教稱神仙居住人間的三十六處名山洞府為三十六洞天。任昉《述異記》卷下：「人間三十六洞天，知名者十耳，餘二十六天，出《九微志》，不行於世也。」《雲笈七籤》卷二七：「三十六小洞天，在諸名山之中，亦上仙統治之處也。」❿然笑謝　郭本、王本、《唐文粹》、《全唐文》無「然」字。⓫阡陌未改二句　化用〈桃花源記〉意境：「阡陌交通，雞犬相聞。其中往來種作，男女衣著，悉如外人。」⓬白雲何時而歸來二句　白雲、青山，形容自由自在的生活。《舊唐書・傅奕傳》：「因自為墓誌曰：『傅奕，青山白雲人也。因酒醉死，嗚呼哀哉！』其縱達皆此類。」歸來，《唐文粹》作「來

歸」。

【語 譯】兩位前輩非常愛好老子的《道德經》，也繼承李陵的詩文。二翁的詩文高尚雅正，道德達到最高境界。屈伸都能隨天地之心，脫落塵俗而入於神仙之境。所以陶淵明筆下的武陵遺跡桃花源，定當可以看見而大飽眼福的。尋訪非常順利前往，遇水有漁人引領，苑林中藏有仙溪。春風不知從何處吹來，落花不知從何處流出來！進入石洞，早晨的陽光完全照亮了天地。有良田名池，竹林果樹繁密排列，大概是三十六洞天以外，別有這一洞天吧？如今乘小船而行，但要笑謝人世，田間道路未變，依然保持著古人風貌。就像白雲不知何時歸來，青山一去不知再往何處？諸公都為之賦〈桃花源詩〉來讚美他們。

【研 析】此序首先敘寫秦始皇滅古道，行暴政，焚書坑儒，建阿房，求神仙，有識之士不得不逃難避世，讚美逃往桃花源的避世者乃超級明智的先覺者，為二翁尋桃花源的主題作了鋪墊。接著便敘二翁的道德文章至精高雅，儘管前人都沒有尋訪到桃花源，但二翁此次前去尋訪定當能窺見。於是設想二翁尋到桃花源的景象，亦即化用陶淵明〈桃花源記〉中所描寫的情況。一路尋訪，由漁人引導，春風撲面，落英繽紛。進入石洞，豁然開朗，有良田名池桑竹之屬，真是別有洞天。阡陌未改，古人依然都像青山白雲一樣自由自在。最後以「諸公賦〈桃花源〉以美之」作結，回歸主題。結構曲折，層次清晰。

夏日奉陪司馬武公與群賢宴姑熟亭序❶

通驛公館南有水亭焉❷。四甍翬飛，巉絕浦嶼❸。蓋有前攝令河東薛公棟而宇之❹，今宰隴西李公明化開物成務，又橫其梁而閣之❺。晝鳴閑琴，夕酌清月。蓋為接輶軒祖遠客之佳境也❻。

【章旨】以上為第一段，敘建亭的經過。

【注釋】❶夏日奉陪句　奉陪，郭本、王本、《全唐文》無「奉」字。陪，宋本原作「倍」，據郭本、王本、咸本、《全唐文》改。司馬武公，宣城郡司馬武幼成。李白〈趙公西候新亭頌〉：「長史齊公光乂，人倫之師表；司馬武公幼成，衣冠之髦彥。」姑熟亭，在宣州（宣城郡）當塗縣姑熟水上所建之亭。熟，咸本作「孰」。此序當是天寶十三載夏在宣州當塗縣姑熟亭上陪宣城郡司馬武幼成參加群賢宴集時所作的詩序。❷通驛公館南有水亭焉　謂當塗驛站接待住宿的公館之南有一座水亭。❸四甍翬飛二句　甍，屋脊。亭有四脊，故曰「四甍」。翬飛，鳥鼓翼疾飛。《詩・小雅・斯干》：「如翬斯飛。」朱熹集傳：「其簷阿華采而軒翔，如翬之飛而矯其翼也。」後因以「翬飛」形容如鳥飛舉的屋簷。巉絕，險峻陡峭。浦嶼，水中小島。❹蓋有句　前攝令，前任代理縣令。河東薛公，祖籍河東的薛姓官員，名不詳。棟，屋的正樑。宇，屋簷。棟、宇，此處都用作動詞，架起正樑，蓋好屋簷。❺今宰二句　今宰，現在的縣令。今，宋本原作「令」，據郭本、王本、咸本、《全唐文》改。隴西李公明化，祖籍隴西，姓李名明化。開物成務，通曉萬物之理並按規則辦事而取得成功。《易・繫辭上》：「夫易，開物成務，冒天下之道，如斯而已者也。」孔穎達疏：「言《易》能開通萬物之志，成就天下之務。」又橫其梁而閣之，又架好屋樑而建成亭閣。❻蓋為句　謂這大概是接待使臣和餞送遠行之客的最佳的地方吧。輶軒，使臣乘坐的輕車，代指使臣。

【語　譯】當塗縣四通八達的驛站接待住宿的公館之南有一座水亭。亭的四角屋脊就像鳥兒展翅疾飛，在水中小島上顯得陡峭險峻。這是由前任代理縣令河東薛公架樑蓋屋，當今的縣令隴西李明化君開通萬物成就一切事務，又架好屋樑而建成了這個亭閣。他白天悠閒地鳴琴而治，晚上清涼地飲酒賞月。這裡大概是為接待使者和餞別遠行友人的美好的境地吧。

製置既久，莫知何名。司馬武公，長材博古❶，獨映方外❷。因據胡牀，岸幘嘯詠❸，而謂前長史李公❹及諸公曰：「此亭跨姑孰之水❺，可稱為『姑孰亭』焉。」嘉名勝概，自我作也。

【章　旨】以上為第二段，描寫宣州司馬武幼成之瀟灑及其為姑熟亭命名的情景。

【注　釋】❶長材博古　才能高而通曉古代之事。張衡〈西京賦〉：「有憑虛公子者……雅好博古，學乎舊史氏。」❷方外　世外。語出《莊子・大宗師》：「孔子曰：『彼遊方之外者也，而丘遊方之內者也。』」❸因據胡牀二句　胡牀，又稱「交牀」。可折疊的輕便坐具。《三國志・魏書・武帝紀》「賊亂取牛馬，公乃得渡」裴松之注引〈曹瞞傳〉：「公將過河，前隊適渡，超等奄至，公猶坐胡牀不起。」岸幘，推起頭巾，露出前額，表示態度灑脫不拘。嘯詠，吟詠；歌唱。《世說新語・簡傲》：「桓宣武……引謝奕為司馬。奕既上，猶推布衣交。在溫座席，岸幘嘯詠，無異常日。宣武每曰：『我方外司馬。』」❹前長史李公　前任宣州長史李某。❺姑熟之水　即姑熟溪。熟，咸本作「孰」。《元和郡縣志》卷二八江南道宣州當塗縣：「姑熟水，在縣南二里。縣名因此。」

【語　譯】這個水亭已建置成很久，卻不知其名。宣城郡司馬武幼成君，才高而學識淵博，名聲光映世外。於是靠著坐具，推高頭巾而吟詠詩歌，然後對前任宣城郡長史李公以及其他諸公說：「此亭跨越姑熟溪，可以稱之為『姑熟亭』吧。」美名勝景，由我們自己創造，不必循守舊法啊。

且夫曹官紱冕者❶，大賢處之，若遊青山、臥白雲，逍遙偃傲，何適不可❷？小才居之，窘而自拘，悄若桎梏，則清風朗月，河英嶽秀，皆為棄物，安得稱焉❸？所以司馬南鄰，當文章之旗鼓❹；翰林客卿，揮辭鋒以戰勝❺。名教樂地，無非得俊之場也❻。千載一時❼，言詩紀志。

【章旨】以上為第三段，議論山水名勝對大賢和小才的不同作用，讚美司馬武幼成的文才逸情和群賢的各盡辭鋒。

【注釋】❶且夫曹官紱冕者　曹官，此處指郡縣的官僚。紱冕，本指繫官印的絲帶和禮冠，後借指做官者。此處泛指官員。《文選》卷一班固〈西都賦〉：「英俊之域，紱冕所興。」李善注引《蒼頡篇》曰：「紱，綬也。」又引《說文》曰：「冕，大夫以上冠也。」❷大賢處之四句　謂大賢之人處於郡縣官員的位置，就像遊青山、臥白雲，過著逍遙自在偃仰嘯傲的生活，哪有什麼不可去的地方？❸小才居之七句　謂小才之人處於郡縣官員的位置，就會窘迫而拘束，就像悄然戴上枷鎖，於是清風明月、清水秀山，都成為被拋棄之物，哪裡還值得稱道呢？《老子》第二十七章：「聖人常善救人，故無棄人。常善救物，故無棄物。」❹所以司馬南鄰二句　司馬，指宣城郡司馬武幼成。南鄰，指在筵席上南面而坐。旗鼓，本指軍中指揮號令的用具，亦可喻指將帥首領。❺翰林客卿二句　指在座的賦詩之人，各自揮筆展辭鋒以決勝負。《文選》卷九揚雄〈長楊賦序〉：「聊因筆墨之成文章，故藉翰林以為主人，子墨為客卿以諷。」李善注：「翰林，文翰之多若林也。」又引韋昭曰：「翰，筆也。」《宋書・袁淑傳》：「盤筆端之用，展辭鋒之銳。」❻名教樂地二句　《晉書・樂廣傳》：「是時王澄、胡毋輔之等，皆亦任放為達，或至裸體者。廣聞而笑曰：『名教內自有樂地，何必乃爾！』」《晉書・陸機傳》：「至太康末，與弟雲俱入洛，造太常張華。華素重其名，如舊相識，曰：『伐吳之役，利獲二俊。』」二句謂此次宴會亦可謂名教中的樂地，是展示才華可以得俊的場所。❼千載一時　謂此乃千載難逢一次的機會。《晉書・慕容雲載記》：「機運難邀，千歲一時，公焉得辭也！」

【語　譯】況且郡縣的官員，由大才的賢人擔任，就像遊青山、臥白雲，過著逍遙自在偃仰嘯傲的生活，哪有不可去的地方？讓才能低下的人擔任，就會窘迫而拘束，像悄然戴上枷鎖，於是清風明月、清水秀山都成為被拋棄之物，哪裡還值得稱道呢？所以宣城郡司馬武幼成公在筵席上南面而坐，作為文章的首領；在座的賦詩之人，各自揮筆展辭鋒以決勝負。此次宴會，亦可謂名教中的樂地，無非是展示才華可以得俊的場所。這是千載難逢的一次機會，賦詩而記載此事。

【研　析】此序首先描繪了姑孰亭的位置和形狀，點明乃前後兩任縣令相繼建造而成，讚美今縣令李明化鳴琴而治的政績，說明此亭乃接待使者和餞送遠客的最佳之地。接著專寫宣城郡司馬武幼成為姑孰亭命名的情景：這位司馬既才高而又博通古今，聲名遠傳，瀟灑風流地推起頭巾，露出前額，吟誦嘯詠，向同僚們說明，取名姑孰亭的原因是此亭跨越姑孰溪。最後議論山水名勝對大賢和小才有兩種不同的作用。實際上是讚揚司馬武幼成乃何適而不可的大賢，所以在筵席上南面而坐，當文章之首領，並點明在座文士都各盡辭鋒。序末將此次宴會稱為名教中的樂地，展示才華而得俊的場所，是千載難得一遇的機會，實際上是闡明寫作此序的意義。

江夏送林公上人遊衡嶽序❶

江南之仙山，黃鶴之爽氣❷，偶得英粹，後生俊人❸。林公世為豪家❹，此土之秀。落髮歸道，專精律儀❺。白月在天，朗然獨出❻。既灑落於彩翰，亦諷誦於金口❼。

【章　旨】以上為第一段，謂林公上人得江夏仙山靈秀之氣，又精佛教律儀，如明月在天，光明突出。讚美林公上人既善辭章，又深佛理。

【注　釋】❶江夏送林公上人句　林公上人，姓林的僧人。上人，佛教指才智道德兼具可為僧眾之師的高僧，南朝宋以後多用為對僧人的尊稱。《唐文粹》題中無「上人」二字。文中稱林公「世為豪家」，後削髮為僧。此次赴南嶽衡山之遊，群公送至江邊，臨流賦詩，李白遂作此篇詩序。衡嶽，即衡山，古代稱五嶽之一的南嶽，故稱「衡嶽」。《書・舜典》：「五月，南巡守，至于南嶽，如岱禮。」孔傳：「南嶽，衡山。」在今湖南衡山縣西，屬衡陽市南嶽區。此序前人多謂開元二十二年（西元七三四年）作於江夏（今湖北武漢武昌），可從。❷江南之仙山二句　黃鶴，山名。即今湖北武漢武昌之蛇山，相傳仙人子安乘黃鶴過此山，故又名黃鶴山。此處稱「江南之仙山」，亦用此傳說。爽氣，明朗開豁的自然景象。《世說新語・簡傲》：「王子猷作桓車騎參軍，桓謂王曰：『卿在府久，比當相料理。』初不答，直高視，以手版拄頰云：『西山朝來，致有爽氣。』」❸偶得英粹二句　英粹，英靈精粹之氣。俊人，猶俊傑。才智傑出的人。❹豪家　有錢有勢之家。《史記・呂不韋列傳》：「趙欲殺子楚妻子。子楚夫人，趙豪家女也。得匿，以故母子竟得活。」❺落髮歸道二句　剃除頭髮為僧，專心鑽研精通佛教的戒律儀則。《大乘義章》卷一〇：「言律儀者，制惡之法，說名為律。行依律戒，故號律儀。又復內調亦為律，外應真則，目之為儀。」❻白月在天二句　比喻林公上

人之風彩如天上皎潔的月光，明亮突出。白月，指明亮的圓月，滿月。朗然，光明貌。❼既灑落於彩翰二句　謂林公既善於彩筆灑落辭章，又善於金口諷誦佛經。灑落，灑脫飄逸。金口，佛教語。謂佛之口舌如金剛堅固不壞。隋煬帝〈寶臺經藏願文〉：「前佛後佛，諒同金口。即教當教，寧殊玉牒。」誦，宋本原作「詩」，據郭本、王本、咸本、《唐文粹》、《全唐文》改。金，郭本、王本、咸本、《全唐文》作「人」。

【語　譯】江南的黃鶴山是座仙山，有一種明朗開豁的爽氣。偶而得到英靈精粹的結晶，然後就會產生才智傑出的人。林公世世代代都是豪富之家，是此地最優秀的人才。他剃髮為僧，專心精研佛教的戒律儀則。就像皎潔的皓月高懸在天，光明特出。林公既善於用彩筆揮灑辭章，又善於用金口諷誦佛經。

閑雲無心，與此偕往❶。欲將振五樓之金策，浮三湘之碧波❷。乘杯泝流❸，考室名嶽❹；瞰憩冥壑，凌臨諸天❺。登祝融之峰巒，望長沙之煙火❻。遙謝舊國，誓遺歸蹤❼。百千開士❽，稀有此者。

【章　旨】以上為第二段，遙想林公上人一路上振策渡湘，泝流而行，憩息南嶽，一心修道的情景。

【注　釋】❶閑雲無心二句　比喻林公上人自由往來如閒雲無心，與天地同往。李白〈送韓準裴政孔巢父還山〉詩：「時時或乘興，往往雲無心。」《淮南子・原道訓》：「乘雲陵霄，與造化者俱。」高誘注：「造化，天地。一曰，道也。」❷欲將振五樓之金策二句　五樓，疑為地名或佛寺名。金策，僧所持的禪杖。杖頭有一鐵卷，中段用木，下安鐵纂，振時作聲。《文選》卷一一孫綽〈遊天台山賦〉：「振金策之鈴鈴。」李善注：「金策，錫杖也。鈴鈴，策聲。」三湘，瀟湘、沅湘、資湘，即指今湖南地區的江流。❸乘杯泝流　慧皎《高僧傳・宋京師杯度》：「杯度者，不知姓名。常乘木杯度水，因而為目。」後因稱僧人出行為「杯度」或「杯渡」。泝流，謂林公上人從江夏至衡山必須乘船泝長江至洞庭、湘水逆流而上。❹考室名嶽　謂在名山下規謀土地築屋建室。《文選》卷六左思〈魏都賦〉：「諮

其考室，議其舉厝」。張銑注：「謀度其宮室之制，皆合法則也。」宋之問〈藍田山莊〉詩：「考室先依地，為農且用天。」❺瞰憩冥壑二句　謂俯息於幽谷，攀登可臨諸天。冥壑，深谷。諸天，佛教語。指護法眾天神。佛經言欲界有六天，色界之四禪有十八天，無色界之四處有四天，其他尚有日天、月天、韋馱天等諸天神，總稱之曰諸天。❻登祝融之峰二句　祝融峰，衡山七十二峰的最高峰。在今湖南衡山縣西北。屬衡陽市南嶽區。長沙，唐郡名、縣名。今湖南長沙。❼遙謝舊國二句　謂遠辭故鄉，絕不歸去。舊國，故鄉。❽開士　佛教對「菩薩」的別稱。後作為對僧人的敬稱。《釋氏要覽》卷上：「經音疏云：開，達也，明也，解也；士則士夫也。經中多呼菩薩為開士。前秦苻堅賜沙門有德解者號開士。」

【語譯】林公上人自由往來如浮雲無心，與天地同往。現在又將要揮動五樓的禪杖，浮遊三湘的水波。乘木杯渡水溯流而上，在南嶽名山下規謀土地築屋建室。俯息於幽谷，攀登可凌諸天。登上衡山最高峰祝融峰，可以望見長沙的煙火。遙遠地辭別故鄉，決心不再歸去。成千上百的高僧，很少有林公上人這樣的。

余所以歎其峻節，揚其清波❶。龍象先輩，迴眸拭視。比夫汩泥沙者，相去如牛之一毛❷。昔智者安禪於台山❸，遠公托志於廬嶽❹，高標勝概，斯亦嚮慕哉❺！

【章旨】以上為第三段，讚揚林公上人的高風亮節，脫塵拔俗，與一般僧人不同，而像當年天台山的智者禪師和廬山的慧遠高僧一樣，令人嚮往而仰慕。

【注釋】❶余所以歎其峻節二句　余，王本作「予」。峻節，高尚的節操。顏延之〈秋胡〉詩：「峻節貫秋霜，明豔侔朝日。」揚，宋本作「楊」，據郭本、王本、咸本、《全唐文》改。清波，比喻林公上人的人品如清水之波那樣潔淨。

❷龍象先輩四句　龍象，佛教語。象，宋本作「像」，據郭本、繆本、王本、咸本、《全唐文》改。水行龍力最大，陸行象力最大，故佛教用以比喻諸阿羅漢中修行勇猛有最大能力者。後亦用以指高僧。李白〈贈宣州靈源寺仲濬公〉詩：「此中積龍象，獨許濬公殊。」汩泥沙，攪渾泥沙。語出《楚辭・漁父》：「世人皆濁，何不淈其泥而揚其波。」淈，通「汩」。引申謂隨世浮沉。相去如牛之一毛，比喻相差極為微小。如，咸本、《唐文粹》作「九」。四句謂回視那些高僧先輩，比起隨俗浮沉者，相差僅有牛之一毛而已。❸昔智者安禪於台山　智者，南朝陳至隋朝時的高僧，天台宗的實際創始人智顗（西元五三八——五九七年）。隋開皇十一年，受「智者」之號。見《續高僧傳》卷一七。《景德傳燈錄》卷二七〈天台山修禪寺智者禪師〉：「智顗，荊州華容人。……（陳大建七年）隱天台山佛隴峰。……及隋煬帝請師受菩薩戒，師為帝立法名號總持，帝號師為智者。……居天台山二十三年，建造大道場一十二所，國清最居其後。」台山，即天台山，在今浙江天台北。❹遠公托志於廬嶽　遠公，指東晉高僧慧遠。《高僧傳》卷六〈晉廬山釋慧遠〉：「釋慧遠，本姓賈氏，雁門婁煩人也。……遠於是與弟子數十人，南適荊州，住上明寺。後欲往羅浮山，及屆潯陽，見廬峰清淨，足以息心，始住龍泉精舍。此處去水大遠，遠乃以杖扣地曰：『若此中可得棲立，當使朽壤抽泉。』言畢清流涌出，後卒成溪。……於是率眾行道，昏曉不絕，釋迦餘化，於斯復興。……自遠卜居廬阜三十餘年，影不出山，跡不入俗。每送客遊履，常以虎溪為界焉。」廬嶽，即廬山。❺高標勝概二句　高標，清高脫俗的風範。標，宋本作「摽」，據郭本、王本、咸本、《全唐文》改。《舊唐書・外戚傳・武攸緒》：「王（武攸緒）高標峻尚，雅操孤貞。」勝概，美好的境界。嚮慕，嚮往；思慕。《三國志・魏書・陳留王奐傳》：「文告所加，承風嚮慕。」

【語譯】我因此歎賞他高尚的節操，讚揚他如清水般潔淨的品性。回視那些前輩高僧，比起隨俗浮沉之人，相差只如牛之一毛。往昔智者禪師安居在天台山，慧遠高僧寄託志向於廬山，清高的目標和美好的境界，這林公上人也像他們一樣令人嚮往而仰慕啊！

紫霞搖心，青楓夾岸❶，目斷❷川上，送君此行，群公臨流賦詩以贈。

【章　旨】以上為第四段，描寫群公在江邊賦詩送別的情景。

【注　釋】❶紫霞搖心二句　寫送別時江夏的景色。紫霞，紫色雲霞。搖心，謂心神不定。《易林・屯之小畜》：「搖心失望，不見所歡。」青楓夾岸，兩岸楓樹青青。李白〈留別曹南群官之江南〉詩：「帝子隔洞庭，青楓滿瀟湘。」

❷目斷　望盡；一直望到看不見。丘為〈登潤州城〉詩：「鄉山何處是，目斷廣陵西。」李白〈當塗趙炎少府粉圖山水歌〉：「心搖目斷興難盡。」

【語　譯】此時天空紫色雲霞使人心神不定，兩岸楓樹青青。極目力所及望盡江上，送林公上人遠行，諸公都臨水賦詩相贈。

【研　析】此序首段敘林公上人出身豪家，得江夏仙山靈秀之氣，落髮為僧，精通律義，如明月在天，光明突出。讚美他既善辭章，又深佛理。說明林公是個不平凡的人。次段描寫遙想中的林公此次去遊衡山的情景：自由往來如行雲無心，振策而渡湘水，如當年杯度溯流而上，在南嶽名山下考察土地築屋建室。從此憩息幽谷，攀登諸天，一心修道。時登祝融最高峰，遙望長沙煙火。辭別故鄉，絕不歸去。指出像林公這樣的高僧在佛教中是很少的。第三段作者表示歎賞林公的高尚節操，認為他像當年智者禪師安居於天台山、慧遠託志於廬山一樣，令人嚮往仰慕。最後描寫傍晚送別時的情景。層次清晰，剪裁得當。

金陵與諸賢送權十一序❶

斯高柄秦，嬴世不二❷，三傑伏草，與漢並出❸。莽夷朱暉，耿鄧乃起❹。自古英達，未必盡用於當年❺。去就之理，在大運爾❻。

【章　旨】以上為第一段，以歷史上三個事例，說明君臣遇合有時機，在於天命運數。

【注　釋】❶金陵與諸賢送權十一序　權十一，名昭夷，在同祖兄弟中排行十一，《文苑英華》、《全唐文》題中「十一」下有「昭夷」二字。序云：「嘗採姹女於江華，收河車於清溪，與天水權昭夷服勤爐火之業久矣。」按李白有〈獨酌清溪江石上寄權昭夷〉詩，則權昭夷當是與李白共同煉丹的道友。此序當是天寶十四載於金陵與群賢送權昭夷南遊而作。❷斯高柄秦二句　王琦注：「李斯、趙高執秦國之柄，毒痡天下，致嬴氏甫二世而亡。」❸三傑伏草二句　王琦注：「於是三傑輔漢高，以出定天下。」按：三傑，指西漢三位開國功臣張良、蕭何、韓信。《史記・高祖本紀》：「高祖曰：『……夫運籌策帷帳之中，決勝於千里之外，吾不如子房；鎮國家，撫百姓，給餽饟，不絕糧道，吾不如蕭何；連百萬之軍，戰必勝，攻必取，吾不如韓信。此三者，皆人傑也。吾能用之，此吾所以取天下也。』」伏草，潛伏在草莽之中。❹莽夷朱暉二句　莽，指王莽。夷，誅滅。朱暉，火的光輝。漢朝以火德王，故稱王莽篡漢為「莽夷朱暉」。朱，《唐文粹》作「未」。王莽（西元前四五年——西元二三年），字巨君，漢元帝皇后的姪子，以外戚掌握政權。元始五年（西元五年）毒死平帝，自稱假皇帝。初始元年（西元八年）稱帝，改國號為新，年號始建國。天鳳四年（西元一七年）爆發全國農民大起義，更始元年（西元二三年），赤眉、綠林軍攻入長安，被殺。詳見《漢書・王莽傳》。耿鄧，指東漢開國功臣耿弇、鄧禹，輔助光武帝劉秀平定天下，建立東漢王朝，使漢朝中興。耿弇、鄧禹，《後漢書》有傳。❺自古英達二句　謂自古以來，英明通達之人，未必完全為當時所用。❻去就之理二句　去就，遠離朝廷或入朝當官。《莊子・秋水》：「寧於禍福，謹於去就。」大運，猶時運，命運。爾，《文苑英華》作「耳」。

【語　譯】李斯和趙高執掌秦王朝的權柄，但嬴氏統治的秦朝只傳兩代就被滅亡了。當時，張良、蕭何、韓信三位英傑潛伏在草莽之中，後來輔佐漢高祖劉邦一起出來平定天下建立了西漢王朝。王莽篡奪滅亡以火德王的西漢政權，耿弇、鄧禹於是起來輔助光武帝劉秀平定天下建立東漢王朝。自古以來的英傑達人，未必完全被當時所用。離去或者隨從的道理，在於天命時運而已。

我君六葉繼聖，熙乎玄風❶；三清垂拱，穆然紫極❷。天人其一哉❸！所以青雲豪士，散在商釣❹，四坐明哲，皆清朝旅人❺。

【章　旨】以上為第二段，歌頌皇朝清平，天子無為而治，豪士明哲散在民間，無用武之地。表面上為讚揚，實際上是諷刺。

【注　釋】❶我君六葉繼聖二句　唐朝從高祖、太宗、高宗、中宗、睿宗至玄宗，是六位皇帝，故稱「六葉繼聖」。熙，興盛。《詩・周頌・酌》：「時純熙矣，是用大介。」乎，《唐文粹》作「于」。玄風，天子清靜無為的教化。《文選》卷三八庾亮〈讓中書令表〉：「弱冠濯纓，沐浴玄風。」呂延濟注：「沐浴天子道教。」❷三清垂拱二句　三清，道教中的玉清、太清、上清的三天。王琦注以為此處指唐朝大明宮中的三清殿。又引《韓詩外傳》：「寒暑均則三光清，三光清則風雨時。」垂拱，垂衣拱手，形容太平無事，無為而治。《書・武成》：「垂拱而天下治。」穆然，靜穆深思貌。《漢書・東方朔傳》：「於是吳王穆然，俛而深思。」顏師古注：「穆然，深思貌。」紫極，指帝王的居處。《文選》卷一〇潘岳〈西征賦〉：「厭紫極之閑敞。」李善注：「紫極，星名，王者為宮以象之。」❸天人其一哉　古代哲學認為天有意志，天意支配人事，人事感動天意，由此兩者合為一體，稱為「天人合一」。❹所以青雲豪士二句　謂志在青雲的豪傑之士，都隱於商賈漁釣之中。青雲豪士，《文苑英華》作「風雲之豪士」。❺四坐明哲二句　謂座中諸賢，都是清明之世散在民間奔走的旅客。坐，通「座」。明哲，明智睿哲之人。《抱朴子・君道》：「明哲宣力於攸莅，黔庶讓畔於藪澤。」清朝，清明的朝廷。《後漢書・列女傳・班昭》：「吾性疏頑，教道無素，恆恐子穀負辱

清朝。」旅人，謂未登仕籍、奔走四方之人。李白〈與諸公送陳郎歸衡陽〉詩序：「仲尼旅人，文王明夷。苟非其時，聖賢低眉。」

【語　譯】我們的君王是繼承高祖以來的第六位聖君，興盛於清靜無為的教化。在大明宮中三清殿上垂衣拱手，紫極宮中穆然深思。真是天意人事合為一體啊！所以志在青雲的豪傑之士，都隱藏在商賈漁釣之中。在座的諸位英明睿智的賢人，都是清平時代未登仕籍而奔走四方之人。

吾希風廣成❶，蕩漾浮世，素受寶訣❷，為三十六帝之外臣❸。即四明逸老賀知章呼余為謫仙人，蓋實錄耳❹。而嘗採姹女於江華，收河車於清溪❺，與天水權昭夷服勤爐火之業久矣❻。

【章　旨】以上為第三段，自敘學道煉丹的情況以及與權昭夷的友情。

【注　釋】❶吾希風廣成　希，《全唐文》作「稀」。希風，仰慕風操。《後漢書‧黨錮傳序》：「海內希風之流，遂共相標搒。」李賢注：「希，望也。」廣成，仙人廣成子。葛洪《神仙傳》卷一：「廣成子者，古之仙人也。居崆峒之山，石室之中。」❷蕩漾浮世二句　謂飄蕩在人世，早就接受了道家修煉的寶訣。浮世，古時認為人世間是浮沉聚散不定的，故稱。阮籍〈大人先生傳〉：「逍遙浮世，與道俱成。」❸為三十六帝之外臣　三十六帝，道教稱神仙居住的天界有三十六重，見《雲笈七籤》卷二一。《魏書‧釋老志》：「二儀之間有三十六天，中有三十六宮，宮有一主。」外臣，方外之臣。指隱居不仕者。《南齊書‧明僧紹傳》：「卿兄高尚其事，亦堯之外臣。」任華〈寄李白〉詩：「高歌大笑出關去，且向東山為外臣。」❹即四明逸老二句　李白〈對酒憶賀監二首并序〉：「太子賓客賀公於長安紫極宮一見余，呼余為謫仙人，因解金龜換酒為樂。悵然有懷，而作是詩。」二句即指此事。❺而嘗採姹女於江華二句　姹女，道教煉丹，稱水銀為姹女。《參同契》卷中：「河上姹女，靈而最神，得火則飛，不見埃塵。」蔣一彪

集解引彭曉曰：「河上姹女者，真汞也。見火則飛騰，如鬼隱龍潛，莫知所往。」江華，唐縣名，屬江南西道道州。今湖南江華瑤族自治縣境。河車，指鉛。道士煉丹的原料。《參同契》卷上：「陰陽之始，玄含黃芽。五金之主，北方河車。」彭曉注：「北方河車，黑而生水也。以下文考之，正謂鉛耳。」清溪，水名。唐屬池州秋浦縣。李白有〈獨酌清溪江石上寄權昭夷〉詩。❻與天水權昭夷句　天水權昭夷，《元和姓纂》卷五權氏：「楚若敖之孫鬬緡尹權，因氏焉。秦滅楚，遷大姓於隴西，因居天水。」可知權氏祖籍天水。服勤爐火之業，謂服職勤勞於煉丹之事。

【語　譯】我仰慕神仙廣成子的風操，飄蕩在人世，早就接受了道教修煉的祕訣，成為神仙天界三十六天帝的方外之臣。也就是四明狂客賀知章稱呼我為天上謫仙人，大致是符合實際的記載而已。而我曾經在江華用水銀煉丹，在秋浦清溪用鉛煉丹，與天水籍人權昭夷勤勞從事於爐火煉丹之業已經很久了。

之子也，沖恬淵靜，翰才峻發❶。白每一篇一札，皆昭夷之所操❷。吁！捨我而南，若折羽翼。時歲律寒苦，天風枯聲❸。雲帆涉漢，冏若絕電❹。舉目四顧，霜天崢嶸❺。銜杯敘離，群子賦詩以出餞。酒仙翁李白辭❻。

【章　旨】以上為第四段，讚美權十一性格恬靜，文才駿發，兩人友誼深厚，深秋分別，更添依戀。群公賦詩餞行，酒仙為之作序。

【注　釋】❶之子也三句　謂此人性格平靜恬淡，文才煥發。之子，此人。《詩・周南・桃夭》：「之子于歸，宜其家室。」沖恬，平和淡泊。淵靜，沉靜恬淡。《莊子・天地》：「古之畜天下者，無欲而天下足，無為而萬物化，淵靜而百姓定。」翰才峻發，《唐文粹》作「才翰駿發」。翰才，文學才華。峻發，通「駿發」。敏捷。《文心雕龍・神思》：「若夫駿發之士，心總要術，敏在慮前，應機立斷。」❷白每一篇一札二句　札，宋本原作「扎」，據郭本、王本、咸本、《文苑英華》、《唐文粹》、《全唐文》改。操，執筆；操持。意謂受其啟發。❸時歲律寒苦二句　古代十二樂律與十

二個月份對應，故稱「歲律」。歲律寒苦，指季秋九月。《禮記・月令》：「季秋之月，……其音商，律中無射，其數九，其味辛。……是月霜始降，則百工休。」苦，《文苑英華》作「甚」，《唐文粹》、《全唐文》作「色」。枯聲，秋天枯寒之聲。枯，《文苑英華》作「苦」。❹雲帆涉漢二句　謂船帆拂雲進入天河，光亮如雷電一閃而過。雲帆，白色船帆。《後漢書・馬融傳》：「張雲帆，施蜺幬。」李白〈行路難〉其一：「直掛雲帆濟滄海。」漢，河漢，天河。《詩・小雅・大東》：「維天有漢，監亦有光。」冏，有光貌。《文選》卷一二木華〈海賦〉：「望濤遠決，冏然鳥逝。」李善注引《蒼頡篇》：「冏，光也。」絕電，瞬息即逝的閃電，比喻速度極快。鮑照〈擬行路難〉其一一：「人生倏忽如絕電。」電，宋本作「雷」，據王本、咸本、《唐文粹》、《全唐文》改。❺霜天崢嶸　霜天，深秋的天空。薛道衡〈出塞〉其二：「霜天斷雁聲。」崢嶸，形容天空的高曠。❻群子賦詩以出餞二句　群子，《文苑英華》、《唐文粹》、《全唐文》作「而群子」。酒仙，《全唐文》作「謫仙」。

【語　譯】權昭夷這個人，性情恬淡平靜，文學才華敏捷奮發。我寫的每篇詩文，都受到他的操持啟發。唉！現在他棄我而往南方去，就像折斷了我的翅膀。此時正當季秋九月，律中無射，天氣苦寒，風吹枯葉凋落之聲。船帆將拂雲進入天河，光亮如閃電一掠而過。舉眼四望，秋空高曠。銜杯飲酒敘談離別之情，群賢賦詩餞送。酒仙李白為之作序。

【研　析】此序首段用歷史上的三個事例，說明自古以來的英傑，未必能在當年就完全施展才華。隱居或出仕的原因，在於天命和時運。第二段歌頌當今天下清平。天子無為而治，所以英雄豪傑之士散在商人漁民之中，成為清平時代奔走四方的庶民。此段表面上看是讚揚，實際上恐含有譏諷之意。第三段敘寫自己信仰道教而煉丹的情況，引出與權昭夷共同從事爐火很久之事，說明兩人是道友的關係。最後一段正面描寫權昭夷性格恬靜，文才駿發，兩人友誼深厚。深秋分別，依戀不捨。群公賦詩餞行，酒仙李白為之作序。點明題旨。

春於姑熟送趙四流炎方序❶

白以鄒魯多鴻儒，燕趙饒壯士❷，蓋風土之然乎！趙少翁才貌瓌雅❸，志氣豪烈。以黃綬❹作尉，泥蟠❺當塗。亦雞棲鶴籠，不足以窘束鸞鳳耳❻。

【章　旨】以上為第一段，以鄒魯多大儒、燕趙多壯士起興，謂趙四才高貌雅，卻屈居當塗一尉，如龍蟠汙泥，鳳棲雞棚，絕不會長期困束於此，定當有高飛之時。

【注　釋】❶春於姑熟句　姑熟，古城名，因城南臨姑熟溪得名，東晉時築，後成為當塗的別名。故址在今安徽當塗。唐代為當塗縣治所。熟，咸本作「孰」。趙四，指趙炎，排行第四。原為當塗縣尉。李白有〈當塗趙炎少府粉圖山水歌〉、〈寄當塗趙少府炎〉等詩。流，流放。炎方，南方炎熱之地。唐時多指嶺南。趙炎「以疾惡抵法」而被流放炎方。按〈序〉云：「自吳瞻秦，日見喜氣。上當攫玉弩，摧狼狐，洗清天地，雷雨必作。」知安祿山叛亂已起。又按趙炎天寶末為當塗縣尉，則此序約作於至德元載（西元七五六年）。❷白以鄒魯多鴻儒二句　鄒魯，孟子生於鄒國（今山東鄒縣東南），孔子生於魯國（今山東曲阜），古代常以「鄒魯」作為「文教興盛」地的代稱。鴻儒，大儒。《莊子・天地》：「其在《詩》、《書》、《禮》、《樂》者，鄒魯之士，縉紳先生，多能明之。」《論衡》卷三九：「能精思著文，連結篇章者，為鴻儒。」燕，國名（今河北北部和遼寧西端），戰國七雄之一，後為秦所滅。趙，戰國時國名（今河北南部、山西北部），為秦所滅。《文苑英華》作「魏」。古稱燕趙多慷慨悲歌之士。饒，多。❸趙少翁才貌瓌雅　趙少翁，即趙四。少翁，《文苑英華》、《全唐文》作「少公」，即少府，縣尉的敬稱。瓌雅，奇美風雅。雅，《文苑英華》作「雄」。❹黃綬　縣尉等低級官員繫印的黃色絲帶。《漢書・百官公卿表》：「凡吏秩比二千石以上，皆銀印青綬；……秩比六百石以上，皆銅印黑綬；……比二百石以上，皆銅印黃綬。」❺泥蟠　蟠屈在汙泥中。比喻仕途不得志。❻亦雞棲鶴籠二句　謂猶如鳳凰棲於雞棚鶴籠，不足以困窘束縛鸞鳳的。亦雞棲，《文苑英華》、

《全唐文》作「亦猶雞棲」。雞棲，雞棲息之處。此以「鸞鳳」喻趙四。鳳，郭本、咸本作「凰」。

【語　譯】我李白以為古鄒國、魯國之地大儒眾多，燕國、趙國之地壯士眾多，大概是當地風土造成的吧！當塗趙縣尉才華相貌奇美高雅，志向氣概遠大豪爽，卻以黃色絲帶繫印作低級官員縣尉，蟠屈在當塗的汙泥中。就像鳳凰棲於雞棚鶴籠，不足以束縛鳳凰的吧。

以疾惡抵法，遷于炎方❶。辭高堂而墜心，指絕國以搖恨❷。天與水遠，雲連山長。借光景於頃刻，開壺觴於洲渚❸。黃鶴曉別，愁聞命子之聲❹；青楓暝色，盡是傷心之樹❺。

【章　旨】以上為第二段，點明趙四因痛恨惡勢力而被遷貶赴炎熱之遠方。具體描寫其離親別友的憂愁傷心情景。

【注　釋】❶以疾惡抵法二句　謂因痛恨惡勢力打不平而觸犯刑法，被流遷到炎熱之地。疾，《文苑英華》作「嫉」。疾惡，痛恨壞人壞事。《晉書・傅咸傳》：「風格峻整，識性明悟，疾惡如仇。」抵法，觸犯刑法。遷，流遷。❷辭高堂而墜心二句　高堂，指父母。墜心，痛心；失魂。墜，《文苑英華》作「墮」。江淹〈恨賦〉：「或有孤臣危涕，孽子墜心。」絕國，指極其遙遠之地。《史記・衛將軍驃騎列傳》：「因前使絕國功，封騫博望侯。」以，《文苑英華》作「而」。搖恨，心神不安而痛恨。❸借光景於頃刻二句　謂借片刻的光陰，在洲渚邊開筵餞別。借，《文苑英華》、《全唐文》作「惜」。景，郭本作「影」。❹黃鶴曉別二句　謂在早晨離別，於哀愁中聽黃鶴的聲音。命，呼叫。《文選》卷四左思〈蜀都賦〉：「白黿命鼈。」李善注：「命，呼也。」命子之聲，指黃鶴的叫聲。❺青楓暝色二句　謂青楓在暮色之中，也變成了傷心的樹木。《楚辭・招魂》「湛湛江水兮上有楓，目極千里兮傷春心。」二句用其意。暝色，暮色。暝，宋本原作「瞑」，據郭本、王本、咸本改。

【語　譯】趙縣尉因痛恨惡勢力而觸犯刑法，被流放到炎熱的南方去。辭別父母而失落痛心，指向極其遙遠之地而神魂搖盪不安。天高水遠，雲繞山長。朋友們借片刻的光陰，在洲渚邊開筵餞別。早晨離別，愁聽黃鶴呼叫之聲；青楓在暮色之中，也全都變成了傷心之樹。

然自吳瞻秦，日見喜氣❶。上當攫玉弩，摧狼狐，洗清天地，雷雨必作❷。冀白日迴照，丹心可明❸。巴陵半道，坐見還吳之棹❹。今雪解而松柏振色，氣和而蘭蕙開芳❺。僕西登天門，望子於西江之上❻。

【章　旨】以上為第三段，設想天子當親征平定叛亂，大赦天下而使趙四半道返回。

【注　釋】❶然自吳瞻秦二句　王琦注：「秦者，長安帝都之地。日見喜氣，謂其有振興之象。」謂身居吳地遠望秦地，每日都能見到可喜的氣象。吳，當塗古屬吳地。秦，指長安。喜氣，指唐朝振興的氣象，宋本原闕「氣」字，據郭本、王本、咸本、《全唐文》補。❷上當攫玉弩四句　王琦注：「上者，指玄宗。攫玉弩，謂親秉征伐之柄。《尚書帝命驗》：『玉弩發，驚天下。』摧狼狐，謂勦滅安祿山之徒。」摧，宋本原作「催」，據郭本、繆本、王本、咸本、《全唐文》改。洗清天地，謂宇宙清泰。雷雨必作，謂大赦天下。《易・解》：「雷雨作，解，君子以赦過宥罪。」上，皇帝。攫，取。玉弩，用玉為飾的弩弓。狼狐，指安祿山。四句謂皇帝當親秉討賊之柄，消滅安祿山之亂，使天地再清，定將大赦天下。❸冀白日迴照二句　冀，《文苑英華》作「而冀」。白日，太陽，喻指帝王。李白〈駕去溫泉宮後贈楊山人〉詩：「忽蒙白日迴景光。」迴照，宋本原闕「迴」字，據郭本、王本、咸本、《全唐文》補。丹心，忠誠的心。二句謂希望君王的恩澤如陽光普照，使趙四的赤誠丹心可得昭明，罪責得以清雪。❹巴陵半道二句　巴陵，即岳州，天寶元年改為巴陵郡，乾元元年復改為岳州。治所在今湖南岳陽。坐，將。二句謂在流遷至岳州的半途中，將可出現你返回吳地當塗的歸舟。❺令雪解二句　謂使雪融化而松柏更振青色，天氣暖和而蘭蕙芳草開花。令，《文苑

英華》作「今」。形容冤案平雪解決而使趙四心花怒放。❻僕西登天門二句　僕，作者謙稱自己。天門，山名，在當塗西南長江兩岸。此處即指當塗天門山。西江，古時稱金陵至九江的一段長江為西江。西，《文苑英華》、《全唐文》作「滄」。

【語　譯】然而從東吳遙望秦地，每日都能見到可喜的氣象。如今皇上當親自提取弩弓，討伐狼狐般的安祿山叛軍，洗清被汙染的天地，必然雷雨大作，使天地再清，定將大赦天下。希望君王的恩澤如陽光普照，使趙四的赤誠丹心可以得到照明而雪清罪責。在流遷到岳州的半途中，將可出現你返回吳地當塗的歸舟。使冤案雪解而松柏更振青色，氣候暖和而蘭蕙特開芳香。我將西登天門山，在長江之上望著你歸來。

吾賢可流水其道，浮雲其身❶，通方大適，何往不可❷？何戚戚於路歧哉❸！

【章　旨】以上為第四段，讚揚趙四通曉大道，善於適應各種環境，勸慰其不必在歧路邊傷心。

【注　釋】❶吾賢可流水其道二句　吾賢，指趙四。謂趙四其道如流水，其身如浮雲。意即順應自然，隨遇而安。❷通方大適二句　通方，通曉為政之道。《漢書・韓安國傳》：「通方之士，不可以文亂。」顏師古注：「方，道也。」大適，到處都能適應。適，咸本作「道」。何往不可，用反問語氣表示無往不可。❸何戚戚於路歧哉　何戚戚，《文苑英華》作「亦何戚戚」。謂何必在分岔的歧路口悲傷流淚呢。戚戚，憂懼貌。《論語・述而》：「君子坦蕩蕩，小人長戚戚。」阮籍〈詠懷〉：「楊朱泣歧路，墨子悲染絲。」路歧，《文苑英華》作「岐路」。

【語　譯】吾的賢友你可以行道如流水，處身如浮雲，通曉為政之道就到處都能適應，往何處不可？何必在歧路口悲傷流淚呢！

【研　析】此序對趙炎才高而屈居縣尉、疾惡抵法而被流遷炎方的不幸遭遇表示憤慨不平，對其離別親人的傷心充滿同情。希望朝廷能在半道赦還趙炎，並對友人進行勸解安慰，充分顯示出深厚的友誼。

秋於敬亭送從姪耑遊廬山序❶

余小時，大人令誦〈子虛賦〉❷，私心慕之。及長，南遊雲夢，覽七澤之壯觀❸。酒隱安陸，蹉跎十年❹。初，嘉興季父謫長沙西還，時余拜見，預飲林下❺。耑乃稚子，嬉遊在傍。今來有成，鬱負秀氣❻。吾衰久矣❼，見爾慰心，申悲道舊❽，破涕為笑❾。

【章旨】以上為第一段，回憶當年見李耑尚是小孩，如今卻已長大有成。

【注釋】❶秋於敬亭句　敬亭，山名，《元和郡縣志》卷二八江南道宣州宣城縣：「敬亭山，州北十二里，即謝朓賦詩之所。」從姪耑，堂兄之子李耑，事蹟不詳。廬山，在今江西九江市南。序，《文苑英華》誤作「寺」。按：序云「吾衰久矣」，疑此序當在天寶十二載（西元七五三年）前後作於宣州敬亭山。❷余小時二句　小，《全唐文》作「少」。大人，對父母的敬稱。此處指父親。《史記・高祖本紀》：「高祖奉玉巵，起為太上皇壽，曰：『始大人常以臣無賴，不能治產業，不如仲力。』」子虛賦，漢代司馬相如代表作。參見38頁注❻。❸南遊雲夢二句　《元和郡縣志》卷二七江南道安州安陸縣：「雲夢澤，在縣南五十里。《史記・司馬相如傳》云：『楚有七澤，其小者名雲夢，方九百里。』」雲夢、七澤，參見38頁注❻。❹酒隱安陸二句　安陸，即安州，天寶元年改為安陸郡，乾元元年復改為安州。今湖北安陸。蹉跎，虛度歲月。《晉書・周處傳》：「欲自修而年已蹉跎。」十年，當為約略之數。按：李白從開元十五年（西元七二七年）至二十四年，在安陸約住十年。❺嘉興季父謫長沙西還三句　嘉興季父，為嘉興縣令的叔父。名不詳。嘉興縣在唐代為蘇州屬縣。今浙江嘉興。謫長沙西還，被貶為長沙縣屬官而西返。余拜見，李白拜見叔父。余，宋本原作「途」，據郭本、《文苑英華》、《唐文粹》、《全唐文》改。王本作「予」。預飲林下，暗用阮籍、阮咸叔姪為竹

林之遊事。❻今來有成二句　有成，有成就。《論語・子路》：「苟有用我者，期月而已可也，三年有成。」鬱負，猶鬱勃。氣盛貌。秀氣，靈秀之氣。《禮記・禮運》：「人者，其天地之德，陰陽之交，鬼神之會，五行之秀氣也。」秀，《文苑英華》作「壯」。二句謂如今李耑已經成長，學有所成，精力氣勢很盛，容貌清秀美麗。❼吾衰久矣　用《論語・述而》語：「甚矣吾衰也！久矣吾不復夢見周公！」❽中悲道舊　謂解除悲哀，敘述往事。道，宋本原作「導」，王本校：「當作道。」今據咸本、《文苑英華》、《唐文粹》、《全唐文》改。❾破涕為笑　涕，《唐文粹》作「啼」。劉琨〈答盧諶書〉：「時復相與舉觴對膝，破涕為笑。」此用其成句。

【語　譯】我年幼的時候，父親囑我讀司馬相如的〈子虛賦〉，我私下心中很仰慕。等到年長以後，我南遊〈子虛賦〉中所說的雲夢，觀覽七澤的壯麗景色。於是在安陸飲酒隱居，虛度了十年歲月。當初，在嘉興縣任職的叔父被貶謫長沙而西回，當時我前往拜見，就像當年竹林七賢中的阮籍、阮咸那樣叔姪在林下飲酒。當時李耑還是個幼稚的孩子，在旁邊嬉笑遊玩。如今他已長大而學有所成，精力旺盛，容貌秀麗。而我卻已衰弱很久，見到你這樣使我心中感到慰安，解除了悲哀而敘談往事，停止流淚而轉為歡笑。

方告我遠涉，西登香爐❶。長山橫蹙，九江卻轉❷。瀑布天落，半與銀河爭流；騰虹奔電，潨射萬壑，此宇宙之奇詭也❸。其上有方湖石井，不可得而窺焉❹。

【章　旨】以上為第二段，描寫廬山的風光景色，點題中的「遊廬山」之意。

【注　釋】❶方告我遠涉二句　謂李耑告訴我將遠遊，往西去登廬山香爐峰。方，《文苑英華》校：「《集》作乃」。遠涉，長途跋涉。香爐，指香爐峰，據陳舜俞《廬山記》卷二，廬山有南、北兩個香爐峰。此處指山南之香爐峰。《藝文

類聚》卷七引慧遠〈廬山記〉：「東南有香爐山，孤峰秀起，遊氣籠其上，則氤氳若香煙。」❷長山橫蹙二句　謂高大的山峰縱橫曲折，九條江水在此回轉流入鄱陽湖。❸瀑布天落五句　形容瀑布奔瀉的壯觀。可與李白〈望廬山瀑布二首〉參讀。該詩其二：「飛流直下三千尺，疑是銀河落九天。」其一：「欻如飛電來，隱若白虹起。……空中亂潨射，左右洗青壁。」電，《文苑英華》作「雷」。潨，《文苑英華》作「激」。潨射，水相聚而激射。奇詭，奇特詭異。❹其上有方湖石井二句　方湖石井，慧遠〈廬山記〉：「自托此山，二十三載。再踐石門，四遊南嶺，東望香爐峰，北眺九江。傳聞有石井方湖，中有赤鱗湧出。野人不能敘，直歎其奇而已。」因方湖石井乃傳聞，故曰「不可得而窺」。

【語　譯】於是你告訴我將要遠行，西往廬山登上香爐峰。屆時可以觀看高大的山峰縱橫曲折，九條江水迴旋流入鄱陽湖和長江。瀑布從天上瀉落下來，就像與銀河在半天競爭奔流。忽而如白虹騰起，忽而如飛電閃奔，大水匯聚而激射至千山萬谷，這正是宇宙的奇特怪異啊。據說那上面還有方湖和石井，但我輩都不可能窺見的。

羨君此行，撫鶴長嘯。恨丹液未就，白龍來遲❶，使秦人著鞭，先往桃花之水❷。孤負夙願，慚未歸於名山❸，終期後來，攜手五嶽❹。情以送遠，詩寧闕乎❺？

【章　旨】以上為第三段，敘自己辜負歸隱的夙願而慚愧，期望將來叔姪攜手同遊名山。暗寓送別之情。

【注　釋】❶羨君此行四句　撫鶴長嘯，形容道教人物風致。丹液，道教稱長生不老之藥。白龍，道教中天帝的使者。《水經注・沔水》記載：陵陽縣人子明釣得白龍，後三年，龍迎子明上陵陽山。又《神仙傳》記載，太真王夫人、王母小女乘一白龍，周遊四海。❷使秦人著鞭二句　秦人，《文苑英華》闕「秦」字。用陶淵明〈桃花源記〉事。意謂自

己歸隱已遲，讓秦人先占了桃花源。著鞭，猶言著手進行。《晉書・劉琨傳》：「吾枕戈待旦，志梟逆虜，常恐祖生先吾著鞭。」❸孤負夙願二句　孤負，辜負；對不起。夙願，平素願望。夙，《文苑英華》作「宿」。按李白最高理想為「功成身退」，但時至今日，其功未成，故慚愧尚未歸隱名山。慚未歸於，宋本原作「慚歸」，據《文苑英華》、《唐文粹》、《全唐文》改。❹終期後來二句　謂始終期望以後能實現夙願，然後攜手同遊名山。五嶽，指嵩山（中嶽）、泰山（東嶽）、華山（西嶽）、衡山（南嶽）、恆山（北嶽）。❺詩寧闕乎　謂詩豈能缺呢。寧，豈；豈可；難道可以。《史記・酈生陸賈列傳》：「陸生曰：『居馬上得之，寧可以馬上治之乎？』」闕，空缺。

【語　譯】我很羨慕你這次旅遊，就像撫著黃鶴而長嘯。可恨我煉的仙丹未成，《神仙傳》中來迎人上仙山的白龍來遲了，使得秦朝末年的人先於我執鞭策馬，前往了桃花源隱居。我辜負了平生的願望，慚愧至今尚未歸隱於名山。但我始終期望著以後定能實現夙願，與你攜手同遊五嶽。我送你遠遊的感情，難道可以缺少詩麼？

【研　析】此序首先自敘小時慕〈子虛賦〉，而長大後南遊雲夢，酒隱安陸作為引子，引出當年嘉興季父貶長沙途中詩人拜見時，耑乃稚子，而此次見面，李耑已學有所成，精力充沛，富有靈氣。於是敘談往事，轉悲為喜。此段描寫初次見李耑與今日重見的情景，形象鮮明，讀之如身臨其境。次段點題中的「游廬山」，詳細描寫廬山雄偉的景象，重點描繪瀑布的宏大氣勢，稱之為「宇宙之奇詭」。末段敘自己辜負歸隱的夙願而慚愧，暗用白龍迎子明和〈桃花源記〉兩個典實。期望將來叔姪攜手同遊名山，並寓送別之情。意境深遠，文字生動。

送黃鐘之鄱陽謁張使君序❶

東南之美者，有江夏黃公焉❷。白竊飲風流，嘗接談笑❸。亦有抗節玉立，光輝冏然❹，氣高時英，辯折天口❺。道可濟物，志棲無垠❻。

【章旨】以上為第一段，敘黃鐘的風度節操、才能和志向。

【注釋】❶送黃鐘之鄱陽句　黃鐘，人名。事蹟不詳。鄱陽，郡名，「以在鄱水之北，故曰鄱陽。」即饒州。天寶元年改為鄱陽郡，乾元元年復改為饒州。今江西鄱陽。張使君，當是姓張的饒州刺史。名不詳。使君，對州郡長官的敬稱。此序當是開元二十二年在江夏所作。時黃鐘從江夏往饒州去謁見姓張的刺史，李白與江夏的黃鐘友人一起在釣臺為他賦詩餞行，並寫了此序。❷東南之美者二句　《世說新語・賞譽》：「張華見褚陶，語陸平原曰：『君兄弟龍躍雲津，顧彥先鳳鳴朝陽，謂東南之寶已盡，不意復見褚生！』」王勃〈滕王閣序〉：「賓主盡東南之美。」此處二句謂江夏黃鐘之才華如陸機、陸雲、顧彥先，為「東南之寶」。❸白竊飲風流二句　意謂我私下曾與風流儒雅的黃公交接宴飲談笑。竊，宋本原作「切」，據郭本、王本、咸本、《全唐文》改。風流，風度；風雅。《三國志・蜀書・劉琰傳》：「(劉備)以其宗姓，有風流，善談論，厚親待之。」《世說新語・品藻》：「韓康伯門庭蕭寂，居然有名士風流。」嘗，郭本、咸本、《全唐文》作「始」。❹亦有抗節玉立二句　抗節玉立，堅守節操，貞潔不屈。抗，宋本原作「杭」，據郭本、繆本、王本、咸本、《全唐文》改。《文選》卷三八桓溫〈薦譙元彥表〉：「而能抗節玉立，誓不降辱。」呂延濟注：「抗，舉也。玉立，言貞也。」冏然，光明貌。冏，郭本、王本、咸本、《全唐文》作「烱」。《藝文類聚》卷九引郭璞〈井賦〉：「乃回澄以靜映，狀冏然而鏡灼。」❺辯折天口　形容其人能言善辯。《文選》卷三六任昉〈宣德皇后令〉：「辯析天口，而似不能言。」李善注引《七略》：「齊田駢好談論，故齊人為語曰『天口駢』。天口者，言田駢子不可窮，其口若事天。」折，王本作「析」。❻道可濟物二句　謂其道可以濟助世人，其志棲於無邊際之道。無

垠，無邊際。《楚辭・遠遊》：「道可受兮而不可傳，其小無內兮其大無垠。」

【語　譯】東南的優秀人才，有江夏的黃公。我李白私下享受黃公的風流儒雅，曾經交接談笑。他還有堅守節操、貞潔不屈的品格，昭然光明磊落。志氣高於當時的英豪，善辯使號稱「天口」之人折服。他的政治主張可以濟世助人，他的志向可以放在無邊無際的地方。

鄱陽張公，朝野榮望，愛客接士，即原、嘗、春、陵之亞焉❶。每欽其辭華，懸榻見往❷。而黃公因訪古跡，便從貴遊❸，乃僑裝撰行，去國遐陟❹。

【章　旨】以上為第二段，敘饒州刺史張公之禮賢愛士，欽黃鐘之才華而懸榻以待。而黃鐘此次因訪古而往從貴遊。

【注　釋】❶即原嘗春陵之亞焉　原嘗春陵，指戰國時趙國平原君趙勝、齊國孟嘗君田文、楚國春申君黃歇、魏國信陵君無忌。史稱「戰國四公子」。《史記》有傳。嘗，宋本作「常」，據郭本、王本、咸本、《全唐文》改。亞，同類。班固〈兩都賦序〉：「雍容揄揚，著於後嗣，抑亦〈雅〉、〈頌〉之亞也。」郭本作「要」。❷懸榻見往　用徐穉典故。《後漢書・徐穉傳》：「(陳)蕃在郡不接賓客，唯穉來特設一榻，去則縣(懸)之。」後遂以「懸榻」比喻以禮待賢士。往，王本校：「當作待。」❸貴遊　泛指顯貴者。《北史・魏收傳》：「見當塗貴游，每以言色相悅。」貴游，同「貴遊」。❹乃僑裝撰行二句　王琦注：「《廣韻》：『僑，客也。』『撰，定也。』僑裝，謂客行之裝。撰行，謂選定行日。遐陟，遠行也。」鮑照〈代陳思王白馬篇〉：「僑裝多闕絕。」

【語　譯】饒州刺史張公，是朝廷內外都光榮仰望之人。他喜歡接納賓客賢士，就像戰國時代平原君、孟嘗君、春申君、信陵君同類的人。經常欽敬那些辭章華美的人，像當年徐穉那樣特懸一榻等賢士到來招待他。而黃公此次因為訪問古跡，就隨從顯貴之人交遊。於是穿著客行之裝而選定出行之日，離開家鄉

而遠行。

諸子銜酒惜別，沾巾分贈❶。沉醉煙夕，惆悵涼月。天南迴以變夏，火西飛而獻秋❷。汀葭颯然，海草微落❸。夫子行邁❹，我心若何！毋金玉爾音，而有遐心❺。湖水悠沔，勖哉是行❻。共賦〈武昌釣臺❼篇〉，以慰別情耳。

【章　旨】以上為第三段，描寫秋色中諸賢在武昌釣臺賦詩贈別的情景，並盼此後常通音信。

【注　釋】❶沾巾分贈　謂諸人淚沾手巾而各自分別贈詩。沾，宋本原作「脫」，據郭本、王本、咸本、《全唐文》改。分贈，宋本原作「贈分」，據王本改。❷天南迴以變夏二句　意謂太陽從北回歸線回到赤道逐漸南移夏天變為過去，心宿西下顯示秋天已經來臨。按：天球上赤道之北和南太陽所能到達的兩個極限位置稱為回歸線。夏至日太陽到達北回歸線後即轉向南去；冬至日太陽到達南回歸線後即轉向北去。火，指二十八宿之一的心宿。古代將夜空二十八組恆星稱為二十八宿，作為觀察行星運行的座標，因二十八宿是不等分的，古代又將夜空劃為等分的十二次，心宿在十二次中為「大火」次的代表星宿，故以「火」或「大火」代稱心宿。每年夏曆五月黃昏，心宿出現在夜空的正南方，六、七月以後的黃昏，心宿逐漸西移。《詩・豳風・七月》：「七月流火。」朱熹集傳：「火，大火，心星也。以六月之昏，加於地之南方。至七月之昏，則下而流矣。」❸汀葭颯然二句　描寫江邊秋色。江邊的蘆葦被風吹發出瑟瑟之聲，水草也漸漸衰落。汀，水邊平地。葭，蘆葦。颯然，象風聲。宋玉〈風賦〉：「有風颯然而至。」海草，水草。李白常稱江邊的水草為「海草」。如〈早春於江夏送蔡十還家雲夢序〉：「海草三綠，不歸國門。」❹行邁　行路。《詩・王風・黍離》：「行邁靡靡，中心搖搖。」毛傳：「邁，行也。靡靡，猶遲遲也。」❺毋金玉爾音二句　用《詩・小雅・白駒》成句：「毋金玉爾音，而有遐心。」鄭玄箋：「毋愛女聲音，而有遠我之心，以恩責之也。」孔穎達疏：「汝雖不來，當傳書信。毋得金玉汝之音聲於我，謂自愛音聲，貴如金玉，不以遺開我而有疏遠我之心。己與之有恩，

恐遂疏己，故以恩責之，冀音信不絕。」❻湖水悠沔二句　悠沔，通「悠緬」、「悠納」。遙遠廣大。《晉書・庾闡傳》：「大庭既邈，玄風悠緬。」高適〈贈別王十七管記〉詩：「我行將悠納，及此還羈滯。」悠，郭本、王本、咸本作「演」。勖，勉勵。行，宋本原作「待」，據郭本、繆本、王本、咸本、《全唐文》改。二句謂鄱陽湖水遙遠廣大，您此行要勉勵啊。❼釣臺　《方輿勝覽》卷二八鄂州壽昌軍武昌山川：釣臺，在北門外大江中。《郡志》：「孫權嘗整陳於釣臺。」

【語　譯】相送的各位友人都含酒而惜別，淚下沾巾而分頭贈詩。在煙霧繚繞的傍晚都沉醉了，在涼爽的月下心情惆悵。太陽回到赤道後逐漸南移而夏天變為過去，心宿從正南方西移而秋天到來。江邊的蘆葦發出瑟瑟風聲，水草也已略有衰落。黃公即將出行，我的心情怎麼樣！不要將您的音訊看得貴如金玉，而有疏遠我之心。湖水廣大遙遠，您此行一定要勉勵保重啊。送行的諸公共賦〈武昌釣臺篇〉，作為告慰離別之情而已。

【研　析】此序首段寫黃鐘的風度、才華、節操、善辯、志向，稱之為「東南之美者」。次段寫饒州張使君的禮賢愛士，常懸榻以待，稱其為戰國四公子之同類人。並點明黃鐘此次因訪古而從貴遊，離故鄉而遠行。末段寫初秋傍晚江夏友人在武昌釣臺灑淚含酒，贈詩餞別，並盼望別後音信不斷。序中用了多個典故和古詩文成語，貼切自然，意味深長，毫無斧鑿之痕。

早春於江夏送蔡十還家雲夢序❶

吾觀蔡侯，奇人也❷。爾其才高氣遠，有四方之志❸。不然，何周流宇宙太多耶❹？白遐窮冥搜，亦以早矣❺。海草三綠，不歸國門。又更逢春，再結鄉思❻。一見夫子，冥心道存。窮朝晚以作宴，驅煙霞以輔賞❼。朗笑明月，時眠落花。斯遊無何，尋告睽索❽。來暫觀我，去還❾愁人。

【章　旨】以上為第一段，敘蔡十的才華與志向，兼及自己的鄉思，又敘自己與蔡十的過從及此次短暫的會面和分離。

【注　釋】❶早春於江夏句　序云：「海草三綠，不歸國門。又更逢春，再結鄉思。」可知李白出蜀已四年，則此序當是開元十六年（西元七二八年）在江夏作。蔡十，排行第十，名不詳。還家雲夢，說明蔡十為雲夢人。唐代安州有雲夢縣，在州治南七十里。雲夢澤，在縣西七里。見《元和郡縣志》卷二七江南道三。❷吾觀蔡侯二句　蔡侯，指蔡十。唐代士大夫之間常尊稱對方為「侯」，猶言「君」。杜甫〈與李十二白同尋范十隱居〉詩：「李侯有佳句，往往似陰鏗。」奇人，非凡之人；不尋常的人。《後漢書・隗囂傳》：「龍池之山……其傍時有奇人，聊及閒暇，廣求其真。」❸爾其才高氣遠二句　爾，通「而」。連詞。其，指蔡侯。才高氣遠，才氣高遠。四方之志，參見168頁注❷。❹何周流宇宙太多耶　謂何以周遊天下那麼多地方。周流宇宙，周遊天下。屈原〈離騷〉：「周流乎天余乃下。」❺白遐窮冥搜二句　遐窮，長久窮盡。冥搜，搜訪及於幽遠之處。《文選》卷一一孫綽〈遊天台山賦序〉：「非夫遠寄冥搜，篤信通神者，何肯遙想而存之。」李善注：「言非寄情遐遠、搜訪幽冥、篤信善道、通神感化者，何肯存之也。」亦以早矣，即「亦已早矣」。以，郭本、《全唐文》作「已」。❻海草三綠四句　海草，水草。三綠，指過了三個春天。

國門，指綿州昌明縣故鄉。四句謂離開家鄉已三年，今又逢春，愈添故鄉之思。❼一見夫子四句　夫子，對士子的敬稱。此處指蔡十。冥心，泯滅俗念，使心境寧靜。《魏書・逸士傳序》：「冥心物表，介然離俗。」四句謂一見蔡十，泯滅俗存道之心相合，早晚歡宴，觀賞煙霞。❽斯遊無何二句　謂此次同遊沒有多長時間，不久即告分別。睽索，離散。睽，郭本、《全唐文》作「暌」。駱賓王〈與親情書〉：「風壤一殊，山河萬里，或平生未展，或睽索累年。」❾還　副詞。卻；反而。

【語　譯】吾觀察蔡君，是個不尋常的人。而他才氣高遠，有安邦定國的遠大志向。如果不是這樣，為什麼他周遊天下那麼多地方呢？我李白長久窮盡搜訪幽遠之處，也已經很早了。草木三次轉綠，我不歸故鄉，如今又遇到春天，又引起故鄉之思。一見蔡君，泯滅俗念而合存道之心。窮盡早晚開宴飲酒，驅散煙霞輔助賞景。朗然大笑於明月之下，時常臥眠於落花之中。此次同遊沒有多長時間，不久即告分離。你只是短暫地來看我，你的離去卻使我憂愁。

乃浮漢陽，入雲夢❶，鄉枻云叩，歸魂亦飛❷。且青山綠楓，累道相接，遇勝因賞，利君前行❸。既非遠離，曷足多歎❹？

【章　旨】以上為第二段，描寫蔡十的歸鄉之舟的行程及途中美麗的景色足以欣賞，並安慰其並非遠離而不必歎息。

【注　釋】❶乃浮漢陽二句　漢陽，地名，今湖北武漢漢陽，與江夏隔江相對。蔡十從江夏還鄉乃走水路，過長江，進漢水逆流北上至雲夢。❷鄉枻云叩二句　枻，船舷。《楚辭・九歌・湘君》：「桂櫂兮蘭枻。」王逸注：「枻，船旁板也。」枻云叩，即叩船舷。「云」字乃句中助詞。二句謂歸鄉的船舷已叩響，歸鄉之魂亦隨之而飛。❸且青山綠楓四句　設想蔡十舟行歸鄉途中，一路上青山和綠楓，不斷連接，足以欣賞勝景，利於你歸鄉的行程。❹既非遠離二句

謂江夏至雲夢路程很短，既非遠離，何必有太多的歎息。曷，何。

【語　譯】於是浮舟過江至漢陽，逆漢水上行入雲夢。叩響歸鄉的船舷，歸鄉之魂也已隨之而飛。況且青山和綠楓，沿途相連接，遇名勝而賞景，利於我君前行。既然不是遙遠的離別，何必有太多的歎息？

秋七月，結遊鏡湖❶，無僁我期❷，先子而往，敬慎好去，終當早來，無使耶川❸白雲不得復弄爾。鄉中廖公❹及諸才子為詩略謝之。

【章　旨】以上為第三段，與蔡十相約七月同遊鏡湖，並囑其不要耽誤。

【注　釋】❶鏡湖　即鑑湖。在今浙江紹興。得名於王羲之「山陰路上行，如在鏡中遊」之句。東起今曹娥鎮附近，經郡城（今紹興）南，西抵今錢清鎮附近，盡納南山三十六源之水瀦而成湖。周三百一十里，呈東西狹長形。唐朝時湖底逐漸淤淺，今唯城西南尚有一段較寬河道被稱為鑑湖，此外只殘存幾個小湖。❷無僁我期　不要耽誤我們約定的日期。僁，同「愆」。耽誤。《詩・衛風・氓》：「匪我愆期，子無良媒。」毛傳：「愆，過也。」❸耶川　指若耶溪。在今浙江紹興。郭本、咸本作「晚耶」。❹鄉中廖公　鄉中，指安州。廖公，本卷〈送戴十五歸衡嶽序〉：「邵國之秀，有廖侯焉」，當即此人，名字事蹟不詳。

【語　譯】秋天七月，我們結伴同遊鏡湖，不要耽誤我們約定的日期。我將先於你前往，恭敬謹慎地好好前去，希望你盡可能早來，不要使若耶溪的白雲不得再次觀賞吧。鄉人廖公和各位才子都寫詩略表贈別之意。

【研　析】此序首先敘寫蔡十的才華和志向，結合自己遠遊不歸故鄉而更添鄉思。再寫此次蔡十來江夏與詩人短暫同遊的歡樂和即將分離的愁人。次段設想蔡十乘舟歸家一路上的風景可供欣賞，並安慰其此次

不是遠離，雲夢與江夏相隔並不遙遠，所以不必歎息。末段寫與蔡十相約七月同遊鏡湖，說明自己先去等他到來，請他不要耽誤約期。最後點明鄉賢和諸公都寫詩贈別。情意綿綿，層次清晰。

秋日於太原南柵餞陽曲王贊公賈少公石艾尹少公應舉赴上都序❶

天王三京，北都居一❷。其風俗遠，蓋陶唐氏之人歟❸！襟四塞之要衝❹，控五原之都邑❺。雄藩劇鎮，非賢莫居❻。

【章旨】以上為第一段，敘太原風俗淳樸，形勢險要。

【注釋】❶秋日於太原南柵句　序云：「今年春，皇帝有事千畝，湛恩八埏，大搜群才，以緝邦政。」按《舊唐書・玄宗紀上》：「(開元)二十三年春正月己亥，親耕籍田，上加至九推而止，卿已下終其畝。大赦天下。……其才有霸王之略、學究天人之際、及堪將帥牧宰者，令五品已上清官及刺史各舉一人。」可知此序作於開元二十三年(西元七三五年)。太原，唐朝北都，今山西太原。南柵，太原地名。柵，柵欄。陽曲，唐縣名。《元和郡縣志》卷一三河東道太原府陽曲縣：「本漢舊縣也，屬太原郡。黃河千里一曲，曲當其陽，故曰陽曲。」在今山西陽曲西南。王贊公，姓王的陽曲縣丞。賈少公，姓賈的陽曲縣尉。石艾，唐縣名。天寶元年改為廣陽縣，今山西平定。尹少公，姓尹的石艾縣尉。洪邁《容齋四筆・官稱別名》：「唐人呼縣令為明府，丞為贊府，尉為少府。《李太白集》有〈餞陽曲王贊公、賈少公、石艾尹少公序〉，蓋陽曲丞、尉，石艾尉也。贊公、少公之語益奇。」上都，指京城長安。❷天王三京二句　謂天子確定三個京城，北都太原就居其中之一。按唐朝以雍州為京兆府，長安為京師；以洛州為河南府，洛陽為東都；以并州為太原府，太原為北都。天寶元年，以京師為西京，改東都為東京，改北都為北京。《元和郡縣志》卷一三河東道太原府：「天授元年罷都督府，置北都。神龍元年依舊為并州大都督府。開元十一年，玄宗行幸至此州，以此州王業所興，又建北都，改并州為太原府。立〈起義堂碑〉以記其事。……天寶元年，改北都為北京。」❸其風俗遠二句　謂那裡的風氣習俗已傳承久遠，大概是傳說中的陶唐氏遺傳下來的人吧！陶唐氏，即《史記・五帝本紀》中的帝堯。《書・五子之歌》：「惟彼陶唐，有此冀方。」孔傳：「陶唐，帝堯氏。都冀州，統天下四方。」《元和郡縣志》卷一

三河東道太原府：「按今州又為唐國，帝堯為唐侯所封，又為夏禹之所都也。《帝王世紀》曰：『帝堯始封於唐，又徙晉陽，及為天子，都平陽。』平陽，即今晉州，晉陽即今太原也。」❹襟四塞之要衝　謂太原如衣襟般處於四邊都是關塞的交通要道之地。盧諶〈理劉司空表〉：「咸以為并州之地，四塞為固。東阻井陘，西限藍谷，前有太行之嶺，後有句注之關。且可閉關守險，畜資養徒。」❺控五原之都邑　五原，郡名。在今寧夏、陝西、內蒙的河套地區。《元和郡縣志》卷四關內道鹽州：「漢武帝元朔二年置五原郡，地有原五所，故號五原。……貞觀二年……置鹽州，天寶元年改為五原郡。乾元元年復為鹽州。……五原，謂龍遊原、乞地千原、青嶺原、可嵐貞原、橫槽原也。」都邑，城鎮。❻雄藩劇鎮二句　謂太原是唐代北部地位重要、實力雄厚的藩鎮，不是賢者是不可能在此位居要職的。《舊唐書．嚴綬傳》：「前後統臨三鎮，皆號雄藩。」劇鎮，大鎮；重鎮。

【語　譯】天子確定全國設三個京都，北都太原就居其中之一。那裡的民風習俗傳承久遠，大概是傳說中的陶唐氏遺傳下來的人吧！太原地處四周都是關塞的交通要道，控制著五原地區的城鎮。是大唐王朝北部位置重要、地勢雄險的藩鎮，不是賢能之人是不可能在此居職的。

則陽曲丞王公，神仙之胄❶也。爾其學鏡千古，知周萬殊❷。又若少府賈公，以述作之雄❸也。鼇弄筆海，虎攫辭場❹。又若石艾尹少公，廊廟之器❺，口折黃馬❻，手揮青萍❼。咸道貫於人倫，名飛於日下❽。實難沉屈，永懷青霄❾。劍有隱而氣衝七星，珠雖潛而光照萬壑❿。

【章　旨】以上為第二段，讚美王縣丞、賈縣尉、尹縣尉的學識，文采和辯才，都能道貫人倫，名揚京都。

【注　釋】❶神仙之冑　神仙的子孫。冑，後裔。王琦注：「王氏一支，相傳出自周靈王太子晉，即與浮丘公仙去者，故曰神仙之冑。」❷爾其學鏡千古二句　謂其學問可以照明千古歷史，其知識淵博對萬種不同事物無所不曉。鏡，用作動詞，明鑑。《漢書・谷永傳》：「願陛下追觀夏、商、周、秦所以失之，以鏡考己行。」顏師古注：「鏡，謂鑒照之。」萬殊，各種不同事物。〈易傳序〉：「散之在理，則有萬殊；統之在道，則無二致。」❸述作之雄　著作的擅場者。《論語・述而》：「述而不作，信而好古。」朱熹集注：「述，傳舊而已；作，則創始也。」後以「述作」指撰寫著作。❹鼇弄筆海二句　比喻賈縣尉為筆海中之鼇，辭場中之虎。鼇為海中神物，虎為百獸之王，以之形容其為文苑辭壇之英傑。王勃〈益州夫子廟碑〉：「虛舟獨泛，乘學海之波瀾；直轡高驅，踐詞場之閫閾。」❺廊廟之器　比喻能肩負朝廷重任的人。《三國志・蜀書・許靖傳論》：「許靖夙有名譽……蔣濟以為『大較廊廟器』也。」廊廟，指朝廷。❻口折黃馬　謂口舌善辯。《莊子・天下》：「惠施多方，其書五車，其道舛駁，其言也不中。歷物之意曰：……狗非犬，黃馬驪牛三。」《文選》卷五五劉孝標〈廣絕交論〉李善注引司馬彪曰：「牛馬以二為三，兼與別也。曰馬曰牛，形之三也；曰黃曰驪，色之三也；曰黃馬曰驪牛，形與色之三也。」❼青萍　古代名劍之名。參見163頁注❿。❽咸道貫於人倫二句　謂都能使其道義貫通於人間倫理，使其名聲飛揚於京都。人倫，封建禮教所規定的人與人之間的關係，特指尊卑長幼的等級關係。《孟子・滕文公上》：「人倫明於上，小人親於下。」日下，指京都。古代以日比喻帝王，因以皇帝所在地為「日下」。王勃〈滕王閣序〉：「望長安於日下。」❾實難沉屈二句　沉屈，埋沒抑屈。《魏書・閻元明傳》：「（楊風等）雖沉屈兵伍而操尚彌高。」永懷青霄，謂永遠懷有青雲之志。❿劍有隱而氣衝七星二句　王琦注：「七星，謂北斗之星，暗用豐城劍氣沖斗牛間事。」《晉書・張華傳》：「華聞豫章人雷煥妙達緯象……煥曰：『僕察之久矣，惟斗牛之間頗有異氣。』華曰：『是何祥也？』煥曰：『寶劍之精，上徹於天耳。』……華大喜，即補煥為豐城令。煥到縣，掘獄屋基，入地四丈餘，得一石函，光氣非常，中有雙劍，並刻題，一曰龍泉，一曰太阿。其夕，斗牛間氣不復見焉。」《文選》卷一七陸機〈文賦〉：「石韞玉而山輝，水懷珠而川媚。」李善注：「譬如水石之藏珠玉，山川為之輝媚也。」二句意謂寶劍雖隱藏地下而其氣能衝牛斗七星，寶珠雖潛於水底卻能光照千萬個山谷。

【語　譯】至於陽曲縣丞王公，是神仙的後代，而他的學問明鑑千古，知識淵博對萬種不同事物無所不曉。又如陽曲縣尉賈公，是以著作擅場的，就像鼇弄於筆海，虎鬥於辭場之中。又如石艾縣尉尹公，是

能肩負朝廷重任之人，既能言善辯，又能手揮寶劍。他們都能使其道義貫通於人間倫理，使其名聲飛揚於京都。難以使他們埋沒抑屈，永遠懷有青雲之志。寶劍隱埋地下而氣衝北斗七星，明珠即使潛藏水底卻能光照千萬山谷。

今年春，皇帝有事千畝❶，湛恩八埏，大搜群才，以緝邦政❷。而王公以令宰見舉，賈公以王霸昇聞❸。海激佇乎三千，天飛期於六月。必有以也，豈徒然哉❹！

【章旨】以上為第三段，敘王、賈、尹三人乃響應天子號召，以自己的才能被薦舉而入京應試的，必能大展宏圖。

【注釋】❶今年春二句　今年春，指開元二十三年（西元七三五年）春。有事千畝，古代天子在春天舉行親自耕田的禮儀以勸農。《禮記・祭儀》：「天子為藉千畝，冕而朱紘，躬秉耒。」孔穎達疏：「古天子諸侯有藉田以親耕。」❷湛恩八埏三句　王琦注：「《玉海》：開元二十三年正月己亥，耕籍田，大赦，賜勳爵，所謂『湛恩八埏，大搜群才』，正指斯事。」湛恩，厚恩。《文選》卷四四司馬相如〈難蜀父老〉：「湛恩汪濊。」張銑注：「湛，厚。」八埏，八方。《漢書・司馬相如傳下》：「上暢九垓，下泝八埏。」顏師古注引孟康曰：「埏，地之八際也。」緝邦政，整治國家政務。❸而王公以令宰見舉二句　以令宰見舉，以優秀的縣令被推薦應舉。《舊唐書・玄宗紀上》開元二十三年詔有「堪將帥牧宰者」的人可推薦。唐代科舉制舉科目有「清廉守節政術可稱堪縣令科」。以王霸昇聞，開元二十三年詔「其才有霸王之略」者可推薦。唐代制舉科目又有「王伯（霸）科」，見《唐會要》卷七六〈制科舉〉。❹海激佇乎三千四句　用《莊子・逍遙遊》：「鵬之徙於南冥（溟）也，水激三千里，摶扶搖而上者九萬里，去以六月息者也。」意謂王、賈、尹三位被薦入京應舉，猶如大鵬遠飛南海，水擊三千里，期待六月天風而飛，一定是有原因的，豈是徒

然的。以，原因。

【語　譯】今年春天，皇帝有親耕籍田的禮儀，施厚恩於八方，大量搜集賢能人才，用來治理國家的政務。而王公以優秀的縣令被推薦應舉，賈公因有「王霸之略」的才能升聞而被推薦到「王霸科」應試。三位被薦舉入京就像大鵬遠飛南海，水激三千里，期待於六月天風而飛。一定是有原因的，豈能是徒然的呢！

有從兄太原主簿舒❶，才華動時，規謀匠物❷。乃黕翠幕，筵虹梁❸，瓊羞霞開，羽觴雷舉❹。然後抗目遠覽，憑軒高吟❺。汾河鏡開，漲藍都之氣色；晉山屏列，橫朔塞之郊原❻。屏俗事於煩襟，結浮歡於落景❼。俄而皓月生海，來窺醉容；黃雲出關，半起秋色。數君乃輟酌慷慨，搖心促裝❽。望丹闕而非遠，揮玉鞭而且去❾。

【章　旨】以上為第四段，描寫太原主簿李舒設宴為三人餞行的情景。

【注　釋】❶有從兄太原主簿舒　主簿，官名。唐代京兆、河南、太原所管諸縣，各設主簿一人，正九品上階，位在縣丞之下，縣尉之上。舒，李舒，李白稱之為「從兄」，則年長於李白。據《新唐書・宰相世系表二上》李陵裔孫房：武后時宰相李道廣孫舒，官至工部郎中，乃荊府長史李元綜子，玄宗時宰相李元紘姪，疑即此人。開元二十三年官太原主簿，時代相當。❷才華動時二句　謂李舒的才華使當時人驚動，其謀劃處理實際事物非常擅場。謀，咸本作「詩」。❸黕翠幕二句　在黑翠色的帷幕和曲樑的華堂中設宴餞別。黕，黑貌。郭本、咸本作「點」。虹梁，其曲如虹的屋樑。《文選》卷七潘岳〈藉田賦〉：「翠幕黕以雲布。」李善注：「黕，黑貌也。」又卷一班固〈西都賦〉：「抗

應龍之虹梁。」李善注：「梁形似龍，而曲如虹也。」❹瓊羞霞開二句　謂宴會上珍貴的佳肴色澤鮮美如雲霞開放，插鳥羽的酒杯如閃電般頻舉速飲。電，宋本原作「雷」，據郭本、繆本、王本、咸本、《全唐文》改。《文選》卷二張衡〈西京賦〉：「羽觴行而無筭。」劉良注：「羽觴，杯上綴羽以速飲也。」❺然後抗目遠覽二句　抗目，舉目。憑軒，靠著欄杆。軒，欄杆。❻汾河鏡開四句　郭本、王本、咸本無此二十字。汾河，黃河第二大支流。在山西省中部。源出寧武縣管涔山，經太原市南流到新絳縣折向西，在河津市西入黃河。藍都，指太原。太原為北都，太原縣西七里有藍谷。晉山，指山西省境內群山。屏列，如屏風般羅列。朔塞，朔北塞外，指北方邊境地區。李嶠〈旌〉詩：「影麗天山雪，光搖朔塞風。」四句意謂汾河水清如打開的鏡子，漲水使北都的氣色更藍；山西群山如屏風般羅列，橫亙至朔北關塞之原野郊外。❼屏俗事於煩襟二句　謂閱覽太原周圍景色後，使胸襟中的俗事煩念一概屏除，在落日餘暉中且結浮生的歡樂。屏，屏棄。浮歡，浮生之歡。謝靈運〈石壁立精舍〉詩：「浮歡昧眼前，沉照貫終始。」李白〈春夜宴從弟桃花園序〉：「浮生若夢，為歡幾何？」❽數君乃輟酌慷慨二句　數君，指陽曲王縣丞、賈縣尉、石艾尹縣尉三人。輟酌，停止飲酒。慷慨，意氣激昂。搖心，心神不定。《易林・屯之小畜》：「夾河為婚，期至無船，搖心失望，不見所歡。」促裝，急忙整理行裝。謝靈運〈初去郡〉詩：「恭承古人意，促裝反紫荊。」❾望丹闕而非遠二句　丹闕，赤色的宮闕，指京城。唐太宗〈秋日即目〉詩：「爽氣浮丹闕。」且去。將往。

【語譯】我的族兄太原主簿李舒，其才華使當時人震動，他規劃處理具體事務的能力極強。於是在黑翠色的帷幕和曲欄的華堂中設宴餞送，筵席上珍貴的佳肴色澤鮮豔如雲霞開放，插著鳥羽的酒杯如閃電般頻舉速飲。然後舉目遠望美景，憑靠欄杆高聲吟唱。清清的汾水如打開的鏡子，漲水使北都太原的氣色更藍；晉地的群山如屏風般羅列，橫亙在北方邊塞的郊外原野。見此景色使煩悶於胸襟中的俗事一概屏棄，在落日餘暉中暫結浮生之歡。不久明月從海上升起，來窺看醉客的容顏；黃雲浮出關外，似乎秋色半起。三位縣丞、縣尉於是停止飲酒而意氣激昂，心神不定地急忙整理行裝。望長安京都而並不太遠，揮起飾玉的鞭子而將要前往。

白也不敏，先鳴翰林❶。幸叨玳瑁之筵，敢竭麒麟之筆❷。請各探韻，賦詩寵行❸。

【章　旨】以上為第五段，謙稱自己冒昧寫序，並請在座之人各賦詩贈行。

【注　釋】❶白也不敏二句　不敏，猶不才。自謙之辭。《論語・顏淵》：「回也不敏，請事斯語矣。」翰林，謂文翰薈萃的所在。猶文苑。《文選》卷九揚雄〈長楊賦〉：「故藉翰林以為主人，子墨為客卿以風。」李善注：「翰林，文翰之多若林也。」❷幸叨玳瑁之筵二句　幸叨，有幸忝陪。謙辭。玳瑁之筵，珍貴豪華的宴會。劉楨〈瓜賦〉：「布象牙之席，熏玳瑁之筵。」麒麟之筆，珍貴的筆，即麟角筆。喻指有文采的詩文。王勃〈春日孫學士宅宴序〉：「文人代興，聊舉麒麟之筆。」❸請各探韻二句　探韻，古代文人在宴會上用抽籤的方式取韻作詩。王勃〈夏日諸公見尋訪詩序〉：「人探一字，四韻成篇。」寵行，贈詩送別，以壯行色。

【語　譯】我李白不才，先在文翰士林中發表意見。我有幸忝陪珍貴豪華的筵宴，冒昧地用珍貴的筆竭力寫了這篇文章。請諸君各自取韻，贈詩送別以壯行色。

【研　析】此序首敘太原民風淳樸，形勢險要，是重要的藩鎮，非賢者不可能在此任職，為三位縣官的出場作了鋪墊。接著便敘三位縣官的學問、詩文著述、口才、劍術方面的才能突出，雖屈居低位而氣衝斗牛，光照萬谷。說明他們應舉是有基礎的。再次敘今春皇帝下詔「大搜群才，以緝邦政」，王、賈、尹三人是以自己的才能被薦舉入京，必然是有原因的。第四段描寫太原縣主簿李舒設筵為三人餞行的場景，是此序的重點，寫得非常具體而生動。最後謙虛地說明自己有幸冒昧地先寫了此序，請諸君賦詩贈行。層次清晰，形象鮮明。

江夏送倩公歸漢東序❶

昔謝安四十，臥白雲於東山；桓公累徵，為蒼生而一起❷。常與支公❸遊賞，貴而不移。大人君子，神冥契合，正可乃爾。僕與倩公一面，不忝古人❹。言歸漢東，使我心痗❺。

夫漢東之國，聖人所出，神農之後，季良為大賢❻。爾來寂寂，無一物可紀。有唐中興，始生紫陽先生❼。先生六十而隱化❽，若繼跡而起者，惟倩公焉。蓄壯志而未就，期老成❾於他日。且能傾產重諾，好賢工文。即惠休上人與江、鮑往復，各一時也❿。僕平生述作，罄其草而授之⓫。思親遂行，流涕惜別。

今聖朝已捨季布，當徵賈生⓬。開顏洗目，一見白日⓭。冀相視而笑於新松之山耶！作小詩絕句，以寫別意：

彼美漢東國，川藏明月⓮輝。寧知喪亂⓯後，更有一珠歸。

【注釋】❶江夏送倩公歸漢東序　此篇在宋本《李太白文集》中與〈江夏送倩公歸漢東并序〉重出。此序曰：「今聖朝已捨季布，當徵賈生。開顏洗目，一見白日。」可知此序作於乾元二年李白長流夜郎半途遇赦回到江夏之時。倩公，李白〈漢東紫陽先生碑銘〉：「有鄉僧貞倩，雅仗才氣，請予為銘。」倩公當即貞倩。漢東，唐郡名。即隨州。

天寶元年改為漢東郡，乾元元年復改為隨州。❷昔謝安四十四句　昔，宋本卷一六無「昔」字。累，宋本作「素」，據宋本卷一六、繆本卷二七改。《世說新語・賞譽下》：「謝太傅為桓公司馬。」劉孝標注引《續晉陽秋》曰：「初，（謝）安優遊山水，以敷文析理自娛。桓溫在西蕃，欽其盛名，諷朝廷請為司馬。以世道未夷，志存匡濟，年四十，起家應務也。」《晉書・謝安傳》：「寓居會稽，與王羲之及高陽許詢、桑門支遁遊處，出則漁弋山水，入則言詠屬文，無處世意。……及（弟）萬黜廢，安始有仕進志，時年已四十餘矣。征西大將軍桓溫請為司馬，將發新亭，朝士咸送，中丞高崧戲之曰：『卿累違朝旨，高臥東山。諸人每相與言：安石不肯出，將如蒼生何！蒼生今亦將如卿乎！』」❸支公　指東晉高僧支遁。《高僧傳》卷四〈晉剡沃洲山支遁〉：「支遁，字道林，本姓關氏，陳留人，或云河東林慮人。……家世事佛，早悟非常之理。隱居餘杭山，……年二十五出家，每至講肆，善標宗會，而章句或有所遺，時為守文者所陋。謝安聞而善之，曰：『此乃九方堙之相馬也，略其玄黃，而取其駿逸。』王洽、劉恢、殷浩、許詢……等，並一代名流，皆著塵外之狎。」❹僕與倩公一面二句　一面，猶一見。宋本卷一六無「一」字。《世說新語・賢媛》：「山公與嵇、阮一面，契若金蘭。」不忝，不愧於。❺言歸漢東二句　言，句首助詞。漢東，指隨州。❻聖人所出三句　聖人，指神農氏。即炎帝。《元和郡縣志》卷二一山南道隨州隨縣：「厲山，亦名烈山，在縣北一百里。《禮記》曰：厲山氏，炎帝也，起於厲山，故曰厲山氏。」《方輿勝覽》卷三二京西路隨州：「厲山，《禮記・祭法》云：『厲山氏之有天下也，其子農能殖百穀。』注云：『厲山氏，炎帝也。起於厲山。』《西漢志》注：『隨，故厲國也。』皇甫謐：『今隨之厲鄉。』《荊州記》：『山有二穴，云是神農所生，遂即此地為神農社，常年祀之。』」季良，春秋時隨國賢大夫。王琦注：「隨之賢大夫，諫隨君無追楚師。事載《左傳・桓公六年》。按《左傳》作『季梁』」。《左傳・桓公六年》：「熊率且比曰：『季梁在，何益？』」杜預注：「季梁，隨賢臣。」《元和郡縣志》卷二一山南道隨州隨縣：「季梁廟，在縣南門外道西三十二步。」❼紫陽先生　即隨州道士胡紫陽。李白〈憶舊遊寄譙郡元參軍〉詩曰：「相隨迢迢訪仙城，……漢東太守來相迎。紫陽之真人，邀我吹玉笙。餐霞樓上動仙樂，嘈然宛似鸞鳳鳴。」李白另有〈冬夜於隨州紫陽先生餐霞樓送煙子元演隱仙城山序〉和〈漢東紫陽先生碑銘〉，知胡紫陽天寶元年卒。❽隱化　死亡的諱稱。❾老成　猶晚成。閱歷多而練達世事。《詩・大雅・蕩》：「雖無老成人，尚有典刑。」❿即惠休上人與江鮑往復二句　惠休上人，南朝宋代僧人湯惠休。上人，對僧人的敬稱。《宋書・徐湛之傳》：「時有沙門釋惠休，善屬文，辭采綺豔，

湛之與之甚厚。世祖命使還俗。本姓湯，位至揚州從事史。」江鮑，指江淹、鮑照。按江淹有〈雜體詩・休上人怨別〉，鮑照有〈秋日示休上人〉及〈答休上人〉諸詩。往復，有詩往還。⓫僕平生述作二句 謂己平生所寫詩文全部草稿都交給了他。罄，盡；完；盡其所有。⓬今聖朝已捨季布二句 據《史記・季布欒布列傳》載，季布在楚漢戰爭中曾為項羽大將，多次圍困劉邦。後項羽兵敗，漢高祖劉邦懸賞千金購季布頭，下令有誰藏匿季布，罪及三族。季布匿於周氏家中，周氏將其剃光頭髮，作為奴隸賣給大俠朱家。朱家知其即季布，優待之。後朱家說服汝陰侯滕公，滕公在漢高祖面前說情，劉邦終於下令赦免季布，並拜為郎中。賈生，《史記・屈原賈生列傳》：「賈生名誼，洛陽人也。……為長沙王太傅三年。……後歲餘，賈生徵見，孝文帝方受釐坐宣室。上因感鬼神事，而問鬼神之本。」此處作者以季布、賈生自比，謂如今朝廷已赦其罪，應像漢文帝用賈誼一樣再度起用。⓭白日 喻指皇帝。⓮明月 指明月珠。《楚辭・九章・涉江》：「被明月兮珮寶璐。」王逸注：「言己背被明月之珠，要（腰）佩美玉。」洪興祖補注：「《淮南》曰：『明月之珠……。』注云：『夜光之珠，有似月光，故曰明月。』」陸機〈文賦〉：「石韞玉而山暉，水懷珠而川媚。」⓯喪亂 指安史之亂。

【語 譯】從前謝安年已四十，還在會稽東山高臥隱居。桓溫多次請朝廷徵召，終於為濟蒼生而出山。他經常與高僧支遁一起遊覽賞景，即使在他顯貴權重以後，與支遁的情誼仍沒有改變。大人與君子結交，與神靈暗相合契，正應當如此。我與倩公一見面，就不愧於古人的結交。現在他要回到隨州去，使我心中很憂傷。

隨州古國，是出聖賢的地方。炎帝神農氏以後，春秋時的季良是隨國的賢大夫。此後就比較冷落，沒有一事可以紀敘。到了我大唐時代，隨州開始有一位胡紫陽先生。先生六十歲時逝世，而繼其蹤跡而起來的人，就只有倩公了。倩公胸懷壯志而未能實現，期待於他晚年成大器。而且他能傾盡家產，信守然諾，愛交賢友而工於詩文。就像當年惠休上人與江淹、鮑照交往一樣，各為一時的佳話。我把平生的詩文著作，盡其所有而交付給他。倩公遂思念親人而行，流淚而惜別。

如今朝廷已赦免了我，應當像漢文帝召還賈誼那樣徵召我回朝廷。使我打開笑顏洗清眼睛，一見君

王。希望與朋友們在新松山相視而歡笑！為此作一首絕句小詩，以寫送別之意：

那優美壯麗的漢東郡，河川中藏有明月珠閃耀著光輝。怎知經過戰亂之後，還有一顆明珠回歸隨州。

【研 析】此序在宋本中重出，卷一六題作〈江夏送倩公歸漢東并序〉，卷二七題作〈江夏送倩公歸漢東序〉。郭本、王本、咸本皆收入「序」卷，小有異文。序分三段。首段以謝安與支遁的友誼比擬自己與倩公的交情，並點明友人返鄉，使自己心中憂傷。次段敘隨州漢東郡乃出聖賢之地。從炎帝神農氏到春秋時的季梁；在唐代有胡紫陽，還有繼起的倩公。讚揚倩公傾產重諾，好賢工文，將倩公比擬為南朝的惠休上人，暗將江淹、鮑照自比。並點明將自己創作的詩文交付倩公編集。第三段寫自己已被赦免，幻想朝廷當會徵召自己，希望能與友人相聚歡笑。最後點明作絕句一首表示送別之意。詩中讚美漢東是藏明珠之寶地，在喪亂之後還有倩公這顆明珠返鄉。

餞李副使藏用移軍廣陵序❶

夫功未足以蓋世，威不可以震主。必挾此者，持之安歸❷？所以彭越醢於前，韓信誅於後❸。況權位不及於此者，虛生危疑，而潛苞禍心，小拒王命❹。是以謀臣將啖以節鉞，誘而烹之。亦由借鴻濤於奔鯨，鱠生人於哮虎❺。呼吸江海，橫流百川。左縈右拂，十有餘郡❻。國計未及，誰當其鋒❼？

【章　旨】以上為第一段，以漢誅韓信、彭越之事起興，敘肅宗用邢延恩誘殺劉展之計失敗，引起兇猛的劉展之亂。

【注　釋】❶餞李副使藏用句　李副使藏用，浙江西道節度副使李藏用。《文苑英華》、《唐文粹》、《全唐文》皆題作〈餞副大使李藏用移軍廣陵序〉。移軍廣陵，當是上元二年正月平定劉展之亂後，李藏用奉命移軍廣陵。廣陵即揚州，天寶元年曾改為廣陵郡，乾元元年復改為揚州。時為淮南節度使駐地。李白當是上元二年在金陵作此序餞送李藏用。❷夫功未足以蓋世四句　《抱朴子・外篇・良規》：「功蓋世者不賞，威震主者身危。」《史記・淮陰侯列傳》：蒯通謂韓信曰：「且臣聞勇略震主者身危，而功蓋天下者不賞。……今足下戴震主之威，挾不賞之功，歸楚，楚人不信；歸漢，漢人震恐；足下欲持是安歸乎？」此四句用其意。主，郭本作「生」。此者，《文苑英華》無「者」字。❸所以彭越醢於前二句　王琦注：「《漢書・高帝紀》：『十一年春正月，淮陰侯韓信謀反長安，夷三族。三月，梁王彭越謀反，夷三族。』此云『越醢於前』，『信誅於後』，恐誤。《漢書・黥布傳》：『漢誅梁王彭越，盛其醢以遍賜諸侯。』」醢，古代的一種酷刑，將人剁成肉醬。❹況權位不及於此者四句　謂何況權位不及彭越、韓信之人，徒被懷疑自危，從而潛藏禍心，漸漸抗拒帝王之命。此處指宋州刺史劉展因被肅宗懷疑而用計討伐，劉展抵抗，成為叛亂。苞，通

「包」。郭本、王本、《唐文粹》、《全唐文》作「包」。小，通「稍」。逐漸。❺是以謀臣將啖以節鉞四句　指邢延恩以都統三道節度使的制書印節，引誘劉展上當而誅殺之，這猶如借洪濤給海中奔馳的鯨鯢，用活人去餵咆哮的猛虎。由，《文苑英華》校：「集作猶。」鱠，《文苑英華》作「膾」。❻呼吸江海四句　形容劉展的軍力強大，能呼吸江海，橫流百川，左捲右拂，輕而易舉地占領十餘個州郡。左縈右拂，語出《史記・楚世家》：「若夫泗上十二諸侯，左縈而右拂之，可一旦而盡也。」比喻輕而易舉。❼國計未及二句　謂肅宗御定的誘殺劉展的計畫未能考慮到演變為劉展之亂，由誰來抵擋那精銳的兵鋒？計，《文苑英華》、《全唐文》作「討」。

【語　譯】功績不足以高出當代之上，威勢不可以使君主畏忌。如果一定要挾持這功績和威勢，將會有什麼樣的歸宿？就是漢初彭越被剁成肉醬、韓信被殺夷三族的原因。何況權位不及彭越、韓信的人，徒然使人產生懷疑而自危，從而暗藏禍心，逐漸抗拒帝王之命。因此謀臣以節度使的印節利誘他，引誘而烹殺他。這就像借洪水給海中奔馳的鯨鯢，用活人去餵咆哮的猛虎，使他們呼吸江海，橫流百川，左捲右拂，輕而易舉地占領十多個州郡。皇帝御定的誘殺劉展的計畫未能考慮到會演變為劉展叛變，應由誰來抵擋那精銳的兵鋒？

我副使李公，勇冠三軍，眾無一旅❶。橫倚天之劍，揮駐日之戈❷。吟嘯四顧，熊羆雨集❸。蒙輪扛鼎之士，杖干將而星羅❹。上可以決天雲，下可以絕地維❺。翕振虎旅，赫張王師❻。退如山立，進若電逝❼。轉戰百勝，殭❽屍盈川。水膏於滄溟，陸血於原野❾。一掃瓦解，洗清全吳❿。可謂萬里長城，橫斷楚塞。不然，五嶺之北，盡餌於修蛇⓫，勢盤地蹙，不可圖也⓬。

【章旨】以上為第二段，讚揚李藏用的勇敢、指揮軍隊的神威，以及掃清敵軍的功績。

【注釋】❶勇冠三軍二句　謂其勇猛為三軍之首，而其部下之兵則極少。三軍，周制，諸侯大國三軍。中軍最尊，上軍次之，下軍又次之。《周禮·夏官·司馬》：「凡制軍，萬有二千五百人為軍。王六軍，大國三軍，次國二軍，小國一軍。」一旅，五百人。《周禮·地官·小司徒》：「五人為伍，五伍為兩，四兩為卒，五卒為旅。」《左傳·哀公元年》：「有眾一旅。」杜預注：「五百人為旅。」❷橫倚天之劍二句　倚天之劍，語本宋玉〈大言賦〉：「長劍耿耿倚天外。」李白詩賦中屢用之。〈司馬將軍歌〉：「手中電擊倚天劍，直斬長鯨海水開。」〈大獵賦〉：「擢倚天之劍，彎落月之弓。」〈代壽山答孟少府移文書〉：「將欲倚劍天外，挂弓扶桑。」駐日之戈，用《淮南子·覽冥訓》故事：「魯陽公與韓構難，戰酣，日暮，援戈而撝之，日為之反三舍。」撝，通「揮」。反，通「返」。李白〈日出入行〉：「魯陽何德，駐景揮戈？」❸吟嘯四顧二句　謂李公吟詠長嘯而回顧四方，只見勇猛如熊羆之士，如風馳雨集。雨，《文苑英華》、《唐文粹》作「兩」。《文選》卷五三陸機〈辯亡論〉：「哮闞之群風驅，熊羆之眾霧集。」李善注引《尚書》：「武王曰：『勖哉夫子，尚桓桓，如虎如貔，如熊如羆。』」❹蒙輪扛鼎之士二句　蒙輪，語出《左傳·襄公十年》：「狄虒彌建大車之輪，而蒙之以甲，以為櫓，左執之，右拔戟，以成一隊。」杜預注：「蒙，覆也。」後因以「蒙輪」指衝鋒陷陣。扛鼎，舉鼎。《史記·項羽本紀》：「力能扛鼎。」裴駰集解引韋昭曰：「扛，舉也。」干將，寶劍名。見《吳越春秋·闔閭內傳》。二句謂那些衝鋒陷陣的大力士，手持寶劍，如群星羅列。❺上可以決天雲二句　《莊子·說劍》：「天子之劍……上決浮雲，下絕地紀。」本指寶劍之鋒利，此處指士卒戰鬥力之強。地維，維繫大地的繩子。古人以為天圓地方，天有九柱支持，地有四維繫綴，故亦指地的四角。《列子·湯問》：「其後共工氏與顓頊爭為帝，怒而觸不周之山，折天柱，絕地維。」❻翕振虎旅二句　翕、赫，興盛貌。虎旅，王琦注：「太白所謂虎旅，指有力如虎之眾耳。」二句謂翕然大振如虎之眾，赫然開張帝王之師。❼退如山立二句　王琦注：「此借用其字，以喻士卒進退用命之狀。山立，言其如山之峙，卒難動搖。電逝，言其如電之流，倏然驟至。」❽殭　宋本原作「疆」，據郭本、王本、《文苑英華》、《唐文粹》、《全唐文》改。❾水膏於滄溟二句　謂水戰則屍體漂於大海，陸戰則血流於原野。膏，屍體的脂膏。滄溟，大海。滄，《唐文粹》作「蒼」。❿全吳　此處指劉展之亂所及之江淮地區。⓫五嶺之北二句　五嶺，指位於江西、湖南、廣東、廣西交界的大庾嶺、越城嶺、騎田嶺、萌渚嶺、都龐嶺，是長江

與珠江流域的分水嶺。修蛇，長蛇，此處比喻劉展之軍。二句謂如果沒有李藏用如橫在楚塞的萬里長城，五嶺以北將盡為敵軍占領。盡餌於修蛇，《文苑英華》作「盡餌蛇豕」。⓬勢盤地蹙二句　謂地盤縮小形勢緊迫，圖謀收復就不可能了。蹙，緊迫。圖，圖謀。

【語　譯】節度副使李公藏用，勇猛為三軍之冠，而部下兵卒則極少不足五百人。橫持倚天之劍，揮動駐日之戈。吟詠長嘯而回顧四方，勇猛似熊、羆之士如風馳雨集。那些衝鋒陷陣的大力士，手持寶劍如群星羅列。上可以穿通天上的浮雲，下可以斷絕維繫大地的繩子。翕然大振如虎之軍，赫然開張帝王之師。士卒退時如山之峙立，進時如閃電之倏然驟至。百戰百勝，殭硬的屍體滿河。水戰則屍體漂於大海，陸戰則血流於原野。一戰而使敵人瓦解，洗清了全部吳地。真可謂是萬里長城，橫斷了楚地邊塞。不然的話，五嶺以北地區，將全部被長蛇般的敵軍占領，形勢緊迫而地盤縮小，再想圖謀收復就不可能了。

而功大用小，天高路遐❶。社稷雖定於劉章，封侯未施於李廣❷。使慷慨之士，長吁青雲❸。且移軍廣陵，恭揖後命❹。組練照雪，樓船乘風❺。簫鼓沸而三山動，旌旗揚而九天轉❻。

【章　旨】以上為第三段，敘李藏用功大而未得封賞，而李藏用恭敬奉命，移軍廣陵。描寫樓船東下的盛況。

【注　釋】❶而功大用小二句　謂李藏用的功績大而得不到重用，距離帝京朝廷很遠。遐，《唐文粹》作「遠」。❷社稷雖定於劉章二句　意謂李藏用雖然像當年劉章那樣有安定社稷之功，但卻像李廣那樣未能得到封侯的獎賞。《漢書·文帝紀》：「高后崩，諸呂謀為亂，欲危劉氏。丞相陳平、太尉周勃、朱虛侯劉章等共誅之。」《史記·李將軍列傳》：「廣嘗與望氣王朔燕語，曰：『自漢擊匈奴，而廣未嘗不在其中，而諸部校尉以下，才能不及中人，然以擊胡

軍功取侯者數十人，而廣不為後人，然無尺寸之功以得封邑者，何也？豈吾相不當侯邪？且固命也？』」❸長吁青雲　仰望青雲（高位）而長歎。❹且移軍廣陵二句　且，指事之辭，猶言今。恭揖後命，恭敬地等待著天子續發的後命。❺組練照雪二句　組練，「組甲被練」的簡稱。軍士所穿的兩種衣甲。泛指精壯的軍隊。《左傳・襄公三年》：「使鄧廖帥組甲三百，被練三千以侵吳。」孔穎達疏引賈逵曰：「組甲，以組綴甲，車士服之；被練，帛也，以帛綴甲，步卒服之。」樓船，有樓的大船。古代多用於作戰。《晉書・王濬傳》：「武帝謀伐吳，詔濬修舟艦。濬乃作大船連舫，方百二十步，受二千餘人。以木為城，起樓櫓，開四出門，其上皆得馳馬來往。……濬自發蜀，兵不血刃，攻無堅城，夏口、武昌，無相支抗。於是順流鼓棹，徑造三山。」樓船乘風暗用此典故。❻簫鼓沸而三山動二句　簫鼓，管樂器和打擊樂器，泛指音樂歌舞。漢武帝〈秋風辭〉：「簫鼓鳴兮發棹歌。」沸，形容聲音喧鬧。三山，在今南京市西南長江東岸。《元和郡縣志》卷二五潤州上元縣：「三山，在縣西南五十里。晉王濬伐吳，宿於牛渚，部分明日前至三山，即此也。」李白〈橫江詞六首〉其六：「驚波一起三山動。」旌旗，旗幟的通稱。旗，《文苑英華》作「旆」。班固〈東都賦〉：「羽旄掃霓，旌旗拂天。」九天，天空。極言其高。李白〈望廬山瀑布〉詩：「飛流直下三千尺，疑是銀河落九天。」二句謂李藏用移軍廣陵時樓船中簫鼓齊鳴使三山振動，旌旗飄揚在九天卷轉。

【語　譯】李公功大而得不到重用，離京都朝廷天高地遠。雖然像當年劉章那樣有安定社稷之功，卻像李廣那樣沒有得到封侯的獎賞。使性格豪爽而不得志之士，只得仰望青雲而長歎。今移軍至廣陵，恭敬地等待著天子續發的後命。軍士們組甲被練為白雪照亮，作戰的樓船乘風東下。簫鼓聲喧使三山震動，旌旗飄揚在九天卷轉。

良牧出祖，列將登筵❶。歌酣易水之風，氣振武安之瓦❷。海日夜色，雲河中流❸。席闌賦詩，以壯三軍之事❹。白也筆已老矣，序何能為❺？

【章　旨】以上為第四段，敘送別宴會及賦詩壯行的盛勢。

【注　釋】❶良牧出祖二句　良牧，賢明的刺史。《書・立政》：「宅乃牧。」孔穎達疏引鄭玄注：「殷之州牧曰伯，虞、夏及周曰牧。」東漢末州的軍政長官稱「州牧」。後遂以「牧」稱州（郡）的長官刺史（太守）。此處即指潤州刺史。祖，古代出行時祭祀路神稱「祖」，後因稱設宴送行為「祖餞」，即餞行。此處「出祖」即謂刺史設宴為之餞行。烈將，忠烈之將。此處指李藏用部下諸將。烈，《文苑英華》、《唐文粹》、《全唐文》作「列」。登筵，坐上筵席。❷歌酣易水之風二句　形容氣勢盛大的餞行場面。易水之風，用荊軻典故。《史記・刺客列傳》：「（荊軻）遂發。太子及賓客知其事者，皆白衣冠以送之。至易水之上，既祖，取道，高漸離擊筑，荊軻和而歌，為變徵之聲，士皆垂淚涕泣。又前而為歌曰：『風蕭蕭兮易水寒，壯士一去兮不復還！』復為羽聲忼慨，士皆瞋目，髮盡上指冠。於是荊軻就車而去，終已不顧。」武安之瓦，用戰國時秦趙武安之戰趙奢破秦軍事。《史記・廉頗藺相如列傳》：「秦軍軍武安西，秦軍鼓譟勒兵，武安屋瓦盡振。」❸海日夜色二句　謂夕陽西下而夜幕降臨，天空中銀河在雲中橫流。日，《唐文粹》作「月」。河，王本、《全唐文》作「帆」。❹席闌賦詩二句　席闌，筵席結束。闌，盡；殘。事，《文苑英華》、《全唐文》作「士」。❺白也筆已老矣二句　李白謙辭。謂自己已老，怎能寫好此篇序文。序，宋本原作「月」，據郭本、繆本、王本、咸本、《文苑英華》、《唐文粹》、《全唐文》改。

【語　譯】賢明的刺史出來設宴餞行，忠烈的諸將都坐上筵席。酒酣而唱當年荊軻的「風蕭蕭兮易水寒」的忼慨之歌，氣勢之大如當年武安屋瓦盡振。日下西海而夜色降臨，銀河在雲中橫流。筵席將盡而諸公賦詩，以壯三軍之聲威。我李白年紀已老，怎能寫好此篇序文？

【研　析】此序寫的是唐朝中期的一次歷史事件，即劉展之亂，具有重大的史料價值和認識意義。王琦《李太白全集》卷二七：獨孤及有〈為杭州李使君論李藏用守杭州功表〉云：「今都統使停，本職已罷，孤軍無主，莫知適從。將士嗷嗷，未有所隸。天高聽邈，無人為言。遂使殊勳見委，忠節未錄，口不言賞，賞亦不及，恐非聖朝旌有德、表有功之義。」此文所謂「社稷雖定於劉章，封侯未施於李廣」，蓋亦有深慨矣。未幾而藏用之牙將高幹挾故怨使人詣廣陵告藏用反，先以兵襲之，藏用走，幹追殺之。崔圓不能明其冤，遂簿責藏用將吏以驗之。將吏畏，皆附成其狀。獨孫待封堅言不反，且曰：「吾始從劉大

夫奉詔書來赴鎮，人謂吾反。李公起兵滅劉大夫。今又以李公為反。如此，誰則非反者？吾寧就死，不能誣人以非罪。」圓亦斬之。蓋大亂之後，刑賞之謬若此！

序中首先提出挾功高和勢威以震主的人必然沒有好下場的結論，以漢代彭越、韓信為例加以說明，何況權位不及彭越、韓信的人更是可想而知。接著指出肅宗採納邢延恩之計誘騙劉展是借洪水給鯨鯢、將活人給猛虎，結果造成劉展之亂。這是「國計未及」，顯然有指責肅宗皇帝使計錯誤之意。第二段讚揚李藏用英勇無敵，指揮部眾有神威，終於瓦解敵軍，洗清吳地，其功如萬里長城橫斷楚塞。如果沒有李藏用，則五嶺之北將盡被劉展占領，就很難圖謀收復了。第三段敘李藏用功大卻未得封賞，憤慨不平之意溢於言表。設想李藏用此次移軍廣陵，戰士被甲組練，樓船乘風東下，簫鼓動三山，旌旗揚九天，氣勢仍然盛大。末段敘刺史設筵餞別，諸將登筵，唱易水之歌，振武安之瓦，送行者賦詩以壯三軍之行，意境深遠。

澤畔吟序❶

《澤畔吟》者，逐臣崔公之所作也。公代業文宗❷，早茂才秀❸。起家校書蓬山❹，再尉關輔❺，中佐于憲車❻，因貶湘陰❼。從宦二十有八載，而官未登於郎署❽，何遇時而不偶耶❾？所謂大名難居，碩果不食❿。流離乎沅、湘⓫，摧頹⓬於草莽。

【章　旨】以上為第一段，敘崔成甫的家世、仕歷及被貶的不幸遭遇。

【注　釋】❶澤畔吟序　澤畔吟，當是崔公的一本詩集，今已不傳。據此文所敘，崔公「起家校書蓬山，再尉關輔，中佐于憲車，因貶湘陰」，當即崔成甫。按北京圖書館藏拓片〈有唐朝散大夫守汝州長史上柱國安平縣開國男贈衛尉少卿崔公（暟）墓誌〉重刻時有崔祐甫附記敘崔成甫仕歷曰：「安平公之次子沔，字若沖，服闋，授左補闕，累遷御史、尚書郎，……薨贈禮部尚書、尚書左僕射，謚曰孝。僕射之長子成甫，仕至祕書省校書郎，馮翊、陝二縣尉，乾元初年卒。」又〈有唐通議大夫守太子賓客贈尚書左僕射崔孝公（沔）墓誌〉重刻時亦有祐甫附記，其中有關成甫之事曰：「孝公長子成甫，服闋授陝縣尉。以事貶黜。乾元初卒於江介。成甫之長子伯良，仕至殿中侍御史；次子仲德，仕至太子通事舍人；少子叔賢，不仕；並早卒。今有伯良之子詹、彥，並未仕。仲德之子，未名。」此外，今《李白集》有崔成甫〈贈李十二〉一詩，具銜為「攝監察御史」，與此文中所具崔公經歷相符，故知此崔公必為崔成甫。按序云：「從宦二十有八載，而官未登於郎署。」又按崔祐甫附記謂成甫卒於乾元元年（西元七五九年），則此文必作於乾元元年或稍後。時成甫已死，李白正流放夜郎途經湘陰或遇赦歸遊瀟湘之時。詳見郁賢皓《李白叢考．李白詩中崔侍御考辨》（西安，陝西人民出版社一九八二年版79頁至96頁）。序，指為《澤畔吟》詩集所寫的序言，與贈序之「序」不同。

❷公代業文宗　謂其家世代從事文學並且廣受宗仰。文宗，備受尊崇的文章宗伯。《後漢書・崔駰傳贊》：「崔為文宗，世禪雕龍。」按：崔成甫之父崔沔、祖崔晊，皆為當時文章大家，故云「代業文宗」。❸早茂才秀　謂崔公早年就顯示出美秀的才華。茂，與「秀」同義，優秀；卓越。❹起家校書蓬山　起家，出身。謂從家中出來，開始接受官職。《晉書・杜預傳》：「文帝嗣位，預尚帝妹高陸公主，起家拜尚書郎。」蓬山，指祕書省。《後漢書・竇章傳》：「是時學者稱東觀為老氏藏室，道家蓬萊山，(鄧)康遂薦章入東觀為校書郎。」李賢注：「蓬萊，海中神山，為仙府，幽經祕錄並皆在焉。」後即以「蓬山」為祕閣代稱。按崔成甫最早官職為祕書省校書郎，故有此語。❺再尉關輔　關輔，指關中與三輔。關，宋本原作「開」，據郭本、王本、咸本改。《文選》卷二八鮑照〈昇天行〉：「家世宅關輔。」李善注：「關，關中也。《漢書》曰：『右扶風、左馮翊、京兆尹，是為三輔。』」呂向注：「關輔，謂關中三輔也。」崔成甫曾先後任馮翊縣尉、陜縣尉，其地都在京畿和都畿，故稱「再尉關輔」。❻中佐于憲車　憲車，《通典・職官・御史臺》：「漢謂之御史府，亦謂之御史大夫寺，亦謂之憲臺。……隋及大唐皆曰御史臺，龍朔二年，改為憲臺。」又古代御史臺官員常乘車巡察郡縣，故亦稱「憲臺」為「憲車」。崔成甫曾攝監察御史之職，故云「佐于憲車」。❼湘陰　縣名。唐時屬岳州，今屬湖南。崔成甫〈贈李十二〉詩云：「我是瀟湘放逐臣。」❽郎署　指尚書省各部曹。唐代尚書省各部曹官稱郎、員外郎，故稱其官署為郎署。《文選》卷三七李密〈陳情表〉：「且臣少仕偽朝，歷職郎署。」張銑注：「郎署，尚書郎。」❾何遇時而不偶耶　謂為何遭逢聖明之時而不見重用？不偶，不遇；不合；命運不好。❿所謂大名難居二句　大名難居，《史記・越世家》：「句踐以霸，而范蠡稱上將軍。還反國，范蠡以為大名之下難以久居，且句踐為人可與同患，難與處安。為書辭句踐。」碩果不食，語出《易・剝》：「剝之上九，碩果不食。」果，宋本原作「菓」，據王本、咸本改。二句謂盛名容易招致災禍，故難以久居。大的果實因其太大就不被人食用。比喻崔成甫才大名高而被人嫉妒。⓫沅湘　指沅水、湘水流域。沅水源出貴州省霧山，東北流經辰溪、沅陵、常德等縣市，入洞庭湖。上游稱清水江，自湖南省黔陽縣黔城鎮以下始名沅江。湘水源出廣西靈川縣東海洋山西麓，東北流貫湖南東部，經衡陽、湘潭、長沙等市到湘陰縣浩河口入洞庭湖。二水皆流經岳州，後人因以沅湘為岳州代稱。⓬摧頹　困頓；失意。頹，宋本原作「穨」，據郭本、王本改。曹植〈浮萍篇〉：「何意今摧頹，曠若商與參。」

【語　譯】《澤畔吟》，是被貶逐之臣崔公所寫的詩集。崔公家世代從事文學創作，是備受尊崇的文學宗

伯，他在早年就顯示出卓越的才華。崔公開始出來做的官是祕書省校書郎，做過兩次京畿和都畿的縣尉，中間還做過御史臺的輔佐官，因事受累被貶為湘陰縣尉。入仕做了二十八年的官，卻沒有能進入尚書省官署當過郎官。怎麼會遭逢聖明之時而不見重用呢？所謂盛名易招災禍故難以久居，太大的果實不被人食用。從此在沅、湘地區流蕩離散，在草莽之中困頓失意。

同時得罪者數十人❶，或才長命夭，覆巢蕩室❷。崔公忠憤義烈，形于清辭❸。慟哭澤畔，哀形翰墨❹。猶〈風〉、〈雅〉之什，聞之者無罪，覩之者作鏡❺。書所感遇，總❻二十章，名之曰《澤畔吟》❼。懼奸臣之猜，常韜之於竹簡❽；酷吏將至，則藏之於名山❾。前後數四，蠹傷卷軸❿。

【章　旨】以上為第二段，敘崔成甫與同時被害的人的遭遇，成甫在被貶後之忠憤義烈寫於二十首詩中，名為《澤畔吟》。為避奸臣酷吏，將詩集四次隱藏。

【注　釋】❶同時得罪者數十人　指因韋堅案而被株連之事。《舊唐書‧韋堅傳》：「天寶元年三月，擢（韋堅）為陝郡太守、水陸轉運使。……於長安城東九里長樂坡下、滻水之上架苑牆，東面有望春樓，樓下穿廣運潭以通舟楫，二年而成。……及此潭成，陝縣尉崔成甫以堅為陝郡太守鑿成新潭，又致揚州銅器，翻出此詞（指〈得寶歌〉），廣集兩縣官，使婦人唱之。……五載正月望夜，堅與河西節度、鴻臚卿皇甫惟明夜遊，同過景龍觀道士房，為林甫所發，以堅戚里，不合與節將狎昵，是構謀規立太子。玄宗惑其言，遽貶堅為縉雲太守，惟明為播川太守。……至十月使監察御史羅希奭逐而殺之，諸弟及男諒並死。……連累者數十人。」按崔成甫既與韋堅交接至深，其被貶湘陰，當即為韋堅案「連累者數十人」之一。❷或才長命夭二句　謂有的人很有才華，卻短命夭折；有的人又被害得傾家蕩產，全家

被殺。《世說新語・言語》：「孔融被收，……融謂使者曰：『冀罪止於身，二兒可得全不？』兒徐進曰：『大人豈見覆巢之下，復有完卵乎？』」尋亦收至。」❸形于清辭　指流露在詩句中。形，顯示。❹哀形翰墨　《全唐文》作「哀形於翰墨」。翰墨，筆墨，指文辭。❺猶風雅之什三句　風雅之什，指《詩經》。《詩經》有〈風〉、〈雅〉、〈頌〉三部分，後人多以「風雅」代指《詩經》。什，《詩經》中〈雅〉、〈頌〉部分多以十篇為一組，稱之為「什」，如，〈鹿鳴之什〉、〈清廟之什〉等。後用以泛指詩篇、文卷，猶言篇什。聞之者無罪，《詩・周南・關雎・序》：「上以風化下，下以風刺上，主文而譎諫，言之者無罪，聞之者足以戒，故曰風。」聞之者，《全唐文》無「者」字。作鏡，作為鑑戒。鏡，照鑑。❻總　宋本原作「惣」，「總」的異體字，郭本誤作「物」，今據王本改。❼澤畔吟　戰國時楚國大夫屈原被流放，遊於江潭，行吟澤畔，見《楚辭・漁父》、《史記・屈原賈生列傳》。後人常稱謫官失意時所寫作品為澤畔吟。李白〈流夜郎至西塞驛寄裴隱〉詩：「空將澤畔吟，寄爾江南管。」❽常韜之於竹簡　韜，掩藏。韜之於竹簡，謂在竹簡上所寫的文辭隱晦深奧。❾則藏之於名山　古人因恐著作丟失或遭其他意外之禍，往往置之石函而藏之名山。《史記・太史公自序》云：「厥協〈六經〉異傳，整齊百家雜語，藏之名山，副在京師。」❿前後數四二句　前後數四，謂前後隱藏四次。蠹傷卷軸，謂詩集已被蛀蟲所蝕。蠹，書蛀蟲。卷軸，指書籍。古時書籍都裱成長卷，有軸可舒卷，故稱。

【語　譯】與崔公同時得罪的有數十個人，有的才氣很高而命短夭折，有的傾家蕩產而全家被殺。崔公忠義而憤慨強烈，顯示在詩句之中。他在水邊痛哭，悲哀流露在文辭之內。如同《詩經》中的《風》、《雅》篇什，聞聽之人無罪，觀看之人可作照鑑。書寫其所感遇，總共有二十章，取名曰《澤畔吟》。懼怕奸臣的猜疑，常掩藏在竹簡上隱晦的文字中；如有酷吏將要到來，則把詩稿置之石函而藏之於名山。前後多次隱藏，稿紙已被蛀蟲所咬傷。

觀其逸氣頓挫，英風激揚，橫波遺流，騰薄萬古❶。至於微而彰，婉而麗，

悲不自我，與成他人，豈不云怨者之流乎❷？余覽之愴然❸，掩卷揮涕，為之序云。

【章　旨】以上為第三段，稱讚崔成甫之詩具有英風逸氣，微而彰，婉而麗，深得〈風〉、〈雅〉、騷人之旨，詩人深為感動，揮淚而作序。

【注　釋】❶觀其逸氣頓挫四句　逸氣，超脫世俗的氣概。曹丕〈與吳質書〉：「公幹有逸氣，但未遒耳。」頓挫，謂聲調抑揚。《後漢書・孔融傳贊》：「北海天逸，音情頓挫。」李賢注：「頓挫猶抑揚也。」英風，英武傑出的風度和氣概。阮籍〈詠懷詩〉其六一：「英風截雲霓，超世發奇聲。」激揚，激越昂揚。揚，宋本原作「楊」，據郭本、繆本、王本、咸本、《全唐文》改。江淹〈恨賦〉：「及夫中散（嵇康）下獄，神氣激揚。」騰薄，上下起伏。《文選》卷一八嵇康〈琴賦〉：「洶湧騰薄，奮沫揚濤。」張銑注：「騰，上；薄，下。」騰薄萬古，指崔成甫詩可以奔馳萬古，雄視百代。❷至於微而彰五句　謂崔成甫詩發語雖微而意思顯明，詞氣閒婉而語言華麗，雖滿腔悲憤而又含而不露，由讀者披覽體味而得其旨趣，豈非所謂哀而不傷，怨而不怒那樣的作品？怨者之流，《史記・屈原賈生列傳》：「屈平之作〈離騷〉，蓋自怨生也。〈國風〉好色而不淫，〈小雅〉怨誹而不亂。若〈離騷〉者，可謂兼之矣。」❸愴然　悲傷貌。

【語　譯】我閱讀他的作品，覺得它具有超凡脫俗的氣概和抑揚頓挫的聲調，英傑的風氣激越昂揚。如橫流的水波逶迤流動，起伏奔騰雄視萬古。至於文字雖微而意思明顯，風格閒婉而語言華麗，滿腔悲憤而又含而不露，由他人閱覽體味而得其旨趣，豈不是哀而不傷、怨而不怒那樣的作品麼？我閱覽後非常悲傷，只能掩卷而揮灑熱淚，為他寫了這篇序。

【研　析】此序是李白感情最深沉的一篇文章，因為崔成甫是李白一生中最親密的友人之一，遭遇最悲慘，且早卒。序的首段敘成甫家世和仕歷，仕宦二十八年而官未登郎署，最後被貶湘陰，真可謂遇明時

而遭不幸，為其才高被貶而抱屈。流離、摧頹，字裡行間滲透著作者的悲憤和同情。次段敘同時被害人的情況：有的才長夭亡，有的傾家蕩室而被殺。成甫被貶後忠憤義烈，表現在詩中，作就《澤畔吟》二十章。為避奸臣酷吏的迫害，不得不藏於名山，以至卷軸蠹傷。末段讚揚其詩逸氣英風，微而彰，婉而麗，深得風雅之旨。李白感動流淚而為之序。全文結構嚴密，層次井然，感情深摯，沉鬱頓挫，字裡行間充溢著對友人不幸遭遇的深切同情和對奸臣迫害的刻骨痛恨。

夏日諸從弟登沔州龍興閣序❶

夫槿榮芳園，蟬嘯珍木❷，蓋紀乎南火之月也❸。可以處臺榭，居高明❹。

【章　旨】以上為第一段，點明登閣時間正當槿花蟬鳴的仲夏之月。

【注　釋】❶夏日諸從弟句　沔州，隋沔陽郡。唐武德四年析置沔州。天寶元年改為漢陽郡，乾元元年復改為沔州。屬淮南道。領二縣，漢陽，漢川。州治漢陽，今湖北武漢漢陽。唐建中二年州廢，四年復置。寶曆二年州又廢，縣屬鄂州。郭本、王本、咸本、《文苑英華》、《唐文粹》、《全唐文》皆作「汝州」。按：汝州為唐都畿道州名。隋襄城郡，唐武德初改為伊州，貞觀八年改為汝州。天寶元年改為臨汝郡，乾元元年復改為汝州。領六縣，梁、郟城、魯山、葉、龍興、臨汝。沔州龍興閣，無考。頗疑此閣當在汝州龍興縣。唯今賢多謂序中有「晴山翠遠而四合，暮江碧流而一色」之句，其景狀非汝州所有。且序中有「屈、宋長逝」句，屈、宋乃荊楚人，沔州古屬楚地，而汝州則非楚地。故此序當是開元二十二年仲夏與諸從弟同登沔州龍興閣宴賞賦詩而作。諸從弟或指幼成、令問等人。❷夫槿榮芳園二句　謂木槿在芳園中開花，夏蟬在珍貴的樹木上鳴叫。《禮記・月令》：仲夏之月，「蟬始鳴，半夏生，木堇榮。」❸蓋紀乎南火之月也　南火之月，指夏曆五月。南火，謂心宿於仲夏黃昏時出現於天空正南方。火，指二十八宿之一的心宿。古代天文學家以天空二十八組恆星群稱為二十八宿，作為觀測行星運行的座標。但二十八宿的距離是不等分的，故又想像將周天劃為等分的十二次，每個次又有專名，心宿即為十二次中大火次的主要星宿，故常稱心宿為「火」或「大火」。❹可以處臺榭二句　《禮記・月令》：仲夏之月，「是月也，毋用火南方。可以居高明，可以遠眺望，可以升山陵，可以處臺榭。」鄭玄注：「陽氣盛，又用火於其方，害微陰也。」「順陽在上也。高明，謂樓觀也。闍者謂之臺，有木者謂之榭。」

【語　譯】木槿在芬芳的園林中開花，夏蟬在珍貴的樹木上鳴叫，這大概是記錄心宿黃昏時出現於天空正

南方的仲夏之月吧。此時正是《禮記・月令》所說的可以遊處臺榭，居於樓觀遠眺的最好時機。

吾之友于❶，順此意也，遂卜精勝❷，得乎龍興。留寶馬於門外，步金梯於閣上❸，漸出軒戶，遐瞻雲天❹。晴山翠遠而四合，暮江碧流而一色❺。屈指鄉路，還疑夢中。開襟危欄，宛若空外❻。

【章　旨】以上為第二段，描寫與諸從弟登上龍興閣，遠望晴山碧流，引起故鄉之思，心曠神怡。

【注　釋】❶友于　《書・君陳》：「惟孝，友于兄弟」。《論語・為政》引此。本指兄弟相愛，後用為兄弟的代稱。《後漢書・史弼傳》：「陛下隆于友于，不忍遏絕。」❷遂卜精勝　卜，選擇。陶潛〈移居〉詩：「昔欲居南村，非為卜其宅。」精勝，精美的名勝之地。❸留寶馬於門外二句　寶馬，馬的美稱。金梯，梯的美稱。李白〈東武吟〉：「寶馬麗絕景。」又〈別內赴徵三首〉其三：「翡翠為樓金作梯。」❹漸出軒戶二句　謂逐漸步出門戶，遠望雲天。軒，窗。戶，門。遐，遠。王本作「霞」。❺晴山翠遠而四合二句　描寫登閣遠望所見景色。謂晴空下遠山蒼翠而四面匯合，傍晚時長江碧流而清澈一色。❻開襟危欄二句　謂倚靠高欄，胸襟開闊；宛似身在高空之外。開襟危欄，宋本此四字漫漶，據郭本、繆本、王本、咸本補。

【語　譯】我的各位兄弟順從這個意思，就選擇精美的名勝，得到龍興這個地方。將寶馬留於門外，腳踏金梯登上樓閣。緩步走出門戶，遠望雲天。晴空下遠山蒼翠而四面匯合，暮色中長江碧流則清澈一色。屈指計算故鄉之路程，還在疑心自己處於夢中。倚著高欄敞開胸襟，宛如身在高空之外。

嗚呼！屈、宋❶長逝，無堪與言。起予者誰？得我二季❷。當揮爾鳳藻，挹

予霞觴❸。與白雲老兄❹，俱莫負古人也。

【章　旨】以上為第三段，敘二季有屈、宋般的文才。當揮寫優美文辭，共飲美酒，不辜負古人。

【注　釋】❶屈宋　指戰國時楚國文學家屈原、宋玉。❷起予者誰二句　《論語・八佾》：「子曰：『起予者，商（子夏）也，始可與言詩已矣。』」朱熹注：「起，猶發也。起予，言能起發我之志意。」後用為啟發我之意。二季，兩位弟弟。季，古代兄弟間以伯、仲、叔、季排行，季是最小的。此處泛指弟弟。❸當揮爾鳳藻二句　鳳藻，比喻華美的文辭。盧照鄰〈釋疾文〉：「揮鳳藻于文昌。」挹予霞觴，酌飲流霞之酒。宋本原作「搜乎需觴」，《文苑英華》作「飛乎鸞觴」，校云：「一作叟乎霜腹。」據王本、《全唐文》改。挹，舀；汲取。霞觴，神話傳說中的仙酒流霞。《抱朴子・祛惑》：「仙人但以流霞一杯，與我飲之，輒不饑渴。」亦泛指美酒。❹白雲老兄　當指隱居人之號。或乃李白自稱。李嘉祐〈送舍弟〉詩：「老兄鄙思難儔匹，令弟清詞堪比量。」

【語　譯】唉！屈原、宋玉逝去已很長久，不能與他們說話。啟發我志意的人是誰？得到我的兩位弟弟。應當發揮你們的華美文辭，酌飲流霞美酒。與白雲老兄，都不要辜負古人之意。

【研　析】此序首先以槿榮、蟬鳴點明登閣時間為仲夏五月，並以《禮記・月令》之說點明這是最佳的登樓遠望之時間。次段即寫諸從弟順時來遊龍興閣，具體描寫留馬門外，步梯登閣，出戶遠望，景色迷人，晴山翠遠，暮江碧流。引起故鄉之思而疑在夢中，倚欄開襟而宛如在空外。這是此序的重點。末段感歎屈、宋長逝，只有兩位弟弟啟發自己，請二弟與白雲老兄一起發揮才華，暢飲美酒，不要辜負古人的登臨之意。

秋夜於安府送孟贊府兄還都序❶

夫士有飾危冠，佩長劍，揚眉吐諾，激昂青雲者❷，咸誇炫意氣❸，托交王侯。若告之急難，乃十失八九❹。我義兄孟子，則不然耶❺！

【章　旨】以上為第一段，敘當今有些人外表裝飾、談吐意氣似為俠義之士，然急難關頭，則都不肯相助。反襯孟縣丞則不是如此之人。

【注　釋】❶秋夜於安府句　安府，安州都督府。《舊唐書・地理志三》：「安州中都督府。隋安陸郡。武德四年，平王世充，改為安州，……天寶元年，改為安陸郡，依舊為都督府，督安、隋、郢、沔四州。乾元元年，復為安州。」《文苑英華》題中無「於安府」三字。孟贊府兄，姓孟的安陸縣丞。唐人多敬稱縣丞為贊府。兄，宋本原作「足」，據郭本、繆本、王本、咸本、《全唐文》改。序中又稱其為「義兄孟子」，可知李白對他非常尊敬，感情至深。還都，回京城長安。此序當是開元十七年前後在安州作。❷夫士有飾危冠四句　飾危冠佩長劍，古代俠士的裝束。《莊子・盜跖》：「使子路去其危冠，解其長劍。」成玄英疏：「高危之冠、長大之劍，勇者之服也。」揚眉，眉毛飛揚，得意貌。吐諾，謂言而有信，應允之事一定做到。激昂青雲，奮發激勵直上高位。參見160頁注⓯。❸咸誇炫意氣　咸，皆；都。《文苑英華》、《全唐文》作「莫不」。誇炫，矜誇炫耀。意氣，意態氣概。❹十失八九　十之八九都失實。指上述以俠士打扮炫耀之人，如遇實際急難請他幫助時，都是不願伸出援手的。失，郭本作「夫」。❺我義兄孟子二句　孟子，對孟縣丞的敬稱。謂我的義兄孟公就不是這樣的人啊。

【語　譯】士人中常有頭戴高冠、身佩長劍、眉毛飛揚而吐應諾，激勵奮發而直上青雲之人，都會矜誇炫耀意態氣概，寄託結交王侯貴族。如果告訴他有急難之事請他幫助，則十人之中有八、九人是會使你失

望的。而我的義兄孟公，就不是這樣的人啊！

道合而襟期暗親，志乖而肝膽楚、越❶。鴻騫鳳立，不循常流❷。孔明披《書》，每觀於大略❸；少君讀《易》，時作於小文❹。四方賢豪，眩然❺景慕。雖長不過七尺，而心雄萬夫❻。至於酒情中酣，天機俊發❼，則談笑滿席，風雲動天。非嵩丘騰精，何以及此❽！

【章　旨】以上為第二段，讚美孟縣丞胸懷寬廣，不循常規，天賦聰穎，心雄萬夫。

【注　釋】❶道合而襟期暗親二句　謂道相同之人則懷抱暗合而相親，志不同之人則像肝膽親近而如楚越那樣是敵國。襟期，志趣；懷抱。高澄〈與侯景書〉：「纏綣襟期，綢繆素分。」李白〈梁甫吟〉：「廣張三千六百釣，風期暗與文王親。」肝膽楚越，語出《莊子・德充符》：「自其異者視之，肝膽楚越也。」肝膽同體，喻親近；楚越敵國，喻對立或疏遠。❷鴻騫鳳立二句　謂孟縣丞如鴻雁飛舉、鳳凰獨立，不遵循常規俗流。鴻，大雁。騫，鳥振翼而飛。鳳立，江淹〈古意報袁功曹〉：「一言鳳獨立，再說鸞無群。」❸孔明披書二句　孔明，諸葛亮字孔明。披書，翻閱《尚書》。《三國志・蜀書・諸葛亮傳》裴松之注引《魏略》曰：「亮在荊州，以建安初與潁川石廣元、徐元直、汝南孟公威等俱遊學，三人務於精熟，而亮獨觀其大略。」❹少君讀易二句　王琦注：「《漢武帝外傳》：薊遼（達），字子訓，齊國臨淄人。李少君之邑人也。見少君有不死之道，遂以弟子之禮事少君，而師事焉。性好清淨，嘗閒居讀《易》，時作小小文疏，皆有意義。此文以為少君事，疑誤。」曹植〈與楊德祖書〉：「昔丁敬禮常作小文，使僕潤飾之。」小文，短文。❺眩然　明亮光耀貌。眩，通「炫」。《文苑英華》作「泫」。❻雖長不過七尺二句　李白〈與韓荊州書〉：「雖長不滿七尺，而心雄萬夫。」按古尺較今尺短，古一尺約為今之八寸。七尺為一般成人的身高。過，《文苑英華》、《全唐文》作「滿」。❼至於酒情中酣二句　謂飲酒興趣正濃之時，天賦的靈性充分發揮。天機，天賦靈性。天，《文

苑英華》作「人」。《顏氏家訓・勉學》：「及至冠婚，體性稍定。因此天機倍須訓誘。」俊發，英發。謂才識、情性、文采等充分表現。《文心雕龍・體性》：「吐納英華，莫非情性。是以賈生俊發，故文潔而體清。」❽非嵩丘騰精二句　謂如果不是嵩山的精靈升騰，何以能降生孟縣丞這樣的人才！由此可知孟縣丞可能出生於嵩山附近。騰，《文苑英華》作「之」。

【語　譯】道相同之人則懷抱暗合而相親，志不同之人則像肝膽親近而如楚越那樣是敵國。孟兄如鴻雁飛舉、鳳凰獨立，不遵循常規俗流。就像當年諸葛亮翻閱《尚書》，經常是看個大要。李少君讀《易》，時常寫短小文章。四方的賢人豪傑，都光彩耀目地仰慕他。雖然身長不超過七尺，而心中有萬夫之雄。至於酒興正濃之時，天賦的靈性充分發揮，就能談笑於整個筵席，使天上的風雲都感動。如果不是嵩山的精靈升騰，怎麼能降生孟兄這樣的人才！

白以弱植❶，早歆香名❷。況親承光輝，恩甚華萼❸。他鄉此別，誰無恨耶？

【章　旨】以上為第三段，敘詩人與孟縣丞超越兄弟的深厚友誼。

【注　釋】❶弱植　軟弱無能，無所建樹。自謙之辭。《左傳・襄公三十年》：「六月，鄭子產如陳莅盟，歸，復命。告大夫曰：『陳，亡國也，不可與也。……其君弱植，公子侈，大子卑，大夫敖，政多門，以介於大國，能無亡乎？』」孔穎達疏：「植為樹立，君志弱，不樹立也。」❷香名　美名。盧思道〈盧記室誄〉：「善價斯待，香名允集。」❸恩甚華萼　恩情超過兄弟。《文選》卷三五謝瞻〈於安城答靈運〉：「華萼相光飾。」呂延濟注：「華萼，喻兄弟也。」按：語本《詩・小雅・常棣》「常棣之華，鄂不韡韡」。鄭玄箋：「興者，喻弟以敬事兄，兄以榮覆弟。恩義之顯，亦韡韡然。」鄂，通「萼」。花萼。王琦曰：「太白與孟雖異姓，而情不啻昆弟，故曰『恩甚花萼』，而稱之曰『義兄』也。」

【語　譯】我李白懦弱而無所建樹，但很早就聽到孟兄的美名。何況我親身承受他的光輝，恩情超過親兄弟。如今在他鄉作此離別，有誰能不遺恨呢？

時林風吹霜，散下秋草；海雁嘶月，孤飛朔雲❶。驚魂動骨，戛瑟落涕❷。抗手緬邁❸，傷如之何！且各賦詩，以寵行路❹。

【章　旨】以上為第四段，描寫秋夜送行孟縣丞的悲壯情景。

【注　釋】❶時林風吹霜四句　寫秋夜景色。李白〈胡無人〉：「嚴風吹霜海草凋。」又〈秋夕書懷〉詩：「北風吹海雁。」孤飛朔雲，《文苑英華》、《全唐文》作「孤鶴翔雲」。〈擬古十二首〉其一二：「燕鴻思朔雲。」❷驚魂動骨二句　寫分別時的傷感。謂驚心動骨，鼓瑟落淚。落涕，《文苑英華》作「涕流」。江淹〈四時賦〉：「軫琴情動，戛瑟涕落。」王琦曰：「戛瑟，猶鼓瑟也。」❸抗手緬邁　王琦注：「抗手，舉手拜別也。……緬邁，遠行也。張九齡詩：『云胡當此時，緬邁復為客。』」❹且各賦詩二句　且，《文苑英華》作「請」。以寵行路，以此光寵行路。謂為孟縣丞送行以壯耀行色。行，宋本原作「歧」，據郭本、王本、《全唐文》改。

【語　譯】此時林中嚴風吹霜，秋草飄散，海雁在月下嘶鳴，北方雲彩在高空孤飛。此情此景，更令人驚心動骨，鼓瑟落淚。他舉手告別而遠行，我傷心又怎麼辦！請各位賦詩，以此為孟兄光寵送別壯耀行色。

【研　析】此序首先提出有這樣一種人：平時的裝飾、吐諾、意氣、結交都像是俠義之士，但當你有急難請他救援時，十之八九都不肯出手相助。而我的義兄孟縣丞，則不是這樣的人！用反襯的筆法否定心口不一之人來肯定孟縣丞的俠義精神，更顯得高尚和可貴。接著讚美孟縣丞胸懷寬廣，辨事不循常規，以諸葛亮和蒯子訓讀書寫文的風格比擬之。又讚美他心雄萬夫，天賦聰穎，稱他是嵩山的精靈降下的。第

三段敘自己與孟縣丞的深厚情誼超越親兄弟，又在他鄉送別，所以更為傷心愁恨。最後描寫秋夜送別孟縣丞的時令景色，孟縣丞舉手告別遠行，諸公賦詩贈別，悲壯情景躍然紙上，餘味無窮。

春夜宴從弟桃花園序❶

夫天地者，萬物之逆旅也；光陰者，百代之過客也❷。而浮生若夢，為歡幾何❸？古人秉燭夜遊，良有以也❹。

【章　旨】以上為第一段，謂光陰易逝，人生如夢，故應及時行樂。

【注　釋】❶春夜宴從弟桃花園序　《文苑英華》、《唐文粹》題作「春夜宴諸從弟桃園序」。《古文觀止》題作「春夜宴桃李園序」。此序作年難考。按李白詩文中稱從弟者甚多。或謂此指李幼成、李令問等人。又按李白〈秋夜宿龍門香山寺奉寄王方城十七丈奉國瑩上人從弟幼成令問〉詩云：「朝發汝海東，暮棲龍門中。」則桃花園當在汝州境內。《道光汝州全志》卷一「山川」「八景」之一有「春日桃園」，卷九「古跡」亦載「桃園在城東北聖王里」。則此序當作於開元二十二年（西元七三四年）。❷夫天地者四句　夫天地者萬物之逆旅也，郭本、咸本校：「一作云：夫萬物者，天地之逆旅也。」《唐文粹》、《古文觀止》無「也」字。客也，《唐文粹》、《全唐文》、《古文觀止》無「也」字。逆旅，客舍。《左傳・僖公二年》：「今虢為不道，保於逆旅。以侵敝邑之南鄙。」孔穎達疏：「逆，迎也；旅，客也，迎止賓客之處也。」過客，李白〈擬古十二首〉其九云：「生者為過客，死者為歸人。天地一逆旅，同悲萬古塵。」按光陰本綿延無涯，有一定限度的時間，才有百代的概念，此反用其意，以「光陰」為「過客」，總在形容人生短暫。❸而浮生若夢二句　浮生，《莊子・刻意》：「其生若浮，其死若休。」莊子以為人生在世，飄浮無定，故稱人生為「浮生」。又〈齊物論〉：「昔者莊周夢為胡蝶，栩栩然胡蝶也，自喻適志與！不知周也。俄然覺，則蘧蘧然周也。不知周之夢為胡蝶與，胡蝶之夢為周與？」後人即以浮生指人生。為歡，指賞心樂事。二句謂人生就像夢幻，極為短暫，而真正能歡會娛志之事，又有多少？❹古人秉燭夜遊二句　〈古詩十九首〉有「晝短苦夜長，何不秉燭遊」句，曹丕〈與吳質書〉：「古人思秉燭夜遊，良有以也。」後以「秉燭夜遊」表示及時行樂。秉燭，手持火炬。良有

以也，真是有原因的。

【語　譯】天地是萬物的旅舍，光陰是百代的過客。而飄浮的人生就像做夢，能有多少歡樂？所以古人要掌燈夜遊，真是有原因的。

況陽春召我以煙景，大塊假我以文章❶。會桃花之芳園，序天倫之樂事❷。群季俊秀，皆為惠連❸；吾人詠歌，獨慚康樂❹。

【章　旨】以上為第二段，與諸從弟聚會桃花園，暢敘天倫之樂，讚美諸弟皆如當年謝惠連般聰敏俊秀，謙稱自己則不如謝靈運而慚愧。

【注　釋】❶況陽春召我以煙景二句　陽春，溫暖的春天。召，招。煙景，煙花景色。大塊，大地。假，給與。文章，大自然優美的色彩。《莊子・大宗師》：「夫大塊載我以形，勞我以生。」兩「以」字後均為狀語後置。❷會桃花之芳園二句　會，會聚。桃花，《文苑英華》、《全唐文》、《古文觀止》作「桃李」。芳園，園之美稱。序，通「敘」。天倫，父子兄弟等天然的親屬關係。《穀梁傳・隱公元年》：「兄弟，天倫也。」范甯注：「兄先弟後，天之倫次。」❸群季俊秀二句　群季，古人以伯仲叔季作為兄弟間的排行，此以季為弟之代稱。因從弟非止一人，故曰群季。惠連，指謝惠連。《宋書・謝方明傳》：「子惠連，幼而聰敏，年十歲，能屬文，族兄靈運深相知賞。」李白在此以謝惠連喻群季。❹吾人詠歌二句　吾人，《文苑英華》作「古今」。康樂，指謝靈運。因襲封康樂公，故稱謝康樂。此為詩人自比。《宋書・謝靈運傳》：「出為永嘉太守。郡有名山水，靈運素所愛好，出守既不得志，遂肆意遊遨，遍歷諸縣，動逾旬朔，民間聽訟，不復關懷。所至輒為詩詠，以致其意焉。」二句謂我等對景賦詩，只有我慚愧不及謝康樂。慚是自謙之辭。

【語　譯】何況溫暖的春天以煙花美景召喚我們，大地又給我們提供各種豔麗美妙的色彩。我們聚集在桃

花盛開的芬芳園林中，歡敘兄弟之間的樂事。諸位賢弟都是俊傑優秀的人才，都可與當年的謝惠連媲美。只有我所吟詠的詩歌，愧對當年的謝靈運康樂公。

幽賞未已，高談轉清❶。開瓊筵以坐花，飛羽觴而醉月❷。不有佳詠❸，何伸雅懷❹？如詩不成，罰依金谷酒斗數❺。

【章　旨】以上為第三段，描寫與諸從弟宴飲賦詩的歡樂情景。

【注　釋】❶幽賞未已二句　謂深細的品賞尚未完了，便由漫無邊際的閒論，轉入辨名析理的清談。清，清談，清雅的談論。❷開瓊筵以坐花二句　謂精美的筵席設在花叢中，插羽的酒杯在月光下頻頻飛舉。瓊筵，筵之美稱。坐花，圍群花而坐。羽觴，古代飲酒用的耳杯。作雀鳥狀，有頭、尾、兩翼。一說插鳥羽於觴，促人速飲。飛羽觴，形容促飲之速。醉月，醉於月下。❸佳詠　《文苑英華》、《唐文粹》、《全唐文》、《古文觀止》作「佳作」。美好的詩章。❹何伸雅懷　謂怎能表達高雅的情懷。伸，《文苑英華》作「申」。❺罰依金谷酒斗數　金谷，地名，也稱金谷澗。其地在今河南洛陽西北。晉太康時石崇築園於此，即世傳金谷園。石崇常與友人在園中飲酒賦詩。石崇〈金谷詩序〉：「遂各賦詩，以敘中懷，或不能者，罰酒三斗。」此即用其意。酒斗數，王本、《文苑英華》、《唐文粹》、《全唐文》、《古文觀止》無「斗」字。

【語　譯】尋幽賞玩尚未結束，便由高談闊論轉入清雅的細語。在花叢之中開設精美的筵席，在明月之下飛動插羽的酒杯。沒有美好的詩歌，怎麼能表達我們風雅的情懷？如果有誰寫不成詩，依照當年金谷園規定的舊例，罰他飲酒三斗。

【研　析】此序首段以光陰迅速，人生短暫，所以古人秉燭夜遊，及時行樂，為下文的歡樂作鋪墊。次段即敘在良辰美景中與諸弟聚會，吟詩詠歌，敘天倫之樂事，以諸弟比擬謝惠連，以謝靈運自比。為此序

的重點。末段敘賞景未已，又高談清論，開筵飛觴，寫詩以舒雅懷，並以金谷園之例，如詩不成，罰酒三斗。全篇如行雲流水，一氣呵成，描寫生動，讀後如身臨其境。篇幅雖短，但韻味深長。王志堅《四六法海》卷一〇曰：「太白文蕭散流麗，乃詩之餘。」《古文觀止》曰：發端數語，已見瀟灑風塵之外，而轉落層次，語無泛設。幽懷逸趣，辭短韻長，讀之增人許多情思。

冬夜於隨州紫陽先生飡霞樓送煙子元演隱仙城山序❶

吾與霞子元丹、煙子元演❷，氣激道合，結神仙交❸。殊身同心，誓老雲海，不可奪也❹。歷行天下，周求名山❺，入神農之故鄉，得胡公之精術❻。

【章　旨】以上為第一段，敘自己與元丹丘、元演志同道合，遍行天下，同往隨州訪胡紫陽，得其道術。

【注　釋】❶冬夜於隨州句　隨州，又作「隋州」。唐州名，屬山南東道。天寶元年改為漢東郡，乾元元年復改為隨州。今湖北隨州。紫陽先生，唐道士，姓胡，道號紫陽，名不詳，隱居於隨州。據李白〈漢東紫陽先生碑銘〉，李白好友元丹丘曾請胡紫陽至嵩山傳道籙。天寶元年曾奉詔入京，不久稱疾辭帝，返至葉縣病卒，年六十二，是年十月二十三日葬。飡霞樓，當在胡紫陽居處。煙子元演，李白好友，與元丹丘當為從兄弟行。仙城山，在隨州東八十里，又名善光山，見《輿地紀勝》卷八三。此序當作於開元二十三年前後，時李白與元丹丘、元演同往隨州訪胡紫陽。李白〈憶舊遊寄譙郡元參軍〉詩曰：「相隨迢迢訪仙城，三十六曲水迴縈。一溪初入千花明，萬壑度盡松風聲。銀鞍金絡到平地，漢東太來相迎。紫陽之真人，邀我吹玉笙。飡霞樓上動仙樂，嘈然宛似鸞鳳鳴。」即寫此時事。❷吾與霞子元丹句　霞子，元丹丘之號。元丹，即元丹丘。李白一生最親密的摯友。煙子，元演的號。元演後為譙郡參軍。其父約在開元二十三年為太原尹，故元演於是年五月邀李白過太行山遊太原，一直到秋天。❸氣激道合二句　謂意氣激奮而志向相同，結為學道求仙的神仙之交。❹殊身同心三句　謂雖然身體不同而三人之心相同，發誓要終老於雲海之間求仙學道，此志不可奪走。殊，不同。奪，喪失。《論語・子罕》：「三軍可奪帥也，匹夫不可奪志也。」❺歷行天下二句　歷行，遍行；走遍。行，宋本作「可」，《文苑英華》作「考」，據郭本、王本、《全唐文》改。《後漢書・張禹傳》：「歷行郡邑，深幽之處莫不畢到。」周求，遍求；到處尋訪。應璩〈與滿公琰書〉：「宣命周求。」❻入神農之故鄉二句　神農之故鄉，指隨州。隨州有厲山，相傳為上古炎帝神農氏之生地。《史記・五帝本紀》：「軒轅之時，

神農氏世衰。」裴駰集解引皇甫謐曰：「《易》稱庖犧氏沒，神農氏作，是為炎帝。」張守節正義引《括地志》曰：「厲山在隨州隨縣北百里，山東有石穴，昔神農生於厲鄉，所謂列山氏也。春秋時為厲國。」胡公，指胡紫陽。李白《漢東紫陽先生碑銘》：「先生姓胡氏。」精術，精微的道術。術，《文苑英華》作「宇」。

【語　譯】我與霞子元丹、煙子元演，意氣激奮而志向相同，結為學道求仙的神仙之交。雖然三人身體不同而心意相同，發誓要老於雲海之間求仙學道，此志不可喪失。走遍天下，到處尋訪名山，來到炎帝神農氏的故鄉，終於得到胡紫陽先生精微的道術。

胡公身揭日月，心飛蓬萊❶。起飡霞之孤樓，鍊吸景之精氣❷。延我數子，高談混元❸。金書玉訣❹，盡在此矣。

【章　旨】以上為第二段，敘胡紫陽身心光明，餐霞鍊氣，邀請李白等人祕授道教仙書寶訣。

【注　釋】❶胡公身揭日月二句　身揭日月，《莊子．山木》：「昭昭乎，如揭日月而行。」揭，高舉。蓬萊，神話傳說中的海中仙山。二句謂胡紫陽其身如高舉日月那樣光明，其心飛馳嚮往蓬萊仙山。❷起飡霞之孤樓二句　謂建起名為飡霞的高樓，鍊吸日精氣的道術。飡霞，餐食日霞；道教修鍊之術。《真誥》：「日者霞之實，霞者日之精。君惟聞服日實之法，未見知餐霞之精也。夫餐霞之經甚祕，致霞之道甚易，此謂體生玉光，霞映上清之法也。」《文選》卷二一顏延之《五君詠．嵇中散》：「中散不偶世，本自餐霞人。」李善注：「飡霞，謂仙也。《楚辭》曰：『漱正陽而含朝霞。』司馬相如《大人賦》曰：『呼吸沆瀣飡朝霞。』」景之精氣，即日精。景，日光。宋之問《詠王子喬》詩：「乘騎雲氣吸日精。」❸延我數子二句　延，邀請。數子，指李白，元丹丘，元演三人。混元，天地元氣。❹金書玉訣　仙書寶訣，道教的經典。沈約《遊金華山》詩：「若蒙羽駕迎，得奉金書召。」《太平廣記》卷四引《仙傳拾遺》：「張楷，字公超，有道術。居華山谷中，能為五里霧，有玉訣金匱之學，坐在立亡之道。」

【語譯】胡紫陽先生其身如高舉日月那樣光明，其心則飛馳嚮往蓬萊仙山。他建造起取名為飡霞的高樓，專鍊吸收太陽精氣的道術。邀請我們幾個人，大談天地元氣。道教的經典寶訣，全都在這裡面了。

白乃語及形勝❶，紫陽因大誇仙城❷。元侯❸聞之，乘興將往。別酒寒酌，醉青田❹而少留；夢魂曉飛，度淥水❺以先去。

【章旨】以上為第三段，敘元演聞仙城山為名勝之地，欲乘興前往。設宴餞行，元演夢魂已先往仙城山。

【注釋】❶形勝　名勝；地理形勢優越。《荀子・強國》：「其固塞險，形勢便，山林川谷美，天材之利多，是形勝也。」❷大誇仙城　《文苑英華》「誇」下有「其」字，校云：「集無此字」。❸元侯　指元演。侯，唐代士大夫之間的尊稱，猶言「君」。❹青田　酒名。崔豹《古今注・草木》：「烏孫國有青田核，……得清水，則有酒味出，如醇美好酒。核大如六升瓠，空之以盛水，俄而成酒。劉章得兩核，集賓客設之，常供二十人之飲。一核盡，一核所盛已復〔闕〕飲。飲盡，隨更注水。隨盡隨盛，不可久置，久置則苦不可飲。名曰青田酒。」駱賓王〈秋日與群公宴序〉：「欽爾連襟，共挹青田之酒。」青，咸本作「月」。❺淥水　淥，《文苑英華》作「綠」。

【語譯】我李白於是談到形勢優越的名勝之地，紫陽先生就大力誇讚仙城山之美好。元君聽後，就要乘興前去。寒夜酌飲離別之酒，青田美酒易醉而稍留片刻；但元君的夢魂拂曉已飛，早就渡過淥水而先去。

吾不滯於物，與時推移❶。出則以平交王侯，遁則以俯視巢、許❷。朱紱狎我，綠蘿未歸❸。恨不得同棲煙林，對坐松月。有所款然，銘契潭石❹。乘春當

來，且抱琴臥花，高枕相待❺。詩以寵別❻，賦而贈之。

【章　旨】以上為第四段，敘自己平交王侯、俯視巢許的品格，目前尚想出仕，未能同隱山林。請友人抱琴高臥花中等待他日來臨。

【注　釋】❶吾不滯於物二句　不滯，郭本作「不疑滯」，王本、咸本、《全唐文》作「不凝滯」。《楚辭・漁父》：「聖人不凝滯於物，而能與世推移。」王逸注：「不困辱其身也，隨俗方圓。」此處用其意。滯，拘泥。❷出則以平交王侯二句　謂出仕則與王侯貴族平等交往，隱遁亦不高仰巢父、許由等古代隱士。❸朱紱狎我二句　朱紱，古代繫佩玉或印章的紅色絲帶。《文選》卷二〇曹植〈責躬詩〉：「冠我玄冕，要我朱紱。」李善注：「《禮記》曰：『諸侯佩山玄玉而朱組綬。』《蒼頡篇》曰：『紱，綬也。』」劉良注：「朱紱，諸侯之儀服。」此處代指做官。綠蘿，指隱居。隱士與綠蘿為伴。郭璞〈遊仙詩〉：「綠蘿結高林，蒙籠蓋一山。」二句意謂官宦生活親近著我，所以尚未有歸隱的打算。狎，親近。❹恨不得同棲煙林四句　謂自己恨不得能與元演同隱山林，對坐松月。親熱誠懇的衷情，可以銘刻於潭邊石上。款然，親熱真誠貌。《文選》卷二五謝靈運〈還舊園作見顏范二中書〉詩：「曾是反昔園，語往實款然。」李善注引《廣雅》：「款，愛也。」咸本作「疑然」，《文苑英華》作「感歎然」。潭，《文苑英華》作「譚」。❺乘春當來三句　謂乘春天來臨時我當來看你，你暫且在花中高臥，抱琴相樂，高枕無憂地等待著我。❻寵別　以言詞贈別。蕭昕〈夏日送桂州刺史邢中丞赴任序〉：「徵文寵別，慰行邁之思。」

【語　譯】我並不拘泥於各種事物，而能與世推移，隨時變化。出仕就與王侯貴族平等交往，隱逸則對古代巢父、許由等隱士也只有俯視而並不高仰。現在，官員的服飾還吸引親近著我，所以我還不打算歸隱與綠蘿為伴。我恨不得與你一起同棲山林，對坐在松月之下。親熱真誠的話語，可以銘刻在潭邊的山石之上。乘春天來臨時我當來看你，請你暫且抱琴在花間高臥，高枕無憂地等待著我。賦詩贈別，以慰你壯行。

【研　析】此序首先點明自己與元丹丘、元演志同道合，結神仙交，遍遊天下名山，到隨州得到胡紫陽的

道術。接著介紹胡紫陽身舉日月，心飛蓬萊，在隨州建飡霞之樓，鍊吸日精之功的道術，並邀請李白、元演傳授道教經典。然後引出紫陽先生大誇仙城山，元演聞之欲乘興前往，於是設宴餞行，元演夢魂已先往。末段敘自己不拘泥於出處的態度：出仕就與王侯平等交往，隱遁就俯視巢父、許由。如今官員的服飾還在親近我，所以未能歸隱綠蘿。但我心中恨不得與你同棲山林，對坐松月。請你暫且抱琴臥花，等待來春我當來看你。最後以賦詩贈別相慰。說明李白初入長安歸來後並未消沉，尚存出仕的期待。

送戴十五歸衡嶽序❶

白上探玄古，中觀人世，下察交道❷。海內豪俊，相識如浮雲❸。自謂德參夷、顏，才亞孔、墨❹，莫不名由口進，實從事退❺，而風義可合者，厥惟戴侯❻。

【章旨】以上為第一段，謂自古以來，世人自誇德才者，多名不符實，而名實一致者，大概只有戴侯。

【注釋】❶送戴十五歸衡嶽序　戴十五，姓戴，排行十五，名不詳。序稱其「稟湖嶽之氣」、「窺霸王之圖」，兼五材，統四美，評價極高，而又「不遠千里，訪余以道」。惜其懷才不遇。時欲南歸衡嶽，李白與安陸之名人廖侯及獨孤有鄰、薛公等在魏公林亭設宴餞別戴侯，則此序當是開元十六年前後作於安陸。衡嶽，衡山，為五嶽之一的南嶽。在今湖南衡山縣西北。❷白上探玄古三句　玄古，遠古。《莊子．天地》：「玄古之君天下，無為也，天德而已矣。」成玄英疏：「玄，遠也。」人世，人間之世。交道，人際交友之道。《後漢書．王丹傳》：「交道之難，未易言也。」❸海內豪俊二句　謂天下豪傑，相識者如浮雲般眾多而往來頻繁。❹自謂德參夷顏二句　德參夷顏，道德可與伯夷、顏回匹敵。才亞孔墨，才學僅次於孔子、墨子。❺莫不名由口進二句　劉劭《人物志．效難》：「夫名非實，用之不效。故曰：名由口進，而實從事退。中情之人，名不副實，用之有效，故名由眾退，而實從事章。」❻而風義可合者二句　謂作風與義理相合者，大概只有戴侯而已。風義可合，即名實相符，言行一致。厥，猶「殆」。表擬議或揣測。

【語譯】我李白向上探索遠古，中間觀察人世，向下審視人際交友之道。天下的豪傑俊士，相識的人如浮雲般眾多而往來頻繁。都自以為德行可與伯夷、顏回匹敵，才學僅次於孔子、墨子，沒有一個不是名由口中進去，而實從事實中退出。而風度道義真正可以名實相合的人，那只有戴公。

戴侯寓居長沙，稟湖嶽之氣❶；少長咸、洛，窺霸王之圖❷。精微可以入神，懿重可以崇德❸，謨猷可以尊主，文藻可以成化❹。兼以五材，統以四美，何往而不濟也❺？

【章　旨】以上為第二段，讚戴侯的稟賦、抱負、才學、道德、謀略、文章皆美。

【注　釋】❶戴侯寓居長沙二句　戴侯寓居，宋本無「戴侯」二字。郭本、《全唐文》無「寓」字。據王本、咸本補。長沙，唐縣名，郡名，即潭州治所。天寶元年改為長沙郡，乾元元年復改為潭州。今湖南長沙。湖嶽，洞庭湖與衡嶽，在長沙附近。❷少長咸洛二句　咸洛，指咸陽（長安）、洛陽。洛，郭本作「落」。霸王之圖，猶王霸之略。春秋時，周天子為諸侯的共主，稱「王」。強有力的諸侯糾合各國，尊王室，抵禦外族，稱「霸」。戰國時儒家稱以仁義治天下為王道，以武力結諸侯為霸道。《三國志・魏書・陳矯傳》：「雄姿傑出，有王霸之略，吾敬劉玄德。」❸精微可以入神二句　精微，精要微妙。《漢書・藝文志》：「然惑者既失精微，而辟者又隨時抑揚，違離道本，苟以嘩眾取寵。」入神，謂達到神妙的境界。《易・繫辭下》：「精義入神，以致用也。」懿重，美德穩重。崇德，尊崇品德。二句謂戴侯才學精要微妙可以達到神妙的境界，其美好持重的品格可以使社會崇尚道德風範。❹謨猷可以尊主二句　謨猷，謀略。文藻，華美的文章。二句謂其謀略可使君主得到尊重，其文章可使教化有成。❺兼以三句　五材，五種德性。材，郭本作「才」。《六韜・龍韜》：「所謂五材者，勇、智、仁、信、忠也。勇則不可犯，智則不可亂，仁則愛人，信則不欺，忠則無二心。」四美，王琦注：「承上四句而言。」即指精微、懿重、謨猷、文藻。濟，成功。

【語　譯】戴公寓居在長沙，承受洞庭湖、衡嶽的山水靈氣；青少年時在長安、洛陽一帶成長，暗中看透了稱霸稱王的圖謀。其才學精要微妙達到神奇的境界，其美好持重的品格可以使社會崇尚道德，其謀略可以使君主得到尊重，其華美的文章可以使教化有成。加上他有勇、智、仁、信、忠五種德性，統一在精微、懿重、謨猷、文藻四美之下，往何處而不能成功？

其二三諸昆❶，皆以才秀擢用，辭翰炳發，昇聞天朝❷。而此君獨潛光後世，以期大用❸。鯤海未躍，鵬霄悠然❹。不遠千里，訪余❺以道。郧國之秀，有廖侯焉❻。人倫精鑒，天下獨立❼。每延以宴謔，許為通人❽。獨孤有鄰及薛諸公，咸亦以為信然矣❾。

【章　旨】以上為第三段，敘戴侯諸兄皆已入仕，唯其自己獨隱居不仕以期大用，不遠千里來訪李白。安陸善於識才的廖侯稱戴侯為通人，獨孤有鄰、薛公等人也認為確實如此。

【注　釋】❶諸昆　幾位兄長。昆，兄。《詩・王風・葛藟》：「終遠兄弟，謂他人昆。」毛傳：「昆，兄也。」❷辭翰炳發二句　辭翰，文章辭采。炳發，猶煥發。《宋書・符瑞志中》：「(神鳥)五采炳發。」二句謂戴侯諸兄的文章都文采優美，聲名為當朝朝廷所聞知。❸而此君獨潛光後世二句　此君，指戴十五。潛光後世，隱藏光彩以待後世，王本校「一作時」。二句謂戴侯獨隱居不出，以期望將來得到大用。曹植〈仙人篇〉：「潛光養羽翼，進趨且徐徐。」❹鯤海未躍二句　用《莊子・逍遙遊》典：「北冥有魚，其名為鯤。鯤之大，不知其幾千里也。化而為鳥，其名為鵬。鵬之背，不知其幾千里也。怒而飛，其翼若垂天之雲。是鳥也，海運則將徙於南冥。」二句謂戴侯如海中之鯤尚未躍起，如大鵬高飛雲霄，逍遙悠然。悠，郭本作「慇」。❺余　王本作「予」。❻郧國之秀二句　郧，同「鄖」。郭本誤作「却」。鄖國，指安陸。春秋時鄖國，後被楚國所滅。漢時為安陸縣。唐置安州，治所在安陸縣。廖侯，當即本卷〈早春於江夏送蔡十還家雲夢序〉中的「廖公」，參見219頁注❹。❼人倫精鑒二句　王琦注：「言其有知人之明，獨立，猶『獨步』之意。」人倫精鑒，謂精於鑑識人才。《北史・崔浩傳》：「浩有鑒識，以人倫為己任，……外國遠方名士，拔而用之，皆浩之由也。」天下獨立，謂超凡拔俗，無與倫比。《淮南子・脩務訓》：「超然獨立，卓然離世。」高誘注：「不群于俗。」❽每延以宴謔二句　延，邀請。宴謔，宴飲時談笑戲謔。通人，學識淵博通達之人。《論衡・超奇》：「博覽古今者為通人。」二句意謂每次邀請廖侯宴飲談笑，都稱許戴十五是通人。❾獨孤有鄰及薛

諸公二句　獨孤有鄰，人名，事蹟不詳。薛諸公，薛公等人。《全唐文》缺「諸」字。薛公，名字不詳。皆為參加送別宴會之人。咸，皆。信然，確實如此；認為戴侯果真是位通人。

【語　譯】他的幾位兄長，都因為才能優秀而得到提拔任用，他們的文章辭藻華美煥發，聲名很高為朝廷所聞知。只有這位戴公獨自潛藏光彩，以期待後時大用。正如鯤魚尚未躍出大海，大鵬逍遙悠然在雲霄飛翔。他不以千里之遠，訪道於我。安州的優秀人物廖公，精於鑑識人才，有知人之明，可謂天下獨步。經常邀請他參加宴飲嬉戲，稱許他為學識淵博通達之人，獨孤有鄰和薛公等人，也都認為確實如此。

屬明主未夢，且歸衡陽❶。憩祝融之雲峰，弄茱萸之湍水❷。軒騎糾合，祖于魏公之林亭❸。笙歌鳴秋，劍舞增氣。況江葉墜綠，沙鴻冥飛，登高送遠，使人心醉❹。見周、張二子❺，為論平生。雞黍之期，當速赴也❻。

【章　旨】以上為第四段，敘戴侯懷才不遇，暫且歸衡陽隱居，在安陸的友人為他祖餞時的情景。

【注　釋】❶屬明主未夢二句　《史記・殷本紀》：「武丁夜夢得聖人，名曰說。以夢所見視群臣百吏，皆非也。於是迺使百工營求之野，得說於傅險中。是時說為胥靡，築於傅險。見於武丁，武丁曰是也。得而與之語，果聖人，舉以為相，殷國大治。故遂以傅險姓之，號曰傅說。」此二句謂戴侯未能如傅說入明主之夢而得到重用，只能暫且回歸衡陽。衡陽，唐縣名。衡山之南，故名。今湖南衡陽。❷憩祝融之雲峰二句　祝融，衡山的最高峰。在今湖南衡山縣西北，屬衡陽市南嶽區。雲峰，高聳入雲的峰巒。茱萸，水名。即資水。《元和郡縣志》卷二九江南道潭州益陽縣：「濱水，一名茱萸江。南自邵州流入，經縣南三十步。」按：其水上游與衡陽諸水相接。湍水，急流。❸軒騎糾合二句　軒騎，車馬。糾合，聚集。形容送行的車馬眾多。祖，祖餞；設宴餞別。魏公之林亭，具體地址不詳，當在安陸。❹笙歌鳴秋六句　寫送別時情景，在秋陽下吹笙唱歌，舞劍以增壯氣。何況江樹已墜綠葉，沙上鴻雁高飛，登高送遠，

使人心情憔悴。冥，高。醉，通「悴」。憔悴。《大戴禮記・文王官人》：「自事其親，好以告人，乞言勞醉而面於敬愛。」盧辯注：「醉，言悴也。」❺周張二子　名字不詳，當是戴侯在衡陽的友人。❻雞黍之期二句　《文選》卷二六范雲〈贈張徐州謖〉詩：「恨不具雞黍，得與故人揮。」李善注引謝承《後漢書》曰：「山陽范式，字巨卿，與汝南張元伯為友。春別京師，以秋為期。至九月十五日，殺雞作黍。二親笑曰：『山陽去此幾千里，何必至？』元伯曰：『巨卿信士，不失期者。』言未絕而巨卿至。」二句意謂戴侯當速赴友人先期的約會。

【語　譯】如今正當明主未能像當年武丁夢得傳說那樣夢到戴公，只能暫且回歸衡陽。憩息於高聳雲霄的祝融峰，戲弄茱萸水的急流。此時送行的車馬已經聚集，在魏公的林亭設宴餞別。秋陽下吹笙唱歌，劍舞增添壯氣。何況江樹已墜綠葉，沙上鴻雁高飛，登高而送遠，真使人心情憔悴。看到周、張二君，請轉告平生之事。至於殺雞作黍的先期之約，當速赴不要耽誤。

【研　析】此序首段總論古今之人自誇德才者都是名不符實，惟有戴十五才是名實相符的德才兼備者。這是用排除法使主人公的優點更加突出。接著便具體描寫了戴公的經歷，讚美他的才學、品格、謀略、文章的四美，還具有五種美德。說明戴公是個傑出的人才。第三段先宕開一筆，敘戴公諸兄皆以才能優秀被提拔重用，作為襯托。只有戴十五獨自隱居以期將來大用。善於識才的安陸廖公稱許他是個「通人」，這是他人的評價。還有旁證：獨孤有鄰和薛公等人都認為確實如此，使這個評價更切實可信。末段反用武丁夢見傳說而舉以為相的典故，說戴公未能入明主之夢而暫且歸衡陽隱居，於是眾多友人為之餞行。序中描寫餞別場面極為生動。既有笙歌劍舞，又有落葉飛鴻，還委託問候周、張二君，最後囑咐當速赴雞黍之期。依依惜別之情溢於言表。

早夏於江將軍叔宅與諸昆季送傅八之江南序❶

《易》曰：「觀乎人文，以化成天下❷。」窮此道者，其惟傅侯耶❸！侯篇章驚新，海內稱善❹，五言之作，妙絕當時❺。陶公愧田園之能，謝客慚山水之美❻。佳句籍籍❼，人為美談。

【章　旨】以上為第一段，極力讚揚傅君詩文之美。

【注　釋】❶早夏於江將軍叔句　江將軍叔，郭本、王本、咸本、《全唐文》皆無「江」字。唯清人何焯校明陸元大刊本《李翰林集》云：「『江』下疑有『王』字」。意謂當作「江王將軍叔」。按江王指唐高祖第二十二子李元祥。《舊唐書・李元祥傳》：「中興初，元祥子鉅鹿郡公晃子欽嗣江王。景龍四年，加銀青光祿大夫，娶王仁皎女，至千牛將軍，卒。」所謂「中興初」即指唐中宗復位的神龍元年（西元七〇一年）。則「江王將軍叔」當指官至千牛將軍的嗣江王李欽。諸昆季，諸兄弟。當指李欽之子。傅八，名字不詳。李白有〈淮南對雪贈傅靄〉詩，未知即其人歟？序云：「將軍叔英略蓋古，英明洞神。天王貴宗，誕育賢子。八龍增秀以列次，五色相輝而有文。會言高樂，曉餞金門。」可知送別之地在長安，時李白待詔翰林，則此序當作於天寶二年（西元七四三年）。❷觀乎人文二句　語出《易・賁》：「觀乎天文，以察時變。觀乎人文，以化成天下。」王弼注：「觀天之文，則時變可知也。觀人之文，則化成可為也。」孔穎達疏：「言聖人當觀視天文剛柔交錯，相飾成文，以察四時變化。……言聖人觀察人文則詩書禮樂之謂，當法此教而化成天下也。」❸窮此二句　謂精通《易・賁》此說之道者，大概只有傅君吧！其，殆。表擬議或揣測之辭。❹侯篇章驚新二句　謂傅君詩文警拔清新，天下人都稱許讚美。曹植〈名都篇〉：「觀者咸稱善。」驚，王本校：「當作警。」是。❺五言之作二句　謂傅君的五言詩精妙絕倫，非當時人所能及。曹丕〈與吳質書〉：「公幹有逸氣，但未遒耳，其五言詩之善者，妙絕時人。」❻陶公愧田園之能二句　王琦注：「陶淵明詩，多言田園之適。謝靈運詩，

多言山水之趣。靈運小字客兒。」二句謂在傅君詩篇面前，善於描寫田園之趣的陶淵明和擅長山水之美的謝靈運都會感到慚愧。極力形容傅君山水田園詩之美。❼籍籍　聲名盛大貌。袁淑〈效曹子建白馬篇〉：「籍籍關外來，車徒傾國鄽。」

【語　譯】《周易》說：「觀察《詩》、《書》、《禮》、《樂》等人文，當效此法教而化成天下。」精通此說之道的人，大概只有傅君吧！傅君的詩文警拔清新，天下人都稱許讚美他。他的五言詩精妙絕倫，當時無人能及。當年善寫田園之樂的陶淵明和擅言山水之趣的謝靈運，在傅君詩篇面前都會感到慚愧。佳句聲名盛大，人們都認為是令人讚美稱道的好事。

前許州司馬宋公❶，蘊冰清之姿，重傅侯玉潤之德，妻以其子❷。鳳皇于飛，潘、楊之好，斯為睦矣❸。

【章　旨】以上為第二段，敘傅君乃前許州司馬宋公之婿，夫妻相親相愛，兩家姻親如潘、楊之睦。

【注　釋】❶前許州司馬宋公　許州，唐州名，屬河南道。天寶元年，改為潁川郡，乾元元年，復改為許州。州治在今河南許昌。司馬，州長官刺史的輔佐官員，位在長史之下。上州司馬從五品下階。宋公，名不詳，據此序可知，乃傅君之岳父。❷蘊冰清之姿三句　《晉書・衛玠傳》：「玠字叔寶。年五歲，風神秀異。……玠妻父樂廣，有海內重名，議者以為『婦公冰清，女婿玉潤』。」後遂以「冰清玉潤」為翁婿的美稱。冰清，岳父德行高潔的代稱。玉潤，女婿美德的代稱。妻以其子，以其女嫁給他為妻。古代女兒亦可稱子。❸鳳皇于飛三句　皇，郭本、王本、咸本作「凰」。《詩・大雅・卷阿》：「鳳皇于飛，翽翽其羽。」《左傳・莊公二十二年》：「初，懿氏卜妻敬仲，其妻占之，曰：『吉，是謂鳳皇于飛，和鳴鏘鏘。』」後以「鳳皇于飛」比喻夫妻相親相愛。潘楊之好，猶「秦晉之好」。楊，宋本原作「陽」，據郭本、繆本、王本、咸本、《全唐文》改。《文選》卷五六潘岳〈楊仲武誄〉：「既藉三葉世親之恩，

而子之姑，余之伉儷焉。……潘、楊之穆，有自來矣。」後以「潘楊之穆」代指姻親和睦關係。穆，通「睦」。和睦。

【語　譯】前任許州司馬宋公，積聚高潔的資質，看重傳君玉潤般的美德，將其女兒嫁給他為妻子。正像鳳凰雙飛和鳴，相親相愛，結潘楊之好，這正是和睦的姻親關係了。

僕不佞也，忝于芳塵❶，宴同一筵，心契千古❷。清酌連曉，玄談入微❸。歡攜無何，旋告睽坼❹。將軍叔英略蓋古，英明洞神❺。天王貴宗，誕育賢子❻。八龍增秀以列次，五色相輝而有文❼。會言高樂，曉餞金門❽。洗德絃，觴怡顏❾。

【章　旨】以上為第三段，敘寫送別宴會的情景，著重描寫將軍叔諸子為宴會增光添采。

【注　釋】❶僕不佞也二句　僕，李白謙稱自己。不佞，猶不才。沒有才能。自謙之辭。《左傳・成公十三年》：「寡人不佞，其不能以諸侯退也。」孔穎達疏引服虔曰：「佞，才也。不才者，自謙之詞也。」忝于，有愧於。謙辭。芳塵，美好的聲譽。《宋書・謝靈運傳論》：「屈平、宋玉導清源於前，賈誼、相如振芳塵於後。」❷宴同一筵二句　謂參加同一筵席的宴會，心情契合於千古之事。❸清酌連曉二句　謂酌飲清酒連續至黎明，談論玄理深入至奧妙。❹歡攜無何二句　謂攜手歡樂不久，即告分離。何，郭本作「間」。睽坼，離別分開。睽，《全唐文》作「暌」。坼，郭本、王本、《全唐文》作「拆」。❺將軍二句　謂將軍叔雄才大略超越古人，英明洞察通達神靈。英，王本作「雄」。陸雲〈移太常府薦張贍書〉：「探微集逸，思心洞神。」❻天王貴宗二句　謂貴為天子宗室，誕生賢能的諸子。賢子，指江王將軍叔李欽的諸子。❼八龍增秀以列次二句　八龍，傳說中的伏羲兄弟八人，世號八龍。見王應麟《小學紺珠・氏族・八龍》（《叢書集成》初編本第一七七冊，卷七251頁）（《四庫全書子部・類書類・小學紺珠》卷七）。《後漢書・荀淑傳》：「有子八人：儉、緄、靖、燾、汪、爽、肅、專，並有名稱，時人謂之八龍。初，荀氏舊里名西豪，潁陰令渤海苑康以為昔高陽氏有才子八人，今荀氏亦有八子，故改其里曰高陽里。」列次，依次排列而坐。五色，青、赤、

黃、白、黑五種顏色。古代以此五色為正色，其他為間色。《禮記・禮運》：「五色，六章，十二衣，還相為質也。」又〈樂記〉：「五色成文而不亂，八風從律而不姦，百度得數而有常。」二句謂將軍叔八子如八龍在宴會上依次列坐而增光，五色相輝，文采奕奕。❽會言高樂二句　言，連詞。猶「而」。《詩・小雅・小明》：「念彼共人，興言出宿。」朱熹集傳：「又自咎其不能見幾遠去，而自遺此憂。至於不能安寢，而出宿於外也。」〈古詩十九首〉：「迴車駕言邁，悠悠涉長道。」金門，金馬門。漢代宮門名，士人待詔處。唐人借指翰林院。二句謂聚會而高奏音樂，早晨在翰林院門前設宴餞行。❾洗德絃二句　王琦曰：「上下似有缺文。」

【語　譯】我李白不才，羞愧列於名賢的聲譽，參加同一筵席的宴會，心情契合於千古之事。酌飲清酒連續到黎明，談論玄理深入到微妙。攜手歡樂不久，即告分手離別。將軍叔雄才大略超越古人，英明洞察通達神靈。天子王家的貴族宗室，誕生養育了賢能的諸子。八子如八龍在宴會上依次列坐而增光，五色相輝而有文采。聚會暢談而高奏音樂，早晨在翰林院門前設宴餞行。清聽德音絃聲，飲酒面色和悅。

朱明❶草木已盛。且江嶂若畫，賞盈前途❷，自然屏間坐遊，鏡裏行到❸，霞月千里，足供文章之用哉❹！征帆空懸，落日相逼❺，二季❻揮翰，詩其贈焉。

【章　旨】以上為第四段，設想傳君赴江南舟行途中一路賞覽自然界的山水風光，最後點明將軍叔家諸兄弟賦詩贈別。

【注　釋】❶朱明　古代稱夏季為「朱明」。《爾雅・釋天》：「夏為朱明。」《漢書・禮樂志》：「朱明盛長，敷與萬物。」❷且江嶂若畫二句　況且江邊高山疊嶂如畫，前途充滿觀賞的美景。本卷〈早春於江夏送蔡十還家雲夢序〉：「且青山綠楓，累道相接，遇勝因賞，利君前行。」與此意略同。❸自然屏間坐遊二句　王琦注：「屏間，謂列嶂如屏。鏡裏，謂江明若鏡。」謂坐遊於自然界的群山屏嶂之間，舟行於明鏡般的江水之中。❹霞月千里二句　謂千里的

雲霞明月等風光，足以供你寫文章之用。❺征帆空懸二句　即將出行的舟帆高懸於空中，落日逼近消失。點明傅君是舟行南下，出發的時間是日落之時。逼，郭本、咸本、《全唐文》作「迫」。❻二季　兩位弟弟，指將軍叔之子諸昆季。季，宋本原作「李」，據郭本、繆本、王本、《全唐文》改。

【語　譯】夏天的草木已經茂盛。況且江邊高山疊嶂如畫，前途充滿觀賞的美景，坐遊在自然界列嶂如屏的群山裡，舟行於明鏡般的江水中。千里雲霞明月好風光，足以供你寫文章之用呢！出行的舟帆已高懸空中，落日正催逼你上路，兩位弟弟揮灑筆墨，賦詩贈別。

【研　析】此序首段極力誇讚傅君精通人文可化成天下之道，所以他創作的五言詩妙絕當時，使前代著名詩人陶淵明和謝靈運都會自愧不如，這顯然是極度誇張的襯托手法。接著敘其婚姻之幸福。前許州司馬宋公看重他的美德，以女兒許配給他為妻，結潘楊之好。第三段自謙能參與餞送的宴會，描寫將軍諸子五色相輝，在金門曉餞的情景，有聲有色。末段設想傅君舟行赴江南途中一路觀覽美麗的山水風光，可供寫作文章之用，最後以二弟賦詩贈別作結。全篇一氣揮寫，文字生動優美。

冬日於龍門送從弟京兆參軍令問之淮南覲省序❶

紫雲仙季，有英風焉❷。吾家見之，若眾星之有月❸。貴則天王之令弟，寶則海嶽之奇精❹。遊者所謂風生玉林❺，清明蕭灑，真不虛也。

【章　旨】以上為第一段，形容李令問的才華和風度以及高貴的出身。

【注　釋】❶冬日於龍門句　冬日，宋本原作「冬白」，據郭本、繆本、王本、咸本、《全唐文》改。龍門，在今河南洛陽南。以有龍門山（西山）和香山（東山）隔伊河夾峙如門，故名。又稱「伊闕」。京兆參軍，京兆府參軍事。《舊唐書・地理志一》：「京兆府，隋京兆郡。……武德元年，改為雍州。……開元元年，改雍州為京兆府。」治所長安，今陝西西安。據《舊唐書・職官志三》州縣官屬記載，京兆府設參軍事六人，正八品下。令問，李白〈秋夜宿龍門香山寺奉寄王方城十七丈奉國瑩上人從弟幼成令問〉詩中之令問，當為同一人。李白詩文中多次提及從弟幼成令問，或謂《新唐書・宗室世系表上》郇王房隋陳留太守郇王李禕有玄孫蘭陵丞李令望，當是李令問之兄弟，其父李思正，官至夔州司功參軍，約其父在淮南做官時，令問前往覲省。李思正弟婺州刺史襲郇國公李思忠，生宣州士曹參軍李建成，或疑李白詩中的李幼成為李建成之兄弟。似有可能，惜無據。淮南，指唐代淮南道，治所在今江蘇揚州。覲省，拜省；探望父母。此序當是開元二十二年冬在洛陽龍門送李令問往淮南探親而作。❷紫雲仙季二句　王琦注：「紫雲仙，似其從弟之號，季，謂季弟也。」按：李白〈題嵩山逸人元丹丘山居〉詩稱：「家本紫雲山，道風未淪落。」則所謂「紫雲仙」乃李白自稱。季，弟也。意謂紫雲仙之弟令問。英風，俊奇傑出的風格氣概。李白〈經下邳圯橋懷張子房〉詩：「我來圯橋上，懷古欽英風。」❸若眾星之有月　王琦注引《出曜經》：「獨尊隻步，無有疇匹。猶如明月，在眾星中。」按：此即謂眾星捧月。李白〈登梅岡望金陵贈族姪高座寺僧中孚〉詩：「眾星羅青天，明者獨有月。」❹貴則天王之令弟二句　天王，天子。《史記・孝文本紀》：「代王曰：『寡人固已為王矣，又何王？』卜人曰：『所謂天王

者，乃天子。』」令弟，猶賢弟。海嶽之奇精，山海的奇珍精靈，比喻奇特的人才。❺遊者所謂風生玉林　遊者，同遊之人。風生玉林，玉林中吹出的風，比喻高雅的風度。玉，宋本作「王」，據郭本、繆本、王本、咸本、《全唐文》改。《晉書・慕容超載記》：「向見北海王子，天資弘雅，神爽高邁，始知天族多奇，玉林皆寶。」

【語　譯】我這個紫雲仙李白的弟弟令問，有俊奇傑出的風格氣概。在我家中見他，就像眾星中之有月亮。論其高貴則是天子的賢弟，論其寶貝則如山海的奇珍精靈般的奇特人才。同遊的人稱他是玉林中生出的風，風度高雅，清靜明亮而風流瀟灑，真是不虛假的。

常醉目吾❶曰：「兄心肝五藏，皆錦繡耶！不然，何開口成文，揮翰霧散❷？」吾因撫掌大笑，揚眉當之❸。使王澄再聞，亦復絕倒❹。觀夫筆走群象，思通神明❺，龍章炳然❻，可得而見。

【章　旨】以上為第二段，通過李令問的評說，對自己的文學才華大加誇獎，自以為當之無愧。

【注　釋】❶目吾　看著我。目，動詞。看。❷兄心肝五藏五句　藏，通「臟」。郭本、咸本、《全唐文》作「臟」。五藏，指心臟、肝臟、脾臟、腎臟、肺臟。揮翰霧散，謂揮筆就使雲霧消散。形容氣概豪放。❸吾因撫掌大笑二句　吾因，《全唐文》無「吾」字。撫掌，拍手。揚眉，高聳眉毛，表現得意之狀。劉峻〈廣絕交論〉：「遇一才，則揚眉抵掌。」當之，對令問的話表示接受，認為是適合、得當的。❹使王澄再聞二句　《世說新語・賞譽下》：「王平子（王澄，字平子）邁世有儁才，少所推服。每聞衛玠言，輒歎息絕倒。」劉孝標注引《衛玠別傳》：「玠少有名理，善通莊老。琅邪王平子高氣不群，邁世獨傲。每聞玠之語議，至於理會之間，要妙之際，輒絕倒於坐。前後三聞，為之三倒。時人遂曰：『衛君談道，平子三倒。』」絕倒，極其佩服；極為傾倒。二句謂如果王澄再活而聽到令問的言論，也會極其佩服而傾倒。❺觀夫筆走群象二句　筆走群象，天地間森羅萬象都在筆下湧出。形容文筆放縱，揮灑自如。思

通神明，思想境界通達神靈。形容內容深刻奧妙。❻龍章炳然　王琦注：「言其文采炳煥，若龍章之服也。」龍章，帝王禮服上的龍形圖紋。《禮記・明堂位》：「有虞氏服韍，夏后氏山，殷火，周龍章。」炳然，光采絢爛貌。

【語　譯】他經常在醉後看著我說：「兄長心肝五臟都是花紋精美的絲織品嗎！否則，為什麼你一開口便成文章，一揮筆就雲霧消散？」我就拍手大笑，高聳眉毛表示此說得當而接受。即使讓當年的王澄再活而聽到令問此說，也要極為佩服而傾倒。觀看那筆下湧出天地間的森羅萬象，思想境界通達神靈，文采如帝王禮服上的龍形圖紋一樣光輝絢爛，都可得以看見。

歲十二月，拜省於淮南。思〈白華〉之長吟，眺黃雲之晚色❶。目斷心盡，情懸高堂❷。傾蘭醑而送行，赫金鞍而照地❸，錯轂蹲野，朝英滿筵❹。非才名動時，何以及此？

【章　旨】以上為第三段，敘送別之時令，令問之孝心，送行之人車眾多，說明令問才名動時。

【注　釋】❶思白華之長吟二句　白華，《詩・小雅》篇名，乃六笙詩之一，有目無詩。〈詩序〉謂「有其義而亡其辭」。並謂「〈白華〉，孝子之絜白也」。舊時常被用為稱頌「孝子」的典故。《文選》卷一九束皙〈補亡詩六首〉其二：「〈白華〉，孝子之絜白也。」李善注：「言孝子養父母，常自絜如白華之無點汙也。子夏〈序〉曰：『〈白華〉廢則廉恥缺矣。』」張銑注：「〈白華〉，美廉恥也。言孝子事父母，亦復絜己如白華。」二句謂孝子思親切而長吟〈白華〉，一直眺望到黃雲晚色。❷目斷心盡二句　目斷，望斷；一直望到看不見。丘為〈登潤州城〉：「鄉山何處是，目斷廣陵西。」心盡，思念到極限。懸，牽掛；掛念。高堂，父母。李白〈送張秀才從軍〉詩：「抱劍辭高堂，將投霍冠軍。」❸傾蘭醑而送行二句　蘭醑，美酒。唐高宗〈太子納妃太平公主出降〉詩：「華冠列綺筵，蘭醑申芳宴。」赫，顯耀。金鞍，金飾的馬鞍。李白〈門有車馬客行〉：「金鞍耀朱輪。」金鞍而照地，鮑照〈詠史詩〉：「賓御紛颯沓，

鞍馬光照地。」二句謂傾飲美酒而送行，顯赫馬鞍光耀照地。❹錯轂蹲野二句　錯轂，車轂交錯，形容車輛擁擠。《楚辭・九歌・國殤》：「車錯轂兮短兵接。」王逸注：「錯，交也，輪轂交錯也。」蹲，聚集。朝英，朝廷英材。二句謂車輛擁擠聚集於原野，筵席上坐滿朝廷英傑。

【語　譯】今年十二月，令問要到淮南去探望父母。思親切而長吟〈白華〉，眺望到黃雲晚色。一直望到看不見，心中思念到極限，情意還是牽掛著父母。友人們傾飲美酒而送行，顯赫的馬鞍光耀照地。車轂交錯聚集於原野，朝廷英傑坐滿筵席。如果不是才華名聲震動當時，怎麼會出現這種情景？

日落酒罷，前山陰煙。殷勤惠言，吾道東坐❶。想洛橋春色，先到淮城❷。見千條之綠楊❸，折一枝以相贈，則華萼情❹在，吾無恨焉。群公賦詩，以光榮餞。

【章　旨】以上為第四段，敘臨別時作者深情贈言，請春來時折柳相贈，兄弟情愛永在，群公賦詩餞別。

【注　釋】❶殷勤惠言二句　殷勤，情意深厚，衷心關切。惠言，善意的贈言。吾道東坐，用鄭玄典故。《後漢書・鄭玄傳》：「乃西入關，因涿郡盧植，事扶風馬融。……融素驕貴，玄在門下，三年不得見。……會融集諸生考論圖緯，聞玄善筭，乃召見於樓上，玄因從質諸疑義，問畢辭歸。融喟然謂門人曰：『鄭生今去，吾道東矣。』」二句用其意。謂臨別深情贈言，將吾道東去。東坐，何焯校云：「東下疑有脫誤。」詹鍈《李白全集校注彙釋集評》疑為「東去」，坐、去，形近而誤。❷想洛橋春色二句　洛橋，即河南洛陽洛水上的天津橋。李白〈憶舊遊寄譙郡元參軍〉：「憶昔洛陽董糟丘，為余天津橋南造酒樓。」淮城，指淮南道治所揚州。點明洛陽為送別之地，揚州為將往覲省之地。❸綠楊　楊，《全唐文》作「柳」。❹華萼情　兄弟之情。《詩・小雅・常棣》：「常棣之華，鄂不韡韡。」鄭玄箋：「承華者曰鄂，……喻弟以敬事兄，兄以榮覆弟。」按：華，通「花」。鄂，通「萼」。花蒂。蒂和花同生一枝，且有保護花

瓣的作用，故古人常用「花萼」比喻兄弟友愛。《文選》卷二五謝瞻〈於安城答靈運〉詩：「花萼相光飾，嚶鳴悅同響。」呂延濟注：「花萼，喻兄弟也。」

【語　譯】夕陽西落酒筵罷席，前山已冒陰沉的煙霧。臨別情意殷勤地善意贈言，將吾道東去。想這裡洛陽的春色，將先到淮南。看到碧綠的千條楊柳，請折一枝贈送給我。則兄弟之情誼永在，我沒有遺恨了。諸公賦詩相贈，使榮耀的餞別更添光彩。

【研　析】此序首先寫李令問的風度、才華，以及高貴的出身。接著通過令問的話語，對自己的文學天賦大加誇讚，自以為當之無愧。第三段始點題，寫令問思親而往淮南拜省，極寫令問之孝心。同時描寫送行人車之盛，說明令問「才名動時」。末段寫臨別贈言，設想春天先於洛陽到淮南，屆時請折柳相贈，以示兄弟之情永在。最後點明諸公贈詩以光榮餞別。信手寫來，情意綿綿。記敘、描寫、話語、寫景、想像，融匯一體。真是妙筆生花，讀之如臨其境。

卷第四

贊

當塗李宰君畫贊❶

天垂元精❷，嶽降粹靈❸。應期命世❹，大賢乃生。吐奇獻策，敷聞王庭❺。帝用休之，揚光泰清❻。濫觴百里，涵量八溟❼。縉雲飛聲，當塗政成❽。〈雅〉〈頌〉一變，江山再榮❾。舉邑抃舞，式圖丹青❿。眉秀華蓋，目朗明星⓫。鶴矯閶風，麟騰玉京⓬。若揭日月，昭然運行⓭。窮神闡化，永世作程⓮。

【注釋】❶當塗李宰君畫贊　贊，文體名，以讚美人物及畫像為主旨。《文心雕龍．頌讚》：「至相如屬筆，始讚荊軻。及遷史固書，托讚褒貶。」蕭統〈文選序〉：「美終則誄發，圖像則贊興。」當塗李宰君，當塗縣令李陽冰。當塗縣，唐屬宣州，今屬安徽馬鞍山市。宰君，縣令的通稱。李陽冰，唐代書法家。《宣和書譜》卷二：「唐李陽冰，字少溫，趙郡人，官至將作少監。善詞章，留心小篆迨三十年。初見李斯〈嶧山碑〉與仲尼〈延陵孝子〉字，遂得其法。

乃能變化開合，自名一家。……方時顏真卿以書名世，真卿書碑，必得陽冰題其額，欲以擅連璧之美。蓋以篆法妙天下如此。議者以『蟲蝕鳥跡』語其形，『風行雨集』語其勢，『太阿龍泉』語其利，『嵩高華嶽』語其峻，實為不過論。有唐三百年以篆稱者，惟陽冰獨步。舒元輿作《玉筯篆志》亦曰：『陽冰之書，其格峻，其力猛，其功備，光大於秦斯倍矣。此直見上天以字寶瑞吾唐。』」其知言哉！」按：讚稱「縉雲飛聲，當塗政成」，可知李陽冰在肅宗時曾為括州縉雲縣令和宣州當塗縣令，並且皆有美好的政績。括州縉雲縣唐時屬江南東道，今屬浙江省。宣州當塗縣唐時屬江南西道，今屬安徽省。❷元精　天地的精氣。《論衡・超奇》：「天稟元氣，人受元精。」《後漢書・郎顗傳》：「元精所生，王之佐臣；天之生固，必為聖漢。」李賢注：「元為天精，謂之精氣。」❸嶽降粹靈　山嶽所降純粹的靈氣。《詩・大雅・崧高》：「惟嶽降神，生甫及申。」❹應期命世　順應時代所需而降生於當世。《三國志・魏書・趙儼傳》：「儼謂欽（繁欽）曰：『曹鎮東應期命世，必能匡濟華夏，吾知歸矣。』」阮孝緒〈七錄序〉：「大聖挺生，應期命世。」❺敷聞王庭　名聲遠揚於朝廷之上。敷聞，布聞。《書・文侯之命》：「昭升于上，敷聞在下。」曾運乾正讀：「敷，布也。聞，聲聞也。」陸機〈月重輪行〉：「古人揚聲，敷聞九服。」王庭，朝廷。《書・多士》：「夏迪簡在王庭，有服在百僚。」❻帝用休之二句　帝王因而讚美他，使他發揚光譽於天下。休，讚美。《文選》卷五八蔡邕〈郭有道碑文序〉：「群公休之，遂辟司徒掾。」呂向注：「休，美也。」揚光，發揚光輝。光，郭本作「先」。《三國志・蜀書・郤正傳》：「雖尺枉而尋直，終揚光而發揮也。」泰清，天空。曹植〈贈丁儀王粲〉詩：「員闕出浮雲，承露概泰清。」❼濫觴百里二句　謂李陽冰始仕為統治百里的縣令，然其胸懷包涵有四方四隅大海的容量。濫觴，開始。唐玄宗〈孝經序〉：「濫觴於漢，傳之者皆糟粕之餘。」百里，古代一個縣方圓約百里地，故以「百里」指一縣，後又作為治理一縣的縣令的代稱。涵量，容量。八溟，四方四隅之海。陶弘景〈水仙賦〉：「淼漫八海，汯汩九河。」❽縉雲飛聲二句　縉雲，縣名，唐屬括州，今屬浙江省。據《浙江通志》卷一五七〈名宦〉記載，李陽冰在乾元年間（西元七五八——七五九年）曾為縉雲縣令。飛聲，指名聲遠揚。《宋書・禮志三》：「鴻名稱首，濟世飛聲。」當塗，縣名，唐屬宣州，今屬安徽馬鞍山市。按：李白寫此序時，李陽冰正在當塗縣令任。政成，政績有成就；治理有成效。❾雅頌一變二句　謂用〈雅〉、〈頌〉的詩教改變當地風俗，經過治理使兩縣江山再次繁榮。❿舉邑抃舞二句　謂全縣百姓都因歡欣而鼓掌舞蹈，並給縣令畫下肖像圖。抃，鼓掌。舞，舞蹈。嵇康〈琴賦〉：「其康樂者聞之，則欨愉懽釋，抃舞踊溢。」式，語首助詞。《詩・大雅・蕩》：「式號式呼。」丹青，繪畫。⓫眉秀華蓋二句　謂畫像中

的李陽冰眉毛秀麗，眼睛如明星般明朗。華蓋，道教語，眉毛的別稱。《黃庭內景經・天中》：「眉號華蓋覆明珠。」⑫鶴矯閬風二句　謂畫像中人物的神態如仙鶴昂立於閬風山之上，如麒麟騰躍於天帝所居之玉京。矯，通「撟」。昂起；舉起。閬風，仙山名。《楚辭・離騷》：「登閬風而緤馬。」王逸注：「閬風，山名，在崑崙之上。」玉京，道教中天帝所居之處。道教所謂無為之天，三十二帝之都。⑬若揭日月二句　《莊子・山木》：「昭昭乎如揭日月而行。」揭，舉。昭然，明亮貌。二句謂畫像中人如手舉日月光明地前行。⑭窮神闡化二句　窮神，極究事物微妙之神理。《易・繫辭下》：「窮神知化，德之盛也。」孔穎達疏：「窮極微妙之神，曉知變化之道。」闡化，闡揚教化。《文選》卷六〇任昉〈齊竟陵文宣王行狀〉：「闢玄闈以闡化，寢鳴鍾以體國。」李周翰注：「言開政道之門，以闡揚天子化也。」作程，作為典範；作為準則。陸倕〈新刻漏銘〉：「配皇等極，為世作程。」二句謂李陽冰善於窮究神理，闡揚教化，可以永世作為楷模。

【語　譯】上天垂下元氣，山嶽降臨神靈，順應時代而出世，大賢之人於是誕生。李君談奇語獻良策，普遍傳聞到朝廷。皇帝因此讚美他，他的名聲就揚滿天下。雖然初任治理百里的縣令，但他胸懷包涵八方四海。他當縉雲縣令時就聲譽飛揚，為當塗縣令更是政績卓著。用詩禮教化改變民風，使這些地方再次欣欣向榮。整個縣城的人民都歡欣鼓舞，給縣令繪畫圖像。這畫像眉毛清秀，眼如明星。似乎仙鶴矯首於閬風山，麒麟騰躍於天帝之都。好像舉著日月明亮地在前進。真是窮極微妙之神，闡明變化之道，永遠可以作為法式。

【研　析】此贊首先稱頌李陽冰乃稟天地精氣、受山嶽靈氣，順應時代而降生的大賢之人。談獻奇策傳遍朝廷，天子讚美而名揚天下。然後讚揚他治理縉雲、當塗兩縣的美好政績，受到百姓的擁戴，因此給他繪圖畫像，留作永世榜樣。最後對畫像的逼真神態作生動地描寫：眉清目秀，似仙鶴矯首，麒麟騰躍，如舉日月而明亮前行。結語是窮盡微妙之神，闡明變化之道，永遠可作法式。此文當是寶應元年李白在當塗看到李陽冰的畫像而作。

金陵名僧頵公粉圖慈親贊❶

神妙不死，惜生此身❷。託體明淑，而稱厥親❸。粉為造化，筆寫天真❹。貌古松雪，心空世塵❺。文伯之母，可以為鄰❻。

【注　釋】❶金陵名僧頵公句　此文乃為金陵著名僧人頵公以色粉所畫母親的圖像作讚。作年不詳。金陵，指今江蘇南京。頵公，事蹟不詳。粉圖，以粉作畫。慈親，指母親。文中稱讚頵母之像神態高古，心靈純潔，可與古代文伯之母並比。❷神妙不死二句　佛教講人的生死是六道輪迴，所以說靈魂是神妙不滅的，借母體而生下了頵公。惜，王本校：「當作借。」是。❸託體明淑二句　託體，所託之體，指母親。明淑，明惠賢淑。謝朓〈新安長公主墓銘〉：「誕茲明淑，玉振蘭芬。」厥親，其親。而稱厥親，而稱她為母親。❹粉為造化二句　謂用色粉進行創作，用筆墨描繪出母親的真容。造化，創造化育。《抱朴子・對俗》：「夫陶冶造化，莫靈於人。」天真，指帝王或親人的容顏，真容。李德裕〈仁聖文武至神大孝皇帝真容贊〉：「爰命彩繢，載模天真。」❺貌古松雪二句　謂頵公之母的畫像面貌高古，神態如經雪之松，心中空靈不染世俗塵埃。❻文伯之母二句　謂頵公之母的賢惠，可與文伯之母相媲美。文伯，春秋時魯國大夫。即公父季歜。其母敬姜，世稱賢母。王琦注引《孔子家語》：「公父文伯之母，紡績不懈，文伯諫焉。其母曰：『古者王后親織玄紞，公侯之夫人加之以紘綖，卿之內子為大帶，命婦成祭服，列士之妻加之以朝服，自庶士以下，各衣其夫。秋而戒事，烝而獻功，男女紡績，愆則有辟，聖王之制也。今我寡也，爾又在下位，朝夕恪勤，猶恐亡先人之業。況有怠惰，其何以避辟！』孔子聞之曰：『弟子志之，季氏之婦，可謂不過矣。』」為鄰，並比；相似。

【語　譯】神靈是不死的，借母親之體而生下頵公。所託之體明惠賢德，而稱她為母親。色粉創造變化，筆端描出天然逼真的容顏。神貌高古，如雪落松枝；心神空曠，不染世塵。當年公父文伯之母，可以相

與並比。

【研　析】此贊稱神靈借明淑的母親之體生下頵公。頵公之母的圖像神態高古，心靈純潔，可與上古時代文伯之母媲美。

李居士贊❶

至人❷之心，如鏡中影。揮斤❸萬變，動不離靜。彼質我斤❹，揮風是騁❺。了物無二，皆為匠郢❻。吾族賢老，名喧寫真❼。貌圖粉繪，生為垢塵❽。從白得衰，與天為鄰❾。默然不滅，長存此身❿。

【注　釋】❶李居士贊　居士，佛教名詞。原指古代印度吠舍種姓工商業中的富人，因信佛教者頗多，故佛教稱受過「三歸」、「五戒」的在家佛徒為「居士」。即居家禮佛之士。《維摩詰經》稱，維摩詰居家學道，號稱維摩居士。慧遠疏：「居士有二：一、廣積資財，居財之士，名為居士；二、在家修道，居家道士，名為居士。」此外，古代不少文人雅士也往往自稱居士。如李白自稱為青蓮居士。李居士，當是李白好友。題中「贊」字上似缺「畫」字。今人王伯敏《李白杜甫論畫詩散記》將此文題目改為〈李居士畫讚〉，是。讚，《唐文粹》作「贊」。❷至人　古代稱思想道德達到最高境界之人。《荀子・天論》：「故明於天人之分，則可謂至人矣。」《史記・屈原賈生列傳》：「至人遺物兮，獨與道俱。」司馬貞索隱引張機曰：「體盡於聖，德美之極，謂之至人。」❸揮斤　斤，王本、《全唐文》作「斥」。揮動斧頭。後以「揮斤」用為發揮高超技藝的典故。❹彼質句　將李居士比喻為對象，將自己比喻為斧。《莊子・徐无鬼》：「莊子送葬，過惠子之墓，顧謂從者曰：『……自夫子之死也，吾無以為質矣，吾無與言之矣。』」質，對象。斤，斧。❺揮風是騁　即騁揮風。「是」字乃動詞與賓語倒裝的標誌。❻了物無二句　謂所有事物沒有什麼不同，都是匠石與郢人的關係一樣。《莊子・徐无鬼》：「郢人堊漫其鼻端，若蠅翼，使匠石斲之。匠石運斤成風，聽而斲之，盡堊而鼻不傷，郢人立不失容。宋元君聞之，召匠石曰：『嘗試為寡人為之。』匠石曰：『臣則嘗能斲之。雖然，臣之質死久矣。』」此處用《莊子》中的故事，以匠石與郢人比喻自己與李居士不能分離的關係。郢人是質，匠石是斤，質死了，斤就沒有用了。❼吾族賢老二句　謂吾李姓族中有位以寫真著名的賢德老人。名喧，名聲很大；著名。寫真，

畫人的真容。《顏氏家訓・雜藝》：「武烈太子偏能寫真，坐上賓客，隨宜點染，即成數人。」❽貌圖粉繪二句　意謂用色粉畫出李居士的容貌，好像他還生活在塵世。繪，《唐文粹》作「繢」。垢塵，佛教認為人生在世，多為垢塵所汙染，故稱塵世、垢塵。❾從白得衰二句　謂人從生到死經歷損傷到衰弱，從白髮到老朽，最後死亡。衰，咸本闕。嵇康〈養生論〉：「積損成衰，從衰得白，從白得老，從老得終。」與天為鄰，指去世而上天。❿默然不滅二句　默然不滅，《唐文粹》、《全唐文》作「儼然不語」。默然，咸本作「然然」。不出聲貌。《史記・項羽本紀》：「（張）良曰：『料大王士卒足以當項王乎？』沛公默然。」二句謂李居士雖已去世，此畫像雖默然不語，但它不會消滅，將長期存在於世間。

【語　譯】德高至人之心，如鏡中之影那樣清晰可見。無論怎樣縱橫萬變，動總是離不開靜的。他好比是質，我好比是斤，可以恣意揮刀如風。所有事物沒有兩樣，都是匠石和郢人結合而成。我的族中有位賢老，善於畫像而名聲很大。用色粉圖繪面貌，好像他還生活在塵世，常有苦惱。從白髮到衰老，終於去世與天為鄰。而這畫像雖默然不語，卻沒有消失，將在世間長存此身。

【研　析】此贊將李居士為人比作如鏡中之影的至人之心。李居士與李白友誼很深，故文中將他們兩人之間的關係比作「斤」和「質」、「匠」與「郢」。李白寫此文時李居士已死，故稱之為「與天為鄰」，只留下他的畫像「默然不滅，長存此身」。詩人面對遺像，表達了對友人的深切懷念之情。

安吉崔少府翰畫贊❶

齊表巨海，吳嗟大風❷。崔為令族，出自太公❸。克生奇才，骨秀神聰❹。炳若秋月，鶱然雲鴻❺。爰圖伊人，奪妙真宰❻。卓立欲語，謂行而在❼。清晨一觀，爽氣十倍。張之座隅，仰止光彩❽。

【注　釋】❶安吉崔少府翰畫贊　安吉崔少府翰，即安吉縣尉崔翰。安吉，縣名，唐屬湖州，今屬浙江省。少府，縣尉的敬稱。崔翰，事跡不詳。《新唐書・宰相世系表二下》清河青州房崔氏有「翰，字叔清，汴宋觀察巡官、試大理評事」。與崔國輔為從兄弟行，《唐郎官石柱題名考》卷三及《御史臺精舍題名考》卷三皆有其名。疑即此人。此文為安吉縣尉崔翰的畫像而作，當作於遊湖州時。按李白遊湖州恐不止一次，此文未知作於何年。❷齊表巨海二句　《左傳・襄公二十九年》記載，吳公子季札聘魯觀樂，「為之歌齊，曰：『美哉，泱泱乎，大風也哉！表東海者，其太公乎？國未可量也。』」杜預注：「太公封齊，為東海之表式。」吳嗟大風，即指吳季子說「大風也哉」的慨歎。二句謂齊國為大海之表式，吳國公子聽樂後感歎齊國有泱泱大國之風。❸崔為令族二句　崔氏在唐代是著名的山東望族。令族，名門望族。出自太公，《新唐書・宰相世系表二下》：「崔氏出自姜姓。齊丁公伋嫡子季子讓國叔乙，食采於崔，遂為崔氏。濟南東朝陽縣西北有崔氏城是也。」❹克生奇才二句　意謂能夠生出崔翰這樣的奇才，相貌秀麗，天資聰明。克，能夠。骨秀，骨相秀美。神聰，天賦聰明。李白〈訪道安陵遇蓋寰為余造真籙臨別留贈〉詩：「能令二千石，撫背驚神聰。」❺炳若秋月二句　炳，光明；光采。鶱然，鳥振翼飛翔貌。鶱，宋本原作「騫」，據王本、《全唐文》改。二句謂崔縣尉如秋月般光彩照人。像鴻雁那樣在雲間飛翔。❻爰圖伊人二句　爰，乃；於是。《詩・魏風・碩鼠》：「樂土樂土，爰得我所。」圖，畫，動詞。伊人，猶言此人。指崔翰。奪妙真宰，猶妙奪天工。真宰，猶造物。假想中的宇宙主宰者。指天帝。《莊子・齊物論》：「若有真宰，而特不得其眹。」二句謂於是畫下崔翰的畫像，巧妙地取得天

工造物的真象。❼卓立欲語二句　意謂卓然特立著好像要說話，以為他要行走而卻仍在圖中。極力形容圖像的逼真。
❽張之座隅二句　意謂將畫像掛在座位邊上，以便仰望他的光彩。仰止，仰慕。止，語尾助詞。語出《詩・小雅・車舝》：「高山仰止，景行行止。」

【語　譯】當年吳國季札曾讚美泱泱似大風的音樂，認為齊國是東海之表式。崔氏出自太公姜姓，向為山東望族。能夠產生崔少府這樣的奇才，眉清骨秀而天資聰明。如秋月那樣光彩照人，像鴻雁一般在雲天飛翔。於是畫下崔少府的圖像，那真是妙奪天工。圖上的人卓然獨立似欲說話，又像在行走而其實仍在圖中。清晨一看圖畫，就能增加十倍的精神。將它掛在座位旁邊，可以經常仰望崔少府的光彩。

【研　析】此贊首先從春秋時吳國季札聘魯觀樂稱美齊國泱泱大風是大海表式，說明崔姓乃齊國望族，姜太公之後裔。接著便讚美崔縣尉的容貌、天資、才華、舉止。然後形容圖畫之逼真動人：圖中人物卓然獨立似欲說話而不聞聲音，似在行走卻仍在圖中。最後寫觀感：清晨起來一看畫像，就能增加十倍的清爽之氣。將圖畫張掛在座位邊，就可隨時景仰崔縣尉的光輝形象，顯示出詩人對崔少府非常尊敬。

宣城吳錄事畫贊❶

大名之家❷，昭彰日月。生此髦士❸，風霜秀骨❹。圖真像賢❺，傳容寫髮。
束帶嶽立，如朝天闕❻。巖巖❼兮，謂四方之削成❽，澹澹❾兮，申五湖之澄明❿。
武庫肅穆，辭峯崢嶸⓫。大辯若訥，大音希聲⓬。默然不語，終為國楨⓭。

【注　釋】❶宣城吳錄事畫贊　宣城吳錄事，宣城郡錄事參軍吳鎮。宣城，郡名，即宣州，天寶元年改為宣城郡。今屬安徽省。李白〈趙公西候新亭頌〉中有「錄事參軍吳鎮」，當即其人。按唐代州郡僚佐有錄事參軍一人，宣州屬上州，錄事參軍從七品上階。簡稱「錄事」。此文當是與〈趙公西候新亭頌〉為同時之作，即作於天寶十四載遊宣城之時。❷大名之家　《元和姓纂》卷三吳氏：「周太王子太伯、仲雍封吳，後為越所滅，子孫以國為氏。」吳氏為太伯之後，故稱「大名之家」。❸髦士　英俊之士。《詩・小雅・甫田》：「烝我髦士。」毛傳：「髦，俊也。」❹風霜秀骨　形容面貌嚴肅而清秀的樣子。❺圖真像賢　謂吳鎮的畫像非常逼真，將面容、頭髮都傳神地畫出來了。像，《全唐文》作「象」。❻束帶嶽立二句　謂嚴整地穿戴束帶如山嶽般站立著，似要去朝廷拜見天子的樣子。天闕，指帝王宮闕所在，也指朝廷。《宋書・劉休範傳》：「便當投命有司，謝罪天闕。」❼巖巖　高峻貌。《詩・魯頌・閟宮》：「泰山巖巖，魯邦所詹。」❽謂四方之削成　謂吳鎮品格之高如太華山削成而四方。《山海經・西山經》：「太華之山，削成而四方，其高五千仞，其廣十里。」❾澹澹　水波蕩漾貌。《文選》卷一九宋玉〈高唐賦〉：「水澹澹而盤紆兮。」李善注引《說文》：「澹澹，水搖也。」❿申五湖之澄明　謂吳鎮心性之清白如五湖之澄澈。申，王本校：「劉本作曰」。五湖，泛指太湖流域的湖泊。《史記・河渠書》：「於吳，則通渠三江、五湖。」裴駰集解引韋昭曰：「五湖，湖名耳。實一湖，今太湖是也。在吳西南。」⓫武庫肅穆二句　謂吳鎮學識淵博，胸藏萬機，文章達到高峻的峰顛。武庫，稱譽人的學識淵博，幹練多能。《晉書・杜預傳》：「預在內七年，損益萬機，不可勝數，朝野稱美，號曰『杜

武庫』，言其無所不有也。」肅穆，嚴肅恭敬。辭峯，文章。崢嶸，高峻貌。⓬大辯若訥二句　用《老子》下篇第四十五章、第四十一章中成句，謂大智者似乎不善言辭，嘹亮的音響很少發出聲來。此處比喻畫像中人不說話而沒有聲音，但內藏大智大音。訥，郭本作「納」。⓭默然不語二句　默然，沉默不語貌。《戰國策・齊策四》：「宣王默然不說。」國楨，國家的支柱。比喻能負國家重任的人才。楨，宋本原作「禎」，據郭本、王本、咸本、《全唐文》改。任昉〈出郡傳舍哭范僕射〉詩：「平生禮數絕，式瞻在國楨。」二句意謂畫像上的吳錄事沉默不說話，但實際上吳君終將成為國家的棟樑之材。

【語　譯】吳氏出自太伯之後的大名之家，是照耀日月的世家望族。生下吳錄事這樣的英俊之士，面貌嚴肅而風骨清峻。圖像把吳錄事的面貌、賢德、容顏、頭髮都傳神地描繪出來了。穿戴整齊如山嶽般站立著，好像在向天子朝拜。高高的品格似削成四方的華山，波動清白的心性如太湖清澈的湖水。胸中深藏著兵庫武略，文章成就達到高高的峰巔。大智者不善於言辭，大音很少發聲。這畫中人默默地不說話，終究是國家的棟樑。

【研　析】此贊首四句敘吳鎮出生於日月照耀的大名之家，面貌嚴肅風骨清秀。接著四句稱讚圖像非常逼真，將吳鎮的容顏和頭髮都描繪得極為傳神，如山嶽般穿戴整齊地站立著似在朝拜天子。再四句描寫圖像顯示的內心世界：品格高大，心性澄明，胸藏武庫而嚴肅，文章華美達到高峰。最後四句用《老子》名言形容圖中人的默然不語，點明他是個國家人傑。風趣而警策。

壁畫蒼鷹贊 識主人❶

突兀❷枯樹，傍無寸枝。上有蒼鷹獨立，若愁胡之攢眉❸。凝金天之殺氣，凜粉壁之雄姿❹。觜銛劍戟，爪握刀錐❺。羣賓失席以⿰目咢眙，未悟丹青之所為❻。吾嘗恐出戶牖以飛去，何意終年而在斯❼！

【注　釋】❶壁畫蒼鷹贊識主人　此文乃對壁上所畫蒼鷹的題讚。《全唐文》題下無「識主人」三字。文中用生動的比喻描繪了蒼鷹的兇猛之狀，又從觀眾及自己的反應來顯示此畫的藝術感染力。作年不詳。❷突兀　高聳特出貌。❸若愁胡之攢眉　愁胡，宋本原作「秋胡」，據王本、咸本、《全唐文》改。孫楚〈鷹賦〉：「深目蛾眉，狀似愁胡。」《文選》卷一一王延壽〈魯靈光殿賦〉：「胡人遙集於上楹，儼雅跽而相對。」「狀若悲愁於危處，憯嚬蹙而含悴。」李周翰注：「胡人醜形狹面，目如鵰視，又如悲愁，處於危苦，更若憯怛嚬眉蹙鼻而含憂也。」按蒼鷹深目如愁與胡人相似，故以「愁胡」喻之。攢眉，緊蹙雙眉。❹凝金天之殺氣二句　謂蒼鷹凝聚著秋天的肅殺之氣，粉壁上凜然出現其雄猛的姿態。金天，秋天。秋於五行屬金，故曰「金天」。陳子昂〈送著作佐郎崔融等從梁王東征〉詩：「金天方肅殺，白露始專征。」按《禮記・月令》：孟秋之月，「涼風至，白露降，寒蟬鳴。鷹乃祭鳥，用始行戮。」《藝文類聚》卷九一傅玄〈鷹賦〉：「雄資邈世，逸氣橫生。」❺觜銛劍戟二句　觜，鳥嘴；鷹喙。銛，銳利。謂鷹嘴像劍戟一樣銳利，鷹的腳爪像執著刀錐一樣厲害。❻羣賓失席以⿰目咢眙二句　謂眾賓客都驚愕而從坐席上站起來，竟沒有覺悟這只是一幅圖畫上的蒼鷹。⿰目咢，通「愕」。愕眙，驚訝貌。《文選》卷一班固〈西都賦〉：「猶愕眙而不能階。」張銑注：「愕眙，驚貌。」丹青，圖畫。❼吾嘗恐出戶牖以飛去二句　謂吾曾擔心這隻蒼鷹從窗戶飛出去，哪裡想到牠卻終年都在這裡的牆壁上。戶牖，窗戶。

【語　譯】一棵高聳特出的枯樹，沒有一寸枝葉依傍。上面獨有一隻蒼鷹站立著，好像一個悲愁胡人緊蹙

著雙眉。周圍凝聚著秋天的肅殺之氣，粉壁上是蒼鷹凜然可畏的雄姿。鷹嘴銳利如劍戟，鷹爪似執著刀錐一樣鋒利。許多賓客驚愕得從坐席上站起來，沒有領悟這是圖畫所畫出來的。我曾經擔心這隻蒼鷹會從窗戶飛出去，卻未想到牠竟終年在此！

【研　析】此贊描寫壁畫中的蒼鷹，首先是寫背景：牠站立在一棵沒有枝葉的枯樹上。接著寫牠的兇猛之狀：嘴似劍戟，爪似刀錐。再寫觀眾的反應：許多賓客看到壁畫都驚嚇得從席上站起來欲躲開，沒有領悟這是圖畫而不是真實的鷹。最後寫出自己的觀感：我曾擔心這隻鷹會從窗戶飛出去，哪會想到牠竟終年在這壁上！層層深入地顯示此畫的逼真和強烈的藝術感染力。瞿蛻園、朱金城《李白集校注》：「出戶牖以飛去」，似用《歷代名畫記》張僧繇畫龍破壁上天事。不過讚畫之逼真，非有寓意。

方城張少公廳畫師猛贊❶

張公之堂，華壁照雪。師猛在圖，雄姿奮發❷。森竦眉目，颯灑毛骨❸。鋸牙銜霜，鉤爪抱月❹。掣蹲胡以震怒，謂大廈之嶤杌❺。永觀厥容，神駭不歇❻。

【注　釋】❶方城張少公廳畫師猛贊　郭本、咸本題作〈師猛贊〉，無「方城張少公廳畫」七字。畫，宋本原作「晝」，據繆本、王本改。廳畫，《全唐文》作「廳壁畫」。方城張少公，方城縣尉張公。方城，縣名。唐屬山南東道唐州，今屬河南省。少公，即少府，縣尉的敬稱。師猛，兇猛的獅子。時賢多謂此文作於天寶十載李白遊方城時。可從。❷張公之堂四句　謂在張公華美的廳堂雪白的牆壁上，有一幅雄姿英發的獅子圖畫。❸森竦眉目二句　森竦，高聳挺立。隋煬帝〈北鄉古松樹〉詩：「古松惟一樹，森竦詎成林。」竦，宋本校：「一作踈。」颯灑，飄動貌。《後漢書・班固傳下》：「登玉輅，乘時龍，鳳蓋颯灑，和鸞玲瓏。」毛骨，複詞偏義，指鬃毛。二句謂畫上的獅子聳眉怒目，飄動鬃毛。❹鋸牙銜霜二句　謂獅子鋸齒般的牙如霜那樣潔白，如鉤的腳爪抱著月亮般的圓球。抱，宋本校：「一作把。」虞世南〈獅子賦〉：「其為狀也……鉤爪鋸牙，藏鋒蓄銳。」❺掣蹲胡以震怒二句　掣蹲胡，咸本校：「一本云『製存胡』。」王琦注：「《廣韻》：『掣，挽也。』《說文》：『蹲，踞也。』蹲胡，謂調獅之胡，蹲踞而牽挽者。獅方震怒，曳獅之胡，方若為獅所曳也。」掣，牽引。大廈之嶤杌，大廈的震動危險。大廈，宋本原作「有夏」，據郭本、王本、咸本改。嶤杌，郭本、王本作「峴屼」，《全唐文》作「嶢屼」。嶤，同「嶢」。杌，通「屼」。嶢屼，峻險貌。二句謂獅子的震怒如曳走蹲踞牽挽之胡人，以為高峻大廈將有傾倒的危險。❻永觀厥容二句　謂長久地看著畫上的獅子，精神驚駭不得停歇。郭本校：「舊本無『永觀厥容，神駭不歇』二句。」王本校：「一本少末二句。」咸本校：「舊本附第二〇卷，無『永觀厥容，神駭不歇』二句。」

【語　譯】在張公廳堂華美雪白的牆壁上，畫著一幅雄姿英發的獅子圖。嚴毅勁聳的眉毛和眼睛，飄動揚

灑的毛鬃。鋸齒般的牙如銜霜般雪白，鉤子般的爪抱著圓月似的球。獅子正在震怒，蹲踞而牽挽調獅的胡人似反被獅子牽引著，人們以為大廈被震動得很危險。長久地看著牠的容貌，精神就會不停地驚駭。

【研　析】此贊描寫方城縣尉張公廳壁上的獅子圖。主要寫牠的兇猛，聳眉怒目，飄動鬃毛。鋸牙如霜，鉤爪抱球。更重要的是畫上的獅子正在「震怒」之時。王伯敏《李白杜甫論畫詩散記》曰：「張少公廳的〈獅猛圖〉，……堪人耐味的還在於『掣蹲胡以震怒，謂大廈之峴屼』。獅猛的氣勢，蹲踞而牽挽調獅的胡人似反被獅子牽引著，人們感覺大廈被震動得很危險。長久地看著牠的容貌，精神驚駭就不會停歇。將獅子兇猛怒吼的形象描寫得淋漓盡致。

羽林范將軍畫贊❶

羽林列衛，壁壘南垣。四十五星，光輝至尊❷。范公拜將，遙承主恩。位寵虎臣，封傳雁門❸。瞻天蹈舞，踊躍精魂❹。逐逐鶚視，昂昂鴻鶱❺。心豪祖逖，氣爽劉琨❻。名震大國，威揚列藩❼。麟閣之階，粉圖華軒❽。胡兵百萬，橫行縱吞❾。爪牙帝室，功業長存❿。

【注　釋】❶羽林范將軍畫贊　羽林范將軍，羽林將軍范某，名不詳。羽林，皇家禁軍名。唐代設有左右羽林軍，大將軍各一員，正三品；將軍各二員，從三品。統領北衙禁兵之法令，而督攝左右廂飛騎之儀仗，以統諸曹之職。此文為羽林將軍之畫作贊，又有「麟閣之階，粉圖華軒」之句，時賢多謂作於天寶二年（西元七四三年）供奉翰林之時，可從。❷羽林列衛四句　謂羽林軍列隊守衛著光輝的帝王，猶如天上羽林四十五星，散在壁壘南垣。《史記・天官書》：「其南有眾星，曰羽林天軍。軍西為壘。」張守節正義：「羽林四十五星，三三而聚，散在壘壁南，天軍也。」星，郭本作「里」。至尊，至高無上的地位。多指皇位，因用為皇帝的代稱。賈誼〈過秦論〉：「履至尊而制六合。」❸位寵虎臣二句　虎臣，如虎之臣；虎將。《詩・魯頌・泮水》：「矯矯虎臣。」孔穎達疏：「矯矯然有威武如虎之臣。」雁門，唐郡名，即代州，天寶元年改為雁門郡，乾元元年復改為代州。屬河東道。州治在今山西代縣。二句意謂范將軍受寵位居虎將，受封將軍鎮守雁門邊防。❹瞻天蹈舞二句　形容范將軍得到受封傳時激動心情。仰望上天跪拜蹈舞，精神振奮而跳躍。❺逐逐鶚視二句　逐逐，奔忙貌。胡皓〈奉和聖製送張尚書巡邊〉詩：「稜威方逐逐，談笑坐怡怡。」鶚視，形容勇士目光銳利。亦借指勇士。梁武帝〈移檄京邑〉：「鶚視爭先，龍驤並驅。」昂昂，器宇軒昂貌。《楚辭・卜居》：「寧昂昂若千里之駒乎？」鶱，鳥高飛貌。宋本原作「鶱」，據王本、《全唐文》改。二句意

謂范將軍奔忙勇猛，目光銳利，器宇軒昂如鴻雁高飛。❻心豪祖逖二句　謂比祖逖的心氣更豪壯，比劉琨的氣概還爽朗。《晉書・祖逖傳》：「與司空劉琨俱為司州主簿，情好綢繆，共被同寢。中夜聞荒雞鳴，蹴琨覺曰：『此非惡聲也。』因起舞。逖、琨並有英氣，每語世事，或中宵起坐，相謂曰：『若四海鼎沸，豪傑並起，吾與足下當相避于中原耳。』……逖以社稷傾覆，常懷振復之志。賓客義徒皆暴桀勇士，逖遇之如子弟。……帝乃以逖為奮威將軍、豫州刺史，……仍將本流徙部曲百餘家渡江，中流擊楫而誓曰：『祖逖不能清中原而復濟者，有如大江！』辭色壯烈，眾皆慨歎。」又〈劉琨傳〉：「琨少負志氣，有縱橫之才，……與范陽祖逖為友，聞逖被用，與親故書曰：『吾枕戈待旦，志梟逆虜，常恐祖生先吾著鞭。』其意氣相期如此。」❼名震大國二句　大國，諸侯國；在唐代即指藩鎮。列藩，各藩鎮。即指節度使。二句謂范將軍威名震揚各邊疆節度使。❽麟閣之階二句　麟閣，麒麟閣的省稱。漢代閣名，蕭何所造，在未央宮中。漢宣帝時曾圖霍光等十一功臣像於閣上，以表揚其功績。後多以它表示卓越功勳和最高榮譽。二句謂范將軍的畫像可畫於麒麟閣的華美長廊之上。❾胡兵百萬二句　謂范將軍在百萬胡兵中能縱橫馳騁吞滅敵人，平定天下。❿爪牙帝室二句　語本《詩・小雅・祈父》：「祈父，予王之爪牙。」孔穎達疏：「鳥用爪，獸用牙以防衛己身。此人自謂王之爪牙，以鳥獸為喻也。」爪牙，猶言羽翼，比喻武臣。《漢書・李廣傳》：「將軍者，國之爪牙也。」二句謂羽林范將軍是捍衛帝室的重臣，其功績將長存於世。

【語　譯】羽林軍排列宿衛，就像天上的羽林四十五星，成為壁壘守衛皇室，使皇帝容光輝發。范公拜為將軍，遠承皇帝的恩寵。位為虎將，受封雁門。范公感恩而向天拜跪蹈舞，精神振奮而熱烈跳躍。以雕鶚自視而前進不止，如鴻雁般氣概軒昂地高飛。比祖逖的心氣還要豪壯，比劉琨的氣勢還要爽朗。他的大名震動了全國，他的威武傳揚到各地藩鎮。專畫功臣像的麒麟閣上，在華美的長廊上用色粉畫上了范公的圖像。這圖像顯示范公在百萬胡兵之中，能夠縱橫馳騁地吞沒敵人。作為武將保衛帝室，范公的功業是永存的。

【研　析】此贊首敘羽林軍的使命是保衛皇帝，范公為羽林將軍乃「遙承主恩」，因此感恩而精神振奮。接著描寫范將軍的鶚視鴻騫，心豪氣爽超過當年的祖逖、劉琨，名震大國，威揚列藩。於是范將軍的畫

像上了麒麟閣。末四句稱頌畫中的范將軍在百萬胡兵之中縱橫馳騁吞滅敵人，他保衛帝室的功業是永存不朽的。

金銀泥畫西方淨土變相贊❶并序

我聞金天❷之西，日沒之所，去中華十萬億剎❸，有極樂世界❹焉。彼國之佛，身長六十萬億恒沙由旬❺，眉間白毫，向右宛轉，如五須彌山❻，目光清白，若四海水❼。端坐說法，湛然常存❽。沼明金沙，岸列珍樹，欄楯彌覆，羅網周張。車渠瑠璃，為樓殿之飾；頗黎碼碯，耀階砌之榮❾。皆諸佛所證，無虛言者。

【章　旨】以上為序的第一段，描敘西方極樂世界及其環境。

【注　釋】❶金銀泥畫句　金銀泥畫，用金銀粉末製成的顏料所作的畫。西方淨土，王琦注：「西方淨土，即西方極樂國土也。」按佛教謂無五濁（劫濁、見濁、煩惱濁、眾生濁、命濁）垢染的清淨世界為淨土。《攝大乘論》：「所居之土，無於五濁，如彼玻瓈珂等，名清淨土。」變相，唐代僧人敷演佛經內容和佛教故事而繪成的圖像。多繪在石窟、寺院的牆壁上或紙帛上，用連續的畫面表現故事情節。是廣泛傳播佛教教義的通俗藝術。此文乃李白讚頌原湖州刺史韋某的夫人為亡夫所繪的一幅淨土變相畫而作。作年不詳。❷金天　秋天的別稱。按陰陽五行秋天和西方屬金，故秋天曰金天。天，《唐文粹》、《全唐文》作「方」。《禮記・月令》：孟秋之月，「其帝少皞，其神蓐收。」孔穎達疏：「案此秋云其帝少皞，在西方金位。」❸剎　佛教語剎多羅(ksetra)的音譯省稱。意為土地或國土。王琦注：「剎，謂諸佛所住國土。」❹極樂世界　王琦注：「《佛說阿彌陀經》：『佛告長老舍利弗，從是西方過十萬億佛土，有世界名曰極樂。其土有佛，號阿彌陀，今現在說法。彼土何故名為極樂？其國眾生無有眾苦，但受諸樂，故名極樂。』」❺恒沙由旬　恒，宋本作「常」，乃避宋諱改，今據郭本、王本、咸本、《唐文粹》、《全唐文》改。王琦注：「《觀無量壽經》：『無量壽佛，身高六十萬億那由陀恒河沙由旬，眉間白毫，右旋宛轉，如五須彌山。佛眼如四大海水，青白分

明。』」按恆沙即恆河之沙，比喻數量多得無法計算。由旬，梵語里程單位。王琦注引《法苑珠林》：「〈毗曇論〉云：『四肘為一弓，五百弓為一拘盧舍，八拘盧舍為一由旬。以中國道里較之，一由旬合得十六里。』」❻五須彌山　印度神話中的山名，為佛教所用。相傳山高八萬四千由旬，山頂為帝釋天，四面山腰為四天王天，周圍有七香海、七金山、四大部洲。第七金山外有鐵圍山圍繞。❼若四海水　《唐文粹》、《全唐文》作「若四大海水」。❽湛然常存　王琦注：「言其永無遷壞也。」《南齊書‧顧歡傳》：「陶神者，使塵惑日損，湛然常存。」湛然，清澈貌。❾沼明金沙八句　寫極樂世界的光輝環境。王琦注引《佛說阿彌陀經》：「極樂國土七重欄楯，七重羅網，七重行樹，皆是四寶周匝圍繞。有七寶池、八功德水充滿其中，池底純以金沙布地，四邊階道，金銀、琉璃、玻瓈合成。上有樓閣，亦以金銀、琉璃、玻瓈、硨磲、赤珠、瑪瑙而嚴飾之。」按沼明金沙，即池底純以金沙布地而水明澈。欄楯，即欄杆。車渠，即硨磲，佛教所稱七寶之一。渠，宋本作「璖」，《全唐文》作「磲」，據王本、咸本改。頗黎碼碯，即玻瓈、瑪瑙。《唐文粹》作「玻璃馬瑙」。瑠璃，即琉璃，亦為佛教所稱七寶之一。瑪瑙亦為佛教所稱七寶之一。

【語譯】我聽說西天之西，太陽落下去的地方，離中國十萬億佛土，在那裡有一個極樂世界。那國家的佛，身高六十萬億像恆河之沙無法計算里數，眉間的白毛，向右屈曲旋轉像五須彌山，目光清白，像四海之水。端正地坐在那裡說法，深遠地永不遷壞。池底純以金沙布地而水明澈，岸邊排列著珍貴的樹木，欄杆滿地回轉，羅網四周張布。硨磲、琉璃等寶貝，做樓閣殿堂的裝飾；玻瓈、瑪瑙等寶貝，增添臺階的榮耀。這都是由各佛經所證明的，絕不是虛言。

金銀泥畫西方淨土變相，蓋馮翊郡秦夫人❶奉為亡夫湖州刺史韋公❷之所建也。夫人蘊冰玉之清❸，敷聖善之訓❹。以伉儷大義，希拯拔於幽塗❺；父子恩深，用薰修於景福❻。誓捨珍物，購求名工，圖金創端，繪銀設像❼。

【章　旨】以上為序的第二段，敘造像之人和物件以及造像的原因和目的。

【注　釋】❶馮翊郡秦夫人　馮翊郡，唐郡名，即同州。天寶元年改為馮翊郡，乾元元年復改為同州。唐屬京畿道。治所在今陝西大荔。秦，《唐文粹》作「太」。❷湖州刺史韋公　按天寶中為湖州刺史的有八載韋南金和十二載韋景先，未知孰是。湖州，唐屬江南東道，今屬浙江省。刺史，州的長官。❸夫人蘊冰玉之清　蘊冰玉之清，蓄積冰玉般的清白。喻其貞潔。❹敷聖善之訓　謂布施善德的聖訓。敷，布。聖善，睿智善德。《詩・邶風・凱風》：「母氏聖善。」鄭玄箋：「母乃有叡知之善德。」❺以伉儷大義二句　謂秦夫人以夫妻大義，希望拯救超脫亡夫的靈魂於陰間。伉儷，夫婦。以伉儷大義，《唐文粹》無「以」字。大義，《唐文粹》作「義大」。拯拔於，郭本、咸本無「於」字。幽塗，陰間；地下。❻用薰修於景福　薰修，宋本作「重脩」，據《唐文粹》、《全唐文》改。薰，王琦注引《釋氏要覽》：「薰義者，《顯識論》云：『譬如燒香薰衣，香體滅而香氣在衣。此香不可言有，香體滅故；不可言無，香氣在衣故。』」景福，大福。《詩・小雅・小明》：「介爾景福。」毛傳：「介，景，皆大也。」此句謂其子以薰香為父求大福。❼購求名工三句　購，宋本原作「搆」，據郭本、咸本、《全唐文》改。端，《唐文粹》作「瑞」。王琦注：「圖金創端者，泥金為質地，而以為創始。繪銀設像者，以銀代彩色而繪成形像。」

【語　譯】用金銀粉末為顏料而畫成的西方淨土佛像，乃是馮翊郡秦夫人為死去的丈夫湖州刺史韋公所建造的。夫人蓄積冰玉般的清白，布施善德的聖訓，以夫妻的大義，希望拯救超拔亡夫於地下；父子恩深，因此薰香修德以求大福。立誓捨棄珍貴寶物，購求名工巧匠，以泥金為質地，而以為創始；以銀代彩色而繪成形像。

八法功德，波動青蓮之池❶；七寶香花，光映黃金之地❷。清風所拂，如生五音，百千妙樂，咸疑動作❸。若已發願，未及發願；若已當生，未及當生。精念七日，必生其國❹。功德罔極❺，酌而難名❻。

【章　旨】以上為序的第三段，描寫淨土變相的美妙景物和奇況。如堅定信念，來世必生極樂世界。

【注　釋】❶八法功德二句　八法功德，《唐文粹》作「八功德水」。王琦注引《法苑珠林》：「八功德水，依《順正論》云：一甘，二冷，三輭，四輕，五清淨，六不臭，七飲時不損喉，八飲已不傷腹。」又引《觀無量壽經》：「極樂國土，有八池水，一一池水，七寶所成。其寶香輭，從如意珠王生。分為十四支，一一支作七寶色。黃金為渠，渠下皆以雜色金剛以為底砂。一一水中有六十億七寶蓮花。一一蓮花團圓，正等十二由旬。其摩尼水流注花間，尋樹上下，其聲微妙，是為八功德水。」❷七寶香花二句　王琦注引《觀無量壽經》：「其諸寶樹，七寶華葉，無不具足。一一花葉作異寶色，琉璃色中出金色光，玻瓈色中出紅色光，碼碯色中出硨磲光，硨磲色中出綠真珠光。珊瑚、琥珀，一切眾寶以為映飾。」按七寶在佛經中說法不一：《無量壽經》以金、銀、琉璃、玻璃、珊瑚、碼碯、硨磲為七寶；《法華經》以金、銀、琉璃、硨磲、碼碯、真珠、玫瑰為七寶；《阿彌陀經》、《大智度論》以赤金、銀、琉璃、玻璃、硨磲、珠、碼碯為七寶；《般若經》以金、銀、琉璃、硨磲、瑪瑙、琥珀、珊瑚為七寶。❸百千妙樂二句　謂千百種美妙音樂好像都在演奏。《阿彌陀經》：「彼佛國土，微風吹動諸寶行樹及寶羅網，出微妙音，譬如百千種樂，同時俱作。」❹若已發願六句　《阿彌陀經》：「若有善男子、善女人，聞說阿彌陀佛，執持名號，若一日，若二日，若三日，若四日，若五日，若六日，若七日，一心不亂，其人臨命終時，阿彌陀佛與諸聖眾，現在其前。是人終時，心不顛倒，即得往生阿彌陀佛極樂國土。……若有人已發願，今發願，當發願，欲生阿彌陀國者，是諸人等皆得不退轉於阿耨多羅三藐三菩提。於彼國土，若已生，若今生，若當生，是故舍利弗，諸善男子、善女人，若有信者，應當發願生彼國土。或有不信其事，良由業障深重故耳。」此六句即說上引內容。王琦注：「精念，即所謂一心不亂也。今人念念遷流，不能終日。若能注心淨土，無二無雜，至於七日，終不散亂，則心中佛境，自然全現矣。」未及，《唐文粹》、《全唐文》作「及未」。❺罔極　即無極，無限。❻酌而難名　斟酌而難以名狀。名，王本作「明」。

【語　譯】八功德水，波動著青蓮之池；七寶的香花，光彩映照著黃金之地。清風吹拂之處，好像產生了五音，有千百種美妙的音樂，似乎都在演奏。如果已經發願，或者未及發願；如果已經當生，或者未及當生；只要一心不亂地精念七天淨土佛經，一定會生在那個極樂世界之國。功德是沒有極限的，斟酌而難以名狀。

讚曰：

向西日沒處，遙瞻大悲❶顏。目淨四海水，身光紫金山❷。勤念必往生，是故稱極樂。珠網珍寶樹，天花散香閣。圖畫了在眼，願託彼道場❸。以此功德海❹，冥祐為舟梁❺。八十億劫罪，如風掃輕霜❻。庶觀無量壽，長放玉毫光❼。

【章　旨】以上為贊的正文。希望阿彌陀佛保祐親人度越苦海，進入極樂世界。乃一篇主旨。

【注　釋】❶大悲　指佛。救他人苦之心謂之悲，佛之悲心廣大，故曰大悲。《大智度論》卷二七：「大慈與一切眾生樂，大悲拔一切眾生苦。」❷目淨四海水二句　目，郭本、咸本作「月」。四，《唐文粹》、《全唐文》作「碧」。身光，佛教語。指佛身所發出的光明。劉潛〈平等寺剎下銘序〉：「釋梵奪其身光，日車貶其輪照。」王琦注引《佛報恩經》：「我見佛身相，喻如紫金山。」又引《法苑珠林》：「《獅子月佛本生經》云：遙見世尊，身放光明，如紫金山，普令大眾同於金色。」❸圖畫了在眼二句　謂上述景象全然從圖畫中看到，心願就拜託那祭祀的道場。了，全然。道場，佛教禮拜、誦經、祭祀、學道、行道的場所。《南史・庾詵傳》：「晚年尤遵釋教，宅內立道場，環繞禮懺，六時不輟。」❹功德海　功德之深廣如海。佛教以行善為功，得善報為德。王琦注引《法苑珠林》：「眾生功德海，無能測量者。」❺冥祐為舟梁　冥祐，在陰間得到保祐；神靈的保祐。《北齊書・慕容儼傳》：「城中先有神祠一所，俗號城隍神，公私每有祈禱。於是順士卒之心，乃相率祈請，冀獲冥祐。」舟梁，過河的船和橋，佛教比喻度越苦海的佛法，猶言慈航。此句意謂保祐在陰間的親人通過佛法渡過苦海。❻八十億劫罪二句　八十億，宋本及各本原作「八十一」。一，王本校：「當作億。」其說是，據改。王琦注引《觀無量壽佛經》：「若觀是地者，除八十億劫生死之罪。捨身，他世必生淨國。」劫，佛教名詞，意為遠大時節。古印度傳說世界經歷若干萬年毀滅一次，然後重新開始，此一滅一生為一「劫」，包括「成」、「住」、「壞」、「空」四個時期，謂之四劫。二句謂功德修滿後，八十億劫罪就可如風掃輕霜般消除。❼庶觀無量壽二句　庶，《唐文粹》作「諦」。無量壽，即阿彌陀的意譯。王琦注引《觀無量壽佛

經》：「觀無量壽佛者，從一相好入。但觀眉間白毫，極令明了。見眉間白毫者，八萬四千相好，自然當現。」玉毫光，即指佛光。佛的眉間白毛放光。放，宋本及各本原作「願」，據《唐文粹》、《全唐文》改。李白〈秋日登揚州西靈塔〉詩：「玉毫如可見，于此照迷方。」王琦注引《法華經》：「爾時佛放眉間白毫相光，照東方萬八千世界，靡不周遍。」二句意謂希望看到無量壽佛長放佛光。

【語　譯】讚說：

向著西邊太陽落沒的地方，遙遠地瞻望佛的面容。眼睛清淨如四海之水，身上發光似紫金之山。殷勤地念著一定要往那裡出生，這是所以稱為極樂世界的地方。周圍張著珠網和珍貴的寶樹，天花散落在香閣上。圖畫全然在眼前，發願託付那道場。用這樣深廣如海的功德，在陰冥中作為舟橋保祐親人度越苦海。八十億的劫罪，都像風掃輕霜似地吹完了。希望阿彌陀佛眉間白毫長放光芒。

【研　析】此贊前有序三段。第一段描寫佛教傳說中的西方極樂世界及其環境：彼國之佛身高無法計算里數，白眉旋轉如五須彌山，目光如四海之水，端坐說法永不遷壞。池鋪金沙，岸列珍樹，欄杆回轉，羅網周張。樓殿飾硨磲琉璃，階砌耀玻瓈瑪瑙。這些都是佛經上所說的，不是虛言。第二段敘造像之人及造像原因和目的：乃秦夫人為亡夫韋公所建造，目的是希望拯救超拔亡夫於地下。棄珍寶，求名工，圖金創始，繪銀設彩。第三段描寫淨土變相的美妙奇異景象：青蓮池中八功德水，七寶香花映黃金地，清風拂奏千百妙樂，精念七天淨土佛經，必能生於極樂世界。最後是贊文，用韻語概括以上內容，希望阿彌陀佛保祐親人度越苦海，進入極樂世界，乃此贊主旨。今人王伯敏《李白杜甫論畫詩散記》曰：「在唐代，由於淨土宗在佛教中影響大，所以在寺院、石窟中畫西方淨土變相的特別多。……淨土宗宣揚西方阿彌陀佛所居的地方，是一個永遠沒有痛苦和煩惱的極樂世界。相傳唐代的名僧善導法師居長安，在他的主持下，抄寫了《彌陀經》十萬卷，繪製了淨土變相數百壁。李白所讚頌的這壁淨土變相，可能就在長安的某寺院中。……李白所讚的這鋪西方淨土變相，在內容上與現今流傳下來的唐畫西方淨土變相

大體相同。圖中阿彌陀佛居中，作說法狀。樂聲悠揚中，天女翩翩起舞。鸚鵡、孔雀、仙鶴、頻迦共命鳥，都在彈琴歌唱。飛天在宮中散花。化生童子在臺前嬉戲。寶池中青蓮盛開，華鴨戲水，……這一切，都是『敢將淨土欺人語，換取滄桑一席談。』……李白所讚的這鋪西方淨土變相，以阿彌陀佛本尊為中心，環繞佛本尊的人物，多至數百人。加上各種建築與活動場面，構成了一個緊湊熱鬧、華麗壯嚴、氣象萬千的世界。」王琦注引《漁隱叢話》：「司空圖云：『嘗觀杜子美〈祭太尉房公文〉、李太白佛寺碑贊，宏拔清厲，乃其歌詩也。』」

江寧楊利物畫贊❶

太華高嶽，三峯倚天❷。洪波經海❸，百代生賢。為夔為龍❹，廓土濟川❺。趙城開國❻，玉樹凌煙❼。筆鼓元化，形分自然❽。明珠獨轉，秋月孤懸❾。作宰作程，摧剛挫堅❿。德合窈冥，聲播蘭荃⓫。鴻漸麟閣，英圖可傳⓬。

【注釋】❶江寧楊利物畫贊　江寧楊利物，江寧縣令楊利物。「江寧」下闕「宰」字，李白詩中有多首寄贈江寧宰楊利物可證。江寧，縣名，唐屬江南東道潤州，今江蘇南京。楊利物，約天寶十二、十三載時為江寧縣令。此文約天寶十三載作於金陵。其時楊利物正在江寧縣令任，李白就為他的畫像寫了這篇贊。❷太華高嶽二句　太華，即西嶽華山。因其西有少華山，故名。《初學記》卷五〈華山〉引《山海經》：「一名太華。太華之山，削成而四方，高五千仞，其廣十里。」在今陝西省東部，屬秦嶺東段。三峰，《太平御覽》卷三九地部引〈華山記〉云：「山有三峯，謂蓮花、毛女、松檜也。」❸洪波經海　謂黃河在華山和首陽山之間經過而東入大海。《初學記》卷五〈華山〉：「薛綜注〈西京賦〉云：華山對河東首陽山，黃河流於二山之間。古語云：『此本一山，當河，河水過之而曲行。河神巨靈以手擘開其上，以足蹈離其下，中分為兩，以通河流。』」洪波，即指黃河。❹為夔為龍　夔、龍，傳說中舜的兩位大臣名。《書・舜典》：「伯拜稽首讓于夔、龍。」孔傳：「夔、龍，二臣名。」❺廓土濟川　謂開拓土地，渡過大河。《後漢書・朱浮傳》：「六國之時，其勢各盛。廓土數千里，將兵數百萬。」《書・說命》：「若濟巨川，用汝作舟楫。」❻趙城開國　謂楊利物之祖曾封趙城縣開國公。趙城，縣名。唐屬河東道晉州，在今山西洪洞北趙城。開國，爵位名。《新唐書・百官志一》：「凡爵九等：……四曰開國郡公，食邑二千戶，正二品；五曰開國縣公，食邑千五百戶，從二品；六曰開國縣侯，食邑千戶，從三品；七曰開國縣伯，食邑七百戶，正四品上；八曰開國縣子，食邑五百戶，正五品上；九曰開國縣男，食邑三百戶，從五品上。」❼玉樹凌煙　比喻楊利物俊美而有志向。《世說新語・言語》：

「謝太傅問諸子姪，子弟亦何預人事而正欲使其佳？諸人莫有言。車騎答曰：『譬如芝蘭玉樹，欲使其生於階庭耳。』」凌煙，猶凌雲，喻志向之高。❽筆鼓元化二句　謂畫家之筆鼓動自然演化，將人物形象從自然中分離開來，創造到畫面上。極力形容圖像之神似。❾明珠獨轉二句　謂畫像顯示人品高潔如明珠獨轉，又如秋月孤懸。明珠，喻人品高潔。《晉書．衛玠傳》：「王濟嘗語人曰：『與玠同遊，若明珠之在側，朗然照人。』」❿作宰作程二句　作為縣令，楊利物是做出了楷模，摧毀和打擊豪強惡勢力。宰，縣令。程，榜樣；法式。⓫德合窈冥二句　謂其德合乎道家所說的道。窈冥，指道家所說的道。《老子》第二十一章：「窈兮冥兮，其中有精。」河上公注：「道惟窈冥無形，其中有精實、神明相薄，陰陽交會也。」聲播蘭荃，芳香的聲名散播遠方。蘭荃，皆香草名。代指芬芳美名。⓬鴻漸麟閣二句　《易．漸》：「初六，鴻漸於干。」孔穎達疏：「鴻，水鳥也。……漸進之道，自下升高，故取譬鴻飛自下而上也。」《後漢書．蔡邕傳》：「鴻漸盈階，振鷺充庭。」李賢注：「《易》曰：『鴻漸於陸。』鴻，水鳥也。漸出於陸，喻君子仕進於朝。」麟閣，麒麟閣的省稱，漢宣帝時掛十一功臣畫像處。二句意謂楊利物的仕途將飛升朝廷，其畫像將懸掛麒麟閣永傳後世。

【語　譯】楊氏出生的關西之地，有太華高山，三個山峰倚著雲天。黃河經過此地而東入大海，累積百世而產生賢人。就是當年舜時的夔、龍，有拓土濟川之功。至祖輩封趙城縣開國公，公則人物俊美而志氣凌雲。畫筆鼓動自然的演化，人物形象從自然分離而創造得栩栩如生。畫像顯示人品高潔如明珠獨轉，又如秋月孤懸。作為一個縣令，楊公為全國的縣令做出了榜樣，他能做到摧毀和打擊豪強惡勢力。他的德行是符合天道的，因此他那芳香的聲名散播遠方。隨著楊公仕進的逐漸高升，畫像將會掛到表彰功臣的麒麟閣中，於是這幅圖畫就可永遠傳世。

【研　析】此贊前七句皆寫楊氏祖先的功績。王琦曰：「讚言楊氏出自關西，關西之地，山有華嶽，川有黃河，山川精靈之氣，蓄積百世，挺生偉人，而為當代之夔、龍。出將則有廓土之功，入相則有濟川之績。以爵酬功，得封趙城，蓋推言其祖父之賢而且貴如此。『玉樹』以下，始讚利物。」後十一句讚楊利

物身材俊美而志氣凌雲。人品如明珠獨轉、秋月孤懸。作為縣令能摧剛挫堅，德行暗合天道，聲名傳播芬芳。最後祝頌他仕途高升而畫像高掛麒麟閣，則這幅英俊的畫像可以永傳後世。

金鄉薛少府廳畫鶴贊❶

高堂閑軒兮，雖聽訟而不擾❷。圖蓬山之奇禽，想瀛海之縹眇❸。紫頂煙赩，丹眸星皎❹。昂昂佇眙❺，霍若驚矯❻。形留座隅，勢出天表❼。謂長唳於風霄，終寂立於露曉❽。凝翫益古，俯察逾妍❾。舞疑傾市❿，聽似聞絃⓫。儻感至精以神變，可弄影而浮煙⓬。

【注釋】❶金鄉薛少府廳畫鶴贊　金鄉薛少府，金鄉縣尉薛某。金鄉，縣名。唐時屬河南道兗州，今屬山東省。薛少府，名不詳。少府，縣尉的敬稱。此文約開元後期李白遊金鄉時所作。❷高堂閑軒兮二句　高堂閑軒，咸本校：「一作明軒窗。」指薛縣尉的廳堂。閑，清靜。聽訟，處理訴訟案件。不擾，不煩亂。❸圖蓬山之奇禽二句　謂看圖上所畫蓬萊山的奇禽仙鶴，似見大海隱隱約約的波濤。蓬山，指神話中的蓬萊仙山。奇禽，即指圖畫中的仙鶴。瀛海，大海。縹眇，通「縹緲」。依稀隱約貌。海，王本校：「《唐文粹》作洲。」眇，郭本、王本、咸本、《唐文粹》、《全唐文》作「緲」。❹紫頂煙赩二句　謂仙鶴的紫色頭頂上似在冒放赤煙，紅色的眼珠如星星般明亮。赩，赤色。丹，紅色。眸，眼珠。鮑照〈舞鶴賦〉：「睛含丹而星曜，頂凝紫而煙華。」❺昂昂佇眙　謂氣宇軒昂地站立而視。昂昂，氣概軒昂貌。《唐文粹》作「昂然」。《楚辭・卜居》：「寧昂昂若千里之駒乎？」佇眙，久立而視。《文選》卷五左思〈吳都賦〉：「士女佇眙。」劉逵注：「佇眙，立視也。」佇眙，宋本原作「欲飛」，校云：「一作貯眙。」今據郭本、王本、咸本、《唐文粹》改。《全唐文》作「眝眙」。❻霍若驚矯　王琦注：「霍若，猶忽若，驚矯，驚飛也。」此句意謂忽若受驚而飛翔。❼形留座隅二句　謂畫鶴之形留在座位的角落，但其勢似已飛天外。天表，天外。《文選》卷一班固〈西都賦〉：「若遊目於天表。」劉良注：「表，外也。」❽謂長唳於風霄二句　以為畫鶴在夜風中高鳴，卻

始終寂靜地站立在曉霧之中。唳，鶴鳴。王本、咸本、《唐文粹》作「鳴」。鮑照〈舞鶴賦〉：「唳清響於丹墀。」《藝文類聚》卷九〇引《易通卦驗》：「立夏清風至而鶴鳴。」又引《春秋感精符》：「八月白露降，鶴即高鳴相警。」又引《風土記》：「鳴鶴戒露。此鳥性警，至八月白露降，流於草上，滴滴有聲。因即高鳴相警，移徙所宿處，慮有變害也。」露，《唐文粹》作「霜」。❾凝翫益古二句　謂凝視翫味感到更加高古，俯視觀察感到更加華美。翫，玩的異體字。逾，通「愈」，更加。❿舞疑傾市　《吳越春秋・闔閭內傳》：「吳王有女滕玉，因謀伐楚，與夫人及女會（食）蒸魚。王前嘗半而與女，女怒曰：『王食魚辱我，不忘（忍）久生。』乃自殺。闔閭痛之，葬於國西閶門外。鑿池積土，文石為槨，題湊為中。金鼎、玉杯、銀樽、珠襦之寶，皆以送女。乃舞白鶴於吳市中，令萬民隨而觀之，還使男女與鶴俱入羨門，因發機以掩之，殺生以送死。國人非之。」此句即用此典故。鮑照〈舞鶴賦〉：「出吳都而傾市。」⓫聽似聞絃　用師曠奏琴而鶴鳴的典故。《韓非子・十過》：「（師曠）援琴而鼓，一奏之，有玄鶴二八，道南方來，集於廓門之垝。再奏之而列。三奏之，延頸而鳴，舒翼而舞。音中宮商之聲，聲聞於天。」⓬儻感至精以神變二句　謂如果感動於極其精妙而神通變化，畫鶴可能真會舞弄身影而浮遊於雲煙之中。可弄影而浮煙：《唐文粹》作「或可弄景以浮煙」。鮑照〈舞鶴賦〉：「疊霜毛而弄影，振玉羽而臨霞。」

【語　譯】薛縣尉的廳堂清靜啊，雖然處理訴訟案件卻不受干擾。廳壁上畫有蓬萊仙山的仙鶴，可使人想像大海的依稀隱約。仙鶴的紫色頭頂似在放著赤煙，紅色的眼珠如星星一樣明亮。氣宇軒昂地立視著，忽然又像受驚而要矯飛。牠的形象留在座位旁邊，可是牠的氣勢卻出於天外。據說牠常因清風起而長鳴雲霄，如今始終孤寂地站立於滴露的早晨。對此畫凝視翫味感到更加高古，俯視觀察感到更加華美。疑似當年吳國舞鶴傾市出觀，又如聽到了師曠鼓琴的琴絃聲。倘若能為其極為精妙的畫面感動而神通變化，畫鶴可能真會舞弄身影而浮遊於雲煙之中。

【研　析】此贊首二句敘薛縣尉廳堂的悠閒清靜，為畫鶴的出現作鋪墊。接著便描寫廳堂畫鶴的形象。這是蓬萊仙山的仙鶴，紫頂放煙，眼如明星。氣宇軒昂，忽欲驚飛。形體留在座位邊，氣勢出於天外。似乎在風霄中長鳴，其實始終立於曉露之中。最後敘寫詩人的觀感：凝視翫味更感高古，俯視觀察更覺華

麗。以春秋時吳國舞鶴傾市出現和師曠奏琴而鶴鳴兩個典故，形容此畫鶴的神奇。末二句更進一步從畫鶴的角度設想：如果牠感動而神變，可能會浮遊雲煙之中舞弄身影。真可謂奇思妙想。

按：朱景玄《唐朝名畫錄》曰：「薛稷，天后朝位至宰輔，文章學術，名冠時流。……畫蹤如閻立本。今祕書省有畫鶴，時號一絕。曾旅遊新安郡，遇李白，因相留，請書永安寺額，兼畫西方佛一壁，筆力蕭灑，風姿逸秀，曹、張之匹也。二跡之妙，李翰林題贊見在。」今按朱景玄之說與史實不符。《宣和畫譜》卷一五薛稷小傳稱「李太白有稷之畫贊」亦誤。考兩《唐書・薛稷傳》，薛稷於先天二年（西元七一三年）被賜死獄中，時李白年僅十三歲，尚在蜀中遊學。李白一生不可能與薛稷有交往。蓋此贊題稱「薛少府」，與薛稷同姓；又是「畫鶴贊」，而薛稷正以畫鶴著名，於是後人附會此文即讚薛稷，不可從。王伯敏《李白杜甫論畫詩散記》已辨其誤，並曰：「其實李白所見這幅畫，還不一定是薛少府所畫。」其說甚是。文中對畫鶴的形態及精神作了生動地描繪，對薛縣尉的幽閒風雅也作了讚美。

誌公畫贊❶

水中之月，了不可取❷。虛空其心，寥廓無主❸。錦幪烏爪，獨行絕侶❹。刀齊尺梁，扇迷陳語❺。丹青聖容，何往何所❻？

【注　釋】❶誌公畫贊　誌公，南朝高僧。《高僧傳·梁京師釋保（寶）誌》：「釋保誌，本姓朱，金城人。少出家，止京師道林寺，師事沙門僧儉為和上（尚），修習禪業。至宋太始初，忽如僻異。居止無定，飲食無時，髮長數寸，常跣行街巷。執一錫杖，杖頭挂剪刀及鏡，或挂一兩匹帛。齊建元中，稍見異跡，數日不食，亦無飢容。與人言語，始若難曉，後皆效驗。時或賦詩，言如讖記。京師士庶，皆共事之。齊武帝謂其惑眾，收駐建康。明旦人見其入市，還檢獄中，誌猶在焉。誌語獄吏：『門外有兩輿食來，金鉢盛飯，汝可取之。』既而齊文慧（惠）太子、竟陵王子良，並送食餉誌，果如其言。……其預見之明，此類非一。誌多去來興皇、淨名兩寺。及今上龍興，甚見崇禮。先是齊時多禁誌出入，今上即位，下詔曰：『誌公跡拘塵垢，神遊冥寂。水火不能燋濡，蛇虎不能侵懼。語其佛理，則聲聞以上；談其隱倫，則遁仙高者。豈得以俗士常情，空相拘制，何其鄙狹一至於此。自今行道來往，隨意出入，勿得復禁。』誌自是多出入禁內。……至天監十三年冬，於臺後堂謂人曰：『菩薩將去。』未及旬日，無疾而終。屍骸香軟，形貌熙悅。臨亡然（燃）一燭，以付後閤舍人吳慶，慶即啟聞，上歎曰：『大師不復留矣！燭者，將以後事屬（囑）我乎？』因厚加殯送，葬於鍾山獨龍之阜，仍於墓所立開善精舍。敕陸倕製銘辭於塚內，王筠勒碑文於寺門。傳其遺像，處處存焉。……計誌亡時應年九十七矣。」《南史·隱逸傳下》：「沙門釋寶誌，雖剃鬚髮而常冠，下裙帽衲袍，故俗呼為誌公。」此文作年不詳，或謂晚年遊金陵時作。今南京靈谷寺西側有石刻〈誌公像贊〉，稱吳道子畫，李白贊，顏真卿書，世稱三絕。乃後人所為。❷水中之月二句　王琦注：「水中之月，只一影耳，初非真實，幻軀亦爾。雖賢聖降生，化身靈變，顯跡甚奇，要亦無殊於此，故曰『了不可取』。」按：水月乃佛教用語，是大乘佛教十喻之

一。比喻一切法（事物）都無實體。《大智度論・初品・十喻》：「解了諸法，如幻如焰，如水中月。」後泛指一切虛幻的景象為「鏡花水月」。了，全然。❸虛空其心二句　謂其心已達虛空的境界，空虛廣遠而無所主宰。心，宋本校：「一作身。」《楚辭・遠遊》：「上寥廓而無天。」洪興祖補注引師古曰：「寥廓，廣遠也。」❹錦幪鳥爪二句　謂寶誌身披錦袍覆蓋著鳥爪似的手足，獨自行走絕無伴侶。幪，覆蓋衣巾。蓋衣。宋本原作「懞」，據郭本、繆本、王本、咸本、《全唐文》改。行，宋本校：「一作遊。」《南史・隱逸下・釋寶誌傳》：「出入鍾山，往來都邑，年已五六十矣。齊、宋之交，稍顯靈跡，被髮徒跣，語默不倫。或被錦袍，飲啖同於凡俗。」《神僧傳》卷四：「寶誌，……面方而瑩徹如鏡，手足皆鳥爪。」獨行絕侶，個人獨行拒絕伴侶。❺刀齊尺梁二句　王琦注引《神僧傳》：「（寶誌）每行遊市中，其錫杖上嘗懸剪刀一事尺一枝、麈尾扇一柄。剪刀者，齊也。尺者，量（梁）也。麈尾扇者，麈（陳）也。蓋隱語歷齊、梁、陳三朝耳。」按此二句即為隱語。梁，繆本、《全唐文》作「量」。❻丹青聖容二句　謂描繪這幅誌公神聖體容的畫像，應該安放在什麼地方？何住何所，宋本在「住」下校：「一作往。」郭本、咸本校：「一作去往何所」。王本作「何往何所」，在「何往」下校：「一作『何住』，一作『去往』。」《唐文粹》、《全唐文》作「去住無所」。

【語　譯】佛教諸法就像水中的月亮，全然是不可能取得的。其心已達到虛空的境界，空虛而無所主宰。錦袍覆蓋著鳥爪似的手足，個人獨行而拒絕伴侶。誌公行走時錫杖上懸著剪刀、尺、麈尾扇，暗示著他經歷齊、梁、陳三朝。這幅描繪誌公神聖體容的畫像，將安放到哪個地方呢？

【研　析】此贊首二句用佛教語，謂一切事物皆虛幻。接著六句描寫誌公形象：身披錦袍覆蓋著鳥爪似的手足，獨自行走絕無伴侶。錫杖上懸著剪刀、尺和麈尾扇。暗寓歷事齊、梁、陳三朝。末二句乃詩人評語：這幅誌公畫像安放在何處才好？說明當時尚未安放在恰當之處。

裴敬〈翰林學士李公墓碑〉：「又嘗遊上元蔣山寺，見翰林贊志公云：『水中之月，了不可取。刀齊尺量，扇迷陳語。』文簡事備，誠為作者，附於此云。」

葉奕苞《金石錄補》卷一七：「〈唐誌公畫像贊〉。右像吳道子畫，李白贊詞，顏真卿書。誌公即寶

誌。此碑毀於宣德中。後靈谷寺僧本初以舊搨勒石，去原本遠也。石在揚州。」

王琦《李太白全集》引楊士奇曰：「今靈谷寺有石刻〈誌公像贊〉，吳道子畫，李白贊，顏真卿書，世稱三絕。舊刻已壞，此重刻者，不復見書法之妙矣。」

王伯敏《李白杜甫論畫詩散記》：「關於『三絕碑』，當是後來好事者所為。如果李贊的誌公畫像，果是吳道子手筆，李白為何不書一字？足見畫者並非當時的大名家。」

琴贊

嶧陽孤桐，石聳天骨❶。根老冰泉，葉苦霜月❷。斲為綠綺，徽聲粲發❸。秋風入松❹，萬古奇絕。

【注釋】❶嶧陽孤桐二句　謂嶧山之南獨特的桐樹，乃從石中生長高聳起來的天賜奇骨。嶧山，唐屬河南道兗州，在今山東鄒縣東南。《書·禹貢》：「嶧陽孤桐。」孔傳：「孤，特也。嶧山之陽特生桐，中琴瑟。」《封氏聞見記》卷八：「兗州鄒嶧山南面平復……其處生梧桐。傳以為〈禹貢〉嶧陽孤桐者也。土人云，此桐所以異於常桐者，諸山皆發地兼土，惟此山大石攢倚，石間周回，皆通人行，山中空虛，故桐木絕響，是以珍而入貢也。」可知嶧陽孤桐是製琴的珍貴材料。❷根老冰泉二句　謂桐樹之根為冰泉所潤澤而堅老，樹葉經受過月夜寒霜侵打之苦。鮑照〈山行見孤桐〉：「桐生叢石裏，根孤地寒陰。……未霜葉已肅，不風條自吟。……幸願見雕斲，為君堂上琴。」❸斲為綠綺二句　謂砍削製作而為著名的綠綺琴，琴音清潤嘹亮。斲，砍削。綠綺，琴名。傅玄〈琴賦序〉：「中世司馬相如有綠綺，蔡邕有焦尾，皆名器也。」徽，繫琴絃之繩。粲發，琴音清亮雅妙。❹秋風入松　既寫琴聲之美如秋風入松之清韻，又暗寫琴奏〈風入松〉之曲。按《樂府詩集·琴曲歌辭》有〈風入松〉，引《琴集》曰：「〈風入松〉，晉嵇康所作也。」

【語譯】嶧山之南獨特的桐樹，乃從石中生長高聳起來的天賜奇骨。桐樹之根為冰泉所潤澤而堅老，樹葉經受過月夜寒霜侵打之苦。砍削製作而為著名的綠綺琴，演奏出來的琴音清潤嘹亮。一曲〈風入松〉，琴聲之美如秋風入松之清韻，其妙真是萬古奇絕。

【研析】此文讚美用珍貴的嶧陽孤桐製成的琴，能奏出萬古奇絕的清韻。

朱虛侯贊❶

嬴氏穢德，金精摧傷❷。秦鹿克獲，漢風飛揚❸。赤龍登天，白日昇光❹。陰虹賊虐，諸呂擾攘❺。朱虛來歸，會酌高堂❻。雄劍奮擊，太后震惶❼。爰鋤產、祿，大運乃昌❽。功冠帝室，于今不亡❾。

【注　釋】❶朱虛侯贊　朱虛侯，漢朝宗室劉章，封朱虛侯。《史記‧齊悼惠王世家》：「孝惠帝崩，呂太后稱制，天下事皆決於高后。……（劉）章入宿衛於漢，呂太后封為朱虛侯，以呂祿女妻之。……高后立諸呂為三王，擅權用事。朱虛侯年二十，有氣力，忿劉氏不得職。嘗入侍高后燕飲，高后令朱虛侯劉章為酒吏。章自請曰：『臣，將種也，請得以軍法行酒。』高后曰：『可。』酒酣，章進飲歌舞。已而曰：『請為太后言耕田歌。』高后兒子畜之，笑曰：『顧而父知田耳。若生而為王子，安知田乎？』章曰：『臣知之。』太后曰：『試為我言田。』章曰：『深耕穊種，立苗欲疏；非其種者，鉏而去之。』呂后默然。頃之，諸呂有一人醉，亡酒，章追，拔劍斬之，而還報曰：『有亡酒一人，臣謹行法斬之。』太后左右皆大驚。業已許其軍法，無以罪也。因罷。自是之後，諸呂憚朱虛侯，雖大臣皆依朱虛侯，劉氏為益彊。其明年，高后崩。趙王呂祿為上將軍，呂王產為相國，皆居長安中，聚兵以威大臣，欲為亂。……朱虛侯與太尉勃、丞相平等誅之。朱虛侯首先斬呂產，於是太尉勃等乃得盡誅諸呂。」此文即為西漢朱虛侯劉章上述事蹟所作史贊。❷嬴氏穢德二句　謂秦始皇失德亂行，使秦朝受到挫傷。嬴氏，指秦始皇。據《史記‧秦本紀》，秦之先祖柏翳，「舜賜姓嬴氏」。穢德，淫亂的行為；德行惡劣。《晏子春秋‧外篇上六》：「君無穢德，又何禳焉？」金精，指秦朝。《文選》卷四七陸機〈漢高祖功臣頌〉：「金精仍頹，朱光以渥。」呂向注：「金精，秦也；朱光，漢也。」按王琦注：「秦在西方，西為金行，故曰金精。」摧傷，損傷。蔡邕〈傷故栗賦〉：「適禍賊之災人兮，嗟夭折以摧傷。」❸秦鹿克獲二句　謂秦朝政權被漢克獲，漢高祖高歌「大風起兮雲飛揚」。秦鹿，喻秦國的帝位、政權。克獲，

被克獲。漢風飛揚，指漢朝獲得政權。漢高祖劉邦〈大風歌〉：「大風起兮雲飛揚，威加海內兮歸故鄉。」《史記・淮陰侯列傳》引蒯通對曰：「秦失其鹿，天下共逐之，於是高材疾足者先得焉。」❹赤龍登天二句　謂漢高祖劉邦和惠帝劉盈相繼去世。古代讖緯家附會以火德為王者為赤龍，如炎帝神農氏、帝堯、漢劉邦等。此處即指漢高祖劉邦。登天，猶升遐，稱帝王死亡的諱辭。白日昇光，指漢惠帝劉盈妙齡去世。昇光，猶升天、升仙，亦為稱人死去的婉辭。❺陰虹賊虐二句　指呂太后干政，讓呂祿、呂產等人掌握大權，為所欲為。陰虹，即霓。常喻指佞臣。此處指呂太后殘害漢宗室及大臣。擾攘，混亂。《漢書・律曆志上》：「戰國擾攘，秦兼天下。」❻朱虛來歸二句　指朱虛侯劉章忿慨而來參加呂太后的高堂宴會。❼雄劍奮擊二句　指劉章在宴會上劍斬醉酒逃亡者，使呂太后等震驚。❽爰鋤產祿二句　謂劉章首先斬殺呂產、呂祿，使漢朝的命運就昌盛起來。爰，乃；於是。大運，朝廷的命運。《後漢書・明帝紀》：「朕承大運，繼體守文。」❾功冠帝室二句　謂劉章之功居於平定諸呂之亂、恢復漢朝帝室之首，朱虛侯劉章振興帝室的功績，至今沒有人忘記，永世長存。于今不亡，王本作「於今不忘」。

【語　譯】秦始皇的殘暴德行，使秦朝本身受到摧折傷害。秦朝的政權被漢王所獲，漢高祖劉邦獲得政權後高歌「大風起兮雲飛揚」，但是漢高祖劉邦去世後，不久漢惠帝也去世了。接著是呂后干政殘害大臣，呂產、呂祿等掌握大權，為所欲為。這時朱虛侯劉章忿慨而挺身出來，在高堂宴會上以軍法行酒。雄劍追殺亡酒者，使太后都震驚惶恐。於是斬殺了呂產、呂祿等后黨，漢朝國運就昌盛起來。朱虛侯劉章的功績為帝室之冠，至今不忘，永世長存。

【研　析】此贊從秦始皇失德亡國寫起，到漢高祖建國高歌「大風起兮雲飛揚」。但不久高祖死後諸呂掌權，天下又擾攘混亂。此時朱虛侯劉章出場，在呂太后的高堂宴會上劍斬逃酒者，使呂太后大為震惶。後來劉章又斬殺呂產、呂祿，迎立漢文帝，使漢朝的命運又昌盛起來。以上都是史實。末二句乃詩人讚語：朱虛侯劉章之功，是振興帝室之冠，至今無人忘記。此篇可以說是李白為劉章寫的史贊。

觀佽飛斬蛟龍圖贊❶

佽飛斬長蛟，遺圖畫中見❷。登舟既虎嘯，激水方龍戰❸。驚波動連山，拔劍曳雷電❹。鱗摧白刃下，血染滄江變❺。感此壯古人，千秋若對面❻。

【注　釋】❶觀佽飛斬蛟龍圖贊　佽飛，即佽非，人名。相傳為春秋時楚國勇士。《淮南子・道應訓》：「荊有佽非，得寶劍於干隊，還反度江，至於中流，陽侯之波，兩蛟夾繞其船。佽非謂枻船者曰：『嘗有如此而得活者乎？』對曰：『未嘗見也。』於是佽非瞑目，勃然攘臂拔劍曰：『武士可以仁義之禮說也，不可劫而奪也。此江中之腐肉朽骨，棄劍而已，余有奚愛焉！』赴江刺蛟，遂斷其頭。船中人盡活，風波畢除，荊爵為執圭。孔子聞之，曰：『夫善載腐肉朽骨棄劍者，佽非之謂乎？』」此文即讚佽非斬蛟龍圖。蛟龍，古代傳說中的動物，民間以為能發洪水。一說為母龍。《楚辭・九歌・湘夫人》：「蛟何為兮水裔？」王逸注：「蛟，龍類也。」又〈九思・守志〉：「乘六蛟兮蜿蟬。」王逸注：「龍無角曰蛟。」❷佽飛斬長蛟二句　謂當年佽飛斬蛟龍的事蹟，如今在遺傳下來的圖畫中見到。❸登舟既虎嘯二句　謂佽飛登船即壯語如虎嘯，下水即與蛟激鬥如龍戰。《易・坤》：「龍戰於野。」孔穎達疏：「陽氣之龍與之交戰。」虎嘯，形容佽飛的說話聲音宏大。龍戰，喻指佽飛與蛟龍的搏鬥。❹驚波動連山二句　用木華〈海賦〉「波如連山」成語，形容水戰時驚動波浪如連綿的山峰。佽飛拔劍之敏捷如牽引雷電。曳雷電，牽引雷電。形容敏捷。❺鱗摧白刃下二句　謂蛟在白刃下慘死，鮮血染紅了青蒼色的江水。蛟龍之鱗被摧毀，代指蛟龍之死。滄江，泛指江，因江水呈青蒼色。❻感此壯古人二句　謂對此古人的壯舉深為感動，千年前的事就像當面親見。佽飛斬蛟龍乃千年前春秋時事，如今見了此畫，就像親眼面見。秋，宋本校：「一作載。」

【語　譯】春秋時佽飛斬長蛟之事，現在我在遺傳下來的圖畫中見到了。他登舟之後虎嘯似地說了一番壯語，就下水與蛟龍激戰。水戰時驚動起波浪猶如連綿的山峰，他像牽引雷電般地拔出寶劍向蛟斬去。蛟

龍就在白刃下喪生，青蒼的江水被蛟血所染而變紅。對此古人的壯舉我深為感動，千年前的事就像在對面親見。

【研　析】此贊生動地描寫了畫中佽飛斬蛟的激戰場面。正如王伯敏《李白杜甫論畫詩散記》所說：「浩然之氣溢於字裏行間。這首〈觀佽飛斬蛟龍圖讚〉，……表達了對古代壯士的崇敬和愛戴。……李白所見的這幅〈斬蛟圖〉，其人物形象的刻劃是極其生動的。贊中所說的『驚波動連山，拔劍曳雷電』，充分表達了壯士的英勇氣概。宛如南齊謝赫在《古畫品錄》中評張墨、荀勗所畫那樣，達到『風範氣候，極妙參神』的妙處。詩人還描寫這幅畫：『鱗摧白刃下，血染滄江變』，這是對畫圖可視形象的細緻描寫。」最後寫觀感：「感此壯古人，千秋若對面。」千年前事，就像當面看見。極盡形容之能事。

地藏菩薩❶贊 并序

大雄掩照，日月崩落❷，惟佛智慧大而光生死雪❸。賴假普慈力，能救無邊苦❹。獨出曠劫，導開橫流❺，則地藏菩薩為當仁矣❻。

【章　旨】以上為序的第一段，闡明釋迦入滅後，地藏菩薩當仁不讓地承擔起長期普渡眾生脫離苦難的責任。

【注　釋】❶地藏菩薩　佛教大乘菩薩名。佛經說他曾受釋迦囑託，於佛滅至彌勒出現之前，現身六道，救度天上以至地獄一切眾生。認為他像大地一樣，含藏著無量善根種子，故名。中國佛教尊其為四大菩薩（觀音、文殊、普賢、地藏）之一。相傳安徽九華山是地藏顯靈說法的道場。❷大雄掩照二句　大雄掩照，王琦注：「謂釋迦入般涅槃也。」按即謂釋迦入滅。大雄，古印度佛教徒用為教主釋迦牟尼的尊稱，意謂像大勇士一樣一切無畏，故名。中國寺院的佛殿稱「大雄寶殿」，本此。大，宋本原作「太」，據郭本、繆本、王本、咸本、《全唐文》改。二句謂釋迦入滅猶如日月崩落。❸惟佛智慧大而光生死雪　謂只有佛法仍在，其大智慧和光輝可以消除盲昧與黑暗。《無量壽經》下：「慧日照世間，消除生死雲。」此處「生死雪」的「雪」疑為「雲」字之訛。生死雲，生死盲昧譬如雲霧。❹賴假普慈力二句　謂憑藉普渡慈航的力量，能救眾生無邊的苦難，使登彼岸。普慈，即普渡慈航。佛教認為世人如在苦海中，以慈悲為懷，施展宏大法力，普濟眾生，渡航至彼岸。❺獨出曠劫二句　王琦注：「曠劫，謂久遠之劫也。橫流，謂苦海也。」曠，郭本作「曠」。二句謂能獨自出來擔當極長時期的劫難，開導眾生脫離苦海。❻則地藏菩薩為當仁矣　當仁，即當仁不讓。《論語・衛靈公》：「子曰：『當仁不讓於師。』」朱熹注：「當仁，以仁為己任也；雖師亦無所遜。言當勇往而必為也。」《地藏菩薩本願經》卷上：「爾時世尊，舒金色臂，摩百千萬億，不可思、不可議、不可量、不可說，無量阿僧祇世界諸分身地藏菩薩摩訶薩頂而作是言：『……汝觀吾累劫勤苦，度脫如是等難化剛強中罪苦眾生。其有

未調伏者，隨業報應。若墮惡趣，受大苦時，汝當憶念吾在忉利天宮殷勤付囑，令娑婆世界至彌勒出世已來眾生，悉使解脫，永離諸苦，遇佛授記。』爾時諸世界分身地藏菩薩共復一形，涕淚哀戀白其佛言：『我從久遠劫來，蒙佛接引，使獲不可思議神力，具大智慧。我所分身，遍滿百千萬億恆河沙世界，每一世界化百千萬億身，每一身度百千萬億人，令歸敬三寶，永離生死，至涅槃樂。但於佛法中所為善事，一毛、一渧、一沙、一塵或毫髮，許我漸度脫，使獲大利。惟願世尊不以後世惡業眾生為慮。』」此句即讚其事。

【語　譯】釋迦牟尼入滅，日月為之無光，只有佛的大智大慧的光焰照耀世間消除黑暗和愚昧。依賴普渡慈航的佛力，就能夠救出受盡無邊苦難的眾生。獨自逃出長期的劫難，開導脫離苦海，這對地藏菩薩來說是當仁不讓的了。

弟子扶風竇滔❶，少以英氣爽邁❷，結交王侯。清風豪俠，極樂生疾❸。乃得惠劍於真宰，湛本心於虛空❹。願圖聖容，以祈景福❺。庶冥力憑助，而厥苦有瘳❻。爰命小才，式讚其事❼。

【章　旨】以上為序的第二段，敘竇滔得病而供奉地藏菩薩畫像，祈求降福除病。並請李白為畫作讚。

【注　釋】❶扶風竇滔　李白有〈扶風豪士歌〉，或謂即此竇滔；李白又有〈為竇氏小師祭璿和尚文〉，或又謂竇滔即竇氏小師。扶風，郡名。唐初改為岐州，天寶元年又改為扶風郡。肅宗至德二載改為鳳翔府。治所在今陝西扶風。❷英氣爽邁　具有英俊之氣和開朗超逸的性情。❸極樂生疾　即樂極生病。❹乃得惠劍於真宰二句　於是從佛（真宰）那裡找到了斬除疾病的慧劍，使本心的煩惱消失而變成空虛澄澈。惠，通「慧」。王本校：「當作慧」。佛教認為智慧能斷煩惱，故稱慧劍。《維摩詰經・菩薩行品》：「以智慧劍，破煩惱賊。」真宰，猶造物者；宇宙的主宰。《莊子・齊物論》：「若有真宰，而特不得其眹。」眹，跡象。按此處的真宰指佛。湛，澄明清澈。虛空，無煩惱，無障礙，一切皆無。❺願圖聖容二句　謂發願畫一幅地藏菩薩的圖像，以此向他祈求大福。聖容，即指地藏菩薩畫像。景福，大

福。《詩・小雅・小明》：「神之聽之，介爾景福。」毛傳：「介、景，皆大也。」《地藏菩薩本願經》卷上：「未來世中若有善男子、善女人聞是地藏菩薩摩訶薩名者，或合掌讚歎者，作禮者，戀慕者，是人超越三十劫罪。普廣，若有善男子、善女子或彩畫形象，或土石膠漆金銀銅鐵作此菩薩一瞻一禮者，是人百返生於三十三天，永不墮於惡道。……何況善男子、善女人自書此經，或教人書，或自塑、畫菩薩形象，乃至教人塑、畫，所受果報，必獲大利。」❻庶冥力憑助二句　謂希望憑藉冥中佛力相助，使其病痛痊癒。憑助，希望暗中有神力憑藉幫助。瘳，病癒。❼爰命小才二句　謂於是命我這個僅有小才之人來寫這篇贊來敘其事。爰，乃；於是。小才，作者自謙之辭。式，語首助詞，無義。

【語譯】佛門弟子扶風人竇滔，年輕時以英俊之氣和開朗超逸的性情，與王侯貴族結交為友。在清平風氣中豪放任俠，不料快樂到極點時卻產生了疾病。於是在佛中獲得斬斷煩惱的智慧之劍，在一切皆無的虛空中使本心清澄。發願畫一幅地藏菩薩的圖像，用來向他祈求大福。希望暗中有神力憑藉幫助，而使其疾病痊癒。於是命令我這個才學很小的人，寫這篇贊來敘述此事。

讚曰：

本心若虛空，清淨無一物。焚蕩淫怒癡，圓寂了見佛❶。五綵圖聖像，悟真❷非妄傳。掃雪萬病盡，爽然清涼天❸。讚此功德海，永為曠代宣❹。

【章旨】以上為贊的正文。

【注釋】❶本心若虛空四句　王琦注：「人心虛淨，本無一物。耽著於色，則起而為淫；觸於忿戾，則發而為怒；蔽於邪見，昧於大道，則流而為癡。三者謂之三毒，皆心之累也。苟能一切捐棄，若火之焚、若水之蕩而盡去之，不使一毫少累其心，則心之本體見矣。心，即佛也。見心不即見真佛哉！」圓寂，即涅槃、入滅，佛教所指的最高理想

境界，即能寂滅一切煩惱和圓滿一切功德。後世也稱僧人去世為圓寂、涅槃、入滅。賢首《心經略疏》：「謂德無不備，稱圓；障無不盡，稱寂。」❷悟真　悟徹佛理真諦。❸掃雪萬病盡二句　謂佛力如掃雪般使萬病皆除，身體清涼心情爽快。❹讚此功德海二句　謂我讚賞這種功德大如海，永遠為曠世顯揚。功德海，譬喻功德深廣如大海。《八十華嚴經》卷七：「智慧甚深功德海，普現十方無量國。」曠代，久歷年代。《抱朴子・時難》：「高勳之臣，曠代而一。」宣，顯揚。

【語　譯】讚說：

本心如果是空虛的，清淨得無一雜念，將淫、怒、癡這三毒徹底燒光蕩盡，功德圓滿、諸惡寂滅，就能見佛。用五種色彩畫出地藏菩薩的圖像，徹底領悟佛理真諦絕非謬妄傳說。像掃雪一樣將一切疾病除盡，心中是一片爽快清涼的天空。讚美這如海一樣深廣的功德，曠絕一代，永世顯揚。

【研　析】此贊前二段為序。首節寫地藏菩薩在佛滅後，惟有他自誓於苦海普渡眾生，當仁不讓。第二段敘竇滔爽邁豪俠，不幸得病而供奉地藏菩薩畫像，祈求降福除病。並請李白為畫像作讚。最後是贊的正文。用韻文贊頌佛教主旨空虛、清淨，徹底消滅淫、怒、癡三毒，功德圓滿即見佛。稱美這五彩的地藏菩薩畫像，能使人領悟真諦並非妄傳。像掃雪般使萬病盡除，出現一片爽快清涼之天。讚美這如海深廣的功德，永遠為曠世顯揚。

魯郡葉和尚贊❶

海英嶽靈，誕彼開士❷。了身皆空，觀月在水❸。如薪傳火，朗徹生死❹。如雲開天，廓然萬里❺。寂滅為樂，江海而閑❻。逆旅形內，虛舟世間❼。邈彼崑閬，誰云可攀❽！

【注釋】❶魯郡葉和尚贊　魯郡，即兗州。天寶元年改為魯郡，乾元元年復改為兗州。今屬山東省。葉和尚，姓葉的僧人，名不詳。此文當是天寶中期李白在魯郡為一個姓葉的僧人所作的讚辭。❷海英二句　謂葉和尚是海嶽英靈。王琦注：「東嶽，在魯郡境內。東海雖不在其境內，以其相去不遠，故廣言及之。」開士，原是佛教對菩薩的別稱，後來作為對僧人的敬稱。此處指葉和尚。❸了身皆空二句　王琦注：「四大幻身，本來空無，故智者觀之，如水中月影，初非真實。」了身，全身。了身皆空，全身皆空。觀月在水，如在水中觀看月影。❹如薪傳火二句　謂如柴草傳火把一樣人生相傳生死相續，對人生死透徹了解。《弘明集》卷五慧遠〈沙門不敬王者論·形盡神不滅〉：「火之傳於薪，猶神之傳於形；火之傳異薪，猶神之傳異形。前薪非後薪，則知指窮之術妙；前形非後形，則悟情數之感深。惑者見形朽於一生，便以為神情俱喪；猶覩火窮於一木，謂終期都盡耳。」朗徹，明亮透徹。❺如雲開天二句　比喻葉和尚心胸闊大如雲散天開，廣闊萬里。廓然，廣闊貌。❻寂滅為樂二句　佛教認為人入涅槃為最大快樂，是對生死的超脫，如江海之士那樣自然閒暇。涅槃，即寂滅。《涅槃經》：「諸形無常，是生滅法，生滅滅已，寂滅為樂。」《莊子·刻意》：「就藪澤，處閑曠，釣魚閑處，無為而已矣。此江海之士，避世之人，閑暇者之所好也。」❼逆旅形內二句　逆旅形內，佛教認為人的形體只是靈魂之客舍，靈魂在形體中旅行而已。虛舟世間，謂人生在世如不繫之舟，自由漂蕩。《莊子·列禦寇》：「汎若不繫之舟，虛而遨遊者也。」❽邈彼崑閬二句　謂那非常遙遠的崑崙、閬風仙山，誰說可以攀登上去而成仙！意思是：道教主張求仙不如佛教主張涅槃之樂容易。邈，遙遠貌。崑閬，崑崙、閬風

兩仙山。

【語　譯】山海英俊的神靈，誕育了那個高僧。全身皆空，如在水中觀看月影。如柴草傳火把一樣人生相傳生死相續，對生死看得明朗透徹。他的心胸就像撥開天空雲霧，廓然萬里的開闊清空。他以入涅槃為最大快樂，閒暇自然如遊江海之士。認為人的形體只是靈魂之客舍，人生在世如不繫之舟，自由漂蕩。而人們常說的崑崙、閬風仙山卻是那麼緲茫遙遠，誰說可以攀登上去而成仙呢！

【研　析】此文讚美魯郡葉和尚是山海英靈降生的高僧，他把自身看成觀月在水一樣全部是空，對人的生死看成如薪火相傳那樣明朗透徹。他的胸懷如撥開雲霧可見廣闊的萬里清空。他以寂滅為快樂，活著就悠閒地遊於江海。認為形體只是靈魂的客舍，人生在世如不繫之舟。最後否定道教所說的登上崑崙山、閬風山可以成仙，認為那是不可能的。

卷第五

頌、銘、記

趙公西候新亭頌并序❶

惟十有四載❷，皇帝以歲之驕陽，秋五不稔，乃慎擇明牧，恤南方凋枯❸。伊四月孟夏，自淮陰遷我天水趙公作藩于宛陵，祇明命也❹。

【章　旨】以上為序的第一段，敘天水趙公自淮陰郡調任宣城郡太守的原因。

【注　釋】❶趙公西候新亭頌并序　宋本題下無「并序」二字，據王本、《全唐文》補。趙公，即宣城郡太守趙悅。李白另有〈贈趙太守悅〉詩及〈為趙宣城與楊右相書〉，與本文同為天寶十四載（西元七五五年）所作。西候新亭，亭名。趙悅所建，原址在今安徽宣城西。❷惟十有四載　惟，句首助詞。十有四載，指玄宗天寶十四載（西元七五五年）。❸皇帝以歲之驕陽四句　謂皇帝因為考慮到去年的旱災，使秋收時五穀不豐，於是謹慎地選擇賢明的郡太守，來體恤救濟南方百姓的貧困饑餓。驕陽，猛烈的陽光，指長期不雨而旱災。秋五不稔，秋收時五穀不豐。稔，穀子成熟。

不稔，即歉收。慎擇，謹慎地選擇。明牧，英明的地方長官。恤，體恤；周濟。凋枯，貧困潦倒。❹伊四月孟夏三句　伊，句首助詞。孟夏，夏季的第一個月。即農曆四月。淮陰，唐郡名。即楚州。天寶元年改名淮陰郡。治所在今江蘇淮安。天水趙公，即指趙悅，天水為趙氏郡望，在今甘肅天水市。作藩于宛陵，到宣城郡當太守。藩，指封建王朝的諸侯國或屬國。唐代州（郡）刺史（太守）所管轄之地相當於古代諸侯國，故稱當刺史或太守為「作藩」。宛陵，指唐宣城郡。按唐宣城縣本漢宛陵縣，宣城郡治所在宣城縣，此沿用舊稱。祇明命，尊奉詔命。祇，恭敬；尊奉。

【語　譯】天寶十四載，皇帝因去年大旱，秋糧歉收，於是慎重地選派精明強幹的郡守，前往南方濟貧救困賑濟災民。夏曆四月，天水趙公自淮陰郡調任宣城郡太守，這是尊奉皇帝的詔命。

惟公代秉天憲，作程南臺。洪柯大本，聿生懿德❶。宜乎哉！橫風霜之秀氣，鬱王霸之奇略❷。初以鐵冠白筆，佐我燕京❸，威雄振肅，虜不敢視。而後鳴琴二邦，天下取則❹。起草三省，朝端有聲❺。天子識面，宰衡動聽❻。殷南山之雷❼，剖赤縣之劇❽。強項不屈❾，三州所居大化，咸列碑頌❿。至於是邦也，酌古以訓俗，宣風以布和⓫。平心理人，兵鎮唯靜⓬。畫一千里，時無莠言⓭。

【章　旨】以上為序的第二段，敘趙悅的宦歷及其政績。

【注　釋】❶惟公代秉天憲四句　謂趙悅世代執掌天子法令，在御史臺任職樹立準則。世代積累成大樹深根，於是生下了具備美德的趙悅。天憲，帝王的法令。作程，樹立法度和準則。程，宋本原作「保」，據郭本、王本、咸本、《全唐文》改。南臺，指御史臺，因在宮闕西南，故名。洪柯，大樹。大本，深根。聿，句首助詞。懿德，美德。德，郭本作「右」。❷橫風霜之秀氣二句　謂趙悅充溢著嚴厲肅穆的秀拔之氣，蘊藏著王霸之道的奇妙韜略。橫，充溢。鬱，

蘊藏。❸初以鐵冠白筆二句　謂趙悅起初以監察御史的憲銜在幽州節度使幕中為僚佐。鐵冠白筆，指御史臺官員。鐵冠，即法冠。以鐵為柱，以纚為展筩，御史臺官員執法時所戴之冠。白筆，御史臺官員隨身攜帶之筆。《三國志・魏書・辛毗傳》裴松之注引《魏略》：「殿中侍御史簪白筆，側階而立。上問何官，辛毗曰：『御史簪筆書過以奏。』」燕京，指唐河北道幽州節度使治所幽州。❹而後鳴琴二邦二句　謂趙悅此後歷任兩縣縣令，使天下各縣取法作為榜樣。鳴琴二邦，任過兩個縣的縣令。《呂氏春秋・察賢》：「宓子賤治單父，彈鳴琴，身不下堂，而單父治。」後即以鳴琴代指縣令。《金石萃編》卷八七〈趙思廉墓誌〉：「二子：悅，坦之。悅，揚歷監察御史，江陵、安邑二縣令。」證知「鳴琴二邦」乃指為江陵、安邑二縣令。天下取則，各地取法作為榜樣。❺起草三省二句　謂趙悅在中央三省任職時，朝廷上很有聲望。三省，指唐代中央機關尚書省、中書省、門下省。朝端，朝廷三省長官。亦泛指朝廷。任昉〈齊竟陵文宣王行狀〉：「敷奏朝端，百揆惟穆。」❻天子識面二句　謂趙悅為天子所認識，為宰相所聽聞。宰衡，即宰相。《漢書・平帝紀》：「加安漢公號曰『宰衡』。」顏師古注引應劭云：「周公為太宰，伊尹為阿衡，采伊、周之尊以加（王）莽。」❼殷南山之雷　《詩・召南・殷其靁》：「殷其靁，在南山之陽。」毛傳：「殷，雷聲也。」鄭玄箋：「雷以喻號令，於南山之陽，又喻其在外也。召南大夫以王命施號令于四方，猶雷隱然發聲於山之陽。」❽剖赤縣之劇　剖析全國的繁重事務。赤縣，指中國。《史記・孟子荀卿列傳》：「中國名曰赤縣神州。」劇，繁重。❾強項不屈　指秉性剛直不阿，倔強不肯低頭。《後漢書・董宣傳》：「帝令小黃門持之，使宣叩頭謝主，宣不從，強使頓之，宣兩手據地，終不肯俯。帝敕曰：『強項以出。』」❿三州所居大化二句　趙悅歷任三州刺史，李白〈贈宣城趙太守悅〉詩有「出牧歷三郡，所居猛虎奔」可證。按《金石錄》卷七有〈唐淮陰太守趙悅遺愛碑〉，證知楚州確曾立碑歌頌趙悅，餘二州立碑頌無考。⓫酌古以訓俗二句　謂斟酌古訓以勸勵風俗，發揚和樂融洽的民風。⓬平心理人二句　謂以公平的心態來治理人民，用兵只是為了維護安定平靜。理，治。唐人避高宗李治諱，改治為理。人，民。避太宗李世民諱，改民為人。⓭畫一千里二句　謂州境千里之內整齊一致，當時沒有人說過表示不滿的話。畫一，整齊。《漢書・曹參傳》：「蕭何為法，講若畫一。」顏師古注：「畫一，言整齊也。」莠言，壞話。《詩・小雅・正月》：「莠言自口。」毛傳：「莠，醜也。」

【語　譯】趙公世代執掌天子的法令，在御史臺任職。世代積累成大樹深根，於是生下了具備美德的趙

悅。這是當然的道理呀！趙悅充溢著歷經風霜的秀拔之氣，蘊藏著王霸之道的奇妙韜略。起初以監察御史的身分在幽州節度使幕中為僚佐。威嚴整肅，使胡虜不敢小視。而後出任江陵、安邑兩個縣的縣令，天下效法，以為榜樣。又為中央機關三省起草文書，在朝廷上很有聲望。受到天子的賞識，宰相的重視。以雷霆之力，治理地方的繁劇事務。秉性剛直倔強，治理三州大有成效，因此都為他立碑頌其德政。來到宣州，能斟酌古訓以勸勵風俗，宣揚德化以傳布淳樸和諧的民風。以公正之心來治理人民，使軍民清靜，社會安定，州境千里整齊一致，當時口碑甚佳。

退公之暇，清眺原隰❶。以此郡東塹巨海，西襟長江，咽三吳，扼五嶺❷，輶軒錯出，無旬時而息焉❸。出自西郭，蒼然古道。道寡❹列樹，行無清陰。至有疾雷破山，狂飆震壑，炎景爍野，秋霖灌途❺。馬逼側於谷口，人周章於山頂❻，亭候靡設，逢迎闕如❼。

【章旨】以上為序的第三段，敘宣城郡的形勢重要及自然條件的惡劣，說明設置西候新亭的必要。

【注釋】❶退公之暇二句　謂處理完公事之後的空閒之時，眺望清明的原野。退公，指公餘休息時間。《全唐文》作「公退」。原隰，高原與低濕之地。《詩‧小雅‧皇皇者華》：「皇皇者華，于彼原隰。」毛傳：「高平曰原，下濕為隰。」❷以此郡東塹巨海四句　謂東以大海為護城河，西以長江為衣襟，是三吳的咽喉地區，控制著五嶺的要道。塹，護城河；濠溝。三吳，指吳郡、吳興郡、丹陽郡。今江蘇南部和浙江北部。扼，控制。五嶺，即越城、都龐、萌渚、騎田、大庾五嶺之總稱。在湘、贛和粵、桂等省區邊境。❸輶軒錯出二句　謂使者之車交錯進出，無短暫歇息之時。輶軒，輕車。常為古代使臣所乘坐，後因以輶軒稱使者之車。《文選》卷三五張協〈七命〉：「語不傳於輶軒，地不被乎正朔。」李善注：「《風俗通》曰：『秦、周常以八月輶軒使采異代方言，藏之祕府。』」旬時，十日為一旬。此處泛指很短時間。旬，宋本原作「自」，據郭本、繆本、王本、咸本、《全唐文》改。❹寡　郭本作「寬」。❺至有疾雷破

山四句　謂迅雷打破山頂，狂風震動山谷，烈日焚燒原野，連綿的秋雨淹沒道路。炎景，炎熱的日光。爍，熔化。秋霖，連綿的秋雨。❻馬逼側於谷口二句　逼側，又作逼仄，郭本作「之側」。狹窄而相逼。周章，驚懼貌。《文選》卷五左思〈吳都賦〉：「輕禽狡獸，周章夷猶。」劉良注：「周章夷猶，恐懼不知所之也。」一說周章為周流，到處奔跑。❼亭候靡設二句　亭候，亦作「亭堠」，古代用作偵察、瞭望的崗亭。靡設，不設。逢迎闕如，接待工作欠缺。闕，通「缺」。王本作「缺」。

【語　譯】公事之餘，登高眺望平原和濕地。因為此郡東以大海為護城河，西以長江為衣襟，乃三吳的咽喉之地，控制著五嶺，所以使者交錯出入，來往不絕，無旬日停息。從西邊的外城出來，便是曠遠荒涼的古道。道旁絕少樹木，走路沒有樹蔭遮蔽。有時迅雷崩裂山頂、狂風震動山谷、烈日焚燒原野、連綿的秋雨淹沒道路。那時馬被擠在狹窄的谷口不能進出，人站在山頂上心驚膽顫。既沒有設置偵察瞭望的崗亭，也沒有來往接待的人員。

自唐有天下，作牧百數❶，因循齷齪，罔恢永圖❷。及公來思，大革前弊❸。實相此土，陟降觀之❹。壯其迴崗龍盤，沓嶺波起❺，勝勢交至，可以有作❻。方農之隙，廓如是營❼。遂鏟崖坦堙卑，驅石剪棘❽，削污壤，堦高隅❾，以門以墉，乃棟乃宇❿。儉則不陋，麗而不奢。森沉閈閎，燥濕有庇⓫。若鼇之湧，如鵬斯騫⓬。縈流鏡轉，涵映池底⓭。納遠海之餘清，瀉連峯之積翠⓮。信一方雄勝之郊，五馬踟躕之地也⓯。

【章　旨】以上為序的第四段，敘趙悅打破歷任太守的舊規，規劃建設新亭的經過及新亭建成後的情景。

【注　釋】❶自唐有天下二句　謂自從唐朝建立以來，來宣州當刺史的人數以百計。作牧，擔當州郡地方長官。沈約

〈齊故安陸昭王碑文〉：「建麾作牧，明德攸在。」❷因循齷齪二句　因循，沿襲墨守舊規不改。《漢書‧循吏傳序》：「光（霍光）因循守職，無所改作。」齷齪，器量局狹。張衡〈西京賦〉：「獨儉嗇以齷齪。」罔，無；沒有。恢，發揚擴大。永圖，長久之計。王融〈永明九年策秀才文〉：「朕夤奉天命，恭惟永圖。」❸及公來思二句　謂等到趙悅來當宣城郡太守，大力改革以前的弊端。思，語尾助詞。❹實相此土二句　謂視察這裡的土地，上下認真地觀看。實，句首助詞。相，看；視察。陟降，上下升降。《詩‧大雅‧公劉》：「陟則在巘，復降在原。」鄭玄箋：「陟，升也。降，下也。」❺壯其迴崗龍盤二句　以其如龍盤旋的山崗、似波起伏的重嶺為雄壯。❻勝勢交至二句　謂在名勝形勢交會有利之處，可以建設亭臺。❼方農之隙二句　正當農閒空隙，就開始營建。廓如，開擴貌。營，經營建設。是，句中助詞。❽遂鏟崖坦堙卑二句　就鏟高坡，填低地。驅除亂石，剪除荊棘。崖，陡立的高地。坦，咸本、郭本、王本、《全唐文》皆無坦字，蓋宋本衍文。堙，填塞。卑，低地。❾削污壤二句　挖掉汙泥，在角落處砌起高高的臺階。堦，臺階，此處作動詞用，砌臺階。隅，角落。❿以門以墉二句　門、墉、棟、宇皆作動詞用。即作門、砌牆、上樑、蓋屋頂。墉，牆垣。⓫森沉閈閎二句　謂里巷之門深沉，可以去燥除濕以庇護亭臺。閈，繆本作「閉」。《左傳‧襄公三十一年》：「高其閈閎，厚其牆垣，以無憂客使。」又〈襄公十七年〉：「吾儕小人，皆有闔廬，以辟燥濕寒暑。」⓬若鼇之湧二句　形容亭臺屋角的態勢。如鼇從海中湧出，如大鵬振翅高飛。鼇之湧，宋本原作「鼂之勇」，據繆本、王本、《全唐文》改。斯，句中助詞。鶱，宋本原作「騫」，據王本、《全唐文》改。鳥振翅而飛。⓭縈流鏡轉二句　謂環繞亭子的流水如鏡旋轉，亭子倒影映照池底。⓮納遠海之餘清二句　謂如接納遠海所餘之清水，瀉走連綿山峰所積的綠葉。連，宋本原作「蓮」，據王本改。按「連峰」與上句「遠海」相對，蓮峰在唐詩中則專指華山蓮華峰，於此不合。⓯信一方雄勝之郊二句　確實是城郊一方雄偉的勝景，路人都為之流連徘徊的地方。五馬踟躕，漢樂府〈羅敷行〉：「使君從南來，五馬立踟躕。」五馬，指太守車馬。踟躕，徘徊。

【語　譯】自唐有天下以來，來此做刺史太守的人數以百計，都墨守舊規，器量局狹，沒有使之擴大恢宏的長遠打算。等到趙公來此當太守，大革過去的弊政。他審視郡內土地，上下觀察地理形勢。認為其地勢如龍盤旋的山崗，似波起伏的重嶺，名勝與形勢交會，甚為壯觀，可以有所作為。正當農閒空隙，就開始營建。於是剷除高坡，填平窪地。驅除亂石，剪除荊棘，挖掉汙泥，砌起臺階，作門砌牆，上樑蓋

屋。節儉而不簡陋，華麗而不奢侈。巷門高深，可以除去燥熱和潮氣。亭臺屋角如鼇從海中湧出，如大鵬振翅高飛。環繞亭子的流水如旋轉的明鏡，池底清楚地映照出山亭的倒影。溪流吸納了遠海所餘之清水，帶走了連峰所積之綠葉。確實是城郊一方雄偉的勝景，路人都會為之流連徘徊的地方。

長史齊公光乂，人倫之師表❶；司馬武公幼成，衣冠之髦彥❷；錄事參軍吳鎮❸、宣城令崔欽❹，令德之後，良材間生❺。縱風教之樂地，出人倫之高格❻，卓絕映古，清明在躬❼。僉謀僝功，不日而就❽。總是役也，伊二公之力歟❾？過客沉吟以稱歎，邦人聚舞以相賀。僉❿曰：「我趙公之亭也！」羣寮獻議，請因諸頌以名之，則必與謝公北亭⓫同不朽矣。白以為謝公德不及後世，亭不留要衝，無勿拜之言⓬，鮮登高之賦⓭，方之今日，我則過矣⓮。

【章旨】以上為序的第五段，敘下屬官員的協力同心，建成趙公亭。通過與謝公亭的對比，歌頌趙公亭。

【注釋】❶長史齊公光乂二句　謂宣州長史齊光乂，道德學問是我輩的表率。乂，郭本、咸本誤作「又」。《史記・太史公自序》：「國有賢相良將，民之師表也。」《南史・沈約傳》：「沈記室人倫師表，宜善事之。」按唐制，州刺史以下有長史、司馬、錄事參軍事各一人。齊光乂，當即是光乂。《元和姓纂》卷六是氏：「天寶祕書少監是光乂，改姓齊氏。」《新唐書・藝文志三》類書類：「是光乂《十九部書語類》十卷。」注：「開元末，自祕書省正字上，授集賢院修撰，後賜姓齊。」《全唐文》卷三四五李林甫〈進御刊定禮記月令表〉，天寶五載上，內注作者有「宣城郡司馬齊光乂」。可知天寶五載後一直在宣城郡，從司馬升任長史。又卷八一三有齊光乂〈陳公神道碑〉，小傳稱「乾符初集賢院學士」。「乾符」當為「乾元」之誤。可知肅宗時齊光乂已在朝廷任職。❷司馬武公幼成二句　謂宣州司馬武幼成，

是士紳中的俊傑。按李白有〈夏日奉陪司馬武公與群賢宴姑熟亭序〉，司馬武公當即武幼成。衣冠，古代士以上戴冠，衣冠連稱，是古代士以上的服裝，此處代指世族、士紳。髦彥，俊傑。❸錄事參軍吳鎮　李白有〈宣城吳錄事畫贊〉，吳錄事當即吳鎮。❹崔欽　李白有〈江上答崔宣城〉、〈經離亂後將避地剡中留贈崔宣城〉等詩，崔宣城當即此宣城縣令崔欽。❺令德之後二句　謂吳鎮、崔欽等人都是美德君子的後代，上應星象間世而生出的優秀人才。鄭棨〈開天傳信記〉：「上以晏間生秀妙，引晏於內殿，縱六宮觀看。」❻縱風教之樂地二句　謂縱橫施展才華於民風教化的樂地，在道德人倫方面超出高標準。❼卓絕映古二句　謂古今卓絕，自身懷有清明之德。《禮記・孔子閒居》：「清明在躬，氣志如神。」孔穎達疏：「言聖人清靜光明之德，在於躬身。」此處即用其意。❽僉謀僝功二句　謂共同籌劃顯示功效，沒有多少日就竣工。僉，共同；全部。僝，顯現。《書・堯典》：「共工方鳩僝功。」孔穎達疏：「於所在之方，能立事業，聚見其功。」❾總是役也二句　總管此項工程的，不都是那二公的力量嗎。總，郭本作「然」。伊，句首助詞。二公，疑不能定。或謂指齊光乂和武幼成，又或謂指吳鎮和崔欽。竊疑「二」字為衍文，總此役者當指「公」，即趙悅。❿僉　皆；都。⓫謝公北亭　指謝公亭。《方輿勝覽》卷一五寧國府宣城：「謝公亭在縣北二里。舊經云：『謝元（玄）暉送范雲零陵內史之地。』」⓬無勿拜之言　謂沒有不許拔除毀壞之言。《詩・召南・甘棠》：「蔽芾甘棠，勿剪勿拜。召公所說。」鄭玄箋：「拜之言拔也。」⓭鮮登高之賦　謂缺少後人吟詠其亭的詩賦。⓮方之今日二句　謂與今日相比，趙悅所造亭子的名氣超過謝公北亭。方，相比。

【語　譯】長史齊光乂君，人間道德行為效法的榜樣。司馬武幼成君，士人中的俊傑。錄事參軍吳鎮、宣城令崔欽，乃高尚君子的後代，間或出現的優秀人才。馳騁於風教樂地，表現出道德行為的高標準。古今卓絕，自身懷有清明之德。眾人共同籌劃顯示功效，沒有多少日子就完工了。總管此項工程到成功，不都是那二公的力量嗎？過路的客人對此低吟而讚歎，郡民聚集歌舞而互相祝賀。都說：「此乃我趙公之亭！」許多下屬官員提出建議，請用謠頌的「趙公亭」來命名它，就必然與當年的謝公北亭同樣千古傳名了。我以為謝公的恩德沒有惠及後代，亭子沒有建在交通要道的形勝之處，後人沒有對召公那樣因懷念他而有不許毀壞的話，也缺少後人吟詠其亭的詩賦。與今日相比，我們的趙公亭就超過謝公亭了。

敢詢耆老❶而作頌曰：

眈眈❷高亭，趙公所營。如鼇背突兀於太清，如鵬翼開張而欲行❸。趙公之宇，千載有覩。必恭必敬，爰遊爰處❹。瞻而思之，罔敢大語❺。趙公來翔，有禮有章❻。煌煌鏘鏘，如文翁之堂❼。清風洋洋❽，永世不忘。

【章　旨】以上為頌的正文，用韻語總括序的內容。

【注　釋】❶耆老　年高而有聲望者。❷眈眈　同「沉沉」。深邃貌。《史記・陳涉世家》：「入宮，見殿屋帷帳，客曰：『夥頤！涉之為王沉沉者！』」裴駰集解引應劭曰：「沉沉，宮室深邃之貌也。」❸如鼇二句　謂如鼇之背高聳特出於天空，又如大鵬展開翅膀欲飛。突兀，高聳特出貌。太清，道家所稱的天道，亦謂天空。《莊子・天運》：「行之以禮儀，建之以太清。」成玄英疏：「太清，天道也。」按此二句與前文「若鼇之湧，如鵬斯騫」意同。❹爰遊爰處　遊覽和憩息。爰，助詞。用於動詞詞頭。《詩・小雅・斯干》：「爰居爰處，爰笑爰語。」❺罔敢大語　謂不敢大聲說話。❻趙公來翔二句　謂趙悅來此遊覽，既有禮儀又有規章。翔，遊玩。❼煌煌鏘鏘二句　謂既明亮又崇高，就像當年文翁的講堂。《漢書・文翁傳》：「景帝末，為蜀郡守，仁愛好教化。見蜀地辟陋有蠻夷風，文翁欲誘進之，乃選郡縣小吏開敏有材者張叔等十餘人，親自飭厲，遣詣京師，受業博士，或學律令。……數歲，蜀生皆成就還歸。……又修起學官於成都市中，招下縣子弟以為學官弟子，為除更繇。……數年，爭欲為學官弟子，富人至出錢以求之。繇是大化。蜀地學於京師者比齊魯焉。至武帝時，乃令天下郡國皆立學校官，自文翁為之始云。」煌煌，明亮貌。鏘鏘，高貌。❽清風洋洋　謂亭中清風舒緩送爽。又暗寓美德遠揚。洋洋，舒緩貌。

【語　譯】我謹請教前輩而寫頌說：

高大深邃的山亭，乃趙公之所營。如鼇背高聳雲霄，似大鵬展翅欲行。趙公亭臺，屹立千載。恭敬不怠，遊息自在。瞻仰感慨，不敢肆懷。趙公來往，禮儀昭彰。高大明亮，如文翁之講堂。清風送爽，

永志不忘。

【研　析】此頌有序五段。第一段敘趙悅由淮陰郡調任宣城郡太守的原因，第二段敘趙悅家世及其宦歷和政績；第三段敘宣城郡的地理形勢的重要和自然條件的惡劣，說明建設西候新亭的必要；第四段敘趙悅打破歷任太守因循守舊，規劃建設新亭的經過以及新亭建成後成為名勝之地的情景；第五段敘下屬官員協力同心才建成新亭，交待命名為「趙公亭」的經過，並通過與謝公亭的對比，歌頌趙公亭。最後是頌的正文，用韻文駢語總括序的內容。全文結構完整，層次分明。一般人寫頌敘宦歷行事容易板滯，多近於阿諛。但本文卻寫得非常自然流暢，具體而生動，對太守的歌頌也很有分寸，剪裁得當。既富有文采，又無雕琢堆砌之病，堪稱頌文佳作。

崇明寺佛頂尊勝陁羅尼幢頌❶并序

共工不觸山，媧皇不補天，其洪波汩汩流❷。伯禹不治水，萬人其魚乎❸！禮樂大壞，仲尼不作，王道其昏乎❹！而有功包陰陽，力掩造化，首出眾聖，卓稱大雄，彼三者之不足徵矣❺！粵有我西方金仙之垂範，覺曠劫之大夢，碎羣愚之重昏，寂然不動，湛而常存❻。使苦海靜滔天之波，疑山滅炎崑之火❼，囊括天地，置之清涼❽。日月或墜，神通自在，不其偉歟❾！

【章　旨】以上為序的第一段，以女媧、大禹、孔子三人的功勞作比較，極力誇耀佛法的神通和偉大。

【注　釋】❶崇明寺句　崇明寺，唐時在魯郡（兗州）郡治內的一個佛寺名。佛頂尊勝陁羅尼，佛經名。尊勝，尊貴；尊嚴。《法苑珠林》卷一五：「是故如來於天人中最為尊勝。」陁羅尼，即陀羅尼，梵語音譯，意譯為「總持」。王琦注：「梵語陀羅尼者，華言總持。謂總統攝持，無有遺失，即咒之別名也。……幢者，釋家旛蓋之類，此則以石為幢形而刻咒字於其上，即謂之幢也。」按此處即指刻陀羅尼經於其上的石柱形小經塔。此文約作於天寶九載，文中有律師道宗「以天寶八載五月一日示滅」語，其後郡守李輔為立幢。❷共工不觸山三句　古代神話，《國語》、《山海經》、《淮南子》、《史記》司馬貞補〈三皇本紀〉等皆有記載。《淮南子・天文訓》：「昔者共工與顓頊爭為帝，怒而觸不周之山，天柱折，地維絕，天傾西北，故日月星辰移焉；地不滿東南，故水潦塵埃歸焉。」又〈覽冥訓〉：「於是女媧鍊五色石以補蒼天。斷鼇足以立四極，殺黑龍以濟冀州，積蘆灰以止淫水。蒼天補，四極正，淫水涸，冀州平。狡蟲死，顓民生。」洪波，洪水。汩汩，水急流貌。洪，郭本、王本、《全唐文》作「鴻」。❸伯禹不治水二句　謂如果大禹不去治理洪水，那數以萬計的人大概都變成魚了。伯禹，即大禹，夏禹。傳說他奉舜命治理洪水，十三年中三過家門而不入，因治水有功，舜死後繼為部落聯盟領袖。《左傳・昭公元年》：「劉子曰：『美哉禹功，明德遠矣。微禹，

吾其魚乎！』」《書・舜典》：「伯禹作司空。」孔穎達疏引賈逵曰：「伯，爵也。禹代鯀為崇伯，入為天子司空，以其伯爵，故稱伯禹。」其，猶「殆」，大概；恐怕。表示擬議或揣測。❹禮樂大壞三句　謂春秋時禮樂被破壞，假使孔子不作整理著述，那王道大概就會更為昏暗。禮樂大壞，指春秋時周朝的禮樂制度被破壞。《史記・孔子世家》：「孔子之時，周室微而禮樂廢，詩書缺。追跡三代之禮，序書傳，上紀唐虞之際，下至秦繆，編次其事。」仲尼，孔子名丘，字仲尼。❺而有功包陰陽五句　謂但與其功可包陰陽、力能超造化，超出眾聖人而首屈一指，卓然能尊稱「大雄」的釋迦牟尼相比，那女媧、大禹和孔子三人之功就不足以證明應驗。大雄，佛教用為釋迦牟尼的尊號。徵，證驗。《淮南子・修務訓》：「歌者，樂之徵也。哭者，悲之效也。」高誘注：「徵，應也；效，驗也。」❻粵有我西方金仙之垂範五句　謂有西方佛法的流傳示範，使人們從極長時期的大夢中覺悟，擊碎廣大愚民的深重昏庸，而佛則寂靜不動，深沉而長存。粵，句首助詞。西方金仙，指佛。《大智度論》：「是賢劫中有四佛，一名迦羅鳩飧陀，二名迦那伽牟尼，秦言金仙人也。」陳子昂〈感遇〉其八：「仲尼推太極，老聃貴窈冥。西方金仙子，崇義乃無明。」垂範，垂示範例；流傳後世作為楷模。《文心雕龍・詔策》：「(漢武帝)〈策封三王〉，文同訓典；勸誡淵雅，垂範後代。」曠劫，佛教語。久遠之劫；過去的極長時期。李白〈地藏菩薩讚〉序：「獨出曠劫，導開橫流。」王琦注：「曠劫，謂久遠之劫也。」重昏，深重的愚昧昏庸。寂然，形容心神安靜無雜念。《易・繫辭上》：「易，無思也，無為也，寂然不動，感而遂通天下之故。」湛，深沉貌。《南齊書・顧歡傳》：「仙化以變形為上，泥洹以陶神為先。變形者，白首還緇，而未能無死。陶神者，使塵惑日損，湛然常存。」❼使苦海靜滔天之波二句　謂使煩惱和苦難平靜，使一切疑慮消滅。苦海，佛教語。用以比喻塵世間的無數煩惱和無邊際苦難。梁武帝〈淨業賦〉：「輪迴火宅，沉溺苦海，長夜執固，終不能改。」疑山，與上句「苦海」對文，亦當為佛教語，比喻巨大的疑慮。然未見其他用例。炎崑之火，比喻極大的火災。用《書・胤征》「火炎崑岡，玉石俱焚」語。❽囊括天地二句　謂包羅整個天地，置之於清涼境地。清涼，佛教語，指清靜不煩擾。《百喻經・煮黑石蜜漿喻》：「而望清涼寂靜之道，終無是處。」❾日月或墜三句　謂日月也許會有墜落之時，而佛法的神通自然存在，其威力豈不是很偉大麼！

【語　譯】共工不觸不周山，女媧不用五色石補天，那洪水就會急流不止。如果大禹不治洪水，那千千萬萬的人大概都變成魚了吧！春秋時禮樂被破壞，如果孔子不做整理編次，那王道大概更為昏暗吧！而有

人能使功可包陰陽，力能超造化，超出眾聖人而首屈一指，卓然能尊稱大雄，那女媧、大禹和孔子三人之功就不足以徵驗了！佛的功德流傳後世作為楷模，能使極長時期的大夢覺醒，能使愚昧群眾的深重昏庸破碎，他卻心神安靜不動，深沉而常存。使苦海的滔天之波平靜下來（苦難解除），使疑山的大火熄滅掉（疑心消滅）。囊括整個天地，都安置於清涼三昧之境界。太陽和月亮或許會墜落，但佛法卻仍然神通而自然存在，豈不是佛法非常偉大嗎！

魯郡崇明寺南門佛頂尊勝陁羅尼石幢者，蓋此都之壯觀。昔善住天子及千大天遊於園觀，又與天女遊戲，受諸快樂。即於夜分中聞有聲曰：「善住天子七日滅後當生，七反畜生之身。」於是如來授之吉祥真經，遂脫諸苦，蓋之天徵為大法印，不可得而聞也❶。我唐高宗時，有罽賓桑門持入中土❷。猶《日藏》大寶，清園虛空，檀金淨彩，人皆悅見❸。所以山東開士，舉國而崇之❹。時有萬商投珍，士女雲會，眾布蓄沓如陵❺。琢文石於他山，聳高標於列肆❻。鑱珉錯綵，為鯨為螭；天人海怪，若叱若語❼。貝葉金言刊其上，荷花水物形其隅❽。良工草萊，獻技而去❾。

【章　旨】以上為序的第二段，敘《佛頂尊勝陀羅尼經》威力的故事及傳入中國的經過，並讚美經幢雕刻之精妙。

【注　釋】❶昔善住天子十句　善住天子，佛教忉利天諸天子之一。《佛頂尊勝陀羅尼經》：「爾時三十三天於善法堂會，有一天子曰善住，與諸大天遊於園觀，又與大天受勝尊貴，與諸天女前後圍繞，歡喜遊戲種種音樂，共相娛樂，受諸快樂。爾時善住天子即於夜分聞有聲言：善住天子卻後七日命將欲盡，命終之後，生贍部洲，受七返畜生身。即

受地獄苦。從地獄出，希得人身，生於貧賤，處於母胎即無兩目。爾時，善住天子聞此聲已，即驚怖身毛皆豎，愁憂不樂。速疾往詣天帝釋所，悲啼號哭，惶怖無計。……佛便微笑告帝釋言，天帝有陀羅尼，名為如來佛頂尊勝，能淨一切惡道，能淨除一切生死苦惱，又能淨除諸地獄閻羅王界畜生之苦，又破一切地獄，能迴向善道。天帝此佛頂尊勝陀羅尼，若有人聞一經於耳，先世所造一切地獄惡業悉加消滅，當得清淨之身。隨所生處憶持不忘，從一佛剎至一佛剎，從一天界至一天界，遍歷三十三天，所生之處憶持不忘。」此處十句即用其意。大天，佛教人名。音譯摩訶提婆。出於佛滅後百年，於大眾部中出家，小眾部中初創異見，更稱為大眾部。時國王阿輸迦黨於大天，欲悉殺上座部之聖僧，故彼等去而往迦濕彌羅國。如來，釋迦牟尼的十種稱號之一，意為從如實之道而來開示真理的人。佛常用以自稱。天，郭本作「夭」。徵，王本、咸本校：「一作從。」大法印，佛法之大印璽、大標幟。《智度論》卷二二：「得佛法印，故通達無礙，如得王印，則無所留難。」❷我唐高宗時二句　唐高宗，唐朝第三位皇帝。名李治。西元六五〇至六八三年在位。罽賓桑門，西域罽賓國的僧人。罽賓，西域國名，在今阿富汗東北一帶。據稱是佛教大乘派發源地，漢代以後有許多僧人來中國傳教譯經。桑門，即沙門，佛教名詞，梵文音譯。意為「息心」或「勤息」，表示勤修善法、息滅惡法之意。後來佛教專指依照戒律出家修道的僧人。❸猶日藏大寶四句　比喻《陀羅尼經》的光明。謂此經就像《日藏》佛法一樣，在清園的天空中散發出紫檀黃金色的光彩，人們都喜歡能見到此經。日藏，經名，佛教《大乘大方等日藏經》之略名。檀金，紫檀金光。檀，宋本原作「擅」，據郭本、繆本、王本、《全唐文》改。王琦注引《華嚴經》：「譬如天上閻浮檀金，惟除心王大摩尼寶，餘寶無及者。」❹所以山東開士二句　謂齊、魯地區有德行的僧人，全都崇敬此經。山東，指太行山以東地區，包括魯郡在內。開士，佛教對「菩薩」的別稱，後來作為對僧人的敬稱。開，郭本誤作「聞」。《釋氏要覽》卷上：「經音疏云：開，達也，明也，解也；士則士夫也。經中多呼菩薩為開士。前秦苻堅賜沙門有德解者，號開士。」❺時有萬商投珍三句　謂當時萬千商人都投獻貴重的珍品，士女也雲集捐贈，大眾布施的財物蓄積堆疊如山陵。沓，宋本原作「魯」，據郭本、繆本、王本、咸本、《全唐文》改。如，郭本、咸本作「知」。❻琢文石於他山二句　謂借他山有紋理之石雕琢成經幢，在街市中聳立著成為高高的標誌。《詩・小雅・鶴鳴》：「他山之石，可以攻玉。」列肆，街市商場。《史記・平準書》：「今弘羊令吏坐市列肆，販物求利。」❼鑱珉錯綵四句　謂在美石上雕刺交錯的文彩，雕刻成鯨和螭的圖案，還刻成天神海怪的圖像，好像在呵叱又好像在說話。鑱，雕刻。珉，美石。鯨，海中大魚。螭，無角的龍。天人，指天神。海怪，海中怪物。怪，宋本原作「恠」，乃

「怪」之異體字，今逕改為正體字。❽貝葉金言刊其上二句　謂將貝葉上所寫的佛教經文刊刻在石幢上，在經文的邊角刻有裝飾品荷花水草等物的圖案。貝葉，印度貝多羅樹的葉子，用水漚後可以代紙，古代印度人多用以寫佛經，後因稱佛經為貝葉經。金言，指佛經經文。❾良工草萊二句　謂石幢上的雕刻都是由良工巧匠所開闢草創，他們獻出高超技藝而後去。草萊，開闢草創。

【語譯】魯郡崇明寺南門的佛頂尊勝陁羅尼石幢，是此郡壯觀的建築。很早以前，善住天子及大天等眾人在園觀中遊玩，又與天女們遊戲作樂，享受各種快樂。就在夜間聽到有聲音說：「善住天子七天後死，死後當生七次變為畜生之身。」在那個時候，如來佛授給他一部吉祥真經即《佛頂尊勝陀羅尼經》，他憶持不忘，於是脫離各種苦難。此真經被上天徵為佛法的大印璽、大標幟，人世是不可能聽到的。我朝唐高宗的時候，有西域罽賓國的僧人把《佛頂尊勝陀羅尼經》拿進中國，就像《大乘大方等日藏經》作為大寶一樣，在清園的虛空中，發出金色光彩和溢著檀香，人們都樂於見到它。因此太行山以東地區有德行的僧人，全部推崇《佛頂尊勝陀羅尼經》。當時萬商都投獻珍寶，士女也雲集捐贈，大眾布施的財物蓄積堆集如山陵。於是用他山有紋理之石來雕琢成經幢，放在街市中聳立著成為高高的標誌。將美石雕刺交錯的文彩，雕刻著鯨和螭的圖案；石幢上還雕刻著天神和海怪，好像在呵斥又好像在說話。將貝葉上所載的佛教經文刊刻在石幢上，在經文的邊隅裝飾著荷花水草等植物。良工巧匠開闢草創，獻出了高超的技藝而去。

聖君垂拱南面，穆清而居❶，大明廣運，無幽不燭❷。以天下所立茲幢，多臨諸旗亭，喧囂湫隘，本非經行網繞之所❸。乃頒下明詔，令移於寶坊❹。吁！百尺中標，矗若雲斷，委翳苔蘚，周流星霜❺。俾龍象興嗟，仰瞻無地，良可歎也❻。

【章　旨】以上為序的第三段，敘皇帝下詔將石幢從喧囂的市肆移到佛寺。但周圍環境仍荒蕪不堪，使僧人無地瞻仰。

【注　釋】❶聖君垂拱南面二句　垂拱，垂衣拱手，古代形容太平無事，帝王可無為而治。《書·武成》：「垂拱而天下治。」南面，古代以面向南為尊位，帝王之位南向，故稱居帝位為「南面」。《易·說》：「聖人南面而聽天下，向明面治。」穆清，語本《詩·大雅·烝民》「穆如清風」。謂陶治人的性情，如清和之風化育萬物。古代常用以頌揚帝王或有才德之人。亦比喻天下太平祥和。曹植〈七啟〉：「天下穆清，明君莅國。」❷大明廣運二句　大明，指太陽。《易·乾》：「大明終始，六位時成。」李鼎祚集解引侯果曰：「大明，日也。」廣運，廣遠。《書·大禹謨》：「帝德廣運。」孔傳：「廣謂所覆者大，運謂所及者遠。」燭，用作動詞，照耀。二句謂太陽普照廣遠，沒有幽暗之處照不到光明。劉琨〈勸進表〉：「陛下明並日月，無幽不燭。」❸以天下所立茲幢四句　因天下所立的佛頂尊勝陀羅尼幢，多臨近之於市肆酒樓，聲喧塵囂而地勢低下狹小，本來就不是能使僧眾循幢行走，更不能用網圍幢使鳥雀不能棲止汙穢之地。旗亭，指市場上的茶館酒樓。《文選》卷二張衡〈西京賦〉：「旗亭五重。」薛綜注：「旗亭，市樓也。立旗於上，故取名焉。」湫隘，低下狹小。《左傳·昭公三年》：「子之宅近市，湫隘囂塵，不可以居。」杜預注：「湫，下。隘，小。」經行網繞，王琦注：「經行，謂僧眾遶幢循行，所以致其敬禮之心。網繞，謂以網圍繞其幢，所以使鳥雀不得棲止、污穢。」網，《全唐文》作「圍」。❹乃頒下明詔二句　於是皇帝頒發詔書，命令將佛頂尊勝陀羅尼幢遷移到佛寺之內。明詔，皇帝命令的美稱。寶坊，佛寺的美稱。印度供佛宮殿常以七寶裝飾，故稱佛寺為寶坊。梁簡文帝〈答湘東王書〉：「鳴銀鼓於寶坊，轉金輪於香地。」❺百尺中標四句　謂經幢如百尺標識，高聳雲斷，委棄在荒野被苔蘚所掩，周行了許多歲月。委翳，丟棄隱掩。周流，周行；運行。《易·繫辭下》：「為道也，屢遷變動，不居周流六虛。」李白〈草創大還贈柳官迪〉詩：「天地為槖籥，周流行太易。」星霜，歲月。張九齡〈餞濟陰梁明府各探一物得荷葉〉詩：「但恐星霜改，還將蒲稗衰。」❻俾龍象興嗟三句　謂使高僧興歎，沒有地方瞻仰經幢，真正是可歎。龍象，佛教用語。水行中龍力最大，陸行中象力最大，故佛教以此兩種動物比喻修行勇猛有最大能力的阿羅漢。後亦用以指高僧。孟浩然〈遊景空寺蘭若〉詩：「龍象經行處，山腰度石關。」李白〈贈宣州靈源寺仲濬公〉詩：「此中積龍象，獨許濬公殊。」興嗟，引起感歎。梁簡文帝〈答湘東王書〉：「臨歧有歎，望水興嗟。」

【語　譯】英明的皇帝無為而治，有美德而教化清。太陽廣大運行，沒有幽暗的地方不照到光明。因為天下所立的這佛頂尊勝陀羅尼石幢，多臨近市肆酒樓，聲喧塵囂而低下狹小，本來不是能使僧眾循幢行走，更不能用網圍幢使鳥雀不得棲止、汙穢的地方。於是皇帝頒下明詔，命令將石幢移到佛寺中。啊！這經幢如百尺高標，直矗雲霄，但它卻被丟棄隱掩於苔蘚之中，長期讓風霜所侵。使高僧興歎，沒有瞻仰這經幢的地方，這真是可歎啊。

我太官廣武伯隴西李公，先名琬，奉詔書改為輔❶。其從政也，肅而寬，仁而惠❷，五鎮方牧，聲聞于天❸。帝乃加剖竹于魯，魯道粲然可觀❹。方將和陰陽於太階，致君於堯舜❺。豈徒閤坐嘯，鴻盤二千哉❻！乃再崇厥功，發揮象教❼。於是與長史盧公、司馬李公等，咸明明在公，綽綽有裕❽。韜大國之寶，鍾元精之和❾。榮兼半刺，道光列嶽❿。才或大而用小，識無微而不通。政其有經，談豈更僕⓫！

【章　旨】以上為序的第四段，敘李輔為魯郡都督，與郡佐們的合作，以及他們為公事盡力的政績。

【注　釋】❶我太官三句　按唐代官制，光祿寺設有太官署，令二人為從七品下，丞四人為從八品下，其下屬皆為從九品下。此處「太官」是否即指光祿寺所設太官署官員，不詳。廣武伯，爵位名。伯爵為公侯伯子男五等爵中第三等，唐代九等爵中第七等。廣武，唐縣名，屬隴右道蘭州，在今甘肅永登東南。隴西，李氏郡望之一，指今甘肅東鄉以東的洮河中游、武山以西的渭河上游、禮縣以北的西漢水上游及天水市東部地區。先名琬奉詔書改為輔，據《元和姓纂》卷一〇獨孤氏，李琬原為獨孤氏，開元中上表請改姓李氏，名備。李白有〈虞城令李公（錫）去思頌碑〉，李錫之父李浦，即本文中的李輔，《元和姓纂》中的李備。❷其從政也三句　謂李輔處理政務，既嚴厲而又寬厚，對民仁慈而惠

愛。❸五鎮方牧二句　五鎮方牧，歷任五個州的刺史。即〈虞城令李公（錫）去思頌碑〉中稱其父李浦歷任「郢、海、淄、唐、陳五州刺史」。方牧，指管轄一個地區的地方軍政長官，即州刺史、郡太守。《晉書・王濬傳》：「授臣以方牧之任，委臣以征討之事。」聲聞于天，謂其聲名政績為皇帝、朝廷所聞知。❹帝乃加剖竹于魯二句　於是皇帝又晉升他為魯郡都督，而他治理魯郡之政又光輝燦爛。加，郭本作「知」。剖竹，即剖符。古代帝王分封諸侯功臣，任命將帥郡守，把符節剖分為二，雙方各執一半，作為信守的約證。唐代地方長官都督、刺史、太守，其職位相當於古代諸侯，故任命地方長官亦稱「剖竹」。《文選》卷二六謝靈運〈過始寧墅〉詩：「剖竹守滄海，枉帆過舊山。」李善注引《說文》：「符，信。漢制以竹，分而相合。」呂延濟注：「凡為太守，皆剖竹使符也。」魯道粲然，魯郡之政光輝燦爛。魯道，魯國的治政之道。按魯國在周初是周公旦的封國，都曲阜（今山東曲阜），故魯道又可謂周公之道，意味著民眾接受聖人的教化，具有正統的道德風範。此處借用典故以讚美李輔。《史記・魯周公世家論》：「余聞孔子稱曰：『甚矣魯道之衰也！洙泗之間齗齗如也。』觀慶父及叔牙、閔公之際，何其亂也？」粲然，光明燦爛貌。可觀，美好；值得看。《周書・庾信傳論》：「競奏符檄，則粲然可觀。體物緣情，則寂寥於世。」❺方將和陰陽於太階二句　謂李輔正在承擔調和陰陽使天下太平的責任，使皇帝成為堯舜那樣的君王。太階，即泰階。古星名，即三台。《漢書・東方朔傳》：「願陳《泰階六符》，以觀天變，不可不省。」顏師古注：「孟康曰：『泰階，三台也。每台二星，凡六星。符，六星之符驗也。』應劭曰：『《黃帝泰階六符經》曰：泰階者，天之三階也。上階為天子，中階為諸侯公卿大夫，下階為士庶人。……三階平則陰陽和，風雨時，社稷神祇咸獲其宜，天下大安，是為太平。』」致君，王本作「致吾君」。校云：「舊本少『吾』字，今從劉本」。❻豈徒閉閤坐嘯二句　謂豈能徒然閉門吟嘯，以二千石之職為宴安之地呢！閉閤坐嘯，指關門不理公務。鴻盤，謂稍有升遷即安於其位。盤，通「磐」。《易・漸》：「六二，鴻漸于磐，飲食衎衎，吉。」王弼注：「磐，山石之安者。少進而得位，居中而應，本無祿養，進而得之，其為歡樂，願莫先焉。」二千，即二千石。漢代郡守俸祿為二千石，後因以二千石代稱州郡長官刺史、太守和都督。❼乃再崇厥功二句　於是再次崇尚其功績，宣揚發揮佛教的事業。象教，即佛教。釋迦牟尼離世，弟子雕飾其形象以教人，故稱。梁元帝〈內典碑銘集林序〉：「象教東流，化行南國。」❽於是與長史盧公三句　長史盧公，唐代州郡都設長史，為刺史之主要輔佐。有的州郡設大都督府，大都督不到任，長史即主持州府事。盧公，名不詳。司馬，唐代州郡都設司馬，位在長史之下，為刺史的佐官。李公，名不詳。明明在公，為公事盡力。《詩・魯頌・有駜》：「夙夜在公，在公明

明。」陳奐傳疏：「明明，猶勉勉也。」綽綽有裕，才智寬廣富裕。《詩・小雅・角弓》：「此令兄弟，綽綽有裕。」毛傳：「綽綽，寬也。裕，饒也。」❾韜大國之寶二句　比喻長史、司馬才能出眾。謂他們有掩藏大國珍寶、聚集天地精氣的才華。韜，掩藏。《後漢書・姜肱傳》：「以被韜面。」《北史・文苑傳序》：「江漢英靈，燕趙奇俊，並該天網之中，俱為大國之寶。」鍾，彙聚；專注。宋本原作「鐘」，據郭本、王本、《全唐文》改。《國語・周語下》：「澤，水之鍾也。」元精，天地之精氣。鍾元精，聚集天之精氣。《文選》卷五八蔡邕〈陳太丘碑文〉：「含元精之和，應期運之數。」呂向注：「元精，大道也。」❿榮兼半刺二句　謂長史、司馬的職責榮譽居刺史之半，其道德之光使刺史生輝。楊炯〈唐同州長史宇文公神道碑〉：「當官政成於半刺。」按唐代職官制度，各州長官刺史以下，設有別駕，其職擔當半個刺史的任務，故通常稱別駕為「半刺」。庾亮〈答郭預書〉：「別駕舊與刺史別乘，同宣王化於萬里者，其任居刺史之半。」但後來州郡不設別駕，則長史、司馬分擔其任務，故長史、司馬亦可稱「半刺」。列嶽，各州牧刺史。古代傳說中的四方諸侯之長稱嶽，故後人稱各地刺史為列嶽。⓫才或大而用小四句　謂其中或有大材小用，識見無微不通，治政有經緯方略，豈用談論更代他僕。不，宋本原作「有」，據郭本、繆本、王本、咸本、《全唐文》改。更僕，形容事務繁多，必須更代人來做。《禮記・儒行》：「遽數之不能終其物，悉數之乃留，更僕未可終也。」孔穎達疏：「更，代也。言若委細悉說之，則大久，僕侍疲倦，宜更代之。若不代僕，則事未可盡也。」

【語　譯】我們的太官廣武伯隴西人李公，原來的姓名叫獨孤琬，後請准奉詔改姓名為李輔。他的治政，嚴肅而寬厚，仁慈而施惠。歷任五州刺史，名聲為天子所知。於是皇帝提升他為魯郡都督，他治理魯郡的政績光輝燦爛。正在使天下太平，使皇帝成為堯舜之君。豈能白白地閉門坐吟，以都督之職享祿宴安呢！於是再次崇尚他的功績，發揚佛教。當是時就與長史盧公、司馬李公等，都勉勵為公事盡力，才智寬廣富裕。他們有大國的韜略寶策，聚集了天地精氣之和。而且榮任號稱半個刺史的長史、司馬，其道行可使各州郡長官增光。他們中有的是才大而小用，有的是見識廣而無微不通。治政有經緯方略，豈能談論更代他僕！

有律師道宗，心總羣妙，量苞大千❶。日何瑩而常明，天不言而自運❷。識岸浪注，玄機清發❸。每口演金偈，舌搖電光❹。開關延敵，罕有當者❺。由萬竅同號於一風，眾流俱納於溟海❻。若乃嚴飾佛事，規矩梵天，法堂鬱以霧開，香樓岌乎島峙，皆我公之締構也❼。以天寶八載五月一日示滅大寺❽。百城號天，四眾泣血，焚香散花，扶櫬臥轍❾。仙鶴數十，飛鳴中絕❿。非至德動天，深仁感物者，其孰能與於此乎⓫？三綱等皆論窮彌天，惠湛清月⓬。傳千燈於智種，了萬法於真空⓭。不謀同心，克樹聖跡⓮。

【章　旨】以上為序的第五段，敘崇明寺律師道宗佛學深厚、功德圓滿，及其死後僧人民眾對他哀悼之情況。還敘及寺中主持人等的佛學才智和同心建樹佛教聖跡等情事。

【注　釋】❶有律師道宗三句　律師，佛教職位名，稱善解戒律者為律師。《涅槃經・金剛身品》：「如是能知佛法所作，善能解說，是名律師。」道宗，人名，事蹟不詳。心總，心中彙聚。總，宋本作「惣」，咸本作「揔」，皆為「總」的異體字，今據王本、《全唐文》改為正體字。《文心雕龍・神思》：「若夫駿發之士，心總要術，敏在慮前，應機立斷。」羣妙，猶眾妙。一切深奧玄妙的道理。《老子》：「玄之又玄，眾妙之門。」此處指佛教之妙理。羣，即群。量苞大千，胸中容量包藏著大千世界。苞，王本、《全唐文》作「包」。大千，佛教謂包羅萬象、廣大無邊的世界。《魏書・釋老志》：「釋迦如來，功濟大千，惠流塵境。」❷日何瑩而常明二句　謂佛法如陽光多麼晶瑩而千古常明，如上天不言而萬物自己運行。《詩・邶風・柏舟》：「日居月諸，胡迭而微。」孔穎達疏：「君道當常明如日。」《論語・陽貨》：「子曰：『天何言哉，四時行焉，百物生焉，天何言哉！』」李白〈上安州裴長史書〉：「白聞天不言而四時行，地不語而百物生。」❸識岸浪注二句　佛教的譬喻。佛教將心中真如譬如海，諸識緣動譬如波浪。《楞伽經》卷一曰：「水流處，藏識轉識浪生。」又曰：「譬如巨海浪，斯有猛風起。洪波鼓冥壑，無有斷絕時。藏識海常住，境界

風所動。種種諸識浪，騰躍而轉生。」玄機，道家稱奧妙之理。張說〈道家〉詩：「金爐承道訣，玉牒啟玄機。」此處則指奧妙的佛理。清發，清亮煥發。《宋書．謝靈運傳》：「法鼓朗響，頌偈清發。」二句謂道宗心中佛性如海，談理如波浪湧注，奧妙的佛理講得清楚明白。❹每口演金偈二句　王琦注：「金偈，佛所說之偈也。」按：偈，梵文「偈陀」的簡稱。意譯為頌，即佛經中的韻語唱詞。「金偈」乃偈的美稱。李白〈登梅岡望金陵贈族姪高座寺僧中孚〉詩：「談經演金偈。」舌搖電光，形容說唱之快速如電光之閃。《文選》卷四五揚雄〈解嘲〉：「上說人主，下談公卿，目如燿星，舌如電光。」李周翰注：「電光，謂辭辯速如電光之閃也。」二句謂每次口中演唱偈頌，舌頭搖動如電閃。❺開關延敵二句　賈誼〈過秦論〉：「秦人開關延敵，九國之師逡巡遁逃而不敢進。」《續高僧傳．遺身．唐偽鄭沙門釋知命傳》：「詞鋒所指，罕有當之。」二句謂道宗說法如秦人開關引敵，很少有人能抵擋的。❻由萬竅同號於一風二句　由，同「猶」。萬竅，指大地上大大小小的孔穴。《莊子．齊物論》：「夫大塊噫氣，其名為風。是唯無作，作則萬竅怒號。」二句謂道宗講法猶如萬穴之聲都為一風所發，眾水都納入大海。❼若乃嚴飾佛事五句　謂至於嚴格裝飾佛像，規矩佛寺法則，演說佛法的廳堂繁盛而香霧繚繞，香閣高高地如海島聳峙，這些都是我公道宗所營建的。佛事，指佛像或佛具等。《法苑珠林》卷五〈諸天部辯位〉：「初禪有三天。」釋道世注：「唯此初禪，有其君、臣、民庶之別，自此以上，悉皆無也。」此處指佛寺法則。《續高僧傳．護法下．唐新羅國大僧統釋慈藏傳》：「嚴飾佛像，營理眾業。」《洛陽伽藍記》卷一「長秋寺」：「莊嚴佛事，悉用金玉。」梵天，佛經稱三界中的「色界」（共有十八重天）初三重天為「梵眾天」、「梵輔天」、「大梵天」。鬱，繁盛貌。香樓，佛寺中的香閣。岌，高聳貌。締構，營造。❽以天寶句　天寶八載，西元七四九年。載，郭本作「年」。示滅，佛教語。指高僧之死。❾百城號天四句　形容道宗死後哀悼之人極多，悲痛至深。號天，對天號哭，言極其悲痛。《莊子．則陽》：「號天而哭之。」四眾，佛教指受戒的四種人：即和尚、尼姑、已依照佛的戒律受持五戒在家的男性信徒及女性信徒。《翻譯名義集》卷一〈七眾弟子篇〉第十二：「自古皆以比丘、比丘尼、優婆塞、優婆夷為四眾。」按七眾的其餘三種為叉摩那、沙彌、沙彌尼。扶櫬臥轍，有的扶著棺材，有的躺在路上車轍中不讓靈車走。扶櫬，扶著棺材。臥轍，躺在路上車轍中不讓靈車走，表示對死者的留戀。杜甫〈別蔡十四著作〉詩：「主人薨城府，扶櫬歸咸秦。」《文選》卷五九沈約〈齊故安陸昭王碑文〉：「攀車臥轍之戀，爭塗忘遠。」李善注：「侯霸字君房，王莽敗，霸保守臨淮。更始元年，遣謁者侯盛齎璽書徵霸，百姓號呼哭泣遮使者，或當道臥，曰：願復留霸期年。」❿仙鶴數十二句　謂空中有飛翔的仙鶴數十隻，哀鳴欲絕。

極寫道宗之死禽鳥亦哀。⓫非至德動天三句　謂如果不是道宗的極高道德感動上天，深厚的仁義感動民眾的話，他怎能讓人和鳥都哀痛到如此地步呢。⓬三綱等皆論窮彌天二句　謂寺院中三個主持人等都學識深厚而能使雄才俊辯的彌天釋道安論窮，慈惠深厚而又清如明月。三綱，指上座、維那、典座。或指上座、寺主、都維那。《舊唐書‧職官志二》：「凡天下寺有定數，每寺立三綱，以行業高者充。」注：「每寺上座一人，寺主一人，都維那一人。」論窮彌天，議論能使雄辯滿天的釋道安詞窮。《晉書‧習鑿齒傳》：「時有桑門釋道安，俊辯有高才，自北至荊州，與習鑿齒初相見。道安曰：『彌天釋道安。』鑿齒曰：『四海習鑿齒。』時人以為佳對。」湛，厚重。⓭傳千燈於智種二句　謂傳授佛法如一燈傳千燈圓明通達佛智，懂得萬法皆歸於真空。佛教稱傳授佛法為傳燈。《維摩詰經‧菩薩品》：「譬如一燈，燃百千燈，冥者皆明，明終不盡。菩薩開導眾生，令發阿耨多羅三藐三菩提心，於其道意亦不滅盡，隨所說法而自增益一切善法，是名無盡燈也。」智種，即佛教術語一切種智，又稱佛智。佛智圓明通達，是通於一切法種種事相之智。言能以一種之智，知一切諸佛之道法，又能知一切眾生之因種。了萬法於真空，王琦注：「釋典以一切萬有終歸於無，謂之為空。人法皆空，則謂之真空。即般若智也。」真空，佛教小乘之涅槃。非偽故真，離相故空。⓮不謀同心二句　謂他們與道宗的思想不謀而同心，都能建樹佛教聖跡。

【語　譯】有位善說佛教戒律的律師名叫道宗，他的心中全面深知佛教的玄妙之理，胸中包容著大千世界。佛法如太陽何等晶瑩而永遠光明，如上天不言而萬物自己運行。他談論佛性諸識如海岸邊波浪流注，玄妙的佛理清純風發。每次說唱佛經的偈語頌詞，舌轉音聲之快如電光之閃。開門請敵論辯，很少有人能抵擋的。如萬竅之聲皆為一風所發而號，如眾流都納入大海。至於嚴格裝飾佛像，規矩佛寺法則，佛寺中演說佛法的廳堂繁盛而香霧繚繞，佛寺中的香閣高高地如海島聳峙。這些都是我公道宗所營造的。不幸他於天寶八載五月一日在大寺中逝世。許多城中的人民都對天號哭，和尚、尼姑、信男、信女們都哭得泣血，有的焚香散花，有的扶棺，有的躺在路上車轍中不讓靈車走。有仙鶴數十隻，在空中哀鳴欲絕而飛去。如果不是他的至德感動上天，深厚的仁義感動大眾的話，他怎能讓民眾和鳥類哀痛到如此地步呢？寺中主持人等都善辯能使彌天釋道安論窮，他們慈惠深厚而又清如明月。他們傳授佛法如一燈傳

千燈圓明通達佛智，懂得萬法都歸於真空。他們不謀而合心靈相同，能夠建樹佛教聖跡。

太官李公，乃命門於南垣廟通衢❶，曾盤舊規，累構餘石❷。壯士加勇，力侔拔山。纔擊鼓以雷作，拖鴻縻而電掣❸。千人壯，萬夫勢，轉鹿盧於橫梁，泯環合而無際❹。常六合之振動，崛九霄之崢嶸❺。非鬼神功，曷以臻此❻！況其清景燭物，香風動塵，羣形所霑，積苦都雪❼。粲星辰而增輝，掛文字而不滅❽。雖漢家金莖，伏波銅柱，擬茲陋矣❾！或日月圓滿，方檀散華。清心諷持，諸佛稱讚❿。夫如是，亦可以從一天至一天，開天宮之門，見羣聖之顏，巍巍功德，不可量也⓫。其錄事參軍、六曹英寮、及十一縣官屬⓬，有宏才碩德、含香繡衣者，皆列名碑陰⓭，此不具載。

【章旨】以上為序的第六段，敘經幢遷移重新建築的過程，讚美新經幢的高大華麗，並宣揚佛教的功德。

【注釋】❶太官李公二句　謂太官李輔於是下令在廟的南牆開門以通大街。垣，牆。衢，大街；四通八達的道路。

❷曾盤舊規二句　曾，通「層」。層盤，高盤。舊規，舊時的規劃制度。累構，多層建構。餘石，舊時遺留下來的石材。二句指建築石幢的基礎，是按舊制建成高盤樣式，用餘石多重構造。何晏〈景福殿賦〉：「爾乃建凌雲之層盤。」陸雲〈答兄平原〉詩：「巍巍先基，重規累構。」❸壯士加勇四句　謂施工的壯漢更加施展勇力，其力可等同於拔山。開始擊鼓如雷聲，工匠們就用粗大的繩索如閃電般疾速將石幢拖起。侔，等同。鴻縻，粗大的繩索。電掣，電光閃動。

❹轉鹿盧於橫梁二句　謂在高臺的橫樑上裝置轉動的轆轤，將圓筒狀石幢用繩索轉拖到石幢臺座上，石榫進入石槽嚴

密緊合，又用黏土泯盡其周圍的縫隙。鹿盧，雙聲聯綿詞，通「轆轤」。利用輪軸原理製造的機械上的絞盤。❺常六合之振動二句　謂曾經使天地四方為之振動，石幢又高高地崛起於九霄。常，通「嘗」。曾經。六合，天地四方。崢嶸，高峻貌。❻非鬼神功二句　謂如果不是鬼斧神工，何以能達到這般地步！鬼神功，即鬼斧神工。形容技藝的精巧，似非人工之所能。薛稷〈慈恩寺九日應制〉詩：「寶宮星宿劫，香塔鬼神功。」曷以臻此，何以能達到這個地步。臻，宋本原作「殝」，據郭本、王本、咸本、《全唐文》改。❼況其清景燭物四句　清景燭物，新的石幢其景清亮可以燭照人物。群形所霑積苦都雪，前來參拜的群眾都受到佛恩所霑，歷來所積的苦難都得到清雪。燭物，光照人物。燭，動詞，照。羣形，眾生；群眾。❽粲星辰而增輝二句　謂石幢由於燦爛星辰的映照而更增光輝，由於刻著佛經文字而將千古不滅。挂文字，指石幢上刻著佛經文字。❾雖漢家金莖三句　極力形容石幢的偉大。謂即使是漢武帝的承露盤銅柱，馬援在交趾立的銅柱，與此石幢比擬就顯得簡陋了。銅，郭本誤作「桐」。漢家金莖，指漢武帝所作承露盤的銅柱。漢武帝好神仙，作承露盤以承甘露，以為服食之可以延年。因此在長安建章宮立銅柱，高二十丈，大七圍，上有仙人像，仙人掌中托承露盤，接取露水。武帝取以和玉屑服食，求長生不老。見《三輔故事》。伏波銅柱，指後漢馬援拜伏波將軍，南擊交趾時所立之銅柱。《後漢書・馬援傳》：「又交阯女子徵側及女弟徵貳反，……援將樓船大小二千餘艘，戰士二萬餘人，進擊九真賊徵側餘黨都羊等，自無功至居風，斬獲五千餘人，嶠南悉平。」李賢注：「《廣州記》曰：『援到交阯，立銅柱，為漢之極界也。』」《梁書・諸夷傳・林邑國》：「本漢日南郡象林縣，古越裳之界也。伏波將軍馬援開漢南境，置此縣。……其南界，水步道二百餘里，有西國夷亦稱王，馬援植兩銅柱表漢界處也。」《水經注・溫水》：「《林邑記》曰：建武十九年，馬援樹兩銅柱於象林南界，與西屠國分漢之南疆也。」❿或日月圓滿四句　謂長期清心諷頌修持此經，至功德圓滿，可見方壇天女散花的佛境，得到諸佛的稱讚。日月圓滿，比喻功德圓滿，以日月之光象徵佛光。方檀，當作「方壇」。散華，即「散花」。《師子莊嚴王菩薩請問經》：「道場之處，當作方壇，名曼荼羅，廣狹隨時。」按曼荼羅意譯即「壇場」。佛教徒在誦經或修法時，須先選擇清淨地方，安置佛、菩薩像，叫做「壇場」。後來密宗修法時，所觀想佛、菩薩形象的畫像，也稱「曼荼羅」。⓫亦可以從一天至一天五句　王琦注：「按釋典，欲界有六天；……色界有十八天；……無色界有四天；……凡三界共二十八天。天者，言其清淨光潔，最勝最尊，故名為天。乃神境世界之位，與蒼蒼在上之天不同一解，能修至勝之因，方能生其處。功有優劣，故所生之處有不同。」此處即謂從這一天修升至那一天，這樣修持，佛教中的二十八天，就可以從第一天開始，每天升上去，

最後能開天宮之門，看到諸佛的真容。建造這經幢的崇高功德，真是不可估量。巍巍，高貌。⑫其錄事參軍句　按唐代官制，各州（郡）設錄事參軍事一人，魯郡為上都督府，錄事參軍事正七品上。錄事三人，從九品上。掌管文書等事。六曹，指功曹、倉曹、戶曹、兵曹、法曹、士曹。魯郡六曹參軍事各一人，正七品下。英寮，英明的寮屬。十一縣，魯郡所轄十一縣為瑕丘、金鄉、魚臺、鄒、龔丘、乾封、萊蕪、曲阜、泗水、任城、中都。⑬有宏才碩德含香繡衣者二句　宏才，大才。裴駰〈史記集解序〉：「班固有言曰：『司馬遷據《左氏》、《國語》，采《世本》、《戰國策》，述《楚漢春秋》，接其後事，訖於天漢。其言秦漢詳矣……』駰以為固之所言，世稱其當。……總其大較，信命世之宏才也。」碩德，大德。《晉書・索襲傳》：「索先生碩德名儒，真可以諮大義。」含香，指為尚書郎。應劭《漢官儀》：「尚書郎含雞舌香，伏奏事。黃門侍郎對揖跪受。故稱尚書郎懷香握蘭，趨走丹墀。」《宋書・百官志上》：「尚書郎口含雞舌香，以其奏事答對，欲使氣息芬芳也。」繡衣，御史之服，指為御史臺官員。《漢書・元后傳》：「文、景間，（王）安孫字伯紀處東平陵，生賀字翁孺，為武帝繡衣御史。」碑陰，碑的背面。

【語　譯】都督李輔，於是下令在廟的南牆開門以通大街，按照舊時的制度建成高盤樣式，在新建經幢的地方用餘石壘砌構築高臺。挑選的壯士更加有勇氣，他們的力量可與拔山英雄相等。開始擊起打雷般的鼓聲，粗大的繩索如閃電般疾速地就將石幢拖倒了。千餘人的雄壯，上萬人的氣勢，很快就在高臺的橫樑上裝一個能轉動的轆轤，將石幢用繩索轉拖上去，使石榫進入石槽嚴密緊合，又用黏土泥盡其縫隙。真使天地四方都為之振動，一座新的石幢又高高地崛起於九霄。不是鬼神的功勞，何以能達到這個地步！何況那新的石幢其景清亮可以燭照人物，香火燎繞風動塵香，前來參拜的群眾都受到佛恩所霑，歷來所積的苦難都得到清雪。石幢由於燦爛的星辰映照而更增光輝，由於刻著佛經文字而將千古不滅。即使是漢武帝的金銅仙人承露盤金莖，或者是東漢伏波將軍馬援南擊交趾時所立之銅柱，與此石幢相比就顯得醜陋了！有的修持日月長久而功德圓滿，就設壇場供佛而散花。清淨心境諷持此經，就能得到諸佛的稱讚。就這樣，也可以從三界二十八天中的這一天修升至那一天，修到至勝就可開天宮之門，見到諸佛的真容。這樣巍巍高大的功德，實在是不可估量的。郡府的錄事參軍、六曹英明的寮屬、以及十一縣的官

員，有的有大才大德，有的做過尚書郎或御史臺官員，都在碑的背面列了名，這裡就不一一記載了。

郡人都水使者宣道先生孫太沖❶，得真人紫蘂玉笈之書❷，能令太一神自成還丹以獻于帝❸。帝服享萬壽，與天同休❹。功成身退，謝病而去，不謂古之玄通微妙之士歟❺？乃謂白曰：「昔王文考觀藝於魯，騁雄辭於靈光❻；陸佐公知名在吳，銘雙闕於盤石❼。吾子盍可美盛德，揚中和❽？」恭承話言，敢不惟命❾。

【章旨】以上為序的第七段，敘孫太沖之奇功和為人，以及請李白為石幢寫頌。

【注釋】❶郡人都水使者句　郡人，魯郡人。都水使者，官名。《新唐書・百官志三》都水監：「使者二人，正五品上。掌川澤、津梁、渠堰、陂池之政，總河渠、諸津監署。」按孫太沖乃隱居之道士，此官乃以虛銜加寵，實不就任。宣道先生，孫太沖之道號。孫太沖，《冊府元龜》卷九二八：「孫太沖隱於嵩山，玄宗天寶三載，河南尹裴敦復上言：『太沖於嵩山合鍊金丹，自成於灶中，精華特異，變化非嘗（常），請宣付史官，頒示天下以彰靈瑞仙聖之應。』從之。」《全唐文》卷三二一孫逖〈為宰相賀中嶽合煉藥自成兼有瑞雲見表〉：「臣等伏見道士孫太沖奏……。」可知孫太沖乃隱於嵩山合鍊金丹的道士。❷得真人紫蘂玉笈之書　真人，道家稱「修真得道」或「成仙」之人。真人紫蘂玉笈之書，道教鍊丹之祕笈。笈，《全唐文》誤作「岌」。❸能令句　謂能使至高至極的太一神自動煉成還丹而獻給皇帝。太一，《莊子・天下》稱老子之學「主之以太一」。「太一」是老子之道的別名。亦作「泰一」，指傳說中的天神。《全唐文》作「太乙」。《史記・天官書》：「太一常居也。」張守節正義：「泰一，天帝之別名也。劉伯莊云：泰一，天神之最尊貴者也。」還丹，相傳道教鍊丹，使丹砂燒成水銀，積久又還成丹砂，這種丹砂就叫「還丹」。于帝，王本、《全唐文》作「於帝」。❹帝服享萬壽二句　謂皇帝服用了他的還丹可享長命萬歲，與天同壽。《新唐書・禮樂志九》：「伏惟開元神武皇帝陛下與天同休。」❺不謂古之玄通句　謂豈不是可謂深通道家玄妙虛無道理之士嗎？玄通

微妙之士，深通道家玄妙虛無道理之士。玄，《全唐文》避清諱改作「元」。❻昔王文考觀藝於魯二句　王文考，即王延壽。《後漢書‧文苑傳‧王逸》：「子延壽，字文考，有儁才。少遊魯國，作〈靈光殿賦〉。後蔡邕亦造此賦，未成，及見延壽所為，甚奇之，遂輟翰而已。」《文選》卷一一王延壽〈魯靈光殿賦序〉：「予客自南鄙，觀藝於魯。」李周翰注：「文考客於荊州，故云南鄙。言魯有周、孔遺風，思禮樂之美，故云觀藝。」騁雄辭，施展氣勢雄健之文辭。靈光，即指〈魯靈光殿賦〉。❼陸佐公知名在吳二句　陸佐公，即陸倕。銘雙闕，指〈漏刻銘〉、〈石闕銘〉。《文選》卷五六陸倕〈石闕銘〉李善注：「劉璠《梁典》曰：陸倕，字佐公，吳郡人。少篤學，善屬文。起家議曹從事，遷太子中舍人。後仕至太常卿。詔使為〈漏刻〉、〈石闕〉二銘，冠絕當世。賜以束帛，朝野榮之。」二句即指此事。❽吾子盍可美盛德二句　謂您何不讚美盛德，以發揚中庸之道。吾子，向對方表示親暱的稱呼。盍，何不。中和，儒家的倫理思想。《中庸》：「喜怒哀樂之未發謂之中，發而皆中節謂之和。中也者，天地之大本也；和也者，天下之達道也。致中和，天地位焉，萬物育焉。」《文選》卷一八馬融〈長笛賦〉：「皆反中和，以美風俗。」劉良注：「皆反於中和之道。」❾恭承話言二句　謂恭敬地接受孫太沖的話，豈敢不從命。敢，豈敢。惟命，惟命是從的簡稱。謙敬之辭。

【語譯】魯郡人都水使者宣道先生孫太沖，得到修真成仙之真人的道教鍊丹之祕笈，能使至高至極的神自動鍊成丹藥而獻給皇帝。皇帝服用了他的還丹就可萬壽無疆，與天同存亡。他功成以後就自己告退，以病為名辭別而去，這人豈不可以說是古代深通道家玄妙虛無道理之士嗎？於是他對我說：「從前王延壽到魯國觀禮樂，寫下了〈魯靈光殿賦〉施展氣勢雄健之文辭。陸倕在吳地非常出名，就因為在大石碑上刻著他寫的〈漏刻〉、〈石闕〉二銘。您為什麼不能也來讚美盛德，宣揚天地之大本和天下之達道呢？」我恭敬地聽了他的話，豈敢不從命。

遂作頌曰：

揭高幢兮表天宮，巋獨出兮凌星虹❶。神撥撥兮來空，佐扶傾兮蒼穹❷。西

方大聖稱大雄，橫絕苦海舟羣蒙❸。《陁羅尼藏》萬法宗，善住天子獲厥功❹。明明李君牧東魯，再新頹規扶眾苦❺。如大雲王注法雨，邦人清涼喜聚舞❻。揚鴻名兮振海浦，銘豐碑兮昭萬古❼。

【章旨】以上為頌的正文，將前面序文中的主要內容用韻語作了全面而精彩的概括。

【注釋】❶揭高幢兮表天宮二句　王琦注：「揭，豎立也。嶷，如山之嶷然獨出也。淩星虹，謂其高若與星辰、虹蜺相淩歷也。」二句謂豎立高高的石幢啊成為天宮的標幟，如山之嶷然特出啊升歷星辰與虹蜺。表，標幟。嶷，特出貌。淩，升歷。❷神摐摐兮來空二句　謂眾神相聚高聳天空，勇壯扶傾直上蒼天。摐摐，郭本、王本作「縱縱」。王本校：「繆本作『摐摐』，當是『總總』。」按摐摐為象聲詞，亦可解為眾多貌。仡，壯勇貌。兮，郭本、咸本、《全唐文》作「乎」。❸西方大聖稱大雄二句　謂西方大聖人稱大雄，橫越苦海舟渡群愚。西方大聖，指釋迦牟尼。舟，用作動詞，濟渡。羣蒙，群愚。蒙，蒙昧無知。❹陁羅尼藏萬法宗二句　謂陀羅尼藏是萬法之宗，善住天子誦念此經獲得其功。❺明明李君牧東魯二句　謂勤勉努力的李公來當魯郡都督，使頹廢的舊規獲得再新而扶救眾生出苦難。明明，猶黽勉，努力。牧，用作動詞，為都督。❻如大雲王注法雨二句　謂就像大雲王傾注法雨，使魯郡之人清涼高興而相聚歌舞。按：佛教《請雨經四譯》之一有《大雲經・請雨品》，後名《大雲請雨經》。《法華經・普門品》：「悲體成雷震，慈意妙大雲。澍甘露法雨，滅除煩惱燄。」佛教認為妙法能滋潤眾生，故以雨譬之，曰「法雨」。雨，郭本作「再」。❼揚鴻名兮振海浦二句　謂揚大名而威振海濱，為豐碑寫頌使之萬古彰明。鴻名，大名。海浦，海濱。銘，指寫頌。豐碑，鐫刻著功績的高大的石碑，此處指石幢。

【語譯】就作頌說：

豎立高高的石幢啊成為天宮的標幟，如山之嶷然特出啊升歷星辰與虹蜺。神靈眾多啊從空中而來，壯勇扶傾啊直到蒼穹。西方大聖稱作大雄，他橫渡苦海濟救廣大眾生。《陀羅尼藏》是萬法之宗，善住天

子持念此經獲得極大成功。勤勉努力的李君來為魯郡都督，使頹廢的舊規再新而扶救眾生出苦難。就像大雲王傾注法雨，使魯郡之人清涼高興而聚集歌舞。揚大名啊振威海濱，為高碑寫頌啊彰明萬古。

【研　析】此頌前有序七段，首以女媧、大禹、孔子之功作比較，極誇佛法的神通偉大；次敘《佛頂尊勝陀羅尼經》威力的故事及傳入中國的經過，並讚經幢雕刻之精妙；再次敘皇帝下詔將石幢從喧囂的市肆移進佛寺，但周圍環境仍荒蕪不堪，使僧人無法瞻仰。接著敘李輔為魯郡都督，與群寮合作，為公事盡力的政績；再敘崇明寺律師道宗佛學深厚，功德圓滿，及其死後僧人民眾對他哀悼之情況，並敘及寺中主持人等的佛學才智和同心建樹佛教聖跡等情事；又敘經幢遷移重新建築的過程，讚美新經幢的高大華麗，並宣揚佛教的功德；末敘都水使者孫太沖之奇功和為人，以及請李白為石幢寫頌。最後為頌的正文，用韻文全面而精彩地概括序中的主要內容。

化城寺大鐘銘❶并序

噫❷！天以震雷鼓群動，佛以鴻鐘驚大夢❸。而能發揮沉潛，開覺茫蠢❹，則鐘之取象，其義博哉❺！夫揚音大千，所以清真心，警俗慮❻；協響廣樂，所以達元氣，彰天聲❼；銘勳皇宮，所以旌豐功，昭茂德❽。莫不配美金鼎，增輝寶坊❾，仍事作制，豈徒然也❿。

【章　旨】以上為序的第一段，闡明佛寺中大鐘的功能和作用。

【注　釋】❶化城寺大鐘銘　化城寺，佛寺名，在宣州（天寶元年改為宣城郡）當塗（今屬安徽省）。銘，文體名，古代常刻銘於碑版或器物，或稱功德，或申鑑誡，後成為一種文體。劉勰《文心雕龍》有〈銘箴〉。此文為化城寺大鐘作銘，銘前有很長的序。❷噫　歎詞。猶「唉」，感歎聲。❸天以震雷鼓群動二句　謂上天以震響雷聲來鼓動各種動物甦醒出動，佛教以鴻大的鐘聲驚醒眾生大夢般的愚昧。鴻，《全唐文》作「鳴」。《禮記・月令》：仲春之月，「是月也，日夜分，雷乃發聲，始電，蟄蟲咸動，啟戶始出。」❹而能發揮沉潛二句　謂鐘聲能使深藏在內心的智慧發揮出來，使盲昧愚蠢的眾生打開覺悟。茫，茫昧，通「盲昧」。愚昧無知。❺則鐘之取象二句　謂由此看來，取大鐘作為驚醒眾生的徵象，其意義真可謂博大深遠。❻夫揚音大千三句　謂大鐘發揚鴻大聲音於大千世界，是為了使真實無妄之心清靜，警誡世俗的思想感情。大千，佛教謂包羅萬象、廣大無邊的世界。《魏書・釋老志》：「釋迦如來，功濟大千，惠流塵境。」真心，佛教語，謂真實無妄之心。❼協響廣樂三句　謂大鐘協同鈞天廣樂共響，是為了通達天地之間的元氣，彰顯天聲。廣樂，「鈞天廣樂」的略稱，神話中天上的音樂。《列子・周穆王》：「王實以為清都紫微，鈞天廣樂，帝之所居。」元氣，中國哲學名詞，指產生和構成天地萬物的原始物質，或指陰陽二氣混沌未分的實體。《論衡・談天》：「元氣未分，渾沌為一。」❽銘勳皇宮三句　謂在皇宮中銘刻功勳，是為了表彰豐功偉績，昭示帝王的美德。銘勳，銘刻功勳。《文選》卷三張衡〈東京賦〉：「銘勳彝器，歷世彌光。」薛綜注：「勳，功也。銘，勒也。勒銘於

宗廟之器，鐘鼎萬祀，彌益光明。」旌，表彰。《左傳・僖公二十四年》：「以志吾過，且旌善人。」杜預注：「旌，表也。」❾莫不配美金鼎二句　謂大鐘莫不與銅鼎配美，使佛寺增加光輝。金鼎，古代銅器，常與鐘並稱「鐘鼎」，在鐘鼎上銘刻文字統稱「鐘鼎文」，或稱「金文」。寶坊，佛寺的美稱。梁簡文帝〈答湘東王書〉：「鳴銀鼓於寶坊，轉金輪於香地。」❿仍事作制二句　謂因此從事鑄鐘之事，難道是狂然之舉嗎。仍，因；就此。作制，指鑄大鐘之事。徒然，狂然；白白地；沒有作用。

【語　譯】唉！上天以震響雷聲來鼓動各種動物甦醒活動，佛教以鴻大的鐘聲來驚醒眾生大夢般的愚昧。而能使潛藏在內心的智慧發揮出來，使迷茫愚蠢的眾生打開覺悟，那麼用大鐘作為驚醒眾生的徵象，其意義真可謂博大深遠了！那大鐘揚起鴻大聲音於大千世界，就是為了使真實無妄之心清靜，警誡世俗的意念。協同鈞天廣樂共響，就是為了通達天地之間的元氣，彰顯天聲。在皇宮中銘刻功勳，就是為了表彰豐功偉績，昭示帝王的美德。大鐘莫不與金鼎配美，使佛寺增加光輝。就此從事鑄鐘之事，難道是徒然的嗎。

粵有唐宣城郡當塗縣化城寺大鐘者，量函千盈，聲盈萬壑，蓋邑宰李公之所創也❶。公名有則，系玄元之英蕤，茂列聖之天枝❷。生於公族，貴而秀出。少蘊才略，壯而有成❸。西逾流沙，立功絕域❹。帝疇乎厥庸，始學古從政❺。歷宰潔白，聲聞于天❻。天書褒榮，輝之簡牘❼。稽首三復，子孫其傳❽。天寶之初，鳴琴此邦，不言而治❾。日計之無近功，歲計之有大利❿。物不知化，潛臻小康⓫；神明其道，越不可尚⓬。

【章　旨】以上為序的第二段，敘縣令李有則的家世，經歷及其才能和政績。

【注釋】❶粵有唐宣城郡四句　粵，句首助詞，通「聿」、「越」、「曰」。鐘，《唐文粹》作「鍾」。量函千盈，宋本無「聲盈萬壑」四字，當依《唐文粹》作「量函千鈞，聲盈萬壑」。創，宋本原作「刱」，乃「創」的異體字，今逕改。謂化城寺大鐘重量容藏千鈞（三十斤為一鈞），聲響充徹千山萬壑，乃是縣令李公所創製的。❷系玄元之英蕤二句　謂當塗縣令李有則是玄元皇帝老子李耳的後裔，當代諸皇帝的支脈。玄元，唐高宗對老子的封號。《舊唐書·高宗紀》：乾封元年，「二月己未，次亳州，幸老君廟，追號太上玄元皇帝。」英蕤，豔麗的花。《文選》卷一八嵇康〈琴賦〉：「飛英蕤于昊蒼。」呂延濟注：「英蕤，花也。」茂，美盛。列聖，指唐朝諸帝王。天枝，皇室支脈。按：英蕤、天枝，以花與枝比喻李有則乃皇族宗室。王僧孺〈禮佛唱導發願文〉：「天枝峻密，帝葉英芬。」❸生於公族四句　謂李有則出生於公侯之族，富貴而美好特出。少年時就積聚才能和謀略，到壯年在事業上很有成就。成，《唐文粹》作「聞」。❹西逾流沙二句　逾，越過。流沙，泛指我國西北沙漠地區。《書·禹貢》：「導弱水，至於合黎，餘波入於流沙。」蓋沙隨風飛流，故稱流沙。絕域，極遠的地方。《西京雜記》卷三：「傅介子年十四，好學書，嘗棄觚歎曰：『大丈夫當立功絕域，何能坐事散儒！』」❺帝疇乎厥庸二句　疇乎厥庸，謂選賢任用。語出《書·堯典》：「疇咨若時登庸。」孔傳：「疇，誰；庸，用也。誰能咸熙庶績，順是事者，將登用之。」學古從政，語出《書·周官》：「學古入官，議事以制，政乃不迷。」孔傳：「言當先學古訓，然後入官治政。凡制事必以古義議度終始，政乃不迷錯。」❻歷宰潔白二句　謂經歷治理數縣都潔身清白，名聲被天子所聞知。❼天書褒榮二句　謂天子下詔書褒獎，他的光輝事蹟記載於書冊。天書，指帝王之詔書。王維〈送高適弟耽歸臨淮作〉詩：「天書降北闕，賜帛歸東菑。」簡牘，寫於竹曰簡，寫於木曰牘。《文選》卷四五杜預〈春秋左氏傳序〉：「諸侯亦各有國史，大事書之於策，小事簡牘而已。」呂向注：「大竹曰策，小竹為簡，木版為牘。」❽稽首三復二句　稽首，古代最恭敬的跪拜禮。《周禮·春官·大祝》「一曰稽首」賈公彥疏：「其稽，稽留之字；頭至地多時，則為稽首也。此三者，正拜也。稽首，拜中最重，臣拜君之拜。」三復，猶言三遍。二句謂李有則跪拜稽首三次，接受詔書，子孫相傳以為家寶。傳，宋本闕，據郭本、繆本、王本、咸本、《全唐文》補。❾鳴琴此邦二句　謂天寶初李有則到此當塗縣為縣令，無為而治。鳴琴，用宓子賤治單父縣事。《呂氏春秋·察賢》：「宓子賤治單父，彈鳴琴，身不下堂，而單父治。」不言，猶無為。治，《唐文粹》作「理」。❿日計之無近功二句　《莊子·庚桑楚》：「日計之而不是，歲計之而有餘。」此處用其意。⓫物不知化二句　謂事物在不知不覺的潛移默化中漸漸達到了小康。小康，儒家所說的比「大同」理想低一級的一種社會。《詩·大

雅・民勞》：「民亦勞止，汔可小康。」鄭玄箋：「康，安也。」⓬神明其道二句　謂李有則治理政治之道非常神明，他人是不能超越也不可能輕易崇尚的。

【語　譯】我大唐宣城郡當塗縣化城寺的大鐘，重量有千鈞，聲響充滿千山萬壑。大概是縣令李公所創製的。李公名有則，是玄元皇帝老子李耳的後裔，我大唐美盛帝室的支脈。生於公侯之族，高貴而美好突出。少年時就積聚才能和謀略，到壯年時在事業上很有成就。他曾經逾越西北部沙漠地區，在極遙遠的地區立過功。帝王選賢任用，他開始學古訓而入官治政。經歷數任縣令都潔身清白，名聲被天子所聞知。天子下詔書褒獎，他的光輝事蹟記載於史冊。李公跪拜稽首三次接受詔書，子孫相傳以為家寶。天寶初年，李公到此為當塗縣令，鳴琴不言而治，以一天計算沒有明顯的功效，到一年計算下來就有很大的利益。事物在不知不覺的潛移默化中漸漸達到了小康。李公治政之道非常神明，他人是不可能超越也不容易崇尚的。

方入于禪關，覩天宮崢嶸，聞鐘聲瑣屑❶，乃謂諸龍象❷曰：「盍不建大法鼓，樹之層臺，使群聾六時有所歸仰，不亦美乎❸？」於是發一言以先覺，舉百里而感應。秋毫不挫，人多子來❹。銅崇朝而山積，工不日而雲會❺。乃採鳧氏，撰鳴鐘，火天地之爐，扇陰陽之炭❻。回祿奮怒，飛廉震驚❼。金精轉涾以融熠，銅液星熒而熣燦❽。光噴日道，氣歊天維❾。紅雲點於太清，紫煙矗於遙海❿。烜赫宇宙，功侔鬼神⓫。瑩而察之，吁駭人也⓬。

【章　旨】以上為序的第三段，敘鑄鐘緣於縣令李有則的創議，全縣人民響應，接著描寫聚集材料和工匠、煉銅鑄鐘的情況。

【注　釋】❶方入于禪關三句　謂剛進入寺門，看非常高峻的佛殿，聽鐘聲卻很細微。禪關，佛教語，此處指佛寺之門。天宮，此處指佛殿。崢嶸，高峻貌。瑣屑，細小。❷諸龍象　各位高僧。龍象，水行中龍力最大，陸行中象力最大，故佛教稱五千阿羅漢中最大力者為龍象，後用作對僧人的敬稱。❸盍不建大法鼓四句　謂為什麼不建一座大鐘，樹立在高臺之上，使聾盲的群眾知道一天六時有所歸附仰仗，不也是很好的一件大事麼？大，郭本作「夫」。六時，古代分一晝夜為十二時辰，晝夜分言，則謂「六時」。常用以指白天。《南齊書・武帝紀》：「喪禮每存省約，不須煩民。百官停六時入臨，朔望祖日可依舊。」王琦注云：「西域記時，極短者謂剎那也。百二十剎那為一呾剎那，六十呾剎那為臘縛，三十臘縛為一牟呼栗多，五牟呼栗多為一時，六時合成一日一夜。是中國以一晝夜分作十二時者，西國只分為六時也。」❹於是發一言以先覺四句　謂李有則作為先知先覺者發出一言，全縣民眾同感而響應。絲毫不加摧擊，人民都像父親使之而自來。感，王本、《全唐文》作「咸」。子來，謂民心歸附，如子女趨事父母，不召自來。《詩・大雅・靈臺》：「經始勿亟，庶民子來。」《莊子・山木》：「北宮奢為衛靈公賦斂以為鐘，為壇乎郭門之外，三月而成上下之縣。王子慶忌見而問焉，曰：『子何術之設？』奢曰：『一之間無敢設也。奢聞之，既彫既琢，復歸於朴。侗乎其無識，儻乎其怠疑。萃乎芒乎，其送往而迎來，來者勿禁，往者勿止，從其彊梁，隨其曲傅，因其自窮，故朝夕賦斂，而毫毛不挫，而況有大塗者乎！』」❺銅崇朝而山積二句　謂鑄鐘的銅一個早晨就堆積如山，鑄鐘的工人不到一天就雲集在一起。崇朝，終朝；一個早晨。《詩・鄘風・蝃蝀》：「崇朝其雨。」毛傳：「崇，終也。從旦至食時為終朝。」會，《全唐文》作「集」。❻乃採鳧氏四句　寫鑄鐘的工匠煉銅鑄鐘。鳧氏，古官名，掌製鐘之事。《周禮・冬官・考工記》：「鳧氏為鐘。」撰，製造。火，燃燒，用作動詞。賈誼〈鵩鳥賦〉：「天地為爐兮，造化為工，陰陽為炭兮，萬物為銅。」此處用其意。❼回祿奮怒二句　回祿，傳說中的火神。《左傳・昭公十八年》：「禳火于玄冥、回祿。」杜預注：「玄冥，水神。回祿，火神。」此處指爐火。奮怒，形容爐火之旺。飛廉，傳說中的風神。《楚辭・離騷》：「前望舒使先驅兮，後飛廉使奔屬。」王逸注：「飛廉，風伯也。」洪興祖補注引《呂氏春秋》曰：「風師曰飛廉。」此處指扇風的風箱。震驚，形容風箱扇風的強烈。❽金精轉涾以融熠二句　謂銅液在爐中流轉沸騰，如星光閃耀般燦爛。金精，即下句的「銅液」，異文同義。轉涾，流轉沸騰。涾，宋本原作「潛」，據郭本、繆本、王本、咸本、《全唐文》改。融熠，形容光芒閃爍。星熒，如星閃熒光。熒，宋本原作「縈」，據王本、《唐文粹》、《全唐文》改。❾光噴日道二句　形容爐火之盛。謂其光可上噴太陽運行之軌道，其氣可上衝天之綱維。歊，宋本原作「敵」，

《唐文粹》作「蔽」，據繆本、王本、《全唐文》改。⓾紅雲二句　謂爐火如紅雲上衝天空，紫煙高聳綿延至遙遠的大海。太清，道家所稱的天道。《莊子・天運》：「行之以禮儀，建之以太清。」成玄英疏：「太清，天道也。」此處指天空。《抱朴子・雜應》：「上升四十里，名為太清，太清之中，其氣甚剛。」⓫烜赫宇宙二句　謂其氣勢盛於宇宙之內，其技藝之精等於鬼斧神工。烜赫，形容氣勢之盛。赫，咸本作「爀」。功，指工匠煉銅鑄鐘之技藝。侔，相等。鬼神，「鬼斧神工」的略語。⓬瑩而察之二句　謂鑄成的銅鐘晶瑩明亮，令人驚歎。瑩，光潔明亮。駭人，《唐文粹》、《全唐文》作「可駭」。

【語譯】正進入寺門，就看到非常高峻的佛殿，聽到細微的鐘聲。於是對各位高僧說：「為什麼不建一座大鐘，樹立在高臺之上，使聾盲的群眾知道每天六時有所歸附仰仗，不也是一件很好的大事嗎？」於是因先知先覺者發出一言，全縣民眾都同感而響應，絲毫不加摧逼，人們都像父親使喚兒子一樣很快趕來。一個早晨就把鑄鐘的銅堆積如山，不到一天鑄鐘的工人就雲集在一起。於是鑄鐘的工匠採集材料製造鳴鐘，燃燒天地之爐，扇旺陰陽之炭。爐火之旺如火神奮怒，風箱扇風之強如風神震驚。銅液在爐火中流轉沸騰，如星光閃耀般燦爛。爐火之光上噴太陽運行軌道，其氣上衝天之綱維。爐火如紅雲上衝天空，紫煙高聳綿延至遙遠的大海。其氣勢盛大於宇宙之內，其技藝之精相等於鬼斧神工。觀察這鑄成的銅鐘晶瑩明亮，真是令人驚歎不已。

爾其龍質炳發，虎形躨跜❶。縻金索以上絙，懸寶樓而迭擊❷。傍振萬壑，高聞九天。聲動山以隱隱，響奔雷而闐闐❸。赦湯鑊於幽途，息劍輪於苦海❹。景福肸蠁，被于人天❺。非李公好謀而成，弘濟群有，孰能與於此乎❻！

【章旨】以上為序的第四段，描寫鐘之形態和聲響，以佛教之意讚美鐘聲可以赦免罪人之苦，為眾生求

大福，並以此稱讚縣令李有則為民眾造福。

【注　釋】❶爾其龍質炳發二句　謂至於銅鐘上的龍、虎圖案形態逼真，精神煥發而踞伏自然。爾其，猶至如。表示承接上段的連詞。炳發，猶煥發。蹲踞，踞伏貌。❷縻金索以上絙二句　謂銅鐘繫好粗大的鐵索鏈，懸掛在樓棟上不斷地敲擊。縻，繫繩。用作動詞。金索，金屬的索鏈。絙，粗繩索。❸傍振萬壑四句　謂鐘聲宏亮振動萬壑，高響入雲九天相聞。隱隱的聲響使群山震動，闐闐的響聲就像奔雷。隱隱，《唐文粹》作「殷殷」。同「轞轞」。象聲詞。隱隱本為象車聲，此處象鐘聲。古樂府〈孔雀東南飛〉：「府吏馬在前，新婦車在後，隱隱何甸甸，俱會大道口。」亦作「殷殷」。《史記·蘇秦列傳》：「人民之眾，車馬之多，日夜行不絕，輷輷殷殷，若有三軍之眾。」雷，宋本原作「電」，據郭本、王本、咸本、《全唐文》改。闐闐，象聲詞。象雷聲。《楚辭·九辯》：「屬雷師之闐闐兮」。❹赦湯鑊於幽途二句　赦，赦免罪過。《全唐文》作「救」。湯鑊，煮著滾水的大鍋，古代用作烹煮罪人的酷刑。《史記·廉頗藺相如列傳》：「臣知欺大王之罪當誅，臣請就湯鑊。」佛教稱阿鼻地獄有十八小地獄，小地獄中各有十八劍輪地獄、十八湯鑊地獄。見《法苑珠林》卷七〈六道篇·地獄部〉。此處「湯鑊」、「劍輪」即用其意。王琦注引《翻譯名義集》：「若打鐘時，一切惡道諸苦並得停止。」二句謂鐘聲可赦免和止息在陰間湯鑊地獄和苦海劍輪地獄中的罪人受苦。❺景福肸蠁二句　景福，大福。《詩·小雅·小明》：「介爾景福。」鄭玄箋：「則將助女（汝）以大福。」肸蠁，盛多貌。肸，宋本原作「盼」，據王本、咸本改。《文選》卷四左思〈蜀都賦〉：「景福肸蠁而興作。」呂向注：「肸蠁，濕生蟲，蚊類是也。其群望之，如氣之布寫也。言大福之興，有如此蟲群飛而多也。」被，加；及。二句謂鐘聲使人天帶來盛大洪福。❻非李公好謀而成三句　謂若非縣令李有則喜歡謀成好事，普濟眾生，又有誰能興辦這種鑄鐘之事！群有，佛教語，猶眾生。有，《唐文粹》、《全唐文》作「物」。孰能，《全唐文》作「又孰能」。興，郭本、咸本、《全唐文》作「與」。

【語　譯】至於銅鐘上龍的圖案精神煥發，虎的圖案形態逼真，踞伏自然。將銅鐘繫好粗大的鐵索鏈，懸掛在寶樓的棟樑上而不斷地敲擊。鐘聲宏亮振動萬壑，高響入雲九天相聞。如雷的隱隱響聲震動群山，闐闐的洪大聲音正如奔雷。那鐘聲可以赦免和止息罪人在陰間地獄中受湯鑊劍輪之苦。這大福盛多，惠及於人間天下。如果不是李公喜歡謀略而成就好事，普濟眾生，有誰能在這裡興辦這種鑄鐘之事呢！

丞尉等並衣冠之龜龍，人物之標準。大雅君子，同僚盡心❶，聞善賈勇，贊成厥美❷。寺主昇朝，閑心古容，英骨秀氣，灑落毫素，謙柔笑言❸。海受水而皆納，鏡無形而不燭❹。直道妙用，乃如是然❺。常虛懷忘情，潔己利物，是人行空寂，不動見如來❻。有若上座靈隱，都維那則舒，名僧日暉、蘊虛、常因、調護❼，賢哉六開士，普聞八萬法❽。深入禪惠，精修律儀❾。將博我以文章，求我以述作❿。功德大海，酌而難名⓫。遂與六曹豪吏，姑孰賢老，乃緇乃黃，鳧趨梵庭，請揚宰君之鴻美⓬。白昔忝侍從，備于辭臣，恭承德音，敢闕清風之頌⓭？

【章　旨】以上為序的第五段，描寫縣中官吏、賢老、僧人和道士都像水鳥般趨往佛寺，請李白作銘，用以表彰縣令李有則的美德。

【注　釋】❶丞尉等並衣冠之龜龍四句　謂當塗縣丞、縣尉等人都是世族中的俊傑，人們的榜樣。都是大方文雅的君子，同僚們都盡心盡力。衣冠，衣和冠。古代士以上戴冠，因用以代稱世族、士大夫。李白〈登金陵鳳凰臺〉詩：「晉代衣冠成古丘。」龜龍，古人以龜和龍都是靈物，因用以比喻傑出的人物。《文選》卷五八蔡邕〈郭有道碑文〉：「猶百川之歸巨海，鱗介之宗龜。」李善注：「曾子曰：介蟲之精者曰龜，鱗蟲之精者曰龍。」標準，表率；榜樣。大雅，大方文雅。❷聞善賈勇二句　賈勇，語本《左傳・成公二年》「欲勇者，賈余餘勇」。杜預注：「賈者，賣也。言己勇有餘，欲賣之。」後以「賈勇」為貢獻自己餘力之意。贊成厥美，相助而成其美事。贊，輔佐。❸寺主昇朝五句　寺主，王琦注引《翻譯名義集》：「《僧史略》云：詳寺主起乎東漢白馬寺也，寺既爰處，人必主之，於是雖無寺主之名。而有知事之者。東晉以來，此職方盛，故梁武造光宅寺，名法雲為寺主，創立僧制。」昇朝，寺主之名。當即李白〈陪族叔當塗宰遊化城寺升公清風亭〉詩中所說的「升公」。閑心古容，謂心情閒靜，容貌古雅。英骨秀氣，形容骨相俊美。洒落毫素，謂善於寫作。《文選》卷一七陸機〈文賦〉：「紛葳蕤以馺遝，唯毫素之所擬。」呂向注：「毫，

筆也；素，帛也。」謙柔笑言，謙虛柔順，含笑言談。❹海受水而皆納二句　謂昇朝如大海那樣有水皆納，像鏡子那樣無形不照。形容昇朝胸懷廣闊，心地光明。燭，照。❺直道妙用二句　謂正直之道的妙用，就像這樣的（指「海受水而皆納，鏡無形而不燭」）。然，王本作「言」。❻常虛懷忘情四句　謂昇朝虛心不驕而襟懷寬大，不為情感所動，自己為人高潔而利萬物。昇朝修養已入空寂境界，不動而即可見佛。忘情，謂不為情感所動。《世說新語・傷逝》：「聖人忘情，最下不及情。情之所鍾，正在我輩。」利物，有益於萬物。《易・乾》：「利物足以和義。」孔穎達疏：「言君子利益萬物，使物各得其宜。」空寂，佛教語。謂無諸相曰空，無生滅曰寂。《楞嚴經》卷五：「我曠劫來，心得無礙；自憶受生如恆河沙，初在母胎，即知空寂。」如來，佛的別名。又為釋迦牟尼十種法號之一。❼有若上座靈隱三句　謂上座名曰靈隱，都維那名曰則舒，名僧有日暉、蘊虛、常因、調護四人。那，宋本原作「郝」，據王本、《唐文粹》改。上座，佛教語。一寺之長，「三綱」之首。多由朝廷任命年高德劭者擔任。王琦注引《唐六典》：「每寺上座一人，寺主一人，都維那一人，共綱紀眾事。」又引《翻譯名義集》：「《五分律》：佛言，上更無人名上座。道宣敕為西明寺上座，列寺主、維那之上。」都維那，王琦注：「維那，……《寄歸傳》云：華、梵兼舉也。『維』是綱維，華言也。『那』是梵語，刪去『羯磨陀』三字也。《僧史略》云：梵語『羯磨陀那』譯為事知，亦云悅眾，謂知其事，悅其眾也。」❽賢哉六開士二句　六開士，指上文的上座、都維那與名僧四人。開士，佛教對「菩薩」的別稱。後用作對僧人的敬稱。《釋氏要覽》卷上：「《經音疏》云：開，達也，明也，解也；士則士夫也。經中多呼菩薩為開士。前秦苻堅賜沙門有德解者號開士。」八萬法，謂佛法之多。王琦注引《報恩經》：「如樹根、莖、枝、葉，名為一樹。佛為眾生始終說法，名為一藏，如是八萬。又云：佛一坐說法，名為一藏，如是八萬。又云：十六字為半偈，三十二字為一偈，如是八萬。又云：長短偈，四十二字為一偈，如是八萬。又云：如半月說戒為一藏，如是八萬。又云：佛自說六萬六行偈為一藏，如是八萬。又云：佛說塵勞有八萬，法藏亦八萬，名八萬法藏。」❾深入禪惠二句　禪惠，即禪慧。佛教謂禪定和智慧。《文選》卷五九王中〈頭陀寺碑文〉：「惟此名區，禪慧攸託。」李善注：「禪慧，禪定智慧也。即六度之二行也。」律儀，僧侶遵守的戒律和立身的儀則。儀，郭本、咸本作「義」。《大乘義章》卷一〇：「言律儀者，制惡之法，說名為律，行依律戒，故號律儀。」玄奘《大唐西域記・阿耆尼國》：「經教律儀，既遵印度，諸習學者，即其文而翫之。戒行律儀，潔清勤勵。」❿將博我以文章二句　謂請求李白寫銘文。博，博得；取得。《後漢書・皇后紀・和熹鄧皇后》：「數選進才人，以博帝意。」述作，文章。⓫功德大海二句　謂功德如大海，酌

一勺難以名之。功德，佛教用語。指功業和德行，如誦經、念佛、布施等作出的貢獻。⓬遂與六曹豪吏五句　謂他們就與州衙諸吏，當塗縣賢明的年長者，僧人和道士，如鳧鷖般群趨至佛寺，請我表揚縣令的鴻大美德。六曹，唐代於諸州設六曹參軍事，即功曹、倉曹、戶曹、兵曹、法曹、士曹。此處指州縣僚吏。姑熟，當塗縣的代稱，因有姑熟溪而名。姑，宋本原作「姓」，據郭本、王本、咸本改。乃緇乃黃，王琦注：「緇，謂僧人緇服者。黃，謂道士黃冠者。」鳧趨，王琦注：「鳧趨，謂群趨如鳧鷖也。」梵庭，指佛寺。宰君，指縣令。鴻美，大美。⓭白昔忝侍從四句　謂李白以往曾愧居於侍從皇帝寫詩文之臣，恭敬地承接美好的語言，豈敢缺少高潔品格的歌頌？忝，愧居於。自謙之辭。侍從、辭臣，指李白天寶初為翰林供奉事。敢，豈敢，自謙之詞。清風之頌，語出《詩・大雅・烝民》「吉甫作誦，穆如清風」。

【語　譯】當塗的縣丞、縣尉等人都是世族中的傑出人物，人們學習的榜樣。都是大方文雅的君子，同僚們都盡心盡力。聽說是善事大家都願意貢獻自己的力量，相助成就其美事。寺主昇朝，心情閒靜而容貌古雅。骨相英俊而有秀氣，瀟灑脫落於筆紙，謙虛柔順而含笑言談。正如大海那樣有水皆納，如鏡子那樣無影不照。正直之道的妙用，就是這樣的。他謙遜虛心而不為感情所動，自己高潔而利於萬物。此人修行無諸相無生滅的空寂之道，不動而見佛。又有如上座名靈隱，都維那名則舒，還有著名高僧日暉、蘊虛、常因、調護，這六位高僧真是賢人啊，普遍掌握所有佛法。深入禪定智慧，精修佛教的戒律和立身的儀則。請我寫作這篇文章。功業和德行如大海，酌一勺難以名之。於是就與州衙六曹的僚吏、當塗的賢人耆老、僧人和道士，一起像鳧鷖般趨向佛寺，請我讚揚縣令的大美。我李白以往曾愧居於皇帝侍從，備為寫詩文之臣，如今恭敬地承接美好的話語，豈敢闕如表彰清風的頌文？

其辭❶曰：

雄雄鴻鐘砰隱天，雷鼓霆擊警大千❷。含號烜爀聲無邊，摧慴魑魅招靈仙❸。

傍極六道極九泉，劍輪輟苦期息肩，湯鑊猛火停熾燃❹。愷悌賢宰人父母，與功利物信可久，德方金鐘永不朽❺。

【章　旨】以上為銘的正文。用韻語概括序中的內容。

【注　釋】❶辭　《唐文粹》作「詞」。❷雄雄鴻鐘砰隱天二句　謂大鐘的宏偉聲音殷殷地振響天空，猶如雷霆擊鼓警戒萬千世界。雄雄，形容威勢很盛。《楚辭・大招》：「雄雄赫赫，天德明只。」王逸注：「雄雄赫赫，威勢盛也。」砰隱，大聲貌。《漢書・禮樂志》：「休嘉砰隱溢四方。」顏師古注：「砰隱，盛意。」王先謙補注：「砰，大聲也。隱，與殷同，亦聲之大也。」按：隱，通「殷」。殷殷，聲盛貌。❸含號烜爀聲無邊二句　謂大鐘包含巨大音量而氣勢極盛，聲響無邊無際，招來神靈仙人摧毀一切妖魔鬼怪。含，郭本作「合」。烜爀，氣勢盛大貌。熠，「懾」的異體字。魑魅，古代傳說中的山澤鬼怪。《漢書・王莽傳中》：「投諸四裔，以禦魑魅。」顏師古注：「魑，山神也。魅，老物精也。」❹傍極六道極九泉三句　六道，王琦注：「釋家以天、人、阿修羅、地獄、餓鬼、畜生六種眾生，謂之六道。」極，《唐文粹》、《全唐文》作「下」。九泉，指地下深處。此處指陰間。劍輪，佛教語。阿鼻地獄之一。其間罪人，不斷受利劍斬截之苦。息肩，休息；停止，比喻卸去負擔。三句意謂大鐘之聲傍極六道而深入地下，能使劍輪地獄中的劍輪停止轉動而休息，能使湯鑊地獄中的猛火停止燃燒。❺愷悌賢宰人父母三句　謂賢能的縣令是位和樂平易的君子，可為民之父母，與此大功真可以長久地與人為利，其功德真可與金鐘一起永垂不朽。愷悌，亦作「豈弟」。《詩・小雅・蓼蕭》：「既見君子，孔燕豈弟。」毛傳：「豈，樂；弟，易也。」德方，《唐文粹》、《全唐文》作「傳芳」。

【語　譯】頌詞說：

雄偉的大鐘聲音殷殷地振響天空，猶如雷霆擊鼓警戒萬千世界。大鐘包含巨大音量氣勢極盛而響聲無邊無際，招來神靈仙人摧毀一切妖魔鬼怪。大鐘之聲傍極六道而深入地下，能使地獄中的劍輪停止轉動而休息，地獄中的湯鑊停止猛火燃燒。賢能的縣令是位可為人父母的和樂平易的君子，與此大功真可

以長久利於萬物，其功德正可與金鐘一起永垂不朽。

【研　析】此銘前有序五段。第一段說明佛寺中大鐘的功能和作用，即為了打開愚昧眾生的覺悟。第二段敘縣令李有則的家世、官歷、才能和政績。第三段敘縣令李有則目睹佛寺中原來的大鐘聲音細微，創議重建大鐘，接著具體描寫全縣民眾響應號召，聚集材料和工匠煉銅鑄鐘的情景。第四段描寫鑄成的大鐘圖案形態逼真，懸於寶樓棟梁，聲聞九天，讚美此鐘聲可免罪人之苦，為眾生求大福，以此歌頌縣令李有則為民造福。第五段描寫縣中官吏、賢老、僧人、道士都趨往佛寺，請李白寫文章，以表彰縣令李有則的美德。最後一段乃銘的正文，用韻語概括序中所寫的內容。全篇將議論、敘述、描寫融會一體，脈絡清晰，層次分明。序中有「白昔忝侍從，備于辭臣」句，表明此文作於供奉翰林、賜金還山之後，天寶六載往來於金陵、當塗間之時。

天門山銘❶

梁山博望，關扃楚濱。夾據洪流，實為吳津❷。兩坐錯落，如鯨張鱗❸。惟海有若，唯川有神❹。牛渚怪物，目圍車輪❺。光射島嶼，氣凌星辰。卷沙❻揚濤，溺馬殺人。國泰呈瑞，時訛返珍❼。開則九江納錫❽，閉則五嶽飛塵❾。天險之地，無安匪親❿。

【注釋】❶天門山銘　天門山，在今安徽當塗西南長江兩岸。東為博望山，屬當塗縣，西為梁山，屬安徽和縣。兩山夾江對峙，中間如門，故合稱天門山。李白一生多次舟經天門山，寫有〈望天門山〉詩及〈姑熟十詠〉中的〈天門山〉詩。此銘作年不詳。❷梁山博望四句　謂長江西岸的梁山，是楚地的門戶關鎖；東岸的博望山，是吳地的津渡；兩山夾據著長江的洪流，形勢非常險要。按：春秋時西岸梁山屬楚，故稱楚濱。東岸博望山屬吳，故稱吳津。扃，門戶關鎖。實，是；此。宋本原作「寔」，乃「實」的異體字，今據王本改為正體。❸兩坐錯落二句　謂兩山分布在長江兩岸，如鯨魚張開的鱗片。錯落，分布、排列不整齊貌。❹惟海有若二句　謂是海就有海若，是江就有江神。惟，為；是。海有若，《楚辭・遠遊》：「令海若舞馮夷。」王逸注：「海若，海神名。」唯，通「惟」。神，即江神，名奇相。《文選》卷一二郭璞〈江賦〉：「奇相得道而宅神，乃協靈爽於湘娥。」劉良注：「奇相者，人也。得道於江，故居江為神，乃合其精爽與湘娥俱為神也。」❺牛渚怪物二句　謂牛渚磯下的水中怪物，眼睛圓大似車輪。牛渚，山名。唐時屬宣州當塗縣，在今安徽馬鞍山市。此山突出江中的部分，謂牛渚磯，又稱采石磯。此處用溫嶠燃犀照怪典故。《晉書・溫嶠傳》：「至牛渚磯，水深不可測，世云其下多怪物，嶠遂燬犀角而照之。須臾，見水族覆火，奇形異狀，或乘馬車著赤衣者。嶠其夜夢人謂己曰：『與君幽明道別，何意相照也？』」❻沙　宋本原作「涉」，據郭本、王本、

咸本改。❼國泰呈瑞二句　謂天下太平時往往會呈現祥瑞，時代錯亂時就失去珍貴的祥瑞。瑞，吉祥的徵兆。宋本原作「端」，據郭本、繆本、王本、咸本、《唐文粹》、《全唐文》改。訛，錯誤，引申為動亂。❽九江納錫　語出《書・禹貢》「九江納錫大龜」。孔傳：「尺二寸曰大龜。出於九江水中。龜不常用，錫命而納之。」孔穎達疏：「是言龜不常用，故錫命乃納之。言此大龜錫命乃貢之也。」由此可知，納錫即入貢。九江納錫即九江入貢，喻國家強大。❾五嶽飛塵　王琦注：「陸機〈漢高帝功臣頌〉：『波振四海，塵飛五嶽。』波振、塵飛，以喻亂也。」❿天險之地二句　謂天門山乃天險之地，所守之人如果不是親信，國家就會動盪不安。安，郭本、王本、咸本、《唐文粹》、《全唐文》作「德」。

【語　譯】梁山和博望山，是楚地江邊的門戶關鎖；夾據長江的洪流，此乃吳地的津渡。兩山分布在長江兩岸，就像鯨魚張開的鱗片。是海就有海神，是江就有江神。牛渚磯下的水中怪物，眼睛圓大得像兩個車輪。其光照射島嶼，其氣上衝星辰。牠能捲起沙塵和揚起波濤，溺死戰馬和殺害民眾。國家安泰時往往會呈現吉祥的徵兆，時局動亂時則會使珍貴的寶貝都失去。天門山打開就使九江進貢，關閉就會使五嶽飛揚灰塵。天門山是天險之地，守衛的人如果不是親信，這裡就會動盪不安。

【研　析】這是為天門山寫的一篇銘文，首敘天門山夾據長江兩岸，為吳楚關鎖和津渡，形勢險要。接著插進了牛渚怪物的典故，並極寫其兇惡，使險要形勢更添危殆。再次議論天下太平時和動亂時會出現不同情況，末則點明天門山乃天險，必須有可靠的人守衛。銘文雖短，但意義深長。

任城縣廳壁記❶

風姓之後，國為任城，蓋古之秦縣也❷。在〈禹貢〉則南徐之分❸，當周成迺東魯之邦❹。自伯禽到于順公，三十二代，遭楚蕩滅，因屬楚焉❺。炎漢❻之後，更為郡縣。隋開皇三年，廢高平郡，移任城於舊居❼。邑乃屢遷，井則不改❽。

【章旨】以上為第一段，敘任城縣的歷史沿革。

【注釋】❶任城縣廳壁記　此記《文苑英華》題作〈兗州任城縣令廳壁記〉。任城縣，唐屬河南道兗州，治所在今山東濟寧。廳壁記，嵌於官府廳壁上的碑記。唐代很盛行。始自臺省，後及郡縣。《唐語林》卷八：「朝廷百司諸廳皆有壁記，敘官秩創置及遷授始末，原其作意，蓋欲著前政履歷，而發將來健羨焉。故為記之體，貴其說事詳雅，不為苟飾。而近時作記，多措浮詞。褒美人才，抑揚功閥，殊失記事之本意。韋氏〈兩京記〉云：郎官盛寫壁記，以記當廳前後遷除出入，寖以成俗。然壁記之起，當自國朝已來，始自臺省，遂流郡邑耳。」此記約作於天寶九載（西元七五〇年）李白返魯郡探望兒女之時。❷風姓之後三句　《元和郡縣志》卷一〇河南道兗州：「任城縣，本漢舊縣，屬東平國。古任國，太昊之後，風姓也。僖公二十一年《左傳》曰：『任、宿、須句，皆風姓也。』注曰：『任，今任城縣也。』《魏志》曰文帝封鄢陵侯彰為任城王。齊天保七年，移高平郡於此，任城縣屬焉。隋開皇三年，罷高平郡，屬兗州。」古之秦縣，《文苑英華》、《全唐文》作「秦之古縣」。咸本校：「一云秦之古縣也。」似當依《文苑英華》作「秦之古縣」為是。❸在禹貢則南徐之分　按：〈禹貢〉乃《尚書》篇名，篇中無「南徐之分」的文字。又按：「南徐」在六朝時指京口，即唐朝之潤州，今江蘇鎮江。與兗州任城無涉。此處文意蓋指得南方徐州之地。《元和郡縣志》

卷一〇河南道兗州：「〈禹貢〉兗州之域，兼得徐州之地。春秋時為魯國。」❹當周成迺東魯之邦　周朝時任城屬於魯國。魯國位於東方，故稱東魯。周成，《文苑英華》作「成周」。❺自伯禽到于順公四句　伯禽，周代魯國的始祖。周公姬旦的長子。周武王即位，大封功臣，封周公於少昊之墟、曲阜之地。是為魯公。周公不就封，留佐武王。武王崩，又相成王。其子伯禽，乃就封於魯，建都曲阜。據《史記・魯周公世家》記載，周武王滅紂後，其後有考公酋、煬公熙、幽公宰等相襲，至頃公二十四年，被楚考烈王所滅。「魯起周公至頃公，凡三十四世。」到，《文苑英華》作「至」。順，王本校：「當作頃。」《全唐文》作「傾」。此處的「順公」當為「頃公」之誤。自伯禽至頃公，當為三十三君，此處稱「三十二代」，亦誤。二，王本校：「當作三」。《全唐文》作「四」。遭楚蕩滅，西元前二五六年，楚考烈王滅魯，魯頃公死，魯國亡。因，《文苑英華》作「國」。❻炎漢　古代術數家以金、木、水、火、土互相生剋來解釋列代王朝的交替，漢朝皇帝自稱因火德而興起，故稱炎漢。❼隋開皇三年三句　隋開皇三年，西元五八三年。按隋初沿北朝以州統郡、以郡統縣的舊制，至開皇三年廢郡，改為以州直接轄縣。任城縣於北齊天保七年置高平郡，任城縣屬高平郡。隋開皇三年，廢高平郡，任城縣直接屬兗州。❽邑乃屢遷二句　謂任城縣的歸屬雖多次變化，縣城亦多次遷移，但任城縣所轄的範圍沒有改變。乃，《文苑英華》、《全唐文》作「雖」。改，《文苑英華》作「失」。

【語　譯】任城是風姓的後代，古為任城國，大概是古代的秦縣。在《尚書・禹貢》中兗州兼有徐州之地，當周成王時乃屬於魯國。魯國從伯禽到頃公，共傳三十三代，被楚國消滅，於是就屬於楚國。漢朝以後，變更為郡縣。隋開皇三年，廢除高平郡，移任城縣於舊地。縣的歸屬和城邑雖多次變遷，但任城縣的所在地則沒有改變。

魯境七百里，郡有十一縣，任城其衝要❶。東盤琅邪，西控鉅野，北走厥國，南馳互鄉❷。青帝太昊之遺墟❸，白衣尚書之舊里❹。土俗古遠❺，風流清高，賢良間生，掩映❻天下。

【章　旨】以上為第二段，敘任城地勢重要，風俗殊異。

【注　釋】❶魯境七百里三句　謂任城是魯郡七百里十一縣的軍事和交通要地。魯境，指魯郡全境。魯郡即兗州，唐玄宗天寶元年改為魯郡，唐肅宗乾元元年復改為兗州。七百里，據《元和郡縣志》卷一〇記載，兗州州境：「東西三百三十一里，南北三百五十三里。」管縣十一：「瑕丘、金鄉、魚臺、鄒、龔丘、乾封、萊蕪、曲阜、泗水、任城、中都。」衝要，軍事或交通等方面的要地。袁宏《後漢紀・靈帝紀下》：「今涼州，天下之衝要，國家之蕃衛也。」十一，《文苑英華》作「十三」。其衝要，《文苑英華》、《全唐文》作「當其衝要」。❷東盤琅邪四句　謂任城東邊盤踞著琅邪郡，西邊控制著鉅野澤，北趨可到古厥國，南行可至互鄉古城。野，《文苑英華》作「鹿」。互，《文苑英華》作「牙」。琅邪，郡名，即沂州，天寶元年改為琅邪郡，乾元元年復改為沂州。治所在今山東臨沂。據《元和郡縣志》卷一〇記載，兗州東至沂州三百八十里。鉅野，大澤名，今已涸為陸地，唐時在鉅野縣，即今山東巨野。《水經注・濟水》：「何承天曰：鉅野湖澤廣大，南通洙、泗，北連清、濟，舊縣故城，正在澤中，故欲置戍于此城，城之所在，則鉅野澤也。衍東北出為大野矣。昔西狩獲麟于是處也。」厥國，古國名，唐屬中都縣，今山東汶上。《漢書・地理志下》：「東平國，……東平陸（縣）。」顏師古注引應劭曰：「古厥國，今有厥亭是。」互鄉，《元和郡縣志》卷九河南道徐州滕縣：「合（互）鄉故城，在縣東二十三里。即《論語》所謂互鄉是也。」則當在今山東滕縣境內，北與兗州鄰。❸青帝太昊之遺墟　王琦注引《三皇本紀》：「太皞庖犧氏，風姓。代燧人氏，繼天而王，都於陳。其後裔，當春秋時，有任、宿、須句、顓臾，皆風姓之胤也。」《楚辭・九思・疾世》：「訪太昊兮道要。」王逸注：「太昊，東方青帝也。」遺墟，遺址。按任為太昊風姓之後，故稱任城為青帝太昊之故地。❹白衣尚書之舊里　指東漢鄭均。《後漢書・鄭均傳》：「鄭均，字仲虞，東平任城人。……帝東巡過任城，乃幸均舍，敕賜尚書祿以終其身。時人號為白衣尚書。」舊里，《全唐文》作「舊里也」。❺土俗古遠　謂本土風俗古樸淡遠。❻掩映　隱然照耀。

【語　譯】魯郡境內有七百里，設有十一個縣，其中任城縣在軍事上和交通上處於重要位置。東邊盤踞著琅邪郡，西邊控制著鉅野澤，北邊可趨附古厥國，南邊可馳向互鄉故城。這裡是青帝太昊庖犧氏的遺址，東漢白衣尚書鄭均的故里。本土風俗古樸淡遠，士人風流清高，賢良之士不斷出現，隱然照耀天下。

地博厚，川疏明。漢則名王分茅❶，魏則天人列土❷。所以代變豪侈，家傳文章❸。君子以才雄自高，小人則鄙朴難治❹。況其城池爽塏，邑屋豐潤❺。香閣倚日，凌丹霄而欲飛❻；石橋橫波，驚彩虹而不去❼。其雄麗坱圠❽，有如此焉。故萬商往來，四海綿歷❾，實泉貨之橐籥，為英髦之咽喉❿。故資大賢，以主東道⓫，製我美錦，不易其人⓬。

【章旨】以上為第三段，敘任城縣城池壯麗，商業繁盛；而又人才輩出，所以必須用大賢當縣令，方能勝任。

【注釋】❶漢則名王分茅　指東漢劉尚封任城孝王。古代分封諸侯時，用白茅包取某地的土授予，稱「分茅」，象徵授予土地與權力。《後漢書・劉尚傳》：「任城孝王尚，元和元年封，食任城、亢父、樊三縣。」❷魏則天人列土　指魏曹彰為任城王。天人，才能傑出之人。列土，以土地分封諸侯。《三國志・魏書・曹彰傳》：「（黃初）三年，立為任城王。」❸所以代變豪侈二句　謂因此任城歷代都變成豪侈的王侯分封之地，禮樂教化也都是世代家傳。文章，指詩禮教化，車馬服飾。❹君子以才雄自高二句　謂任城的人，君子以才高自許，小人則鄙野難治。自，郭本作「目」。則，《文苑英華》作「以」。治，《文苑英華》作「理」，乃唐人避高宗諱改。宋本以下已改回。❺況其城池爽塏二句　城池，城牆和護城河。後泛指城市。此處指任城街市河流。爽塏，高爽乾燥。《左傳・昭公三年》：「子之宅近市，湫隘囂塵，不可以居，請更諸爽塏者。」杜預注：「爽，明；塏，燥。」孔穎達疏：「塏，高地，故為燥也。」豐潤，宏大而富裕。❻香閣倚日二句　謂樓閣高倚太陽，似欲飛越霞空。形容樓臺之高。香閣，泛指城中的樓閣。丹霄，絢麗的天空。庾闡〈遊仙詩〉：「神嶽竦丹霄，玉堂臨雪嶺。」❼石橋橫波二句　謂石橋橫臥在江水之上，驚如彩虹而不去。彩虹，形容石橋之狀。❽坱圠　又作「坱軋」。雙聲聯綿詞。漫無邊際貌。圠，宋本原作「比」，據郭本、繆本、王本、咸本、《全唐文》改。賈誼〈鵩鳥賦〉：「大鈞播物兮，坱圠無垠。」《史記・屈原賈生列傳》引作「坱軋」。

❾綿歷　猶綿延，延綿不斷。《北史・崔仲方傳》：「綿歷七百里。」❿實泉貨之橐籥二句　謂任城乃錢貨集散之地，英傑才士必經之地。泉貨，錢貨。橐籥，古代冶煉用的鼓風器具。橐乃鼓風器，籥是送風的管子。《老子》第五章：「天地之間，其猶橐籥乎，虛而不屈，動而愈出。」魏源本義：「外橐內籥，機而鼓之，致風之器也。」此處形容錢貨集散如鼓風機送風那樣不斷進出。英髦，才智傑出之士。《文選》卷五四劉峻〈辯命論〉：「昔之玉質金相，英髦秀達。」李善注：「髦，俊也。」咽喉，比喻必經之通道。⓫故資大賢二句　謂所以必須提供大賢之人來主持任城縣作為東道主。資，提供；資助。主東道，為東道之主，為任城縣令。⓬製我美錦二句　謂只有像善於裁製美好錦衣的人才可治理任城縣政，不能改換他人。製，宋本作「制」，據郭本、王本、咸本、《全唐文》改。以製錦比喻治理縣政，用《左傳》典故。《左傳・襄公三十一年》：「子皮欲使尹何為邑，子產曰：『少，未知可否。』子皮曰：『愿，吾愛之，不吾叛也。使夫往而學焉，夫亦愈知治矣。』子產曰：『不可。人之愛人，求利之也。今吾子愛人則以政，猶未能操刀而使割也，其傷實多。……子有美錦，不使人學製焉。大官大邑，身之所庇也，而使學者製焉，其為美錦，不亦多乎？』」杜預注：「製，裁也。……言官邑之重，多於美錦。」後因以「製錦」為賢者出任縣令之典。

【語　譯】土地廣博豐厚，河流疏導清明。東漢時就有名王劉尚分封為任城王，三國時魏國又有宗室曹彰封為任城王。所以世代變成豪華奢侈的王侯之地，世代家傳詩禮教化。君子以才高自許，小人則鄙野而難治。何況任城的城池高朗乾燥，城內房屋盛大富裕。樓閣高倚太陽，似欲飛越霞空；石橋橫跨江波，驚如彩虹而不去。任城的雄偉壯麗，就是如此這般。所以萬商往來，四海之內綿延不斷，實在是貨物的集散之地，是英俊才士的必經之通道。所以必須憑藉大賢之人，來做縣令作為東道主。就像裁製美錦需要高手一樣，不能改易為一般人擔任。

今鄉二十六，戶一萬三千三百七十一❶。帝擇明德，以賀公宰之❷。公溫恭克修，儼碩有立❸。季野備四時之氣❹，士元非百里之才❺。撥煩彌閑，剖劇無

滯❻。鏑百發克破於楊葉❼，刀一鼓必合於〈桑林〉❽。寬猛相濟，弦韋適中❾。一之歲肅而教之，二之歲惠而安之，三之歲富而樂之❿。然後青衿向訓，黃髮履禮⓫。耒耜就役，農無遊手之夫；杼軸和鳴，機罕嚬蛾之女⓬。物不知化，陶然自春⓭。權豪鋤縱暴之心，黠吏返淳和之性⓮。行者讓於道路，任者併於輕重⓯。扶老攜幼，尊尊親親⓰，千載百年，再復魯道⓱。非神明博遠，孰能契於此乎⓲？

【章　旨】以上為第四段，敘任城縣轄鄉、人口，盛讚賀知止治理任城縣的政績能達到周公的「魯道」。

【注　釋】❶七十一　《文苑英華》作「二十七」。❷帝擇明德二句　明德，美德。此處指品德高尚之人。《禮記・大學》：「大學之道，在明明德。」鄭玄注：「謂顯明其至德也。」賀公，《全唐文》作「賀季真」，誤。據賀鑄《慶湖遺老詩集・自序》：「鑄十五代祖乃祕書外監之從祖弟，諱知止。少味《老》、《易》，躬耕不仕。開元末興崇玄學，本道三以道舉薦送，不赴。會有聞於朝者，起家拜上虞丞。秩滿，試任城令。時李翰林白寓遊是邑，與公相從於詩酒間。撰其美政，書公堂之壁。後人鑱刻於石，今或存焉。」宰之，治理任城，為縣令。❸公溫恭克修二句　謂賀知止溫良恭敬而有修養，莊嚴重望而有政績。溫恭克修，溫良恭敬而有修養。儼碩有立，莊重務實而有成就。儼碩，宋本原作「儼實」，據郭本、繆本、王本、咸本、《文苑英華》、《全唐文》改。❹季野備四時之氣　季野，褚裒，字季野。《世說新語・德行》：「謝太傅絕重褚公，常稱褚季野雖不言，而四時之氣亦備。」今人徐震堮《世說新語校箋》：「劉辰翁曰：『謂外雖不言，而未嘗中無分別，即「陽秋」之意。』按『陽秋』上似脫『皮裏』二字，語見《晉書・褚裒傳》。」《晉書・褚裒傳》：「裒少有簡貴之風，與京兆杜乂俱有盛名，冠于中興。譙國桓彝見而目之曰：『季野有皮裏陽秋。』言其外無臧否，而內有褒貶也。謝安亦雅重之，恆曰：『裒雖不言，而四時之氣亦備矣。』」此句用其意。謂賀知止像當年褚裒那樣口雖不言，而心中有所褒貶。一說，「四時之氣」比喻人的氣度弘遠。❺士元非百里之才　士，咸本作「十」。非，《文苑英華》作「紆」。《三國志・蜀書・龐統傳》：「龐統，字士元，襄陽人也。……先主領

荊州，統以從事守耒陽令，在縣不治，免官。吳將魯肅遺先主書曰：『龐士元非百里才也。使處治中別駕之任，始展其驥足耳。』」按百里才，指治理一縣之才。古時一縣轄地約百里，因稱。此句謂賀知止像龐統一樣絕不是僅能治理一縣的人才。❻撥煩彌閑二句　謂賀知止處理煩雜公務多有閒暇。解決艱難之事毫不停滯。撥煩，處理繁忙政務。《南史・丘仲孚傳》：「梁武帝踐阼，復為山陰令。仲孚長於撥煩，善適權變，……政為天下第一。」剖劇，剖析解決艱難之事。❼鏑百發克破於楊葉　謂發百支箭都能穿破柳葉，形容善射。以喻辦事都能達到目的。《史記・周本紀》：「楚有養由基者，善射者也，去柳葉百步而射之，百發而百中之。」此句用其意。鏑，箭頭。克，能。楊葉，即柳葉。❽刀一鼓必合於桑林　謂賀知止治理任城如庖丁解牛似地每刀都用得確當。《莊子・養生主》：「庖丁為文惠君解牛，手之所觸，肩之所倚，足之所履，膝之所踦，砉然嚮然，奏刀騞然，莫不中音；合於〈桑林〉之舞，乃中〈經首〉之會。」注：「司馬云：〈桑林〉，湯樂名。崔云，宋舞樂名。」❾寬猛相濟二句　謂賀知止施政時寬嚴結合，相輔而行，事情急緩都處理得當。濟，《文苑英華》作「須」。弦韋，《全唐文》作「韋弦」。前句語出《左傳・昭公二十年》：「仲尼曰：『善哉，政寬則民慢，慢則糾之以猛；猛則民殘，殘則施之以寬。寬以濟猛，猛以濟寬，政是以和。』」後句語出《韓非子・觀行》：「西門豹之性急，故佩韋以自緩；董安于之心緩，故佩弦以自急。」後因以「弦韋」比喻緩急。弦乃弓弦，弦緊喻急；韋是獸皮，皮軟喻緩。❿一之歲肅而教之三句　謂第一年嚴肅地施教，第二年施惠而使民眾安定，第三年就使民眾富裕而快樂。此三句模仿《詩・豳風・七月》「一之日觱發，二之日栗烈」、「三之日于耜」的句式。⓫然後青衿向訓二句　青衿，語本《詩・鄭風・子衿》：「青青子衿，悠悠我心。」毛傳：「青衿，青領也，學子之所服。」此處代指學子。向訓，接受訓育，歸向好學。黃髮，指老年人。老人頭髮由白轉黃。《詩・魯頌・閟宮》：「黃髮台背，壽胥與試。」鄭玄箋：「黃髮台背，皆壽徵也。」履禮，遵循禮義。⓬耒耜就役四句　謂拿起農具去勞動，沒有遊手好閒之農夫；杼子卷筒發出諧和鳴聲，織布機邊少有蹙眉憂愁的女子。杼，宋本原作「持」，據郭本、繆本、王本、咸本、《全唐文》改。杼軸，指織布機。杼是織布的梭子，軸乃捲織物之具。《文苑英華》作「機杼」。機，《文苑英華》作「織」。耒耜，古代耕田翻土的工具，亦泛指農具。就役，從事勞動。嚬蛾，蹙眉，形容發愁。⓭物不知化二句　謂人和物在不知不覺中得到感化，陶然快樂猶如春天自然到來。陶然，快樂貌。陶潛〈時運〉詩：「揮茲一觴，陶然自樂。」⓮權豪鋤縱暴之心二句　謂權豪被鋤除了放縱暴虐的欺壓民眾之心，狡猾的官吏也回歸到淳樸溫和的性情。黠吏，狡猾的官吏。⓯行者讓於道路二句　謂行走的人相互讓路，負輕的少年幫助負重的老年。

上句語本《孔子家語・好生》：「虞、芮二國，爭田而訟，連年不決。乃相謂曰：『西伯，仁人也，盍往質之？』入其境，則耕者讓畔，行者讓路。」下句出自《禮記・王制》：「輕任并，重任分。」孔穎達疏：「任，謂有擔負者，俱應擔負。老少並輕，則併與少者擔之也。重任分者，老少並重，不可併與少者一人，則分為輕重，重與少者，輕與老者。」意謂勞動有輕重，少年人應比老年人多承擔。併於，《文苑英華》作「昇其」。⑯扶老攜幼二句　謂扶持老人，牽引幼兒。尊敬長者，親近親族。《戰國策・齊策四》：「民扶老攜幼，迎君道中。」《淮南子・齊俗訓》：「昔太公望、周公旦受封而相見。太公問周公曰：『何以治魯？』周公曰：『尊尊親親。』太公曰：『魯從此弱矣。』」⑰千載百年二句　載，《文苑英華》作「數」。魯道，指周公治理魯國之道。即以上「寬猛相濟」至「尊尊親親」的治理方法。⑱非神明博遠二句　謂如果賀公不是明智如神而思慮廣大深遠，怎麼能與周公治理的魯道相合到如此地步。遠，《文苑英華》作「達」。契，相合。《文苑英華》作「與」。

【語譯】現在任城縣有二十六個鄉，有一萬三千三百七十一戶。皇帝選擇品德高尚之人，用賀公來當縣令治理任城。賀公溫良恭敬而有修養，莊重務實而有成就。像晉褚裒備四時之氣的風度，像龐統一樣非僅為縣令之小才。他處理煩務多有閒暇，解決難題毫不停留。辦事合理如發百箭都能穿破柳葉，謀劃確當如鼓刀必合於《桑林》。施政時寬和嚴相輔而行，急事和慢事處置適中。第一年嚴肅施行教化，第二年施惠而使人民安居，第三年使百姓富裕而快樂。然後學子接受訓教，老人履行禮節。農具都使用起來，農民沒有遊手好閒之徒；織梭與機軸和鳴，織機旁少有蹙眉發愁的女子。人和物都在不知不覺中得到感化，陶然快樂就像春天自然到來。權貴富豪打消了縱惡暴虐之心，狡猾的官吏回歸了淳厚和善之性。行路人互相讓路，挑擔人少年幫助老年。扶老攜幼，尊重長輩，親近親族，千百年後，又恢復了周公提倡的魯道。如不是賀公的英明博識，誰能契合到如此地步呢？

白探奇東蒙，竊聽輿論，輒記之於壁，垂之將來❶。俾後賢之操刀，知賀公

之絕跡者也❷。

【章　旨】以上為第五段，敘寫此廳壁記的原因——為使賀公的政績傳於後世。

【注　釋】❶白探奇東蒙四句　謂我在東蒙山之地尋找奇景，私下聽到民眾關於賀公的談論，就把它記載在牆壁上，讓它流傳到將來。東蒙，山名。唐屬河南道沂州，在今山東蒙陰西南。《元和郡縣志》卷一一河南道沂州費縣：「東蒙山，在縣西北七十五里。《論語》曰：『夫顓臾，昔者先王以為東蒙主。』」竊，私下。表示個人見聞的謙辭。論，《文苑英華》作「誦」。輒，總是；就。❷俾後賢之操刀二句　謂使後代的賢人治理政事，知曉賀公卓越絕倫的政績。俾，使。操刀，語出《左傳・襄公三十一年》：「子皮欲使尹何為邑……子產曰：『不可。人之愛人，求利之也。今吾子愛人則以政，猶未能操刀而使割也，其傷實多。』」後以「操刀」比喻做官任事。刀，郭本作「力」，非。絕跡，卓絕的功業；不尋常的事蹟。司馬相如〈封禪文〉：「未有殊尤絕跡，可考於今者也。」

【語　譯】我來到東蒙山探勝訪奇，私下聽到一些輿論。就記於壁上，使它將來流傳。使後來治任城縣的賢者，能知道賀公卓越絕倫的政績。

【研　析】此記首先敘述任城縣的歷史沿革。從「古之秦縣」到隋廢高平郡，其中文字錯誤較多。其次敘述任城地理形勢的重要，為東西南北四鄰的要衝，歷史上這裡是青帝伏羲氏的後代，白衣尚書鄭均的舊里，風俗古樸，賢良間生。第三段敘任城縣城池壯麗，商業繁盛，而又人才輩出。漢魏時代以此列土分茅以賜名王天人。後代必須用大賢當縣令，方能勝任。為當今縣令賀知止的出場作鋪墊。第四段敘述當今任城縣所轄的鄉和人口的數量，盛讚當今縣令賀知止的治理能力；寬猛相濟，弦韋適中，使全縣人民肅而教，惠而安，富而樂。農無遊手之夫，機罕嚬蛾之女。權豪鋤縱暴之心，黠吏返淳和之性。扶老攜幼，尊尊親親。終於使任城縣在千百年後恢復周公治理魯國之道。這段是此記的重點。最後一段，作者自敘撰寫這篇廳壁記的原因，那就是為了將賀公的政績記載下來，使之留傳於後世。

卷第六

碑、祭文

比干碑

此碑文實為李翰之作。《唐文粹》卷五三、《全唐文》卷四三一都收此文，題為〈殷太師比干碑〉，作者為李翰。按《新唐書・李翰傳》：「翰擢進士第，調衛尉。天寶末，房琯、韋陟俱薦為史官，宰相不肯擬。」此碑序曰：「天寶十祀，余尉于衛。」兩者完全吻合。而李白則從未入仕，何來作衛縣尉？證知此文絕非李白之作，定當為李翰之文。蓋後人誤以李翰為李翰林，遂誤收入《李白集》中。今刪除此文，僅存目。

天長節使鄂州刺史韋公德政碑❶并序

太虛❷既張，惟天之長。所以白帝真人❸，當高秋八月五日，降西方之金精❹，採天長為名，將傳之無窮，紀聖誕之節❺也。我高祖創業，太宗成之，三后繼統，王猷如一❻。大盜間起，開元中興，力倍造化，功包天地❼。不然，何能遏犧、農之頹波，返淳朴於太古❽？雖軒后至道，由聞蚩尤之師❾；今網漏吞舟，而胡夷起於轂下❿。光天文武孝感皇帝⓫，越在明兩，總戎扶風⓬。正帝車於北斗，拯橫流於鯨口⓭；迴日轡於西山，拂蒙塵於帝顏⓮。呼吸而收兩京，烜爀而安六合⓯。歷列辟而罕匹，顧將來而無儔⓰。太陽重輪，合耀並出⓱。宇宙翕變，草木增榮。一麾而靜妖氛，成功不處⓲；五讓而傳劍璽，德冠樂推⓳。

【章　旨】以上為序的第一段，敘寫天長節的由來，頌揚唐玄宗平定內亂創建開元盛世的豐功偉業，並讚揚唐肅宗討伐安史之亂收復兩京的功績，天子禪讓的意義。

【注　釋】❶天長節使句　天長節使，天長節慶典禮儀的主持者。天長節，唐玄宗的生日。《舊唐書・玄宗紀上》：開元十七年，「八月癸亥，上以降誕日，讌百僚于花萼樓下。百僚表請以每年八月五日為千秋節，王公已下獻鏡及承露囊，天下諸州咸令讌樂，休暇三日，仍編為令，從之。」又〈玄宗紀下〉：天寶七載，「秋八月己亥朔，改千秋節為天長節。」鄂州，唐州名，天寶元年改為江夏郡，乾元元年復改為鄂州，治所在今湖北武漢武昌。韋公，即韋良宰。李白寫有〈經亂離後天恩流夜郎憶舊遊書懷贈江夏韋太守良宰〉詩。鄂州刺史韋公，即「江夏韋太守良宰」。證知詩和碑

同為乾元二年流夜郎遇赦回到江夏時所作。從詩和碑對照可知，韋良宰曾為貴鄉縣令、房陵太守、鄂州刺史等職，李白和韋良宰有多次交往，友誼很深。德政碑，舊時歌頌官吏政績的碑刻。❷太虛　指天。《文選》卷一一孫綽〈遊天台山賦〉：「太虛遼廓而無閡。」李善注：「太虛，天也。」❸白帝真人　古代神話中五天帝之一為白帝，乃主西方之神。《周禮・天官・大宰》「祀五帝」賈公彥疏：「五帝者，東方青帝靈威仰，南方赤帝赤熛怒，中央黃帝含樞紐，西方白帝白招拒，北方黑帝汁光紀。」真人，道家稱「修真得道」或「成仙」之人。《莊子・天下》：「關尹老聃乎，古之博大真人哉！」《楚辭・九思・守志》：「隨真人兮翱翔。」王逸注：「真，仙人也。」❹金精　本指位居西方祠白帝的秦朝。班固〈高祖泗水亭碑銘〉：「揚威斬蛇，金精摧傷。」此處指西方之神靈。❺聖誕之節　指唐玄宗的生日，即天長節。❻三后繼統二句　三后，指唐高宗李治，唐中宗李顯，唐睿宗李旦。繼統，繼承帝統。《漢書・昭帝紀贊》：「昔周成以孺子繼統，而有管、蔡四國流言之變。」王猷，王道。《文選》卷一九束晳〈補亡詩〉：「周風既洽，王猷允泰。」呂延濟注：「言周室風化既洽，王道信通上下。」謂高宗、中宗、睿宗繼承帝位，遵循王道如一。

❼大盜間起四句　王琦注：「大盜，指韋、武諸賊臣，以其謀危宗社，故曰大盜。」按：「大盜間起」當指韋后弒中宗事。開元中興，指臨淄王李隆基舉兵平定韋后之亂，睿宗即位，先天元年八月，傳位於太子李隆基，是為唐玄宗。次年十二月，改年號為開元，從此大唐中興，至開元二十九年，達到封建社會繁盛強大的頂峰，世稱「開元之治」。故稱其力倍於自然界的創造，其功可包括天地。❽何能遏犧農之頹波二句　犧農，指伏羲氏和神農氏。伏羲氏為神話中的人類始祖，由他與女媧氏兄妹相配而產生人類。傳說他教民漁獵畜牧。一說伏羲即太皞。神農氏為傳說中農業和醫藥的發明者。一說神農即炎帝。二句謂怎麼能遏止伏羲、神農以來道德頹廢淪喪的波瀾，返回太古時代淳樸的世風？按：道家認為太古混沌時代是道德最美好的社會。從伏羲神農以後，社會越來越發展，道德就越來越淪喪。《莊子・繕性》：「古之人在混芒之中，與一世而得澹漠焉。當是時也，陰陽和靜，鬼神不擾，四時得節，萬物不傷，群生不夭。人雖有知，無所用之。此之謂至一。當是時也，莫之為而常自然。逮德下衰，及燧人、伏羲始為天下，是故順而不一。德又下衰，及神農、黃帝始為天下，是故安而不順。德又下衰，及唐（堯）、虞（舜）始為天下，興治化之流，澆淳散朴，離道以善，險德以行。然後去性而從於心，心與心識，知，而不足以定天下。然後附之以文，益之以博，文滅質，博溺心，然後民始惑亂，无以反其性情而復其初。由是觀之，世喪道矣，道喪世矣，世與道交相喪也。」❾雖軒后至道二句　軒后，指黃帝軒轅氏。傳說中上古五帝之首。至道，最高的道德。由，通「猶」。尚且。蚩尤，傳說中古代九

黎族的首領。以金作兵器，與黃帝戰於涿鹿，兵敗被殺。古籍所載說法不一。《史記·五帝本紀》：「蚩尤作亂，不用帝命。於是黃帝乃徵師諸侯，與蚩尤戰於涿鹿之野，遂禽殺蚩尤。」二句意謂即使像軒轅黃帝那樣具有最高道德之君，尚且還聽說有蚩尤出師作亂之事。❿今網漏吞舟二句　網漏吞舟，語出《史記·酷吏列傳序》：「漢興，破觚而為圜，斲雕而為朴，網漏於吞舟之魚，而吏治烝烝，不至於姦，黎民艾安。」網漏，指法網寬疏。吞舟，指大魚，比喻大奸之臣。後因以「網漏吞舟」比喻法網寬疏而使大奸之臣得逞。《世說新語·規箴》：「王（王導）問顧（顧和）曰：『卿何所聞？』答曰：『明公作輔，寧使網漏吞舟？何緣采聽風聞，以為察察之政。』」胡夷起於轂下，指胡人安祿山叛亂。轂下，輦轂之下。比喻京城皇帝身邊。司馬相如〈上書諫獵〉：「是吳、越起於轂下，而羌、夷接軫也，豈不殆哉！」⓫光天文武孝感皇帝　光天，宋本及各本皆作「先天」，唯王本作「光天」，是，據改。按：《舊唐書·肅宗紀》：「(至德）三載正月甲戌朔。戊寅，上皇御宣政殿，冊皇帝尊號曰光天文武大聖孝感皇帝。……（乾元）二年春正月己巳朔，上御含元殿，受尊號曰乾元大聖光天文武孝感皇帝。」證知「光天文武孝感皇帝」乃唐肅宗的尊號，作「先天」者誤。⓬越在明兩二句　越，同「聿」、「曰」、「粵」。發語詞。無義。明兩，《易·離》：「明兩作離，大人以繼明照于四方。」孔穎達疏：「明兩作離者，離為日，日為明。今有上下二體，故云明兩作離也。」本謂離卦上下為兩明前後相續之象。後借指帝王和太子。《文選》卷三〇謝靈運〈擬魏太子鄴中集詩·王粲〉：「不謂息肩願，一旦值明兩。」呂延濟注：「武帝既明，而太子又明，故謂太子為明兩也。」此處謂肅宗繼玄宗之後又能明照四方。總戎，統率天下軍隊。《周書·武帝紀下》：「帝總戎北伐。」扶風，唐郡名。即岐州。天寶元年改為扶風郡。至德二載，肅宗由靈武幸扶風郡，其年十二月，置鳳翔府，號為西京。與成都、京兆、河南、太原為五京。治所在今陝西鳳翔。二句意謂肅宗皇帝繼玄宗皇帝後明照四方，在扶風郡統率天下軍隊指揮平亂。⓭正帝車於北斗二句　謂肅宗扶正北斗，遏止洪水。帝車，即北斗星。《史記·天官書》：「斗為帝車，運于中央，臨制四鄉。」橫流，洪水泛濫，比喻天下大亂。⓮迴日轡於西山二句　日轡，猶日御。借指帝王的車駕。庾信〈周祀圓丘歌〉其一〇：「禮將畢，樂將闌。迴日轡，動天關。」蒙塵，比喻帝王逃亡在外。《左傳·僖公二十四年》：「天子蒙塵於外，敢不奔問官守？」二句謂肅宗將快落西山的日神車駕重新拉回中天，拂盡帝王臉上所蒙受的灰塵。⓯呼吸而收兩京二句　謂很快就收復長安、洛陽，聲勢盛大而天地四方都安定下來。呼吸，一呼一吸之間，形容時間極短。烜爀，聲勢盛大貌。烜，宋本原作「炟」，乃避諱改字，今據郭本、繆本、王本、咸本改。⓰歷列辟而罕匹二句　謂歷覽古代帝王很少能相比，瞻望將來也無人能

相同。列辟，古代帝王。《後漢書・班固傳》：「德臣列辟，功君百王。」李賢注：「列辟，謂古之帝王也。言漢家德可以臣彼列辟，功可以君彼百王。」匹，匹配；相比。儔，同類；相比。⑰太陽重輪二句　謂太上皇和皇帝如兩日並出合照天下。⑱一麾而靜妖氛二句　謂肅宗令旗一揮而消滅逆賊，功成而不居。靜妖氛，指收復兩京，將叛軍擊敗。成功不處，用《老子》第七十七章成句：「是以聖人為而不恃，功成而不處。」成功，咸本作「功成」。⑲五讓而傳劍璽二句　五讓，用漢文帝事。《漢書・爰盎傳》：「陛下至代邸，西鄉讓天子者三，南鄉讓天子者再。夫許由一讓，陛下五以天下讓，過許由四矣。」傳劍璽，指傳帝位。劍璽，指漢高祖劉邦的斬蛇劍和傳國璽，為漢代神器。後用以象徵統治權。李白〈流夜郎半道承恩放還兼欣克復之美書懷示息秀才〉詩：「一朝讓寶位，劍璽傳無窮。」按：此處指唐肅宗接受傳國璽。《舊唐書・肅宗紀》：「(至德二載)十二月丙午，上皇至自蜀，上至望賢宮奉迎。……甲子，上皇御宣政殿，授上傳國璽，上於殿下涕泣而受之。」此處即指此事。樂推，樂意擁戴。《老子》：「是以聖人處上而民不重，處前而民不害，是以天下樂推而不厭。」

【語　譯】天空已經張開，只有上天是最長久的。所以白帝真人在仲秋八月五日降生西方的神靈，採用「天長節」為名，將傳無數世代，紀念聖人誕生的節日。我大唐王朝自從高祖創業，太宗皇帝成就貞觀之治，高宗、中宗、睿宗繼承帝統，王道如一。中間雖有韋后弒中宗陰謀篡位之大盜，但很快被平定而逐漸形成開元之治的中興局面，其力倍於自然界的創造，其功可包容天地。否則，怎麼能遏止伏羲、神農以來道德頹喪的波瀾，返回太古時代淳樸的世風？即使是黃帝軒轅氏那樣的至道之君，尚且還聽說有蚩尤率兵叛亂之事。如今法網寬疏如網漏吞舟之魚，而胡人安祿山之叛軍起於朝廷之下。光天文武孝感皇帝繼開元天子之後又能明照四方，於扶風郡統率天下軍隊指揮平亂。扶正北斗星的帝車，遏止洪水橫流。將快落西山的日神車駕重新拉回中天，拂盡帝王臉上所蒙受的灰塵。呼吸之間就收復了西京長安和東京洛陽，聲勢盛大而使天地四方都安定下來。歷覽古代帝王很少能匹配，瞻望將來也無人能相比。太上皇和皇帝如兩輪太陽，並出合照天下。宇宙和順變好，草木增加茂盛開花。令旗一揮而消滅叛賊，功成而不居；皇帝五次謙讓而接受傳國璽，其德為天下樂意擁戴之冠。

於戲❶！昔堯及舜、禹，皆無聖子❷，審曆數❸去已，終大寶假人❹，飾讓❺以成千載之美。未若以文明鴻業，授之元良❻，與天同休，相統億祀❼。則我唐至公而無私，越三聖而殊軌❽。騰萬人之喜氣，爛八極之祥雲❾。上皇思汾陽而高蹈，解負重於吾君❿。能事斯畢，與人更始⓫。乃展祀郊廟，望秩山川⓬。方掩骼於河、洛，弔人於幽、燕⓭。但誅元兇，不問小罪⓮。噫大塊之氣，歌炎漢之風⓯。雲滂洋，雨汪濊。澡渥澤，除瑕纇⓰。削平國步，改號乾元⓱。至矣哉！其雄圖景命⓲，有如此者。

【章　旨】以上為序的第二段，頌揚玄宗傳位肅宗，使肅宗皇帝大展宏圖，平定天下。

【注　釋】❶於戲　通「嗚呼」。感歎詞。《史記‧三王世家》：「於戲，小子閎，受茲青社！」司馬貞索隱：「於戲，音嗚呼。戲，或音羲。」❷昔堯及舜禹二句　王琦注：「堯、舜無聖子，文乃兼禹言之，誤也。」《史記‧五帝本紀》：「堯知子丹朱之不肖，不足授天下，於是乃權授舜。……而卒授舜以天下。……舜子商均亦不肖，舜乃預薦禹於天。……諸侯歸之，然後禹踐天子位。」此處即用其事。❸曆數　謂帝王代天治民的順序。曆，郭本、咸本作「歷」。《論語‧堯曰》：「咨，爾舜，天之曆數在爾躬。」邢昺疏：「孔注《尚書》云：曆數謂天道。謂天曆運之數。帝王易姓而興，故言曆數謂天道。」朱熹注：「曆數，帝王相繼之次第，猶歲時氣節之先後也。」❹大寶假人　將帝位授予他人。《易‧繫辭下》：「聖人之大寶曰位。」後因以「大寶」指帝位。❺飾讓　假裝推辭，故為推讓。《魏書‧劉裕傳》：「及還建業，裕進侍中、車騎將軍、都督中外諸軍事，飾讓不受；加錄尚書事，又詐不受。」❻未若以文明鴻業二句　謂不如將文采光明的帝王大業，傳授給太子。授，宋本原作「受」，據繆本、王本改。文明，文采光明。《易‧乾》：「見龍在田，天下文明。」孔穎達疏：「天下文明者，陽氣在田，始生萬物，故天下有文章而光明也。」鴻業，大業，指帝王事業。《漢書‧成帝紀》：「朕承太祖鴻業，奉宗廟二十五年。」元良，太子的代稱。《禮記‧文

王世子》：「一有元良，萬國以貞，世子之謂也。」沈約〈立太子恩詔〉：「元良之寄，有國莫先。」❼與天同休二句　謂與天一樣長福，相繼統治億萬年。休，吉祥。祀，歲；年。商朝稱年為祀。《書・洪範》：「惟十有三祀。」

❽越三聖而殊軌　謂超越古代三位聖君而有不同的制度。三聖，指上古三位帝王堯、舜、禹。董仲舒〈賢良策三〉：「道之大原出於天，天不變，道亦不變。是以禹繼舜，舜繼堯，三聖相受而守一道。」殊軌，不同的法度。❾騰萬人之喜氣二句　謂使萬人喜氣騰躍，八方極遠之地都有祥雲燦爛照耀。暗用古〈卿雲歌〉「卿雲爛兮，糺縵縵兮」詩意。

❿上皇思汾陽而高蹈二句　謂太上皇想學堯平天下之政後往汾水之陽遠行，解除重負而傳位於當今皇上。上皇，指唐玄宗。天寶十五載，玄宗避安史之亂逃往成都，肅宗在靈武即位，尊玄宗為太上皇。思汾陽，《莊子・逍遙遊》：「堯治天下之民，平海內之政，往見四子藐姑射之山，汾水之陽，窅然喪其天下焉。」此處用其意。高蹈，遠行。解負重，《淮南子・精神訓》：「堯布衣揜形，鹿裘御寒，養性之具不加厚，而增之以任重之憂。故舉天下而傳之於舜，若解重負。然非直辭讓，誠無以為也。」⓫能事斯畢二句　《易・繫辭上》：「引而伸之，觸類而長之，天下之能事畢矣。」斯，句中助詞。更始，重新開始。二句謂所能辦的事（傳位之事）已完畢，一切與人民重新開始。⓬乃展祀郊廟二句　謂於是施行祭祀郊廟，遙望而依次祭祀名山大川。展，施行。《書・舜典》：「望秩於山川。」孔傳：「東嶽諸侯境內，名山大川如其秩次望祭之。」⓭方掩骼於河洛二句　謂在黃河、洛水一帶收葬暴露於野的屍骨，在幽燕地區撫慰受害的民眾。《禮記・月令》：「掩骼埋胔。」鄭玄注：「骨枯曰骼。」弔人，即弔民，唐人避太宗李世民諱而改。弔民，撫慰百姓。《孟子・梁惠王下》：「誅其君而弔其民，若時雨降，民大悅。」⓮但誅元兇二句　謂只殺首惡，小罪之人不問。元兇，大惡之人。⓯噫大塊之氣二句　《莊子・齊物論》：「夫大塊噫氣，其名為風。」大塊，大自然。噫氣，呼氣。炎漢，指漢朝。漢自稱以火德王，故稱。蕭統〈文選序〉：「自炎漢中葉，厥塗漸異。」李周翰注：「漢火德，故稱炎。」炎漢之風，指漢高祖劉邦的〈大風歌〉。⓰雲滂洋四句　滂洋，眾多廣大貌。《漢書・禮樂志》：「福滂洋，邁延長。」顏師古注：「滂洋，饒廣也。」汪濊，深廣貌。汪，宋本原作「注」，據郭本、繆本、王本、咸本、《全唐文》改。《漢書・司馬相如傳下》：「湛恩汪濊。」顏師古注：「汪濊，深廣也。」渥澤，沐浴沾潤恩澤。除瑕纇，消除災難。瑕，玉上的斑點。纇，絲上的疙瘩，均比喻缺點。此處比喻災難。四句意謂肅宗皇帝帶給百姓的恩德如雲廣雨多，使民沐恩，除民災害。⓱削平國步二句　意謂平定天下使國運轉好，改年號為「乾元」。江淹〈恨賦〉：「至如秦帝按劍，諸侯西馳，削平天下，同文共規。」國步，國運。《詩・大雅・桑柔》：「國步斯

頻。」朱熹注：「步，猶運也。」「乾元」含有乾坤新紀元之意。⓲雄圖景命　雄偉的謀略，上天授予帝王之位的大命。《詩・大雅・既醉》：「君子萬年，景命有僕。」鄭玄箋：「成王，女（汝）既有萬年之壽，天之大命又附著於女，謂使為政教也。」

【語　譯】嗚呼！從前唐堯和虞舜都沒有英明能幹的兒子，知道代天治民的運數已結束，終於將帝位傳授給他人，裝為推讓而成為千載美談。不如將文采光明的帝王大業，傳授給太子，與天同慶吉祥，相繼統治億萬年。而我大唐王朝最為大公無私，超越堯、舜、禹三位聖君而有不同的制度。能使萬人喜氣歡騰，使八方極遠之處都有祥雲燦爛。太上皇想學唐堯平天下之政後往汾陽遠遊，解除重負而傳位於當今皇帝。所能辦的傳位之事完畢，皇帝就與人民重新開始。於是施行祭祀郊廟，遙望而依次祭祀名山大川。正當在黃河、洛水地區掩埋暴露在野的屍骨，在幽燕地區撫慰受害的民眾。只誅殺罪大惡極的首領元兇，對犯小罪之人不追究。讓大自然呼氣，唱漢高祖的〈大風歌〉。皇帝給民眾的恩惠如雲廣雨多，沐浴沾潤恩澤，消除一切災難。平定天下使國運好轉，改年號為「乾元」，真是達到乾坤新紀元之意啊！那雄偉的謀略和上天授予帝王之位的大命，真是這樣的。

我邦伯韋公❶，大彭之洪胤，扶陽之貴族❷。雄略邁古，高文變風❸。運當一賢，才堪三事❹。歷職剖劇，能聲旁流❺。衣繡而白筆橫冠❻，分符而彤襜入境❼。曩者永王以天人授鉞，東巡無名❽。利劍承喉以脅從，壯心堅守而不動❾。房陵之俗，安於太山❿；休奕列郡，去若始至⓫。帝召岐下，深嘉直誠⓬。移鎮夏口，救時艱也⓭。慎厥職，康乃人。減兵歸農，除害息暴⓮。大水滅郭，洪霖注川。人見憂於魚鼈，岸不辨於牛馬⓯。公乃抗辭正色，言於城隍曰：「若一日雨不歇，

吾當伐喬木，焚清祠。」精心感動。其應如響⑯。無何，中使銜命，徧祈名山，廣徵牲牢，驟欲致祭⑰。公又盱衡而稱曰：「今主上明聖，懷於百靈，此淫昏之鬼，不載祀典，若煩國禮，是荒巫風⑱。」其秉心達識⑲，皆此類也。物不知化，如登春臺⑳。

【章　旨】以上為序的第三段，敘韋良宰的家世、宦歷、品德、才能、識見和政績。

【注　釋】❶邦伯韋公　刺史韋良宰。古代稱一方諸侯為邦伯。《書・召誥》：「命庶殷侯甸男邦伯。」孔傳：「邦伯，方伯，即州牧也。」後因稱州郡長官刺史、太守為邦伯。❷大彭之洪胤二句　謂韋良宰乃夏朝諸侯大彭的後代，漢朝丞相、扶陽節侯韋賢的貴族子孫。胤，《全唐文》作「允」，當是清人避諱改。陽，郭本作「楊」，誤。《新唐書・宰相世系表四上》韋氏，「韋氏出自風姓。顓頊孫大彭為夏諸侯，少康之世，封其別孫無哲于豕韋，其地滑州韋城是也。豕韋、大彭迭為商伯，周赧王時，始失國，徙居彭城，以國為氏。韋伯遐二十四世孫孟，為漢楚王傅，去位，徙居魯國鄒縣。孟四世孫賢，漢丞相、扶陽節侯，又徙京兆杜陵。」又東眷韋氏，綿州刺史、彭城敬公韋澄之子慶祚，慶祚孫尚書右丞行詮，即韋良宰之父。❸雄略邁古二句　謂韋良宰的雄才大略超越古人，高雅文章可變風俗。❹運當一賢二句　謂時運正當五百年出一賢，韋公才能堪為三公。一，《全唐文》作「時」。《顏氏家訓・慕賢》：「古人云：千載一聖，猶旦暮也。五百年一賢，猶比髆也。」《文選》卷四一李陵〈答蘇武書〉「賈誼、亞夫之徒，皆信命世之才」李善注：「《孟子》曰：千年一聖，五百年一賢，賢聖未出，其中有命世者。」三事，即三事大夫，指三公。《詩・小雅・雨無正》：「三事大夫，莫肯夙夜。」孔穎達疏：「卿則當有六人，孤則無主事，故知三事大夫唯三公耳。」❺歷職剖劇二句　謂韋公所歷任的都是難於治理的州郡，他的才能名聲流傳到周圍旁郡。剖劇，剖析治理繁雜難辦的事務。❻衣繡而白筆橫冠　衣，郭本、王本、咸本作「振」。古代御史臺官員穿繡衣，戴鐵冠，簪白筆彈劾官吏。李白〈贈潘侍御論錢少陽〉：「繡衣柱史何昂藏，鐵冠白筆橫秋霜。」此句謂韋良宰曾為御史臺官員。❼分符而彤襜入境　謂州刺史或郡太守得分銅虎符、竹使符。彤襜，赤色車帷。刺史所乘車多用彤襜、皂蓋、朱幡。襜，咸本作「簷」，誤。皇甫冉〈送崔使君赴壽州〉詩：「列郡專城分國憂，彤幨（同『襜』）皂蓋古諸侯。」❽曩者永王以天人授鉞二句　謂往

昔永王李璘因天子授予兵權，越權東巡。天人，指唐玄宗。據兩《唐書》記載，天寶十五載，玄宗在逃往成都途中，曾詔授永王李璘為山南東道及嶺南、黔中、江南西道節度採訪等使、江陵大都督。但永王擅自率水師東下直達江南東道的金陵和潤州（丹陽郡），故稱「東巡無名」。❾利劍承喉以脅從二句　謂永王曾用利劍抵著韋刺史喉部威脅要他跟從，但韋公意志堅定不動搖。❿房陵之俗二句　謂韋公守住房陵，安穩如泰山。房陵，唐郡名，即山南東道的房州，天寶元年改為房陵郡，乾元元年復改為房州。今湖北房縣。⓫休奕列郡二句　謂韋公悠閒地治理多個州郡，臨走時的心態還是像開始到職時一樣。⓬帝召岐下二句　謂肅宗皇帝在鳳翔召見韋公，深深地嘉獎他正直忠誠。王琦注：「岐下，岐山之下，唐時為岐州扶風郡，肅宗時改為鳳翔郡，未復京師以前，駐蹕其地者凡八月。」按：治所在今陝西鳳翔。⓭移鎮夏口二句　謂韋公由房州刺史移任鄂州刺史，是為了挽救時局的艱危。夏口，古城名，在今湖北武漢黃鵠山上。因與長江對岸的夏口（漢水入江處，漢口）相對，故名。此處指唐時的鄂州治所江夏，今武漢市武昌。⓮慎厥職四句　謂韋公謹慎地履行其職責，使其治下之民康樂安居。減少士兵讓其歸家務農，消除禍害和暴虐。⓯大水滅郭四句　謂大水淹城郭，暴雨灌百川，人們都憂慮將被魚鼈吞食，洪水之大辨不清對岸的牛馬。郭，外城曰郭。洪霖，大暴雨。《莊子·秋水》：「秋水時至，百川灌河，涇流之大，兩涘渚崖之間，不辨牛馬。」⓰公乃抗辭正色七句　謂韋公於是嚴詞厲色地對城隍神說：「如果一天之內不停雨，我就要砍伐大樹，焚燒祠廟。」韋公精誠之心感動上天，應聲如響而停雨。一，郭本、王本、咸本作「三」。抗辭，猶嚴辭。城隍，守護城池的神。《北齊書·慕容儼傳》：「城中先有神祠一所，俗號城隍神，公私每有祈禱。」喬木，高大的樹木。⓱中使銜命四句　王琦注：「《唐書》：肅宗嘗不豫，太卜建言，祟在山川。王璵遣女巫乘傳，分禱天下名山大川，巫皆盛服，中人護領。此文所云『中使銜命，徧祈名山』，即其事也。」中使，天子派出的使者，多指宦官。中，郭本誤作「巾」。銜命，遵奉命令。徧，宋本原作「常」，據郭本、王本、咸本、《全唐文》改。牲牢，祭祀用的牲畜。《詩·小雅·瓠葉序》：「上棄禮而不能行，雖有牲牢饔餼，不肯用也。」鄭玄箋：「牛羊豕為牲，繫養者曰牢。」⓲公又盱衡而稱曰七句　盱衡，舉目揚眉。《漢書·王莽傳上》：「盱衡厲色，振揚武怒。」顏師古注引孟康曰：「眉上曰衡；盱衡，舉眉揚目也。」主，《全唐文》作「皇」。懷於百靈，懷柔神靈。淫昏之鬼，與「神靈」相對，指邪惡之鬼怪。《左傳·僖公十九年》：「又用諸淫昏之鬼。」荒巫風，迷亂於巫覡歌舞事鬼神的風尚。⓳秉心達識　持心正直而富於識見。《詩·鄘風·定之方中》：「匪直也人，秉心塞淵。」任昉〈為范尚書讓吏部封侯第一表〉：「漢魏以降，達識繼軌，雅俗所歸，惟稱許、郭。」⓴物

不知化二句　謂韋公善於治政，使民眾在不知不覺中潛移默化，就像登上春日覽勝之臺。《老子》上篇：「眾人熙熙，如享太牢，如登春臺。」

【語　譯】鄂州刺史韋公，是夏朝諸侯大彭的後裔，漢朝丞相、扶陽節侯韋賢的貴族子孫。他的雄才大略超越古人，高雅的文章可以改變風俗。時運正當五百年出一賢，韋公的才能堪當三公。他歷任的職務都是難於治理的州郡，才能聲名傳遍周圍旁郡。他曾為御史臺官員穿繡衣戴鐵冠簪白筆，後當刺史分符乘赤帷皂蓋車入州郡。往昔永王李璘因天子授予兵權，東巡越權。永王用利劍抵著韋公咽喉威脅他跟從，但韋公意志堅定而不為所動。房陵郡的民情風俗都被韋公守住，安定如泰山。韋公悠閒地治理多個州郡，臨走時的心態還像開始到任時一樣。皇帝召見韋公至鳳翔，深深地嘉獎他正直忠誠。將他從房州刺史移任鄂州刺史，就是為了挽救時局的艱危。韋公到任後謹慎地履行其職責，使其治下的人民康樂安居。減少士兵讓他們歸家務農，消除一切禍害和暴虐之事。有一次大水淹城郭，大暴雨灌決百川，人們都憂慮將被魚鼈吞食，洪水之大辨不清對岸的牛馬。韋公於是嚴詞厲色地對城隍神說：「如果一天之內不停雨，我就要砍伐大樹，焚燒祠廟。」韋公精誠之心感動上天，其應如響而停雨。不久，天子派出的使者遵奉命令，普遍祭祀名山，大量徵用祭祀用的牲畜，要急速致祭。韋公又舉目揚眉而述說：「今君王英明聖哲，對神靈懷柔安撫。而這是邪惡之鬼，不載於祭祀典籍。如果對此也煩國禮祭祀，那是迷亂於巫覡所謂祭祀的風尚。」韋公的持心正直而富於識見，都像這類情況。韋公治政使民眾在不知不覺中潛移默化，就像登上春天覽勝之臺。

有若江夏縣令薛公，揖四豪之風，當百里之寄❶。幹蠱有立，含章可貞❷。遵之典禮，恤疲於和樂。政其成也，臻於小康❸。中京重覩於漢儀，列郡還聞於舜樂❹。選鄂之勝，帳于東門❺。乃

登幽歌，擊土鼓，祀蓐收，迎田祖❻。招搖迴而大火乃落，閶闔啟而涼風始歸❼。笙竽和籥之音，象星辰而迭奏❽；吳、楚、巴、渝之曲，各土風而備陳❾。〈禮容〉有穆，簪笏列序❿。羅衣蛾眉，立乎玳筵之上；班劍虎士，森乎翠幕之前⓫。千變百戲，分曹賈勇⓬。藺子跳劍，迭躍流星之輝；都盧尋橦，倒掛浮雲之影⓭。百川繞郡，落天鏡於江城；四山入牖，照霜空之海色⓮。獻觴醉於晚景，舞袖紛於廣庭⓯。

【章　旨】以上為序的第四段，描寫在江夏縣令薛公具體安排下，在江夏東門舉行天長節慶典，官民熱烈歡度節日的情景。

【注　釋】❶有若江夏縣令薛公三句　有若，連詞，猶「至於」，表示另提一事。江夏，唐縣名，屬江南西道鄂州，治所在今湖北武漢武昌。薛公，名不詳。揖，同「挹」。汲取。四豪，指戰國豪俠四公子：齊國孟嘗君、魏國信陵君、趙國平原君、楚國春申君。百里之寄，古時一縣的轄境約一百里，故稱縣令之任為「百里之寄」。❷幹蠱有立二句　幹蠱，「幹父之蠱」的略語。謂兒子能繼承父志，完成其父未竟之事。《易・蠱》：「幹父之蠱，有子，考無咎。」王弼注：「以柔巽之質，幹父之事，能承先軌，堪其任者也。」含章可貞，《易・坤》的成句。王弼注：「含美而可正者也。」二句謂薛縣令有很強的辦事能力，且內含美德而正派。❸遵之典禮四句　瞿蛻園、朱金城《李白集校注》：「全文皆偶句，『小康』以上十七字必有脫誤。」是。意謂薛公能遵照古人治縣的範例，救濟疲乏困難之民眾，使之安樂祥和。其政績有成，使民達到小康生活的水準。恤疲，救援危難之人。小康，指政教清明、人民富裕安樂的社會局面。❹中京重覩於漢儀二句　謂京都收復使長安人民重新見到唐朝威儀，各州郡又聽到盛世的音樂。中京，指唐朝京城長安。《舊唐書・肅宗紀》：「(至德二載十二月）改蜀郡為南京，鳳翔府為西京，西京改為中京，蜀郡改為成都府。鳳翔府官僚並同三京名號。」漢儀，借指唐朝威武儀仗。《後漢書・光武帝紀上》：「更始將北都洛陽，以光武行司隸校尉，使前整修宮府。於是置僚屬，作文移，從事司察，一如舊章。時三輔吏士……及見司隸僚屬，皆歡喜不自勝。老

吏或垂涕曰：『不圖今日復見漢官威儀！』」此處用其意。舜樂，傳說中虞舜之樂，為太平盛世之音。《史記・五帝本紀》：「四海之內，咸戴帝舜之功。於是禹乃興〈九招〉之樂，致異物，鳳皇來翔。天下明德皆自虞帝始。」司馬貞索隱：「招，音韶，即舜樂〈簫韶〉。九成，故曰〈九招〉。」❺選鄂之勝二句　謂選擇鄂州城東門的名勝地區設置帳幕，舉行天長節慶祝活動。于，郭本誤作「干」。❻乃登豳歌四句　謂演唱〈豳風・七月〉，擊起土鼓，祭祀司秋之神，迎接田祖降臨。登豳歌，演奏豳地音樂，指《詩・豳風・七月》。土鼓，以瓦為匡，築之以土，覆以革面為鼓。蓐收，古代傳說中西方司秋之神。收，宋本原作「牧」，據郭本、繆本、王本、咸本、《全唐文》改。《禮記・月令》：「〔孟秋之月〕其帝少皞，其神蓐收。」田祖，始耕田者，指神農氏。《周禮・春官・籥章》：「掌土鼓豳籥。中春，晝擊土鼓，龡（吹的古字）豳詩，以逆暑。中秋，夜迎寒，亦如之。凡國祈年于田祖，龡（吹）豳雅，擊土鼓，以樂田畯。」鄭玄注：「杜子春云：『土鼓，以瓦為匡，以革為兩面，可擊也。』……玄謂豳籥，豳人吹籥之聲。……豳詩，〈豳風・七月〉也。吹之者，以籥為之聲。〈七月〉言寒暑之事，迎氣歌其類也。此〈風〉也而言詩，詩總名也。……田祖，始耕田者，謂神農也。豳雅，亦〈七月〉也。〈七月〉又有『于耜』『舉趾』『饁彼南畝』之事，是亦歌其類。謂之『雅』者，以其言男女之正。」❼招搖迴而大火乃落二句　謂北斗七星之柄迴轉而心宿西下，西方之天門開啟而涼風始來。招搖，指北斗第七星搖光。北斗七星形似有柄的斗，斗柄迴轉標誌季節交換。大火，指二十八宿之一的心宿。古代天文學將周天劃為十二個等分的「次」，「大火」是十二次之一。而心宿乃大火次內的主要星宿，故以大火代指心宿。每當夏曆五月黃昏，心宿出現在天空正南方，至七月黃昏心宿就向西落，故稱「七月流火」。閶闔，王琦注：「西極之門。」《史記・律書》：「閶闔風居西方。閶者，倡也；闔者，藏也。言陽氣道萬物，闔黃泉也。」則閶闔風即西風，秋風。❽笙竽和籥之音二句　謂笙、竽、和（小笙）、籥各種樂器的音響，就像天上的日月星辰在輪番演奏。《荀子・樂論》：「故鼓似天，鐘似地，磬似水，竽笙簫和筦籥似星辰日月，鞉柷拊鞷椌楬似萬物。」❾吳楚巴渝之曲二句　謂各具當地風俗的吳、楚、巴、渝樂曲齊備。巴渝，指巴、渝舞曲，今四川、重慶一帶的民間歌舞。《晉書・樂志上》：「漢高祖自蜀漢將定三秦，閬中范因率賨人以從帝，為前鋒。及定秦中，封因為閬中侯，復賨人七姓。其俗喜舞，高祖樂其猛銳，數觀其舞，後使樂人習之。閬中有渝水，因其所居，故名曰〈巴渝舞〉。舞曲有〈矛渝本歌曲〉、〈安弩渝本歌曲〉、〈安臺本歌曲〉、〈行辭本歌曲〉，總四篇。」❿禮容有穆二句　謂〈禮容〉樂舞莊嚴肅穆，官員們按品階序列。《漢書・禮樂志》：「高祖六年，又作〈昭容樂〉、〈禮容樂〉……〈禮容〉者，主出〈文始〉、〈五行舞〉。」

《隋書·音樂志下》：「(漢高帝)又作〈昭容〉、〈禮容〉……〈禮容〉生於〈文始〉，矯秦之〈五行〉也。」簪笏，古代官員簪筆以備書，執笏以書事，後即以簪笏代指官員。梁簡文帝〈馬寶頌序〉：「簪笏成行，貂纓在席。」⓫羅衣蛾眉四句　謂身穿綾羅衣服的美女站立在華貴的筵席之傍，手執花紋木劍的武士嚴肅地羅列於翠幕之前。玳筵，華貴的筵席。劉楨〈瓜賦〉：「布象牙之席，薰玳瑁之筵。」班劍，有紋飾之劍。或謂以虎皮飾之。班，通「斑」。漢制，朝服帶劍，晉易以木，謂之班劍，取裝飾燦爛之義。後用作儀仗，由武士佩持，天子以賜功臣。《文選》卷五八王儉〈褚淵碑文〉：「班劍為六十人，謚曰文簡。」李周翰注：「班劍，木劍無刃，假作劍形，畫之以文，故曰『班』也。」森乎，嚴肅貌。翠幕，青綠色的帷幕。⓬分曹賈勇　王琦注：「分曹，分為二曹以較優劣。賈勇，爭先炫耀其技，與《左傳》賈勇之義微異。」⓭藺子跳劍四句　藺，王本校：「當作『蘭』」。是。《列子·說符》：「宋有蘭子者，以技干宋元。宋元召而使見其伎。以雙枝長倍其身，屬其脛。並趨並馳，弄七劍，迭而躍之，五劍常在空中。元君大驚，立賜金帛。」都盧尋橦，古代都盧國人善爬竿之技，因稱爬竿雜技為「都盧尋橦」。《文獻通考·樂考二十》：「都盧伎，緣橦之伎眾矣，漢武帝時謂之都盧。都盧，國名，其人體輕而善緣也。」橦，竿。尋橦，古代百戲節目。據現存漢畫，均為一人以頭頂長竿，另一至三人緣竿而上，進行表演。唐代有此節目，見《明皇雜錄》。四句寫宴會上的雜技表演：有的像當年蘭子拋劍空中跳躍接劍，數劍在空中飛舞如流星閃耀光輝；有的表演都盧國人緣竿而上倒掛在浮雲中的身影。⓮百川繞郡四句　謂眾多江河環繞郡城，猶如天上的鏡子落到江夏明亮照人；四周的山光映入窗戶，照耀海色一般的霜空。霜，《全唐文》作「山」。⓯獻觴醉於晚景二句　謂在晚景中頻頻獻酒使人醉倒，在廣庭內美女紛紛揮袖歌舞。

【語譯】至於江夏縣令薛公，汲取戰國四公子的豪俠之風，擔當一個縣的縣令。能繼承先人之志，有很強辨事能力，內含美德而正派。能遵照古人治縣的範例，救濟疲乏困難之民眾，使之祥和安樂。其政績有成，使民眾達到小康的生活水準。京都收復使長安民眾重新見到唐朝的威儀，各個州郡又能聽到虞舜時的太平盛世之音樂。選擇鄂州城東門的名勝地區設置帳幕，舉行天長節的慶祝活動。於是登臺演唱〈豳風·七月〉，擊起土鼓，祭祀司秋之神，迎接田祖神農氏的降臨。北斗七星之柄迴轉而心宿西落，西方之天門開啟而涼風始來。笙、竽、小笙、籥各種樂器的音響，就像天上的星辰在輪番演奏。吳、楚、巴、

渝的樂曲，各具本土風俗而齊備。〈禮容〉樂舞莊嚴肅穆，官員們按品階為序排列。身穿綾羅衣裳的美女，站立在華貴筵席之旁；手執花紋之劍的武士，嚴肅地羅列於翠幕之前。千變萬化的百戲雜技，分為兩曹爭炫其技以較勝負。有的像當年蘭子拋劍空中跳躍接劍，數劍在空中飛舞如流星閃耀光輝；有的表演都盧國人緣竿而上，身影倒掛在浮雲之中。眾多河流環繞郡城，猶如天上的鏡子落到江城；四周的山光映入窗戶，照耀海色般的霜空。頻頻獻酒醉倒在晚景之中，美女們紛紛揮袖歌舞於廣庭之內。

鶴髮之叟，雁序而進曰❶：「恭聞天子無戲言❷，恐轉公以大用。老父不畏死，願留公以上聞。悅坐棠而飡風，庶刻石以寘美❸。」白觀樂入楚，聞〈韶〉在齊❹。採諸行謠，遂作頌曰❺：

【章旨】以上為序的第五段，用江夏老人之言，讚揚韋公得民心而欲挽留，並點明寫作此碑之由來。

【注釋】❶鶴髮之叟二句　鶴髮之叟，白髮老翁。鶴羽毛多白色，故以鶴髮形容白髮。雁序，猶雁行，飛雁有次序的行列。❷恭聞天子無戲言　《史記・晉世家》：「成王與叔虞戲，削桐葉為珪以與叔虞，曰：『此以封若。』史佚因請擇日立叔虞。成王曰：『吾與之戲耳。』史佚曰：『天子無戲言。言則史書之，禮成之，樂歌之。』於是遂封叔虞於唐。唐在河、汾之東，方百里，故曰唐叔虞。」❸悅坐棠而飡風二句　傳說周武王時，召伯巡行南國，曾憩甘棠樹下，聽訟決獄，不煩勞百姓，百姓各得其所，賦詩以懷其德。見《詩・召南・甘棠》、應劭《風俗通・皇霸・六國》。後即以「坐棠」為頌揚官員德政之典。《隋書・王貞傳》：「坐棠聽訟，事絕詠歌。」飡風，謂餐風宿露，不辭辛勞。飡，同「餐」。刻石，指刻石立碑。寘美，設立讚美政績。寘，同「置」。郭本、王本作「賓」。疑誤。❹白觀樂入楚二句　觀樂，用季札事。《左傳・襄公二十九年》：「吳公子札來聘……請觀於周樂。」聞韶，用孔子事。《論語・述而》：「子在齊聞〈韶〉，三月不知肉味，曰：『不圖為樂之至於斯也。』」王琦曰：「鄂州，本楚國之地，故曰『入楚』。因入楚而觀樂，親見其美，猶之在齊而『聞韶』。二句乃流水對法。或疑『入楚』為誤者，非也。」❺採諸行謠二句　謂採之於行人的歌謠，就寫作了此篇碑頌。諸，「之於」的合音合義。

【語　譯】白髮老翁，如飛雁有序地向前說：「我恭敬地聽說過天子無戲言，恐怕要遷轉刺史韋公的官職以大用。我們老翁不怕死，希望挽留韋公並讓皇上知聞。我們都為韋公似當年召伯坐於甘棠之下餐風宿露聽訟而喜悅，希望設置刻石以讚美韋公的德政。」我李白來到楚地觀樂，就像當年孔子在齊國聽到〈韶〉樂。現在我採之於行人的歌謠，於是作此碑頌說：

爽朗太白，雄光下射❶。崢嶸金天，華嶽旁連❷。降精騰氣，赫矣昭然❸。誕聖五日，垂休萬年❹。孽胡挻災，大人有作❺。雷霆發揚，攙槍乃落❻。九服交泰，五雲縈薄❼。掃雪屯蒙，洗清寥廓❽。軒后訪道，來登峨嵋。上皇西去，異代同時❾。六龍轉駕，兩曜迴規。重遭唐主，更覩漢儀❿。肅肅韋公，大邦之翰。秀骨嶽立，英謀電斷⓫。宣風樹聲，遠威逆亂⓬。不長不極，樂奏爭觀⓭。丸劍揮霍，魚龍屈盤⓮。東迴舞袖，西笑長安⓯。頌聲載路，豐碑是刊⓰。

【章　旨】以上為碑頌的正文，用韻語寫成碑的頌文。

【注　釋】❶爽朗太白二句　太白，星名，即金星。又名啟明、長庚。《史記・天官書》：「察日行以處位太白。曰西方，秋。」司馬貞索隱：「《韓詩》云：『太白晨出東方為啟明，昏見西方為長庚。』」二句謂清爽明朗的太白星，強烈的光芒照射下方。❷崢嶸金天二句　崢嶸，高峻貌。金天，西天；秋天。西在五行中為金。於季節中為秋。華嶽，西嶽華山。《舊唐書・玄宗紀上》：先天二年九月，「癸丑，封華嶽神為金天王。」❸降精騰氣二句　謂太上皇乃西方白帝金精騰氣而降生，顯然盛大光明。赫矣，盛大貌。昭然，光明貌；明顯貌。❹誕聖五日二句　謂太上皇八月五日誕生，這聖誕節將傳美萬年。❺孽胡挻災二句　孽胡，指安史之亂叛軍。挻災，作亂；誘起災難。大人，古代對德高

之人的稱謂。《荀子・成相》：「大人者舜，南面而立萬物備。」又〈解蔽〉：「明參日月，大滿八極，夫是之謂大人。」此處指唐肅宗。有作，有施展才能的作為。❻雷霆發揚二句　謂奮發雷霆萬鈞之力，纔將叛亂勢力擊垮。霆，《全唐文》作「電」。攙槍，同「欃槍」。彗星的別稱。古代以為妖星，常用以比喻邪惡勢力。❼九服交泰二句　九服，本指京畿以外的九等地區，即侯服、甸服、男服、采服、衛服、蠻服、夷服、鎮服、藩服。此處泛指全國各地。交泰，指時運亨通。《易・泰》：「天地交，泰。」王弼注：「泰者，物大通之時也。」謂天地之氣融通，則萬物各遂其生，故謂之泰。五雲，五彩瑞雲，吉祥的徵兆。《南齊書・樂志》：「聖祖降，五雲集。」縈薄，縈繞密接。王僧孺〈從子永寧令謙誄〉：「三川縈薄，七嶺悠漫。」二句謂全國各地太平安樂，吉祥徵兆的五色彩雲縈繞密集。❽掃雪屯蒙二句　謂如掃雪一般洗清了蒙難之恥，寥廓天地重見光明。屯蒙，蹇滯、困頓。劉知幾《史通・暗惑》：「或主遘屯蒙，或朝罹兵革。」❾軒后訪道四句　謂當年黃帝軒轅氏曾上峨嵋山訪道，而今太上皇也西巡成都，真是異代相同。這是對唐玄宗避安祿山之亂逃難的避諱之辭。軒后，指黃帝。《抱朴子・地真》：「昔黃帝……到峨眉山，見天真皇人於玉堂，請問真一之道。」峨嵋，郭本作「娥眉」，咸本作「峨眉」。上皇，指太上皇唐玄宗。❿六龍轉駕四句　六龍，指皇帝的車乘為六馬駕車，馬八尺為龍。轉駕，指回歸長安。兩曜，兩個太陽，喻指玄宗和肅宗。迴規，回歸法度。重遭唐主，又遇唐帝統治全國。更覩漢儀，又看到唐朝的威儀。⓫肅肅韋公四句　肅肅，嚴正貌。《詩・小雅・黍苗》：「肅肅謝功，召伯營之。」鄭玄箋：「肅肅，嚴正之貌。」大邦之翰，大國的棟樑。《詩・大雅・板》：「大邦維屏，大宗維翰。」毛傳：「翰，幹也。」幹，比喻棟樑之材。秀骨，不平凡的氣質。嶽立，卓立不群。陸機〈答賈長淵〉詩：「吳實龍飛，劉亦嶽立。」英謀電斷，英明的謀略如閃電般明斷。《周書・武帝紀論》：「及英威電發，朝政維新。」《藝文類聚》卷七九引謝朓〈祭大雷周何二神文〉：「周生電斷，神謨英冠。」⓬宣風樹聲二句　謂宣揚風教德化，樹立名聲威望，遠鎮叛亂之軍。《宋書・劉義恭傳》：「樹聲列藩，宣風鉉德。」⓭不長不極二句　謂禮樂適度而不長不極，民眾爭觀奏樂。《禮記・曲禮》：「敖不可長，……樂不可極。」此用其意。⓮丸劍揮霍二句　描寫古代雜技和魔術。丸劍，雜技名。表演時使用丸和劍。丸，宋本、咸本原作「九」，據郭本、繆本、王本、《全唐文》改。《文選》卷二張衡〈西京賦〉：「跳丸劍之揮霍。」張銑注：「跳，弄也。丸，鈴也。揮霍，鈴、劍上下貌。」魚龍屈盤，魚化為龍的遊戲。《漢書・西域傳贊》：「(武帝)設酒池肉林以饗四夷之客，作〈巴渝〉都盧、海中〈碭極〉、漫衍魚龍、角抵之戲以觀視之。」顏師古注：「魚龍者，為舍利之獸，先戲於庭極，畢乃入殿前激水。化成比目魚，跳躍漱

水，作霧障日，畢，化成黃龍八丈，出水敖戲於庭，炫耀日光。〈西京賦〉云『海鱗變而成龍』，即為此色也。……視，讀曰『示』。觀示者，視（示）之令觀也。」⑮東迴舞袖二句　謂韋公此番在東方舞會結束，即將西笑回長安。桓譚《新論・祛蔽》：「人聞長安樂，則出門向西而笑。」⑯頌聲載路二句　載路，滿路。《詩・大雅・生民》：「厥聲載路。」朱熹集傳：「載，滿也。」豐碑是刊，即刊刻豐碑。是，動詞賓語倒裝的標誌詞。豐碑，紀功頌德的高大石碑。《南史・王琳傳》：「豐碑式樹，時留墮淚之人。」

【語　譯】清爽明朗的太白星，強烈的光芒照射下方。高峻的金秋天空，西嶽華山在旁連接。太上皇乃西方白帝降精騰氣而誕生，赫然盛大光明。八月五日誕生聖帝，這聖誕節將傳美萬年。逆胡安祿山作亂造成災難，當今皇帝有施展才能的作為。發揚雷霆萬鈞之力，才將叛亂勢力擊垮。全國各地太平安樂，吉祥徵兆的五色彩雲密集縈繞。如掃雪般地洗清了蒙難之恥，寥廓天地重見光明。當年黃帝軒轅氏曾訪道峨嵋山，而今太上皇也西巡成都，真是異代相同。六馬所駕車乘轉回長安，兩個太陽都回歸法度。民眾重新遇到唐朝皇帝統治全國，又看到大唐王朝的威儀。嚴正的韋公，是大國的棟梁之材。不平凡的氣質卓立不群，英明的謀略如閃電般明斷。宣揚風教德化，樹立名聲威望，遠鎮叛亂之軍。禮樂適度而不長不極，民眾爭觀樂技。弄鈴、劍之舞上下跳動，還有魚化為龍盤屈之狀的遊戲。韋公此番在東方歌舞之會結束後，即將西笑回長安。滿路都是歌頌韋公之聲，於是刊刻了這座紀功頌德的高大的德政碑。

【研　析】此碑前有序五段。第一段詳細敘寫天長節的由來，歌頌太上皇誕生的意義，從平定內亂到創建開元盛世的豐功偉業；讚揚當今皇帝擊敗安祿山之亂收復兩京的功績。稱美天子禪讓帝位得到民眾的擁戴。第二段以否定堯、舜將大寶假人飾讓以成千載之美，來反襯頌揚太上皇傳位給太子的英明。使當今皇帝大展宏圖，弔民伐罪，平定天下，使國運好轉，改年號為乾元。第三段開始描寫碑的主人公鄂州刺史韋良宰。敘述韋公的家世、宦歷、品德、才能、識見和政績。其中有多個具體事例描寫得非常細緻生動。尤其是寫到永王李璘東巡無名。用「利劍承喉以脅從」，但韋公仍「壯心堅守而不動」，使「房陵之

俗，安於太山」。眾所周知，李白就是在永王東巡時受邀參加其幕府，因而被繫潯陽獄，又被流放夜郎的。兩相對照，這段文字顯然含有欽敬韋公而自責之意。第四段更為生動地描寫在江夏縣令薛公的具體安排下，在鄂州城東門舉行天長節慶典、官民熱烈歡度節日的場面：唱豳歌，擊土鼓，祭秋神，迎田祖；笙竽和籥之音，吳楚巴渝之曲，羅衣美女立於玳筵之上，紋劍武士列於翠幕之前；雜技百戲更是精彩紛呈，晚景中頻飲醉酒，廣庭上舞袖飄飛。這段慶典情景的描寫真可謂淋漓盡致，美不勝收。第五段用江夏老人之言，讚揚韋公得民心而欲挽留，並點明寫作此碑的由來。最後一段是用韻語概括提煉序中的內容寫成的碑文。

溧陽瀨水貞義女碑銘❶并序

皇唐葉有六聖，再造八極❷，鏡照萬方，幽明咸熙❸，天秩有禮❹。自太古及今，君君臣臣，烈士貞女，采其名節尤彰、可激清頹俗者，皆埽地而祠之❺。蘭蒸椒漿，歲祀罔缺❻。而茲邑貞義女，光靈翳然，埋冥古遠，琬琰不刻❼，豈前脩博達者為邦之意乎❽？

【章　旨】以上為序的第一段，敘自古以來對烈士貞女皆建廟祭祀，今溧陽貞義女卻墳地荒蕪，無刻石立碑，故寫此碑銘。

【注　釋】❶溧陽瀨水貞義女碑銘　溧陽，唐縣名，屬江南道宣州。肅宗上元元年十一月屬昇州，次年廢昇州，仍歸屬宣州。治所在今江蘇溧陽西北四十五里。瀨水，水名，溧水的別名。《景定建康志》卷一九：「溧水，一名瀨水，在溧陽西北四十里。……溧水東流為永陽江，江上有渚，曰瀨渚，即伍子胥乞食投金處，故又曰投金瀨。」據《吳越春秋》卷三記載，伍子胥奔吳時，「乞食溧陽，適會女子擊綿於瀨水之上，筥中有飯。……發其簞筥，飯其盎漿，長跪而與之。……子胥已餐而去，又謂女子曰：『掩夫人之壺漿，無令其露。』女子歎曰：『嗟乎！妾獨與母居三十年，自守貞明……子行矣。』子胥行，反顧女子，已自投於瀨水矣。」貞義女，即指此女。周必大《泛舟遊山錄》卷二：「去（溧陽）縣四十里有貞義女廟。女姓史，李太白作記，題云〈瀨水上古貞義女碑銘并序〉，前翰林院內供奉學士隴西李白述。」按：今北京圖書館藏拓本即此淳化石刻。而江蘇宜興文化館則有民國初洗刻石碑，末有進士董衍淳化五年跋語云：「……紹興間，溧陽令周淙重立廟於此，徙碑還舊，此蓋故縣也。」碑文末具有天寶十五載字樣，知李白此碑作於是年避亂南奔溧陽之時。按：宋本此文題中無「并序」二字，據郭本、王本、咸本補。《文苑英華》題中「碑銘」二字作「廟碑」，亦無「并序」二字。❷皇唐葉有六聖二句　王琦注：「六聖，高祖、太宗、高宗、中宗、睿宗、玄宗

也。再造八極，謂玄宗平韋氏之難而天下復定也。」❸鏡照萬方二句　謂天子明察如鏡能照到全國各地，幽暗之地和明亮之地皆能照遍。照，《文苑英華》作「清」。淳化石刻無「照」字。《楚辭・九思・守志》：「三光朗兮鏡萬方。」《書・堯典》：「庶績咸熙。」孔傳：「咸，皆也；熙，廣也。」❹天秩有禮　用《書・皋陶謨》成句：「天秩有禮」。孔穎達疏：「天又次敘爵命，使有禮法。」謂上天規定的品級禮法。❺自太古及今五句　太古，《唐文粹》無「太」字。采其，《唐文粹》此下有「史傳」二字。彰，《文苑英華》作「章」。《舊唐書・玄宗紀下》：天寶七載，「五月壬午，上御興慶宮，受冊徽號，大赦天下，百姓免來載租庸。三皇以前帝王，京城置廟。以時致祭。其歷代帝王肇跡之處未有祠宇者，所在各置一廟。忠臣、義士、孝婦、烈女德行彌高者，亦置祠宇致祭。賜酺三日。」五句即指此事。掃地而祠，《禮記・禮器》：「至敬不壇，掃地而祭。」孔穎達疏：「至敬不壇、掃地而祭者，此謂祭五方之天，初則燔柴於大壇，燔柴訖於壇下，掃地而設正祭，此周法也。」❻蘭蒸椒漿二句　《楚辭・九歌・東皇太一》：「蕙肴蒸兮蘭藉，奠桂酒兮椒漿。」王逸注：「蕙肴，以蕙草蒸肉也；椒漿，以椒置漿中也。」二句謂歲時季節以香潔菜肴和椒漿祭祀不斷。❼而茲邑貞義女四句　謂而今此邑的貞義女，安葬其神靈的墳墓荒蕪，埋沒其名聲已久遠，未刊立碑石。光靈，神靈。《文選》卷二三顏延之〈拜陵廟作〉詩：「周德恭明祀，漢道尊光靈。」呂延濟注：「光靈，祖宗之靈。光，盛也。」又卷三六傅亮〈為宋公修楚元王墓教〉：「丘封翳然，墳塋莫翦。」呂向注：「翳然，荒蕪。」埋冥，當依《唐文粹》作「埋名」。琬琰，美玉。此處乃碑石的美稱。琰，《全唐文》作「玉」。❽豈前脩博達者句　謂這難道是前賢博學通達之人治國之意麼？《後漢書・劉愷傳》：「景仰前修，有伯夷之節。」李賢注：「前修，前賢也。」博達，博學通達。《漢書・陳湯傳》：「少好書，博達善屬文。」為邦，治理國家。

【語譯】大唐王朝傳世有六位皇帝，當今皇上平定韋后之亂而再次使天下恢復安定。天子明察如鏡能照到全國各地，幽暗和明亮之地皆能照遍，都能按照上天規定的品級禮法辦事。從太古時代一直到現在，君、臣、烈士、貞女，採集名節特別彰顯、可以激濁揚清頹敗風俗的人，皆要掃盡地面建祠而祭。歲時季節以香潔菜肴和椒漿祭祀不斷。而今此邑的貞義女，安葬其神靈的墳墓已荒蕪，埋沒其名聲已久遠，沒有刊立碑石。這難道是前賢博學通達之人治國之意麼？

貞義女者，溧陽黃山里史氏之女也，以家溧陽，史闕書之。歲三十，弗移天于人❶，清英潔白，事母純孝。手柔荑而不龜❷，身擊漂以自業❸。當楚平王時，平王虐忠助讒，苛虐厥政。芟於尚，斬於奢，血流于朝，赤族伍氏❹。怨毒於人，何其深哉！子胥始東奔勾吳❺，月涉星遁。或七日不火，傷弓于飛❻。逼迫於昭關，匍匐於瀨渚。捨車而徒，告窮此女❼。目色以臆，授之壺漿。全人自沉，形與口滅❽。卓絕千古，聲凌浮雲。激節必報之讎，雪誠無疑之地❾。難乎哉！

【章旨】以上為序的第二段，敘貞義女的出生地及品質性格，誠救伍子胥的卓絕事蹟。

【注釋】❶弗移天于人　《唐文粹》作「不移其志」；《全唐文》作「弗移其志」。移天，猶出嫁。封建禮法以為女子在家尊父為天，出嫁則尊夫為天。《隋書・王誼傳》：楊素劾誼曰：「竊以雖曰王姬，終成下嫁之禮，公則主之，猶在移天之義。」❷手柔荑而不龜　謂其手柔潤白嫩如草芽而不開裂。荑，茅草嫩芽。《詩・衛風・碩人》：「手如柔荑。」毛傳：「如荑之新生。」龜，通「皸」。皮膚因寒冷乾燥而破裂。《莊子・逍遙遊》：「宋人有善為不龜手之藥者，世世以洴澼絖為事。」郭象注：「其藥能令手不拘坼，故常漂絮於水中也。」成玄英疏：「洴，浮；澼，漂也；絖，絮也。世世，年也。宋從隆冬涉水漂絮以作牽離，手指生瘡，拘坼有同龜背，故世世相承家傳此藥，令其手不拘坼，常得漂絮水中，保斯事業，永無虧替。」❸身擊漂以自業　謂親自捶擊漂洗浣紗作為自己的事業。擊漂，《文苑英華》作「漂擊」，《唐文粹》作「激漂」。❹當楚平王時七句　《史記・伍子胥列傳》：「伍子胥者，楚人也，名員。員父曰伍奢，員兄曰伍尚。……楚平王有太子名曰建，使伍奢為太傅，費無忌為少傅，無忌不忠於太子建。……日夜言太子短於王曰：『……自太子居城父，將兵，外交諸侯，且欲入為亂矣。』平王乃召其太傅伍奢考問之。伍奢知無忌讒太子於平王，因曰：『王獨奈何以讒賊小臣疏骨肉之親乎？』無忌曰：『王今不制，其事成矣。王且見禽。』於是平王怒，囚伍奢。……無忌言於平王曰：『伍奢有二子，皆賢，不誅且為楚憂。可以其父質而召之。』……（王）使人召二子曰：『來，吾生汝父；不來，今殺奢也。』伍尚欲往，員曰：『楚之召我兄弟，非欲以生我父也，恐有脫者，

後生患，故以父為質，詐召二子。二子去，則父子俱死。……不如奔他國，借力以雪父之恥。俱滅，無為也。』伍尚曰：『我知往終不能全父命。然恨父召我以求生而不往，後不能雪恥，終為天下笑耳。』謂員：『可去矣！汝能報殺父之讎，我將歸死。』尚既就執，使者捕伍胥。伍胥貫弓執矢嚮使者，使者不敢進，伍胥遂亡。……楚並殺奢與尚也。」七句即敘此事。平王虐忠，《唐文粹》、《文苑英華》皆無「平」字。芟，刪除雜草，引申為斬殺。斬於奢，於，《文苑英華》作「于」。赤族，誅滅全族，盡殺無類。杜甫〈壯遊〉詩：「朱門任傾奪，赤族迭罹殃。」❺東奔勾吳　東，《文苑英華》作「來」。勾吳，亦作「句吳」。即指春秋時的吳國。勾，發語詞。《史記・吳太伯世家》：「太伯之奔荊蠻，自號句吳。」司馬貞索隱：「荊者，楚之舊號，以州而言之曰荊。蠻者，閩也，南夷之名；蠻亦稱越。此言『自號句吳』，吳名起於太伯，明以前未有吳號。地在楚越之界，故稱荊蠻。顏師古注《漢書》，以吳言『句』者，夷語之發聲，猶言『於越』耳。此言『號句吳』，當如顏解。」❻或七日不火二句　謂很多天不能舉火煮飯吃，在飛奔中如傷弓之鳥。《莊子・讓王》：「孔子窮於陳、蔡之間，七日不火食。」❼逼迫於昭關四句　謂在昭關幾乎被擒，在瀨水邊只能伏地而行。捨棄車馬而徒步行走，向此貞女訴苦乞食。昭關，地名。在今安徽含山縣北，小峴山西。山勢險仄，因以為關。春秋時為吳楚界地，往來要衝。《史記・伍子胥列傳》：「（伍子胥）奔吳。到昭關，昭關欲執之。伍胥遂與勝（楚太子建之子）獨身步走，幾不得脫。」司馬貞索隱：「其關在江西，乃吳楚之境也。」捨車而徒，用《易・賁》成句：「賁其趾，舍車而徒。」❽目色以臆四句　謂用眼色來表達心意，貞義女將壺漿飯肴授予伍子胥，然後為保全他人而自己沉沒水中，形與口一起滅絕。目色，眼色。臆，心意。全，《文苑英華》作「金」，誤。❾激節必報之讎二句　謂激勵他人必報之仇的氣節，雪清自己無可懷疑的誠意。

【語　譯】貞義女是溧陽黃山里史氏之女，因為家住溧陽，史書缺乏記載。年紀已到三十歲，尚未出嫁，貞潔清白，單純地孝順母親。其手柔潤白嫩如草芽而不開裂，親自捶擊漂洗浣紗作為自己的事業。在楚平王時，平王聽信讒言虐殺忠良，苛刻殘暴地治政。斬殺伍奢和伍尚，血流於朝廷，誅滅了伍氏全族，怨仇於人怎麼那樣深啊！伍子胥開始東奔吳國，月夜星辰奔波遁逃，有時很多天不能舉火煮飯吃，如傷弓之鳥那樣飛奔。在昭關遭逼迫幾乎被擒，在瀨水邊只能伏地而行。捨棄車馬而徒步行走，向此貞義女訴苦乞食。用眼色來表達心意，貞義女將壺漿飯肴交給伍子胥，為保全他人而自己沉沒水中，形體與口

一起滅絕。此事千古無與倫比，聲名上越浮雲。激勵他人必報之仇的氣節，雪清自己無可懷疑的誠意。真難做到啊！

借如曹娥潛波，理貫於孝道❶；聶姊殞肆，概動於天倫❷。魯姑棄子，以卻三軍之眾❸；漂母進飯，沒受千金之恩❹。方之於此，彼或易爾❺。卒使伍君開張闔閭，傾蕩鄢、郢❻。吳師鞭屍於楚國，申胥泣血於秦庭❼。我亡爾存，亦各壯志❽。張英風於古今，雪大憤於天地❾。微此女之力，雖云為之士，焉能咆哮炰烋，施於後世也❿。望其溺所，愴然低迴而不能去。每風號吳天，月苦荊水⓫，響像⓬如在，精魂⓭可悲。惜其投金有泉⓮，而刻石無主，哀哉！

【章　旨】以上為序的第三段，以古代四位孝義之女的事蹟與貞義女相比，認為貞義女更不易。伍子胥若無此女之助，不可能伐楚雪憤而傳名後世。詩人望女溺所而惜其無碑紀念。

【注　釋】❶借如曹娥潛波二句　謂即如曹娥投江而死，本性貫通於對父親的孝道。《後漢書・列女傳》：「孝女曹娥者，會稽上虞人也。父盱，能絃歌，為巫祝。漢安二年五月五日，於縣江泝濤婆娑迎神，溺死，不得屍骸。娥年十四，乃沿江號哭，晝夜不絕聲，旬有七日，遂投江而死。至元嘉元年，縣長度尚，改葬娥於江南道傍，為立碑焉。」二句指此事。借如，即如。潛波，指投江自盡。理，本性；事理。❷聶姊殞肆二句　謂聶政之姊自殺於街市，節操激動於姊弟天倫之情。《史記・刺客列傳》記載，聶政刺殺韓相俠累，自剝面皮，挖掉眼珠，屠腸而死，韓國取聶政屍暴於市，懸賞千金購問刺客之名而不得知。聶政姊聽說有人殺韓國相，於是赴韓國市肆，認出果然是其弟，乃伏屍痛哭曰：「是軹深井里所謂聶政者也。」市人對她說：此人殺吾國相，王懸賞購其名姓，夫人怎敢來認他？聶政姊曰：「聞之。……士固為知己者死，今乃以妾尚在之故，重自刑以絕從，妾其奈何畏歿身之誅，終滅賢弟之名！」大呼天者三，卒

於邑悲哀而死政之旁。晉、楚、齊、衛聞之，皆曰：「非獨政能也，乃其姊亦烈女也。」二句即指此事。殞肆，死於市街之間。概，節操。天倫，指姊弟等天然的親屬關係。❸魯姑棄子二句　劉向《列女傳・節義・魯義姑姊》：「魯義姑姊者，魯野之婦人也。齊攻魯至郊，望見一婦人，抱一兒攜一兒而行。軍且及之，棄其所抱，抱其所攜而走於山。兒隨而啼，婦人遂行不顧。……齊將乃追之……問所抱者誰也，所棄者誰也。對曰：『所抱者妾兄之子也，所棄者妾之子也。見軍之至，力不能兩護，故棄妾之子。』齊將曰：『子之於母，其親愛也，痛甚於心，今釋之而反抱兄之子，何也？』婦人曰：『己之子，私愛也；兄之子，公義也，夫背公義而向私愛，亡兄子而存妾子，幸而得全，則魯君不吾畜，大夫不吾養，庶民國人不吾與也。夫如是，則脅肩無所容，而累足無所履也。子雖痛乎，獨謂義何！故忍棄子而行義，不能無義而視魯國。』於是齊將按兵而止，使人言於齊君曰：『魯未可伐也，乃至於境，山澤之婦人耳，猶知持節行義，不以私害公，而況於朝臣士大夫乎？請還。』齊君許之。魯君聞之，賜婦人束帛百端，號曰義姑姊。」二句即指此事。❹漂母進飯二句　《史記・淮陰侯列傳》：「（韓）信釣於城下，諸母漂，有一母見信饑，飯信，竟漂數十日。信喜，謂漂母曰：『吾必有以重報母。』母怒曰：『大丈夫不能自食，吾哀王孫而進食，豈望報乎！』……漢五年正月，徙齊王（韓）信為楚王，都下邳。信至國，召所從食漂母，賜千金。」裴駰集解引韋昭曰：「以水擊絮為漂，故曰漂母。」二句即指此事。❺方之於此二句　謂與貞義女之事相比，那些還是容易的。方，比。此，指貞義女事蹟。彼，指上述曹娥、聶姊、魯姑、漂母四事。易，《唐文粹》作「異」。爾，王本、《文苑英華》作「耳」。❻卒使伍君開張闔閭二句　謂終於使伍子胥能輔佐吳王闔閭開創擴大霸業，打敗傾覆楚國。卒，終於。闔閭，亦作「闔廬」，名光，春秋時吳國國君（西元前五一四——四九六年在位）。鄢，春秋時楚的別都，唐時為山南東道襄州宜城縣，在今湖北宜城西南。郢，楚之都城，唐時為山南東道荊州江陵縣，在今湖北江陵西北紀南城。《史記・伍子胥列傳》：「（吳）公子光乃令專諸襲刺吳王僚而自立，是為吳王闔廬。闔廬既立，得志，乃召伍員以為行人，而與謀國事。……闔廬立三年，乃興師與伍胥、伯嚭伐楚。……九年，……悉興師與唐、蔡伐楚，與楚夾漢水而陳。……遂以其屬五千人擊楚將子常。子常敗走，奔鄭。於是吳乘勝而前，五戰，遂至郢。己卯，楚昭王出奔。庚辰，吳王入郢。」二句即指此事。❼吳師鞭屍於楚國二句　《史記・伍子胥列傳》：「始，伍員與申包胥為交，員之亡也，謂包胥曰：『我必覆楚。』包胥曰：『我必存之。』及吳兵入郢，伍子胥求昭王，既不得，乃掘楚平王墓，出其屍，鞭之三百，然後已。……於是申包胥走秦告急，求救於秦。秦不許。包胥立於秦廷，晝夜哭。七日七夜不絕其聲。秦哀公憐之，曰：『楚

雖無道，有臣若是，可無存乎！』乃遣車五百乘救楚擊吳。」二句即指此事。❽我亡爾存二句　謂伍子胥亡楚，申包胥存楚，亦為各自展示其壯志。❾張英風於古今二句　謂伍子胥能開張自古至今的英武氣概，清雪天地之間的巨大怨憤。❿微此女之力四句　意謂如果沒有這位貞義女之力，即使伍子胥為忠孝之士，怎能恣肆顯赫、延續於後代。微，非；無；沒有。《詩・邶風・柏舟》：「微我無酒。」毛傳：「非我無酒。」《國語・周語中》：「微我，晉不戰矣！」韋昭注：「微，無也。」雖云為之士，《唐文粹》作「雖云為忠孝之士」，《全唐文》作「雖員為忠孝之士」。焉能，《唐文粹》作「亦焉能」。烜，宋本作「炟」，當為避諱缺筆，據郭本、王本、咸本改。也，《文苑英華》、《全唐文》作「耶」。雖，即使。咆哮烜爀，形容恣肆顯赫之狀態。施，延及。⓫荊水　水名。在今江蘇南部，上游胥溪河，源自高淳縣東壩，匯集大茅山以東和蘇、浙、皖邊境界嶺北坡諸水，經溧陽東流，到宜興大埔附近入太湖。⓬響像　聲音和容貌。常指死者。《文選》卷一六陸機〈歎逝賦〉：「尋平生於響像，覽前物而懷之。」李善注：「夫響以應聲，像以寫形，今形聲既亡，故尋其響像。」呂延濟注：「尋思親故音響形像，見昔時器物而為增懷也。」⓭精魂　精神魂魄。王充《論衡・書虛》：「生任筋力，死用精魂。……筋力消絕，精魂飛散。」⓮惜其投金有泉　惜其，《文苑英華》作「備惜」。投金有泉，《吳越春秋》卷四〈闔閭內傳〉記載，伍子胥輔助吳王闔閭伐楚還，「過溧陽瀨水之上，乃長太息曰：『吾嘗饑於此，乞食於一女子，女子飼我，遂投水而亡。』將欲報以百金而不知其家，乃投金水中而去。」此句即指此事。

【語　譯】 即如曹娥投江而死，本性貫通於對父親的孝道；聶政之姊自殺於市肆，節操激動於姊弟間天然的親屬關係。魯國的義姑姐棄己子救兄之子，使齊國侵魯之三軍退卻；漂母給韓信進飯，最終受千金的報恩。與這貞義女之事相比，那些事情還是容易的吧。終於使伍子胥能輔佐吳王闔閭開創擴張霸業，打敗傾覆楚國。伍子胥率吳國軍隊在楚國掘楚平王墓，出其屍而鞭打三百，申包胥則在秦國朝廷泣血求救，伍子胥亡楚，申包胥存楚，亦為各自展示壯志。伍子胥能開張自古至今的英武風氣，清雪天地之間的巨大怨憤。如果沒有這位貞義女之力，即使說伍子胥為忠孝之士，怎麼能恣肆顯赫，延續於後代呢。望著貞義女沉溺的地方，悽慘徘徊而不能離去。每當吳地天空狂風怒號，荊水映照月亮淒苦，貞義女的聲音形像好像仍然存在，她的精神魂魄寂然可悲。可惜伍子胥投金於水中，卻沒有刻石立碑，哀痛啊！

邑宰滎陽鄭公名晏❶，家康成之學，世子產之才❷。琴清心閑，百里大化❸。有若主簿扶風竇嘉賓❹、縣尉廣平宋陟、丹陽李濟、南郡陳然、清河張昭❺，皆有卿才霸略，同事相協❻。緬紀英淑，勒銘道周❼。雖陵頹海竭，文或不死。

【章旨】以上為序的第四段，敘縣令及主簿、縣尉同事相協為貞義女刻石立碑。

【注釋】❶邑宰滎陽鄭公名晏　謂縣令郡望滎陽，姓鄭名晏。滎，《文苑英華》作「熒」，誤。滎陽，唐時即鄭州，屬河南道。天寶元年改為滎陽郡，屬都畿道；乾元元年復改為鄭州。按李白有〈戲贈鄭溧陽〉詩中的「鄭溧陽」當即鄭晏，可參讀。❷家康成之學二句　謂其家世代傳授東漢大儒鄭玄之學，都有子產那樣治國之才。《後漢書·鄭玄傳》：「鄭玄，字康成，北海高密人也。……師事京兆第五元先，始通《京氏易》、《公羊春秋》、《三統曆》、《九章算術》。又從東郡張恭祖受《周官》、《禮記》、《左氏春秋》、《韓詩》、《古文尚書》。以山東無足問者，乃西入關，因涿郡盧植，事扶風馬融。……會融集諸生考論圖緯，聞玄善筭，乃召見於樓上，玄因從質諸疑義，問畢辭歸。融喟然謂門人曰：『鄭生今去，吾道東矣。』……凡玄所注《周易》、《尚書》、《毛詩》、《儀禮》、《禮記》、《論語》、《孝經》、《尚書大傳》、《中候》、《乾象曆》，又著《天文七政論》、《魯禮禘祫義》、《六藝論》、《毛詩譜》、《駁許慎五經異議》、《答臨孝存周禮難》，凡百餘萬言。」子產，春秋時鄭國大夫公孫僑的字。鄭簡公十二年為卿，二十三年起執政，治鄭多年，有政績。鄭聲公五年卒，鄭人悲之如亡親戚。《論語·公冶長》：「子謂子產有君子之道四焉，其行己也恭，其事上也敬，其養民也惠，其使民也義。」《史記·鄭世家》：「子產者，鄭成公少子也。為人仁，愛人，事君忠厚。孔子嘗過鄭，與子產如兄弟云。及聞子產死，孔子為泣曰：『古之遺愛也！』」❸琴清心閑二句　用宓子賤治單父事。《呂氏春秋·察賢》：「宓子賤治單父，彈鳴琴，身不下堂而單父治。」百里，指縣境之內。古代一縣轄地約百里，故以「百里」代指一縣。❹有若主簿扶風竇嘉賓　主簿，官名。唐時官制，諸州上縣設主簿一人，正九品下。扶風，指竇嘉賓的郡望。唐時扶風郡即岐州，天寶元年改為扶風郡，至德二載改為鳳翔府。屬京畿道。治所在今陝西鳳翔。竇嘉賓，事蹟不詳。❺縣尉廣平宋陟句　縣尉，官名。唐代官制，上縣設縣尉二人，從九品上。此處有四人，或為前後任相交

接之時。王琦疑「豈一時之制稍有增與益？」又或為員外置同正員之尉。廣平，指宋陟郡望，唐時廣平郡即洺州，屬河北道，天寶元年改為廣平郡，乾元元年復改為洺州。治所在今河北永年東南、曲周西南。宋陟，李白有〈贈溧陽宋少府陟〉詩，即為同一人。丹陽李濟南郡陳然，《文苑英華》作「南郡陳然、丹陽李濟」。郡，宋本原作「朝」，據王本、《文苑英華》、《唐文粹》改。丹陽，指李濟郡望。唐代丹陽郡即潤州，屬江南東道。天寶元年改為丹陽郡，乾元元年復改為潤州，治所在今江蘇鎮江市。李濟，李白有〈登黃山陵歊臺送族弟溧陽尉濟充泛舟赴華陰〉詩，即此李濟。南郡，指陳然郡望。隋大業時南郡即指唐荊州，唐時屬山南東道，治所在今湖北江陵。陳然，事蹟不詳。清河，指張昭郡望。唐時清河郡即貝州，天寶元年改為清河郡，乾元元年復改為貝州，屬河北道。治所在今河北清河西北。此處的廣平、丹陽、南郡、清河，皆指郡望，冠於姓名之上，並非指其出生於此地，猶如韓愈生於南陽，而自稱昌黎韓愈。❻皆有卿才霸略二句　謂主簿與四縣尉都有卿大夫之才和稱雄圖霸的謀略，同事之間能相互協作。❼緬紀英淑二句　謂緬懷紀念貞義女的英烈、賢淑，主張刻碑樹立在道路曲折之處。勒銘，刻石銘碑。《詩・唐風・有杕之杜》：「有杕之杜，生於道周。」毛傳：「周，曲也。」

【語　譯】縣令滎陽人鄭公名晏，其家世代傳授東漢大儒鄭玄之學，都有春秋時鄭國大夫子產那樣的治國之才。他像當年宓子賤治單父那樣悠閒地鳴琴，而使全縣大治。至於主簿扶風人竇嘉賓、縣尉廣平人宋陟、丹陽人李濟、南郡人陳然、清河人張昭，他們都有卿大夫之才和稱雄圖霸的謀略，同事之間能相互協作。緬懷紀念貞義女的英烈賢淑，主張刻石銘碑樹立在道路曲折之處。即使山陵頹廢海水枯竭，碑上的文字可能還會存在。

其辭❶曰：

粲粲❷貞女，孤生寒門。上無所天❸，下報母恩。春風三十，花落無言❹。乃如之人，激漂清源❺。碧流素手，縈彼潺湲❻。求思不可，秉節而存❼。伍胥東

奔，乞食於此。女分壺漿，滅口而死。聲動列國，義形壯士❽。入郢鞭屍，還吳雪恥。投金瀨沚，報德稱美。明明千秋，如月在水❾。

【章　旨】以上是銘文，用四言韻語概括全篇內容。

【注　釋】❶辭　《文苑英華》作「詞」。❷粲粲　鮮明美潔貌。《詩・小雅・大東》：「粲粲衣服。」毛傳：「粲粲，鮮盛貌。」❸上無所天　王琦注：「言無父無夫也。」古代女子在家靠父，出嫁靠夫，故稱父和夫為「所天」。❹春風二句　謂貞義女年過三十春，竟一直無言地花開花落。❺乃如之人二句　謂就如上述之人，在清流中擊絮漂洗。激，《文苑英華》作「擊」。❻碧流素手二句　謂碧水縈繞著她的素手不斷地流淌。彼，《文苑英華》作「波」。潺湲，水流貌。❼求思不可二句　謂貞義女秉持節操而生存，是不可追求的。求，追求。思，語末助詞。《詩・周南・漢廣》：「漢有游女，不可求思。」鄭玄箋：「喻賢女雖出游流水之上，人無欲求犯禮者，亦由貞絜使之然。」此處用其意。❽聲動列國二句　謂貞義女的聲名振動各地，她的仗義行為使伍子胥完成壯士事業。列國，春秋戰國時稱各諸侯國，後泛指地方各州郡。形，形成；產生。《淮南子・原道訓》：「故音者，宮立而五音形矣。」❾投金瀨沚四句　謂伍子胥伐楚報仇後還至瀨水投金，報貞義女之恩德而被人稱美。而貞義女的高風亮節就像月亮照在水中，千秋萬代明亮光耀。瀨沚，瀨水之中。沚，本指水中小洲，此處指水中。明明，明亮光照。

【語　譯】其碑銘辭說：

光明美潔的貞義女，孤獨地出生於貧寒的家門，無父無夫，一心想報答母恩。年過三十春，竟一直無言地花開花落。就像這樣的人，在清流中擊絮漂洗。碧水縈繞著她潔白的手不斷地流淌。貞義女秉持節操而生存，是不可追求的。伍子胥東奔逃難，在此求乞食物。貞義女分送壺漿飯食，然後為了滅口投水而死。貞義女的聲名震動各諸侯國，她的仗義行為使伍子胥完成了壯士的事業。伍子胥伐楚郢都鞭打楚平王屍體，報仇雪恥後返回吳國，在瀨水投金，報貞義女之德而被人稱美。而貞義女的高風亮節就像

月亮照在水中，千秋萬代明亮光耀。

【研　析】此碑銘前有序四段。第一段敘自古以來對烈士貞女都建廟祭祀，尤其是我大唐皇朝六位天子光照萬方，對孝婦烈女有明文規定要置廟致祭的禮法，而今溧陽貞義女墳地荒蕪，無刻石立碑，顯然不符合治國之意。為寫此碑銘說明了由來和主旨。第二段有四層意思：一是敘貞義女的出生地、年紀、品質、性格、工作。二是敘楚平王聽信讒言，殺害伍子胥父兄，滅族伍氏，怨毒至深。三是描寫伍子胥逃難的艱危，日夜奔遁，如傷弓之鳥，捨車而徒，七日不火。匍匐於瀨水，向貞義女乞食。四是貞義女將壺漿飯食給予伍子胥，為了不洩漏祕密，貞義女自己滅口而沉水自殺。此段描寫繪形繪聲，驚心動魄。第三段以曹娥、聶姊、魯姑、漂母古代四位孝義之女的事蹟，與貞義女的事蹟相對比，認為她們四人的事較易做到，而貞義女的事則更難。認為伍子胥如果沒有貞義女的以死相助，不可能伐楚雪憤而傳名後世。詩人望其溺所徘徊不能去，如聞其聲，悲其精魂，哀惜伍子胥只投金而無刻石，再次為寫此碑銘張本。第四段敘溧陽縣令及主簿、縣尉諸同事相互協作決定為貞義女刻石立碑，使其事蹟永傳後世。最後一段即為碑銘，用四言韻語概括提煉序中的內容，即貞義女的事蹟及其意義。

武昌宰韓君去思頌碑并序❶

仲尼，大聖也，宰中都而四方取則❷；子賤，大賢也，宰單父，人到于今而思之❸。乃知德之休明❹，不在位之高下。其或繼之者，得非❺韓君乎！

【章　旨】以上為序的第一段，以聖賢孔子、宓子賤曾當過縣令比擬韓君當武昌縣令，說明品德的美好不在於地位的高低。

【注　釋】❶武昌宰韓君去思頌碑并序　宋本題下無「并序」二字，據郭本、王本、咸本補。武昌宰，武昌縣令。按唐代武昌縣治所在今湖北鄂州。屬江南西道鄂州江夏郡。韓君名仲卿，為中唐時著名散文家韓愈之父。據此碑文可知，其為武昌縣令時政績卓著，繼任縣令與縣內諸鄉賢都要求為其立去思頌碑。去思頌碑，舊時地方士紳百姓對離職官員表示思念歌頌而立的紀念碑。此碑當作於至德二載李白出潯陽獄後在宋若思幕中之時。❷仲尼三句　仲尼，孔子，名丘，字仲尼。大聖，《全唐文》作「大聖人」。《史記・孔子世家》：「其後定公以孔子為中都宰，一年，四方皆則之。」中都，古邑名，春秋時魯地，在今山東汶上西。取則，取作榜樣。❸子賤四句　子賤，宓子賤，春秋末魯國人，名不齊，字子賤，孔子弟子。《呂氏春秋・察賢》：「宓子賤治單父，彈鳴琴，身不下堂而單父治。」此用其意。❹德之休明　道德的美好清明。《左傳・宣公三年》：「楚子問鼎之大小輕重焉。對曰：『在德不在鼎……德之休明，雖小，重也；其姦回昏亂，雖大，輕也。』」❺得非　猶得無。莫非是；豈不是。

【語　譯】孔子是大聖人，他當中都縣令而四方各地都取作榜樣。宓子賤是大賢人，他當單父縣令，人們至今都思念他。於是可以知道：道德的美好清明，不在地位的高低。現在有繼承孔子、宓子賤的人，莫非就是韓君！

君名仲卿，南陽❶人也。昔延陵知晉國之政，必分於韓❷。獻子雖不能遏屠岸之誅，存孤嗣趙，太史公稱天下陰德也。其賢才羅生，列侯十世，不亦宜哉❸！

七代祖茂，後魏尚書令、安定王。五代祖鈞，金部尚書❹。曾祖晙，銀青光祿大夫、雅州刺史。祖泰，曹州司馬。考睿素，朝散大夫、桂州都督府長史❺。分茅納言，剖符佐郡❻，奕葉明德，休有烈光❼。君乃長史之元子❽也。

妣有吳錢氏。及長史即世，夫人早孀，弘聖善之規，成名四子❾，文伯、孟軻二母之儔歟❿？少卿當塗縣丞，感概重諾，死節於義⓫。雲卿文章冠世，拜監察御史，朝廷呼為子房⓬。紳卿尉高郵，才名振耀，幼負美譽⓭。

【章　旨】以上為序的第二段，歷敘韓仲卿的家世、父母及諸弟的事蹟。王琦曰：「此文本頌韓公德政。而兼及其諸弟，蓋因上文『成名四子』而敘其事以實之也。又此文序其兄弟，少長名諱皆與《昌黎集》合，乃《唐書・宰相世系表》以叡素生七子，無少卿而有晉卿、季卿、子卿、升卿，與此大異。夫以歐陽公所修之史表，而與其家傳不能無誤繆，信史蓋難言矣。」

【注　釋】❶南陽　唐南陽郡，即鄧州，屬山南東道，天寶元年改為南陽郡，乾元元年復改為鄧州。❷昔延陵知晉國之政二句　延陵，指春秋時吳公子季札。世稱延陵季子。《史記・晉世家》：「(平公)十四年，吳延陵季子來使，與趙文子、韓宣子、魏獻子語，曰：『晉國之政，卒歸此三家矣。』」即指後來的韓、趙、魏「三家分晉」。❸獻子雖不能遏屠岸之誅六句　獻子，指韓厥。屠岸，指晉司寇屠岸賈。岸，宋本原作「炭」，據郭本、繆本、王本、咸本、《全唐文》改。《史記・韓世家》：「晉景公之三年，晉司寇屠岸賈將作亂，誅靈公之賊趙盾。趙盾已死矣，欲誅其子趙

朔。韓厥止賈，賈不聽。厥告趙朔令亡。朔曰：『子必能不絕趙祀，死不恨矣。』韓厥許之。及賈誅趙氏，厥稱疾不出。程嬰、公孫杵臼之藏趙孤趙武也，厥知之。景公十一年，……於是晉作六卿，而韓厥在一卿之位，號為獻子。晉景公十七年，病，卜，大業之不遂者為祟。韓厥稱趙成季之功，今後無祀，以感景公。景公問曰：『尚有世乎？』厥於是言趙武，而復與故趙氏田邑，續趙氏祀。……太史公曰：韓厥之感晉景公，紹趙孤之子武，以成程嬰，公孫杵臼之義，此天下之陰德也。韓氏之功，於晉未覩其大者也，然與趙魏終為諸侯十餘世，宜乎哉！」此處六句用其意。❹七代祖茂四句　《北史・韓茂傳》：「韓茂字元興，安定安武人也。……錄前後功，拜散騎常侍、殿中尚書，進爵安定公。……文成踐阼，拜尚書令，加侍中、征南大將軍。……卒，贈涇州刺史，安定王，諡曰桓。長子備，……襲爵安定公。……備弟均，字天德，……初為中散，賜爵范陽子，遷金部尚書，加散騎常侍。兄備卒，無子，均襲爵安定公、征南大將軍。歷定、青、冀三州刺史，甚有譽。……除大將軍、廣阿鎮大將，加都督三州諸軍事。……復授定州刺史，百姓安之。卒，諡康公。」由此知「五代祖鈞」的「鈞」乃「均」字之誤，而韓均乃韓茂之子，非茂之孫，則本文「七代」、「五代」亦不合。按《新唐書・宰相世系表三上》韓氏亦謂茂有二子：備、均。❺曾祖晙六句　《新唐書・宰相世系表三上》韓氏，「均，字天德，定州刺史、安定康公。生晙，雅州都督。生仁泰，曹州司馬。生叡素，桂州長史。」仁泰，當即本文的「泰」。叡素，當即本文的「睿素」，職務相同。睿，同「叡」。雅州，唐屬劍南道，治所在今四川雅安。曹州，唐屬河南道，治所濟陰，在今山東定陶西。桂州，唐屬嶺南道，治所始安，今廣西桂林。據《舊唐書・職官志一》，銀青光祿大夫為從三品文散官；朝散大夫為從五品下階文散官。《全唐文》卷六三九李翱〈故正議大夫行尚書吏部侍郎贈禮部尚書韓公（愈）行狀〉：「曾祖泰，皇任曹州司馬。祖濬素，皇任桂州長史。父仲卿，皇任祕書郎。」又卷六八七皇甫湜〈韓愈神道碑〉：「有韓茂者，以武功顯，為尚書令，實為安定桓王。次子均襲爵，官至金部尚書，亦能以功名終。尚書曾孫叡素，為唐桂州長史，善化行於江嶺之間。於先生為王父。生贈尚書左僕射諱仲卿。僕射生先生。」❻分茅納言二句　分茅，古代分封諸侯，用白茅裹著泥土授予被封者，象徵授予土地和權力。納言，官名。隋唐時曾一度改侍中為納言，後復改為侍中，為門下省長官。此處指韓茂曾封王，任宰相。剖符，古代有剖符之制，指韓晙任州長官刺史，韓睿素為都督府長史。佐郡，指韓泰為司馬，為輔佐州刺史之官。王琦曰：「分茅，謂加王爵。納言，謂為尚書。剖符，謂為刺史、長史。佐郡，謂為司馬。」❼奕葉明德二句　謂累世美德，吉善而有盛顯之光。奕葉，猶奕世，一代接一代。葉，郭本作「業」。蔡邕〈琅邪王傳蔡朗碑〉：「奕葉載德。」明德，美

德。《書・君陳》：「黍稷非馨，明德惟馨。」休，吉慶；福祿。《詩・商頌・長發》：「何天之休。」鄭玄箋：「休，美也。」《左傳・襄公二十八年》：「以禮承天之休。」杜預注：「休，福祿也。」烈光，光耀；榮光。《詩・周頌・載見》：「休有烈光。」孔穎達疏：「休然盛壯而有顯光。是能自求文章，故無所不美也。」❽元子　嫡妻所生的長子。此處謂韓仲卿乃韓睿素的嫡長子。❾妣有吳錢氏五句　妣，亡母。《禮記・曲禮下》：「生曰父，曰母，曰妻；死曰考，曰妣，曰嬪。」有吳錢氏，蘇州人姓錢。吳，郭本作「吾」，誤。錢氏，《全唐文》作「錢氏女」。長史即世，指桂州都督府長史韓睿素去世。即世，去世。孀，夫亡守寡。《淮南子・原道訓》：「童子不孤，婦人不孀。」弘聖善之規，弘揚智慧善德之家規。成名四子，使四個兒子都能成名。❿文伯孟軻二母之儔歟　謂是文伯之母和孟軻之母那樣的人吧？《古列女傳・母儀傳》：「魯季敬姜者，……魯大夫公父穆伯之妻，文伯之母也。……博達知禮。穆伯先死，敬姜守養。文伯出學而還歸，敬姜側目而盼之。見其友上堂，從後階降而卻行，奉劍而正履，若事父兄，文伯自以為成人矣，敬姜召而數之曰：『……以子年之少而位之卑，所與遊者，皆為服役，子之不益，亦以明矣。』文伯乃謝罪。於是乃擇嚴師、賢友而事之，所與遊處者皆黃耄倪齒也，文伯引衽攘捲而親饋之。敬姜曰：『子成人矣。』君子謂敬姜備於教化。」又：「鄒孟軻之母也，號孟母。……（孟子）既學而歸，孟母方績，問曰：『學所至矣？』孟子曰：『自若也。』孟母以刀斷其織，孟子懼而問其故，孟母曰：『子之廢學，若我斷斯織也。夫君子學以立名，問則廣知，是以居則安寧，動則遠害。今而廢之，是不免於廝役，而無以離於禍患也。何以異於織績而食，中道廢而不為，寧能衣其夫子，而長不乏糧食哉！女則廢其所食，男則墮於修德，不為竊盜，則為虜役矣。』孟子懼，旦夕勤學不息，師事子思，遂成天下之名儒。君子謂孟母知為人母之道矣。」⓫少卿當塗縣丞三句　少卿，人名，韓仲卿弟。官至當塗縣丞。當塗，縣名，唐時屬宣州，今屬安徽馬鞍山市。縣丞，縣令的輔佐官員。諾，宋本原作「諸」，據郭本、繆本、王本、咸本、《全唐文》改。死節於義，事蹟不詳。⓬雲卿文章冠世三句　雲卿，人名，韓仲卿弟，韓愈之叔。韓愈〈科斗書後記〉：「愈叔父（雲卿）當大曆世，文辭獨行中朝，天下之欲銘述其先人功行、取信來世者，咸歸韓氏。」皇甫湜〈韓愈神道碑〉：「先叔父雲卿，當肅宗、代宗朝，獨為文章官。」說明雲卿確實「文章冠世」。《全唐文》卷四四一收韓雲卿〈平蠻頌〉、〈平淮碑銘并序〉、〈故中書令贈太子師崔公（圓）廟碑〉、〈河南尹張公（延賞）碑〉、〈虞帝廟碑銘〉五文。拜監察御史，李白有〈送韓侍御之廣德〉、〈至陵陽山登天柱石酬韓侍御見招隱黃山〉、〈金陵聽韓侍御吹笛〉三詩中的「韓侍御」，當即韓雲卿。《元和姓纂》卷四韓氏稱：「唐禮部郎中韓雲卿。」《全唐文》卷六三九李

翺〈故朔方節度掌書記韓君（弇）夫人韋氏墓誌銘〉：「自後魏尚書令安定桓王六世生禮部郎中雲卿，禮部實生府君。……初，禮部君好立節義，有大功於昭陵。其文章出於時，而官不甚高。」由此知雲卿又善軍事。故朝廷呼為子房。子房，輔助漢高祖劉邦奪取天下的謀士張良的字。⓭紳卿尉高郵三句　紳卿，人名，韓仲卿弟，韓愈之叔。《全唐詩》卷二八四李端有〈送韓紳卿〉、卷二八六有〈戲贈韓判官紳卿〉詩。卷二九二司空曙有〈雲陽館與韓紳（一作韓升卿）宿別〉詩。《全唐文》卷五六四韓愈〈虢州司戶韓府君（岌）墓誌〉：「安定桓王五世孫叡素，為桂州長史，化行南方，有子四人。最季曰紳卿，文而能官，嘗為揚州錄事參軍，事故宰相崔圓。圓狎愛州民丁某，至顧省其家。後大衙會日，司錄君趨以前，大言曰：『請舉公過。公與小民狎至，至其家，害於政。』圓驚謝曰：『錄事言是。圓實過。』乃自署罰五十萬錢。由是遷涇陽令。破豪家水碾，利民田頃凡百萬。」尉高郵，為高郵縣尉。高郵，縣名。唐時屬淮南道揚州。今江蘇高郵。

【語譯】韓君名仲卿，是南陽人。往昔吳國的延陵季子知道晉國的政權，必將會分給韓氏。韓獻子雖然不能遏止屠岸賈誅殺趙氏，但保存趙氏孤兒，最後讓其嗣續趙氏祀，太史公司馬遷稱之為天下之陰德。其後韓氏賢才羅列出生，與趙、魏同為諸侯十餘世，不也是應該的嗎！

韓君的七代祖名茂，是後魏的尚書令，封爵安定王。五代祖名均，為金部尚書。曾祖父名晙，銀青光祿大夫、雅州刺史。祖父名泰，為曹州司馬。父親名叡素，朝散大夫、桂州都督府長史。祖先或被封王做宰相，或授符節為刺史，或為州郡輔佐，一代又一代積累光明美德，吉善而有榮光。韓君仲卿就是桂州都督府長史叡素的嫡長子。

亡母是吳地人姓錢。到丈夫去世，夫人早年守寡，弘揚智慧善德的家規，使四個兒子都能成才出名，這是文伯之母和孟軻之母一類的人吧？

弟少卿，為當塗縣丞，感情憤激而有節概，並信守諾言，最後為仗義而死節。弟雲卿，文章為當世之冠，曾為監察御史，當時朝廷上之人都稱他為子房。弟紳卿，曾為高郵縣尉，他的才氣名聲振動光耀，幼時即享有美好的讚譽。

君自潞州銅鞮尉調補武昌令❶，未下車，人懼之；既下車，人悅之。惠如春風，三月大化，姦吏束手，豪宗側目❷。有夔玉者，三江之巨橫❸，白額且去，清琴高張❹。兼操刀永興，二邑同化❺。

時鑿齒磨牙而兩京❻，宋城易子而炊骨❼。吳、楚轉輸，蒼生熬然❽。而此邦晏如，襁負雲集❾。居未二載，戶口三倍其初。銅鐵曾青，未擇地而出❿。大冶鼓鑄，如天降神⓫。既烹且爍，數盈萬億⓬，公私其賴之。官絕請託之求，吏無絲毫之犯。

本道採訪大使皇甫公侁⓭，聞而賢之，擢佐輶軒⓮，多所弘益。尚書右丞崔公禹⓯，稱之於朝。相國崔公渙⓰，特奏授鄱陽令，兼攝數縣⓱。所謂投刃而皆虛，為其政而則理成⓲，去若始至，人多懷恩⓳。

【章　旨】以上為序的第三段，詳敘韓仲卿在武昌縣令任上的美好政績。使姦吏豪宗束手，盜賊清除，民眾安居樂業，生活富裕，得到上級賞識，百姓懷恩。

【注　釋】❶君自潞州句　潞州，唐州名，屬河東道，天寶元年改為上黨郡，乾元元年復改為潞州。治所上黨，今山西長治。銅鞮，唐縣名，屬潞州，治所在今山西沁縣西南。此句說明韓仲卿是從銅鞮縣尉提升來當武昌縣令的。❷姦吏束手二句　枉法營私的官吏不敢胡作非為，豪族貴戚側目而視。形容韓仲卿治政的嚴威。王琦注引《吳錄》：「陸稠為廣陵太守，奸吏斂手。」《史記・酷吏列傳》：「郅都遷為中尉，……行法不避貴戚，列侯宗室見都側目而視，號曰『蒼鷹』。」❸有夔玉者二句　玉，咸本作「王」。王琦注：「夔玉，蓋當時盜賊之名，為橫於江上者。」巨橫，大

奸猾之惡人。王本校：「此下似有缺文。」❹白額且去二句　謂惡人既除，就鳴琴而治。白額，白額虎，比喻惡人。清琴高張，暗用宓子賤鳴琴治單父事。❺兼操刀永興二句　謂仲卿兼任永興縣令，而武昌和永興兩縣都同樣化育清平。操刀，《左傳・襄公三十一年》：「子皮欲使尹何為邑……子產曰：『不可。人之愛人，求利之也。今吾子愛人則以政，猶未能操刀而使割也，其傷實多。』」後以「操刀」比喻做官任職。❻時鑿齒磨牙而兩京　鑿齒，傳說中的獸名。《淮南子・本經訓》：「堯之時，……鑿齒、九嬰、大風……皆為民害。堯乃使羿誅鑿齒於疇華之野。」高誘注：「鑿齒，獸名，齒長三尺，其狀似鑿。」此處比喻安祿山陷兩京而肆暴。磨牙而，王本校：「而，當作『於』。」❼宋城易子而炊骨　兼有用典和寫實雙重意思。《史記・宋微子世家》：「楚（莊王）以圍宋五月不解，宋城中急，無食，華元乃夜私見楚將子反。子反告莊王。王問：『城中何如？』曰：『析骨而炊，易子而食』。」則此處為用典。春秋時宋國都城在唐代即為宋州，天寶元年改為睢陽郡。據《舊唐書・張巡傳》記載，至德二載，「時許遠為睢陽守，……賊將尹子奇攻圍經年」，玄宗授張巡主客郎中、兼御史中丞。「尹子奇攻圍既久，城中糧盡，易子而食，析骸而爨，人心危恐，慮將有變。巡乃出其妾，對三軍殺之，以饗軍士。」則此句乃實寫當時事。宋城，《全唐文》作「城守」，誤。❽吳楚轉輸二句　謂南方吳、楚之地轉運輸送糧草，百姓受盡煎熬。轉輸，指轉運輸送糧食草料。熬然，受苦貌。❾而此邦晏如二句　此邦，指鄂州武昌縣、永興縣一帶。晏如，安定；安寧。《史記・司馬相如列傳》：「及臻厥成，天下晏如也。」襁負雲集，背負著寬帶被子包裹的嬰兒如雲一般聚集而來。《論語・子路》：「夫如是，則四方之民襁負其子而至矣。」❿銅鐵曾青二句　意謂武昌縣、永興縣遍地都有銅、鐵礦砂，不需擇地即可開採。曾青，銅礦砂。色青而可供繪畫及冶煉金屬用。《荀子・王制》：「南海有……曾青，丹干焉。」楊倞注：「曾青，銅之精，可繢畫及化黃金者。」按《新唐書・地理志五》鄂州江夏郡：「永興，緊。有銅，有鐵。……武昌，緊。……有銀，有銅，有鐵。」

⓫大冶鼓鑄二句　大，郭本、王本作「太」，王本校：「當作『大』。」謂大的冶煉之所鼓風扇火鑄造器械錢幣，猶如上天降神。《史記・貨殖列傳》：「即鐵山鼓鑄，運籌策，傾滇蜀之民，富至僮千人。」《莊子・大宗師》：「今之大冶鑄金，金踴躍曰：『我必且為鏌鋣。』」⓬既烹且爍二句　謂冶煉所得錢數可達到萬億財富。烹、爍，皆指冶煉。

⓭本道採訪大使皇甫公侁　本道，指江南西道。採訪大使，官名。唐初於各道設按察使，開元時改設採訪處置使，簡稱採訪使，掌舉劾所屬州縣官吏。肅宗以後改設觀察處置使。《新唐書・韓朝宗傳》：「開元二十二年，初置十道採訪使，朝宗以襄州刺史兼山南東道（採訪使）。」皇甫公侁，即皇甫侁，《元和姓纂》卷五樂陵皇甫氏：「唐監察御史皇

甫德參生宣過。宣（過）生伯瓊、仲玉。（伯瓊）主爵郎中。玉生侁，尚書左丞；生政，浙東觀察使。」證知皇甫侁官至尚書左丞。《舊唐書・肅宗紀》：至德二載二月，「永王璘兵敗，奔於嶺外，至大庾嶺，為洪州刺史皇甫侁所殺。」時皇甫侁正任洪州刺史兼江西採訪使。⑭擢佐輶軒　提升他為採訪使的輔佐。輶軒，本為古代使臣乘坐的輕車，後用作使臣的代稱。此處只是指在武昌縣令、永興縣令任上加個虛職。⑮尚書右丞崔公禹　唐代官制，尚書省長官為尚書令一員，副長官為尚書左右僕射各一員。下設尚書左右丞各一員，尚書左丞正四品上，掌管吏部、戶部、禮部三部十二司事務。尚書右丞正四品下，掌管兵部、刑部、工部三部十二司事務。禹，當為「寓」字之訛。《舊唐書・肅宗紀》：乾元二年正月，「乙丑，以御史中丞崔寓都統浙江、淮南節度處置使。……（三年）二月癸巳朔，以右丞崔寓為蒲州刺史，充蒲、同、晉、絳等州節度使。」紀中闕略崔寓由都統浙江、淮南節度使入遷右丞的具體時間，但可以推知必在乾元二年之內。此崔寓的「寓」亦當為「寓」字之訛。李白此文作於乾元二年流放遇赦回到江夏之時，時崔寓正在尚書右丞任。⑯相國崔公渙　《新唐書・宰相表中》：至德元載七月庚午，「蜀郡太守崔渙為門下侍郎、同中書門下平章事。」至德二載，「八月甲申，渙罷為左散騎常侍、餘杭郡太守。」可知崔渙為宰相僅一年多時間。《舊唐書》卷一〇八、《新唐書》卷一二〇有傳。⑰特奏授鄱陽令二句　鄱陽令，鄱陽縣令。唐鄱陽縣屬江南西道饒州鄱陽郡，今江西波陽。兼攝，兼管；兼職代理。⑱所謂投刃而皆虛二句　刃，《全唐文》作「刀」。投刃而皆虛，用《莊子・養生主》庖丁解牛典故。《文選》卷一一孫綽〈遊天台山賦〉：「投刃皆虛，目牛無全。」李周翰注：「庖丁解牛，三年之後，所見皆非全牛，已見其骨節，但以神為，不以目視，而投刃皆虛。」二句謂韓仲卿治理縣政如庖丁解牛那樣非常熟練，處理政務運用自如，按規則辦理就成功。⑲懷恩　恩，宋本原作「忌」，據郭本、繆本、王本、咸本、《全唐文》改。

【語　譯】韓君仲卿從潞州銅鞮縣尉調遷升任武昌縣令，未到任時，人們都懼怕他；到任後，人們都喜歡他。他對民眾的仁愛如春風一樣溫暖，經過三個月的治理，風氣大為變化。營私枉法的官吏都束手而不敢再胡作非為，豪族貴戚都側目而視。有一個名叫爨玉的人，是橫行於三江的巨惡大奸。像白額虎般的奸人既已除去，就像當年宓子賤那樣高張清琴無為而治。他還兼任永興縣令，將二縣治理得同樣化育清平。

此時叛賊安祿山占領兩京而肆意暴虐，宋州被圍糧盡，易子而食，析骨而炊。吳楚之地轉輸糧草，民眾受盡煎熬。而此處武昌縣、永興縣一帶比較安定，人們背負著繈褓嬰兒如雲一般聚集而來。韓君來此不到二年，戶口比初來時增加了三倍。銅、鐵礦砂遍地都有，不須選擇地方即可開採出來。大的冶煉之所鼓風扇火鑄造器械錢幣，猶如天上降神。既煉且鑄，所得錢數可達萬億財富，國家和民眾都依賴著它。官員斷絕任何人的請託要求，小吏更無絲毫的犯法。

本道的採訪大使皇甫公名侁，聽說此事而認為他賢能，提拔他為輔佐採訪使的使者，得到他很多很大的益處。尚書右丞崔公名寓，在朝廷上稱讚他的事蹟。宰相崔公名渙，特向天子奏請授韓君為鄱陽縣令，並兼職代理幾個縣的縣令。他治政如庖丁解牛那樣投刃處皆虛，非常熟練，按規則辦理就成功。他將要離去時就像開始到來時一樣，民眾懷念他的恩德很多。

新宰王公名庭璘❶，巖然太華，浼然洪河❷。含章可貞，幹蠱有立❸。接武比德，絃歌連聲❹。服美前政，聞諸耆老❺。與邑中賢者胡思泰一十五人，及諸寮吏，式歌且舞❻，願揚韓公之遺美。

【章　旨】以上為序的第四段，敘新縣令繼承前任的德政，並與縣中賢者、諸吏、耆老共同願為韓仲卿立碑頌美。

【注　釋】❶新宰王公名庭璘　謂新來繼任武昌縣令的人姓王名庭璘。按：王庭璘，事蹟不詳。❷巖然太華二句　巖，郭本作「嚴」。王琦注：「巖然太華，喻其高峻如華嶽；浼然洪河，喻其廣大如黃河。」巖然，高峻貌。太華，西嶽華山。浼然，水盛貌。洪河，大河；黃河。❸含章可貞二句　《易・坤》：「含章可貞。」王弼注：「含美而可正者也。」貞，郭本作「真」。《易・蠱》：「幹父之蠱。」孔穎達疏：「幹父之事，堪其事也。」參見378頁注❷。❹接武比德二句　接武，前後相接；繼承。《文心雕龍・物色》：「古來辭人，異代接武。」比德，謂德行可與之比配。《後

漢書・楊震傳》：「擬蹤往古，比德哲王。」絃歌連聲，用孔子弟子子游為武城宰絃歌而治典故。二句謂王庭璘繼承韓仲卿事業，德行比肩，前後相接，都能絃歌而治。❺服美前政二句　謂真心佩服前任縣令的美好政績，從許多德高望重的老人那裡也可聽到。耆老，特指年老而有聲望者。❻式歌且舞　既歌且舞。式，連詞。《詩・小雅・車舝》：「雖無德與女，式歌且舞。」鄭玄箋：「雖無其德我與女，用是歌舞相樂，喜之至也。」

【語　譯】新任縣令王公名叫庭璘，像太華山那樣高峻，像黃河那樣廣大。內含美德而正派，能繼承前人事業而有很強的辦事能力。前後相接，德行比肩匹配，都能絃歌而治。他真心佩服前任縣令的美好政績，從許多德高望重的老人那裡可以聽到。與縣城中賢人胡思泰等十五人以及諸位官吏，既歌且舞，願意頌揚韓公遺留下來的美德好事。

白採謠刻石，而作頌曰：

峨峨楚山，浩浩漢水❶。黃金之車，大吳天子❷。武昌鼎據，寔為帝里❸。時艱世訛，薄俗如燬❹。韓君作宰，撫茲遺人❺。滂汪王澤，猶鴻得春❻。和風潛暢，惠化如神❼。刻石萬古，永思清塵❽。

【章　旨】以上為碑的頌文。用四言韻語概括韓仲卿的政績。

【注　釋】❶峨峨楚山二句　寫鄂州武昌縣的山水。峨峨，山高貌。楚山，鄂州自春秋以來皆屬楚地。浩浩，水勢盛大貌。漢水，長江最長支流。上源玉帶河出陝西寧強，東流至勉縣東與褒河匯合後稱漢江。東南流經陝西南部、湖北西部和中部，在今武漢市入長江。❷黃金之車二句　用孫權登基典故。《三國志・吳書・孫權傳》：「黃龍元年春，公卿百司皆勸權正尊號。夏四月，夏口、武昌並言黃龍、鳳凰見。丙申，南郊即皇帝位。……初，興平中，吳中童謠曰：

『黃金車，班蘭耳，闓昌門，出天子。』」❸武昌鼎據二句　謂武昌曾為鼎足割據時吳國帝王的都城。按孫權即皇帝位時都城在武昌（今湖北鄂州），至黃龍元年秋九月，遷都建業（今江蘇南京）。寔，「實」的異體字，王本作「實」。❹時艱世訛二句　謂時世艱難動盪，風俗澆薄如火焚壞。訛，變化動盪。燬，火焚。❺遺人　遺民；縣民。唐人避太宗李世民諱而改「民」為「人」。❻滂汪王澤二句　滂汪，疊韻聯綿詞。大水寬廣貌。汪，宋本原作「注」，據郭本、王本、咸本改。此處形容王恩浩蕩。猶鴻得春，猶如鴻雁遇春。《禮記・月令》：「孟春之月，……東風解凍，……鴻雁來。」鄭玄注：「雁自南方來，將北反其居。今月令鴻皆為候。」二句謂韓仲卿向民眾宣揚浩大的帝王恩澤，使民眾猶如鴻雁逢春。❼和風潛暢二句　形容韓公治政如春季溫和之風暗吹舒暢，其政績教化如有神助。❽清塵　比喻清靜無為的境界，清高的品格和遺風。《楚辭・遠遊》：「聞赤松之清塵兮，願承風乎遺則。」謝靈運〈述祖德詩〉其二：「苕苕歷千載，遙遙播清塵。」

【語　譯】我採集歌謠刻石而作碑頌說：

高高的楚地之山，盛大的漢江之水，當年童謠有黃金之車，終於出現大吳皇帝。武昌曾為鼎足割據的吳國都城，是帝王即位的地方。時世艱難動盪，風俗澆薄如焚。韓君來此當縣令，撫慰此地的遺民。宣揚王恩浩蕩，猶如鴻雁遇春。韓公治政如和風舒暢，恩惠教化如有神助。將其事蹟刻石留傳萬古，讓世人永遠思念清高的品格和遺風。

【研　析】此碑前有四段序，第一段以孔子和宓子賤當縣令成為聖賢為證，說明品德的美好並不在於職位的高低。引出韓君是繼孔子、宓子賤之後的聖賢之人。第二段分四小節，先敘韓君籍貫，最早的祖先韓獻之存孤嗣趙，積天下之陰德。其後與趙、魏同為戰國時代的諸侯。次敘家世，從七（當為六）代祖封王為宰相、五代祖為尚書、曾祖為刺史，到父親為都督府長史，歷代積有明德，吉善榮光。點明仲卿乃其父之嫡長子。第三節敘仲卿之母錢氏，守寡而使四子成名，讚其為文伯之母、孟軻之母同類之人。第四節敘仲卿三弟之事蹟。第三段詳細敘寫韓君在武昌縣令任上的優異政績，也分三小節，首敘初來武昌，三月大化，奸吏束手，豪宗側目，剷除盜賊，然後鳴琴而治，武昌、永興二縣同樣安定。次敘其時為安

史之亂，兩京淪陷，宋州易子而食，吳楚轉運困難，民眾都受煎熬。而武昌、永興則和平安樂，民眾背負繈褓如雲來集。不到二年，戶口增加三倍。冶煉銅、鐵礦砂，鑄成器械錢幣，數達萬億。再次敘上級及朝廷都賞識他的才能，提升其官職，兼任數縣，他都能完美地處理。人民都懷念其恩德。第四段敘新縣令能繼承前任德政，並與縣中賢者、諸吏、耆老共同為韓仲卿立碑頌美。最後一段乃碑的正文，用四言韻語概括頌揚韓仲卿的政績。全篇結構完整，內容翔實，層次清晰，語言生動感人。

虞城縣令李公去思頌碑❶并序

王者立國君人，聚散六合，咸以百里，雷其威聲❷。革其俗而風之，漁其人而涵之❸。其猶眾鮮洋洋，樂化在水，波而動之則憂，赬尾之刺作焉❹；徐而清之則安，頒首之頌興焉❺。苟非大賢，孰可育物❻？而能光昭絃歌，卓立振古，則有虞城宰公焉❼。

【章旨】以上為序的第一段，讚美虞城縣令李公善於絃歌而治，使民眾能如魚在水。

【注釋】❶虞城縣令李公去思頌碑　虞城縣，唐縣名，屬河南道宋州，即今河南虞城縣，鄰接山東、安徽。秦置虞縣，隋改虞城縣。李公，據文中所云，名錫。按李白另有〈對雪獻從兄虞城宰〉詩，即此李錫。去思，古代地方士紳百姓表示對離職官員的思念。去思頌碑，亦稱「德政碑」，著文勒碑，頌揚德政，表示去後留思之意。❷王者立國君人四句　謂稱王者建立國家，統治人民，分散天下土地，皆以一縣百里之地，顯揚雷一般的威聲。君，用作動詞，統治。聚散，複詞偏義，此指散，劃分。六合，天地四方，猶言天下。咸，皆。百里，指一縣之地。《三國志・蜀書・龐統傳》記載，劉備讓龐統當縣令，「吳將魯肅遺先主書曰：『龐士元非百里才也。』」後即以百里指一縣。雷其威聲，趙岐《孟子注》云：「諸侯方百里，象雷震也。」❸革其俗而風之二句　謂改革其風俗而教化之，聚集人民而養育之。革，宋本原作「華」，據郭本、王本、咸本、《全唐文》改。風，教化。漁，奪取，引申為收羅。涵，包容；養育。❹其猶眾鮮洋洋四句　謂猶如群魚樂於水中嬉戲，洋洋自得，若水波動則憂慮而尾赤，故《詩・周南》有「赬尾」之刺。眾鮮，群魚。洋洋，自在得意貌。赬，王本作「頳」，通「赬」。赬尾，赤色魚尾。《詩・周南・汝墳》：「魴魚赬尾。」毛傳：「赬，赤也；魚勞則尾赤。」孔穎達疏：「婦人言魴魚勞則尾赤，以興君子苦則容悴。」❺徐而清之則安二句　謂如水波緩慢而水澄清，則群魚安適，故《詩・小雅》有「頒首」之頌。頒首，《詩・小雅・魚藻》：「魚在在藻，有頒其首。」毛傳：「頒，大首貌。」鄭玄箋：「魚之依水草，猶人之依明王也。……魚處於藻，既得其性，

則肥充，其首頒然。」❻苟非大賢二句　謂若非大賢，誰能化育萬物？❼而能光昭絃歌三句　謂能顯揚絃歌而治的縣令，特立於往古之人者，則有虞城縣令李公。光昭，光明；顯揚。絃歌，絃歌而治。《論語・陽貨》載孔子弟子子游為武城宰，「子之武城，聞絃歌之聲」。後即以絃歌指縣令治民有方。卓立，特立。振古，自古；往古。宰，縣令。

【語譯】歷代帝王建立國家統治民眾，劃分天地四方的土地，都以一百里範圍的土地作為一個縣，即古人所說的諸侯方百里，象雷震之意。治理一縣當改革其風俗而教化之，收羅其民眾而包容之，那民眾猶如群魚洋洋自得，樂於在水中嬉戲。如果水波翻動則有憂慮而尾赤，所以《詩・周南》有赬尾之刺。如果水流緩慢而澄清則群魚安適，所以《詩・小雅》有頒首之頌。如果不是大賢之人，誰能化育萬物？而能夠顯揚絃歌而治的縣令，卓然特立而振動古人之人，在此則有虞城縣令李公。

公名錫，字元勳，隴西成紀❶人也。高祖楷，隋上大將軍，綿、益、原三州刺史，封汝陽公❷。曾祖騰雲，皇朝廣、茂二州都督，廣武伯❸。祖立節，起家韓王府記室參軍，襲廣武伯❹。父浦，郢、海、淄、唐、陳五州刺史，魯郡都督，廣平太守，襲廣武伯❺。皆納忠王庭，名鏤鐘鼎。侯伯繼跡，故可略而言焉❻。

【章旨】以上為序的第二段，敘李錫的籍貫和家世。

【注釋】❶隴西成紀　隴西，郡名。秦置，漢晉因之。治所在今甘肅臨洮南，後移至今甘肅隴西縣南。成紀，漢縣名，治所在今甘肅秦安北。按隴西李氏為望族，李白亦自稱隴西李氏後裔。❷高祖楷四句　楷，宋本、繆本、王本原作「揩」，據咸本、《全唐文》改。《隋書・獨孤楷傳》記載，其字修則，不知何許人，本姓李氏。父屯，從齊神武帝與周師戰於沙苑，齊師敗績，因為柱國獨孤信所擒，配為士伍，因賜姓獨孤氏。隋高祖受禪，進封汝陽郡公。仁壽初，

出為原州總管、益州總管。煬帝即位，轉并州總管。有子淩雲、平雲、彥雲。未言及上大將軍及綿州刺史。按上大將軍在隋為勳官，在柱國之下、大將軍之上。綿，綿州，治所在今四川綿陽東。益，益州，治所在今四川成都。原，原州，治所在今寧夏固原。刺史，州的行政長官。❸曾祖騰雲三句　《古今姓氏書辯證》京兆獨孤氏：「(楷)生淩雲、平雲、滕雲、卿雲、彥雲。……滕雲，荊府長史，廣武公。生奉節。」作「滕雲」，未及廣、茂二州都督。廣，廣州，治所在今廣東廣州。茂，茂州，治所在今四川茂汶。都督，負責數州軍事的長官。❹祖立節三句　立節，《古今姓氏書辯證》京兆獨孤氏作「奉節」。起家，指初出仕所得官位。韓王，唐高祖李淵第十一子元嘉，封韓王。王府官員有記室參軍事二名，正八品下，掌表啟書疏。襲廣武伯，宋本原缺「廣」字，據郭本、繆本、王本、咸本、《全唐文》補。❺父浦五句　李白〈崇明寺佛頂尊勝陀羅尼幢頌〉云：「我太官廣武伯隴西李公，先名琬，奉詔書改為輔。其從政也，……五鎮方牧，聲聞于天。帝乃加剖竹于魯，魯道粲然可觀。」此「李輔」當即李浦，「五鎮方牧」即本文之「郢、海、淄、唐、陳五州刺史」。又按《古今姓氏書辯證》謂「(奉節)生琬、炎。琬，太僕卿，開元中，上表請改姓李氏，名俌。」浦，作「俌」。❻皆納忠王庭四句　納忠，效忠。鏤，刻。鐘鼎，古銅器總稱。古代常於其上銘刻文字，宣揚功德。侯伯繼跡，謂一代代繼承爵位和功績。

【語　譯】李公名錫，字元勳，隴西成紀人。高祖名楷，在隋朝任上大將軍，綿、益、原三州刺史，封爵為汝陽公。曾祖名騰雲，在我唐朝任廣、茂二州都督，封爵為廣武伯。祖父名立節，開始做官為韓王府記室參軍，繼承廣武伯的封爵。父親名浦，先後擔任郢、海、淄、唐、陳五個州的刺史，魯郡都督，廣平郡太守，繼承廣武伯的爵位。都效忠於朝廷，名字刻在鐘鼎之上。一代代繼承公、伯的爵位和功績，所以可以在此大略而言之。

公即廣武伯之元子❶也。年十九，拜北海壽光尉❷。心不挂細務，口不言人非。群吏罕測，望風敬憚❸。秩滿❹，轉右武衛倉曹參軍❺，次任趙郡昭慶縣令❻。奉詔修建初、啟運二陵，總徒五

郡❼，支用三萬貫。舉築雷野❽，不鞭一人。功成，餘八千貫。其幹能之聲大振乎齊、趙矣❾。時名卿巡按，陵有黃赤氣上衝太微，散為慶雲數千處，蓋精勤動天地也如此❿。因紛圖奏名，編入國史⓫。

【章　旨】以上為序的第三段，敘李錫的宦歷和政績。

【注　釋】❶元子　正妻所生的嫡長子。❷拜北海壽光尉　北海，唐郡名，即河南道青州，天寶元年改為北海郡，乾元元年復改為青州。治所在今山東益都。壽光，縣名。今山東壽光。尉，縣尉，負責一縣的軍事和治安。❸心不挂細務四句　謂李錫心中不牽掛繁瑣事務，口中不臧否人物，屬下莫測其高深，遠望其人而敬畏。細務，瑣碎事務。罕測，少能測知其為人。望風，自遠處瞻望其人。敬憚，敬畏。❹秩滿　指官員任期屆滿。❺轉右武衛倉曹參軍　轉，遷調。唐左右武衛有倉曹參軍事各二人，正八品下，掌文官勳考、假使、俸祿、公廨、田園、食料、醫藥等事。❻次任趙郡昭慶縣令　趙郡，即河北道趙州。天寶元年改為趙郡，治所在今河北趙縣。昭慶縣，即象城縣，天寶元年改為昭慶縣。治所在今河北隆堯東。昭慶，宋本原作「昭應」，據王本、《全唐文》改。❼奉詔修建初啟運二陵二句　建初，陵名，唐高祖李淵之高祖父李熙之墓。啟運，陵名，唐高祖李淵之曾祖父天賜之墓。陵，宋本原作「陝」，據郭本、繆本、王本、咸本、《全唐文》改。據《唐會要》載，獻祖宣皇帝（李熙）葬趙州昭慶縣界，儀鳳二年五月一日追封建昌陵，開元二十八年七月十八日，詔改為建初陵。懿祖光皇帝（李天賜）葬趙州昭慶縣，儀鳳二年五月一日追封延光陵，開元二十八年七月十八日，詔改為啟運陵。總徒五郡，謂李錫統率五郡的役工修陵。❽舉築雷野　築，築牆搗土之杵。雷野，聲響如雷，震動原野。《後漢書．光武帝紀下》：「長轂雷野，高鋒慧雲。」李賢注：「雷野，言其聲盛也。」❾其幹能之聲句　謂其精幹多能的名聲，大振於齊（今山東北部）、趙（今河北南部）。❿時名卿巡按四句　名卿，有名望的公卿。巡按，巡視按察。《唐會要》卷二〇〈公卿巡按〉：「（開元）二十八年七月十八日制，伏以八代祖宣皇帝、七代祖光皇帝，……其建初、啟運二陵，仍準興寧陵例，……宜別四時及八節，委所由州縣，數與陵署相知，造食進獻。」太微，即太微垣，星官名，在北斗之南，軫宿和翼宿之北。《史記．天官書》：「南宮朱鳥，權、衡。衡，

太微，三光之廷。」司馬貞索隱引宋均曰：「太微，天帝南宮也。」慶雲，古人以為祥瑞的一種彩雲。《漢書・天文志》：「若烟非烟，若雲非雲，郁郁紛紛，蕭索輪囷，是謂慶雲。」蓋，推原之辭，意如大概、由於。精勤，專心勤奮。⓫因粉圖奏名二句　謂於是把祥瑞的形狀繪成圖畫，同李錫的事蹟一起上報朝廷，朝廷把此事編入了國史。粉圖，用色粉作畫圖。奏名，以李錫事蹟上報朝廷。

【語　譯】李公就是嗣廣武伯李浦的嫡長子。十九歲那年，朝廷授他為北海郡壽光縣尉。他心中不牽掛繁瑣的小事，口中不說別人的是非。屬下官吏莫測其高深，遠望其人而敬畏。壽光縣尉的任期屆滿，轉調任右武衛倉曹參軍，其次又任趙郡昭慶縣令。奉詔修築建初、啟運二座陵墓，統率五個郡的役工動工，支取費用三萬貫。舉起杵築搗土建牆如雷聲震野，整個工程沒有鞭打一人。大功告成，經費尚餘八千貫。他那精幹多能的名聲於是大大振動於齊、趙地區了。當時有著名的公卿巡視按察，發現陵墓之上有黃赤之氣上衝太微垣，然後散為吉祥的慶雲數千處，大概是由於專心勤奮感動天地而這樣的吧。於是把祥瑞的形狀繪成粉圖，與李錫的事蹟一起奏報朝廷，朝廷將此事編入了國史。

天寶四載，拜虞城令，而天章寵榮，俾金玉王度，冏若七曜，昭回堂隅❶。於戲❷！敬之哉！宸威臨顧，作訓以理。其俗魯而木，舒而徐❸。急則狼戾，緩則烏散❹。公酌以釣道，和之琴心❺，于是安四人，敷五教。處必糲食，行惟單車❻。觀其約而吏儉，仰其敬而俗讓。激直士之素節，揚廉夫之清波❼。三月政成，鄰境取則❽。因行春，見枯骸于路隅，惻然疚懷，出俸而葬❾。由是百里掩骼，四封歸仁❿。有居喪行號城市者，習以成俗。公勗之親鄰，厄以凶事⓫，而鰥寡惸獨，眾所賴焉⓬。可謂變其頹風，永錫爾類⓭。

【章　旨】以上為序的第四段，敘李錫任虞城縣令的政績，使鄰縣取則，民眾有靠，風俗大變。

【注　釋】❶天寶四載六句　天寶四載，即西元七四五年。天章寵榮，天子用詩章賜予愛寵和榮光。俾金玉王度，使帝王的德行法度如金玉一般堅重寶愛。此處指所賜詩章。《左傳．昭公十二年》：「思我王度，式如玉，式如金。」孔穎達疏：「思使我王之德度，用如玉然，用如金然，使之堅而且重，可寶愛也。」沈約〈鼓吹曲．期運集〉：「舞蹈流帝功，金玉昭王度。」此即用其意。冏，光明；光亮。郭本、王本、咸本作「炯」，音義同。七曜，指日、月及金、木、水、火、土五星。曜，宋本作「燿」，據王本改。昭回堂隅，光照堂屋的角落。❷於戲　同「嗚呼」、「吁戲」。感歎詞。❸宸威臨顧四句　宸，帝王的代稱。威，威望。郭本作「滅」，非。臨顧，眷顧。作訓以理，謂帝王曾訓示李錫如何治理其民。理，治，唐人避高宗諱而改。魯而木，遲鈍而呆笨。舒而徐，鬆散而緩慢。❹急則狼戾二句　謂如急迫治之，則其民兇狠無相親之意；如緩慢治之，則其民如鳥之散飛，不能相顧。狼戾，兇狠。狼，宋本、繆本作「很」，據郭本、王本、咸本、《全唐文》改。《漢書．嚴助傳》：「今閩越王狼戾不仁，殺其骨肉。」鳥散，比喻人群紛紛散去。《史記．平津侯主父列傳》：「夫匈奴之性，獸聚而鳥散，從之如搏影。」❺公酌以釣道二句　酌，斟酌。釣道，喻指治民之道。宋本、咸本作「鈞道」，據郭本、王本改。《說苑．政理》：「宓子賤為單父宰，過於陽晝，曰：『子亦有以送僕乎？』陽晝曰：『吾少也賤，不知治民之術，有釣道二焉，請以送子。』」此即用其意。琴心，本指以琴聲傳達心意。王琦注云：「王儉〈褚淵碑文〉：『參以酒德，間以琴心。』此文借用其字。垂釣、鼓琴皆能令人心靜，承上文緩急之事而言，其當靜以治之也。」❻于是安四人四句　安四人，即安定四民。四人，指士、農、工、商。敷，設施。五教，即五常之教，指父義、母慈、兄友、弟恭、子孝。處必糲食行惟單車，表示節儉廉約，以身作則。處，指在家。糲食，粗米飯。糲，《全唐文》誤作「礪」。行，指外出。單車，獨車，謂沒有隨從。❼觀其約而吏儉四句　謂李錫簡約而僚屬亦戒奢從儉，仰慕其恭敬而民風亦謙讓。激勵秉直之士的平素節義，發揚廉潔者的清高品德。直士，正直之士。揚，郭本誤作「楊」。廉夫，清廉之士。❽三月政成二句　謂經過三個月治理，獲得成功，鄰縣亦取以效法。境，郭本誤作「墤」。此處暗用孔子宰中都事。《史記．孔子世家》：「孔子為中都宰，一年，四方皆則之。」❾因行春四句　漢代制度，太守於春季巡視所管縣，督促耕作，謂之行春。《後漢書．鄭弘傳》：「弘少為鄉嗇夫，太守第五倫行春，見而深奇之，召署督郵，舉孝廉。」李賢注：「太守常以春行所主縣，勸人農桑，振救乏絕。」見《續

漢志》也。」李錫官不至太守，亦效法古制行春。枯骸，枯乾風化的屍骨。路隅，路旁。惻然，悲傷貌。疚懷，內心不安。俸，俸祿；官員所得薪水。⑩由是百里掩骸二句　謂從此一縣之內都掩埋狼籍的枯骨，四境人民都歸於仁愛。百里，指一縣。掩骸，掩埋屍骨。骸，郭本、王本、咸本、《全唐文》作「骼」，骼，骨枯。四封，本指國之四境，此指縣之四界。⑪公勗之親鄰二句　謂李錫勉勵其親鄰，以別人的凶事當作自己的災難。勗，勉勵。厄以凶事，即「以凶事為厄」。厄，災難。⑫而鰥寡惸獨二句　鰥，無妻之人。寡，無夫之人。惸，無兄弟之人，亦作「煢」。獨，無子之人。《孟子・梁惠王下》：「老而無妻曰鰥，老而無夫曰寡，老而無子曰獨，幼而無父曰孤：此四者，天下之窮民而無告者。」賴，依賴；依靠。⑬可謂變其頹風二句　頹風，衰頹的風俗。永錫爾類，永遠賜福於民眾。《詩・大雅・既醉》：「孝子不匱，永錫爾類。」鄭玄箋：「永，長也。孝子之行，非有竭極之時，長以與汝之族類，謂廣之以教導天下也。」

【語　譯】天寶四載，朝廷授他為虞城縣令。而天子用詩章賜予愛寵和榮光，使帝王的德行法度如金玉般堅重寶愛。光明如日月五星，照亮堂屋的每個角落。唉啊！真是敬重他啊！帝王威嚴而眷顧，訓示他如何治理民眾。那裡的風俗遲鈍而呆笨，鬆散而緩慢。如果急促治理則其民兇狠而不相親，緩慢治理則其民如群鳥飛散而不相顧。李公斟酌治民之道，以琴聲傳達心意而平和治之，於是安定士、農、工、商，設施五常之教，在家必定吃粗糧飯，外出只乘沒有隨從的單車。看到縣令如此廉約而群吏都很節儉，仰望縣令如此敬愛民眾而風俗都變得很謙讓。激勵耿直之士的清白操守，發揚廉潔之士的清澈品德。經過三個月的治理而政績大成，鄰境各縣都取以效法。因春天出行巡視農桑，看見路旁有枯乾的屍骨，李公內心悲傷不安，拿出自己的俸祿而請人安葬。於是一縣之內都掩埋狼籍的枯骨，四境人民都歸於仁愛。有人居喪而在城市中行走號哭，已習慣而成風俗，李公勉勵其親戚鄰居，將別人的凶事當作自己的災難，而鰥、寡、惸、獨之人，在此都有所依靠。真可說是改變了衰頹的風俗，永遠賜福於民眾。

先時邑中有聚黨橫猾者，實惟二耿之族，幾百家焉❶。公訓為純人，易其里曰「大忠正之

里」❷。北境黎丘之古鬼焉，或醉父以刃其子，自公到職，蔑聞為災❸。官宅舊井，水清而味苦，公下車嘗之，莞爾而笑曰：「既苦且清，足以符吾志也。」❹遂汲用不改，變為甘泉。蠡丘館東有三柳焉，公往來憩之，飲水則去。行路勿剪，比于甘棠❺。鄉人因樹而書頌❻四十有六篇。

【章　旨】以上為序的第五段，舉例敘李錫的具體德政：教訓橫行不法之人，消滅裝鬼殺人之事，喜飲味苦之清水使之成為甘泉，憩息柳樹而鄉人歌頌。

【注　釋】❶先時邑中有聚黨橫猾者三句　先時，以前。聚黨橫猾者，聚集徒黨橫行不法之人。猾，宋本原作「倄」，據郭本、繆本、王本、《全唐文》改。實惟，是為。二耿之族，二耿的族人。幾百家，將近有一百家。❷公訓為純人二句　訓，教育；訓化。純人，良民。易其里，改換其鄉里的名字。大忠正，王琦謂「忠」當作「中」。按魏晉南北朝時代，各州設大中正，由世族豪門擔任，品評士人才能。❸北境黎丘之古鬼焉四句　謂虞城縣北境黎丘有古鬼作怪，有時使父親喝醉而手刃其子，但自從李錫到縣任職，再沒有聽說有這種作怪的災害。黎丘，地名。據《太平寰宇記》卷一二記載，地在虞城縣北二十里，高二丈。《呂氏春秋・疑似》載，黎丘一老人醉歸，被偽裝其子的奇鬼所騙。後又醉歸，遇其子來迎，老人以為又是奇鬼所化，遂殺其子。或，有時。醉父，使父醉。蔑聞，無聞；沒有聽說。蔑，宋本原作「蔑」，異體字，據郭本、王本、咸本、《全唐文》改。❹官宅舊井六句　官宅，官署。下車，指初到任。莞爾，微笑貌。符，符合。❺蠡丘館東有三柳焉五句　蠡丘館，館名，地址不詳。蠡，宋本原作「蟸」，據王本改。王本校：「繆本作『蟸』，即『蠡』字省文。」三柳，三株柳樹。憩，休息。行路勿剪，路人都不加剪伐。《詩・召南・甘棠》有「勿剪勿伐」之句。《史記・燕召公世家》：「召公巡行鄉邑，有棠樹，決獄政事其下，自侯伯至庶人，各得其所，無失職者。召公卒，而民人思召公之政，懷棠樹不敢伐，哥（歌）詠之，作〈甘棠〉之詩。」此處以召公事比擬李錫德政。❻因樹而書頌　借李錫所憩柳樹以歌頌其愛民的事蹟。因，郭本誤作「田」。

【語　譯】先前時候，縣城中有聚集徒黨橫行不法之人，是為二耿的族人，將近一百家。李公教育訓化他

們成為良民，改稱他們的居住地為「大忠正之里」。縣城北部邊界黎丘曾有古鬼作怪，有時使父喝醉而手刃其子，自從李公來此任職，再沒有聽說有古鬼為災。縣衙中有個舊井，水清而味苦，李公初到任曾品嘗它，微微地笑著說：「既苦而清，完全符合我的志向。」於是汲水飲用不改變，後來變成了甘泉。蠡丘館東邊有三株柳樹，李公經常往來在此休息，飲了水便去。此後路人經過此處都不剪柳條，人們把它比作古代召公決獄政事所憩的甘棠樹。縣中人借柳樹而寫歌頌李公的德政有四十六篇。

惟公志氣塞乎天地，德音發乎聲容，縞乎若寒崖之霜，湛乎若清川之月❶。彈惡雪善，速若箭飛❷。尤能筆工新文，口吐雅論❸。天下美士❹，多從之遊。非汝陽三公三伯之積德，則何以生此❺？邑之賢老劉楚瓌等乃相謂曰❻：「我李公以神明之化，大賴于虞人。虞人陶然歌詠其德❼，官則敬，去則思❽。山川鬼神猶懷之，況于人乎❾！」乃咨群寮，興去思之頌❿。縣丞王彥暹，員外丞魏陟，主簿李詵，縣尉李向、趙濟、盧榮等⓫，同德比義，好謀而成⓬，相與採其瓌蹤茂行，俾刻石篆美，庶清風令名，奮乎百世之上⓭。

【章旨】以上為序的第六段，讚揚李錫品德高尚，文章優美，虞城縣官吏和民眾都願為其頌德立碑。

【注釋】❶惟公志氣塞乎天地四句　形容李錫志氣之大，德音之美，品格潔白如寒崖之霜，清澄如清水之月。塞，充滿。德音，善言。聲容，聲音容顏。縞，白色。湛，清澄。❷彈惡雪善二句　謂李錫處理彈惡事和昭雪事速如飛箭。彈，彈劾。雪，昭雪。彈惡雪善，即去惡揚善。❸尤能筆工新文二句　謂尤其擅長筆寫創新的文章，口談高雅的言論。❹美士　有才識卓行的人。❺非汝陽三公三伯之積德二句　謂如不是汝陽公等祖先世世積累德行，怎麼會生出李錫這

樣的人才。三伯，郭本、咸本、《全唐文》作「二伯」。三公三伯，指李錫高祖李楷封汝陽公，曾祖騰雲封廣武伯，祖立節、父浦均襲爵廣武伯。積德，指祖先積累的德行。❻邑之句　邑，城邑。賢老，賢達的老鄉紳。劉楚瓌，人名。事蹟不詳。❼我李公以神明之化三句　神明之化，如神之明的化育。化，轉移人心，改變風俗。大賴，大利。虞人，指虞城縣人。陶然，快樂貌。其德，指李錫的功德。❽官則敬二句　謂任官時令人尊敬，去職後又使人思念。❾山川鬼神猶懷之二句　極言李錫善政，謂山川鬼神尚且懷念，何況於人！❿乃咨群寮二句　咨，徵詢。群寮，縣衙屬吏。興，作。去思之頌，即指撰寫此文。⓫縣丞王彥暹四句　縣丞、主簿、縣尉，均為縣官。唐制，縣官除縣令外，有縣丞、主簿、縣尉。員外丞，指正額以外的縣丞。王彥暹、魏陟、李誂、李向、趙濟、盧榮等，事蹟均不詳。⓬同德比義二句　謂此數人都有高尚的德行和義氣，凡事都商量而行。比，並。《後漢書‧孔融傳》：「先君孔子與先人李老君同德比義，而相師友。」好謀而成，語出《論語‧述而》。⓭相與採其瓌蹤茂行四句　相與，相互。採，搜集。瓌蹤茂行，奇偉、美好的事蹟和行為。俾，使。刻石，指鐫刻事蹟於石上。篆美，篆寫頌美。庶，副詞，表示希望。清風令名，清廉之風，美好之名。奮，發揚；傳頌。百世之上，極言傳頌之久。

【語譯】李公的意志氣勢充塞於天地之間，合乎仁德的語言從聲音容貌表現出來。品格潔白如寒冬山崖之霜雪，清澄如淥水中的明月。處理糾彈惡人惡事和洗雪善人冤事，快速如箭飛。尤其擅長筆寫創新的文章，口談高雅的理論。天下才能卓越的士人，多喜歡跟他交往。如果不是汝陽公等祖先世代積累德行，那怎麼能生出這樣的人才？縣城中的賢達老人劉楚瓌等於是互相談論說：「我們的縣令李公用神一般英明的教化，使我虞城縣的民眾大為得益而依賴。虞城縣人陶然快樂而歌詠他的功德，他在官時人們尊敬他，現在他要離去人們都思念他。山川鬼神尚且懷念他，何況是人啊！」於是徵詢縣的官員僚屬，想作一個去思頌碑。縣丞王彥暹，員外縣丞魏陟，主簿李誂，縣尉李向、趙濟、盧榮等，都有高尚的品德和義氣，喜歡商議而成，互相搜集他的奇偉美好事蹟和行為，使之篆刻於石碑，希望將清廉之風和美好之名，傳揚於百代以上。

其詞曰：

激揚之水兮，白石有鑿❶。李公之來兮，雪虞人之惡。厥德孔昭，折獄既清❷。五教大行，殷雲雷之聲❸。既父其父，又子其子❹。春之以風，化成草靡❺。乃影我崗，乃雨我田❻。陽無驕僭，四載有年❼。人戴公之賢，猶百里之天❽。棄余往矣，茫如墜川❾。哀喪惠博❿，掩骼仁深⓫。苦井變甘，兇人易心⓬。三柳勿剪，永思清音⓭。

【章旨】此段為頌的正文，概括以上序的內容，頌揚李錫的德政。

【注釋】❶激揚之水兮二句　《詩・唐風・揚之水》：「揚之水，白石鑿鑿。」毛傳：「鑿鑿，鮮明貌。」鄭玄箋：「激揚之水，波流湍疾，洗去垢濁，白石鑿鑿然。」❷厥德孔昭二句　厥，其。代詞。孔昭，非常明亮。《詩・小雅・鹿鳴》：「我有嘉賓，德音孔昭。」鄭玄箋：「孔，甚也。昭，明也。」折獄，決斷獄訟。清，公正清明。❸五教大行二句　謂五教大行，猶如雲雷之聲殷殷然。五教，五常之教，指父義、母慈、兄友、弟恭、子孝。殷，震動聲。《詩・召南・殷其靁》：「殷其靁，在南山之陽。」❹既父其父二句　謂既使人尊敬父親，又使人愛撫兒孫。句中前一「父」、「子」字都用作動詞。❺春之以風二句　用陸賈《新語》「上之化下，猶風之靡草」之意，謂李錫如春風吹拂，民眾如草，向風而化。❻乃影我崗二句　乃，而。影，日影，用作動詞，照。咸本作「景」。崗，《全唐文》作「岡」。雨，動詞，下雨。❼陽無驕僭二句　謂太陽不過分照光，即春陽和煦，沒有差錯，四年都是豐收。僭，超越本分。僭，郭本誤作「僣」。有年，五穀豐收。❽人戴公之賢二句　謂民眾擁戴李錫之賢，猶如喜愛縣城之上的天。百里，指一縣之境。❾棄余往矣二句　謂李錫棄虞城民眾而去，使民眾茫然如墜水中。❿惠博　恩惠博大。⓫仁深　仁義極深。⓬兇人易心　指前所謂「聚黨橫猾」的「二耿之族」被「訓為純人」。⓭清音　清廉的品德。

【語　譯】其詞曰：

激蕩濺揚之水啊，使白石洗刷得非常鮮明光滑。李公之來虞城啊，洗雪盡虞城人的惡習。他的恩德非常明顯，決斷獄訟公正清明。五常之教大行，猶如殷殷然的雲雷之聲。既使人尊敬父親，又使人愛護兒子。猶如春天以風吹拂，使民眾如草靡般向風而化。於是太陽照我山崗，下雨澆我田。春陽和煦沒有過分照光，四年都是豐收。民眾擁戴李公之賢，猶如全縣的天。如今離我們而去，使民眾茫然如墜水中。悲哀喪葬恩惠博大，掩埋枯骨仁義深厚。苦井變為甘水，兇惡之人被訓易心變為純人。三株柳樹如召公甘棠勿剪，永遠思念你清廉的品德。

【研　析】按碑序云「天寶四載，拜虞城令」，又云「四載有年」，則此碑當作於天寶八載（西元七四九年）李錫離任之時。此碑前有六段序。第一段議論治理一縣必須使民眾如魚在水，只有大賢才能做到，而虞城縣令李公正是這樣的人。第二段敘李錫的家世，從高祖到父親，都當過都督、刺史等重要職務，「侯伯繼跡」，「納忠王庭」。第三段敘李錫的宦歷和政績，特別詳細敘述在趙郡昭慶縣令任上，奉詔修建初、啟運二陵的光輝事蹟：「總徒五郡，支用三萬貫。……功成，餘八千貫。其幹能之聲大振乎齊、趙矣。……精勤動天地」，「粉圖奏名，編入國史」。第四段敘李錫任虞城縣令的政績更為具體而生動：琴心鈞道，以身作則。安四民，敷五教。食粗糧，行單車，吏見其約而儉，俗仰其敬而讓。三月政成，鄰境取則。特別是出俸埋枯骸，使百里掩骸，四封歸仁。鰥寡孤獨有依賴，全縣頹風大變。第五段舉四個具體事件，說明李公的政績：一是此縣中原有二耿之族聚黨橫猾，李公將他們訓為純人，改其居地曰「大忠正之里」。二是北境黎丘地區有古鬼作怪，使父酒醉而刃其子，自李公到任，不再有此等事。三是官府舊井原來味苦，而李公汲用後變成了甘泉。四是蠡丘館東有三株柳樹，李公往來在此休息飲水，鄉人將此比為上古時召公聽訟的甘棠，行人都不剪不伐，並寫有四十六篇頌文。第六段則極力形容李公的志氣、品德、文章、談論，借縣中賢老的讚美，縣中官員的商量，要求將其事蹟刻石立碑。最後一段即頌碑的正文，用韻語概括提煉序的內容。

為竇氏小師祭璿和尚文❶

年月日，某謹以齋蔬之奠❷，敢昭告于和尚之靈。伏惟❸和尚，降靈自天，依化遊世，角立獨出，嶷然生知❹。鳳凰開九苞之翼❺，豫章橫萬頃之陂❻。始傳燈而納照，因落髮以從師❼。邁龍象以蹴踏，為天人之羽儀❽。紹釋風於西域❾，迴佛日於東維❿。若大塊之噫氣，鼓和風而一吹⓫。熱惱清灑，道芽榮滋⓬。走吳、楚以宗仰，將掃地而歸之⓭。

【章旨】以上為第一段，敘璿和尚生性聰慧傑出，從師學道勇猛勤奮，修養精湛，深受人們景仰。

【注釋】❶為竇氏小師祭璿和尚文　竇氏小師，姓竇的年輕僧人。名字事蹟不詳。按：李白〈地藏菩薩贊〉稱「扶風竇滔」，或謂竇氏小師即竇滔。小師，受戒未滿十夏之僧人。《釋氏要覽．師資小師》：「受戒十夏以前，西天皆稱小師。」唐代又作為對年輕出家人的稱呼，姚合有〈贈盧沙彌小師〉詩。亦作為僧人之謙稱。璿和尚，唐金陵瓦官寺高僧。《宋高僧傳》卷一七〈唐金陵鍾山元崇傳〉：「以開元末年因從瓦官寺璿禪師諮受心要，日夜匪懈。……至德初並謝絕人事，杖錫去郡，歷於上京，……遂入終南，經衛藏，至白鹿，下藍田，於輞川得右丞王公維之別業。……王公焚香靜室，與崇相遇。」按：王維有〈謁璿上人〉詩，李頎有〈題璿公山池〉詩。「璿禪師」、「璿上人」、「璿公」，當即此文之「璿和尚」。和尚，在中國佛教典籍中，一般為對佛教師長的尊稱。後成為對僧人的通稱。此文乃李白代竇氏小師祭其師璿和尚而作的祭文，其時疑在肅宗上元年間李白重遊廬山及回到金陵之時。❷齋蔬之奠　謂置蔬果等祭品祀亡靈。❸伏惟　下對上的敬辭。謂想到，念及。李密〈陳情表〉：「伏惟聖朝以孝治天下。」❹角立獨出二句

《後漢書・徐稺傳》：「爰自江南卑薄之域，而角立傑出。」李賢注：「角立，如角之特立也。」《詩・大雅・生民》：「誕實匍匐，克岐克嶷。」毛傳：「岐，知意也。嶷，識也。」孔穎達疏：「是其性智之能，故以岐為有智之意，嶷為有識之貌。」此處二句意謂璿和尚生性獨特傑出，天生智慧聰識。嶷然，形容年幼聰慧。袁宏《後漢紀・桓帝紀下》：「年十有二，嶷然有周成之質。」❺鳳凰開九苞之翼　九苞，鳳凰的九種特徵。後作為鳳的代稱。苞，宋本、繆本作「包」，據郭本、王本、《全唐文》改。《初學記》卷三〇引《論語摘衰聖》：「鳳有六像九包……九包者：一曰口包命；二曰心合度；三曰耳聽達；四曰舌詘伸；五曰彩色光；六曰冠矩州；七曰距銳鉤；八曰音激揚；九曰腹文戶。」李嶠〈鳳〉詩：「九苞應靈瑞，五色成文章。」此句謂鳳凰張開九種羽色的翅膀。❻豫章橫萬頃之陂　豫章，唐郡名。即洪州，天寶元年改為豫章郡，乾元元年復改為洪州。屬江南西道。治所在今江西南昌。陂，湖泊。此處指鄱陽湖。《淮南子・說林訓》：「十頃之陂可以灌四十頃，而一頃之陂可以灌四頃，大小之衰然。」高誘注：「畜水曰陂。」《世說新語・德行》：「叔度汪汪如萬頃之陂。澄之不清，擾之不濁。」❼始傳燈而納照二句　傳燈，佛家指傳授佛法。王琦注：「釋家師弟子以佛法遞相傳受，繼續不絕，如以燈遞相燃點，光明常在，終不熄滅，故謂之『傳燈』。」崔顥〈贈懷一上人〉詩：「傳燈遍都邑，杖錫遊王公。」二句謂師父開始傳授弟子時就接受佛光照射，於是削去頭髮而隨從師父。落髮，剃髮出家為僧。❽邁龍象以蹴踏二句　王琦注：「邁者，勇往力行之意。」龍象，水行中龍之力最大，陸行中象之力最大，故佛教用龍象比喻諸阿羅漢中修行勇猛有最大能力者。後用作對僧人的敬稱。《維摩經・不思議品》：「譬如龍象蹴踏，非驢所堪。」蹴踏，奔跑。天人，指洞悉宇宙人生本原之人。《莊子・天下》：「不離於宗，謂之天人。」此處指有道的高僧。羽儀，語出《易・漸》「鴻漸于陸，其羽可用為儀。」孔穎達疏：「處高而能不以位自累，則其羽可用為物之儀表，可貴可法也。」後因以「羽儀」比喻居高位而有才德，被人尊重或堪為楷模。二句謂璿和尚修道勇往力行如龍象奔跑，成為有道高僧的榜樣。❾紹釋風於西域　紹，繼承。釋風，佛教的風尚。此句謂繼承西域佛教的規範改姓釋氏。王琦云：「釋者，梵語具云釋迦，此云能仁，佛之姓也。凡出家者皆以釋為姓。《阿含經》云『四河入海，同一鹽味。四姓出家，皆名為釋』是也。」❿迴佛日於東維　佛日，對佛的敬稱。佛教認為佛的法力廣大，普濟眾生，如日之普照大地，故以日喻佛。《觀無量壽經》：「唯願佛日教我，觀於清淨業處。」《隋書・李士謙傳》：「客又問三教優劣，士謙曰：『佛，日也；道，月也；儒，五星也。』」東維，東隅；東方。此句謂使佛教在東方的中國傳播。⓫若大塊之噫氣二句　謂佛理如大地噫氣，春天吹和風。《莊子・齊物論》：

「夫大塊噫氣，其名為風。」和風，溫和的風；春風。⓬熱惱清灑二句　熱惱，焦灼苦惱。《法苑珠林》卷一〇七：「願我作大風，微密滿虛空。諸有熱惱處，扇之以清涼。」道芽，佛教指法理之萌芽。《心地觀經》卷五：「道芽增長如春苗。」榮滋，茂盛。二句謂和風吹去煩惱而清爽，道法萌芽滋長茂盛。⓭走吳楚以宗仰二句　謂吳、楚一帶的人們推崇景仰他而奔走相告，全都欲歸從於他。掃地，盡數；全部。形容人數之多。

【語　譯】某年某月某日，我謹以蔬果等祭品，冒昧虔誠明白地敬告璿師的亡靈。思念璿師，自天降靈，依托教化遊行世間，生性獨特傑出，幼年即智慧聰明。就像鳳凰張開九種特徵的翅膀，鄱陽湖橫淌萬頃的畜水。開始拜師傳燈而接受佛光照射，於是削去頭髮而隨從師父。像水陸力量最大的龍和象那樣勇往蹴踏努力修道，成為被人尊重的有道高僧的榜樣。繼承西域佛教的風尚改姓釋氏，使佛教迴轉在東方的中國傳播。就像大地的噓氣，春天和風的吹拂。焦灼苦惱都被清灑而涼爽，道法萌芽滋長而茂盛。吳、楚一帶之人推崇景仰而奔走相告，將盡數歸從於他。

嗚呼！來無所從，去復何適❶？水還火歸，蕭散本宅❷。寶舟輟棹，禪月掩魄❸。痛一往而無蹤，愴雙林之變白❹。

【章　旨】以上為第二段，用多種比喻痛悼和尚之死。

【注　釋】❶來無所從二句　謝靈運〈逸民賦〉：「其見也則如遊龍，其潛也則如隱鳳，來無所從，去無所至。」此處用其意，謂璿和尚不知從何處來，又不知往何處去。適，往。❷水還火歸二句　謂誕生時從血水中來而卒時火化歸去，消散而入永歸之塔。按：僧人死後都用火葬，故曰「火歸」。蕭散，指骨灰。本宅，謂死後所葬之地。陶淵明〈自祭文〉：「陶子將辭逆旅之館，永歸於本宅。」❸寶舟輟棹二句　寶舟輟棹，婉言僧人之死。寶舟，喻佛法普救眾生渡出苦海的寶船。王僧孺〈禮佛文〉：「鶩法輪於長路，棹寶舟於遙壑。」禪月，佛月。佛教認為佛法如黑夜中之月

亮，照明天下，故以月喻佛。《金光明經》卷二四：「佛真法身，猶如虛空，應物現形，如水中月。……是故我今稽首佛月。」魄，古指人身中依附形體而顯現的精神，以別於能離開形體的魂。《左傳・昭公七年》：「人生始化曰魄。」杜預注：「魄，形也。」又通「霸」。月始生或將滅時的微光。《書・武成》：「惟一月壬辰，旁死魄。」孔穎達疏：「魄者，形也。謂月之輪郭無光之處名魄也。朔後明生而魄死，望後明死而魄生。〈律曆志〉云：『死魄，朔也；生魄，望也。』」禪月掩魄，即謂魄死。喻僧人之死。❹愴雙林之變白句　以佛祖釋迦牟尼臨終時景象，喻璿和尚之死。愴，悲傷；悽然。《涅槃經》卷一：「佛在拘尸那城，力士生地阿利羅跋提河邊娑羅雙樹間，二月十五日臨涅槃時。爾時拘尸那城娑羅樹林，其林變白，猶如白鶴。後分曰娑羅樹林四雙八隻：西方一雙，在如來前；東方一雙，在如來後；北方一雙，在佛之首；南方一雙，在佛之足。爾時世尊娑羅林下寢臥寶牀，於其中夜入第四禪，寂然無聲，於是時頃，便槃涅槃。其娑羅林東西二雙合為一樹，南北二雙合為一樹，垂覆寶牀，蓋於如來，其樹即時慘然變白，猶如白鶴。枝葉華果皮幹，悉皆爆烈墮落，漸漸枯悴，摧折無餘。」

【語　譯】嗚呼！璿師不知從何處來，又不知往何處而去？誕生時從血水中來而死亡後火化而歸去，骨肉蕭散成灰而葬於塔中。普渡眾生的寶船停止航行，佛法禪月掩魄而沒。悲痛您一往而無蹤影，悽然涅槃時雙林之變白。

某早承訓誨，偏荷恩慈❶。忝餐風於法侶❷，旋落蔭於禪枝❸。號無輟響，泣有餘悲。手撰茗藥，精誠嚴思❹。冀神道之昭格，庶明靈而饗之❺。

【章　旨】以上為第三段，敘璿小師感激璿和尚的師恩，故特持茗藥祭奠，希望其享用。

【注　釋】❶某早承訓誨二句　謂我很早接受璿師教誨，所得慈恩偏多。某，璿小師自稱。❷忝餐風於法侶　謂自己有愧列於佛門道友中以風為食。餐風，以風為食。形容超脫的出世生活。法侶，猶道友。謝靈運〈廬山慧遠法師誄〉：

「於是眾僧雲集，勤修淨行。同法餐風，棲遲道門。」梁武帝〈金剛般若懺文〉：「恆沙眾生，皆為法侶。」❸旋落蔭於禪枝　謂每於寺廟周圍樹林中享受蔭庇。禪枝，寺廟禪堂周圍的樹木。蕭統〈講席將訖賦三十韻〉：「藥樹永繁稠，禪枝詎凋槭。」蔭，郭本作「陰」。❹手撰茗藥二句　謂手持藥茶，真誠嚴肅地進行祭奠。撰，持；握。《禮記·曲禮上》：「君子欠伸，撰杖屨。」鄭玄注：「撰，猶持也。」茗藥，茶與藥。僧人不飲酒，故以茶代酒祭奠。嚴思，嚴肅貌。思，句尾助詞。❺冀神道之昭格二句　謂希望神祇明朗召來璿和尚，但願其聖明神靈享受我的祭祀。冀，希望。宋本原作「異」，據郭本、繆本、王本、咸本、《全唐文》改。格，來。庶，副詞，但願。饗，通「享」。指神鬼享用祭品。

【語　譯】我很早就接受您的教誨，所得您的慈恩獨多。有愧列於佛門道友中以風為餐的脫俗生活，經常於寺廟周圍樹林中享受蔭庇。如今我號哭沒有停止聲響，啼泣尚有餘悲。手持藥茶，真誠嚴肅地祭奠。希望神祇明白地召來璿師，但願他英明的神靈能享用我的祭祀。

【研　析】本文可分三段。第一段首先點明是代竇某祭奠其師璿和尚，接著便敘璿和尚生性聰慧傑出，從師學道勤奮勇猛，成為高僧的榜樣，其傳授佛法使吳楚之人景仰而全都歸從他。第二段用多種佛教比喻痛悼璿和尚之死，聲情並茂，令人傷心欲絕。第三段描寫竇小師早年受璿和尚之恩，如今號哭啼泣，持藥茗祭奠的情景。全文言簡意賅，情深意長。

為宋中丞祭九江文❶

謹以三牲之奠，敬祭于長源公之靈❷。惟神包括乾坤，平準天地❸。劃三峽以中斷，疏九道以爭奔❹。綱紀南維，朝宗東海❺。牲玉❻有禮，祀典無虧。

【章　旨】以上為第一段，謂宋若思隆重祭奠長江之神。

【注　釋】❶為宋中丞祭九江文　宋中丞，即宋若思。參見122頁注❶。至德二載，就是這位宋中丞營救李白出潯陽獄，並參加其幕府。此文即在宋中丞幕中作。九江，《書・禹貢》：荊州，「九江孔殷」。後人解說不同。一般認為九江在潯陽境內。此即指潯陽（今江西九江市）附近的長江。❷謹以三牲之奠二句　三牲，古代用於祭祀的三種動物：牛、羊、豬。長源公，為「廣源公」之誤。廣源公，長江封號。《舊唐書・玄宗紀下》：天寶六載，「封河瀆為靈源公，濟瀆為清源公，江瀆為廣源公，淮瀆為長源公。」此文祭長江，應為廣源公，此稱「長源公」，王琦認為字誤，其說可信。❸惟神包括乾坤二句　謂只有神靈能夠囊括天地宇宙，平衡調正天下萬事萬物。平準，平衡持正。❹劃三峽以中斷二句　劃，割開。三峽，指瞿塘峽、巫峽、西陵峽，即從重慶奉節到湖北宜昌間的長江。疏，王本作「流」。九道，指潯陽附近九條流入長江的支流。二句謂割開三峽而使兩岸山勢中斷，流九派而使水勢爭奔。❺綱紀南維二句　綱紀，法度；秩序。維，連結。朝宗，本指諸侯朝見天子，後借指百川入海。《漢書・地理志上》：「江漢朝宗於海。」顏師古注：「江漢二水歸入於海，有似諸侯朝於天子，故曰朝宗。宗，尊也。」❻牲玉　祭祀用的牲口與寶玉。玉，宋本誤作「王」，據郭本、繆本、王本、咸本、《全唐文》改。王琦注：「玉，告神時薦於座之玉器。與牲幣俱陳者。」

【語　譯】我恭敬地以牛羊豬三牲的祭品，敬祭於廣源公長江之靈。只有神靈能夠包括天地乾坤，平衡調正天下萬事萬物。割開三峽而使兩岸群山中斷，流九派而使水勢爭奔。使山水在南方連結法度秩序，最後朝宗歸於東海。用牲玉祭奠有禮節，祭祀的典禮沒有虧缺。

今萬乘蒙塵，五陵慘黷❶。蒼生悉為白骨，赤血流於紫宮❷。宇宙倒懸，欃搶❸未滅。含識結憤，思剪元兇❹。

【章　旨】以上為第二段，謂帝王流亡，民眾流血，人所共憤，思滅敵寇。

【注　釋】❶今萬乘蒙塵二句　萬乘，指皇帝。蒙塵，指帝王逃亡在外，蒙受灰塵。五陵，長安附近漢代五個皇帝陵墓，此借指唐代五個皇帝的陵墓。慘黷，王琦謂當作「墋黷」。黷，郭本作「贖」，誤。《文選》卷四七陸機〈漢高祖功臣頌〉：「茫茫宇宙，上墋下黷。」李善注：「天以清為常，地以靜為本。今上墋下黷，言亂常也。墋，不清澄之貌也。……賈逵曰：『黷，媟也。』」李周翰注：「墋，垢；黷，濁也。」庾信〈哀江南賦〉：「潰潰沸騰，茫茫墋黷。」即用其意。按是時安史之亂未平，唐玄宗幸蜀，肅宗即位靈武，長安為安祿山所占，尚未收復，故有此二句。❷紫宮　帝王的宮禁。❸欃搶　王琦注：「與『欃槍』同。」彗星的別稱，古代以彗星為妖星，認為它的出現即有兵亂。此借指安祿山叛軍。❹含識結憤二句　謂人民胸中結滿憤恨，常思斬除首惡。含識，佛教語。指有意識和感情的人。

【語　譯】如今皇帝逃亡在外蒙受灰塵，長安周圍五位皇帝的陵墓荒涼蕭條。民眾都成為白骨，赤血流滿了皇宮。天地倒掛，安史之亂尚未平定。有意識和感情的人胸中都結滿了憤恨，都在思量如何消滅叛賊首惡。

若思參列雄藩，各當重寄❶。遵奉王命，大舉天兵❷。照海色於旌旗，肅軍威於原野❸。而洪濤渤潏，狂飇振驚❹。惟神使陽侯卷波，羲和奉命❺。樓船先濟，士馬無虞❻。掃妖孽於幽燕，斬鯨鯢於河洛❼。惟神祐我，降休❽于民。敬陳

精誠，庶垂歆饗❾。

【章　旨】以上為第三段，謂宋若思身受重寄，舉天兵北上平叛。祈江神保祐人馬順利渡江。

【注　釋】❶若思參列雄藩二句　若思，郭本、咸本、《全唐文》作「而況」。雄藩，強大的藩鎮。此指地勢險要、足以控制四方的重要州郡。時宋若思以御史中丞為宣歙採訪使兼宣城郡太守。重寄，重託；寄託重任。❷遵奉王命二句　王命，宋本原作「天命」，據郭本、王本、咸本、《全唐文》改。天兵，指唐朝的軍隊。❸照海色於旌旗二句　謂旌旗在曉色照射下飄揚，原野上軍威嚴肅。海色，將曉的天色。❹而洪濤渤潏二句　渤潏，水奔湧貌。狂飇，狂暴之風。❺惟神使陽侯卷波二句　陽侯，傳說中的波濤之神。《淮南子．覽冥訓》：「武王伐紂，渡於孟津，陽侯之波，逆流而擊。」高誘注：「陽侯，陵陽國侯也。其國近水，溺水而死，其神能為大波，有所傷害，因謂之陽侯之波。」羲和，神話中的太陽神。❻樓船先濟二句　謂使戰船先渡，人馬無恙。樓船，有層樓的大船。無虞，沒有差失。❼掃妖孽於幽燕二句　妖孽，指安祿山叛軍。幽燕，安祿山發動叛亂之地。鯨鯢，喻兇惡之人。指安祿山。河洛，指洛陽，安祿山稱帝之地。❽降休　施降吉慶。休，吉祥。❾歆饗　謂祭祀時神靈享受祭品。

【語　譯】我宋若思參與位列強大的藩鎮，各自擔當著朝廷的寄託重任。遵奉帝王的命令，率領皇朝的大軍。旌旗在曉色照耀下飄揚，原野上軍威嚴肅。而洪水波濤洶湧，狂暴之風令人振動驚駭。只是神靈使波濤之神捲起波濤，駕太陽車之神遵命。使戰船先渡，人馬無恙。在幽燕之地掃盡安史之亂的叛軍，在洛陽地區斬殺叛亂的元兇。神靈保祐我，施降吉祥於民眾。恭敬地陳述我的精心誠意，希望神靈下降享受我的祭品。

【研　析】按：此文當為至德二載（西元七五七年）在宋若思幕中所作。此文可分三段：首段敘寫宋若思用隆重的祭禮祭奠長江神，並讚揚長江的作用。次段敘安史之亂使帝王逃亡，臣民慘死，人所共憤，思滅敵寇。末段敘宋若思身受重寄，舉兵北上平叛，祈求江神保祐人馬順利渡江。全文篇幅短小，卻生動感人。正如郭沫若《李白與杜甫》所說：「僅僅一百七十五個字，把長江的氣魄、時局的艱危、戰士的

振奮，表現得頗有力量。這和〈春夜宴桃花園序〉對照看，是別具風格的文字。一邊是輕鬆，一邊是凝重，但無疑都是經過充分錘煉的作品。」

卷第七

宋本集外文

漢東紫陽先生碑銘❶

嗚呼！紫陽竟夭其志以默化❷，不昭然白日而升九天乎？或將潛賓皇王❸，非世所測。□□□□□□□□□□挺列仙明拔之英姿，明堂❹平白，長耳廣顙❺，揮手振骨，百關❻有聲，殊毛秀采，居然逸異。□□□□□□□□□而直達❼，何龜鶴❽早世而蟪蛄❾延秋？元命❿乎？遭命⓫乎？予長息⓬三日，懵⓭于變化之理。

【章　旨】以上為序的第一段，哀歎紫陽先生有長壽之相卻夭志早卒。

【注　釋】❶漢東紫陽先生碑銘　此文各本皆未收錄。唯王本從《道藏》劉大彬《茅山志》中錄出，收入卷三〇《詩文拾遺》。按：宋敏求曾見此文，其〈李太白文集後序〉云：「同舍呂縉叔出〈漢東紫陽先生碑〉，而殘缺間莫能辨，

不復收云。」王琦云：「雖有缺文，然與集中所稱紫陽先生、元丹丘、僧倩公、仙城山、滄霞樓等句多所取證。且其文係太白真作，銘詞玄奧可喜。宋氏棄之不收，固矣。」漢東，唐郡名，即隨州。天寶元年（西元七四二年）改為漢東郡，乾元元年（西元七五八年）復改為原名。治所隋縣，今湖北隨州。紫陽先生，姓胡，隱於隨州的道士。參見253頁注❶。❷夭其志以默化　其志夭折而死亡。❸潛賓皇王　暗地裡為天王之賓客。❹明堂　道教稱兩眉之間為天門，入內一寸為明堂。❺廣顙　大額。❻百關　指人體許多關節。❼直達　直，《全唐文》作「且」。❽何龜鶴　何，《全唐文》作「河」，誤。古人以為龜和鶴為長壽之物，故用以比喻長壽。《抱朴子・對俗》：「知龜鶴之遐壽，故效其道引以增年。」❾蟪蛄　較小的蟬。生命極短。《莊子・逍遙遊》：「朝菌不知晦朔，惠蛄不知春秋。」陸德明《釋文》引司馬云：「惠蛄，寒蟬也。一名蝭蟧。春生夏死，夏生秋死。」❿元命　天命。《三國志・吳書・吳主傳》：「朕以不德，肇受元命。」⓫遭命　指行善而遭凶的壞命運。王充《論衡・命義》：「遭命者，行善得惡，非所冀望，逢遭於外而得凶禍，故曰遭命。」《全唐文》卷二二六陳子昂〈堂弟孜墓誌銘〉：「豈其夭絕，喪茲良圖。嗚呼！其元命歟？遭命歟？」⓬予長息　予，《全唐文》作「余」。長息，長歎。東方朔〈答客難〉：「東方先生喟然長息。」⓭懵　不明貌。

【語　譯】嗚呼！紫陽先生竟然夭折其志向而死亡，豈不是昭然地白日升上九天嗎？或許是將在暗地裡為天王的賓客，這不是世人所能測知的。□□□□□□□□□生有諸仙精明超拔的英姿，兩眉之間平白，兩耳很長而額頭很大。揮手振動骨格，各個關節都發出聲音。特殊的毛髮清秀光彩，居然飄逸奇異。□□□□□□□□□而正直通達，為什麼長壽的龜鶴反而早逝，而短命的蟪蛄卻延長生存？是天命麼？還是行善而遭凶的壞命運呢？我長歎了三天，還是不明白這變化的道理。

先生姓胡氏，□□□□□族也。代業黃老❶，門清儒素❷，皆龍脫世網，鴻冥高雲❸。但貴天爵❹，何徵閥閱❺？

【章　旨】以上為序的第二段，敘紫陽先生的姓氏和家世。

【注　釋】❶黃老　黃帝與老子。道家尊二人為始祖，因以「黃老」代指道家。《史記・魏其武安侯列傳》：「(竇)太后好黃老之言。」❷儒素　儒生應有的品德、行為。《晉書・王隱傳》：「隱以儒素自守，不交勢援，博學多聞。」❸皆龍脫世網二句　比喻胡紫陽高尚脫俗的品性，如龍脫離世俗之網，鴻高飛於天空雲端。❹天爵　天然的爵位，古稱不居官位，因德高而受人尊敬。《孟子・告子上》：「仁義忠信，樂善不倦，此天爵也；公卿大夫，此人爵也。」❺閥閱　本指積功和經歷，後指世家門第。王琦注：「人臣有功于國，方得世祿。閥閱之家，猶言『世祿之家』耳。又《通鑑》：裴子野論曰：『降及季年，專限閥閱。』胡三省注：『門在左曰閥，在右曰閱』。則以世家門戶為閥閱，更有由也。」

【語　譯】先生姓胡，□□□□□□族人。世代喜愛黃老之學，門第清廉而有儒家的品德與行為，都像龍脫離世俗之網，鴻高飛於天空雲端。只看重仁義忠信、樂人不倦的天然爵位，何必求取閥閱世家富貴門第？

始八歲經仙城山❶，□□□□□□□□□□□有清都紫微❷之遐想。九歲出家，十二休糧❸。二十遊衡山❹，雲尋洞府，水涉冥壑。神王□□□□□□□□召為威儀❺，及天下採經使。因遇諸真人，受《赤丹陽精石景水母》❻。故常吸飛根，吞日魂❼，密而修之。□□□□□□所居苦竹院❽，置飡霞之樓❾，手植雙桂，棲遲❿其下。

【章　旨】以上為序的第三段，敘紫陽先生一生的經歷。

【注　釋】❶仙城山　參見253頁注❶。❷清都紫微　《列子・周穆王》：「王實以為清都紫微，鈞天廣樂，帝之所

居。」張湛注：「清都紫微，天帝之所居也。」❸休糧　不吃穀類食物。❹衡山　古稱南嶽，位於湖南中部。一名岣嶁山。❺威儀　道教職務名。王琦注：「威儀，道家職名。如釋家『維那』之類。白玉蟾〈玉隆萬壽宮道院記〉：唐有左右街威儀，五代末周太祖因避諱改為道錄。是威儀即今之道錄司也。」唐代稱擅長法儀的道士為威儀師。《唐六典・尚書禮部》：「道士修行有三號：其一曰法師，其二曰威儀師，其三曰律師。」❻受赤丹陽精石景水母　受，《全唐文》作「授」。赤丹陽精石景水母，道教經名。《真誥》卷九：「日中五帝字曰：『日魂珠景，昭韜綠映，迴霞赤童，元炎飈象。』凡十六字。此是金闕聖君採服飛根之道，昔受之于太微天帝君。一名《赤丹金精石景水母玉胞之經》。」此處的「陽精」，當即指「金精」。❼吸飛根二句　《黃庭內景玉經注・高奔章》（《道藏》第六冊）：「高奔日月吾上道。」梁丘子注：「上清紫文吞日月法，一名《赤丹金精石景水母玉胞經》。其法，常以日初出時，東向叩齒九通，畢，微呪日魂，名日中五帝字曰……。呪呼此十六字畢，冥目握固，存想五色流霞來繞一身，於是日光流霞俱入口中。」此之謂曰華飛根，玉胞水母；亦即「吸飛根，吞日魂」。能修此法，即能奔日月而成仙。❽苦竹院　當即隨州胡紫陽所居之處。❾飡霞之樓　隨州胡紫陽所建之樓。參見254頁注❷。❿棲遲　遊息。《詩・陳風・衡門》：「衡門之下，可以棲遲。」毛傳：「棲遲，遊息也。」

【語譯】當初八歲的時候經過仙城山，□□□□□□□□□□□就有遊仙天帝所居的遐想。九歲出家入道，十二歲開始不吃穀類食物。二十歲遊南嶽衡山，在雲霧中尋找洞府，涉水經過幽暗的山谷。神王□□□□□□□□召他為威儀，兼天下採經使。因遇到諸位修真得道之人，授受《赤丹金精石景水母玉胞經》，所以經常吸吞日光流霞，祕密地修煉。□□□□□□所居隨州苦竹院，建置餐霞之樓。親手栽種兩株桂樹，經常遊息其下。

聞金陵之墟❶，道始盛於三茅❷，波乎四許❸。華陽□□□□□□□陶隱居傳昇玄子❹，昇玄子傳體玄❺，體玄傳貞一先生❻，貞一先生傳天師李含光❼，李含光合契乎紫陽❽。

【章　旨】以上為序的第四段，敘道教師承傳授的七代名家。

【注　釋】❶金陵之墟　指今江蘇句容之茅山。《真誥》卷一一〈稽神樞〉：「句曲山，其間有金陵之地。地方三十七八頃，是金陵之地肺也。土良而井水甜美，居其地必得度世。……秦時名為句金之壇，以洞天內有金壇百丈，因以致名也。外又有積金山，亦因積金為壇號矣。周時名其源澤為曲水之穴。按山形曲折，後人合為句曲之山。漢有三茅君來治其上，時父老又轉名茅君之山。三君往曾各乘一白鵠，各集山之三處，時人互有見者，是以發於歌謠。乃復因鵠集之處，分句曲之山為大茅君、中茅君、小茅君三山焉。總而言之，儘是句曲之一山耳。……山生黃金，漢靈帝時，詔敕郡縣採句曲之金以充武庫，逮孫權時，又遣宿衛人採金，常輸官，兵帥百家遂屯居伏龍之地，因改為金陵之墟名也。」❷三茅　王琦注：「三茅者，漢景帝中元間人。長兄名盈，次弟名固，又次弟名衷，俱得仙道。老君拜盈為司命真君，固為定錄真君，衷為保生真君，故號為三茅君。」詳見《茅山志》卷五〈三神記〉。❸四許　據《茅山志》卷一〇〈上清經籙聖師七傳真系之譜〉記載，許穆，字思玄，汝南平輿人，官至散騎常侍。晉太和中入茅山修道，功成仙去，為上清真人。其第三子翽，小字玉斧，先於太和五年在茅山尸解。翽長子揆、次子虎牙，亦得道成仙。❹華陽句　《南史‧陶弘景傳》：「陶弘景字通明，丹陽秣陵人也。……至十歲，得葛洪《神仙傳》，晝夜研尋，便有養生之志。……齊高帝作相，引為諸王侍讀，除奉朝請。雖在朱門，閉影不交外物，唯以披閱為務。朝儀故事，多所取焉。家貧，求宰縣不遂。永明十年，脫朝服挂神武門，上表辭祿。詔許之。……於是止于句容之句曲山。恆曰：『此山下是第八洞宮，名金壇華陽之天，周回一百五十里。昔漢有咸陽三茅君得道來掌此山，故謂之茅山。』乃中山立館，自號華陽陶隱居。人間書札，即以『隱居』代名。……大同二年卒，時年八十一。」昇玄子，指道士王遠知。玄，王本、《全唐文》作「元」，蓋清人避康熙諱而改。《舊唐書‧王遠知傳》：「遠知少聰敏，博綜群書。初入茅山，師事陶弘景，傳其道法。……（唐）高祖之龍潛也，遠知嘗密傳符命。……太宗登極，將加重位，固請歸山。至貞觀九年，敕潤州於茅山置太受觀，並度道士二十七人。……其年，遠知謂弟子潘師正曰：『吾見仙格，以吾小時誤損一童子吻，不得白日昇天。見署少室伯，將行在即。』翌日，沐浴，加冠衣，焚香而寢，卒。年一百二十六歲。調露二年，追贈遠知太中大夫，謚曰昇真先生。則天臨朝，追贈金紫光祿大夫。天授二年，改謚曰昇玄先生。」❺體玄　指道士潘師正。玄，王本、《全唐文》作「元」，清人避諱改字。《舊唐書‧潘師正傳》：「潘師正，趙州贊皇人也。……大業中，

度為道士，師事王遠知，盡以道門隱訣及符籙授之。師正清淨寡欲，居於嵩山之逍遙谷，積二十餘年，但服松葉飲水而已。……高宗幸東都，因召見與語，……高宗與天后甚尊敬之，留連信宿而還。……師正以永淳元年卒，時年九十八。高宗及天后追思不已，贈太中大夫，賜謚曰體玄先生。」❻貞一先生　指道士司馬承禎。《舊唐書·司馬承禎傳》：「道士司馬承禎。字子微，河內溫人。……少好學，薄於為吏，遂為道士。事潘師正，傳其符籙及辟穀導引服餌之術。師正特賞異之，謂曰：『我自陶隱居傳正一之法，至汝四葉矣。』承禎嘗遍遊名山，乃止於天台山。則天聞其名，召至都，降手敕以讚美之。……景雲二年，睿宗令其兄承禕就天台山追之至京，引入宮中，問以陰陽術數之事。……開元九年，玄宗又遣使迎入京，親受法籙，前後賞賜甚厚。……十五年，又召至都。玄宗令承禎於王屋山自選形勝，置壇室以居焉。……俄又令玉真公主及光祿卿韋縚至其所居修金籙齋，復加以錫賚。……卒於王屋山，時年八十九。其弟子表稱：『死之日，有雙鶴繞壇，及白雲從壇中涌出，上連于天，而師容色如生。』玄宗深歎之，乃下制曰：『……宜贈徽章，用光丹籙。可銀青光祿大夫，號真一先生。』仍為親製碑文。」❼李含光　《全唐文》卷三四〇顏真卿〈有唐茅山玄靖先生廣陵李君碑銘并序〉：「先生姓李氏，諱含光，廣陵江都人。本姓弘，以孝敬皇帝廟諱改焉。……先生孩提則有殊異。……年十八，志求道妙，遂師事同邑李先生。遊藝數年。神龍初，以清行度為道士。……開元十七年，從司馬煉師於王屋山，傳受大法。靈文金記，一覽無遺。綜核古今，該明奧旨。玄宗知先生偏得子微之道，乃詔先生居王屋山陽臺觀以繼之。歲餘，請居茅山，纂修經法。頻徵，皆謝病不出。天寶四載冬，乃命中官齎璽書徵之，既至，延入禁中。每欲諮稟，必先齋沐。他日，請傳道法。先生辭以足疾不任科儀者數焉。玄宗知不可強而止。先生嘗以茅山靈跡翦焉將墜，真經祕籙亦多散落，請歸修葺，乃特詔於楊許舊居紫陽以宅之。……初，隱居先生以三洞真法傳昇玄先生，昇玄付體玄先生，體玄付正一先生，正一付先生。自先生距於隱居，凡五葉矣。皆總襲妙門大正真法，所以茅山為天下道學之所宗矣。……先生以大曆己酉歲冬十一月十有四日遁化於茅山紫陽之別院，春秋八十有七。」❽李含光合契乎紫陽　合契，融洽。此句謂李含光與胡紫陽情投意合。

【語　譯】聽說金陵地區句容之茅山，道教開始盛行於三茅君，波及於許氏三代四人。其後華陽□□□□□陶隱居弘景傳授昇玄子王遠知，王遠知傳授體玄先生潘師正，潘師正傳授貞一先生司馬承禎。司馬承禎傳授天師李含光，李含光與紫陽先生情投意合。

□□□□□於神農之里❶，南抵朱陵❷，北越白水❸，稟訓門下者❹三千餘人。鄰境牧守，移風問道，忽遇先生之宴坐❺，□□□□□隱几雁行❻而前，為時見重，多此類也。

【章　旨】以上為序的第五段，敘紫陽先生在隨州傳道的影響和地位。

【注　釋】❶神農之里　指今湖北隨州。隨州有厲山，相傳為神農氏出生之地。《史記・五帝本紀》：「軒轅之時，神農氏世衰。」張守節正義引《括地志》：「厲山在隨州隨縣北百里，山東有石穴。昔神農生於厲鄉，所謂列山氏也。春秋時為厲國。」參見253頁注❻。❷朱陵　即朱陵洞天，指南嶽衡山。道教所稱三十六洞天之一，在今湖南衡山縣。❸白水　即淯水。《元和郡縣志》卷二一山南道鄧州南陽縣：「淯水，東去縣三里。〈南都賦〉曰『淯水蕩其胸』是也。」即流經今河南南陽的白河。❹稟訓門下者　謂門下接受訓教的人。❺宴坐　閒坐；靜坐。❻雁行　王琦注：「《埤雅》：『雁行，斜步側身。』故《莊子》謂『士成綺雁行避影』而問老子。」

【語　譯】□□□□□於神農氏之故地，南至衡山，北過南陽白水，在紫陽先生門下受訓的有三千多人。鄰境的地方長官刺史太守，都轉變風氣而來向紫陽先生問道。如果突然遇到紫陽先生靜坐，□□□□□隱蔽案几斜步側身而前行。其為當時人所敬重，多像這類情況。

天寶初，威儀❶元丹丘，道門龍鳳，厚禮致屈，傳籙於嵩山。東京大唐□□宮❷三請固辭。偃臥未幾，而詔書下責，不得已而行。入宮一革軌儀❸，大變都邑。然海鳥愁臧文之享❹，猿狙裂周公之衣❺，志往跡留，稱疾辭帝。尅期離闕，臨別自祭。其文曰：「神將厭予，予非厭世。」乃顧命姪道士胡齊物具平肩輿❻，歸骨舊土。王公卿士送及龍門❼，入葉縣，次王喬之祠❽。目若有睹，

泊然而化，天香引道，尸輕空衣❾。及本郡，太守裴公以幡花郊迎❿，舉郭雷動。□□□□開顏如生。觀者日萬，群議駭俗。至其年十月二十三日，葬於郭東之新松山，春秋六十有二。

【章　旨】以上為序的第六段，敘紫陽先生臨終前的幾件事：為元丹丘授道籙於嵩山，為東京太微宮改革法則和儀制；稱病辭闕，自寫祭文；顧命其姪胡齊物用平肩輿抬回舊土；在葉縣王喬祠中去世；至隨州由刺史裴公郊迎，每日觀者上萬人；點明安葬時間、地點、享年。

【注　釋】❶威儀　道教職名。據蔡瑋〈玉真公主受道靈壇祥應記〉記載，天寶二年元丹丘在西京大昭成觀為威儀，詳見郁賢皓《李白叢考・李白與元丹丘交遊考》（西安，陝西人民出版社一九八二年版100頁至101頁）。❷東京大唐□□宮　當即東京太微宮。《舊唐書・玄宗紀下》：天寶二年，「三月壬子，親祀玄元廟以冊尊號。……改西京玄元廟為太清宮，東京為太微宮，天下諸郡為紫極宮。」由此證知此句所闕二字當為「太微」。❸軌儀　法則和儀制。《國語・周語下》：「帥象禹之功，度之於軌儀。」韋昭注：「軌，道也；儀，法也。」❹然海鳥愁臧文之享　《國語・魯語上》：「海鳥曰爰居，止於魯東門之外三日，臧文仲使國人祭之。」《莊子・至樂》：「昔者海鳥止於魯郊，魯侯御而觴之於廟，奏〈九韶〉以為樂，具太牢以為膳。鳥乃眩視憂悲，不敢食一臠，不敢飲一杯，三日而死。」此句用其意。❺猿狙裂周公之衣　《莊子・天運》：「今取猿狙而衣以周公之服，彼必齕齧挽裂，盡去而後慊。觀古今之異，猶猿狙之異乎周公也。」此句用其意。狙，獼猴。❻乃顧命句　顧命，臨終之命。《尚書》有〈顧命〉篇。孔傳：「臨終之命曰顧命。」孔穎達疏：「言臨將死去，回顧而為語也。」胡齊物，胡紫陽之姪，事蹟不詳。平肩輿，古代的一種轎子。《晉書・王獻之傳》：「嘗經吳郡，聞顧辟彊有名園，先不相識，乘平肩輿徑入。」❼龍門　又名「伊闕」，在今河南洛陽南。《漢書・溝洫志》：「昔大禹治水，山陵當路者毀之，故鑿龍門，辟伊闕。」《元和郡縣志》卷五河南道河南府伊闕縣：「伊闕山，在縣北四十五里，兩山相對，望之若闕，伊水流其間，故名。」❽入葉縣二句　入葉縣，《道藏》本無此三字，據王本、《全唐文》補。王喬之祠，《後漢書・方術傳・王喬》：「王喬者，河東人也。顯宗世，為葉令。喬有神術，每月朔望，常自縣詣臺朝。帝怪其來數，而不見車騎，密令太史伺望之。言其臨至，輒有雙鳧從

東南飛來。於是候鳥至，舉羅張之，但得一隻舄焉。……後天下玉棺於堂前，……喬曰：『天帝獨召我邪？』乃沐浴服飾寢其中，蓋便立覆。宿昔葬於城東，土自成墳。……百姓乃為立廟，號葉君祠。」在今河南葉縣東北。❾尸輕空衣　《晉書・葛洪傳》：「洪坐至日中，兀然若睡而卒。……時年八十一。視其顏色如生，體亦柔軟，舉尸入棺，其輕，如空衣。世以為尸解得仙云。」道教徒謂修道者死後，魂魄從軀體中解脫仙去，故屍體輕如空衣。❿太守裴公以幡花郊迎　太守裴公，指漢東郡太守裴某，事蹟不詳。花，《道藏》本作「華」，據王本、《全唐文》改。

【語譯】天寶初年，元丹丘擔任西京大昭成觀威儀，是道門中的龍鳳，厚禮敦請紫陽先生使其屈駕降臨傳道籙於嵩山。當時東京大唐□□宮多次請臨，紫陽先生堅決推辭。但隱居沒有多少時間，天子下詔責備，他不得已而前去。入宮後一下子改革法則和儀制，使都城大變。然而就像海鳥憂愁臧文仲的祭享之食，猿猴咬裂周公之衣，足跡雖留而志已他往，紫陽先生稱病而向皇帝辭行。如期離京，臨別時自寫祭文。其文說：「神將讓我去世，我不是厭惡塵世。」於是下臨終之命給他的姪子道士胡齊物，準備一副平肩輿，將他歸葬故地。王公卿士們送他到龍門，進入葉縣，停留在王喬祠中。眼睛似乎看到東西，恬淡地逝世。薰香引路，屍輕如空衣。到了隨州漢東郡，太守裴公用幢幡彩花到郊外迎接，整個郡城內外響聲如雷動。□□□高興的容顏如生前一樣。觀看的人每天有上萬，群眾的議論驚世駭俗。至其年十月二十三日，葬於城郭東之新松山，年齡六十二歲。

先生含弘光大❶，不修小節❷。書不盡妙，鬱有崩雲之勢❸；文非夙工，時動雕龍❹之作。存也，宇宙而無光；歿也，浪化而蟬蛻❺。豈□□□□□□□乎？

【章旨】以上為序的第七段，敘紫陽先生的為人、書法、文章及社會地位，作實事求是的評價。

【注釋】❶含弘光大　用《易・坤》成句：「含弘光大，品物咸亨。」孔穎達疏：「包含弘厚，光著盛大，故品類

之物皆得亨通。」❷不修小節　謂不注意生活小事。袁宏《後漢紀・章帝紀》：「逵才學該通，其所著論，為學者所宗。性佚，不修小節，當世以此譏焉，故不至大官。」❸鬱有崩雲之勢　形容胡紫陽的書法有鬱勃的氣勢使雲崩裂。蕭統《錦帶書・太簇正月》：「談叢發流水之源，筆陣引崩雲之勢。」❹雕龍　比喻善於修飾文辭或刻意雕琢文字如雕鏤龍紋。語出《史記・孟子荀卿列傳》：「騶衍之術迂大而閎辯；奭也文具難施；淳于髡久與處，時有得善言。故齊人頌曰：『談天衍，雕龍奭，炙轂過髡。』」裴駰集解引劉向《別錄》：「騶奭修衍之文，飾若雕鏤龍文，故曰『雕龍』。」❺蟬蛻　如蟬脫殼，道教比喻羽化成仙。《文選》卷四七夏侯湛〈東方朔畫贊并序〉：「蟬蛻龍變，棄俗登仙。」呂延濟注：「蟬蛻，謂脫殼出其身。龍變，謂解其骨而騰形。棄俗登仙，有如此者。」

【語　譯】先生包容弘大，光明磊落，不注意生活小事。他的書法沒有達到最妙的境界，但有鬱勃的氣勢能使雲彩崩裂。他的文章並非早年的工力，但時有修飾文辭的佳美之作。活著的時候，在宇宙之間沒有什麼光芒；逝世以後，隨意化解而如蟬脫殼。難道□□□□□□□□嗎？

有鄉僧貞倩，雅仗才氣❶，請予為銘。予與紫陽神交❷，飽餐素論，十得其九。弟子元丹丘等❸，咸思鸞鳳之羽儀❹，想珠玉之雲氣。灑掃松月，載揚仙風，篆石頌德，與茲山不朽。

【章　旨】以上為序的第八段，敘隨州高僧貞倩請李白為紫陽先生寫碑銘，弟子元丹丘等也想為師立碑頌德。

【注　釋】❶有鄉僧貞倩二句　鄉僧貞倩，當即〈江夏送倩公歸漢東序〉中之「倩公」。雅，副詞，向來；素常。❷神交　忘形之交。謂心投意合相知有素之交。❸元丹丘等　《全唐文》此下多「王□」二字。❹咸思鸞鳳之羽儀　思，《全唐文》作「傃」。羽儀，《道藏》作「儀羽」，據《全唐文》改。

【語　譯】有同鄉的高僧倩公，向來憑藉才學氣概，請我為紫陽先生寫一個碑銘。我與紫陽先生是相知有

素的忘形之交，盡受他的高論，十得其九。他的弟子元丹丘等，都想到鸞鳳之有羽儀，珠玉之有雲氣，於是在松月之下灑掃墓地，發揚神仙之風，篆刻石碑歌頌功德，與此山同樣不朽。

其詞❶曰：

賢哉仙士！六十而化，光光紫陽，善與時而為龍蛇❷。固亦以生死為晝夜❸，
有力者挈之而趨，劫運頹落，終歸於無。惟元神❹不滅，湛然清都❺。延陵既沒，
仲尼嗚呼❻。青青松柏，離離❼山隅。篆石頌德，名揚八區❽。

【章旨】以上是碑銘的正文，用韻語提煉概括序中的內容。

【注釋】❶其詞　其，《道藏》無此字。❷善與句　謂出處隱顯善於與時變化。《莊子・山木》：「一龍一蛇，與時俱化，而無肯專為。」❸固亦以生死為晝夜　用《淮南子・俶真訓》成句：「以利害為塵垢，以死生為晝夜。」❹元神　道教稱人的靈魂為元神。呂巖〈修身訣〉：「人命急如線，上下來往速如箭。認得是元神，子後午前須至煉。」❺湛然清都　淡泊安然地如在天帝所居之宮闕之中。湛然，淡泊安然貌。清都，神話中天帝所居之宮闕。❻延陵既沒二句　延陵，指春秋時吳國公子季札，封於延陵，故世稱「延陵季子」。《方輿勝覽》卷四常州祠墓：「延陵季子墓，在晉陵縣北七十里，申浦之西。孔子嘗題其墓曰：『嗚呼！延陵季子之墓。』舊石堙滅，唐玄宗命殷仲容模以傳。」沒，《道藏》作「歿」。❼離離　繁茂貌。《詩・王風・黍離》：「彼黍離離。」❽八區　八方；天下。《文選》卷九揚雄〈長楊賦〉：「洋溢八區。」李善注：「八區，八方之區也。」

【語譯】其銘詞說：

賢德啊神仙之士！六十而仙去，光榮的紫陽先生，出處隱顯善於與時變化為龍為蛇。固然也是以生

死為晝夜，有力量的人總是量度事物而趨赴。劫運頹落之時，終是歸於無。只有元神靈魂不會消滅，淡泊安然地如在天帝所居的宮闕之中。延陵季子已經去世，孔子題其墓而嗚呼歎息。青青的松樹柏樹，繁茂地生長在山中。如今刻石頌揚紫陽先生的功德，使他的名聲傳揚到天下八方。

【研　析】此碑銘前有序八段。第一段歎惜紫陽先生有仙風道骨卻不幸夭志早卒。第二段敘紫陽先生姓氏、家世，說明代業黃老，門清儒素，並非出身豪門貴族。第三段敘紫陽先生八歲開始就求仙問道的經歷。九歲出家，曾為威儀及天下採經使。吞吸日光流霞，後在隨州苦竹院建飡霞樓。第四段敘道教傳授的師承關係。從句容茅山的三茅到四許，再傳陶弘景、王遠知、潘師正、司馬承禎、李含光，共七代。而紫陽先生與李含光志同道合。第五段敘紫陽先生在隨州的地位和影響：稟訓門下三千餘人，鄰境牧守問道。第六段敘紫陽先生臨終前的幾件事。一是至嵩山為元丹丘傳道籙；二是為東京太微宮改革法則儀制，使都邑大變；三是稱病離京，自寫祭文；四是顧命其姪胡齊物準備平肩輿將他抬回舊土，王公卿士送至龍門；五是入葉縣王喬之祠時逝世；六是到漢東郡時太守裴公郊迎，觀者每天都有萬人，並點明安葬的時間、地點及享年。第七段敘紫陽先生的為人寬厚光明，不修小節，書法、文章雖未盡善盡美，但具有獨特氣勢和時有佳作。對紫陽先生的一生作了實事求是的評價，不虛讚、不貶低。第八段敘鄉僧貞倩請李白寫碑銘。元丹丘等也想為師立碑。點明寫作此文的由來。最後一段是碑銘正文，用韻語提煉概括序中的內容。此文雖然闕字較多，但基本意思都很清楚。

古籍今注新譯叢書

【哲學類】

新譯明夷待訪錄　李廣柏注譯　李振興校閱

【文學類】

新譯詩經讀本　滕志賢注譯
新譯楚辭讀本　林家驪注譯
新譯楚辭讀本　傅錫壬注譯
新譯文心雕龍　羅立乾注譯
新譯六朝文絜　蔣遠橋注譯
新譯世說新語　劉正浩、邱燮友等注譯
新譯昭明文選　周啟成等注譯
新譯古文觀止　謝冰瑩、邱燮友等注譯
新譯古文辭類纂　黃　鈞、葉幼明等注譯
新譯樂府詩選　溫洪隆、溫　強注譯
新譯古詩源　馮保善注譯
新譯千家詩　邱燮友、劉正浩注譯
新譯詩品讀本　程章燦、成　林注譯
新譯花間集　朱恒夫注譯
新譯南唐詞　劉慶雲注譯
新譯絕妙好詞　聶安福注譯
新譯唐詩三百首　邱燮友注譯
新譯宋詩三百首　陶文鵬注譯
新譯宋詞三百首　汪　中注譯
新譯宋詞三百首　劉慶雲注譯
新譯元曲三百首　賴橋本、林玫儀注譯
新譯明詩三百首　趙伯陶注譯

新譯清詩三百首　王英志注譯
新譯清詞三百首　陳水雲等注譯
新譯唐人絕句選　卞孝萱、朱崇才注譯　齊益壽校閱
新譯唐才子傳　戴揚本注譯
新譯拾遺記　石　磊注譯
新譯搜神記　黃　鈞注譯
新譯唐傳奇選　束　忱、張宏生注譯　侯迺慧校閱
新譯宋傳奇小說選　束　忱注譯
新譯明傳奇小說選　陳美林、皋于厚注譯
新譯容齋隨筆選　朱永嘉等注譯
新譯明散文選　周明初注譯
新譯明清小品文選　鄭　婷注譯
新譯人間詞話　馬自毅注譯
新譯白香詞譜　劉慶雲注譯
新譯幽夢影　馮保善注譯
新譯菜根譚　吳家駒注譯
新譯小窗幽記　馬美信注譯
新譯圍爐夜話　馬美信注譯
新譯郁離子　吳家駒注譯
新譯歷代寓言選　黃瑞雲注譯
新譯賈長沙集　林家驪注譯
新譯揚子雲集　葉幼明注譯
新譯曹子建集　曹海東注譯　蕭麗華校閱
新譯建安七子詩文集　韓格平注譯
新譯阮籍詩文集　林家驪注譯　簡宗梧、李清筠校閱

新譯嵇中散集　崔富章注譯　莊耀郎校閱
新譯陸機詩文集　王德華注譯
新譯陶淵明集　溫洪隆注譯　齊益壽校閱
新譯江淹集　羅立乾、李開金注譯
新譯庾信詩文選　歸　青注譯
新譯初唐四傑詩集　李福標注譯
新譯駱賓王文集　黃清泉注譯　陳全得校閱
新譯王維詩文集　陳鐵民注譯
新譯孟浩然詩集　楊　軍注譯
新譯李白詩全集　郁賢皓注譯
新譯李白文集　郁賢皓注譯
新譯杜甫詩選　張忠綱、趙睿才、綦　維注譯
新譯杜詩菁華　林繼中注譯
新譯高適岑參詩選　孫欽善、陳鐵民注譯
新譯昌黎先生文集　周啟成等注譯　陳滿銘等校閱
新譯劉禹錫詩文選　閻　琦注譯
新譯柳宗元文選　卞孝萱、朱崇才注譯
新譯白居易詩文選　陶　敏、魯　茜注譯
新譯元稹詩文選　郭自虎注譯
新譯李賀詩集　彭國忠注譯
新譯杜牧詩文集　張松輝注譯　陳全得校閱
新譯李商隱詩選　朱恒夫、姚　蓉等注譯
新譯范文正公選集　沈松勤、王興華注譯　葉國良校閱
新譯蘇洵文選　羅立剛注譯
新譯蘇軾文選　滕志賢注譯

新譯蘇軾詞選　鄧子勉注譯
新譯蘇轍文選　朱　剛注譯
新譯曾鞏文選　高克勤注譯
新譯王安石文選　沈松勤注譯
新譯唐宋八大家文選　鄧子勉注譯
新譯柳永詞集　侯孝瓊注譯
新譯李清照集　姜漢椿等注譯
新譯陸游詩文集　韓立平注譯　彭國忠校閱
新譯辛棄疾詞選　聶安福注譯
新譯歸有光文選　鄔國平注譯
新譯唐順之詩文選　馬美信注譯
新譯徐渭詩文選　周　群等注譯
新譯薑齋文集　平慧善注譯　周鳳五校閱
新譯顧亭林文集　劉九洲注譯　黃俊郎校閱
新譯納蘭性德詞　馮　乾注譯
新譯方苞文選　鄔國平等注譯
新譯鄭板橋集　朱崇才注譯
新譯袁枚詩文選　王英志注譯
新譯李慈銘詩文選　潘靜如注譯
新譯聊齋誌異選　任篤行等注譯　袁世碩校閱
新譯閱微草堂筆記　嚴文儒注譯
新譯浮生六記　馬美信注譯
新譯弘一大師詩詞全編　徐正綸編著

【歷史類】

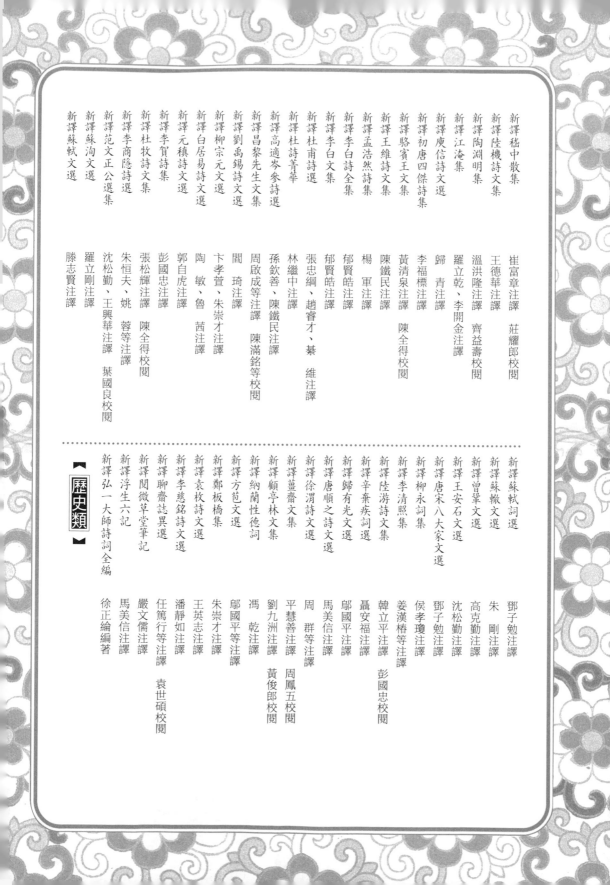

新譯史記	韓兆琦注譯	
新譯漢書	吳榮曾等注譯	
新譯後漢書	魏連科等注譯	
新譯三國志	吳樹平等注譯	
新譯資治通鑑	張大可、韓兆琦等注譯	
新譯史記—名篇精選	韓兆琦注譯	
新譯尚書讀本	吳　璵注譯	
新譯尚書讀本	郭建勳注譯	
新譯周禮讀本	賀友齡注譯	
新譯逸周書	牛鴻恩注譯	
新譯左傳讀本	郁賢皓等注譯	傅武光校閱
新譯公羊傳	雪　克注譯	周鳳五校閱
新譯穀梁傳	顧寶田注譯	葉國良校閱
新譯春秋穀梁傳	周　何注譯	
新譯戰國策	溫洪隆注譯	陳滿銘校閱
新譯國語讀本	易中天注譯	侯迺慧校閱
新譯說苑讀本	左松超注譯	
新譯說苑讀本	羅少卿注譯	周鳳五校閱
新譯新序讀本	葉幼明注譯	黃沛榮校閱
新譯吳越春秋	黃仁生注譯	李振興校閱
新譯西京雜記	曹海東注譯	李振興校閱
新譯列女傳	黃清泉注譯	陳滿銘校閱
新譯越絕書	劉建國注譯	黃俊郎校閱
新譯燕丹子	曹海東注譯	李振興校閱
新譯東萊博議	李振興、簡宗梧注譯	
新譯唐六典	朱永嘉、蕭　木注譯	
新譯唐摭言	姜漢椿注譯	

【宗教類】

新譯金剛經	徐興無注譯	侯迺慧校閱
新譯高僧傳	朱恒夫、王學均等注譯	潘栢世校閱
新譯碧巖集	吳　平注譯	
新譯百喻經	顧寶田注譯	
新譯楞嚴經	賴永海、楊維中注譯	
新譯梵網經	王建光注譯	
新譯圓覺經	商海鋒注譯	
新譯法句經	劉學軍注譯	
新譯六祖壇經	李中華注譯	丁　敏校閱
新譯禪林寶訓	李中華注譯	潘栢世校閱
新譯維摩詰經	陳引馳、林曉光注譯	
新譯經律異相	顏洽茂注譯	
新譯阿彌陀經	蘇樹華注譯	
新譯無量壽經	邱高興注譯	
新譯無量壽經	蘇樹華注譯	
新譯妙法蓮華經	張松輝注譯	丁　敏校閱
新譯景德傳燈錄	顧宏義注譯	
新譯大乘起信論	韓廷傑注譯	潘栢世校閱
新譯釋禪波羅蜜	蘇樹華注譯	
新譯八識規矩頌	倪梁康注譯	
新譯永嘉大師證道歌	蔣九愚注譯	
新譯華嚴經入法界品	楊維中注譯	
新譯地藏菩薩本願經	李承貴注譯	

新譯悟真篇　劉國樑、連　遙注譯
新譯无能子　張松輝注譯
新譯坐忘論　張松輝注譯
新譯列仙傳　張金嶺注譯　陳滿銘校閱
新譯抱朴子　李中華注譯　黃志民校閱
新譯神仙傳　周啟成注譯
新譯性命圭旨　傅鳳英注譯
新譯老子想爾注　顧寶田、張忠利注譯　傅武光校閱
新譯周易參同契　劉國樑注譯　黃沛榮校閱
新譯道門觀心經　王　卡注譯　黃志民校閱
新譯養性延命錄　曾召南注譯　劉正浩校閱
新譯樂育堂語錄　戈國龍注譯
新譯冲虛至德真經　張松輝注譯　周鳳五校閱
新譯長春真人西遊記　顧寶田等注譯
新譯黃庭經・陰符經　劉連朋等注譯

【軍事類】

新譯司馬法　王雲路注譯
新譯尉繚子　張金泉注譯
新譯三略讀本　傅　傑注譯
新譯六韜讀本　鄔錫非注譯
新譯吳子讀本　王雲路注譯
新譯孫子讀本　吳仁傑注譯
新譯李衛公問對　鄔錫非注譯

【教育類】

新譯爾雅讀本　陳建初等注譯
新譯顏氏家訓　李振興、黃沛榮等注譯
新譯聰訓齋語　馮保善注譯
新譯曾文正公家書　湯孝純注譯　李振興校閱
新譯三字經　黃沛榮注譯
新譯百家姓　馬自毅、顧宏義注譯
新譯幼學瓊林　馬自毅注譯　陳滿銘校閱
新譯增廣賢文・千字文　馬自毅注譯　李清筠校閱
新譯格言聯璧　馬自毅注譯

【政事類】

新譯商君書　貝遠辰注譯　陳滿銘校閱
新譯鹽鐵論　盧烈紅注譯　黃志民校閱
新譯貞觀政要　許道勳注譯　陳滿銘校閱

【地志類】

新譯山海經　楊錫彭注譯
新譯水經注　陳橋驛、葉光庭注譯
新譯佛國記　楊維中注譯
新譯大唐西域記　陳　飛、凡　評注譯　黃俊郎校閱
新譯洛陽伽藍記　劉九洲注譯　侯迺慧校閱
新譯徐霞客遊記　黃　珅注譯　黃志民校閱
新譯東京夢華錄　嚴文儒注譯　侯迺慧校閱

◎新譯李白詩全集

郁賢皓／注譯

李白是中國古代詩歌史上最璀璨的明星，將中國詩歌藝術推上了頂峰。其詩歌最大的特點是融合了屈原的熱情執著與莊周的放達超脫。感情真率，語言自然，運用豐富的想像、極度的誇張、生動的比喻、縱橫飛動的文字、充沛的氣勢，形成雄奇、奔放的風格，贏得「詩仙」之美譽。其一生創作約一千首詩歌，題材廣泛，全面而深刻地反映時代精神和社會風貌，為後人留下珍貴的文學遺產。本書特請李白研究專家、南京師範大學郁賢皓教授，以現存價值最高的宋蜀刻本《李太白文集》前二十四卷為底本，參考多種善本與資料，進行校勘、注釋、翻譯和研析，使讀者閱覽得以進一步欣賞李白詩的藝術魅力。

國家圖書館出版品預行編目資料

新譯李白文集／郁賢皓注譯. －－初版二刷. －－臺北市：三民，2023
面；　公分. －－(古籍今注新譯叢書)

ISBN 978-957-14-6291-2（平裝）

844.15　　　106006989

古籍今注新譯叢書

新譯李白文集

注譯者　郁賢皓
發行人　劉振強
出版者　三民書局股份有限公司
地址　臺北市復興北路 386 號 (復北門市)
　　　臺北市重慶南路一段 61 號 (重南門市)
電話　(02)25006600
網址　三民網路書店 https://www.sanmin.com.tw

出版日期　初版一刷 2017 年 6 月
　　　　　初版二刷 2023 年 11 月
書籍編號　S033980
ISBN　978-957-14-6291-2

三民書局